FRITZ VON HERZMANOVSKY-ORLANDO

DAS MASKENSPIEL DER GENIEN

Fritz von Herzmanovsky-Orlando

Das Maskenspiel der Genien

Roman

Herausgegeben von
Klaralinda Ma-Kircher

Residenz Verlag

Bibliografische Information der Deutschen Bibliothek
Die Deutsche Bibliothek verzeichnet diese Publikation in der
Deutschen Nationalbibliografie; detaillierte bibliografische Daten
sind im Internet über http://dnb.ddb.de abrufbar.

www.residenzverlag.at

© 2010 Residenz Verlag
im Niederösterreichischen Pressehaus
Druck- und Verlagsgesellschaft mbH
St. Pölten – Salzburg

Umschlaggestaltung: Ramona Scheiblauer
Typografische Gestaltung, Satz: Ekke Wolf, typic.at
Lektorat: Günther Eisenhuber
Gesamtherstellung: CPI Moravia Books

ISBN 978-3-7017-1552-7

1

Cyriakus von Pizzicolli, der Sohn angesehener Eltern, erblickte zu Stixenstein das Licht dieser Welt. Jedem anderen hätte die Wahl dieses Geburtsortes zu denken gegeben. Ihm nicht.

Der moralische Zweck dieser Erzählung ist es, auch dem Borniertesten klarzumachen, dass es nicht gleichgültig ist, in einem Ort mit solch ominösem Namen geboren zu werden. Ja, die signatura rerum!

Cyriak wuchs in den denkbar angenehmsten Verhältnissen auf, und alles deutete darauf hin, dass ihm ein geregeltes Leben bevorstünde, frei von Sorgen, von der bürgerlichen Achtung bemerkenswert überschattet.

Es kam anders. Daran war eine Macht schuld, die Wonne und Schrecken im Gefolge hat, die Macht besonders schöner und anmutiger junger Mädchen, doch solcher von einer Art, dass man sie als die Figurantinnen einer geheimnisvollen Elementargewalt ansprechen muss, deren letzte Ergründung uns in dieser Maske wohl immer verborgen bleiben wird.

Ein Mädchen von solch geheimnisvoller Eigenart kreuzte Pizzicollis Lebensweg, ein ganz außergewöhnlich schönes Geschöpf in dem Alter, wo manchen von ihnen die Reize des Androgynitätsmysteriums in besonderem Maße zu Eigen sind. Die aus solcher Begegnung erwachsende Tragik ward Pizzicolli vollauf zuteil, und dabei ist die Frage offen, ob das rätselvolle Geschöpf, das in seinem Fall die schicksalauslösende Elementarfigur, die Katalysatrix mystica, nicht am Ende die jüngere Schwester der Aphrodite gewesen ist, womit wir ein ganz besonderes Geheimnis zum ersten Male berühren.

Wir könnten da auf sehr seltsame levantinische Geheimquellen hinweisen, wahre Juwelenschreine des Bizarren, auf rätselverschleierte Partien byzantinischen Wissens, das um die Mitte des 15. Jahrhunderts zugrunde gegangen ist, zusammen mit vielem anderem, das mit Dingen jugendlicher Pracht und Herrlichkeit zusammenhing, Wunderblumen eines Erosgartens der Schönheit. Was ließe sich darüber höchst Merkwürdiges und Unerwartetes erzählen, wenn der Raum es gestatten würde!

Pizzicollis Familie stammte aus Ancona, wo, als dieser Teil der sogenannten Legationen des Kirchenstaates noch unter österreichischer Verwaltung stand, der Großvater Cyriaks das Amt eines k. k. Münzwardeins des dorthin dislozierten herzoglich Rovereischen Münzamtes von Urbino bekleidete, ein zwar überaus verantwortliches, aber so gut wie ressortloses Amt.

Es gab im Grunde gar nichts zu tun, da die besagte Münze ihren Betrieb seit 1631 eingestellt hatte, was wieder seinen Grund in einem wohl erst in Jahrhunderten endenden fiskalischen Prozess hat. Um nicht weitschweifig zu werden, sei nur angedeutet, dass die Ursache der Betriebseinstellung eine Kompetenzfrage war, die nicht eher lösbar erscheint, bis nicht festgestellt ist, wieso der erste Herzog Urbinos aus dem Hause delle Rovere zugleich der Sohn des letzten, 1508 gestorbenen Herzogs aus dem Hause Montefeltre, aber auch zugleich der des Papstes Julius II. sein konnte, oder ähnlich, eben seinen Sohn Franz delle Rovere, bisher Tyrann von Sinigaglia, der wiederum ein Sohn des erwähnten Guidobaldo von Montefeltre gewesen sein soll, zum Herzog von Urbino ernannte. Ich habe, ehrlich gesagt, diese Darstellung nie ganz verstanden, doch tritt die Universität Lecce in Apulien für sie ein, wenn ich nicht irre, und man sieht in gewissen Kreisen nicht gerne, dass daran gerüttelt wird. Eines aber steht fest: Leo X., der Nachfolger Julius' II., dessen Weg zur Hölle buchstäblich mit missratenen Söhnen gepflastert war, hatte, angeekelt von dieser Rechtsfrage, Franzen vertrieben und seinen Nepoten Lorenzo de'Medici, nach Gemälden beurteilt wohl eher der Sohn einer ausnahmsweise schon damals bestandenen Negerjazzband, mit Urbino belehnt.

1631 hatte aber sein damals regierender Nachfolger, Urban VIII., Urbino eingezogen und dem Kirchenstaat einverleibt, wo es bis 1860 blieb, dann aber nach längerer Belagerung an einem langweiligen Nachmittag durch Garibaldi ganz allein erstürmt wurde. Die andren Herren hatten sich beim „Schwarzen" verplauscht.

Wer aber glaubt, dass die Sache damit endgültig abgetan ist, der irrt. Mit Urbino ist es noch nicht aller Tage Abend, und wir stehen dortorts knapp vor neuen unentwirrbaren Vorgängen, wie man mir im Caffé Centrale besagter Stadt allseitig versicherte.

Vom jungen Cyriak ist eigentlich wenig zu sagen. Er war ein hübscher, wohlerzogener Junge, der sehr streng gehalten wurde. Seine Mutter besonders, eine geborene Baronin Inacher-Kadmič, auf den ungewöhnlichen Namen Autonoë getauft, machte ihn für alles Denkbare verantwortlich. Das ging so weit, dass sie einmal, als eine vorbeifliegende Taube seinen neuen schwarzen Sonntagshut verunreinigt hatte, den schüchternen Jungen anherrschte: „Schau, was du da wieder gemacht hast!"

Vielleicht war seine außerordentliche Wanderlust auf den uneingestandenen Wunsch zurückzuführen, diesen ewigen Vorwürfen zu entfliehen, vielleicht hatte sie weit tiefere Ursachen, möglicherweise Ursachen, die in einem früheren Vorleben fußten, ein Verdacht, der aus dem Verlauf dieser Erzählung Bestärkung findet. Dann war noch bemerkenswert an ihm, dass er Wildbret, insbesondere Hirschfleisch, verabscheute, dass er ferner in einem eigentümlichen Verhältnis von Angezogensein und Abneigung zum Jagdwesen stand und ihm der Name „Anna" geradezu Entsetzen einflößte. Durch den Artikel „die" vor dem ominösen Namen gewann dieser Zustand nachgerade beängstigende Dimensionen. Nach dem siebenten Jahr verschwand diese Furcht übrigens vollständig.

Schließlich sei noch zu bemerken, dass zwischen Cyriak und Hunden eine sonderbare Beziehung bestand. Oft kam es vor, dass ganze Rudel gesträubten Haares auf ihn lospreschten, wobei es keinem Menschen erklärlich war, wieso Ansammlungen der Art sich so plötzlich gebildet hatten. Jedes Mal aber stoppten die Köter vor Cyriak, wurden verlegen und machten sich dann, Stück für Stück getrennt, allerhand anders zu schaffen, als ob sie die Sache gar nichts anginge. Schließlich verkrümelten sich diese ordinären Gesellen unmerklich. Das Merkwürdige war, dass regelmäßig Molosser darunter waren, Angehörige einer Hundesorte, die sonst lediglich in antiken Erzählungen vorkommt.

Von einigen kleinen Reisen abgesehen, war Cyriak nie weit von Graz, wo die Familie Pizzicolli wohnte, weggekommen. Das wurde anders, als eine Katastrophe von seltener Tragik Cyriak unvorhergesehen zum Waisenkind machte. Die guten Eltern ertranken gelegentlich einer Sonntagsunterhaltung in der Mur. Nur den verbeulten Zylinder des Vaters, heute ganz ausnahmsweise mit einem heiteren Gamsbärtchen wohl zum Juxe geschmückt, spien die grauen Wogen ans Land. Der bestürzte Junge sah sich frei, machte auch das unbewegliche Erbe zu Geld und fuhr an einem herrlich strahlenden Sommermorgen auf die Bahn. Er bestieg bei voller körperlicher und geistiger Gesundheit den um acht Uhr dreizehn aus Bruck kommenden beschleunigten Personenzug, erreichte gegen elf Uhr die Grenze des Traumreiches und befand sich schon knapp vor Mitternacht desselben Tages über eigenes Verlangen in einer Irrenanstalt.

„Des Traumreiches", werden wohl alle Leser ausrufen und das Buch geekelt wegwerfen, „davon ist ja schon so viel unsinniges Zeug geschrieben worden. Gibt's das denn wirklich?"

Ja, und abermals ja! Doch man kann ihnen die Frage nicht übelnehmen, da man sich stets vor Augen halten muss, dass die ganze Welt Österreich mit unerhörter Interesselosigkeit, ja, mit beklagenswertem Unwissen gegenübersteht, kaum dass man das bisschen davon kennt, was die Reisehandbücher Falsches von den paar begangenen Touristenrouten zu sagen wissen. Nicht geringe Schuld daran hat wohl das Versagen der internationalen Fahrplankonferenzen, die es zustande bringen, dass bedeutende Schnellzuglinien, deren Expresse unter Pomp, Gestank und Donner von irgendeiner Grenzstation abgelassen werden, im Innern dieses Landes nach kurzer Frist spurlos versiegen, nachdem sie zuerst den Speisewagen durch irgendeinen geheimnisvollen Abschuppungsprozess verloren haben. Am meisten geschieht dies um Leoben herum, dem Gewitterwinkel des europäischen Reiseverkehrs.

Leoben, ja Leoben! „A Zug, der was drüber kommt, der is, kann ma ruhig sagen, aus'm Wasser." Das die ständige Redensart der großen österreichischen Eisenbahnfachleute, während das Interesse der übrigen Chargen am Bahnbetrieb hauptsächlich darin gipfelt, mit Kind und Kegel umsonst oder um hohnvoll kleine Beträge in der Luxusklasse der Netze so oft als möglich spazieren zu fahren. Mehr als einmal habe ich es erlebt, dass alte, erfahrene Stationschefs dem über Leoben fahrenden Express lange kopfschüttelnd nachschauten. Dann gehen sie ins Dienstzimmer zurück, stellen die Telegrafenleitung ab, werfen sich seufzend aufs schwarzlederne Sofa und stöhnen noch lange „Jo, jojo, jo!", worauf sie in traumgequälten Schlummer versinken.

Wenn man das alles gerecht erwägt, ist es auch nicht wunderzunehmen, dass man ein eigentümliches Staatengebilde nicht wahrgenommen hat, das knapp nach dem Laibacher Kongress 1821 ins Leben trat und sich weiter und weiter frisst, unaufhaltsam die Welt erobernd. Es, und nicht etwa das wanzenerstickte Asien, wird über kurz oder lang zum Beispiel dem britischen Weltreich ein Ende machen. Es, das wie nichts anderes im Europäertum verankert ist und sozusagen den Astralleib der weißen Rasse darstellt, das – vielleicht ist die Bezeichnung die treffendste – das „Reich der Tarocke". Wie alle transzendentalen Dinge ist die Sache schwer in allgemein verständliche Worte zu fassen.

Wie gesagt, am Laibacher Kongress beschloss man, was auch das Vernünftigste war, zwischen die germanischen, slawischen und romanischen Gebiete einen Pufferstaat zu legen, das Burgund des Südostens, das Burgund der Levante, wie es einige poetisch benannten. Und sie hatten so unrecht nicht, denn gerade Burgund hängt stark mit dem Osten zusammen. Gerade Burgund war es, das das ganze Mittelalter hindurch nach der Herrschaft über die Levante strebte und im Verlauf der Kreuzzüge ganz Griechenland und Teile Vorderasiens eroberte und dort das Königreich Jerusalem, die Fürstentümer Edessa, Tripolis und Antiochia gründete, während in Griechenland Athen, Elis, Achaia und Korinth seine stolzesten Eroberungen waren. Nirgends herrschte ein solcher Glanz wie an diesen Höfen, und lange Zeit war Achaia das Vorbild allen höfischen Lebens, die Hochburg der Minnesänger.

Dass die Verfassung des neu zu gründenden Pufferstaates eine streng monarchistische sein musste, ist in Hinblick auf die Epoche seiner Entstehung ohneweiters klar. Die Frage der Dynastie machte viel Kopfzerbrechen. Verschiedene Häuser kamen in Frage. Dem großen Bayernkönig Ludwig zum Beispiel lag der gewiegte Orientkenner Fallmerayer beständig in den Ohren, alte Anrechte geltend zu machen, und malte Seiner Majestät das Kaisertum Kärnten in glühenden Farben an die Wand.

Ja, in einer vertrauten Stunde entwickelte der phantasiereiche Mann sogar die Idee, einen neuen Kontinent – „Gschnasien" – zu bilden, eine Idee, die vielleicht einmal wahr wird. Qui vivra verra!

Der von England zur Ablenkung arrangierte griechische Freiheitskampf brach bald darauf aus, und im Londoner Nebel gebraute Intrigen leiteten die wittelsbachische Gefahr nach Hellas ab. Jetzt schien dem Haus Koburg der Thron der Tarockei gewiss. Da raunzte aber wieder Kaiser Franz und wollte dort eine Quartogenitur der Habsburger ins Leben rufen, was aber die andren Herrscherfamilien lebhaft zu verschnupfen begann. Als das europäische Gleichgewicht schon so weit verschleimt war, dass man die Säbel dumpf rasseln hörte, ließ Metternich seinen großen Geist wieder einmal leuchten. Die Lösung war so einfach, dabei so dynastisch als möglich, andrerseits so durch und durch dem tiefsten Empfinden des Volkes, ja dem Ideal des kommenden Jahrs 1848 entsprechend, dass wir nur mit ehrfürchtigem Staunen den Flug dieses großen Geistes bewundern müssen.

Was tat er? Er schuf eben das „Reich der Tarocke", von Nörglern, denen nie etwas recht ist, auch das „Spiegelreich des linken Weges" benannt. Die Verfassung war vorbildlich. Man baute sie auf in Anlehnung an die strengen, unerbittlichen Gesetze des in Österreich ungemein populären Tarockspieles, dessen esoterische Bedeutung alle Welträtsel deutbar macht und natürlich weit über den Rahmen dieser schlichten Erzählung hinausginge.

Nach Art der antiken Tetrarchen herrschten im neuen Reiche vier Könige, die man jährlich auf eine geradezu geniale Art und Weise neu wählte. Man legte dieser erwähnten Zeitdauer folgende Beobachtung zugrunde: Bei einem Tarockspiel, das ein ganzes Jahr in Betrieb ist, sind die Könige durch die Bank fast bis zur Unkenntlichkeit verschmutzt. Die kann man mit Benzin notdürftig reinigen, fleischerne Könige nicht.

Und was tat man also bei der Wahl der ein wenig starr kostümierten Landesväter? Man machte vier Männer zu Monarchen, vier Männer, die jeweils den Königen des in Gradiska, der Hauptstadt, aufbewahrten sogenannten Normaltarockspieles am ähnlichsten sahen. Dieses Normaltarockspiel entsprach einer Einrichtung ähnlich dem „Normalmeter", wie er in Paris, der Metropole aller gockelhaften Wichtigtuerei, aufbewahrt wird.

Das besagte Paket Karten wurde Tag und Nacht von einer Nobelgarde verdienter Männer bewacht und alle vierzehn Tage durch Gelehrte von Weltruf gemischt und dabei kontrolliert. Nach dem Raubmord an Deutschland wollte man es nach Genf verlegt wissen, um dabei ähnlich wie bei der etwa auf gleicher Rangstufe stehenden

„Donaukommission" neue Sinekuren für politische Gigerln zu schaffen.

Durch dieses Wahlsystem war jedem Schwindel, jeder Bestechlichkeit, jeder Intrige der Weg einfach abgeschnitten, und auf diese Art kamen Männer aller Stände, ohne Ansehung von Bildung, Reichtum, Gelehrsamkeit, Abkunft, ja nicht einmal von Unbescholtenheit, zur höchsten Würde, ein Vorgang, den in ähnlich genialer Weise bloß noch das Papsttum sein Eigen nennt. Allerdings wird dort auf den letzterwähnten Punkt rigoros geschaut.

Der eigentlich mächtigste Mann im Reich war aber der sogenannte „Sküs", nach einer ein wenig komischen, harlekinartigen Figur dieser Karten so genannt. Doch sei man weit entfernt zu glauben, dass diese unbedeutende Äußerlichkeit auch nur das Geringste mit der inneren, erhabenen Würde der Stellung zu tun gehabt hätte. Große Staatsmänner wirken äußerlich immer etwas komisch.

Dieser Sküs also war der Reichskanzler, der den Staat mit diktatorischer Gewalt lenkte, fast stündlich neue Gesetze aus dem Ärmel schüttelte und jede Woche irgendetwas Umwälzendes tat. Ihm zunächst stand an Rang und Ansehen der sogenannte „Mond", eigentlich ein „Einundzwanziger", womit gesagt sein wollte, dass diese Figur den einundzwanzigsten Grad einer sehr mystischen Art von Freimaurerei bekleidete. Als dritter rangierte der „Pagat", der Finanzminister, der großes Wort zu reden hatte. Zusammen bildeten sie die „Trull", ein niemals zu stürzendes Kabinett.

Das Reich umfasste bei seiner Gründung einen nicht unbeträchtlichen Teil Südösterreichs, ehemaliges Freisingisches, Salzburgisches, Bambergisches und Brixner Enklavengebiet, grenzte im Norden an Steiermark und

Kärnten, im Osten an Kroatien, reichte im Süden ans Meer und im Südwesten bis an die Grenze von Venedig, des Lagunenreiches, das es wohl als den ersten Fremdkörper verschlingen dürfte. Denn welche Stadt ist phantastischer und unwirklicher, kaum mehr von dieser Welt, schöner und dabei am wenigsten wirklich bekannt als diese märchenversponnene Königin der Adria und dadurch für den Übergang in ein Traumreich wie geboren.

Rein äußerlich, wer kennt sich dort aus?

Ich, der ich einige Jahre dort das Gymnasium, oder wenigstens das, was man dort für ein Gymnasium zu halten geneigt ist, besuchte, habe zum väterlichen Palazzo, der keine drei Minuten vom Markusplatz entfernt ist, oft nur mit Mühe und nach stundenlangem Umherirren heimgefunden. Wie oft erschien kein Professor! Wie oft traf ich meine arme Mutter mit einer irr blickenden Magd. Sie hatten sich beim Einkaufen verirrt. Oder sah meinen Vater düster zu Boden blicken, am ergrauten Schnurrbart kauen und bisweilen heftig mit dem Stock auf das Pflaster schlagen. „Geh nur nach Haus", pflegte er mir da zu sagen, „ich lasse Mama grüßen, und sie möchte die Suppe auftragen lassen … ich komme in längstens fünf Minuten …" Aber oft wurde es Abend, ja tiefe Nacht, ehe der Übermüdete sich zur Mittagstafel setzen konnte.

Soviel vermag die väterliche Autorität, keine Schwäche zu zeigen. Dasselbe auch ein sonderbarer, jedem in Venedig Sesshaften angeflogener Komplex, lieber obdachlos umherzuirren, als nach dem Weg zu fragen oder gar sich führen zu lassen. Es würde übrigens auch gar nichts nützen.

Wir waren ja bloß Fremde, keine geborenen Venezianer. Aber wie oft habe ich auch Eingeborne der Lagunenstadt vor Madonnenbildern wehklagend gefunden, darunter sogar Briefträger und Polizisten, selbst städtische Ingenieure mit Messlatten. Falsche Scham verbot diesen Unglücklichen, Auskünfte über den Weg einzuholen. Sie wandten sich lieber an die höheren Mächte, und die Kirche strich schmunzelnd manch schönes Geld für Gelübde ein. Ich habe auch bemerkt, dass man dort, konform den im Preis herabgesetzten, weil fehlerhaften Kursbüchern, um ein wahres Spottgeld falsche Stadtpläne bekommt, da es ja doch alles eins ist und man wirr hinlithographiert, was einem gerade einfällt. Sogar alte Schnittmuster werden geistlos kopiert oder gar in Stücke zerschnitten naiven Reisenden als Pläne aufgeschwätzt.

Wir wollen dieses traurige Stück Sittengeschichte aber nicht unnütz breittreten und am Schlusse unsrer Betrachtung nur noch bemerken, dass das auffallend rege Straßenleben der im Grund nur wenig bevölkerten Stadt auf Konto der vielen Verirrten kommt. So glaubt man eine Weltstadt zu sehen, worauf der Venezianer nicht wenig stolz ist.

2

Als Metternich die eisenfesten Grundzüge der Verfassung für die Ewigkeit verankert und dem nordischen Geist der Ordnung Genüge geleistet hatte, tauchte unerwartet die verlegene Frage auf: Was geschieht mit den Südprovinzen, wie schaffe ich dort Zufriedenheit, um das unter der Asche glimmende Feuer der neuen nationalen Bewegung nicht zum lodernden Brand werden zu lassen? Und da kam nach wochenlangem Grübeln dem großen Staatsmann die rettende Idee: Lass das uralte poetische Volksideal des Südens politische Realität werden, lass das geheimnisvolle Maskenreich Wahrheit werden, das wahre, tiefe Ideal des Südens, das bisher nur in den Figuren der Commedia dell'Arte den Traum eines Daseins fristen konnte!

Wie seinerzeit aus den Drachenzähnen, die Kadmos säte, Geharnischte sich aus den Furchen des Ackers erhoben, tauchten jetzt schellenklingelnd die Legionen des Harlekinheeres auf, Heere, aus dem Boden gestampft. Die ernsten Skaramuzze folgten, krummnasig, mit riesigen schwarzen Nasenlöchern. Es folgten Brighella, der Vertreter der Fresser und Prahler, Pulcinella, der Bajazzo mit Höcker und großer Hakennase, und der alte Pantalone, in dem sich der ängstliche, vielgeprellte, geizige und verliebte Kleinbürger bis zum Kristallhaften ausgebildet sah. Der schwatzhafte Dorsennus der Antike hatte sich im Dottore modernisiert, dem Ideal des Rechtsgelehrten, der die Leute beschwatzt und betrügt und mit der Ausbeutung der Gesetze gehörig schnürt. Die hohen Stände sahen sich mit befriedigter Eitelkeit im schwadronisierenden Tartaglia geehrt. Das hohe Militär hatte seinen Napperone Flagrabomba, den Capitano Spavento und die alten Kriegshelden Malagamba und Capitano Cucurucu. Damit Arlecchino nicht zu üppig werde, hatte er als Konkurrenten den ebenso tölpelhaften, dummdreisten Truffaldin, von Mezzetin und Gelsomino aufs Redlichste unterstützt. Das schöne Geschlecht sah sich lieblich widergespiegelt in den Figuren der sanften Colombina, der pikanten Zerbinetta, der Pulcella, Spiletta, der Zurlana und Civetta. Alles Figuren der Ewigkeit, wie sie uns der wackere Ficoroni in seinem prachtvollen, aber planlosen Kupferwerke „De larvis, scenicis et figuris comicis" (Rom 1754) zeigt.

Sie alle wurden in der Tarockei mit offenen Armen aufgenommen und gelangten bald zu hohen Würden in der Gesellschaft und der Verwaltung der wichtigsten Ämter. Und alle diese leichtbeschwingten Wesen führten in stilvoller Maskerade das ganze öffentliche Leben in viel deutlicherer, abgeklärter, man möchte fast sagen hieratischer Weise durch. Sie wirbelten immer bunt durcheinander, umkomplimentierten sich aufs Feierlichste, ohne das Geringste zu arbeiten oder zu schaffen, pompöse, ruhmtriefende Erlässe ausgenommen. Selbst bei der Verlegung von Hundehütten oder etwa der Erneuerung des Sitzbrettes einer ländlichen Bedürfnisanstalt gab es Flaggen, Spaliere, Ehrensalven und stundenlange pathetische Reden. Wenn das alles beendet war, kam es wohl vor, dass auf schäumendem Renner eine Stafette herangebraust kam, mit der Meldung, dass man an falscher Stelle amtiert habe.

Aber gerade solche Staaten blühen und gedeihen und erfreuen sich des Ansehens bei den Nachbarn.

Wie gesagt, der treffliche Cyriak kam gegen elf Uhr am Grenzorte an, den wir verschweigen wollen, liegt es uns doch ferne, den Fremdenverkehr zu fördern oder gar einer leichtsinnigen Wanderlust neue Wege zu weisen. Die Zolluntersuchung war eine äußerst rigorose und wurde mit der größten Strenge gehandhabt. Nichts ist dortzulande verpönter als eine gewisse Wurstsorte, deren Name streng geheim gehalten und die auch niemals gefunden wird. Aber man war zufrieden, das Reisepublikum zu quälen, unnütz aufzuhalten und es die Macht der staatlichen Ordnung gehörig fühlen zu lassen. Feinhörige hörten den Fiskus förmlich vor Vergnügen quieken.

Zahlreiche maskierte und düster aussehende Figuren umringten die Reisenden und maßen nochmals sorgfältig die Gepäcksstücke ab. Dann musste man sich einer Chlorräucherung unterziehen, durch eine mit Karbolwasser gefüllte Pfütze schreiten, und dann wurden die also präparierten Ankömmlinge in einer geräumigen Postkutsche untergebracht, in deren Platzverteilung sich kein Mensch auskannte.

Pizzicollis Sitznachbar war ein sympathisch aussehender älterer Herr, der sich bald als Hofrat an der staatlichen Seidenschwanzbeobachtungsstation zu St. Lambrecht in Steiermark entpuppte.

„Denen Seidenschwänzen", so begann der Würdige die Unterhaltung, „denen Seidenschwänzen kann man nicht trauen. Ja. So ist es. Nicht anderscht. Hören Sie: Wir sind in St. Lambrecht unserer Siebene. Keiner mehr, keiner weniger. Siebene. Tag und Nacht am Posten. Nachts recht mollige Schreibtische, was wahr ist, ist wahr! Sie wissen, dass die Seidenschwänze Unglück vorausverkünden. Sie können sich nichts Aufregenderes denken, als wenn plötzlich, in tiefschlafender Nacht, der Seidenschwanzbläser auf schaurigem Horn meldet, dass die besagten Unheilvögel dahergerauscht kommen …"

Unartikulierte Rufe drangen von der Landschaft her und unterbrachen die Rede des lieben alten Herrn. Ein staubiger Wandersmann, einen grünlackierten Kasten am Rücken, gestikulierte wie ein Semaphor und brachte endlich die Postkutsche zum Stehen. Er stieg nach einigen ungeschickten, fehlgeschlagenen Versuchen ein, nahm Platz und sprudelte in einer allen unverständlichen Sprache etwas hervor. Dann glotzte er fragend. Ein verführerisch süßer Gongschlag drang unerwartet aus dem grünen Kasten. Der Fremde machte eine Geste des Schweigens gegen den Behälter. Der Ton wiederholte sich etwas stärker. Der Fremde sprach einige entschuldigende Worte zu den Anwesenden. Der Kasten antwortete mit einem geradezu parfümiert klingenden Gongwirbel. Der Fremde schlug wütend zurück. Der Kasten brach in ein überwältigendes Tosen aus. Die Wageninsassen schrumpften zusammen, die Pferde scheuten und rasten mit gelegten Ohren dahin. Der Vorreiter flog fast zu den Sternen. Der Fremde strampelte mit den Füßen. Der grüne Kasten zerbrach. Ein Gewirr von Federn bedeckte den am Boden konvulsivisch Zuckenden. Ein Engländer blickte gelangweilt von einer großen Zeitung auf. Der Mann mit dem Kasten wand sich noch immer im Gerümpel der Stahlfedern hin und her. Der linke Nachbar Cyriaks sprang auf, betrachtete den Unglücklichen mit einem Lorgnon und wandte sich unsrem Reisenden zu.

„Chrysostomus Paperlapander von Schwetzheim mein Name. Ich kannte einen Herrn Musäus Cymbelknecht, der dem wirren Haufen von Menschen da unter dem Sitz ähnlich sieht. Das ist wunderlich. Doch gibt's noch wunderlichere Dinge. Ich interessiere mich dafür. Sei es der Holzdieb im Mond, sei es ein andrer Wunderling, der sich als Heizer beim Schlangenfeuer Kundalini verdingt. Ich setze voraus, dass Sie im Bilde sind. Oder ein Melancholikus, der immer wieder das philosophische Ei zerbrochen hat. Die Alchemisten unter Ihnen, meine Herrn, verstehen mich sicher. Und dann: So mancher fröhliche Tänzer, dem die Welt ein Freudenfest schien, verwirrte seine leichtfertigen Beine im Kausalnexus seiner Lebenserscheinungen, dass sich der schwarze Lack der Schuhe seiner Seele in feierlichen Momenten – ich hoffe, die Herren sind mir so weit gefolgt – in finstre Trauerchöre verflüchtigte. Ich weiß, ich spreche dunkel. Von meinen Lippen kommt's wie Fledermäuse, wie Fledermäuse, die Kants Katzen verschonten. Es waren ihrer vier – ein Kompliment vor den Elementen – und hießen Disamis, Darapti, Felisan, Baroco. Ja, die haben dem knurrigen Denker viele Grillen weggefangen. Im Übrigen, verzeihen Sie einem in den Rabatten des Wunderlichen Verstrickten diese vielleicht befremdenden Worte!"

Allen gefiel der zierliche Schnörkel seiner Rede. Man nickte dem artigen jungen Mann Beifall zu und billigte seine Absicht, das „Abstrusianum" zu besuchen, dies sei der Zweck der Reise, die neu begründete und reichdotierteste aller Policinellhochschulen, die Kräfte wie Dr. Graziano und den weltberühmten Polyhistor Don Tiburzio, genannt Dottore Insavilupabiglione, gewonnen habe.

Jetzt war das Eis gebrochen. Das Gespräch wogte hin und her. Niemand kümmerte sich mehr um den noch immer unter den Sitzbänken Zuckenden. „Sylphiden haben keine Schleimbeutel" und ähnliche selten gehörte Bruchstücke schnappte Cyriaks Ohr bisweilen auf. Abermals hielt die Post, und wieder stieg ein Herr ein. Er trug eine Halbmaske aus Spiegelglas, was befremdlich wirkte. Diesen Eindruck milderte auch nicht eine Tüte aus einem Elefantenohr, in der große, tückisch aussehende Bonbons kauerten. Mit blitzender Maske bot er an. Das weckte Appetit. Ein Feuerfresser packte seinen

Kram aus und begann zu frühstücken. Er knabberte einige Knallbonbons und schnüffelte an einer mit blauem Papier umwickelten Rakete, die wohl nicht mehr ganz frisch war, da er sie schließlich geekelt wegwarf. Mit donnerndem Krach explodierte der wurstähnliche Körper. Die Gäule rasten von neuem.

Diese Extravaganzen hatten einem Messerschlucker Mut gemacht. Artig bot er sein Frühstückskörbchen in der Runde an, und Pizzicolli sagte sich: „Ich bin da in eine nette Gesellschaft geraten!" Wie erschrak der Gute aber erst, als er Folgendes aufschnappte: „Was sind Sie, wenn ich fragen darf?"

„Schlafittchenschläger", lautete die Antwort, „und Sie?"

„Werkmeister in einer Purzelbaumsäge", kam es röchelnd aus dem Mund eines windig aussehenden Gesellen.

„Du Grundgütiger, was ist das?", und mit angstvoll geweiteten Augen sah sich Pizzicolli in der Runde um.

Aber ein Herr mit funkelnder, unheimlicherweise in Facetten geschliffener Brille belehrte ihn: „Mein Herr, erschrecken Sie nicht, das sind keine Ämter, nein, das sind bloß Würden, Sie brauchen die Leute nicht sonderlich zu beachten! Denn wo auf Erden bekommen Sie geschlagene Schlafittchen? Etwa so wie Goldschlägerhaut oder Schlagsahne, oder wo in der Welt Purzelbretter, wenn der Ausdruck erlaubt ist." Er schnupfte und fuhr fort: „Würden Sie, mein Herr, gerne Ihre Sachen in einem Kasten aus solch zweideutigem Holzwerk aufbewahren oder sich gar einer Lustyacht anvertrauen, deren Mast und Planken aus geschnittenen Purzelbäumen gefügt wären? Ich nie, nein, nein, niemals! Oh, ich möchte den Abscheulichen sehen, den Unverantwortlichen, der den traurigen Mut aufbrächte, mir diese Frage zu verübeln! Ja, ich gehe weiter: Ich würde die Sägespäne auch des edelsten, na, Purzelholzes, etwa des von kaiserlichen Prinzen in China geschnittenen, nicht einmal zur Fülle meines Spucknapfes verwenden!" Er sah sich drohend um. Man nickte ihm zu.

Der windig aussehende Herr kroch scheu in sich, zog ein graues Gummigewürge aus seinem hektischen Busen und fing an, das Gebilde aufzublasen. „Aha, ein Luftkissen!", dachte Cyriak. Doch zu seinem Erstaunen wuchs das Ding zu anderer Form, und siehe, bald stand ein Hundchen vor ihnen, ein grauer, zottiger Pinsch. Mittels einer sinnreichen Vorrichtung konnte er, auf drei Beinen stehend, eine ätzende Flüssigkeit absondern, was er an dem Rocksaum einer lesenden Dame reichlich tat. Ein entrüsteter Schrei von dünnen Lippen.

Der stolze Besitzer drückte auf einen Knopf, und surrend flog der fragwürdige Hund in den Frühling. Die allgemeine Aufmerksamkeit galt jetzt der Dame. Der Fleck war gewachsen, und das Gewebe zerfiel. Schlimm war, dass der Zerfall immer weiter um sich fraß. Immer wieder blickte die Unglückliche von ihrem Buch auf – sie las Birch-Pfeiffer – und versuchte mit kleinen, ungeduldigen Lauten dem Verfall Einhalt zu tun oder ihn zu verscheuchen, etwa wie man eine immer wiederkehrende Fliege verscheucht. Aber der Verfall fraß weiter, und die entstehende Blöße fiel nachgerade peinlich auf. Schließlich stand ein Herr mit wehendem grauem Haupthaar auf. Der wieder trug eine himmelblaue Brille, jedoch war an ihr bedenklich, dass sie aus Milchglas war. Er schüttelte das Haupt. Seine Haare wogten wie Dampf.

„In meiner Eigenschaft", begann er, „in meiner Eigenschaft als Schnüffelsieder fordere ich Sie auf, ehe Sie in der Beleidigung verstrickt dastehen, öffentlich unzüchtig zu erscheinen, respektive diese Beleidigung beinhaltend, beziehungsweise den Verdacht in dieselbe geraten zu sein vollinhaltlich zu würdigen befunden sein können zu werden gehabt zu haben … Oh, sehet die spielenden Lämmer!", unterbrach er, auf eine Wiese zeigend, seine würdevolle Rede, natürlich nicht ohne dabei über seine Brille zu blicken.

Diese Pause benutzte man, ihm einen kalten Krapfen zu reichen, damit er den widrigen Gegenstand von früher nicht weiter berühre. Doch unbestechlich wie ein Römer wies er das leckere Backwerk mit der gichtisch verkrümmten Rechten von sich.

„Ha, in Entblößung Begriffene", fuhr er mit der ekelerregenden und trostlosen Suada des geborenen Redners fort, „nicht in einem Lupanar des orgiastischen Rom der Caesaren, nicht in einem Harem des Orients, noch weniger in der Schaubude eines … was weiß ich … eines … Krampfadertheaters, wie es das übersättigte Amerika als hochkünstlerisch empfindet … nein, eines anatomischen Institutes …" Mitten in diese Ausführungen des gewandten Sprechers hinein fragte Cyriak seinen Nachbarn: „Bitte, wer ist der Herr?"

„Es ist Janus von Nebelwischer, Sittenschnüffler, was aber, um das Geheimnisvolle seines Amtes anzudeuten, in ‚Schnüffelsieder' verwandelt ist."

„Hätte mir denken können! Wie könnte man Schnüffeln sieden?"

„Sehen Sie", antwortete sein Mentor, „doch hören wir zu, was der Herr weiter spricht. Man munkelt allgemein, dass er der wiedergeborene Cicero ist und Cato in einer Person."

„Kurz, ich fordere Sie auf, dieses dahinwalzende Lokal sofort zu verlassen. Dies im Namen Truffaldins, des Polizeiministers der vier Könige, der bloß noch dem Sküs untersteht."

Das Gefährt hielt. Die weinende, bloß noch ein wüstes Kostümbild darstellende Frau wurde in einen schnell entleerten Postsack gesteckt. Briefe und Zeitungen flogen im Winde als lustiger, weißer Schwarm davon. Man blies ihnen ein Trompetenliedchen nach. Und jetzt wurde es Cyriak mit einem Schlag klar, warum die Postillons das sprichwörtliche Horn haben. Ja, Reisen bildet!

Sein Nachbar klopfte ihm auf die Schulter. „Sehen Sie, darum die oft so elenden Postverhältnisse!" Er deutete mit dem Stock auf die fliegenden Briefe. Dann wurde das reichliche Handgepäck der Dame über sie in den Sack geleert, der Käfig mit dem ausgestopften Papagei wurde glattgeschlagen und zuoberst als luftdurchlässiges Gitter darauf gelegt. Die Frau aber schrie, da der dunkel gewordene Himmel Regen drohte, und der Wind, der die Post befördert hatte, unterstrich dies Bedenken mächtig.

„Gut, wir sind keine Unmenschen", ließ sich Nebelwischer neuerdings hören. „Seht dort das Kapellchen, bloß ein Bildwerk der heiligen Kummernus, der sonderbaren christlichen Platzhalterin der bärtigen Venus."

„Was brauchen wir Nüsse? Uns frommt Angelika, nichts als diese, also fort mit der bärtigen Nuss! Dort wollen wir die anstößige Weibsperson aussetzen."

Die entmenschten Kondukteure versuchten das Bildwerk zu entfernen. Es ging nicht. Alle Passagiere halfen. Umsonst. Da übernahm der milchglasbebrillte Greis das Kommando. Vorerst ließ er mehrere Koffer abladen. Oben stehend, schwang er das Skelett eines Regenschirmes und schrie: „Die Gäule aus den Sielen!" Man folgte seiner Anordnung. „Zwo Deuchseln an das Bild der Kummernus gelegt!" Auch dies geschah. Kurz, was soll ich lang herumreden, sechs vorgespannte Rosse hoben schließlich das Bild aus den Angeln und rasten mit dem geschändeten Idol übers staubende Blachfeld, rasten weiter und weiter und verschwanden schließlich als kleiner Punkt am Horizont. Der Donner grollte.

„Einsteigen", riefen die Kondukteure, „wir fahren glei weiter!"

„Ja, aber die Ross'?"

„Ah, was gehn uns dö Ross' an! … mir ham z'fahrn!"

„Ja, aber wenn d' Ross' a'gfahrn san?"

„O Kruzitürken, dös hammanetxen! Na so was! Dö Ludern!" Und die Wackren kratzten die Köpfe.

Ein böser Streit entspann sich, doch ein betäubender Donnerschlag machte dem Geschrei ein Ende. Im Augenblick sah man sich in Wasserströme gehüllt wie in nasse Vorhänge. Kurz, es goss, wie es nur in Ländern gießen kann, die von Leuten bewohnt sind, die selbst keine rechte Ordnung kennen. Alles drängte ins Kapellchen, ohne sich um die bereits ertrunkene Dame im Postsack mehr zu bekümmern. Und schau, im Tempelchen war genau dort, wo die Heilige gestanden war, ein gähnend schwarzes Loch. Zögernd ließ man sich hinab. Aus einer Krücke, die im Heiligtum gestanden, machte man eine Fackel und tastete sich einen Gang weiter. Ein Gewölbe. Die Statue eines bedenklich aussehenden Subjektes, halb Imperator, halb versoffener Markthelfer, erhob sich.

„Das Kenotaph eines Polenkönigs?"

„Nein, eines der sieben Gräber des Attila!", krächzte ein fahler Greis, der, wie aus Müll gezaubert, unvorhergesehen vor den erstaunten Reisenden stand.

„Ich bin der Greis Quihlohradez, dies ist das Hinterteil eines Naturwunders, und ich bitte um ein kleines Trinkgeld, meine kärglichen Beziege als Wächter dieses und der Seitenabzweigungen ein wenig aufzubessern. Vorsicht Staffel!", sprach er weiter. „Die Herren wolln wohl gewiss auf kürzerem Weg nach Gurkfeld?"

„Nach Gurkfeld? Fällt uns nicht ein!", antwortete der Chorus.

„Wer Gurkfeld nicht gesehen hat, hat nichts gesehn", sagte wichtig der Greis und schnäuzte die Laterne. „Uibrigens, kommen Sie nur! Der Wolkenbruch dauert seine guten vierzehn Täge, ich kenne das."

Und sie stiegen immer weiter in den Schlund der Erde. Der Weg war glitschig. Ab und zu donnerte ein Wasserfall in einer Seitenschlucht der ungeheuren Dome, die sie durchwanderten.

„Hier ist das Ei!" Der Führer wies auf ein Tropfsteingebilde von ungeschlachter Größe. „So genannt nach dem Frühstück, das der Kaiser Franz einst hier einzunehmen geruhte. Hier die drei sich beschnuppernden Löwen. Dort das klavierspielende Embryo und hier die posaunenblasende Salzgurke, jawohl."

Alles bewunderte die solcherart benannten und für die Phantasie eindeutig festgelegten Gebilde einer stumpfsinnig wirkenden Natur.

„Wollen sich die Herrschaften nicht fotografieren lassen?" Mit dieser Anfrage trat ein düstrer, zottelbärtiger Mann mit entzündet glühenden Augen hinter der posaunenblasenden Salzgurke hervor und rollte einen großen Kasten vor sich her.

„Hihi, hihi", lachte aber hämisch ein Buckel, der, ein Laternchen auf einem Stock, am Boden herumleuchtend nach Zigarrenstummeln suchte, „hihi, glauben Sie ihm nicht, er hat gar keinen Apparat! Die Fotografie ist ja noch gar nicht erfunden!"

„Du Lump", heulte der Zottelbart, „du Lump, du lichtscheuer! Die Fotografie nicht erfunden? Meine Herren, ja, ich leugne es nicht, dass sie noch in den Kinderschuhen steckt. Ich mache Bilder auf Zuckerhutpapier, dies ist billiger als das auf der Oberwelt gebräuchliche

Wachstuch, und ich habe schon Resultate … Resultate! Also, glauben Sie ihm nicht. Bedenken Sie, ein Mann, der in jungfräulichen Grotten nach Zigarrenstummeln sucht! Oh, es ist nicht zu fassen … ach, meine Herren … bleiben Sie doch!" Allein, man ging weiter.

„Dr. Eusebius Nockhenbrenner mein Name." Es war der Schwarzbrillige, der, neben unsrem Helden schreitend, es endlich an der Zeit fand, sich vorzustellen. „Ich sehe Ihnen an, mein Herr, dass Ihnen manches wunderlich vorgekommen ist, was Sie in den letzten Stunden erlebt haben. Und doch geht's hier nicht um ein Grad wunderlicher zu als in irgendeinem andren Land. Die Vorgänge sind bloß kristallhafter herausgearbeitet, der neu angekommene Fremde distanzierter dazu gestellt, und die kleine Differentialkluft sozusagen lässt Ihnen alles in größerer Plastik erscheinen. Das ist wie beim Theater, das ja im Grund geordnetere Wirklichkeit ist. Der Süden ist grotesk durch seine Unordnung, der Norden durch seine Ordnung. Wir Glücklichen halten die Mitte zwischen Narrenkappe und Pickelhaube. Natürlich schießt ab und zu ein nationalökonomisches oder verwaltungstechnisches Unkraut aus dem Boden. Sehen Sie, da haben wir zum Beispiel einmal das anglikanische Ministerium gehabt …"

„So, so", machte Cyriak zerstreut, „hatte das irgendeinen Bezug mit der Hochkirche?"

„Ach nein, es war eine rechte Schande, wissen Sie, das war ganz anders. Wir haben da einmal einen König gehabt, Amandus Kadrschafka, in Zivil ein unsympathischer Dickwanst, der war Zuckerbäcker gewesen. Na, Sie kennen doch das grüne Zeug auf gewissen Torten, oben, schmeckt ja ganz gut … Angelika? Läusekraut zu Deutsch. Heute sieht man's ja seltener, früher aber, in alter Zeit, da war man ganz toll drauf, da sind

Morde wegen dem Schleckerwerk an der Tagesordnung gewesen, und Ludwig XIV. zum Beispiel hat wie ein Kind gestrampft, wenn er nicht schon zu seinem Silberkübel mit Morgenschokolade sein Armvoll dickverzuckertes Läusekraut bekommen hat. Da hat er den ganzen Vormittag still und pompös daran gefressen, eine Leidenschaft, die besonders der Kardinal Mazarin schlau geschürt hat. Diese zweideutige Figur war ursprünglich wegen alter Hosen – eine Pestepidemie hatte hohe Konjunktur geschaffen – aus Galizien nach Paris gekommen. Dort stellte er sich in einer noch wenig gebrauchten Kardinalsuniform beim König vor und lenkte bald Europa in tiefste Missgeschicke hinein. Bei dem miserablen Nachrichten- und Erkennungsdienst der Epoche blieb er zeitlebens nahezu unbehelligt. Denn so wie es heute vielfach falsche Eintänzer gibt, wurden damals Kardinäle und Großinquisitoren, der Modeberuf der Epoche, massenhaft gefälscht. Aber zur Sache: König Amandus I. wollte partout eine Renaissance des Läusekrautes entstehen lassen, stampfte stündlich Angelikafarmen aus dem Boden und wollte den ganzen Karst auf diese Art begrünen. Doch bald wurde dieser staatliche Auswuchs zertreten, denn amtsstolze Läusekrauträte hemmten wie zäher Kot die Räder des Staatswagens. Ihre Sekretäre schlangen sich wurmartig in seine Speichen, in jedem Salon machten sich arrogante, hohle Läusekrautkonzipisten breit, nur weil keiner von ihnen wusste, was er zu tun hatte." In Dr. Nockhenbrenners Rede klang gegen Ende das Bimmeln eines Glöckchens hinein, klein und zart und doch offenbar etwas Wichtiges verkündend. Cyriak kam unwillkürlich der Gedanke – eine Eisenbahn! Und siehe, als man um ein Eck bog, stand man, gerade als die letzte Krücke verlöschte, an der Hinterfront eines unverkennbaren Stationsgebäudes. „Freienfeld – St. Superan" war deutlich am Eingang zu lesen. Und auf einer Milchglastür „Zu den Personenkassen".

Mürrisch erklärte der vortragende Rat: „Wir haben natürlich auch eine Bahn in den Nordprovinzen, verstecken sie aber sorgfältig vor dem reisenden Publikum, weil wir den Fremdenverkehr nach Möglichkeit steuern wollen. In den ebenen Südprovinzen ist dies leider schwer angänglich. Doch hier im Lande der Höhlen kommt uns die Natur auf halbem Wege liebreich entgegen. Nur müssen wir die Strecken teilen und haben daher so viele Bahndirektionen als wir nicht zusammenhängende Höhlensysteme haben. Aber es scheint Zeit zu sein! Ich dachte selbst nicht, dass wir auf diesem Wege zu einem Bahnhof kommen."

Kaum am Perron, brauste auch schon ein Train aus der Bergesnacht hervor. Vier ächzende Lokomotiven – flachen Sparherden nicht unähnlich, ein Typ, wie er auf der Oberwelt nicht mehr gerne gezeigt wird – schoben sich dampfend und viel glühende Asche verlierend an den Reisenden vorbei. Schaffner sprangen ab, öffneten die zahllosen Coupétüren und brüllten den Stationsnamen auf unverständliche Art in das rauchige Dunkel.

Gerade über dem Perron ging aus unbekannter Höhe ein feiner Strahl eiskalten Wassers nieder. Vermummte Kinder liefen den Zug entlang und priesen verschiedene Waren an, frisches Wasser, lebende Grottenolme und Gesteinssplitter. Bei einer Felswand nahe dem Zugsende gab es ein dröhnendes Gebrüll. Ein Beamter verwehrte energisch verschiedenen Reisenden, einen Anstandsort zu benützen, obschon durch eine Aufschrift als solcher kenntlich gemacht, weil erst vor kurzem in dem unheimlichen Labyrinth, das derselbe darstellte, sich einige Unglückliche auf Nimmerwiedersehen verirrt hatten.

Man war im Begriffe einzusteigen. Da raste der Zugführer heran.

„Sind Ausländer darunter? Dann zuerst den Revers des ewigen Schweigens unterschreiben!" Pizzicolli stutzte und wollte protestieren, allein, man reichte ihm ein Protokoll, das von ernstgemeinten Hanswurstiaden strotzte.

„War Wurstverdacht?", meckerte ein jählings aufgetauchter, mit einem Teufelbart behafteter Geselle, der so schielte, dass man nur das Weiße seiner Augen sah. Nicht genug damit, kamen vier Skaramuzze mit schwarzen Mützen, musterten finsterer Miene das Blatt und lange den Reisenden. Dann murmelten sie miteinander und blickten verschränkten Armes düster vor sich hin.

„War Wurstverdacht vorhanden?", fragte schließlich der eine mit eisiger, schneidender Stimme den Zugführer.

„Nein."

„Einsteigen! Einsteigen!", brüllten die Schaffner.

„Halt!", machten die finstren Herren. Zwei jüngere Individuen kamen mit einer Kassette angetrabt. Man trat zu Cyriak. Er wurde genötigt, den Rock auszuziehen und die rechte Hand auszustrecken. Man nahm umständlich einen Abdruck seines Daumens, den die vier lange von allen Seiten betrachteten. Schließlich korrigierte man deren einige Linien, überstrich das ganze Blatt schwarz, wohl um Unberufene irrezuführen, und erlaubte zögernd die Weiterfahrt.

„Das waren Skaramuzze", erläuterte der liebenswürdige Mentor, „doch heute bloß halbamtlich tätig. In voller Amtsgala tragen sie noch dazu einen künstlichen Höcker, was den Ernst der Erscheinung unendlich erhöht, und bei ganz feierlichen Anlässen noch dazu eine schwarze Halbmaske mit einer überlangen krummen

Nase. So erscheinen sie auch im Großen Rat und geben ihre Meinung ab. Das ist eine sehr weise Einrichtung, denn niemand erfährt auf diese Art jemals, wer gesprochen hat. Die lange Nase hat noch dazu den Vorteil, dass man so gut wie kein Wort versteht. Sie sehen, auf diese Weise ist das Parlament absolut unschädlich, ohne dass man auf seine dekorative Wirkung zu verzichten braucht."

Die Herren sprachen noch lange in diesem Sinne weiter, doch wurden sie jeden Moment von kontrollierenden Organen unterbrochen. Sonderbar war es, dass mehrere Male nachfolgende Beamte die Karte beanstandeten, die vor wenigen Minuten ihr Vorgänger anerkannt hatte. Mit großen Lupen wurden die Billetts wiederholt untersucht, ja, einmal sogar mit einem Mikrometer gemessen und die Resultate einer Kommission diktiert. Das Oberhaupt derselben, ein eigensinniger Greis mit Watte in den Ohren, schien aber absolut nicht zufriedenzustellen.

Schließlich riss man ein Stückchen von Cyriaks Karte ab und verbrannte es. Alles schnüffelte an dem Rauch und schien jetzt endlich beruhigt.

„In aller Teufel Namen!", polterte Cyriak los. „So etwas hab ich noch nirgends erlebt, das ist stark!"

„Ja", bestätigte Nockhenbrenner, „heute treiben sie es ein wenig arg. Vielleicht ist es ein Nachwehen des Gewitters … wer kann das wissen? Oder sind neuerdings strenge Erlässe heruntergekommen? Wissen Sie, wir haben einen neuen Sküs, der krempelt alles um."

Was aber jetzt kam, war wirklich angetan, auch Phlegmatiker kribblig zu machen. Die Coupétür wurde aufgerissen, und herein traten zwei Hellebardiere und zwei Cavalle. Es waren dies Uniformierte, die über der Kopfbedeckung einen Pferdekopf aus Papiermasse angebracht hatten, dazu zwei Arme auf den Mantel gemalt, von denen der eine die Zügel, der andre einen gleichfalls gemalten Säbel hielt. Nockhenbrenner sprang auf und stand habtacht, denn die Cavalle bedeuteten immer die Vorläufer eines besonders hohen Beamten. Und richtig, es trat ein goldstrotzender Herr herein mit Federhut und Allongeperücke, auf einen riesigen Bleistift gestützt, wie man solche bisweilen in den Auslagen neuerungssüchtiger Papierhandlungen findet.

„Warum stehen Sie nicht auf?", brüllte der hohe Herr Cyriak an. „Wissen Sie nicht, wer ich bin?"

„Wahrscheinlich der Agent einer Bleistiftfirma … allein, ich kaufe nichts", murrte Pizzicolli.

„Ha, das werden Sie büßen, büßen, verstehen Sie!", brüllte der prunkvolle Beamte, und die Cavalle begleiteten seine Rede mit drohenden Blicken. „Ich bin so gut wie die Trull!", schrie der goldene Herr weiter mit sich überschlagender Stimme. „Bin der reisende Arm des Skös! Warum zittern Sie nicht … Billett her!" Cyriak reichte die Karte. Der Prunkvolle triumphierte. „Woher haben Sie … dies … Billett?"

„Am Schalter von Freienfeld–St. Superan gekauft."

„So, so, seit wann verkauft man denn dort Karten, bei denen keine Datumstampiglie angebracht ist? He, mein Freund, Sie werden sofort aussteigen, sofort aussteigen, und können meinetwegen auf der Strecke verhungern, Herr, ja, verhungern, die gerechte Sühne für Ihren Frevel!"

Jetzt war Cyriaks Langmut zu Ende. „Hinaus, Sie Idiot, hinaus! Ich werde Sie Mores lehren, hinaus! Sonst haue ich Ihnen mit Ihrem eigenen Bleistift den Schädel ein, Sie vertrullter Hanswurst!" Und er machte Miene, sich auf den hohen Beamten zu stürzen. Der floh, gurgelnd vor Wut. Cyriak warf ihm noch ein Gepäckstück nach, das er aus dem Gepäcknetz gerissen hatte. Das

Köfferlein zersprang, ein runder weißer Gegenstand hüpfte dem Galafunkelnden klingend nach. Seine letzten Worte waren „Eine Bombe!", dann platzte das Geschoss klirrend.

Aufatmend setzte sich Cyriak neben Rat Nockhenbrenner, der nur stumm die Hände rang oder zu Boden stierte. Der Besitzer des Handköfferleins war auch aufgewacht und murmelte tonlos vor sich hin. „Was … tu … ich … jetzt … was … tu … i … jetzt …"

Cyriak wischte sich den Schweiß von der Stirne und entschuldigte sich bei dem Verstörten. Er werde natürlich den Schaden voll ersetzen. Aber der wehrte nur kopfschüttelnd ab und sank gebrochen in die Polster seines Sitzes.

„Unseliger", krähte dafür Nockhenbrenner los, „Unseliger! Wissen Sie, was Sie getan haben? Dass Sie den Generaldirektor des Netzes verjagt haben, davon will ich gar nicht reden! Das wird noch sehr, sehr schlimm für Sie enden. Aber Sie haben das höchste Ehrenzeichen dieses würdigen Mannes da vernichtet, sein Glück in Scherben geschlagen … seinen … Ehrenscherben zu Scherben!"

Da wollte Cyriak abermals aufbrausen. Dann aber erfuhr er, dass er den Ehrennachttopf eines hohen Beamten, der eben in den wohlverdienten Ruhestand versetzt worden war, mit frevler Hand vernichtet habe. Der Ehrennachttopf sei das höchste Amtsehrensymbol des Staates. Denn erst vom Hofrat aufwärts dürfe eine gewisse Verrichtung im Amtszimmer selber verrichtet werden … der ewige Neid aller Subalternen … wie komisch ist doch die Welt!

Ein zweites symbolisches Gefäß würde niemals mehr verliehen … Und wenn eines Tages der Skües käme und von ihm Rechenschaft über den Topf verlangt würde …

nicht auszudenken! Cyriak versprach dem schluchzenden Herrn ein ganzes Rudel der schönsten Brüder des Zerschmetterten zu kaufen. Der zerstörte Nachttopf war ein Männchen der Form nach gewesen, ein strammes, lebensfähiges Männchen. Doch er erfuhr nur eisige Abwehr.

„Gut, dann nicht", und Cyriak dachte, nun sei wohl auf dieser Fahrt nichts Merkwürdiges mehr zu befürchten. Er sollte sich aber bitter getäuscht haben.

Kein Wunder, dass er nach all den Aufregungen schließlich in tiefen Schlummer versank. Nach einer Stunde vielleicht rüttelte ihn sein Reisegefährte wach. Pizzicolli wollte fragen. Nockhenbrenner deutete nur auf das gramgebrochene Häufchen Elend im Eck und murmelte dann: „Unseliger, Sie haben ein Lebensglück vernichtet! Wir sind am Ziel."

Der Train hielt. Man stieg aus. Cyriak und Nockhenbrenner, beide von Gepäck unbehindert, schritten durch die Sperre. Acht finstre Herren nahmen dort mit unsrem Helden noch ein Protokoll auf, dem in einer Sänfte der hohe beleidigte Galabeamte beiwohnte. Dann war er entlassen. Allein mit Nockhenbrenner lief er eine Stiege empor, die offenbar aus dem Untergrundbahnhof führen würde, sah aber zu seinem Erstaunen, dass die letzte Türe, die er öffnete, in einen Kasten führte, in dem rechts mehrere Fächer mit Kompott standen. Cyriak sah sich wirr nach seinem Begleiter um, der etwas zurückgeblieben war. Es sei schon richtig. Und beide Herren öffneten die innere Türe, um sich im nächsten Moment in einer gemütlichen, kleinbürgerlichen Schlafkammer zu befinden, in der bloß zahllose Abdrücke straßenkotiger Schuhe am Boden befremdeten. Dann trat man in eine Wirtsstube, in der eine schläfrige Magd beim Schein eines Lämpchens strickte. Noch eine Türe – man war im Freien.

Der Bahnhofsplatz von Gurkfeld. Da stand er jetzt. Sein Begleiter hatte sich ziemlich kühl empfohlen und war mit aufgestelltem Kragen ins Dunkel hineingestapft. Nun wohl. Cyriak kam sich ein wenig als Geächteter vor, als jemand, auf den die Staatsgewalt ein Auge hat. Was hatte man ihn auch so gereizt? Da fehlte ja bloß noch Hexenriecherei oder gar der Passzwang! Aber, so verblödet war man doch im Lande der Skaramuzze noch nicht! Und mit dieser beruhigenden Erkenntnis trollte er weiter.

Gurkfeld! 20 000 Einwohner. Kapuzinerkloster. Schloss des Fürsten Sparrenschild. Berühmte Viehmärkte am St.-Anastasius- und Nikodemustage. Kaffee-Ersatzfabrik der Firma R. & Th. Gianaklis frères. Hm, soviel wusste er noch aus der Schulzeit. Es regnete still und traurig. Vier trüb brennende Gaslaternen umstanden gelangweilt ein Monument. Cyriak trat zwar hin, konnte es aber nicht entziffern.

Jäher Trommelwirbel ließ ihn auffahren. Ein barhäuptiger Knabe rührte das feucht klingende Instrument. Aus seinen langen Locken troff das Wasser. Just als er das Kind, des Bettelverdachtes wegen, hart anlassen wollte, begann dieses mit selten schönem Schmelz in der Stimme ein Liedchen zu singen, von einzelnen Rataplans und Burlebumms bisweilen unterbrochen. Und was sang das Kind mit süßer Stimme?

„Willst du gut die Nacht verbringen,
edler Fremdling, komm mit mir!
Du siehst Akrobaten ringen,
hörst die vier Carusos singen,
siehst, wie sich im Reigen schlingen
schöne Mädchen, komm mit mir!
Was die Küche, was der Keller
leckres beut für Glas und Teller,

35

Gollasch, Schinken, Wein und Bier –
mög dir munden. Komm mit mir!"

In schmelzender Kantilene endete das holde Geschöpf-
lein seinen Sang und sah Cyriak schelmisch aus den Au-
genwinkeln an.

„Wer bist du?"

„Ich – ich bin das Barmädchen."

„Aber du bist doch ein Knabe!"

„Das schon", antwortete das junge Wesen mit nieder-
geschlagenen Augen, dass man die langen Wimpern
bewundern konnte, „aber – ganz wie die Herrschaften
belieben, Sie werden ja sehen! Gelt, Sie kommen doch
zu uns ins Varieté!" Dabei legte das holde Wesen Rouge
auf und handhabe versiert den Lippenstift.

„In Gurkfeld ein Varieté? Gut, ich komme!"

Der kleine Tambour hängte die triefnasse Trommel
um und stapfte voraus, Cyriak sorgsam an der Hand
führend. Es war eine zarte, feste Kinderhand, an der ein
Bracelet saß, was den guten Cyriak nicht wenig verwunderte. Nach wenigen Minuten betraten sie eine enge,
finstre Gasse, an deren Ende ein trübes Licht brannte.
Der Eingang zum Varieté. „Musis Artibusque" stand in
goldenen Lettern über dem Eingang.

Bei einem als Ludwig XIV. verkleideten Greis nahm
unser Held ein Billett. Peitschenknallende Stallmeister
öffneten eine verschlissene Samtportiere. Er trat ins
tabakraucherfüllte Innere des Musentempels. Rötlichgel-
bes Gaslicht flackerte allenthalben. Eine kleine Anzahl
Besucher war in dem viel zu großen Raum schütter verteilt.

Eine Menschenpyramide stürzte eben auf der Bühne
zusammen. Klappernder Applaus lohnte die Akrobaten.
Cyriak nahm Platz. Der Vorhang ging auf. Ein indischer

Zauberer erschien und ließ eine junge Gehilfin in eine große Laterne treten. Das Mädchen war in dem Glasgehäuse deutlich sichtbar. Der Zauberer ging um den Glaskörper herum und entzündete dann ein im Innern befindliches Pülverchen, das mit blauem, dichtem Rauch explodierte. Dann zertrümmerte er das Glaswerk – und siehe: die schöne Gehilfin war verschwunden.

„Hipnoose … Hipnoose …", ächzte eine gedrückte Stimme unweit von Cyriaks Ohr. Der, ärgerlich über den plumpen Schwindel, blickte sich streng nach der Stimme um.

„Doch … Hipnose!" sprach ein plump aussehender Herr neben ihm. „Wötten, dass?"

Aber schon war der Indier wieder in Aktion getreten und bat mit fremdländischem Akzent einige der Herren auf die Bühne. Er würde sie im Handumdrehen in Hunde verwandeln. Verschiedene Zuschauer folgten geschmeichelt seiner Aufforderung, darunter auch der Nachbar Cyriaks.

Was jetzt geschah, war allerdings erstaunlich genug. Kaum mit dem Stäbchen berührt, schrumpften die Herren zusammen und waren im Nu zu fröhlich bellenden Kötern geworden. Der Beifallssturm wollte kein Ende nehmen. Selbst Cyriak war hingerissen. Doch wie erstaunte er, als die Hunde wieder ins Publikum zurückkehrten und auch sein Nachbar als große Ulmer Dogge neben ihm am alten Platz hockte.

Fröhlich mit den Ohren beutelnd, sah der Verwandelte den weiteren Darbietungen entgegen. Seine lechzende Zunge tropfte vor Erregung und neugieriger Spannung, als er in das Programm blickte. Cyriak blickte ganz verstört auf den unheimlichen Nachbarn. Der lächelte, die tropfende Zunge verschwand für einen Moment, und sprach: „Famos, was sagen Sie jetzt!"

Pizzicolli sprang entsetzt auf. „Sie sind ja ein Hund!"
Rufe um Stille und „Setzen!" erklangen.

„Woos, i a Hund? Döös is stark ... gleich nehman S' 's zruuck!", und zähnefletschend knurrte ihn der Sitznachbar an.

Sofort waren erregte Zuschauer um Pizzicolli aufgetaucht. „Na, erlauben Sie ... der Herr Stadtrat Orebespichler ein Hund! Entschuldigen Sie sich aber augenblicklich, mein Herr, das geht doch zu weit!"

Was blieb Cyriak anderes übrig, als sich angesichts der drohenden Menge dem Willen des Sprechers zu fügen. Der Kapellmeister klopfte ab, Cyriak stand auf und entschuldigte sich, zu der tückisch blickenden Dogge gewendet, wie man ihm vorsagte. Die Dogge beutelte sich, dass das Fell knallte, und legte eine schwielige Pfote in die Hand Pizzicollis. Nein, es war zu arg! Es war trotz alledem doch ein Hund, er merkte es ganz deutlich an der Afterklaue, die statt des Daumens allzu hoch saß. Dann empfahl sich Cyriak, kalten Schweiß auf der Stirne. Er trat ins Foyer und biss sich in den Finger, um zu konstatieren, ob er träume oder bei Bewusstsein sei. Das war doch noch nicht dagewesen. War er nun verrückt oder alle die anderen?

Hilflos sah er sich um. Dann ging er zur Bar, um irgendein kühlendes Getränk zu sich zu nehmen. Freundlich und kokett begrüßte ihn die Barmaid. Cyriak fuhr zurück ... Das war doch der kleine Tambour vom Bahnhofsplatz!

Scheu sah er das junge Mädchen an.

„Verzeihen Sie, Fräulein, sind Sie nicht eigentlich ein nächtlicher Trommler?"

„Der Herr scherzen nur", schmollte das hübsche junge Ding mit den schelmischen Augen. Aber Cyriak erzählte sein Abenteuer.

„Aber, Herr, wie ist dies alles denn möglich? Wir haben kein Monument, geschweige denn einen Bahnhofsplatz, aus dem einfachen Grund, weil Gurkfeld nicht an der Bahn liegt … mir sein so zurückgesetzt", fügte sie hinzu, wobei sie kokett an der Tändelschürze zupfte.

„Vielleicht ein Brüderchen?"

Nein, einen solchen habe sie auch nicht.

Cyriak sank ganz vernichtet zusammen. Dann sprang er auf. „Ha, jetzt hab ich euch, ihr tückische Bande! Natürlich … es ist ja eine der staatlichen Lügen, dass es keine Bahn gibt … mir ist jetzt alles klar … oh, welch ein Licht geht mir auf! Ihr haltet alle zusammen, Ihr infame Brut!"

Auf das Geschrei Cyriaks liefen von allen Seiten Leute herbei. „Offenbar irrsinnig! Gurkfeld an der Bahn gelegen! Monument! Die Zenzl für an Buben gehalten … na so was!" Das wisse man besser! „Jawohl, Herr, oho, das is ja derselbe, der den Herrn Orebespichler für eine Ulmer Dogge hält … Polizi, Polizei!"

Dann kamen wieder andre erregte Gruppen. „Die Zenzl a Madl … nein! A Bub! Herr, haben Sie denn keine Augen? Wo hat denn selbst der molletste Bub so an Busen? … Herr, haben Sie denn noch nicht keinen Busen gesehen? … No freilich, wann er an Orewespichler Poldl für an Hund anschaut …", so ging das Tohuwabohu weiter.

Auch die wild knurrende Dogge war erschienen und blickte den Verstörten mit blutigen Augen an. Ein großer Mann mit Glotzaugen, die nur nach einer Richtung blicken konnten, packte Cyriak am Rock und brüllte: „Der Herr is a Geschworener!" Dabei deutete er mit bebender Hand auf den immer wilder knurrenden Köter, der, die Rückenhaare gesträubt, an einer Ecke des Buffets schnüffelte. Besonders eine Stelle schien sein missbilligendes Bedenken in hohem Grade zu erregen. Der schöne Knabe – oder vielleicht das Barmädchen – kraute den Wildling am Kopf und zeigte ihm ein Wurstende, nach dem der flohwimmelnde Unhold und angebliche Laienrichter gierig schnappte.

Jetzt kam die Polizei. Es war der letzte Moment … Cyriak glaubte umschnappen zu müssen. Sieben Mann stampften taktmäßigen Schrittes herein, in hohen lackierten Tschakos, mit Kommisssäbeln und breiten Lederbandeliers, auf denen seltsamerweise das Motto „Josef Piatniks Söhne, k. k. landesbef. Tarockkartenfabrik in St. Pölten" stand. Alle sieben standen mit einem Ruck habtacht.

Dann trat einer vor und richtete etliche schnarrende Kommandos an die Truppe. Er ging von Mann zu Mann, nestelte an der Montur und beanstandete schlecht geputzte Knöpfe. Dann folgten einige militärische Evolutionen, die allgemeinen Beifall ernteten. Da trat ein in Rauchwolken gehüllter alter Herr an den Kommandanten heran. Cyriak hatte noch nie im Leben einen so heftigen Raucher gesehen. Der Nikotinwolkige deutete mit knochigem Finger auf unsren Delinquenten und richtete einige schleimheisre Worte fremdartigen Klanges an den Unteroffizier, offenbar die Mahnung, nicht zu exerzieren, sondern des Polizeiamtes zu walten. Der schüttelte bloß den Kopf und sagte: „Lassen S' ins in Ruah, Herr Tschianagglis, mir san falsch alarmiert wordn, heint hat 's andre Spiel in Tag!"

Und richtig, andre sieben Mann trabten in das Foyer. Auf ihren Bandeliers konnte der erstaunte Cyriak wieder „Josef Glanz' Söhne in Troppau" in zierlichstem Messing lesen. Die beiden Truppen begrüßten sich aufs Artigste und defilierten im Stechschritt einige Male aneinander vorüber.

Das Publikum war begeistert. Übrigens war auch diese Truppe falsch. Und da aller guten Dinge drei sind, kam nach wenigen Minuten das richtige Corps mit der Devise „Florian Pojatzis Söhne, Eydam, Neffen & Erben in Stadt Steyr, auch Zündhölzchen en gros", von donnernden Jubelrufen begrüßt. Ja, das waren die Richtigen!

„Gott erhalte, Gott beschütze
uns den Mond und den Pagat,
überdies auch den Sküs!
Der vor allem Thrones Stütze,
Stütze auch von Volk und Staat!"

So sang die Menge, denn die Begeisterung über die schneidige Truppe hatte ihren Höhepunkt erreicht.

Das kleine Buffetfräulein war jubelnd auf die Tischplatte gestiegen und war von dort auf den Rücken der braven Dogge geglitten. Jetzt ritt sie an der Spitze des Zuges und richtete gerade, als sie an Cyriak vorbeikam, das Strumpfband unter dem kurzen Röckchen, dem Verstörten einen wahren Glutblick zuwerfend. Das gab ihm den Rest. Er hatte genug. Festen Schrittes ging er auf den rauchenden Griechen zu, den er für sachlich und unbestechlich zu halten geneigt war. „Herr Gianaklis, nicht wahr?"

Der Angesprochene nahm den Zigarettenspitz aus dem Mund, erstickte vor Zuvorkommenheit fast in katarrhalischem Auswurf und fragte, mit was er dienen könne.

Er bitte endlich verhaftet oder wenigstens in einem Irrenhaus interniert zu werden, da würden doch vielleicht die einzigen normalen Menschen dieses Staates zu finden sein. Gianaklis sah ihn pikiert an, drehte den Bernsteinspitz einige Male hin und her und sagte dann nachdenklich: „Mein Herr, die einzige Sehenswürdigkeit hier ist bloß das Panorama. Es stellt die Grianán of Aileach dar … nie gehört? Sehen Sie", dabei nahm er Cyriak unter dem Arm und erklärte ihm im Umhergehen, „es sind dies alte Befestigungslinien einige Kilometer nördlich von Londonderry. Aber, was haben Sie denn?"

Die Dogge war unbemerkt herangetreten und zupfte den alten Herrn am Rockschoß. „Die Zenzl fragt, ob du mit uns zwei nachher soupieren willst? Geh, Nestorl, sei fesch!"

„Herr", flehte Cyriak mit angstgeweiteten Augen, „Herr, schenken Sie doch den Einflüsterungen dieser Ulmer Dogge kein Gehör. Fliehen Sie das sündhafte Gelage mit dieser hermaphroditischen, noch dazu halbwüchsigen Hetäre! Sie, oder es, oder was sonst diese leichtfertige Beauté ist, wird auch Sie verblenden, bedenken Sie, ein Feigenkaffee-Erzeuger in so fragwürdiger Gesellschaft!"

„Mein Herr", sagte Gianaklis traurig, „nun sind Sie leider reif für das gewünschte Institut. Ich wollte Ihre verwirrte Seele mit Hinweis auf heilige, reine Kunst beruhigen. Es gibt nichts Kalmierenderes als rund um sich bemalte Leinwand, mit der Summe unzähliger Fluchtpunkte im Horizont. Diese irrealen Etwase summen förmlich ein Lied der Ewigkeit. Kommen Sie", und der schleimrasselnde Grieche nötigte Cyriak zur Türe, wo die Equipage des Fabrikanten bereit stand. Man stieg ein. Ein gelegentlicher Blick durch das Rückfenster zeigte Cyriak, dass die immer kotumkrusteter werdende Dogge mit hängender Zunge folgte. Es war über alle Maßen unheimlich.

Nach ziemlich langer Fahrt hielt man vor einem schmiedeeisernen Gittertor. Dann ging's durch einen

Park voll regennasser Zweige zum Portal eines sanatoriumartigen Baues. Eine Unzahl Steingutzwerge wiesen alle mit krummen Fingern in eine verhängnisvolle Richtung. Ein Portier führte die Herren in ein Wartezimmer. Nach wenigen Minuten erschien ein düster blickender, großer Herr mit besenartigem Vollbart. Gianaklis ging ihm entgegen und stellte vor: „Herr von Pizzicolli – Herr Direktor Schnopfdieterich!" Der also Geheißene sah Cyriak durchdringend an und verbreitete einen intensiven Jodgeruch, sich so sofort als Mann der Wissenschaft legitimierend. Dann fragte er ihn mit einem jähen, unerwarteten Stich des beringten Zeigefingers in die Richtung des Sonnengeflechtes: „Haben Sie etwa die ‚Experimentaldämonologie' des Slivinius Čwecko gelesen? Nein? Wie stellen Sie sich zu den ‚Dionysiaka' des Nonnos? Oder sind Sie ein Opfer des Eliphas Lévi in der Helga Kundtischen Übersetzung und Kommentierung? Sind Sie der Zahlenmagie des Hulisch verfallen oder haben Sie ‚Salz und Raum' von Maak gelesen? Hümhüm, werden wir gleich haben!" Dann fuhr er Cyriak unerwartet mit Donnerstimme an: „Geben Sie das Sonnenpulver her, das Mars-, Venus-, Saturnpulver, leeren Sie die Taschen aus! À zwei Mark fünfzig das Päckchen", setzte er zu Gianaklis gewendet hinzu. Dann wieder zum Patienten: „Wo haben Sie das Schnullersche Zeugungsbarometer? In der Westentasche? He? Und wie stellen Sie sich zu den als Nebenprodukte bei Beschwörungen neben der magischen Kristallkugel auftretenden Elementals, diesen Fäkalien des Jenseits? Haha, was? Wie ich Sie durchschaue, Sie, einen Neurastheniker, der durch unvorsichtiges Gebaren mit der Apparatur der Schwarzen Magie geisteskrank geworden ist!" Dabei lachte er hohl wie ein Grab.

Als Gianaklis merkte, dass sich der Gelehrte, von der

Leidenschaft der Wissenschaftlichkeit übermannt, ins Bodenlose zu verlieren drohte, nahm er als praktischer Kaufmann die Sache in die Hand und erklärte, dass es sich im Falle Pizzicollis um eine schwere Störung durch Suggestion handle. Er erzählte Schnopfdieterich den Vorgang im Varieté. Cyriak halte – welch eine Idee! – unentwegt den wackeren Orebespichler für eine Ulmer Dogge und fasle, mit einer nicht existenten, ergo durch und durch irrealen Staatsbahn hierorts angekommen zu sein. Nicht genug damit, halte er unentwegt die kleine Zenzl – „Sie kennen sie ja" – für einen Buben.

„Hm, hm", fiel Schnopfdieterich nachdenklich ein, „cambiatio sexus incerti, hm, so, so, die Zenzl, ein rechtes Venuszieserl, das! Ja, um die geht's heiß her! Wegen dem Fratzen haben wir den Herrn Zimmetvogel hier auf Nr. 90 in Behandlung. Der tobt, dass der Gummi seiner Zelle brüchig wird. Und den Sohn vom Großhändler Heuhochs ham wir auch da – trübsinnig. Nächstens soll der junge Doctorandus von Schattenpieper, die Hoffnung der Stadt, eingeliefert werden. Und der junge Böff, Sie kennen ihn ja, der im vorigen Jahr so plötzlich krummbeinig wurde, ja, der, geht auch schon ganz verloren herum. Ja, die Weiber, oder so! Mir weiß selbst manchmal nicht, wie man sich ausdrücken soll … Is halt ein Unglück!"

Jetzt stand Cyriak auf und gab der Sache durch ein geniales Manöver eine ganz andere Wendung.

„Meine Herren", begann er, „alles zugegeben! Ich fühle mich aber ganz normal und muss leider erklären, dass ich subsistenzlos bin!"

Auf das hin prallten beide Herrn angeekelt zurück. Gianaklis empfahl sich kühl. Schnopfdieterich drückte auf einen Knopf. Zwei Hausknechte erschienen und beförderten unsren Helden unsanft ins Freie.

Da war er abermals im leisen Regen. Die Nacht fing schon an, sich aufzuhellen. Er war todmüde. Sein Kopf schmerzte, seine Füße waren nass, seine Augen brannten. Allmählich schwanden seine Sinne, die Aufregungen des ersten Reisetages waren doch zuviel gewesen. Und als er wieder erwachte, befand er sich in einem Saal mit vielen weißen Betten, in denen angegurtete Sänger lagen. Ein großes Fragezeichen auf einer Tafel über dem Kopfende seines Bettes belehrte Cyriak über seine Person, und eine schielende Diakonissin erklärte ihm auf seine Frage, dass er sich in der Sängerabteilung der Landesirrenanstalt befände. So war sein Wunsch, den er im Foyer des Vergnügungslokales ausgesprochen hatte, richtig in Erfüllung gegangen, und er hatte, der im Sanatoriumspark Aufgefundene, die Aufnahme hierorts wohl dem unsichtbaren Walten Professor Schnopfdieterichs zu danken.

3

Eine lange traurige Zeit verbrachte Cyriak in der Anstalt, eine lange traurige Zeit voll ununterbrochenen Gesanges. Ganze Stockwerke voll Partituren nie geschriebener atonaler Opern gingen an seinem Gehör vorbei und machten ihn für den Rest seines Lebens ein wenig zum Musikfeind.

Er hatte schon jede Hoffnung auf Befreiung aufgegeben. Da erschienen eines Morgens ganz unerwartet bunte Figuren hoch zu Ross im Hofe der Anstalt. Fanfaren schmetterten. Auf ganz kleinem Raum galoppierten hohe Beamte auf dicken, kurzatmigen Pferden hin und her und erstatteten einander schnarrende Meldungen mit geschwenkten Federhüten. Weißgekleidete Jungfrauen, dem stechenden und meist schielenden Blick nach lauter Skaramuzztöchter, rasten mit Palmenzweigen durch die Säle. „Ihr seid frei!"

Nachfolgende Amtsdienerfiguren verjagten sämtliche Insassen. Wer von den Irren nicht gutwillig gehen wollte, flog wie ein Kleiderpaket ins Freie. Der höchlichst verwunderte Cyriak erfuhr in Kürze von einem versehentlich mit hinausgeworfenen Anstaltsarzt, dass er jetzt gehen könne, wohin er wolle. Der Sküs habe gelegentlich der Krönung der neuen Könige eine Generalamnestie für mittlere und leichte Verbrecher unterschrieben, und irrtümlicherweise sei ein Verzeichnis der hiesigen Irrenhausinsassen mit unter die Akten gerutscht … da könne man nichts machen … Rekurs gebe es keinen, da der gegenwärtige Sküs sich erst vorigen Monat in geheimer, mitternächtlicher Sitzung für unfehlbar erklärt habe. Kopfschüttelnd packte Cyriak seine wenigen Toilettengegenstände und Andenken in ein Schnupftuch, erwarb in der Eile etwas an Kleidern und Wäsche und verließ noch am selben Nachmittag das ihm unleidlich gewordene Städtchen.

Wieder saß er in einer Postkalesche, diesmal aber schweigsam, misstrauisch und wenig geneigt, neue Bekanntschaften zu machen. Es waren noch zwei Herren im geschlossenen Coupé. Der eine von ihnen, ein unruhiger Geselle, kramte jeden Augenblick Broschüren aus dem Gepäcksnetz, und kaum hatte er begonnen, eine zu lesen, fiel ihm schon eine andere auf den Kopf und ließ ihn nicht zu fruchtbringender Lektüre kommen. Der andere, ein alter Herr, schnappte oft tonlos mit dem grauen Bart, ein deutlicher Versuch, eine Unterhaltung anknüpfen zu wollen. Deshalb begann Cyriak, ein Schläfchen zu heucheln, was ihm aber nicht viel nützte. Denn bald stach ihn sein greises Vis-à-vis mit dem knochigen Zeigefinger vor die Brust. Cyriak blickte unwillig auf.

„Sie wern sich ergäldn", hörte er eine blecherne Stimme. „Am Fenster zieht's. Die kiehle Awendluft is nichts fier än Schlääfer! Chjunger Mann, ich bin nu ämal ä Fiehrer, ä Hieter der Chjugend, besondersch de Ginder … und de Hundchen! Schon frieh fiel mer auf, dass da nich alles so war, wie's sein sollte, und ich griebelte Tag und Nacht. Denn se verletzten de Schaamhaftichgeit, chjawohl! Wie oft sieht mer so än halbwixchen Baggfisch mit gliehenden Gebbchen auf ä Hundchen guggen … Degg' mer än Schleier ieber das drauriche Bild! Da sacht' ich mer: ‚Fier unsre vierbeinichen Brieder muss was geschähn. Zitterbein, streng deinen Geist an!' Dass es nur drei Wege gab, war mer bald glar. Entweder wech mit de Hunde! Radigal, allzu radigal. Oder de Scheenheitsfähler girurchisch entfernen. Barbarisch! Oder … Heeschen! Da genn'n sie sich nicht ergäldn

und gäbn gän Anlass mehr zur Verletzung des Schaam-
gefiels. ‚Heiregga‘, rief ich und danzte wie a Bobelmann
im Winde. Flugs verfasste ich äne Broschiere. Der Titel
war“, seine Stimme wurde bewegt, „„Soll'n wir unsre
besten Freunde entmannen, ja oder nein?‘ und warf das
Buch in die Menge. Das Aufsehen, nee, das Aufsehen!
‚Schenial‘, meenten die einen, ‚gruslich‘ de andren, ‚ame-
riganisch‘ alle.“

Er nahm strahlend eine Prise und fuhr fort: „Bald
bildete sich ä Gomidäh. Bastoren, adeliche Damenstifte,
der Verein der Halbmänner, ‚die Enterbten des Liebes-
glückes‘, de Vechedahrchianer, der Ginstlerverein ‚August von Werner‘ und der Chjungmädchengesangsver-
ein ‚Äppelschnut‘, gurz, de Grähm della Grähm. Dann
brausde ä Exdrazuch zu mir. Wer entstich'm? Der alte
Bleichröder! ‚Herr Zitterbein‘, sprach er, ‚Herr Zitterbein! Die Sache nehm ich in de Hand!‘, und da ging de
Chose los mit vollem Dampfe!“

Während der Alte so selbstgefällig sprach, kamen
lange Fabriksgebäude in Sicht. Zahllose strahlende Fenster, funkenstiebende Essen, Generatoranlagen. Eine Flü-
gelbahn führte aus einem Hügel heraus zu der gigantischen Anlage.

Herr Zitterbein war aufgestanden und ließ die Dili-
gence halten. „Dach herunterklappen!“ Man folgte seinem Befehl. Wie ein römischer Imperator stand er da,
mit fahlen Glanzlichtern im Antlitz. Auch der verni-
ckelte Huthaken an seinem fest geschlossenen Gehrock
glänzte im rötlichen Flammenschein. Sein Bart wehte
und mit ihm die leicht befleckte Turnerkrawatte. Er wies
auf die Fabrik und sprach ernst: „Mein Lewenswergg!
Castitati et dignitati optimorum amigorum!“ Mit diesen
Worten stieg er vorsichtig aus, dann drehte er sich noch
einmal um, kramte ein hohes und kurzes Köfferchen

unter dem Sitz hervor und murmelte dabei: „Ich habe …
zum Deibel … die Schöpfung korrigiert!" Damit trollte
sich der sonderbare Mann davon.

Das Wagendach wurde wieder geschlossen, die Post
rollte weiter.

„Ja, das ist ein großes Unternehmen", nahm jetzt der
magre junge Mann, dem die vielen Bücher auf den Kopf
gefallen waren, das Wort. „Übrigens, Quarrengrüller
mein Name. Wenn ich auch nicht viel spreche, so denke
ich doch viel. Jawohl, mein Herr, ist Ihnen noch nie aufgefallen, dass Sie so gut wie nie einen Hund mit einer
Hose gesehen haben, nicht wahr? Na also, sehn Sie, das
gibt zu denken. Ich sage Ihnen, blague, blague! In dieser
Fabrik", er bemühte sich, das Fenster aufzureißen, was
ihm mit Cyriaks Hilfe auch nach etlichen Versuchen
gelang, „ja, in dieser Fabrik wird", ins Ohr geflüstert,
„etwas ganz anderes erzeugt. Irgendwas Lichtscheues,
was sehr Lichtscheues … Ha, mein Herr", er war aufgesprungen und hatte sich an das Wagendach hart an-
gestoßen, „das ist nicht so wie die ‚Ariadnewerke', an
denen wir beim Morgengrauen vorbeikommen werden.
Die sind ein staatliches Unternehmen, um die Arbeits-
losigkeit zu steuern. Dort werden Gobelins gewebt und
sofort wieder aufgetrennt, um Neumaterial für das Unternehmen zu gewinnen. Sie staunen, das ist gar nicht
unlogisch! Strenge kaufmännische Berechnungen haben
ergeben, dass der Abtransport – das Werk ist aus Erspar-
nisrücksichten auf fast unzugänglichem Terrain erbaut
worden – der fertigen Stücke etwas teurer käme als die
Zufuhr des Rohmaterials. Was wollen Sie, die meisten
der vom Staat geleiteten Betriebe der ganzen Welt arbeiten ähnlich oder noch schlechter. Ja, mein Herr, denken
muss man, dann erst darf man ur- oder verurteilen! Was
hat man sich schon den Kopf zerbrochen, was eigent-

lich in diesem zweideutigen Werk erzeugt wird, diesen ‚Vereinigten Hundehosenwebereien A.G. vormals Jeremias Schnellpinkel und Leberecht Zitterbein, Glauchau in Sachsen'? Man munkelt, von Barbarenhänden abgeschlagene Zeugungsteile antiker Statuen, wie solche von alten Engländerinnen bei den Trödlern Hesperiens haufenweise gekauft werden … Nun, mich interessiert das, mich zieht alles Geheimnisvolle an. Ich bin auch nicht umsonst der Schulkollege des artistischen Leiters der Ariadnewerke, eines Urgroßneffen des so geheimnisvoll verschollenen Bruders des Dichters Grillparzer. Jason heißt er, ein lieber Kerl und Idealist durch und durch. Ja, denken muss man und immer das Abseitige ins Auge fassen, dann kommt man schon aufs Richtige! Das danke ich eben unsrem gemeinschaftlichen Lehrer, der Grillparzer und mich fürs Leben reifgemodelt hat, dem Philosophen Scheskojedno von Jedenschest! Später war der gar Rektor magnificus des ‚Scheskojednoschesteums' in Warasdin, des von der dankbaren Stadt nach ihm getauften Institutes. Ein prächtiger Mann. Ihm dankt die Welt vieles. Zum Beispiel die Revision und textkritische Behandlung des epochalen Werkes des apokryphen Denkers Melodius Prnawetz: ‚Der Ptatschnik der Hölle'. Es ist ein geradezu monumentales Werk und enorm, wenn man den zurückgebliebenen Geist am Balkan in Rechnung zieht. Das wenn Dante gekannt hätte! Vielleicht hätte er um Adoption gebeten und das ohnedies wie eine Sardinenmarke klingende ‚Alighieri' abgelegt. Herr, was für eine Arbeit! Der Name Ptatschnik, dieses Vaters der Geographie an den österreichischen Mittelschulen, wird Ihnen nicht unbekannt sein, da Sie doch den gebildeten, wenn auch oberflächlich unterrichteten Ständen angehören dürften. Aber gewisse Neider wollten diesen Ehrennamen nicht gelten lassen und nannten ihn – in wissenschaftlichen Abhandlungen – bloß ‚Onkel der Geographie‘. Ptatschnik, damals schon ein Greis, wehrte sich in lichtvollen Artikeln gegen diese Deminuitio. Sein Freund Amadeus Hočevar, der Vater der Geometrie, und, wie er sich selbst stolz nannte, als solcher ein Cousin Homers in dessen Eigenschaft als Vater der Dichtkunst, sekundierte ihm und sandte dem Gekränkten zur Stärkung eine Locke seines Bartes. Aber, mein Herr, ich sehe, dass Sie das alles nicht interessiert!"

Gleichmäßige Atemzüge belehrten den sprunghaften Denker, dass Cyriak eingeschlafen war. Gegen Mitternacht wurde unser Held etwas unsanft wachgerüttelt.

4

„Bischoflack!", brüllte der Kondukteur. Cyriak fuhr wie
von der Tarantel gestochen empor und starrte auf den
Sitz.

„Sie sind in Bischoflack", hörte er nunmehr auch noch
Herrn Quarrengrüller. „Was für ein Lack?", brachte Cyriak mühsam hervor und starrte auf den Sitz. „Schrecklich, meine lichte Hose!"

„Beruhigen Sie sich, shüt, shüt." Quarrengrüllers
Stimme klang direkt liebreich. „Sie haben sich in nichts
gesetzt, obgleich es offen gestanden nicht besonders
schad um Ihr Beinkleid wäre, nein, der Ort heißt bloß
so."

„Seit wann lackiert man Bischöfe, oder seit wann
sondern diese Art hoher Würdenträger Lack ab? Welch
ein trauriger Unfug", brummte Pizzicolli weiter, „welch
unerfreuliches, bedenkliches, ja, widerliches Phänomen,
am Ende gar Wagenschmiere der himmlischen Vehikel!"
Denn Streitsucht hatte ihn gepackt, wie dies nicht selten
bei jäh Geweckten beobachtet werden kann.

„Herr, wenn dies zu den Ohren des Sküs kommt! Bedenken Sie, der Sküs steht ganz auf der Seite der Kirche!
Sind doch das Tarock und sie Bewahrer der hohen Mysterien! Ahnen Sie, was hinter Spielkarten verborgen ist!"

Pizzicolli sah den Sprecher erstaunt an.

„Ja, staunen Sie nur, vielleicht werden Sie Neophyt,
Sie Vorhöfler, auch noch andere erwachen. Wach sein
heißt alles! Schlafen Sie wohl, gute Nacht!" Damit stieg
der geheimnisvolle Mitreisende aus dem Coupé.

Doch was geschah nun? Ein anmutiges Geschöpf
stieg in den Wagen, jung, wohl ein Mädchen, in der
verschollenen Tracht der Läufer. Das Leibchen und das

kurze Ballettröckchen aus weißem Atlas, reich mit Silber bestickt, ein Goldhelm mit wallenden, gleichfalls weißen Straußfedern saß funkelnd auf den Locken. Hohe weiße Schnürschuhe reichten bis zum Knie, die rosigen Schenkel aber waren völlig unbekleidet. Ein kurzes, juwelenbesetztes Schwert hing an der Seite. Das anmutige junge Ding trug eine rosenumwundene, smaragdgrün brennende Fackel in der linken Hand und winkte graziös und etwas barock geziert mit der Rechten unsrem Helden, auszusteigen.

„Fräulein sind zu liebenswürdig …"

„Bitte folgen Sie mir!"

Cyriak sprang ins Freie und starrte das Bild an, das sich vor ihm entrollte. War das ein Jahrmarkt, ein Wanderzirkus, der sich wie eine überreife Rose entfaltet hatte? Überall bunte Fahnen, Seidenzelte, in phantastischen Formen, Paschas, spanische Tänzerinnen, Doppelflötenspieler, zymbalschlagende Magyaren mit bebänderten Hüten, im Sitzen tanzend. Dort wieder Schäferinnen, flötenblasende Zigeuner, reifrockige Damen und rotmützige Schiffer, die ihre Gönnerinnen fortwährend um ein Trinkgeld umhüpften. Brokatwestige Tänzer mit Klingelsporen, zymbalschlagende Harlekine. Und ein Grieche in Fustanella, der in immer neuer Attitüde hinter einem pappendeckelnen antiken Marmorkapitell, die lange Flinte im Anschlag, lauerte. Bald da, bald dort tauchte der schnurrbärtige Geselle auf, den Marmor und etwas blechernen Akanthus immer neu vor sich zu gruppieren.

Der reizende Läufer geleitete Cyriak, durch einen silberklingenden Schellenüberwurf mit ihm verbunden, zu einem Brokatzelt, das innen glänzend erleuchtet war. Eine Bacchantin kredenzte dem erstaunten Reisenden einen schäumenden Becher. „Bitte um 15 Kreuzer", befremdete allerdings den Trinker einigermaßen. Ein eisgrauer hagerer Geck in Smoking, die Brust voller Orden, das Gesicht in tausend Fältchen verknittert, trat Cyriak meckernd entgegen. Das Monokel aus dem Auge fallen lassend, überreichte er dem Ankömmling eine Rose aus seinem Knopfloch. „Ein Nöflein, bitte, nur ein Nöpschen, ibrigens gnatuliere, gneich zu Anfang gnuter Gniff, bravo, bravo!"

„Schebesta, in Ihre Schranken! Schlagen Sie nicht über die Stränge, sonst …"

„Aber süßeste Cyparis, nur bimschen entgegenkommend, falsch, sibbchen, bipschen", mit hilflosen Fischaugen sah sich der gealterte Beau um.

„Schebesta", erklang es abermals drohend vom Lciter des Schellengespannes, „Sie wissen, Ihnen droht Linz." Der alte Geck stolperte schnell davon. Dann blickte die entzückende Begleitung voll und tiefblau zu Pizzicolli empor und sagte in warmem Alt: „Wir sind am Traumgrenzzollamt!"

„Was …"

„Ja, Sie überschreiten noch heute das innere Gebiet des Reiches. Hier findet die Revision des Gepäckes statt."

Richtig, auf einer langen, von reich geschnitzten Drachen getragenen niederen Ebenholztafel lagen seine Koffer. Er wurde genötigt, die Gepäckstücke zu öffnen und sich über den Inhalt schwarzmaskierten Erscheinungen gegenüber zu legitimieren. Eine der Figuren klatschte in die finster behandschuhten Hände.

„Auspacken!" Sofort schwebte eine Schar von amorettenhaften Kindern oder Ballettelevinnen heran, viele mit Flügeln an den Schultern. Mit graziösen Händen fuhr man in das geöffnete Gepäck, jedes Stück entfaltend und neugierig begutachtend.

„Jünglingshosen – wie pikant!
Hier ein Anzug für den Strand!
Juchtenschuhe … er jagt Enten!
Hier ein Schlips … sogar zum Wenden!
Seidensocken … Seht doch hier!
In dem Büchschen Mädchenlocken …"

Silbernes Lachen umbrauste den Errötenden, der der tollen Schar das Kästchen zu entreißen trachtete. Hunderte von Lauten begleiteten in wogendem Rhythmus die Szene.

„O wie unnütz,
in ein Meer
süßer Küsse sinkst du unter
hier bei uns …
Dummer Fant! Hier im Land
lodert hold der Liebesbrand.
Nimm doch mich! – Nein, diese da!
Aus Tausendblum, der Venus Stadt,
aus Raschala … stammt diese da."

Ein schlanker Arm legte sich um seinen Hals. Heißer, duftender Atem umhauchte ihn. Eine Stimme drang an sein Ohr:

„Ohne die Keuschheit zu verletzen,
will mit dir ich mich ergötzen:
ich die Rose – du der Stamm!"

Ein schmaler, heißer Körper schmiegte sich an ihn. Von schwellenden Lippen klang es weiter:

„Auf goldnem Stock ein Kakadu
sieht uns in bunter Würde zu …
Und küsst mein Mund dich gar zu wild,
verhüllt er seinem Aug das Bild
mit seinem bläulich fahlen Lid …"

Die Smaragdleuchtende, der es ähnlich gegangen war,
verjagte jetzt die Besitzerin des lasterhaften Kakadus.
Andere Stimmen klangen wirr durcheinander:

„Der Aphrodite Nonnen sind
wir Kinder hier, leicht wie der Wind!
Wie Blütenstaub in heißer Luft,
wie Rosenblätter voller Duft.
Die Freya und die sanfte Ops,
die Göttin mit dem goldnen Mops,
die zaubert Nebel, Schleierwogen
um unser Spiel, wenn zu erhoben
die kurzen Röckchen dir erscheinen …"

Lachen und Stimmengewirr verdunkelten das Gespro-
chene, und mitten hinein zerschmetterte eine knarrende
Stimme das Ganze. „Von Pyperitz! Skandal, unverschämt, mich so lange warten zu lassen!"

Unbändiges Lachen ertönte. Mit wildem Geschrei
stürzte die ganze schimmernde Horde auf den Ankömmling, ihn unter sich begrabend. Dort, wo noch
eben der in einem karierten Reiseanzug befindliche
lange Herr gestanden, sah man bloß noch ein rosiges
Gewirre jugendschlanker Glieder, sah Flitter und Seidenbänder. Eine heiße Parfumwolke schwebte über dem
Schlachtgetümmel.

„Ordnung! Ruhe! Auseinander!" Die mächtig wirkenden Figuren stießen diese Rufe aus. Wachstuchbeklei-

dete Männer mit Glocken kamen und läuteten um Ruhe. Alles stob auseinander. Der lange junge Mann erhob sich schimpfend, immer aufs Neue verlacht. Er suchte seine bebänderte schottische Reisekappe. Als er sie endlich gefunden, wandte er sich an seine Retter. „Schändlich, ich dürfte geliebt worden sein, ich erhebe Protest!"

Man flüsterte miteinander. Dann trat der Misshandelte zu Pizzicolli. „Florestan von Pyperitz samt Gefolge! Ja, wo sind denn meine Leute? Unerhört! Bitte sehen Sie mal hier!", und er wies unserem Helden Risse und Flecken in seinem Anzug. „Was sagen Sie? Verstehe nicht gut. Man hat mir auch ins Ohr gespuckt. Die höhere Impertinenz, sollte eigentlich sofort umkehren, bin aber so neugierig auf das Hofleben in Gradiska."

„Ich wollte direkt nach Venedig", antwortete Cyriak. Aber der noch immer hinkende Ankömmling wehrte förmlich verzweifelt ab. Wie man Gradiska auslassen könne! Gerade Gradiska … Er kam nicht weiter. Ein Schuss krachte. Von Pyperitz fuhr mit einem Aufschrei gegen seine Magengrube. Man hatte aus der nächsten Nähe eine Sektflasche gegen den Ahnungslosen geöffnet.

„Geh, lass den Fadian", flüsterte die junge Begleiterin Cyriak zu, „dein Gepäck ist in Ordnung, wird dir aber erst in der Hauptstadt ausgefolgt, weil es dorthin aufgegeben ist. Komm, ich führ dich in dein Transenalquartier, dann in unser Casino."

Cyriak wies darauf hin, dass er so nicht erscheinen könne. Warum man ihn aber auch nicht zu seinem Gepäck lasse? Das schlangengeschmeidige Backfischchen von der Traumreichswehr beleuchtete unsren Helden mit der Fackel.

„Hm, allerdings, wie kommt eigentlich dieser ganze neue Anzug zu den großen Mottenlöchern? Nun, wir werden dir einen Generalsdomino des großen Policinellstabes geben lassen." Sie führte den erstaunten Cyriak durch die bunte Menge der Maskierten, Tänzer und sonderbaren Figuren zu einer muschelförmigen Sänfte, in der beide Platz nahmen. Vier stämmige Halunken hoben das vergoldete Gestell auf, und dahin ging's im schaukelnden Zuckeltrab durch einen Fichtenpark und dann durch eine schmale, hell erleuchtete Dorfgasse mit altertümlichen Rokokohäusern, in die man Einblick über Einblick hatte. Dort saß eine trauliche Familie beim Abendessen und blies abwechselnd ein Fagott, dort spielten drei Harlekine wie toll auf einem Klavier, dort hantierte unter abgerissenen Tanzfiguren eine Colombine am lodernden Herd, dort floh ein nacktes Mädchen kreischend in einen großen bemalten Kasten. Auf ihr strahlendes Hinterteil, das sie nicht mehr unter Dach und Fach bringen konnte, stürzte von oben ein Glas mit Goldfischen herab, was zu einer selten gesehenen Szene Anlass gab, denn die erschrockenen Tierchen tanzten flott auf ihrem leuchtenden Gesäß. Unser Reisender war von der aufregenden Gepäcksrevision und all diesen Bildern ganz benommen. Eine ausnehmend schöne Hand, kameengeschmückt, legte sich auf seinen Arm.

„Du musst wissen, ich und die andern Mäderln gehören dem Amazonenkadettenkorps an, dessen eine sogenannte Bellonaquadrille momentan zum Fremdenkontrolldienst am Innenkordon des Reiches kommandiert ist. Ich habe den Rang eines Guedon und heiße Cyparis. Mein Familienname hat hier im Dienst nichts zur Sache. Im Dienst ist man nur Figurantin der Commedia del Marte … Du staunst, Fremdling, oh, ich sehe, du musst noch viel lernen! Aber schau, da sind wir zur Stelle."

Man war vor ein großes finsteres Gebäude gekommen. Vier schlafende Hartschiere wurden durch ein energisches Klopfen mit dem Schwertgriff am monumentalen Schlosstor geweckt. Die Hartschiere öffneten gähnend, die Sänftenträger wurden entlohnt, und man trat in ein mächtiges Torgewölbe, das aufs Üppigste mit Karyatiden in allerhand verrenkten Stellungen geschmückt war.

Ein überreich kostümierter Zwerg mit einem Weihrauchfass trat den Ankömmlingen entgegen. Als dieses Wesen des Amazonenbackfisches gewahr wurde, versuchte es unter Krächzlauten zu salutieren und ein winziges Schwert zu ziehen. Verzweifelt merkte aber der Zwerg bald, dass nur die Scheide vorhanden war. Die Waffe war wohl in einer Wurst stecken geblieben.

„Thrasybul", schrie ihn das kriegerische Fräulein an und drängte den Erschrockenen gegen die Wand, „ich lösche dich auf der Stelle aus, Elender!" Dann errötete sie tief und sprach mit gesenkten Wimpern zu Cyriak …

Lieber Leser, jetzt geht der Vorhang vor dir nieder. Wenn du erwartet hast, Indiskretionen begangen zu finden, ärgere dich und lege das Buch weg.

5

Hellstrahlender Mittag war es, als der übermüdet gewesene Cyriak aufwachte. Welch ein behagliches Gemach! Wo war er nur eigentlich? Richtig ... in Bischoflack! Wie ganz anders, wie blank erschien ihm heute der Name. Er bekam für ihn fast etwas Altchinesisches, erinnerte ihn an feinen Überzug über Kästchen, unbrauchbar für jeden Inhalt und doch so begehrenswert ... schwarz oder rot, bedeckt mit goldenen Figürchen, traumhaften Tümpeln, dummen Tempelchen, makrozephalen Zwerglein, die sich artig voreinander verneigten.

Dann nahmen diese Vorstellungen noch andere, begehrte Farben an, silberner Formenspuk auf mattem, fleischfarbenem Rosa, bronzene phantastische Architekturen auf hellem Spangrün und wieder goldenes Zierwerk auf einem verführerischen dunklen Blau. Da waren Liebesszenen in winzigen Grotten, da waren Rokokoranken voll von stolzierenden Hunden, da waren Papageien mit Sonnenschirmen.

Horch, was war das! Es klopfte. „Herein!" Cyriak sollte eine große Enttäuschung erleben. Denn statt des erwarteten Frühstücks kam der alte gebrechliche Herr, der ihm am Zollamt das Röslein schenken wollte, ins Zimmer.

„Schebesta", rief er mit hoher Greisenstimme, „der Herr erinnern sich vielleicht noch meiner?" Unaufgefordert trat er näher und setzte sich aufs Bett, um sofort entsetzt und hilflos mit den zittrigen Beinen in die Höhe zu strampeln. „Ach, wusste nicht, dass so weich. Ja, lieber Freund, bitte helfen Sie mir, ein Kavalier, ein Lebemann dem andern!" Er sei, fuhr er fort, bis zum Irrsinn, dabei weiteten sich seine trüben, verglasten Fischaugen schauerlich, bis zum Irrsinn verliebt in den süßen kleinen Racker, diese Ricardetta … „halt, herstellt!" … Cyparis. Oh, es sei ja eine schreckliche Veränderung mit dem schönen Geschlecht vor sich gegangen, wenn er so an früher denke, in Laibach, die reizenden Assembleen, in Gleichenberg, in Luhacovic. Bei Luhacovic fiel er vor Begeisterung vom Bett und stand mühsam auf allen Vieren. Erst mit Cyriaks Hilfe konnte er sich wieder ächzend erheben. Wieder am alten Platz, fuhr er fort: … und in Wien, die Abende im Sophiensaal, wo noch der Eduard Strauß dirigiert habe, und die lustigen Seitensprünge beim Schwender und Stalehner, aber jetzt sei er wie vor den Kopf geschlagen. Die harmlosen, molligen Mäderln, bequem wie Gummikissen, gebe es gar nicht mehr, besonders hierzulande, wo diese verdammte Ephebenwirtschaft herrsche. Diese Amazonenwirtschaft, diese verdammte, die man doch seit Jahrhunderten totgeglaubt. Und gar als – er wolle nicht sagen „älterer" Herr – aber man komme doch nicht mehr so recht mit, das ewige Umlernen … Hilflos sah sich der Knitterfaltige um. „Ja, Sie haben's gut, aber wenn man so wie ich hoch in die achtunddreißig … und dabei bis zum Irrsinn verliebt in die glatthaxete Hex … das Körperl! … wann s' in Gala is, sollten S' s' sehen! … beim heiligen Benedikt … wissen S', er ist gut bei teuflische Belästigungen, so wie die heilige Balbina gegen 'n Kropf, was hab ich zuletzt gsagt … ja, in Gala, mit die Pantherfellerln … und an die Kombinations kennt man die Chargen … es ist ja nicht zum Ausdenken, was man immer neu dazulernen muss …" Und vorwurfsvoll stierte der alte Lebemann auf den Bettvorleger, wo der Kampf eines Tarockachtzehners gegen einen Neunzehner dargestellt war. Ein verzweifeltes Ringen, offenbar ein Werk der venezianischen, aber auf tarockanischen Geschmack eingestellten Manufakturen von Pordenone oder Vicenza, wie der alte Herr dem gleichfalls auf das Kampfgemälde aufmerksam Gewordenen wichtig erklärte.

„Ganz mein Fall", fuhr er fort, „das heißt, man müsste – was red ich denn für an Blödsinn – in meinem Fall einen Achtunddreißiger gegen einen Fünfzehner kämpfen lassen, denken Sie, sie ist fünfzehn und wird amal eine glänzende Partie. Wenn sie mir endlich einmal einige Minuten widmet, da hat sie nur Unfug für mich. Einmal", seine Stimme wurde weinerlich, „musste ich das Bukett, das ich mitgebracht hatte, als Salat aufessen. Ja, denken Sie, samt dem Papier. Sie wissen gar nicht, wie einem die Dahlien im Magen liegen, besonders die blauen … ja, und ein anderes Mal gab sie mir die Aufgabe, dass ich mich nicht eher, Herr, wissen Sie, was das heißt, mich nicht eher wieder blicken lassen dürfe, bis ich den Quiriquirigag könne. Nicht wahr, Sie staunen und schauen mich fragend an, ich hab genau so gschaut mit offenem Mund, und die Hex, die Kurznasige die, hat mir das Wort mit Tintenblei auf die Hemdbrust gschrieben. Also, ich war verzweifelt. Endlich kommt mir die Idee, zu annoncieren. ‚Guterhaltene‘ – oder was weiß ich – ‚frische‘ – oder halt ‚Quiriquirigage zu kaufen gesucht‘. Auf der Redaktion habe ich einen Kampf gehabt, nicht zu sagen, aber wo es gilt, eine Lanze fürs schöne Geschlecht zu brechen, da gibt's bei einem echten Schebesta nix. Habe nicht nachgegeben, keine Antwort, das heißt nur sinnlose Unverschämtheiten. Endlich kommt mir eine glänzende Idee: ‚Fahrst nach Madrid‘, mitten im Sommer, mitten im August. Aber was tut man nicht alles für eine süße angebetete Zuckermuzzi … in Gala sollten Sie s' sehen …

Aber der Quiriquirigag ist mir im Magen gelegen. Höhnische Worte, bestenfalls Achselzucken, alles durch 'n Dolmetsch … Heidengeld gekostet. Endlich hat mir a alts Mutterl vor einer Bedürfnisanstalt geholfen – beinah hätt ich ihr a Busserl gegeben. Wissen S', was das ist? Sie werden staunen: ein längst verschollener Tanz! Sie hat 'n noch kennt, hat 's Beserl verschämt weggelegt, zwei abbrochene Potschamberohrwascherln haben die Kastagnetten ersetzt, ich war selig! Jetzt kenn ich alle die verschollenen Tänze, las Gambetas, el Pollo, la Pipironda, apropos Pipironda, da muss ich Ihnen was erzählen, passen S' auf …"

Ein energisches Klopfen ließ beide Herren aufblicken. Ohne Aufforderung ging die Türe auf, und herein trat eine Ordonnanz mit einem prunkvollen Gefäß, das sie Cyriak präsentierte. Er öffnete die goldgetriebene Vase mit dem Tantalusmotiv. Auch Schebesta steckte augenblicklich die spitze Nase in den Behälter. Ein Seidenhemdchen und einen Brief kramte unser neugieriger Reisender heraus. Er las laut: „Küss das Hemdchen, gib's zurück, dank Aphrodite für das Glück."

Etwas dumm sah Cyriak auf den unerwarteten Morgengruß. Aber Schebesta war knieknackend aufgestanden und röhrte vor Empörung. „Nein, Sie Glückspilz … so eine Auszeichnung! … schickt ihm 's Kombination zum Kuss. Mir, wenn das je geschehen wär, und der Depp, weiß 's Glück gar nicht zu schätzen, scheint mir … i geh weg …" Wütend und Verwünschungen murmelnd ging der alte Geck ab. Cyriak kam dem erotischen Tagesbefehl nach, entließ die reich beschenkte Ordonnanz und flog in die Kleider. Als er sie anhatte, da bemerkte er erst, wie unendlich schäbig er aussah. Die Ouvertüre seines Einzuges in die Landesirrenanstalt hatte seine Toilette arg mitgenommen. In der Kleiderkammer des Narrenhauses war das Zeug auch nicht besser geworden. Man hatte sich anscheinend überhaupt nicht darum gekümmert, und handgroße Mottenlöcher waren hineingefressen worden. Ein Glück übrigens, da auf diese Weise sein ins Hosenfutter eingenähter Kreditbrief auf die Policinellbank oder ein ähnliches Institut dem Zugriff der Behörden entgangen war. Gestern Abend im Getümmel der Ankunft, im wirren Lichte der Fackeln war dieser Verfall nicht so zur Geltung gekommen, dieser Verfall seiner „Sartoralssphäre". Sticken doch die Schneider, diese Nadeln der Vorsehung, fast den wichtigsten Teil des Weltbildes. Und so geschah es, dass unser Held schüchtern die Stiegen herunterstolperte und sich scheu am winzigen Zwerg vorbeidrückte, der aus einem hundehüttenähnlichen Diminutiv einer Portierloge heraus unter allzu großem Dreispitz den Ankömmling von gestern Nacht martialisch devot grüßte. Vor dem Tor schnaubten zwei Renner. Ein affengesichtiger Groom mit hellblauem Seidenhemd und rosa Mütze konnte sie kaum bändigen. Des jungen Mannes ansichtig geworden, wurde seine Miene noch geringschätziger. Cyriak, im Straßenanzug sich in den vor Eleganz knarrenden Sattel schwingen … unmöglich. Nein, es war ja ganz unmöglich. So konnte er sich nicht neben ihr sehen lassen. Und es ist besser so. Der Flirt gestern Abend war ja reizend gewesen … allzu reizend. So knapp am Rande in einen Abgrund zu versinken, über den lächelnde Eroten einen Baldachin aus Rosen wölbten, einen Abgrund, aus dem es wohl kein Entrinnen gab. Fort von dieser glitzerschlanken Valkyrie, um die etwas so Seltsames war, vor der er sich so unsicher fühlte. Noch hatte er das Spiel in der Hand, das Spiel auf Leben und Tod … doch war's die letzte Karte, die er auf der Hand wog. Nein, nein, nein, frei musste er bleiben, seinem Drang in die Ferne zu genügen, dem ja doch gleich Fesseln angelegt worden waren … vom Zauberer da … auf der Bühne … der einen achtbaren Mann in einen Hund verwandelte … in seinen eigenen Begleiter.

Ja, das ist ja zum wirbelsinnig werden. Das ist ja ebenso unbegreifbar, wie kein Mensch der Dimensionaldämonik eines umgekehrten Handschuhes folgen kann. Weg, weg von ihr, die ihn einmal so angeschaut hatte wie ein zur Charitin gewordener Panther!

Wie gut es ist, bisweilen einen schäbigen Anzug zu haben! Und so verkroch sich sein männliches Selbst ins nächste Mottenloch. Er bedeutete dem hochnäsigen Burschen, dass er noch Blumen zu besorgen habe, und verschwand ums Eck.

Kaum eine Viertelstunde später rollte er mit einer Extrapost hinein ins morgendlich strahlend beleuchtete Gebirge. Der Tag verging für ihn im Fluge. Während der Mittagsrast bemerkte er, dass ein staubiger Reiter heranpreschte und seinem Postillion eine offenbar wichtige Meldung machte. Aber er legte der Angelegenheit weiter keine Bedeutung bei. Die Schönheiten des Hochgebirges, in das man jetzt gekommen war, fesselten ihn aufs Neue. Die stürzenden Wässer, das Gewucher von Alpenrosen über graue Felsenparterres, der hochstämmige, herrliche Wald in finsterer Domespracht. Einmal sah er ein vielgeschossiges Marterl und einmal eine ungeheure abgestorbene Lärche, deren Stamm mit vergoldeten Skulpturen überdeckt war, das Werk eines bildhauernden Sonderlings, der menschenscheu sein Lebenswerk im dichten Walde versteckte. Gerade zur heißesten Stunde – Cyriak saß halb eingenickt im Fond seines offenen Wagens – raste ein Achtspänner an ihm vorüber, die Fenster trotz der Hitze dicht verhängt. Und diese Hitze wurde immer ärger. Nach einem weiteren Stündchen Fahrt gab's einen Aufenthalt. Ein Schlagbaum versperrte den Weg. Der Postillion hielt und erklärte, nicht weiter fahren zu dürfen. Offenbar sei etwas sehr Ernstes passiert. Und schon nahte ein Männchen in grauer Uniform, ein Männchen mit so grämlichem Gesicht, wie Cyriak noch lange keines gesehn. Besagtes Männchen machte eine Gebärde gegen den Wagen, dann zog es ein Paar Trauerhandschuhe an, aus denen alle Fingerspitzen herausschauten, wandte sich um und pfiff, dabei auf die Knie schlagend. Was geschah? Ums Eck keuchte mit hängender Zunge ein ebenso gramgebeugter Hund heran, der eine Trommel zog, die auch – wie bei den Sicherheitstruppen – die Inschrift „Josef Glanz und Comp." in solider Schriftmalerei schmückte. Das Männchen ergriff den Schlegel und wirbelte dumpf auf der etwas schlappen Kalbshaut. Die zahnlückige Dogge heulte mit tiefsten Klagelauten, starr gegen den Himmel blickend.

Cyriak hatte sich vom Sitz erhoben und blickte den Postillion fragend an. Der aber murmelte nur „Sehr was Schlimmes … oweoweoweowe."

Und das Männchen setzte eine Brille auf, langte einen schmierigen Akt aus der Uniform und begann: Soeben sei der Rotz ausgebrochen. Man fuhr zurück. Sogar die Pferde sahen einander irrsinnig an und tanzten scheu in den Strängen. „Hab mir's glei denkt, wie i an Rotztrommler gsehen hab. Ja, i muss umkihrn", so der Postillion. Die Tarockanische Post hatte strenge Vorschriften. Übrigens liege unweit von hier ein sehr gutes, wenn auch einsames Wirtshaus, das Cyriak nicht verfehlen könne. Und er wies mit der Peitsche auf ein blinkendes Dach weit unten im Tal. Nicht zu verfehlende Abkürzungen durch den Wald führten in einer Stunde dorthin.

Cyriak war das Intermezzo nicht einmal so unerwünscht. Er war schon zu lange gesessen, und die drückende Hitze hatte ihn ganz zappelig gemacht. Erfreut, die brennheißen Polster verlassen zu haben, tänzelte Cyriak, pfeifend und den Hut weit in den Nacken geschoben, in glücklichster Stimmung dahin. Er verließ bald die wohlgepflegte Straße und bog, einem Fußpfad folgend, in den Wald ein, sich immer der Richtung seines abendlichen Zieles bewusst. Doch bald verlor sich der Pfad auf weichem Moos. Eine liebliche Waldlichtung lud den heiteren Wanderer zu kurzer Rast ein. Am Rande eines kristallenen Wässerleins ließ er sich nieder, in angenehmes Sinnen versunken. Da glaubte er leichte Schritte hinter sich zu vernehmen. Ein sanftes Hin und Her – gewiss erdbeersuchende Kinder ... wie mögen sie wohl aussehen ... und sachte, um sie nicht zu erschrecken, wandte er seinen Kopf. Dann sprang er auf, wie jeder aufgesprungen wäre, und zwar vor hellem Staunen. Es waren keine Erdbeersucher, keine kleinen Blumenfreunde, die er vor sich sah, auch keine Räuber oder sogenannte Waldteufel der Sage – weit schlimmer: Es waren zwei Kommis der Modebranche, die, händereibend in artigsten Kratzfüßen versunken, hinter einem veritablen Ladenpult standen und mit devotesten Gebärden auf eine stattliche Anzahl von Modeanzügen auf Kleiderständern wiesen. Im Hintergrunde verschwanden gerade einige rotmützige Dienstmänner im Waldesdunkel.

Die vorbildlich geschniegelten Herrchen traten näher. Sie gaben ihrer Freude Ausdruck, den feinsinnigen Naturfreund bald zu den Kunden ihres ambulanten Herrenmodeateliers zählen zu dürfen, und bewiesen Cyriak in den artigsten und gewähltesten Worten, dass er schlimmer aussehe als von der Hunderäude befallene Teufelsfiguren auf den Gemälden eines Hieronymus Bosch oder gar des Alart du Hameel. So habe sein Anzug gelitten, den sie naserümpfend einer minderen Offizin zuschrieben.

Die hereinbrechende Dämmerung sah den immer weiter ins Märchenland eindringenden Cyriak bereits in einem neuen tadellosen Dress einherstolzieren, während auf einen Pfiff die Dienstmänner das Modewarengeschäft davontrugen. Der alte Anzug blieb liegen, von einigen Eichhörnchen voll Interesse beobachtet und umknuspert. Es sei noch zu bemerken, dass man unsrem Reisenden auch noch einen eleganten Überzieher aufgeschwatzt hatte.

Diskret dessinierte Socken, ja selbst Gazeunterwäsche in Seide mit zart unterschossenen Dessins hatten ihm diese händereibenden Tausendsassas aufzuschwatzen verstanden. Was Wunder, wenn der Eitelkeitsteufel im Manne in ihm geweckt wurde und der junge Fant lockrer in den Hüften einherschritt.

Das Dunkel brach herein. Es wurde auffallend finster. Die Stimmen der Nacht ertönten. Um Cyriak wurde es einsam und einsamer, und dennoch wurde er ein Gefühl nicht los, dass er irgendwie umschlichen sei.

Bald hatte er sich total verirrt, stolperte über eine Wurzel und lag der Länge nach auf dem duftenden nadelbedeckten Waldboden.

Sein Feuerzeug hatte er im alten Anzug zurückgelassen. Er, der nun konstatieren musste, dass er sich total verirrt habe, befand sich in einer äußerst unangenehmen Lage. Cyriak erhob seine Stimme. Das schrille Lachen eines Käuzchens antwortete. Das war alles. Schwitzend stolperte er weiter, herrschte doch im Wald eine wahre Backofenhitze. Auf einmal bemerkte der Verirrte ein fernes Licht, auftauchend, wieder verschwindend.

Er folgte dem Schein eine Stunde lang. Die Quelle dieses Lichtes mochte wohl weit sein. Endlich kam er auf einen breiten Waldweg. Im selben Augenblick war er von silbernem Schein übergossen, so dass er ordentlich zusammenschreckte, und doch war's nur der Mond, der, vom Gebirge und einer Wolkenbank bedeckt gewesen, plötzlich voll heraustrat. Erleichtert schritt Cyriak auf dem angenehm weichen Weg dahin, bis er, um ein Eck biegend, von einer steinernen Balustrade aufgehalten wurde. Er trat an dieses Gitter und sah ein Bild, das sein Herz wild schlagen machte. Eine natürliche Felswand war in reinstem Rokoko zu einer künstlerischen Rocaillenarchitektur ausgearbeitet. Büsten aus Giallo antico oder Malachit standen in den Nischenfenstern der monumentalen Felsenschnitzerei, die Cyriak unter keinen Umständen in dieser Wildnis vermutet hätte. Aber was er noch weniger vermuten konnte, war das märchenhafte Nixenbegebnis, dem dieses silvestre Kunstwerk zum Schauplatz diente.

Eine prunkvoll ausladende Steinmuschel wölbte sich in der Mitte des Wunderbaues vor, eine Muschel, wassergefüllt und Wassersträhnen aus den Zacken wie gleißende Bänder entsendend. Und in dem Becken badete graziös, gleich einer Elfe, ein wunderschönes, nacktes Mädchen, jugendschlank, der glatte Körper glitzernd im Mondlicht.

Auf einem Marmortaburett im blumenduftenden Parterre vor der Neptunsmuschel lag ihr seidenes Hemdchen, Purpur einer kurzen Gewandung, lag der inkrustierte Golddegen, den Cyriak schon einmal gesehen hatte, und über allem Blumen und seidene Bänder. Sein kleiner Guedon war das – ohne Zweifel eine betörende, holde Überraschung, die angetan war, das Blut des jungen Waldverirrten zum Sieden zu bringen. Aber noch hatte sich sein Auge kaum an die Schönheit des mythologischen Bildes gewöhnt, als zwei ganz seltsam kostümierte, maskierte weibliche Wesen auftauchten und vor die entkleidete Herrin einen dünnen, aber doch alles verhüllenden Seidenschleier hielten.

Nur die Umrisse irgendeines Vorganges wurden für den bedauernden Zuschauer ersichtlich, der sich jetzt über moosige Stufen in das Parterre vor dem Rocaillengebäude herabwagte. Noch mehr leicht traumhaft umwehte Gestalten tauchten auf: kleine Negerbediente, ein rotröckiger Buckel, der eine verführerische Weise auf einer goldenen Flöte blies, und eine grau verschleierte Frau mit einer Salbenbüchse. Sie verschwand hinter dem Schleier. Süße, betörende Stimmen erklangen:

„Aktaion, du aus Kadmos' königlichem Blute,
du nahst in Mondlichts Milch
der Zauberlichtumfloss'nen!

Ihr, der formenholde Nymphen
Göttergliederpracht gebaren …
der süßverwirrenden Herrin der Sinnennacht!

In Mondlichts Silberflut nahst du,
– ein zagender Freier …

Du, der verfallen dem Zauberspiel göttlichen Webens,
das aus Nardendüften Glieder von gleißendem
      Marmor
dir zaubert
zu süßer Betörung.

Aus Aphroditens Augen ein Gnadenstrahl
zeugte die Holde …

Was nützt des Hephaistos Zauberschild dir,
was des Briareos Panzerkleid dir
gegen des Eros goldene Pfeile …"

Ein wundersames Erinnern stieg da vor Cyriaks innerem Schaun, seinem Hören empor. Vor langer, langer Zeit, schien es, hatte er, kam es ihm vor, etwas Ähnliches … aber weg mit solch spukhaftem Unsinn!

Er erhob seinen Blick. Das schöne, junge Wesen ging ihm entgegen. Starrer Brokat, Pelzbesatz, Stöckelschuhe aus Kanarienfedern mit Diamantagraffen. „Cyparis", ertönte es golden irgendwoher. Dann ein parfümiertes Lachen – im Kätzchenhaften endend. Ein Panzerhemd fesselte jetzt seinen Blick, ein Panzerhemd aus Amethystenketten, die Steine mit verliebten Szenen graviert. Langsam erhob die Traumlichtumhauchte den Arm zum Kuss. Abermals erklangen von irgendwo verliebte Weisen.

„Nala und Damayanti,
in Lotosblüten schneegebettet, fanden ihr Glück,
vom heißen Hauch der
Blumennacht Indiens umweht,
in heißer Nacht, pantherdurchfaucht,
von schlafender Vögel
Traumschrei silbern durchgellt.
Des Nessus Liebe zu Deïaneira
war glutumflammt gleich der Esse Vulkans,
die rote Lohe zum Himmel erhebt.
Doch Liebe verklärt das Nichts
zu flammenden Welten
und Flammenbetten zu Daunen
des Schwans. Kosend in Kühle …
gleich der Thetis Brautbett …
die donnernde See!"

Pizzicolli verbeugte sich und bot verlegen der verführerischen Amorine den Arm. Sein Sommerpaletot genierte etwas. Welche Teufelei der Waldkommis, die er anderseits segnete, da er nun in repräsentabler Kleidung erscheinen konnte. Wie sonderbar das alles Hand in Hand ging ... dieses merkwürdige konfektionelle Ereignis im Grünen, dann das Licht, das ihn führte ... Also sie war es, die offenbar im dichtverschlossenen Achtspänner an ihm vorübergerast war, ihm diese vergoldete Rocaillenfalle zu legen. Sehr amüsant. Und in seiner tiefsten Eitelkeit geschmeichelt, schritt Cyriak förmlich schwebend dahin. Im Mondlicht spiegelten Pfützen von Parfum, von schattenhaft gekleideten Figuren verschwendend ausgegossen. Ein prachtvolles Zelt nahm sie auf, in dem ein ebenso prunkvoll bereitetes Mahl aufgetragen erschien. Das schlanke Mädchen verließ bald seinen Platz, um Cyriak mit hoch erhobener Goldkanne als Ganymed zu bedienen. Und diesen Eindruck verstärkte die Herbheit ihrer Jugend, deren Hingabe nicht so sehr weiblich als vielmehr die der geschlechtslosen Grazie war, die das Spiel der eigenen Schönheit als Selbstzweck empfindet, ein Spiel, das objektlos jeden Vorwand sucht, um sich ein Objekt für seine Spiegelung zu erschaffen, zur Lust an sublimer Qual ... Das unerklärliche Spiel der Katze mit der Maus hat viel davon, und Mädchen von etwas tückischer Schönheit, von maliziöser Grazie treten in gewissen Epochen ihres Seins ins Zeichen der Katze – man kann diesen Transept ihres Seins kaum anders benennen.

Es ist ein Vorspiel der Artung der Liebe auf den kommenden Ebenen des Engeltums ...

Das ganze Bild war auf Braun, Gold, Rosig und Purpur abgestimmt. Er selbst in der allzu neuen modischen Kleidung kam sich vor wie ein Eindringling, etwas deplatziert wie eine eingeflickte moderne Figur in ein Gemälde des Sodoma. Denn was er da erlebte, gehörte etwa in eine Stufe mit der „Hochzeit der Roxane" des ebengenannten Meisters. Noch mehr, wie ein Passagier des Muschelwaggons einer Märchentraumeisenbahn fühlte er sich, die die Landschaft von Jahrhunderten fauchend durcheilt, vom Rokoko der Rocaille bis in den glitzernden Eostraum der Frührenaissance dieser Malzeit, über der in süßer Bedenklichkeit der leichte Schleier eines Hauches petroniusischer Stimmung sich zu legen begann. Ihm kam es vor, dass sich die Zeit zu einem Wohlgeruch aufzulösen begänne. Ja, warum denn nicht? Sind denn nicht Düfte Geschöpfe des Feengebietes, zwischen dem Realen und dem Unfassbaren?

Ja, der Reiz dieser Cyparis war das Oszillieren zwischen der Schönheit des ephebenhaften Mädchens und der Traumstufe derselben in eine Art der Wesensheit hinauf, die zur Angelolatrie hinwies.

Sie ward ihm zum Engel der Verkündigung ihrer eigenen Schönheit, war losgelöst vom Geschlecht und dem damit verbundenen Defekt der Materie … war Kosmos, der Schmuck an und für sich …

„O, du zarter Hauch des Unendlichen …
gesungener Diamant … du kussgewordener Rubin,
purpurner Abgrund.
Ich kann dir nicht nahen … zwischen dir und mir
liegt der Weg zur Gottheit …",

flüsterte der ekstatisch Gewordene.

„Ich weiß, ich besitze dich, ich bin das Meer", hauchte Cyparis betörend.

Der Verliebte wurde kühner. „Lass mich die Wonnen deines Rubinparadieses, deines Mundes verkosten …", und Cyriak kam es dabei in den Sinn: „Oh, wäre ich ein kleines Zwerglein … welche Seligkeit, wenn der purpurne Abgrund deiner Schönheit mich aufnähme …

Der letzte Wunsch, der höchste der Liebe ist, im geliebten Wesen aufzugehen … dies Widerspiel des ewigen Werdens … das höchste Mysterium der Liebe der Geschlechter … der Schönheit … des magischen Mysteriums der Helena, des einst kommenden Engelsgeschlechtes … Paradieseswonne der Liebe des Nirwana."

Voll Entsetzen suchte er einen noch so geringen Fehler in ihrem Antlitz, der ihm zur Rettung werden sollte. Ach – er entdeckte nichts.

Da bebte die seidene Blumengirlande der Wand. Eine blaue Rose, von orangeroten Lilien umfasst, mit giftgrünen Blättern eingerankt, quoll zu deutlicher Plastik hervor; das Zelt ging auseinander und herein stolperte ein überlanger, sommersprossiger Herr …

„Oh, pardon … ich störe … von Pyperitz, mein Name, von Pyperitz mit Gefolge … äh, wo ist es denn? Verirrter Wanderer … o verflucht … scheußlich … bin von einer Fackel angetropft worden …"

Wie eine junge Medea stand das holde Bubenmädchen da, und ihre Augen funkelten, dass es Cyriak angst und bang wurde. Mit der einen Hand raffte sie die purpurne Tunika zur Muschelschale über ihrer zierlichen Nacktheit zusammen, mit der anderen ergriff sie die tauschierte Klinge, von der das Regenbogenlicht der Sterne funkelte, und ging drohend auf den unbegnadigten Eindringling los. Der stolperte zurück, fand rückwärts greifend keinen Halt, knickte ein und riss das ganze leichte Gebäude um. Zum Glück verlöschte die Wachsfackel. Was jetzt folgte, war ein Wirrsal in tiefster Finsternis. Cyriak, der die ganze Szene verstört, sprachlos über sich ergehen ließ, fühlte noch, dass er einen herzhaften Fußtritt aus graziöser Quelle bekam. Bald glitt Seide über ihn, bald die duftende Kniekehle oder die Lenden einer schlanken Schönheit, dann wieder griff er in eine

Weinpfütze. Und als das Wogen des Stoffes, der ihn fast erstickte, zu Ende war, sah er sich, mühsam dem Zelt entkrochen, allein im nächtlichen Wald. Das heißt, nein, denn fast zugleich tauchte auch der arg zerzauste Störenfried aus den Trümmerfetzen und stand im fahlen Licht der sinkenden Nacht vor ihm.

„Scheußlich, scheußlich", begann der, „wenn Sie wüßten, wie weh mir mein rechtes Bein tut, achachachach … der Teufel soll die ganze Tarockei holen … was musste ich mich auch verirren."

Bittrer Zorn überwältigte den sanften und im Grund unendlich artigen Cyriak. Ein Knüttel war bald zur Hand, und der feige Pyperitz floh, durch die Zweige brechend, wie ein irrer Hirsch vor tausend Hunden. Und Cyriak schlug die Hände vors Gesicht, verwünschte den ganzen Wald und schlief dann unerwartet rasch auf der Stelle ein.

6

Jubelnde Chöre bunten Federvolkes weckten den zagen Schläfer. Das Glitzern, die Morgenpracht, das Frühlingsfest der Himmelsfarben ermunterten den Taudurchnässten vollends. Er erhob sich und suchte seinen Überzieher. Fand ihn nicht, fror, schimpfte. Blickte traurig auf die Ruine des textilen Paphos, auf die traurigen Überreste des subtilsten Liebesnestes, das den Nichtverwöhnten je umfangen. Suchte wieder nach seinem Überzieher, dem neuen schönen Ulster aus erdfarbenem Homespun, und ward bald vollkommen verirrt. Ganze Kraxen voll blutiger Hundsknochen fluchte der fröstelnde Steirer vom Himmel herab und stolperte mit knurrendem Magen über die Wurzeln des Waldbodens. Selbst mit den Vögeln haderte er, mit Blumen und den zahllosen Pilzen.

Unvermutet hörte der Zornglühende ein „Pst, pst", das von einem großen Ameisenhaufen her ertönte. Keine Täuschung. Der Anruf wiederholte sich, der Haufen begann zu brodeln, und zu Pizzicollis Verwunderung, ja Entsetzen, tauchte ein bärtiger Kopf aus der braunen Masse auf. Die ganze Figur folgte nach, und vor dem Erstaunten stand allmählich ein alter Herr in einem verwesten Gehrock – anders konnte man dieses Stück veralteter Herrengarderobe mit bestem Willen nicht bezeichnen. Der so schreckhaft Aufgetauchte gab, sich abstaubend, immer neue Massen trockner Tannennadeln von sich. Dann zog er ein paar wehmütige Glacéhandschuhe an und setzte das Rudiment eines Kneifers auf die Nase.

Cyriak erinnerte sich nicht, jemals einen ähnlich desolaten Kneifer gesehen zu haben. Die eine Linse fehlte ganz, und die andere war nur zu einem Drittel vorhanden, was den Träger zwang, unendlich tückisch zu schielen. Dann stellte er sich vor. „Unzwarz mein Name, Ulfilas Xantokrates Zuluander von Unzwarz. An Ihrer ausländischen Tracht", fuhr er fort, „erkenne ich den Fremden, und das gibt mir Mut, offen zu sprechen."

Da Cyriak unwillkürlich eine Geste der Abwehr machte, sprudelte der bedenkliche Greis lebhaft gestikulierend hervor: „Oh nein, seien Sie außer aller Sorge vor Beschnorrung – Geld habe ich in Hülle ...", er kramte im Gehrock, „und Fülle ... wo zum Teufel ... das ist der zusammenlegbare Stiefelknecht ... das die ‚retirade claque', Herr, etwas Praktischeres gibt's nicht für Leute, die viel im Freien leben müssen wie ich, und dabei so gut wie in Vergessenheit geraten. Hier ein Druck, welche Überraschung, denn zusammengefaltet täuscht die untere, mit Kristall belegte Fläche, unter der ein falscher Goldfisch aus Seide zu schwimmen scheint, eine artige Salonattrappe vor. Dinge, die im Wald Lebende höher schätzen als alle Naturschönheiten. Ja, richtig, hier", damit brachte der staubige Alte eine dicke Leberwurst zum Vorschein, nachdem er Hände voll Tannennadeln aus der Tasche geholt hatte, „hier mein Portefeuille." Der wunderliche Greis setzte den Zwicker tiefer und nestelte die Wurst auf, das herausgezogene Querholz sorgsam im Munde haltend. „Sehen Sie, welche Fülle von Banknoten. Das Kleingeld trage ich in einem Vogelnestchen. Nein, bin kein Bettler. Tschicksammler allerdings, das will ich nicht leugnen. Bin ein politischer Verbrecher!" Dabei nahm er das Zwickerrudiment ab und blickte Cyriak blinzelnd an. „Habe den Sküs beleidigt. Oha, ich ein Bettler! Das heißt, Tschick sammle ich schon, eine Leidenschaft! Sie glauben gar nicht, wie verbreitet die ist, besonders unter den romanischen und slawischen

Nationen, auch bei den Hellenen. Ich kenne feine Herren, auch Großkaufleute, die stolzieren auf der Promenade einher, jeder hat am Stock unten eine feine Nadel. Sein Auge glänzt. Ein Tschick, ein Stoß, ein eleganter Schwung nach oben, der Tschick wandert in eine oft goldene Tabatiere und wird dann in einem lauschigen Boskett, wo etwa die Büste eines verdienstvollen Mannes steht, gepriemt. Junger Mann, was wissen Sie von der Welt und den erblichen Lastern aus der Agonie Latine!"

„Und Sie müssen wegen ‚Crimen laesi Sküsii‘ flüchten?"

„Ich habe die antike Größe freiwilliger Verbannung gewählt. Unter diesem Gummivorhemd, das mir in der Wildnis auch als Servierbrett und Tischtuch dient, schlägt das Herz eines Römers. Hören Sie wohl, auf der Rückseite des Vorhemdes ist eine revolutionäre Proklamation aufgeschrieben, hoho, wenn das der Sküs wüsste … auch bin ich nicht allein. Passen Sie auf!" Der Alte nahm ein kleines Nickelhorn aus der Tasche, klopfte es auf der Schuhsohle aus, steckte es in den Bart und blies einen Ruf, dem klagenden Jammer eines Maulesels nicht unähnlich. Horch, es antworteten ähnliche Jammertöne, und bald hinkten mehrere Waldmänner, dem ersten ähnlich, heran. Einer kam sogar auf allen Vieren und hatte einen falschen buschigen Hundeschwanz in einem Loch des Beinkleides stecken. Cyriak war sichtlich betreten, so viele ungepflegte Erscheinungen als Bewohner dieses Waldes zu sehen, der sich ihm am vorhergehenden Abend ganz anders repräsentiert hatte. Die Herren erkannten sich alsbald an Stichworten als noch dieselben von einer offenbar nicht lange vorher stattgehabten Zusammenkunft, was aus ihren zufriedenen Mienen auch für einen Laien ersichtlich war. Allerhand Trachten sah man vertreten, neben verblichenen

Zylindern Kalpake, Melonenhüte, selbst einen Turban. Hier ein Gehrock, dort der verschnürte Rock eines Ungarn, die Steirerjoppe eines österreichischen Aristokraten oder ein Vater Jahn im Turnerhemd mit flatternder Binde.

Man stellte sich vor. Mancher Name von Klang, mancher aber offenbarer Logenname. „Lauter Unzufriedene", erläuterte der aus dem Ameisenhaufen Aufgetauchte, „aber halt, wo ist der Mond?" Und zwei der Herren pflanzten einen Mond aus Stanniol an einer Stange auf.

„Bloß Symbol", fuhr der Alte fort, „wir tagen nur bei Mondschein. Hören Sie das Gebell? Passen Sie auf!" Zu Cyriaks Verwunderung rasten drei räudige Köter heran, alle drei kostümiert als Sküs, als Mond und als Pagat, wie sie die Tarocke darstellen. Aufgestachelt von den Versammelten jagten diese unsympathischen Bestien im Kreise herum und zerzausten sich unter Knurren und Heulen.

„Bild unserer Regierung", erklärte man Cyriak. „Sollen wir, freie Männer, solchen Geschöpfen gehorchen, diesen Henkersknechten einer gevierteilten Hofkamarilla?"

„Nie, nie!", antwortete ernst der Chorus. „Und nun, Fremdling, einen Rat aus alter Brust, aus der Brust erfahrener Männer. Verlassen Sie das Reich, solange es Zeit ist. Zwei der Unsrigen werden Sie sicher zu einem nur uns bekannten Grenzschlupf in den wildesten Bergen Kärntens geleiten, so wild, dass ihn kaum eine Karte richtig bezeichnet." Doch Cyriak wies auf seinen unstillbaren Wandertrieb hin und führte seinen unbeugsamen Mut ins Treffen. Dann erzählte er sein Abenteuer gleich beim Eintritt ins Reich. Man war um ein Lagerfeuer aus buntem Stanniol – des verräterischen Rauches wegen –

gelagert und labte sich an kalter Speise, von der man ihm bereitwillig anbot.

„Hm, hm", also auch er hatte schon die Macht dieser infantilen Amazonen-Hetärie zu spüren bekommen. Das ist es ja, dieses Überwuchern der Virginität. Und man erklärte Cyriak die vorerst unabsehbare Sache der Zweiteilung des schönen Geschlechtes in das rein Matronale, das Nutzweib, ja bis zum Viehweib hinunter, und das Bübisch-Virginale des maskulinen, richtiger: puerilen Zweiges, der sich da rapid entwickle. „Darum, eben darum haben weisere Vorfahren das andere Geschlecht so unterdrückt, so sittsam, so züchtig gemacht, es mit langen Gewändern, Schnürleibern und dergleichen behaftet, und hatten – ein wahrhaft teuflischer Geniestreich – ihm die Krinoline umgetan, diesen Käfig, an dem alles Ephebenhafte jämmerlich erstarb, verkümmerte wie der Falke in der Hühnersteige. Ja, die Krinoline war der letzte Käfig der bubenhaften Parthenos. Aber jetzt ist es damit aus. Geht Ihnen ein Licht auf, Herr Cyriak? Wenn das so weitergeht, kann es noch einmal dahin kommen, dass die Schönheit, und nur diese, so hinaufgezüchtet wird, dass wir in eine Zeit kommen, wo die Königsgeschlechter der Engel und Walküren, wo nur die Schönheit herrschen wird, die ewige Jugend, und ernste Würde und Gelehrsamkeit zugrunde gehen können. Unsere Standarte sei das Feldzeichen der ernsten Männlichkeit, der Vollbart an der Stange, meinetwegen am Schellenbaum, wie ihn ähnlich schon das männlichste Volk der Welt, die Janitscharen, als Rossschweif trug. Verstehen Sie jetzt auch, warum Byzanz fallen musste, warum der Türke seine Hand auf Griechenland legte?"

Cyriak starrte mit offenem Mund.

„Übrigens, mein Herr, täten wir der Regierung bitter Unrecht, wenn wir sie gerade für dieses verantwortlich machen würden. Es sind da ganz andere Kräfte am Werk, Kräfte, die wir vorderhand noch nicht ergründen können. Nur so viel ist zu wissen nötig, dass Metternich irgendwie mit Lord Byron zusammenhing, dem Lord, dessen Wirken sich besonders auf Hellas konzentrierte. Wer weiß da ganz Genaues? Und ich nenne damit im Zusammenhang Wittelsbach, ha, Ludwig I. und die geheimnisvolle Montez, das dämonischeste Zwischenwesen des Biedermeiers, dieser Verkündigungsengel der Dämonik!"

Allein Cyriak hörte bloß zerstreut zu. Die Sache gefiel ihm ganz und gar nicht. Was hatte er überhaupt mit diesen wildfremden Menschen zu tun, was ging ihn ihre politische Einstellung, ihre Weltanschauung an? Somit wies er den erneuten Antrag, ihm den geheimen Ausschlupf an der Kärntner Grenze zu zeigen, zurück, worauf die alten Herren plötzlich überaus frostig wurden und sich nach und nach verbröselten. Eine Gruppe stand noch am längsten flüsternd zusammen und wies öfter mit schmieriger Hand und unsicher gekrümmten Daumen über die Schulter nach Cyriak.

„Subjekt des Sküs" und ähnliche abgerissene Worte flatterten an sein Ohr. Nach und nach waren auch die letzten in Ameishaufen, hohlen Bäumen oder hinter Gebüsch und was es sonst an Refugien für Unzufriedene gibt, verschwunden. Der alleingelassene Cyriak trollte von dannen, wieder einsam im Forst, als einzigen Begleiter auf den neuen Überzieher angewiesen.

Da, eine Straße! Wohl noch nicht lange angelegt, aber schon ziemlich mit Gras bewachsen.

Ein plötzliches „Oha" ließ den in Gedanken versunkenen Wanderer jäh aufschrecken. Er wandte den Kopf und sah etwas ganz Erstaunliches. Ein Fahrrad, aber welch ungeahnte Maschinerie! Vier Herren in Trikotleibchen, Jockeymützen am Haupt, traten ein riesiges Doppeltandem, das eine geräumige Plattform trug. Auf ihr ein gedecktes Tischchen, an dem ein jovialer Dickwanst behaglich tafelte. Ein würdiger Ober servierte gerade ein Huhn, ein Piccolo mit wehender Serviette harrte etwaiger kommender Befehle. Der rotgesichtige Epikuräer ließ halten und winkte den staunenden Wanderer heran.

„Achazius von Oechs mein Name, bitte nehmen Sie Platz. Pizzicolli? – Äh, famos, schwärme für Radsport! Sympathischer Name! ‚Quousque tandem, Pizzicolli' könnte man variieren. Triplex, Quadruplex, heißt auch was … Schaun S', wie die Herren da schwitzen … Aber was plausch ich da, machen Sie sich's bequem, junger Freund, dejeunieren Sie mit mir. Franz, noch ein Gedeck!"

Der Oberkellner tat, wie ihm geheißen. Die vier lechzenden Herren fuhren weiter. „Ah, die Hochradküche kommt glücklich nachgehumpelt!", und Cyriak sah ein jämmerliches Gefährt, eine Küche auf einem Hochrad eingebaut. Ein vor Anstrengung förmlich in Auflösung begriffener Geselle trat die schwere Maschinerie, auf deren Rückteil ein dicker Koch behend hantierte. Als drittes Gefährt wankte noch ein schilderhausartiges, kleines Ungetüm heran, das „doublejoucé", wie der Ober unter diskretem Serviettenspiel Cyriak bedeutete. Es sei für alles gesorgt.

Eine kleine Kavalkade anderer Radfahrer folgte. Nach dem sehr guten Gabelfrühstück lehnten sich die Herren behaglich in ihre Korbsessel zurück und lauschten zwei Streichern – Bass und Cello –, die ihre Räder verlassen hatten und sich jetzt hören ließen. Die Küche hatte mehr Feuer aufgemacht und qualmte fürchterlich.

Achaz von Oechs deutete, noch immer behaglich

schmatzend, auf die gut angelegte Landstraße. „Dass wir hier so bequem dahinrollen, ohne Eisenbahnlärm und so, das danken wir alles Metternich. Wenn wir uns ausgeruht haben, werden wir ihn hochleben lassen. Und sehen Sie, selbst hierzulande war er bitter verfolgt, bitterer vielleicht als anderswo. Und dies von einer geheimen Gesellschaft, die umso gefährlicher war, als man nur schwache Anhaltspunkte hatte, ihre Mitglieder zu erkennen.

Chateaubriand, der durch eine Art von Schnitzeln berühmt geworden ist, spricht in einem seiner viel zu wenig gelesenen Werke ‚Le sourire du Manneken-Pis‘ von einer Bruderschaft übelster Sorte, deren Mitglieder sich durch graue Haarbüschel auszeichnen, die sie sich aus den Ohren wachsen lassen. Inwieweit die geradezu berüchtigten ‚Bilboquets‘ damit zusammenhängen, führt zu weit und bildet eigentlich den Gegenstand einer eigenen Untersuchung. Gerade der schon öfter erwähnte Fürst Metternich, der sich sein ganzes Leben lang mit den Nachstellungen der Bilboquets herumschlagen musste, warnt in seinen ‚Unterweisungen nicht studiert habender Fürsten‘, Johannisberg 1853, aufs Ausdrücklichste vor dieser fürchterlichen Sekte, die, scheinbar umgeworfen, immer wieder aufsteht. Sie haben auch den Spitznamen ‚Leichte Jungen‘ und sind nur kenntlich an der sonderbaren Gepflogenheit, bleierne Sohlen an den Schuhen zu tragen.“

Cyriak, der jetzt bedauerte, so wenig auf diesem Gebiet belesen zu sein, nahm sich vor, von nun an immer recht auf die Sohlen seiner Umgebung achtzuhaben, und hämmerte sich diesen Gedanken fort und fort in sein Gehirn ein.

So verging geraume Zeit. Der eingenickte Cyriak erwachte ob drückender Hitze. Der Himmel überbot sich in blauen Tönen bis zur Pflaumenfarbe. Geballte Wolkenmassen stiegen auf, kurz, ein ganz schweres Gewitter bereitete sich vor. Die Radler ächzten, der Ober blickte besorgt auf das Firmament, der Koch schüttete Spülwasser aus, Oechs schnippte nach einem Mokka.

Da kam die erste Windhose mit einer Wucht, dass die Teller zerklirrten und die Korbsessel von der Plattform geweht wurden. Jetzt ein erschreckendes blutrotes Licht, ein Donnerschlag fürchterlichster Art, und wo noch vor wenigen Sekunden die Hochradküche dahingetorkelt war, sah man ein Gewirre von Metall und Fetzen.

Der blecherne Kamin war es wohl gewesen, der den Blitz anzog. Ein glitzernder Regenguss verhüllte das weitere Geschehen. Und das war nicht schön. Die Radler und das Restaurationspersonal verließen im panischen Schreck den Schauplatz ihrer Tätigkeit. Achaz von Oechs wälzte sich noch einen Augenblick lang als dicke, spritzende Kugel im Dreck und verschwand hinter der Regenkulisse. Cyriak verhüllte mit dem neuen Überzieher das Haupt und suchte das Weite. Blitz auf Blitz zuckte um ihn nieder. Donnergetöse, wie er es noch nie gehört, erfüllte die Luft. Der Verwirrte floh weiter und kollerte endlich einen glitschigen Abhang hinunter. In einem Felsengewirr blieb er liegen, wasserumströmt. Er raffte sich auf und suchte Schutz unter einem überhängenden bemoosten Stein, der von Wasser troff. Endlich kam er zu Atem. Da, was war das? Eine klagende, regenverwehte Stimme, eine Stimme, die klagend „Bogumil" rief, „Bogumil, wo bist du?", und alsbald ertönte die halberstickte Antwort: „Gnä Herr, ich bitte gehorsamst, ich bin ertrunken, und das Pferd von Euer Gnaden ist auch tot, das meinige ist durchgegangen."

„Aber Bogumil, sprich doch keinen solchen Unsinn! Wie kannst du reden, wenn du ertrunken bist? Wahrscheinlich bist du wieder besoffen." Unter diesen Worten war eine Erscheinung sichtbar geworden, eine triefende Gestalt von aristokratischer Plastik, etwa wie ein Hofbeamter, der sich unter einem Wasserfall verirrt hat, aussehen würde. Er kam unter Schwimmbewegungen auf Cyriak zu. „Streyeshand von Hasenpfodt mein Name. Sie glauben gar nicht, was ich mich mit meinem Diener Bogumil ärgern muss. Was sagen S' zu dem Sauwetter? Was? Ich hör nichts. Das Ohr ist mir voller Wasser. Warten S", er zwitscherte ein wenig mit dem Goldfinger im Ohr und sprach weiter: „Wird übrigens, scheint mir, besser."

Richtig. Wie das einmal bei solchen Exzessen ist, folgte dem katastrophalen Nachmittag ein linder, wenn auch kühler Sommerabend voll ziehender Nebel über den neubesonnten Wäldern und Berghängen.

Cyriak und der fremde Hofsekretär, zu dem auch der triefende Bogumil gestoßen war, suchten vor allem die verlorene Fahrstraße zu gewinnen, um vor finstrer Nacht irgendwohin zu Menschen zu gelangen.

Ein Köhlerjunge, dem sie begegneten, wies ihnen den Weg zu einem einsamen Weiler, der sich eines erbärmlichen Gasthauses rühmen durfte. Ein trauriges Zimmer voll toter Fliegen nahm die Gäste auf.

Des Gepäckes beraubt, nach Verlust der Pferde ohne Beförderungsmittel, saß man in nassen Kleidern fröstelnd da, bis der unfreundliche Wirt alte Lumpen brachte, die den verunglückten Reisenden in ihrer nassen Lage als wahres Labsal erschienen.

„Crapule, Crapule, um des Himmels willen, wenn meine Braut mich so sähe", murmelte Hasenpfodt, „Sie müssen nämlich wissen, ich bin gerade auf dem Weg zu meiner geradezu einzigartigen Verlobten." Damit wies der sonst vielleicht nicht so offenherzige Höfling, den die Liebe, wie dies nun einmal so ist, geschwätzig gemacht hatte, Cyriak ein Medaillonbildnis, das diesen eigenartig berührte. Eine nicht alltägliche Schönheit! Ein üppiger, etwas brutaler Mund, leicht schief gestellte Türkisaugen, ein zierliches Näschen und rötliches, schön gelocktes Haar ergaben ein Ensemble, von dem ein Reiz ausging, dem ein im trockenen Normalzustand gewiss überkorrekter Hasenpfodt – und der Name hatte Klang – nicht ganz gewachsen schien. Jetzt erinnerte sich Cyriak, von der Familie seines, man möchte sagen, von den Meteorwässern angeschwemmten Bekannten schon gehört zu haben.

In Graz war es gewesen. Da lebte ein alter Feldmarschall-Leutnant Hasenpfodt mit dem Prädikat … richtig, „von Eysendrill", der acht lebensmüde Möpse dazu abgerichtet hatte, in Doppelreihen vor und hinter ihm zu marschieren. Sein Tag war ausgefüllt mit der Besorgnis, mit dem Freiherrn von Puntigam zusammenzustoßen, der die Gepflogenheit hatte, im roten Fracke des Parforcereiters inmitten einer Meute von Zwergbulldoggen planlos einherzusprengen. Der Baron, der als bewunderter Liebling der Stadt, dieses steirischen Paphos, sich alles erlauben durfte, brach bisweilen unter „Hussa"-Rufen aus den Bosketts des Stadtparkes ästekrachend hervor, um, quer über ein Blumenparterre sprengend, unter entsetzlicher Verwirrung in der Menge der Cafétische vor dem Kurhaus zu enden.

Dicke Damen wurden ohnmächtig, Kinder kreischten, dass sie schielten, und zeitungslesende Herren stoben nach allen Richtungen davon. Der greise General wurde dann regelmäßig das Opfer seiner toll gewordenen zwei Hundequartette und musste die Möpse, die sich der freiherrlichen Meute anschlossen, den ganzen Tag lang suchen. Ehrenhändel zwischen den beiden Herren waren immer im Keim erstickt worden. Nur einmal, ganz im Anfang, schossen sie sich in den leeren Räumen des Urbinatischen Münzamtes in der Raubergasse, das ihnen Cyriaks Vater – der gegenwärtige Direktor des besagten Institutes – für den Ehrenhandel chevaleresk zur Verfügung gestellt hatte.

Diesen Gedankengang unterbrach der neue Bekannte mit den Worten: „Wir waren im Ganzen drei Hofsekretäre gewesen. Zwei hat der erste Blitz versprengt. Die stoben auf ihren Rennern nach zwei Seiten auseinander, jeder ohne Bügel. Was mag aus ihnen geworden sein? Wie nett hatten wir uns die gemeinsame Reise bis Gradiska im Sattel ausgemalt!"

„Was, Sie wollen auch nach Gradiska?!"

„Ganz richtig, denn die Familie meiner Braut hat unweit dieser Residenz ihr Schloss, in Sdraussina. Es ist ein Jugendwerk des Hardouin de Mansard, der bekanntlich als Schiffskellner sein architektonisches Talent gelegentlich des Serviettenfaltens vorausahnen ließ."

„Mir neu, aber dafür kann ich Ihnen aufwarten, dass Shakespeare in Graz – ich kenne die Stadt gut – eine Aufführung vom ‚Kaufmann von Venedig' selbst geleitet hat. Aus Wien hat er wegen Beleidigung der Advokatenkammer flüchten müssen, wie jeder Gebildete weiß. Natürlich kam dazu noch die bekannte Fremdenfeindlichkeit der Metropole."

„Schaun Sie", replizierte sein Gegenüber, „das ist ganz begreiflich. Wien ist die natürliche Hauptstadt des Balkans, ich möchte sagen die Mongolendrüse, die … nicht Altweibermühle … besser, Jungwildenmühle, wo die Völker des Ostens – en bloc sind es die Hunnen, en detail die Touristen auf dem Zug nach dem Westen – zu Europäern gemahlen werden. Die aus dieser Verdauungstätigkeit entstehende Idiosynkrasie gegen Fremde muss Ihnen doch begreiflich sein."

Cyriak hatte das Stichwort „Orient" fallen gehört und wandte sich interessiert an den neuen Freund mit der Frage, ob er dieses Ziel seiner Sehnsucht, dieses Märchenland seiner Träume etwa kenne. Hochbefriedigt stellte er fest, dass Herr Hasenpfodt als Attaché des Auswärtigen Amtes Jahre in Smyrna und auf Delos zugebracht habe, wo eine geheime österreichische Expedition, die Omphaloskopische Kommission, den Nabel der Erde festzustellen gesucht habe. Cyriak war starr und suchte Näheres aus dem plötzlich schweigsam gewordenen Diplomaten herauszubringen. Der sah ihn mit eisigem Blick an und ließ als letzten Brosamen für den Lechzenden nur noch das Wort fallen: „Herr, wenn ich dürfte, ich könnte Ihnen Dinge erzählen … vergessen Sie nicht, wie genau Metternich seinerzeit Lord Byron überwachen ließ, durch tschitschische Obstweiber … nebenbei gesagt, daher finden Sie auch heute noch im ganzen Orient diese slowenischen Füllhornträgerinnen der Pomona. Die Sache wurde nicht zurückgenommen, na, Sie verstehen!"

Mehr war aus dem Schweigsamen nicht herauszubringen.

„Bitte, nur noch das eine … mit den Obstweibern … was haben die …"

„Für eine Rolle gespielt, wollen Sie wissen? Nun, die Wackeren sind im Kampfgetümmel des Befreiungskrieges zwischen den feindlichen Fronten hin und her gegangen, um die Truppen zu erfrischen. Früher war das nicht so intensiv wie heute. Mein guter Urgroßvater hat als Hauptmann der Kaiserjäger mitten im Straßenkampf zu Mailand anno 59 sich den durch einen Prellschuss beschädigten Schuh bei einem Flickschuster flicken lassen. War halt eine kleine Gefechtspause, wo die anderen Herren ein Glas Wein getrunken haben. Aber jetzt, lieber Freund, sind wir trocken, ich bin sehr dafür, dass wir uns um neue Pferde umschauen. Sie verstehen, dass ich ein wenig ungeduldig bin."

Ein gefälliger Jude, den die Herren beim frugalen Nachtmahl in der Wirtsstube vorfanden, hatte eine Koppel ganz passabler Gäule auf Lager, und der nächste blinkende Morgen sah den Hofsekretär und Cyriak nebst dem Burschen Bogumil leidlich beritten dahersprengen.

Eine große Fuhre buckliger älterer Herren war das erste, was an diesem Tage auffiel. Da die Straße steil bergauf ging, klebte man fortwährend an dem Plachenwagen mit der mürrischen Last, die untereinander keine Ruhe gab. Die einen von der Partie wünschten, dass die Plache heruntergenommen würde, da man die Aussicht zu genießen begehre, während die anderen ihre Besorgnis, das Opfer von Stoßgeiern zu werden, ins Treffen führten.

Der Kutscher klagte unseren Freunden, was für einen Ärger er mit dieser Fuhre habe. Er habe schon zweimal umgeschmissen und müsse die Bagage – knickrige und mürrische Filze sondergleichen – in das berühmte Schlammbad drunten im Venezianischen bringen … er behalte den Namen nie. Es seien die herzoglich steirischen Landeskranken, die die Landschaft für täglich 32 Kreuzer zu verpflegen habe, darunter aber auch sehr wohlhabende Herren, Hofräte, Apotheker, Notare, ja sogar zwei Gerichtspräsidenten. Er deutete mit der Peitsche auf die einzelnen Kategorien. Die Herren seien normalerweise am Schöckl oder in Tobelbad untergebracht, überall zum Schrecken der zahlenden Besucher. Der Umstand, dass auch noch zwei der älteren Herren beim Schwanken des nun bergabrollenden Gefährtes seekrank wurden, ließ unsere Freunde aufatmen, als sie sich von der traurigen, müffelnden Fuhre loslösen konnten. Sie waren über eine Passhöhe gekommen und ritten den ganzen Tag durch ein gewaltiges Hochtal, um gegen Abend abermals eine Passhöhe, von einem monumentalen Triumphtor gekrönt, vor sich zu erblicken.

Auf der Höhe angelangt, sahen sie diesen gigantischen Triumphbogen, der ihnen schon von weitem aufgefallen war, dicht vor sich. Die Umgebung war öd und grandios. Tiefste Stille herrschte. Das Abendgold ließ das herrliche Bauwerk in warmen Tönen erglühen. Am grünlichen Himmel blitzten die ersten Sterne.

Streyeshand lenkte die Pferde um das prunkende Monument, das schon leichte Verfallserscheinungen zeigte. Eine Tür mit einer Visitkarte im Innern eines der drei Torgewölbe schlug auf und zu. Da kam ein gebückter Greis ums Eck, einen Tabulettkramkasten umgeschnallt. Das knochige Gesicht totenbleich, bot er seinen Krimskrams an, rechte Quisquilien, um dem ausgefallenen Worte wieder einmal zu Ehren zu verhelfen.

Da gab es Operngläser, die zwar nichts vergrößerten, aber mit Hilfe eines kunstreichen Facettenschliffes alle Gegenstände vierundzwanzigmal nebeneinander zeigten, was sehr verwirrte. Als junger Mann, so erzählte der Alte, habe er am Broadway mit dieser echt amerikanischen Idee sein Glück gemacht. Später habe der Film sein Geschäft ruiniert, und nun wohne er da in der Öde. Walpurgiskerzen hatte er auch, er selbst wisse allerdings auch nicht, zu was sie gut seien. Dann wies er einen ganz alten Mohnstrietzel vor, von dem voreinst Kaiser Joseph ein Stück abgebissen habe. Dies sei sein wertvollstes Stück, und er könne zum Ankauf dringend raten. Auch ein Büchlein lag unter dem Kram: Womatschka, „Die Kunst des Eierfärbens, nebst einigen Ausflügen auf dem Gebiete der Kosmetik".

Der Greis hatte Mühe, das heftig im Wind flatternde Buch und die wirre Fahne seines Bartes zu beruhigen. Schließlich erstand man einige Zoll lange, beinerne Kragenknöpfe und ein Liebesbarometer, um den totenfarbenen Geschäftsmann loszuwerden und sich ganz dem Genuss der Architektur hinzugeben.

Krächzen ließ die Herren aufblicken. Tausende von Raben zogen durch die Triumphpforte, dem wärmeren Tal des Südens zu. Der Greis war irgendwie in der erwähnten Türe verschwunden. Ein aufglühendes Fensterchen zwischen üppigem Akanthusgeschnörkel und eine dünne Rauchsäule, die aus einem Loch des Mauerwerkes drang, bewiesen, dass der liebe Alte, zufrieden mit der Tageslosung, wohl sein Abendsüpplein kochte.

„Mit wie wenig doch die Menschen zufrieden sind", bemerkte gedankenvoll Cyriak, „dabei war der Mann überm Wasser drüben vielleicht einmal ein Eisenbahnkönig ... können wir es wissen?"

„Glaube nicht, nicht einmal ein Dampftramwaygroßfürst, der Mann sieht mir eher aus wie ein schnell gealterter Liftboy. So eine Existenz."

„Können recht haben", bestätigte Cyriak. „Übrigens, ich finde das Anachoretenunwesen hierzulande haarsträubend."

„Schon jetzt? Was werden Sie erst sagen, wenn Sie weiter nach dem Süden und in die morgenländischen Provinzen des Reiches kommen werden? Na, Sie werden ja sehen, da gibt's selbst Anachoreten, die einem auf Hochrädern nachfahren."

7

Gegen Mittag gewann das Land an durchgeistigter Bedeutung. Geheimnisvollen, uralten, mehr als halb vergessenen Traditionen zufolge waren es die großen eingeweihten Führer der Menschheit gewesen, die die chaotischen Gewalten der Natur bändigten und die Naturkräfte in gemäßigte Erscheinungen bannten, sie, die nicht ganz unserer menschlichen Ebene angehörten oder zumindest durch ihr Wissen und durch Verfeinerungen tausendjähriger Reinzucht und Erkenntnisübungen mit den höheren Mächten – in dem Fall mit den unteren Hierarchien der Götterwelt, den Engeln, den Feen – in hieratisch-feierlichem Verkehr standen. Sie hatten von diesen Mächten die Kenntnis bekommen, die Elementargeister der Materie zu beherrschen, und das wird wohl der eigentliche Grund zu ihrem lindernden Wirken gewesen sein.

Später ging das Wissen von diesen Dingen immer mehr verloren. Und das ist gar nicht unbegreiflich. Je mehr durch Vermischung mit dem faunhaften Halbtierwerk die Hochgezüchteten, ja vielleicht wirklich Feengezeugten, an Hoheit und Herrlichkeit verloren, desto wirrer und unsinniger wurde das Getriebe am Weltenplan. Verlauste und Geschwürbehaftete, Verkrümmte und Wasserköpfige haben nun einmal eine andere psychische Einstellung als solche, die es überhaupt wagen dürfen, sich den unnennbar holden Lichtgestalten der verfeinerten Materienwelt zu nahen.

Die Übelriechenden und Hässlichen vermehrten sich in begreiflicher Skrupellosigkeit wie die Wanzen und schufen endlich das Weltbild, wie es sich heute unserem beleidigten Auge darbietet. Von Jahrhundert zu Jahrhundert wurde es schlimmer, und die Feenbegnadeten mit allen Mitteln zu vernichten, ward heiligste Pflicht der Trefflichen, die beharrlich Religion mit Schmutz, Seife mit Sünde verwechselten, und deren Wasserscheu in den Gestankschwaden einer ihren Hirnen entsprossenen Askese ihren schmutzglänzendsten Ausdruck fand. Die Oberschicht, die noch etwas von den alten, heiligen Mysterien wusste, wurde mit allen Mitteln vernichtet. Besonders die Medien, die den Verkehr mit den Liebeshöfen der holden Mächte der Minne wieder hätten aufnehmen können, die schönsten Mädchen königlicher Rasse, wurden als Hexen verbrannt und so hunderttausende Quellen zur Weiterzucht der Menschenführer zum Versiegen gebracht. Man würde sehr, sehr irregehen, wenn man den „Hexenhammer" eines Sprenger und Konsorten für die Ausgeburt unwissender Phantasten hielte. Die unzähligen Kriege, allesamt aus dunkler Quelle mit Vorbedacht arrangiert, rotteten dann auch noch das heroenhafte Männermaterial aus, und damit ist der Weg gegeben, die Welt immer mehr zu einem Müllhaufen des Satans zu machen, wie dies dem Gesetze des Kataklysmenzyklus zufolge kommen muss.

So muss es dem, der sich etwas abseits oder weltentfernter zu stellen versteht, immer klarer werden, dass das flimmernde Weltbild, dieses ewige Panta rhei, von kaum aufzufindenden Regisseuren gespielt oder zur Bühnenwirkung gebracht wird, die wir Geschichte oder Evolution nennen.

Die richtige Bezeichnung für dieses Gesamtgeschehen ist nicht leicht festzulegen für uns, die wir immer mit auf der Bühne stehen und selbst in den Zwischenakten, der Schlafversunkenheit, die verzerrte Spiegelung des Geschehens nicht loswerden können. Die Dekoration und das Kostüm wechselt, die lichtfarbene Heiterkeit des Rokoko täuscht uns noch am ehesten – in weiter Ferne und verzerrt – etwas vom Normalzustand vielleicht aus den Verfallsperioden der Feerie vor, deren Zustand von Rechts wegen herrschen sollte. Diese Zeit zog auch wie keine andre die Natur in ihr Spiel.

Wäre die saturnische Reaktion, die dem Rocaillengetriebe dieser Epoche ein jähes Ende setzte, nicht gekommen, weiß Gott, in welch chinoisierende Parkerscheinungen sich die Umwelt verwandelt hätte, die heute von Kohlenstunk und Fortschritt dominiert ist.

Hierzulande war das anders. Hier sah das staunende Auge Felswände zu Rocaillenspiel behauen, sah buntfarbige und vergoldete Marmorgruppen in natürliche Felsennischen aufgestellt, sah Grottengänge mit reichen Wasserkünsten, überall in die himmelhohen Felsen verteilt, als ob ein übermächtiger Paris Lodron, der Salzburg so viel Schönes geschenkt, der Herr dieses Landes gewesen wäre. Oh, welch ein Val Policinella war dies … Oh, Segen des Krummstabes!

Das Land, das sie durchritten, hatte noch bis 1803 zum Bistum Freising gehört und hatte Bischoflack als Residenz gehabt, die es dem prunkvollen Salzburg gleichtun wollte. Dieser politische Zustand entstand aufgrund der wenig durchschauten Abstammung des geistlichen Besitzes im Mittelalter aus den großen, geheimnisvollen Tempelheiligtümern der Vorzeit, diesem Götterallod von Ausläufern der Dornröschenparks, die vor langer, langverschollener Zeit die Feen geziert hatten, die wahren Altesses electoriales, die jugendschönen Fürstinnen und Herrscherinnen über das Strahlungsmysterium der Elektoralkräfte. Das Mönchtum, das immer zwischen Ekstasen und gemütlicher Schnupftabakrealität vermittelt hat, war bis zuletzt Behüter, war Guardian dieser geheimnisvollen Grenzgebiete einer faszinierenden, sehnsuchtumwitterten Romantik gewesen.

Ja, Freising, wer wird das Geheimnis dieses Staatswesens je ergründen können! Wo ein ehemaliges Freya-, ein Venusheiligtum war, da war Freising als Erbe aufgetreten. So hatte es das liebliche Hollenstein besessen, den Zauberberg des Ötscher, hatte Höhlen sein Eigen genannt, in denen Engel erschienen waren, und ehemalige Sitze von Liebeshöfen der die Schönheitszeugung bewahrenden Gerichtsorte zu Dutzenden, die man Schellenberge hieß. Der leuchtende Feenpalast des Karwendel hatte sein überallhin verzetteltes Reich geschmückt, und die üppige Pracht, die bisweilen in München aufflammte, das Weben der Venus, steht nicht ohne Beziehung zu Freising.

8

So war Cyriak nach mancherlei Fährnissen glücklich in Gradiska angelangt, dem vorläufigen Ziel seiner Reise. Er stieg auf Hasenpfodts Rat im Hotel „Zum Fürsten Metternich" ab, dem ersten, soigniertesten Haus der Stadt. Einem dort Wohnenden stünden die Salons der ersten Familien offen, hatte er schon früher gehört. Am gleichen Tag lernte er dort an der Table d'hôte einen jovialen älteren Herrn kennen, der sich Hofrat Hunzwimmer nannte und sofort daran ging, Cyriak mit den Sehenswürdigkeiten der Hauptstadt bekannt zu machen. Zuerst führte er ihn einmal in das berühmte Quaccheronische Kaffeehaus, das als das uneingestandene Zentrum der Residenz galt. Ein seltsam grämlich aussehender Herr mit langer, kummervoller Römernase am zu kleinen Haupte stelzte ihrem Tischchen zu und stach mit dem Finger auf Cyriaks Begleiter.

„Sie da, Herr von Hunzwimmer, no, hat Sie der Lenz auch wieder einmal nach Gradiska gebracht? Bloß wegen Friehling da oder dienstlich?"

Und Hunzwimmer machte in derselben Viertelstunde Cyriak mit dem etwas geschraubten Römer bekannt, mit Doktor Philipp Boguslav Edlen von Hahn, kaiserlichen Hofkonzipisten in Ruhe, jetzt …

„Mehlwirmer und Teufelszwirn en gros", ergänzte Edler von Hahn ernst. Cyriak blickte ihn starr an.

„No, was ist da so zu schaun?", begann Hahn grämlich und etwas indigniert das Gespräch. „Wissen S' nicht, was Deifelszwirn is? Ein Unkraut, das sich durch den Klee windet, ihn unentwirrbar verknotet und nie mehr herauszubringen ist. Und den Samen dazu, beziehungsweise auch Stecklinge, können Sie bei mir in bester Qualität beziehen."

„Erlauben Sie mir, wer kauft denn so einen Dreck?"

„Ich muss bitten", belehrte ihn Hahn mit säuerlicher Miene, „das wird wohl kaum so ein Dreck sein, nachdem das Ministerium selbst bei mir bezieht", er blickte devot nach oben, „und damit die kleinen Landwirte beteilt."

„Damit … beteilt? Das ist ja Irrsinn!"

„Hm", machte Hahn und sprach zu Hunzwimmer hinüber: „Der junge Herr scheint ja gar keine Ahnung vom Verwaltungswesen zu haben! Herr von Bitschigolli", fuhr er fort, „das ist so: Hierzulande ist das reinste Paradies, da wächst alles von selber, ohne Düngung. Vor Iebermut wüßten ja die Landeskinder nicht, was sie tun sollten, und kämen auf die unnützesten Dinge – Unzucht, Revolution, Verbrechen – no, da gibt ihnen halt die fürsorgliche Regierung ein bisserl Unkraut unter die Sämereien, die Leutln haben was zu tun – kleine Sorgen – und werden so vom größeren Unglück abgehalten."

„Und sind Sie schon lang bei … dem Geschäft? Wie kommen Sie denn überhaupt dazu?"

„Wie ich in Pension gegangen bin, zog ich hierher in dieses paradiesische Land. Ich bin selbst ein Kind blauen Himmels und kann den Norden nicht vertragen. Zuerst wurde mir hier eine Teilhaberschaft am Schlummermeierischen Droschkeninstitut angetragen, da man in Erfahrung gebracht hatte, dass ich der Hippologie nahestünde. Aber das ist ja heute nix mehr, trotzdem das Auto hier stark unterdrückt wird. Na, hab ich halt das erwähnte Geschäft inauguriert. Aber is leider nicht die Goldgrube, die ich erwartet habe. Schaun S'", fuhr er fort, „die haben's besser", und er wies auf drei fesche, junge Herren, die in einem Gig vorgefahren waren. „Ja, die können lachen und sich's leisten, die sind im Landesverwanzungsamt. Die Diäten! Das kommt gleich nach die Attachés vom ‚Auswärtigen‘."

Hofrat Hunzwimmer nickte.

„Was?" Cyriak hielt sich mit beiden Händen am Tisch fest. „Landesverwanzungsamt, was ist denn das? Sie wollen mich wohl zum Besten haben?"

„Herr von Bitschigolli", erwiderte Hahn sehr ernst, „ich sehe, Sie müssen hier noch sehr viel lernen. Sie sind noch ein junger, sehr junger Herr und, Sie verzeihn, wie es scheint, ein wenig oberflächlich. Die Stelle heißt richtig ‚Verein für Landesverwanzung‘ und wurde allerdings von und unter den Auspizien der öffentlichen Gewalt ins Leben gerufen."

Kopfschüttelnd erwiderte Cyriak: „Verein für Landesverwanzung, wenn Sie mir's nicht sagten, ich müsste das für einen Irrtum halten …"

„Aber nein, warum soll denn alles, was dem Südländer lieb, ja heilig ist, unmöglich sein? Sie sind ungemein einseitig, mein Lieber! Nun ja, die Regierung hat nicht offen eingreifen wollen, um nicht im Ausland Anstoß zu erregen. So hat man denn eine halbamtliche Stelle geschaffen. Wäre selbst gern eingetreten, aber Ausländer nimmt man nicht – leider! Ja, blicken Sie nicht so geringschätzig drein! Das Landvolk, nicht minder der Städter, liebt eben die Wanze. Es ist auch richtig, am Sonntag soll auch der Ärmste seine Wanze im Kaffee haben. Das sieht der Sküs gerne. Schauen Sie, am Freitag wäre das unstatthaft, könnte in Rom böses Blut machen!"

„Erlauben Sie", fiel Cyriak ein, „die Wanzen, Kaltblütler, scheinen mir doch eine Fastenspeise zu sein, nicht?"

„T-t-t", ließ sich Hahn hören, „wie oberflächlich! Die Frage ist auf manchem Konzil erörtert worden. Da sind

Ihnen die Kirchenväter mit die Bücher aufeinander los-
gegangen und haben mit denen Bischofsstäben aufeinander geschlagen. Ein wenig Licht ist in die Sache erst
durch den geistvollen Briefwechsel ‚Clément XIV et
Carlo Bertinazzi: correspondance inédite' gekommen.
Eine nüchterne Wanze, ja, die ist ein Kaltblütler, aber
wenn sie wo Blut gesaugt hat, he?", und Hahn sah unseren Helden stechend an.

Darauf empfahl man sich, und Hahn ging etwas steif
von dannen. Auf dem Spaziergang kam der schweigsam
und nachdenklich gewordene Cyriak wieder auf das befremdende Thema zurück. Hunzwimmer gab ihm die
Lehre, nicht zu kritisieren und lieber die Augen offen zu
haben. Er könne hier noch viel lernen. In der Auslage
eines Antiquars sahen sie ein Buch, das Hunzwimmer
ohne zu feilschen erwarb.

„Eine der größten Seltenheiten! Hahn hat es eben
erwähnt. Und hier hab ich, was ich schon seit Jahren
suche, die erwähnte Korrespondenz Bertinazzis, und
sehen Sie hier, die Erstausgabe Paris 1827! Die oberfläch-
liche Welt hält es für eine Erdichtung Latouches, der es
herausgab. Ist aber nicht wahr. Es ist vielmehr das vorgeahnte Fundamentaldokument der jetzigen Entwicklung
der Tarockei! Denn Carlo Bertinazzi, der große italie-
nische Komödiant und Improvisator, der knapp vor der
Revolution als der berühmte Harlekin ‚Carlino' in Paris
starb und die ‚Nouvelles métamorphoses d'Arlequin'
verfasste, hatte eine große geistige Nachwirkung in diesem Staat – ich möchte ihn den Landesgenius nennen!"

Abends, man soupierte im gleichfalls berühmten
„Schlittenfahrenden Elefanten", traf man wieder den
Edlen von Hahn, dem Cyriak diesmal innerlich belustigt
entgegentrat.

„Ei, ein Schwelger, ein Lukull?", und er wies auf das

garnierte „Entrecôte à la policinelle". „Ah, der Teufelszwirn muss ja ganz schön tragen!"

Mit einer müden, resignierten Geste antwortete Hahn: „Im Deifelszwirn ist die Schmutzkonkurrenz leider schon sehr groß. Seit kurzem bietet eine Firma, deren Namen ich nicht nennen will, auch noch Teufelsflucht, Teufelsmilch, ja selbst Teufelspeterlein (Conium maculatum L.) feil. Da hab ich mir", fuhr er mit überaus grämlicher Miene fort, „jetzt ‚Dösemanns gefälschte Urinflecke, eine Attrappe für Hausbesitzer' zugelegt."

Cyriak glaubte nicht recht verstanden zu haben und starrte Hahn an. „Ja, in Universitätsstädten geht das glänzend. Die akademische Jugend ist wie versessen auf diesen Artikel, der ohne Eigenbemühung peniblen Hausbesitzern unendlichen Ärger bereitet. Die Sache ist durchaus hygienisch, sonst würde ich als ehemaliger Staatsbeamter nie meine Hand dazu hergeben. Wissen Sie, es sind so eine Art Abziehbilder. Apropos – wollen Sie eine Probe sehen?", und der hagre Mann mit der Römernase, die das Ideal eines Füger bei weitem übertraf, nestelte seine Brieftasche aus dem verschossenen Gehrock. Cyriak lehnte dankend ab.

„Na schaun S', Sie wollen die Novität nicht einmal sehn?"

„Nein, nein", wehrte Pizzicolli ab, „tragen Sie denn das um Himmels willen im Portefeuille?"

„No, wo soll ich's denn sonst haben … vielleicht auf der Krawattennadel? Überall geht's besser wie hier … es ist ein Malheer! Der Dösemann schwimmt in Geld. So geht's woanders. Aber auf dem Industriellenball will niemand von der Jeunesse dorée mit den Dösemann-Töchtern tanzen. Das ist Neid." Er versank in kurzes Brüten. „Na, wenn ich eins von den Goldfischeln fangen könnt …"

Die melancholische Stimmung steckte Cyriak an.

Wie unwirklich kam ihm mit einem Mal das alles vor … was hatte er eigentlich im „Schlittenfahrenden Elefanten" zu suchen? Was für eine bedrückende Stimmung in dem düsteren Lokal mit den summenden Gasflammen! Was für Gäste! Lauter makabre Figuren. Eben trat ein verfallen aussehendes Männchen herein, beschnüffelte den Stuhl, betrachtete den Sitz lange misstrauisch mit einer großen Lupe, hielt dann eine Hühnerfeder in die Höhe, ob es nicht etwas ziehe, und setzte sich dann ächzend nieder, die Tischplatte mit beiden seidenpapierumwickelten Händen anfassend. Es war dies der ewig kränkelnde Käfermacher, dem wohl auch sein Arzt den milden Süden verschrieben hatte.

Hahn stand auf und setzte sich zu dem Vergilbten mit den roten Pulswärmern.

Cyriak hörte, wie er versuchte, dem bedauernswerten Käfermacher den zweideutigen Artikel von vorhin aufzuschwatzen. „Schaun S', Sie sollten auch auf andere Gedanken kommen, nicht immer brieten, nein, jung mit der Jugend sein, ab und zu einen Jux machen! Da hätte ich was für Sie … das ist was für Feinschmecker! Es ist direkt ein Triumph des menschlichen Intellektes, des Bürgerfleißes und gibt Tausenden von Familien Brot!" Käfermacher sah ihn bös an. Ein paarmal ging sein breites, verkniffenes Maul tonlos auf und zu. Dann stand das fahle Männchen auf und kreischte, gegen Hahn gewendet: „Merder, Merder! Also Sie sind der Bube, der meinen armen Bruder am Gewissen hat! Der ist aus Ärger ieber die Besudlung seiner Villa vom Schlag gerührt worden!"

Hahn wehrte ab. „Wie komm denn ich dazu?" Käfermacher bezeichnete im weiteren Dösemann als zweiten „Freund Hein mit der papierenen Hippe", um das ekelhafte Wort zu gebrauchen, und verbreitete sich über die Familientragödie, hervorgerufen durch die widerlichen Scherze, die sich rohe Burschen an der soignierten Wand des Käfermacherischen Voluptoirs erlaubt hatten. Hahn stand pikiert auf und ging wieder steif zu seinem vorigen Tisch zurück. Jetzt war es Pizzicolli, der etwas Näheres von all diesen seinen absonderlichen Unternehmungen wissen wollte.

„Ja, ich war es", erklärte Hahn, „der da ein bisschen den Anstoß gegeben hat. Denn ich habe Seine Exzellenz den Sküs über die Bedeutung des Teufelszwirnes für die Landwirtschaft aufgeklärt, und vielleicht", er klopfte auf seinen Stiefelabsatz, „steht ein Ministerium für Teufelszwirnwesen in Aussicht. Möglicherweise bekomme ich das Portefeuille, wenn Seine Exzellenz es in seinem geradezu übermenschlichen Arbeitseifer nicht selber besetzt. Zumindest aber sehe ich mich schon als vortragender Rat darinnen. Der Teufelszwirn ist ja so wichtig! Allerdings, was darüber von unberufener Seite alles zusammengeschmiert wird … natürlich nur Neid derer, die nicht auf die Idee kamen. Der Heilige Vater hat allerdings zuerst ein Schnoferl gemacht, bis wir ihn aber überzeugt haben, dass nur der Name bedenklich ist.

Wir haben Könige unter den Abnehmern. Der Teufelsdreck wieder, ein Harz und dem Namen nach verwandt, wird für das Konditorei- und Genussmittelwesen vermahlen und hat eine bliehende Mühlenindustrie gezeitigt." Mit dummen, starren Augen blickte er nach oben.

Leider wurde die interessante und lehrreiche Unterhaltung durch das Erscheinen Hasenpfodts abgeschnitten. Hahn stand auf, verbeugte sich steif vor dem Ankömmling und verschwand. „Nathan, ich zahl morgen!"

„Die Herren scheinen sich zu kennen?"

„Ja, von früher her. Aber jetzt weicht er mir aus. Er betreibt trotz Pensionsbezügen hier im Ausland ein geschäftliches Unternehmen. Nun, ich verschwärze ihn nicht bei der Staatsschuldenkassa. Besser, als wenn er als Salamucci oder Ausrufer eines Wachsfigurenkabinettes, womöglich noch in Beamtenuniform, seine Tage beschlösse. Der Mann ist ein industrielles Genie, ein merkwürdiger Januskopf. Vorn oder hinten – wie's beliebt – der kurz gehaltene Backenbart des Beamten, auf der anderen Seite die sorgenvolle Miene des Trödlers. Sie haben ihm vorzeitig das Staatsruder entwunden beziehungsweise ihn vom Schreibtisch gestoßen, wo er das Staatsschiff zu rudern pflegte … die Sekretäre Schwenzeltanz und Schleimhascher haben ihn umgebracht."

Hasenpfodt blickte eine Zeitlang gedankenvoll in die Ferne. „Sonderbar, was für abstruse Artikel sich der früher überaus nüchterne Beamte beigelegt hat. Teufelszwirn, haben Sie schon je von diesem Zeug gehört? Das gefürchtetste Unkraut! Meteorpapier, das ist irgendein bedenkliches Pflanzenprodukt, ein verfilztes Zeug, das man nach langen Regenperioden auf den Wiesen findet. Denken Sie, er trägt sogar eine Hose aus Wiesenleder, was dasselbe ist. Ist dadurch überall unbeliebt … Natürlich hat ihm das irgendein Agent eingeredet, und der Mann schwört drauf, weil er hofft, bei der Alleinvertretung ein kleines Profitchen damit machen zu können. Nicht genug damit, handelt er auch noch mit gefälschtem Thoho und Tangshen, den Ersatz für Ginseng bei ärmeren Chinesen, was ihm alles die Policinelle aufgeschwatzt haben. Aber einen gewissen Hang für ausgefallene Artikel hat er schon früher gehabt. Du lieber Himmel, wenn ich an die Geschichte mit der dreibeinigen Unterhose denke!"

„Dreibeinige Unterhose, was zum Teufel ist denn das für eine Tollheit? Gibt's denn so was?", platzte Cyriak heraus, der vor Aufregung vom Sitz gesprungen war.

„Ja, mein Lieber, aber trinken Sie doch einen Schluck Wasser, das wird Sie beruhigen. Ja, mein Lieber, wer kann diese Frage glatt beantworten, Herr, restlos? … Restlos wird die Sache wohl nie aufgeklärt werden. Wenn Sie mich fragen, ob ich schon einmal ein Paar dieser Monstra gesehen habe, so muss ich Ihnen als ehrlicher Mann sagen, ja; um genauer zu sein: leider ja! Dies zur Steuer der Wahrheit. Übrigens, was red ich da lang herum? Der Hahn hat sie besessen, oder besser, besitzt sie wohl noch. Nicht genug an dem, er hütet sie wie seinen Augapfel. Zur näheren Erklärung dieses überaus verschrullten Umstandes muss ich vorausschicken, dass Herr von Hahn, so sonderbar es klingt, Fehlwäsche sammelt. Bitte unterbrechen Sie mich nicht! Jawohl, Fehlwäsche. Wenigstens tat er dies, solange er im Staatsdienst war, und jede freie Stunde opferte er dieser seiner Marotte. Und das ist eine sehr komplizierte Sache. Ich weiß überhaupt nicht, ob es echte Fehlwäsche wirklich gibt. Die besagte Hose scheint mir eigens für ihn von gut verborgener Hand angefertigt worden zu sein. Es spricht manches dafür. Um Ihnen da ein klares Bild zu verschaffen, muss ich weit ausholen.

Als Basis diene, dass Philipp von Hahn a) an und für sich ein leidenschaftlicher Sammler war, und b) dass er in einem merkwürdigen Verhältnis zu Kleidungsstücken steht oder, klarer ausgedrückt, dass er von einem textilen Unstern verfolgt wird. Ich erinner mich, ihn einst, vor vielen Jahren, in gehobenster Stimmung einhertänzeln gesehen zu haben. Es war an einem strahlenden Vorfrühlingstag. Die Spatzen jubilierten in den Bäumen, fröhliche Köter bellten, das Eiswasser floss lustig von den Dächern, und der Himmel lachte wie ein Gebilde aus Waschblau mit Schlagsahne auf die Residenzstadt nieder. Vom Heldenplatz brummte die Militärmusik herüber, und alles war in gehobener Stimmung. Der sonst so steife von Hahn tänzelte, wie gesagt, federnden Schrittes einher und klopfte mir auf die Schulter. ‚Mein lieber Hasenpfodt, Sie können mir gratulieren, ich bin fein heraus! Ich habe das Kavaliersabonnement ‚römisch II‘ mit dem Index ‚a‘ beim Switek, dem eleganten Herrenschneider, genommen. Kost’ mich bare 700 Gulden, aber ich bekomme da einmal einen Frackanzug komplett mit Phantasiehose extra, einen kammgarnen Schlussrock mit Pejaẏewiċhose und Weste à la Großherr von Stambul, einen Wintermantel rot gefüttert mit falschem Astrachankragen‘, und was weiß ich, was der eitle Mann noch alles an den Fingern herzählte. In Erinnerung ist mir nur noch ein ‚Homespun-Anzug in Braun‘, von dem Herr von Hahn förmlich schwärmte. Ich sehe auch noch vor meinem geistigen Auge, dass er vor andächtiger Aufregung förmlich glotzte, als ob er vom Stoffwechsel seines Ministers gesprochen hätte. Das Ende des Gespräches war: ‚Sie, ich werd ausschaun … also, néné. Die Mädeln tun mir ja eigentlich leid, aber was kann man dafür, wenn man gut gewachsen ist … Ich bin erst gestern von hinten für den Exzellenz Kropatschek gehalten worden, wegen dem, hör ich, alle acht Täg ein bis zwei Selbstmorde unserer Salonlöwinnen statthaben. Vom Ballett red ich gar nicht.‘

So weit der eitle Beamte, der tänzelnd in der Menge verschwand. Nur ab und zu tauchte noch sein Zylinderhut wippend auf, im Takte zur noch immer brummenden Militärmusik.

Die Geschichte ist aber noch nicht zu Ende. Etwa vier Wochen später sah ich im Esterházypark Herrn von

Hahn traurig in einen kleinen marmorgefassten Weiher starren, jeder Zoll ein Mann, der sich mit Selbstmordgedanken trägt. Ich trat demzufolge auch mit der Frage auf ihn zu, ob er sich den Nixen zum Fraß vorzuwerfen gedenke? Korb der Prima Ballerina?

Müde wehrte er ab. ‚Nein, der Switek.‘

‚Aha, der Schneider!‘

‚Ja, hat Konkurs angesagt … meine 700 Gulden, die ich, um den Rabatt zu genießen, vorausbezahlt habe, sind hin und mir aus der Konkursmasse sieben Winterröcke mit falschem Astrachankragen zugesprochen worden, aber alle viel zu klein.‘

Ich empfahl mich und winkte einen der in den Anlagen herumlungernden Geheimpolizisten heran, ein Auge auf den Mann zu haben. Was soll ich Ihnen sagen, – nach weiteren vier Wochen traf ich Herrn Philipp Edlen von Hahn wieder. Er saß vor dem Café Gabesam und ließ die jungen Modistinnen vor sich paradieren. Hahn pantschte verloren mit der einen Hand in seiner Melange, in der anderen hielt er die k. k. Wienerzeitung, das Amtsblatt, in dem jedes Wort bis zur Unwirklichkeit abgewogen ist, gegen den Boden gesenkt.

Teilnehmend fragte ich ihn, wie sich denn die fatale Überzieheraffäre mit den zahlreichen falschen Astrachankrägen gewendet habe.

‚No‘, war seine Antwort, ‚ich dank schön, es könnt besser gehn, aber immerhin ist es mir gelungen, dank meinen Verbindungen beim Obersten Gerichtshof, wo ich Enfant gaté bin, unberufen, die besagten Überzieher gegen den Homespun-Anzug in Braun – Sie wissen ja, wie ich mich auf ihn freie – umzutauschen. Hofrat Wirrtriegel wird die Sache vielleicht noch die Woche ins Rollen bringen, und wann der Mai kommt, da werdn die Wiener Mädeln was zu schaun haben. Denken Sie, der

Rock hat die Taille ganz weit unten. Er ist ein Übergang zwischen den jetzt wieder heifig getragenen Gottfriedeln und Gehrock, und von prachtvoller Käferfarbe. Er soll, hör ich, die Schöpfung einer dem Throne nahestehenden Persönlichkeit sein', und Hahn sah ernst herum und verzog den in der Richtung der Hofburg gelegenen Mundwinkel in servile Falten. Dabei bemerkte er gar nicht, wie ein sorgengefalteter Hundekopf missbilligend das Amtsorgan beschnüffelte.

Und es kam der Mai in Gestalt eines vorzeitigen heißen Frühsommers, reich an kupfernen Wolkenkulissen und Donnerouvertüren, wie das mächtige Auf- und Abwogen einer gigantischen Bachischen Fuge. Da hatte ich mich einmal im Schönbrunner Schlosspark verspätet. Der Abend war klebrig heiß und finster. Ein Wetterleuchten zuckte ununterbrochen am Himmel. Ferne Staubwirbel und ein makabres Glockengeläute im fernen Flachland gegen Ungarn waren keine Boten guter Verheißung.

In den Prospekten der riesigen Alleen mit dem vorzeitig verfärbten Laub sah man ferne Menschen winzigen Punkten gleich dahineilen. Ein verirrtes Windspiel mit jammervoll eingezogenem Schweif brach aus einem Boskett, kreuzte meinen Weg und heulte klagend zum Himmel. Kein Zweifel, es musste etwas ganz Böses kommen, vielleicht gar ein Erdbeben.

Ein glühender Wind drohte mir den hohen grauen Seidenhut, wie man ihn damals trug, vom Kopf zu reißen. Ich hastete gesenkten Hauptes weiter, und als ich das Gesicht einen Moment hob, stand vor mir, wehenden Frackes, ein düstres Männerbild, ein zweiter Paganini, mit der Hand gegen das graue Kalkgestein eines riesigen Trophäengebildes gestützt, wie solche vor der Prunkhalle der Gloriette stehen. Einen Moment Totenstille. Ich hörte nur, wie sich kleine Steinchen von der Skulptur, diesem Gewirr von Römerhelmen, Standarten, Panzern und anderem Trödel südländischer Eitelkeit, loslösten und ein leises Ächzen des Mannes, in dem ich zu meinem Schreck von Hahn, ich möchte sagen: fast verwittert, erkannte.

‚Ja, ich bin es, Herr Kollega. Wenn Sie einmal lesen sollten ›Grausiger Fund im Donaukanal‹, so mögen Sie wissen, dass das Philipp Thaddeus Boguslav Hahn Edler von Hennensieg gewesen ist.‘ Ein nicht endenwollendes Donnergrollen schien seine Worte fürchterlich zu bekräftigen.

Der heranfegende Schirokko modellierte Hahn zu grausiger Skelettplastik unter schlotterndem Frackanzug, der gar nicht zu einem Parkausflug passen wollte.

‚Sie schauen auch miserabel aus, lieber Hahn. Was haben S' denn? Kommen Sie mit mir in die Gloriettehalle, das Wetter wird uns in wenigen Augenblicken erwischen.‘

Lange erfuhr ich nicht den Grund des Kummers dieses melancholischen Paganinis. Endlich kam es heraus: ‚Der Homespun-Anzug.‘

‚Was?‘

‚Ja, oh, hätte ich doch auf die Stimmen meiner Kollegen Czapsky, Hinkeldey, Baron Werkelmann – der ist auch so hereingefallen – und besonders auf Marchese Calboli gehört, die mich so vor dem Abonnement, Sie wissen schon, gewarnt haben!‘

Und ich hörte seine Erzählung und musste konstatieren, dass gegen diesen verschossen aussehenden Sekretär der selige Jeremias ein Humorist war. Stockend kam es heraus, dass der bewusste Anzug ihm zuerst eine Riesenfreude gemacht hatte. Aber eines Tages habe seine gute Mama, als er beim Tee bei ihr war, seltsam in der

Luft geschnüffelt. ‚Philipp‘, habe sie gesagt, ‚du bist in was getreten. Bitte geh hinaus und putz dir die Schuh ab. Wenn das dein seliger Vater wüsste, er war die Akkuratesse selbst.‘

‚Mama, es war nichts.‘ Gut, man aß weiter. Mama war schweigsam wie noch nie. Endlich sagte sie, die Tasse fortschiebend: ‚Philipp, das geht nicht. Ich bin doch eine alte Frau und hab in meinem Leben schon mancherlei zusammengerochen. Mit deinem seligen Vater bin ich jahrelang in Italien in Garnison gelegen, wo auch du das Licht der Welt erblickt hast.

Ja, du bist, wie gesagt, in Verona geboren.‘ Hahn glotzte zum Himmel. ‚Ich wollte dich auch Romeo taufen lassen, das wäre mein Ideal gewesen. Aber dein Vater hat es nicht erlaubt.‘ Sie tupfte einige Tränen aus dem Auge. ‚Er war allzustreng kirchlich gesinnt … und da entschied er sich auf Anraten des Regimentskaplans, Pater Schifkowitsch, auf Philipp. Dieser Heilige wird gerne gegen plötzlichen, unerklärlichen Gestank angerufen und erfreut sich deshalb im Süden überaus großer Beliebtheit. Ja, wie gesagt, da haben wir manches erlebt. Besonders an den langen, melancholischen Sommerabenden, wenn irgendwo in der Ferne ein Leierkasten ‚Die letzte Rose‘ gespielt hat. Aber so was, was heut um dich los ist, ist mir noch nicht vorgekommen, so wahr ich eine geborene Baronin Stöpselbach bin!‘ Und sie schüttelte wiederholt missbilligend das Haupt. ‚Du musst doch in einen Unrat getreten sein. Geh noch einmal hinaus und schau besser nach.‘ Nach einiger Zeit kam der Sohn wieder. ‚Mama, ich find nichts und weiß wirklich nicht, was es ist. Auch habe ich ein bissel Schnupfen.‘ Da sprach die alte Dame: ‚Philipp, Philipp, jetzt fängst du mir noch zu lügen an! Schämst du dich nicht, auf deine alten Tage? Wo doch schon dein Großvater mit Auszeichnung beim Geniestab gedient hat!', und mit dem Spitzentüchlein fuhr sie über die fahlen Augen. 'Ich weiß, du hältst alles geheim, in Übertreibung deiner Amtsvorschriften, aber hier, im Salon deiner Mutter, finde ich so viel Geheimniskrämerei recht unangebracht. Ich fände es einem Mann viel mehr anstehend, wenn er mit lauter, freier Stimme bekennt: Ja, ich bin in eine Notdurft getreten!' Ihre letzten Worte klangen rau.

'Aber Mama, schau selbst!', und der hagre Mann führte eine Art Csárdás auf, wie er in einem ungarischen Ministerpräsidium bei Überreichung besonders wichtiger Akten am Platz gewesen wäre, oder sonst einen Tanz, wie ihn höchstens das Paphos des Verfalles bei sehr animierten Bocksfesten gesehen hätte. Mama ließ ihr Lorgnon eifrig spielen und schüttelte schließlich den Kopf. 'Ich verstehe das nicht, aber es geht von dir aus. Läute doch einmal dem Mädchen!' Philipp gehorchte. Die Magd trat ein, machte einige Schritte gegen den Tisch und ward sichtlich konsterniert. 'Anna', sprach die alte Dame mit strenger Miene, 'Anna, riecht es hier übel oder nicht?'

'Exzellenz halten zu Gnaden, aber da kann einem anders werden ...'

'Anna, gehn S' dem Geruch nach!'

Und Anna schnüffelte eifrig. Dann schrie sie plötzlich: 'Marandjosef, das is unsrem jungen Gnäherrn sein Anzug!', und leider hatte sie nur zu sehr recht. Es war der neue, braune Homespun-Anzug, der so unerklärlich und so infam roch. Weiß der Himmel, mit was der Stoff imprägniert war!

Ja, der Anzug stank in infamster, geradezu infernalischer Weise. Das Schlimme war, dass es nicht immer gleich war. An manchen Tagen, sagte Hahn, habe er sich nicht beklagen können. Dann aber war es wieder nicht zum Aushalten. Es war so arg, dass die Leute in der Trambahn mit vorwurfsvollen Mienen von ihm wegrückten und sogar Kinder zu weinen anfingen. Da habe er manches harte Wort einstecken müssen, das er sonst bloß mit Blut abgewaschen hätte.

Am Schlimmsten war es also, wenn's ihn unterwegs erwischte. Schließlich konnte er feststellen, dass diese intermittierende Geruchserscheinung mit dem Wetterwechsel konform lief und der Anzug drei Tage früher Wetterveränderungen mit untrüglicher Sicherheit anzeigte und so jedes Barometer in den Schatten stellte, was für den bescheidenen Mann ein kleiner Trost im Unglück war.

Andrerseits hätte er sich für die 700 Gulden wieder einen Regenschirm kaufen können, so groß wie der Michaelerplatz, was ihm der praktische Baron Werkelmann vom Finanzministerium nebenan fast täglich haarscharf vorrechnete. Das konnte Hahn grün und gelb ärgern. ‚Ja‘, fuhr er fast weinend fort, ‚das bissel Freude über die barometrischen Eigenschaften dieses … Nessuskostümes‘ habe wieder dadurch abgenommen, dass jeden Moment die Tür zu seinem Amtszimmer aufgerissen worden sei und der Kopf eines Kollegen erschien, der weder ‚Guten Tag‘ noch ‚Habe die Ehre‘ gesagt habe, sondern lediglich konstatieren wollte, ob der Hahn stinke, damit man wisse, ob man am Samstag auf die Rax oder sonst wohin ausfliegen könne. Am unangenehmsten waren ihm die Besuche des überaus neugierigen und intriganten Hofsekretärs von Weibitzki, der Hahn den stinkenden, aber ihn berühmt machenden Anzug im geheimen missgönnte, war ihm doch als Pole Ruhm das Höchste.

Da habe er oft den Faden verloren und manchen Akt verpatzt. Der einzige Freudentropfen im Wermutbecher dieses Unglücks sei nur gewesen, dass Seine Exzellenz der Minister selbst den Präsidialisten Freiherrn von Hohenwurm einmal zum Riechen hinuntergeschickt hätte. Dabei blickte von Hahn starr zum Himmel.

Die Moral dieser ganzen Geschichte, lieber Freund, möge nur sein, Ihnen zu zeigen, wie der Beamte von scheinbaren Kleinigkeiten abhängig ist, ein Sklave der Repräsentationspflicht, ein Mann, der sogar das imponderable Moment des Gestankes auf die Goldwaage legen muss.

Wie gut hat's da der kleine Mann, der unbekümmert stinken kann, so viel er will, ja, sich sogar damit als Mann des Fortschrittes, der Freiheit dokumentierend, vertrauenswürdig wird und sich durch eine solche Eigenschaft direkt einen Empfehlungsbrief für die Wahl zum Volksvertreter ergattert.

Aber lassen wir das und gehen zum eigentlichen Thema über, das ich Ihnen noch schulde: zur Wäsche.

Es gibt ein Sprichwort: Ein Unglück kommt selten allein. Wie wahr das ist, sollte der durch seine Garderobe ohnehin geschlagene von Hahn nur zu bald erfahren. Ließ sich doch eines Tages bei ihm ein überaus vertrauenserweckender Mann melden, der sich Rat Naskrükl schrieb. Naskrükl erklärte, er habe schon viel von dem charmanten jungen Herrn, dieser wahren Zierde des Ministeriums, gehört, und berief sich auf einen sichren Rat Nüsterpfennig als Gewährsmann, einen berühmten Numismatiker, den aber zu kennen Hahn sich nicht entsann. Na, das mache nichts, man wolle ja nur zur gemeinsamen Ausübung des Sammelsportes zusammenkommen. Und Naskrükl legte Hahn die Regensburger Dult aufs Wärmste ans Herz, eine Trödelveranstaltung großen Stils, die er regelmäßig besuche, und von der er immer wahre Leckerbissen heimbringe.

Das letzte Mal habe er einen mit Diamanten besetzten Vogelbauer der Maria Antoinette und zwei echte, vollsignierte Raffaels – noch dazu Pendants – um einen wahren Pappenstiel gekauft.

Der gierige Sekretär nahm sich richtig einen kleinen Urlaub zum Besuche des bald auf diese Unterredung fallenden Trödelmarktes, was mit dem Begriff Dult identisch ist, und erschien am Firnistag dieser Angelegenheit mit seinem neuen Freund zwischen den Budenreihen, von den andren Habitués – durchwegs sonderbaren Gestalten – feindselig gemustert. Naskrükl pries die Dult als sein Ophir, sein Goldland, das ihm nicht nur die wundervollsten Objekte für seine Sammlungen beschere, nein, ihn auch noch kleide. Der soignierte Hahn sah den neuen Bekannten starr an und trat einen Schritt zurück.

‚No‘, meinte etwas indigniert Rat Naskrükl, ‚finden Sie vielleicht, dass ich schlecht angezogen bin? Schaun S’, zum Beispiel Schuhe, da find ich amal, sagen wir, sieben, acht Stück lauter Linke. Die krieg i spottbillig … i hab schon a alte Frau, die mir s’ allweil aufhebt … alles funkelnagelneu … wie’s halt das Dultmutterl von die Diebe kauft. Ja, na und ’s nächste Jahr find i wieder meine neun, zehn Rechte … Na, was sagen S’ jetzt? Da tut man sich schön die Paare komplettieren, und was übrig bleibt, zwei, drei Linke oder Rechte, schenkt man halt an arme Leut, die was nit so heikli san.

Mir, der was z’ repräsentieren hat, kann s’ freili schwer tragen. Sein ja eh oft nit ganz gleich … d’ Schuch … was wahr is, is wahr … spitz die einen … die andren mehr rund … aber: Wer schaut denn den Leuten auf d’ Füaß?

Na, und was d’ Wäsch is … schaun S’, die hab i von die Leichenfraun.‘

Hahn fuhr entsetzt zurück.

‚No, no‘, begütigte Naskrükl, ‚wird selbstverständlich alles gwaschn, is aber immer 's feinste Batist, denn seinen lieben Toten gibt man doch 's Beste zur ewigen Ruh mit. Ja, d' Herrnhemden trag i so, und die Damenhemmetten halt als Nachtwäsch.‘

‚Um des Himmels willen‘, stöhnte Hahn, ‚Sie sind ja ein Grabschänder!‘

‚Hören S' mir mit solche Sprüch auf‘, brummte Naskrükl, ‚wenn Sie so heiklig sind, da weiß ich Ihnen auf der Dult a Standel mit Fehlwäsch … Kommen S', da links is's.‘

Die Herren traten hin, und Hahn war, wie er mir später erzählte, betroffen, das denkbar unsinnigste Zeug zu sehen. Frackhemden für Bucklige, das hätte er sich eventuell gefallen lassen, na, drückt man ein Aug zu, das muss es ja schließlich geben, aber Hemden mit zwei Brustteilen?

‚Im Sommer direkt a ideales Tragen … soviel legere‘, flüsterte ihm Naskrükl zu, ‚und wann d' vordere Brust dreckig ist, geben S' d' Rückenbrust nach vorn, können 's Hemd vier Wochen tragen. Greifen S' zu … Batist … um 60 Pfennig gschenkt … wann S' so was machen lassen, unter 20 Mark red't Ihnen d' Nähterin nit amal a Wort, fragen S' nur herum! Aber so – die sind falsch z'sammgnäht wordn. Dafür sind die Gegenstück, die mit die zwei Rückenteil, im Winter ein wacherlwarmes Vergnügen … Und da, da schaun S', die größte Seltenheit: a Unterhosen mit drei Füaß! Die is zu schnell durch d' Maschin glaufen … oder aus 'm Nachlass von einer Missgeburt? Kann aber a sein‘, setzte er nachdenklich hinzu, ‚dass es vielleicht a recht a heiklige Missgeburt war, die was d' Hosen zrückgegeben hat, weil s' nit gut gsessen ist und a schlechte Figur gmacht hat. Jedenfalls is's wunderselten.‘ Er turnte vor Aufregung mit dem

Schnurrbart herum. ‚Net amal im Welfenschatz ham s’ eine. Wann Sie s’ nit nehmen, nehm ich s’. Der berühmte Sammler Figdor in Wien zahlt Ihnen a Vermögen dafür, der is ganz versessen auf so was, … oder gibt Ihnen im Tausch an Dürer oder was weiß ich, an Erostorso von Praxiteles.‘

Vor Jagdeifer blind erwarb Hahn einen hübschen Posten dieser abstrusen Dinge und rollte noch am selben Abend, vor innerlichem Kalkulieren starr blickend, nach Wien. Kurz vor der Grenze lief’s ihm siedeheiß über den Rücken … um des Himmels willen, würde er nicht bei der Zollrevision Anstände haben?

Und – er hatte sie. Das unsichere Benehmen des Reisenden machte die Finanzorgane stutzig. Man öffnete das Gepäck des immer nervöser, immer verwirrter werdenden Hahnes. Man stieß sofort auf die sonderbare Wäsche von verdächtigster Zweideutigkeit … ein Flüstern … scharfe Blicke … Zwei Oberfinanzräte in teuflischem Grün wurden beigezogen, man nötigte Hahn in ein Amtszimmer, da er unseligerweise die Frage ‚Zum eigenen Gebrauche?‘ mit ‚ja‘ beantwortet hatte. Der Schnellzug hatte zwei Stunden Verspätung …

Was vorgegangen ist, hat man nie recht erfahren. Das von einer achttägigen Beobachtung von Hahns Geisteszustand kann wahr sein oder auch nicht, aber ich kann den Gedanken nicht von mir weisen, dass diese Wäscheaffäre vielleicht doch der Anstoß zu Hahns vorzeitiger Pensionierung war.“

Nachdenklich lehnte sich Hasenpfodt zurück und nahm nach einigen Minuten noch einmal das Wort. „Ich habe mir die ungewöhnliche Geschichte mit dem braunen Homespun-Anzug oft durch den Kopf gehen lassen und bin schließlich nach reiflicher Überlegung zu dem Schluss gekommen, dass in den Stoff wahrscheinlich zumeist Hundehaare verwebt waren, die doch genau so verwebt werden können wie der Friseurkehricht, aus dem ja gerade die teuersten englischen Herrenstoffe erzeugt werden.

Auch Ihnen wird es wie jedem, der die Natur mit Liebe beobachtet, nicht entgangen sein, wie schlecht nass gewordene Hunde mit langem Haar, etwa Bernhardiner, riechen, und wie leicht sie in diesem Zustand Ärgernis erregen und zur Quelle schlimmster Missverständnisse, ja selbst zur unschuldigen Ursache irreparabler Familienzerwürfnisse werden können."

9

Der Tragöde Hahinsky hielt eine Theaterschule. Vor nicht zu langer Zeit war er aus Wien hergezogen. Schon sein Einzug in Gradiska war eine Sensation gewesen. Hahinsky saß allein in einer federnden, offenen Kalesche, in der er das ganze Repertoire der tragischen Sitzposen durchlebte. Die meisten davon hatte Shakespeare in seinen Römerstücken geschaffen, und in der Tat, das klassische Römertum ist reicher an dramatischen Sitzmöglichkeiten als irgendeine andere Epoche der Weltgeschichte.

Hinter ihm rumpelte der Kranzwagen der Pompe funèbre, von Lorbeergewinden strotzend. Zwei blasende Postillione ritten sattelhutschend voraus.

Als der Zug durch das Flitschertor in die Stadt gekommen war, auf einen Platz, der in dem goldbesonnten Glast des Frühnachmittags fast menschenleer dalag, machte er jäh halt, und die Postillione schmetterten ein paarmal hintereinander eine Fanfare in die laue Luft, die wohl eins oder das andre Fenster zum Öffnen und etliche Müßiggänger zum Vorschein brachte, die wie müde Fliegen in den kühlen Laubengängen verbröselt gewesen waren.

Das, was aber Hahinsky mit dem Gebläse bezweckt hatte, war nicht gekommen: die sechs von einer vorausgesendeten Stafette bezahlten Hausknechte, die, in schäbige Frackanzüge gekleidet, dem Künstler beim Einzug die Pferde auszuspannen hatten. Ebensowenig waren die blumenstreuenden Kinder erschienen, die eine gefällige Toilettefrau, die von dergleichen Huldigungen lebte, beizustellen brieflich verpflichtet worden war.

Hahinsky war sichtlich verstimmt. Die Stirne hatte er so gerunzelt, dass sie nach hinten zur Gänze verschwand und bloß noch die zwei spitz gedrehten Augenbrauen und die Zipfel eines Lorbeerkranzes am obersten Teil des Kopfes wegstanden.

Auf ein Zeichen des indignierten Mimen schmetterten die Postillione noch einmal. Eine lähmende Pause; dann geschah etwas Fürchterliches. Eben hatte der verwöhnte Liebling der Residenz den Vandalenkönig Geiserich ganz unnachahmlich gesessen – ein verschollenes Jugendwerk des unseligen Grabbe –, als unverantwortliche Lausbuben sich hinten an die Kalesche anklammerten und den wartenden, hochgefederten Wagen in beängstigende Schwingungen versetzten. Hahinsky hutschte auf und nieder, ein Gegenstand unziemlicher Lachlust, die der knapp vor der Seekrankheit stehende Künstler reichlich befriedigte.

Ein grollender Jupiter stieg er dann ab und warf den Mantelzipfel über die Schulter. Just wollte er zürnend in den Lauben des Platzes verschwinden, als die befrackten Hausknechte, noch an den Hosenträgern nestelnd, dahergelaufen kamen und richtig die Pferde ausspannten, trotzdem Hahinsky, halb hinter einen Pfeiler geduckt, verzweifelt abwehrte. Um das Unglück voll zu machen, erschien nun auch die Toilettefrau mit ihren Schützlingen, die sich mit ihren vollen Blumenkörben irr nach dem zu Feiernden umsahen.

Hahinsky flüchtete in die nahe gelegene Polatschekische Hofapotheke, wo er gelabt wurde und ein Stündchen im Inspektionszimmer schlummern durfte.

Das Debakel seines Einzuges wurde aber auf höheren Befehl vertuscht, und die offizielle Presse, als da waren „Der Königsrufer", „Der Tapper" und „Der Pyramidler", schwieg sich über den Skandal aus. Auch die mehr volkstümlichen „Unter" und „Ober" taten es ihnen gleich.

Ja noch mehr: Die „Pojatzische Druckerei", die neben den Banknoten und Todesurteilformularen auch allerlei Gelegenheitsgedichte druckte, bekam Auftrag, ein in warmen Worten gehaltenes Kommuniqué zu veröffentlichen, in welchem auf die großen Verdienste Hahinskys hingewiesen und seinem Plan, in Gradiska eine allen modernen Anforderungen der Sprachtechnik und Dramatik Rechnung tragende Theaterschule zu gründen, volles Lob gespendet wurde.

So konnte es nicht fehlen, dass in Kürze das Hahinskysche Kunstinstitut, genauer die „Vierköniglich privilegirte Schule für angewandte Dramatik, höheren Anstand und Sprechtechnik" zu großem Ansehen, zu Blüte und allgemeiner Beliebtheit gedieh.

Das Unternehmen wurde hauptsächlich von den schönsten Töchtern der vornehmsten und reichsten Häuser frequentiert, auf welch erstangeführte Eigenschaft besonders der Klavierspieler und musikpädagogische Teilhaber, Maître Sebastian Amadeus Ganslwärmer, ein unehelicher Halbsohn Franz Liszts – genauso wie sein Halberzeuger –, sorgsam bedacht war. Ganslwärmer erteilte auch in den feinsten Kreisen Privatunterricht und hatte die Fahrt nach Gradiska in der großen Blechvase im Mittelaufbau des Kränzewagens mitgemacht.

10

Dem Verhängnis gefiel es, dass die im ehemalig Smrdalischen Palais untergebrachte Hahinskysche Theaterschule sich genau gegenüber der „K. k. k. k. privilegirten Wiesenlederhandlung & Teufelszwirnerei, auch Meteorpapier en gros & en detail" des Philipp Boguslav Edlen von Hahn befand und dem vergrämten Junggesellen einen plötzlichen sonnigen spätherbstlichen Liebesfrühling bescheren sollte. Jeden Moment sah man den fast nur aus Nase bestehenden Römerkopf des ehemaligen Staatsbeamten auftauchen, einen Kopf, der verzweifelte Ähnlichkeit mit der Anfängerarbeit eines klassizistischen Stümpers hatte, und hinüber zur Fensterflucht des Hahinskyschen Institutes glotzen.

Hahn hatte sich das Gebiss neu abstocken und die ergrauten, kurzgehaltenen Koteletten tiefschwarz färben lassen. Doch bekamen sie in der Sonne nach wenigen Stunden entweder einen rötlichen oder grünlichen Stich, was im Wesen jeder nationalen Farbenindustrie südlich der Alpen begründet liegt, den Eigner des Bartes aber sehr kränkte.

Das Johannisfeuer umflackerte den Wackren von Tag zu Tag mehr. Er versäumte in auffallender Weise die Ameisenbörse und wurde zum etwas verschossenen Stutzer, der eine interessante Revue verschollener Modetorheiten dem staunenden Gradiska zum Besten gab.

Was sich jetzt abspielen sollte, trug sich im fashionabelsten Café der Residenz zu. Es war das ehemalige Gallestruzzische, jetzt Quaccheronische Caféhaus, wo alle illustren nordischen Reisenden, die zum ersten Mal den Süden betreten, ihrem wissbegierigen Fuße Halt gebieten.

Das Stammbuch wimmelte von Dichternamen, die dort ihre Grenadine, Bavaroise oder ihren Mocca double geschlürft hatten.

Besuchern, die man besonders ehren wollte, wurde auch ein verschwiegenes, heute als Sanktuarium eingerichtetes Nebengemach gezeigt, wo der durchreisende Lord Byron zum Stammvater manch blühenden Geschlechtes geworden war. Auf dem dort befindlichen altmodischen Billard war eine einfache, aber würdige Denktafel aus griechischem Marmor angebracht, die eine Lyra mit einem Thyrsos gekreuzt zierte. Der Inhaber dieses historischen Lokales, Baptist Geiserich Quaccheroni, ein durch und durch deutscher Mann, so recht der Prototyp dieser urdeutschen Mark Friaul, der Heimat eines Dietrich von Bern und anderer Gotenfürsten, sammelte um sich mit Vorliebe Poeten. Da sah man Harro von Tybein, einen ganz mittelalterlichen Herrn, der, in Aktenpapier verpackt, stets eine kleine Minnesängerharfe bei sich trug und zum schwarzen Kaffee ein Bardit nach dem andern sang oder Popes „Lockenraub", den er, ins Furlanische übersetzt, mit saftigen Schnadahüpfln vermischt, vortrug. Ja, er war ein Dichter, und zwar einer, dem es leicht vonstatten ging. Ihm fehlte so ganz das oft erwähnte titanische Ringen der Künstler, das sich am klarsten im Knaupeln am Federstiel dokumentiert. Im praktischen Leben war er Redakteur der beliebten Sportzeitung „Hatzhund und Saufeder", daneben Professor für Literatur und Anstand im „K.k.k.k. Policinellinstitut", man beachte die vier Königszeichen. Die Stellung war eine sehr angenehme, diente doch diese Akademie zur Erziehung und Heranbildung von k.k.k.k. Hofpolicinellen, da man nun einmal dazu gezwungen war, vor der romanischen Kultur diese Verbeugung zu machen. Die Statuten besagter Anstalt waren übrigens von Callot und atmeten daher den Geist französischer Politesse. Die jungen Herren konnten nur nach Absolvierung der unteren Klassen der Policinellschulen eintreten. Auch für diese hatte Tybein ein Lehrbuch geschaffen: „Kaspar und Nasreddin". Im Grunde war Tybein viel zu humoristisch veranlagt, eine Professur, und noch dazu an einem solch höfischen „Etepeteteum", auszuüben – wenn es je herausgekommen wäre, dass er das Wort geprägt hatte.

Er hatte in der einige Jahre zurückliegenden freisinnigeren Zeit ein oppositionelles Blatt geleitet, das natürlich unterdrückt worden war. Von zu ätzendem Sarkasmus, als dass man es gewagt hätte, ihn in die Verbannung zu schicken, hatte man ihn vielmehr durch Verleihung einer solchen einträglichen Vertrauensstellung unschädlich zu machen gesucht, und das war gegenüber allen offenen Köpfen, die die Feder zu führen verstanden, notwendig.

Gelsomino, der gegenwärtige Sküs, verfügte ja oft das hirnrissigste Zeug. Dabei schoss er da und dort völlig unerwartet wie aus dem Boden hervor und stiftete mit kurzen, markigen Erlässen unheilvollen Wirrwarr, der sich in seinen katastrophalen Folgen erst nach Monaten verebbte. Das war beiläufig die Dauer, in der in diesem Lande Gesetze in Vergessenheit zu geraten pflegten. Die gnädige allheilende Natur schuf diese Linderung gegen das Dümmste und Unheilvollste, was ein Mensch geben kann, eben gegen Gesetze von unberufener Seite. Nur brachte sie es nie fertig, die Hirnrisse der maßgebenden Stellen völlig zu verkalken, so dass immer Überraschungen, frappierende Gedärmverwicklungen des öffentlichen Lebens übrig blieben.

„Denken Sie", wandte sich Tybein mit halblauter Stimme zu Pizzicolli, der am Nebentische Platz genommen hatte, „die vergangene Woche hat der Sküs wieder eine neue nationale Industrie aus dem Boden gestampft. Es wird die größte der Welt werden."

„Ja, wo ist denn der Platz dafür in dem kleinen Land?", warf Pizzicolli ganz richtig ein.

„Er wird – ich hab das aus verlässlicher Quelle –, er wird das Meer zuschütten lassen, im Mai oder Juni. Die Häfen werden verlegt, und zwar ins Hochgebirge. Dort ist ja sonst nichts los und alles Staatseigentum. Es soll, behauptet man im Arbeitsministerium, ganz gut gehen, mittels schiefer Ebenen oder so, alles, damit in die unwirtlichen Hochtäler ein bisschen Leben kommt. Verstehen Sie jetzt, was es heißt, Pater patriae zu sein und alle Vorteile wahrhaft gerecht zu verteilen … Aber pst, dort kommt der Mehlwurmhahn, vor dem red ich nicht gern, adieu!"

Hahn setzte sich sofort auf den freigewordenen Platz und machte einen recht animierten Eindruck. Sei es, dass er ein kleines Geschäftchen getätigt hatte, oder dass eine Köchin bewundernd stehen geblieben war. Zu seinem Missvergnügen bemerkte Hasenpfodt, dass Hahn einen falschen Panama aus waffelartig gepresstem Papier und einen braunen – ja natürlich: den braunen Homespun-Anzug mit sonderbaren kurzen Schösseln trug.

„Sie beanstanden gewiss meinen Hut", so begann etwas geniert von Hahn das Gespräch. „Ich muss sie abtragen. Das Band ist übrigens echt, und das Schweißleder ist wenigstens vorne ein Stück falscher Linoleumersatz. Ich habe seinerzeit auf Anraten eines Freundes in einer süddeutschen Stadt gelegentlich einer Art Jahrmarkt zusammen mit einem anderen Posten interessanter Sammelobjekte auch sechs Dutzend dieser Panamas mitkaufen müssen. No, gern habe ich es nicht getan, aber sonst hätte ich das andere auch nicht bekommen.

Sie werden übrigens leicht hin. Der erste ist mir anlässlich eines leichten Platzregens zerflossen und ist mir wie eine Pletschen iebers Gesicht gehangen. Bös ist nur, dass man die gelbe Farbe nur schwer wieder wegbringt. Sie sind, wissen Sie, mit Pikrinsäure gefärbt. Um Himmels willen, geben S' die Zigarre weg, ein Funken und sie explodieren. Mir sind schon zwei Stück beim Grüßen auf die Art verschwunden, und ich hab bloß noch das falsche Schweißleder auf der Stirn gehabt. Die Flamme macht wenig, aber sie knallen fürchterlich, die Leute erschrecken so leicht, und man hat, wie gesagt, nichts mehr auf."

„Herr von Hahn", erwiderte Hasenpfodt, „das mit den Raketenhüten ist allerdings traurig, scheint mir aber weniger wichtig, denn sagen Sie mir, ist das nicht gar am Ende der gewisse Homespun-Anzug, über den Sie seinerzeit so geklagt haben? Ich würde ihn nicht mehr tragen an Ihrer Stelle."

„Ja, schaun Sie, jetzt ist er ganz brav, so was wie abgeklärt, die Friehlingsstirme sind vorieber. Er riecht geradezu gar nicht mehr, hechstens ein bisschen bei Schirokko. No, da schieben's die Leite auf Kanalgitter. Ieberhaupt is man hier nicht so heiklig. Aber lassen wir das, schaun Sie sich einmal die Fotografie da an. Es ist die Contessina Diana Navigajosi, wie Sie sehn, bildschön, und bimm bimm … Dukaten! Sie, ich sag Ihnen, dabei ohne Anhang. Es lebt bloß noch ihr Onkel, der Fürst Zanachi Gradenigo, in Candia, weit weg. Und sie ist hier in Pension bei der Familie Heerwurm, die, wo die vielen Kinder sind. Brave Leute, man kann nichts sagen. Wissen S'", fuhr er fort, „der Onkel ist von die reichen Gradenigos, nicht von der einen Linie, wo einmal einer in der Hilfsämterdirektion in der Annagasse Diurnist gewesen ist, nein, die handeln mit trockenen Geckos als Viehfutter, ich weiß das." Dann schwieg er plötzlich, als hätte er zu viel gesagt und Geschäftskniffe verraten. Grämlich löffelte der nun Schweigsame in seinem Kaffee und nahm das tarockanische Amtsblatt zur Hand. Nach einiger Zeit wendete er sich seufzend zu Hasenpfodt. „Je, je, wie wieder die Mehlwürmer gefallen sind, das geht schon seit dem Mai. Ich sehe da große Hände im Spiel … chinesische Ware, unser größter Produzent, natürlich mit der ungarischen Provenienz nicht zu vergleichen, nein, fast noch schlechter wie die polnische, wo so viel Asseln drunter sind. Der Existenzkampf wird täglich schwerer … und da, wissen Sie, was der Hockdienstag ist? Der hat uns gerad noch gefehlt! Es gibt", erklärte er mit wichtiger Miene, „zwei Hockdays, am fünfzehnten und sechzehnten Tag nach Ostern, das war früher in England Mode. Da sperren die Frauen die Straßen mit Stricken ab, erpressen von den Vorübergehenden Geld, angeblich zu wohltätigen Zwecken. Das haben s' bei uns jetzt eingeführt. Verliere zwei Arbeitstage, dabei ist jetzt im Parlament stark die Rede, dass auch noch die Fopptage eingeführt werden, die ,days of hoaxing', am Ende kommen auch noch die Tobiasnächte dran, was in den sogenannten Kapaunehen Mode ist", und sorgenvoll blickte der Römer in die Ferne.

„Ah, Sie lesen wohl den ,Zwicker'?", fiel jetzt Hasenpfodt ein.

„Behiete, behiete, der taugt nichts, da sind lauter Wauwaugeschichten drin. Aber hier ist jedes Wort bitter ernst. Sorgen hat man, nichts als Sorgen. Hohe Zeit, dass ich mir wieder ein Nesterl baue mit einem Goldvogerl drin. Ich glaub, ich zieh bei Siebenmists aus, wo ich jetzt wohne, und schau, dass ich auch ein Kabinett bei Heerwurms bekomme. Die Siebenmist ist eh so unfreundlich, und dann, mein Zimmernachbar, der dicke Neunzigknödel, der macht Ihnen nachts ein Getöse, schnarchen kann man das nicht mehr nennen, der Fresser der. Unlängst hat er statt Speisepulver Karbid geschluckt, in Oblaten, und wir haben nit gwusst, sollen wir die Feuerwehr holen oder den Arzt."

Diesem interessanten Gespräch machte das Erscheinen des Hofrates Hunzwimmer ein Ende. Der Ankömmling schob sich zwischen die Herrn und sagte leise zu Hasenpfodt: „Sie, ich hab gehört, also von wo ist gleichgültig, dass Ihr Freund nach Kythera will. Ich kann da nur warnen …"

„Nach Kythera? Ich glaube, er will so im allgemeinen in die Levante, ein Gebiet, das ihn sehr anzieht."

„Ah, papperlapapp, Herr Hasenpfodt, schaun Sie, ich bin kein heuriger Has, mit Verlaub, aber wenn einer sagt, er will in die Levante, dann meint er nach Kythera!" Geschäftig legte der Alte Hut und Stock auf einen Sessel nahe von Hahn, der interessiert auf einige junge Offiziere blickte, einige der wenigen Exemplare dieser Fossilien in Wehr und Waffen, die in ihrer bunten, starren Uniform in leichten Gigs vorüberkutschierten, und setzte fort: „Um wieder von Kythera zu sprechen, das ist eine lange Geschichte. Na, wo fang ich gleich an? Wie Sie wissen, hat im Jahre 1797 ein Friede von Campoformio stattgefunden, in dem der Kaiser Franz II. – nach damaligem Sprachgebrauch ‚Franz der Andere' geheißen – an Napoleon die Lombardei und Belgien abtreten musste. Dafür bot ihm der Korse die Gebiete der Republik Venedig an, zu denen auch die Ionischen Inseln und als deren südlichste das famose Kythera gehörte, wo bekanntlich die Göttin der Liebe, Aphrodite, geboren wurde." Hunzwimmer biss eine neue Zigarre ab, spuckte die Spitze aus, beschnüffelte das Deckblatt, blickte bös auf den in der Luft rechnenden Hahn und fuhr fort:

„Also die Bedingungen dieses Friedens – hol ihn noch nachträglich der Teufel – sind bekannt. Aber eine große, einschneidende apokryphe Geschichte ist damit verbunden, eine Wirkung des Unterrockes natürlich. Napoleon trat in diesem famosen Frieden an Österreich etwas noch nicht einmal ganz fertig Gestohlenes ab, im Tausch gegen den zukünftigen Frieden der Welt. Denn im Besitze Ostendes hätte Deutschland einen brauchbaren Ausweg zur wirklichen See gehabt, und furchtbares Kriegsunheil wäre später Europa erspart geblieben. Maria Theresia von Sizilien, die Gattin Franzens, eine fromme und damit den Schrecknissen des Heidentums vertraute Dame, bestürmte ihren hohen Gemahl, unter keinen Umständen Kythera in die Zahl der kaiserlichen Erblande aufzunehmen. Der Gedanke war ihr zu grässlich, dass einmal ihr Herzbinkerl, der Kronprinz Ferdinand, über dessen Wasserkopf Grillparzer mit so viel Kummer später zu singen wusste, einmal als Kaiser neben dem Titel ‚König von Ungarn und Böheimb‘ auch ‚Prinz von Kythera und der anderen Venusinseln‘ heißen sollte. Nicht auszudenken, nicht auszudenken!

Und was für entsetzliche Weiterungen: Aphrodite, die schlimmste der Heidengöttinnen, wäre nachträglich eine geborene Österreicherin geworden, joi, joi, joi!

Durch eine Hofintrige wurde also der Minister Cobenzl, Österreichs Ambassadeur, der den Frieden perfekt zu machen hatte, bestimmt, Kythera nicht zu übernehmen, und da er sich den schweren Namen nicht merkte, verzichtete er lieber gleich en bloc auf die Ionischen Inseln, da Österreich überhaupt von überseeischen Abenteuern nie gerne etwas wissen wollte und die öffentliche Meinung mit dem Begriff ‚Insel‘ auch ‚Menschenfresser‘ verband. Cobenzl wurde von den gepresst gewesen Patrioten daheim mit Ehren überschüttet und eine beliebte Jausenstation nahe der Residenz nach ihm benannt.

Nur eine kleine Schar von schwärmerischen Verehrern der Antike weinte dieser Perle Ioniens nach. Aber, frage ich, kann man es der hohen Frau, die ihrem Gatten im Handumdrehen dreizehn Kinder gebar, verübeln, ein dégoût vor einer so lockeren, ja überaus bedenklichen Landschaft zu haben?

Schon Graz erschien der Landesmutter nicht ganz geheuer. So was ist Sache des Instinktes. Man berührt es als erste größere Stadt auf der Fahrt von Wien nach der Venusinsel. Dann konnte man der hohen Frau auch nicht ausreden, dass die Grazien von dort stammten, und die Stadt war in der Tat von jeher wegen der feschen Mädchen berühmt. Bekanntlich zieht dieses Eldorado der Alpen viele Pensionisten an, darunter manchen lockeren Zeisig in Filzpatschen. Die neuere Forschung lässt es übrigens sehr wahrscheinlich erscheinen, dass der berüchtigte Tannhäuser ein geborener Grazer war, zumindest aber in der Nähe eine Burg hatte und gewiss seine Einkäufe immer in Graz besorgte. Na, und so weiter! Die Provinzonkel kennt man schon, und wenn sie auch noch so solid vernickelt waren wie die alten Ritter.

Cobenzl hin, Cobenzl her, Napoleon hin, Napoleon her, was soll ich Ihnen sagen, während der Verhandlungen wurden die Ionischen Inseln überhaupt von den Engländern gestohlen, und mir ist unklar, wie Österreich mit seiner Kavallerie, mit der es unter Führung eines gewissen Majors Rukavina zwar die venezianische Flotte den Ufern entlang gejagt hat, gegen England aufgekommen wäre.

Viel Glück hat dieser Besitz England nicht gebracht. Er wurde auch wegen der Zugehörigkeit von Kythera in den weiblichen Hofkreisen als shocking empfunden und die mit der Witwenhaube sorgenvoll wackelnde Königin Victoria schließlich genötigt, die Ionischen Inseln an Griechenland – man denke! – abzutreten. Wo hat man je gehört, dass England etwas hergegeben hat, freiwillig hergegeben hat? Was für grauenhafte Dinge müssen da im Spiel gewesen sein? – Sehen Sie, wie recht unsere damalige Landesmutter gehabt hat: Besser ein Kronprinz mit Wasserkopf als ein Stück höllischer Feuerherd! Lässt man halt die Krone ein bisserl ausweiten!"

„Pst, wenn das der quieszierte Hofsekretär von Hahn hört!", warnte Hasenpfodt.

„Ah, der hört und sieht nix, der verliebte Urschiä, oder soll man sagen ‚Ursulör' als männliches Gegenstück zur ‚verliebten alten Urschel'? Entweder kalkuliert er Unkrautsamenpreise und hat Würmer im Kopf, oder er glotzt und leppert nach dem dramatischen Jungschweinernen, das der alte Esel, der Hahinsky, mit dem Kümmel der Bühnentechnik bestreut."

„Sind Sie ein Zyniker, lieber Hunzwimmer!"

Ein Blitz, ein heftiger Knall ließ die Herren auseinanderfahren. Neben ihnen saß etwas verdutzt der Edle von Hahn mit rußiger Glatze, bloß noch das Schweißleder aus falschem Linoleumersatz am mikrozephalen Haupte. Im Lokal entstand ein furchtbares Hallo, ein wirres Durcheinander. Tische wurden umgestürzt, Geschirr krachte, dicke Damen schrien, plötzlich aufgetauchte Möpse quakten irr durcheinander, und Hahn wurde von verschiedenen Seiten mit Wasser begossen und mit Servietten geschlagen, dass es knallte.

„Ich brenne ja gar nicht, lassen Sie mich in Ruhe!", klöhnte endlich der unglückliche Mehlwurmhändler & Ameiseneier en gros. „Möcht wissen, wer das gemacht hat, der Kerl muss mir vor die Pistole. Jetzt kann ich schaun, dass ich nach Haus komm, scheußlich, der

Anzug ist nass geworden, alles vertragt er, aber das nicht, und jetzt ist's gleich fünf, wo die Schule aus ist. Hab mich schon so gfreit, vor denen Mädeln ein bissel zu paradieren, wo mir die Hüt so gut stehn, nur gut, dass ich noch sechzig Stück zu Haus hab."

„Bitt Sie", hörte man Hasenpfodt, „nehmen Sie das Schweißleder von der Stirn, Sie sehen wie die Karikatur eines olympischen Siegers aus. Ich begreife ja Ihre Zerstreutheit, in dem Zustand haben ja schon die alten Minnesänger schreckliche und abstruse Stückeln aufgeführt. Aber Sie haben als alter Beamter das Dekorum zu wahren, zumal im Ausland und noch dazu in einem Staat, in dem es an Königen sozusagen wimmelt."

Ein überlanger Herr mit unsicheren Bewegungen stolperte über die Beine eines Zeitungslesers und trat zu Hasenpfodt. „Von Pyperitz, ich glaube Sie nämlich in der Gesellschaft des Herrn, den ich suche, gesehen zu haben. Nämlich ich suche Herrn von Pizzicolli. Können Sie mir Auskunft geben, wo ich ihn erreichen kann? Hörte, dass er nach dem Orient zu reisen gedenkt. Wollte ihm Vorschlag machen, mich anzuschließen. Bin nämlich vereinsamt. Fuhr von Schloss Pypenburg bei Itzehoe – wo zu Hause – mit meinen Brüdern Horst und Waldemar nebst zahlreichem Gefolge ab, unterwegs verloren. Scheußliches Land hier, Könige zum großen Teil unmögliche Leute … ach was, is mir piepe, sollen se hören … Vor wenigen Tagen Rencontre mit so 'nem Amazonenbackfisch jehabt, so 'nem weiblich-sächlichen Dingsrich … tolldreiste Geschöpfe … wenigstens gut, dass die städtische Garnison unsrem Geschlecht anjehört. Dafür aber durch die Bank alberne Laffen … ach wat … solln se auch hören … die Pickelheringe! Viel zu bunt … viel zu bunt! Wo hab ich nur meine Zigarre", fuhr er fort, „zu dumm … doch nicht in der Tasche …

ach, da liegt sie! Muss sie verloren haben … bin vorhin
wo anjestreift damit … ach, das waren Sie? Tut mir leid.
Was müssen Sie aber auch so 'n Zündhütchen aufhaben,
sind ja doch kein altmodisches Jewehr, ha! Was bin ich
denn eijentlich schuldig, Sie Knallfritze Sie!"

Hahn war sprachlos.

Hasenpfodt fühlte sich bemüßigt, den ehemaligen
Kollegen vorzustellen und so Pyperitz ein wenig Respekt
vor dem von der Explosionskatastrophe etwas Mitge-
nommenen einzuflößen. „Ich erlaube mir, Sie mit Herrn
Philipp Boguslav Edlen von Hahn, ehemals Hofsekretär
und dem k. k. Windmessinstitut zugeteilt, bekanntzu-
machen, jetzt Teufelszwirn und Ameiseneier en gros."

„Ach wat", machte Pyperitz unbeirrt, „solche Amei-
seneierfritze haben nicht so diffizil zu sein!"

Hasenpfodt wurde die Sache peinlich. Er war überzeugt, dass es zu einem unangenehmen Rencontre zwischen den Herren kommen müsse, und empfahl sich,
schon um Pizzicolli zu suchen, der verschwunden war,
als er Pyperitz auftauchen sah. Aber nichts dergleichen
geschah. Im Gegenteil. Hahn sprach mit stechendem
Zeigefinger auf Pyperitz ein, und im Weggehen hörte
Hasenpfodt noch Hahns Worte: „Kennen Sie nicht
einen gewissen Dösemann, Ezechiel Dösemann? Muss
ein Landsmann von Ihnen sein. Ist zusammen mit dem
König von Hannover seinerzeit nach Österreich geflohen, hör ich. Jetzt ist er ein angesehener Großindustriel-
ler, hat zwei Fabriken mit Nebelhörnern und Industrie-
geleisen, die glänzend gehen, beschäftigt 2400 Arbeiter,
wie ich im Statistischen Zentralamt festgestellt habe.
Drei reizende Techter nennt er sein eigen – Eiterpe, Ura-
nia und Eiphrosine – und sein Sohn Raffael ist die Seele
des Geschäftes …"

11

Dass die tarockanischen Hofverhältnisse Pyperitz, einen ausgepichten Hofsüchtling, etwas enttäuscht hätten, das Wort wäre falsch gewählt. Er war vielmehr niedergeschmettert von dem, was er gesehen hatte. Die geniale Idee Metternichs, jährlich vier Könige aus der Masse der Bevölkerung ohne Rücksicht auf die sonst streng beobachtete Verwandtschaft mit europäischen Potentatenfamilien zu wählen, ohne Rücksicht ferner auf Vorkommen des Namens im Gothaischen Hofkalender, ohne Rücksicht sogar auf kleinadelige Provenienz vom Grafen abwärts, ja selbst ohne Rücksicht auf Unbescholtenheit oder Vorbestraftsein, lediglich nur die Bedingung erfüllend, den vier Königen des Normaltarockspieles absolut ähnlich zu sehen, dieses Normaltarockspieles, das im Schlosse zu Gradiska in siebenfach verschlossener Stahlkammer aufbewahrt war ... Diese Idee hatte nicht immer die erfreulichen Folgen gezeitigt, wie es sich Metternich so schön ausgemalt hatte, ja hatte sich, wie die Mehrzahl der denkenden Staatsbürger im Stillen zugab, als grundfalsch erwiesen. Bös, sehr bös war schon einmal die Tatsache, dass die vier Könige auf dem Kartenspiel mit Vollbärten geschmückt erschienen.

Männer mit Vollbärten sind in der Regel von eigenartiger, stets etwas verbohrter Mentalität, wie durch ein Gebüsch an der Aussicht gehinderte Wanderer. Es gäbe über diesen Punkt noch viel zu sagen, aber mir scheint, dass da Schweigen besser angebracht ist.

Es ist viel und leidenschaftlich über die Frage des Vierkönigtums in Tarockien gestritten und geschrieben worden, und die Idee, die Könige aufgrund der Ähnlichkeit mit den Tarockfiguren zu erwählen, teils für toll, teils für genial bezeichnet worden.

Ein uralter Kammerdiener des verewigten Fürsten, den ich einmal in der Salzburger Dampftrambahn kennenlernte, und den ich dann mit einigen Vierteln Wein gesprächig machte, vertraute mir an, dass Seine Durchlaucht die Sache nur deshalb so angeordnet habe, weil er im Vierkönigtum eine freiheitlich-monarchische Institution schaffen wollte und damals Vollbärte als der verpönte Begriff einer freiheitlich-demokratischen Gesinnung galten, mit der Durchlaucht in seinen geheimsten Freistunden im allerstillsten kokettierte, um Windischgrätz eins zu versetzen.

Heuer war es – leider – mit den Königen recht übel bestellt.

Der repräsentabelste unter ihnen war ohne Zweifel ein sicherer Sigismund Ernst Dieudonné Eberwulf Stanislaus Freiherr von Ghaisghagerl, einem uralten Kärntner Geschlecht angehörend, Fideikommissherr auf Fackeneck und Wurmberg, ein vornehmer Mann, aber ein finsterer und zugeknöpfter Geselle, der absolut unzugänglich war. Fremde empfing er prinzipiell nicht und verjagte schon am ersten Tag die Trull, die ihn in etwas hochmütiger Weise über gewisse Repräsentationsverpflichtungen aufklären wollte, mit der Fliegenklappe.

Dass da nichts zu holen sei, war Pyperitzen am ersten Tage klar. Die zweite Majestät war von der Fleischbank weggeholt worden und hörte auf den hundsordinären Namen Franz. Sein Schreibname Ratzenstaller machte die Sache auch nicht besser. Er hatte ein verviehtes Gesicht und große, dicke Wurstfinger, mit denen er am Krönungstag das Szepter zerbrach.

Den Erzbischof, der ihn darob ernst und strafend ansah, bedrohte er dumpf murmelnd mit einem „Knödel", und beim Krönungsmahl ward der wüste Gesell unsinnig betrunken und warf schließlich alle Gäste hinaus – Gesandte, Lakaien, Policinelle, Würdenträger, Berufshöflinge – alles wüst durcheinander.

Zum Glück war seine Gemahlin das gerade Gegenteil von ihm. Sie war – peinlich, aber wahr – von zartester Jugend her in einem Institut aufgewachsen, das den denkbar polarsten Gegensatz zum adeligen Damenstift „Maria Schul" in Brünn bildet. Der Ratzenstaller hatte sie auf einem Viehmarkt kennengelernt und sie hatte es durch schlaue Praktiken dahin gebracht, dass er sie heiratete. Man darf nicht denken, dass sie in ihm einen dumpfriechenden Notanker gesucht hätte, oh nein! Ihrem anderen Agnaten, dem Träger eines glanzvollen Namens in Italien, der sogar einen Heiligen unter den Vorfahren aufzuweisen hatte, gab sie den Laufpass, da Ratzenstaller unsinnig viel Geld hatte, durch Alkohol leicht zu isolieren war und sie im gewohnten Trott ihres Lebenswandels nicht störte. Esmeralda Ratzenstaller war entschieden von feinsten Manieren, wie es ihr ehemaliger Beruf mitbrachte, und ungemein prunkliebend und so zur Repräsentation eines Staates wie geboren. Es konnte denn nicht fehlen, dass ihre Hofhaltung eine glanzvolle und höchst amüsante war. Es wimmelte an ihrem Hofe, den sie Versailles nannte, von hübschen Mäderln und zweideutigen Gestalten, so dass es für Pyperitzen mit seinen strengen Anschauungen wieder nichts war.

Der dritte Träger der Krone schrieb sich Wenzel Stritzko und war im bürgerlichen Beruf Straßenkehrer. Er war ein ganz anständiger Mensch und hatte höchstens den Fehler, dass er gerne Knofelwurst aß und Sozialdemokrat war. Er hatte verschiedene Bilder von unmöglich aussehenden berühmten Genossen im Kronsaal hängen: Lenin, Béla Kun, den Räuber Hoelz und ähnliche, sagte aber dem Sküs immer „Gnä Herr", was sehr schmeichelte, und war in der ersten Zeit nicht selten im Krönungsornat in kleinen Gasthäusern und bei Streikversammlungen getroffen worden. Als er eines Tages die Kronjuwelen in einem Winkelversatzamte belehnte – nicht aus Not, nur einer alten Gewohnheit zufolge –, hatte man ein wachsames Auge auf ihn und hielt ihn in seinem Palast so gut wie interniert.

Der vierte, ja der vierte, das war eine traurige Sache. Der war nämlich abgängig, wie man Pyperitzen verschämt mitteilen musste, als er, um drei Hoffnungen betrogen, bei dieser Majestät um Audienz ansuchte. Es war eine jämmerliche Geschichte, die Pyperitz nicht gleich verstand und die ihn im Innersten traf.

Vlastimil Klepetarsch – ob er wirklich so hieß, ist nicht einmal ganz sicher – war … ein Gewohnheitsdieb und hatte die verzwickte Nase und die tiefliegenden scheuen Äuglein des Treffkönigs im Pojatzischen Normalspiel.

Es ist richtig, dass die Königsrufer, so hießen die hohen Würdenträger, die, aus der Blüte der Policinellkaste hervorgegangen, die Königswahl zu leiten hatten, mit dieser Figur immer vom Pech verfolgt waren.

Dafür konnte was eben nur der alte Florian Pojatzi, respektive der Meister, der diesen Verbrechertypus seinerzeit lithographisch niederlegte. Noch dazu hatte eine an unglücklichster Stelle hinzugekommene Fliegenspur das eine Auge zu tückischem Schielen verzeichnet, was sich im praktischen Leben aufs Ungünstigste auswertete. Was hatte diese Fliegenspur für wissenschaftlichen Staub aufgewirbelt und die Gelehrsamkeit in „Belasser" und „Entferner" gespalten. Es war zum Teufelholen! Schlimm war es immer gewesen, aber so skandalös wie heuer …

Man hatte den gerade frisch aufgegriffenen Vlastimil gekrönt und, von Detektiven umgeben, wie dies beim Treffkönig eine stillschweigende Usance war, in die Hofburg überstellt. Als Zeremonienmeister hatte die alles übersehende Trull ihm einen gewiegten Kriminalbeamten beigegeben, äußerlich einen geschniegelten Höfling, der wie eine Mischung aus einem Jesuitenpater und einem Airedale-Terrier aussah. Die Majestät, der man schon beim Krönungsmahl – um Skandal zu vermeiden – allein unter den Teilnehmern Blechbesteck gegeben hatte, verlangte sofort die Kronjuwelen und die Banknotenpresse zu sehen.

Man brachte ihm die solid angekitteten Prachtstücke, schlug ihm ein paarmal derb auf die Finger und versprach dem hohen Herrn für morgen einen Rundgang durch das Münzamt. Dazu kam es aber gar nicht, und alle eigens getroffenen kostspieligen Maßregeln waren umsonst gewesen. Majestät waren am nächsten Morgen unauffindbar, wahrscheinlich durch ein Klosettfenster entwischt. Der Obersthofmeister, ein prunkvoller Herr aus französischem Uradel, machte wenigstens die zögernde Mitteilung, darüber gewisse Anhaltspunkte zu haben.

Der hohe Herr musste irgendetwas gestohlen haben, nur aus angeborenem Trieb und Gewohnheit, und war aus demselben Grund auch verduftet. Was es war, kam nie heraus, und allgemein schüttelte man den Kopf über diesen Narren, der sich doch allein durch Zurücklegen eines Teiles der Apanage und durch Börsenoperationen für den Rest seines Lebens glänzend hätte versorgen können.

Was Wunder, wenn Pyperitz bitter enttäuscht war und sozusagen das Weite suchte, aber nicht mit sich ins Reine kam, ob er heim nach Schloss Pypenburg oder in die weite Welt sollte.

Bei den miserablen Polizeiverhältnissen – hier soll einmal ein jähes Streiflicht auf die infolge der Regierungsskaramuzziaden arg verschnörkelten Verhältnisse dieses Landes fallen –, bei den, wie gesagt, miserablen Polizeiverhältnissen funktionierte das Meldeamt so schlecht, dass Pyperitz Herrn von Pizzicolli nicht finden konnte.

Es ist allerdings richtig, dass jeder Reisende auf unendlich umständliche, urschikanöse Weise um alles Erdenkliche ausgefragt wurde und oft wegen des mangelnden Vornamens des Urgroßvatermutterbruders ein Dutzend Mal zu allen erdenklichen Behörden gehetzt wurde. Da man jedoch gerade der Übergenauigkeit wegen mit der Registrierung der Akten um zwanzig bis dreißig Jahre im Rückstand war und prinzipiell in den Melderegistern alle Daten verwechselte, war dieser ganze Amtszweig „für die Katz" und belastete lediglich das Budget, da Tausende von Beamten dort ihre Bedenklichkeiten ausknibberten oder perückengeschmückt schliefen.

Aber was werfen wir auf die armen Tarockianer Steine! Ich kenne nur wenige Staaten, wo speziell diese Verhältnisse nicht ebenso, wenn nicht weit schlimmer sind.

Am schlimmsten war der gefürchtete Aktuar Mausmelcher, dem Pyperitz unglückseligerweise in die Hände gefallen war. Die fahrige Art des Petenten war dem misstrauischen, arg von Hämorrhoiden gequälten und darob menschenfeindlichen Beamten als bedenklich aufgefallen, und er vermutete in Pyperitz einen Verbrecher. Als das historiographische Staatspolizeikabinett, dem Marchese Travaglini, der Urenkel des letzten Expolizeiministers des Heiligen Stuhles, vorstand, Mausmelcher mitteilte, dass Pypenburg im Mittelalter von Raubrittern bewohnt war, da war's um Pyperitzens Freizügigkeit geschehen, und fortan bemerkte er, dass ihm auf Schritt und Tritt verschiedene Figuren folgten, die teils Gentlemen, teils Männer aus dem Volk darstellen sollten, aber immer in derselben Reihenfolge auftraten, was in der Anciennität dieser Geheimbeamten begründet war.

Ein Zufall sollte endlich die Begegnung mit Pizzicolli herbeiführen. Pyperitz, der sich gerade in dem Hahnischen Institut eine große Tüte Ameiseneier gekauft hatte und gelangweilt die Goldfische im Stadtpark fütterte, prallte auf Cyriak, der, eine große Landkarte des Orientes unterm Arm, eilig dahertrabte. Cyriak, der ihm das tölpelhafte Intermezzo im Prunkzelt mit dem amourösen Abenteuer der bewussten Mondnacht nicht verziehen hatte, war vom Anliegen des wimpernlosen Edelmannes nicht sonderlich erbaut und erging sich in nur vagen Andeutungen seiner Reisepläne. An einen festen Tag könne er sich nicht binden, weil ihn der Besuch eines zumindest malerischen Hoffestes hier noch festhalte.

Pyperitz meinte, wie man könne, worauf Cyriak wieder andeutete, dass dies Geschmackssache wäre. Kurz, die Herrn gingen etwas verstimmt auseinander, nachdem sie wenigstens die Adressen ausgetauscht hatten.

12

Der Tag des von Cyriak angedeuteten Hoffestes kam heran. Es ist wohl überflüssig zu bemerken, dass es von der Königin Esmeralda im Parke ihres Lustschlosses Versailles am Monte Medea aufgeführt wurde.

Nur sie kam in Betracht. König Sigismund aus dem Hause der Ghaisghagerln war unbeweibt, ein mürrischer Geselle, nur von Gicht, nicht von der Liebe gequält. Allerdings pflegte ihn eine Freundin, deren Jugendideal er wahrscheinlich gewesen war. Die Dame, eine alte Hocharistokratin, hatte viel von einer Schnepfe und einem langgedienten Trainwachtmeister an sich und war für Festlichkeiten nicht zu haben.

Esmeraldas zweite Kollegin – gemeint ist die Frau Stritzko –, deren Mann König Wenzel XVI. hieß, hatte allerdings zu Festlichkeiten ihre Art von Beziehungen, die aber mit bestem Willen nicht standesgemäß zu nennen waren. Während ihr Gemahl im früheren Zivilberuf die Straßen fegte, hatte ihr die Kommune eine Art von Pflege der öffentlichen Sauberkeit anvertraut, dadurch, dass die Stadtväter die Wackere als öffentliche Klosettfrau in Eid genommen hatten.

Sie musste ein weitläufiges Papier unterschreiben, dass sie nie Kinder verschiedenen Geschlechtes in eine Kabine hineinlasse, Selbstmordverdächtigen das Betreten des Institutes unter allen Umständen zu verbieten habe, und dass sie endlich erkläre, keiner geheimen Gesellschaft, insbesondere der Freimaurerei, anzugehören, sie zu unterstützen oder ihr irgendwie Vorschub zu leisten. Als Frau Stritzko das von der Freimaurerei hörte, wurde sie unsinnig grob und begehrte auf, wie man ihr speziell zumuten könne, eine solche Schweinerei –

ja, sie gebrauchte das Wort – zu unterstützen. Das „im Freien … an der Mauer", das sei ja, was sie so bekämpfe, so niederträchtig finde, die verwerfliche Handlung so „neidiger" Leute, die Damen ihres Standes auf die Art direkt das Brot unterm Mund wegfräßen …

Nur mit Mühe konnte man dem Redefluss der exaltierten, zur Megäre werdenden Frau einen Damm setzen, und man war an amtlicher Stelle froh, als die noch immer misstrauisch Murmelnde und mit einem gelben Zahn ab und zu in die Luft schnappende Alte das Lokal verlassen hatte. Hatte die giftig blicken können! Bei dieser Gelegenheit sei auch uns die Bemerkung gestattet, dass wir nicht genug davor warnen können, mit Klosettfrauen über Freimaurerei zu sprechen, und sei es selbst nur durch die Türe hindurch.

Aber im Dienst erwies sich Frau Stritzko treu und unermüdlich. Bei pompösen und bei funebralen Anlässen wurde die in ihrem kleinen Reich mit Umsicht waltende und schaltende Frau gerne den für diese Veranstaltungen neugeschaffenen – oft recht barackenhaften – Instituten beigegeben. Kurz, sie war in ihrem, meist mit Naserümpfen betrachteten Fach eine kleine Kapazität!

Der dritte König endlich, dem die alles in eherne Tafeln grabende Muse der Geschichte den Namen Vlastimil der Erste, der Flüchtige, gegeben hatte, konnte keine auch nur halbwegs legitime Gattin aufweisen, als er sich gelegentlich der Königswahl über diese Frage zu äußern gehabt hatte.

Wie erschrak Königin Esmeralda, die selbst durch die ungewöhnlichsten Anliegen nicht so leicht außer Fassung gebracht werden konnte, als eines Tages ihre hohe Standesgenossin vorfuhr und ihr verschämt die Bitte vortrug, die Frau Kollegin möge ihr für das Hoffest … die … na, kurz, die Toilette zuweisen. Esmeralda betrachtete missbilligend die unmögliche Aufmachung Frau Barbaras, so hieß die Gemahlin des gekrönten Stritzko, und sah mit besonderem Entsetzen, dass die vertretenen Gummizugstiefeletten der Partnerin in offenbarstem Missverständnis ihres hohen Ranges mit billigem Bronzepulver vergoldet worden waren. Sie erklärte sich natürlich mit Vergnügen bereit dafür, und bitte sie, sich unter ihren Kleidern auszuwählen, was sie wolle. Eine Brosche mit dem Porträt von Marx nahm sie ihr sofort ab und läutete der Obersthofgarderobekammerfrau du jour.

Nein, es sei ein Irrtum, stotterte Frau Barbara verlegen und raschelte mit Papier in ihrer geöffneten Handtasche, nein, sie wolle keine Toilette zum Anziehen, nein, sie wolle die Bedürfn…

Da fuhr die sittenstrenge Königin empor, flammend wie noch nie.

„Ich werde Sie in das Asyl für verwahrloste Königinnen sperren lassen … eigens eines dafür gründen! Unterstehen Sie sich nicht, noch einmal so eine Äußerung fallen zu lassen!"

Es ist klar, dass sich sofort der Hofklatsch dieses Hors d'œuvres eines kommenden, noch leckereren Fraßes bemächtigte, und der französisierende Minister des Äußeren, Sanstranquil de Culepin, erklärte mit süffisantem Schmunzeln, „la reyne Barbe" hätte der „impératrice Theodora" mit dem Besen ihres hohen Gemahles „le très auguste monarque Vinçeslaus" gedroht.

Der Festabend kam heran. Das Schloss von Versailles, das Esmeralda sofort nach ihrer Hochzeit in Auftrag gegeben hatte, lag in ausgedehnter Pracht am Hügel von Medea, inmitten eines herrlichen Parkes, der sich gegen Chiopris und gegen das Dörfchen Medea hinunter senkte. Die Aussicht war herrlich. Nördlich lag der gewaltige Wall der schneebedeckten Alpen, gegen Morgen die flimmernde Steinwüste des Karstes, gegen Westen die dunstige venezianische Tiefebene und gegen Mittag das leuchtende Meer mit den Lagunen von Aquileja. Die weitblickende Esmeralda hatte alles, vom Bau des Schlosses angefangen, wohl vorbereitet. Vom ersten Tag an hatte sie sich das Ziel gesteckt, Königin zu werden. Am Barte des wüsten Gemahles wurde durch französische Ex-Hoffriseure des dritten Napoleon so lange gebosselt, bis er dem Cœurkönig des Gradiskanischen Normalspieles – dem einzigen, der nur einen Knebelbart trug – täuschend ähnlich sah.

Es hatte ganze Lastzüge von Verwünschungen gegeben, ehe das Ziel erreicht war, und beide Friseure – der eine mit zwei Ohrprothesen, der andere mit einem silbernen Schädeldach – waren nach gewonnenem Spiel mit allerhöchsten Auszeichnungen bis zur Unkenntlichkeit behängt worden.

Für das Fest hatte sie eigens ein – allerdings nur pappendeckelnes – Trianon bauen lassen, alles Mögliche für die kurze Zeit von vier Wochen, die seit der Krönung verflossen waren.

Ein herrlicher Abend leitete das Fest ein. Vielleicht fand das Fest an der Stelle statt, an der Kadmos, der mit seiner Schwester Europa aus der Atlantis gekommen, in seinem Alter verweilte, vielleicht an der Stelle, von der der Argonautenzug ausging. Rötlicher Dunst lagerte über dem Venezianischen und ließ die schwarzen Umrisse der in Kristallzacken ausgebauten Festung Palmanova gerade noch erkennen. Vom adriatischen Meer her stieg die Nacht im Sternengewand empor, und auf den Gipfeln im Norden verglomm das letzte Alpenglühen.

Blitzende und glitzernde Raketengarben gaben das Zeichen zum Beginn des bunten Treibens, zu dem viele

Tausende der illustresten Namensträger geladen waren. Das Fest umfasste alle Teile des Schlosses und des Riesenparkes. Allenthalben waren Hofchargen und Arrangeure verteilt, welche die Massen der sich Unterhaltenden zu immer neuen Gruppen verteilten und Variationen auf Variationen in den Vergnügungen folgen ließen.

Zuerst wurden von zahlreichen kostbar gekleideten Mohren und wildschnurrbärtigen Heiducken an die im Park auf zahllosen Riesenteppichen lagernden Festgäste die ausgesuchtesten Näschereien serviert.

Dann folgte ein prunkvolles Riesenballett, darin immer phantastischere Bilder kein Ende nehmen wollten. Dann brandete das goldene Rauschen von Hunderten von Gongs durch die Rosenhecken und Taxuswände des Parks, dessen Marmorpflaster im Scheine zahlloser Pechfackeln fleischfarben schimmerte, und verkündete ein exquisites Schauspiel, über das sich selbst der selige Petronius gefreut hätte.

In das verhallende Rauschen der Gongs mischte sich immer näher donnerndes Pferdegetrappel, und die Gäste sahen vor ihren trunkenen Blicken sich das denkbar reizendste Bild einer wahren Fanfare von Jugendschönheit entwickeln. Es waren Kavalkaden der schönsten jugendlichen Amazonengarden, die Reiterinnen nur mit goldenen Helmen oder Panzerteilen, höchstens mit Atlasmaschen oder Seidenbändern gekleidet, alle auf ausgesuchtesten Lipizzanern oder Arabern in reichstem gemmengeschmücktem Geschirr.

Die Schwadronen der graziösen Reiterinnen waren durch bellende Meuten der edelsten Hunde, Bracken, Doggen und Barsois getrennt. Cyriaks Herz schlug höher. Halb mit Entsetzen, halb mit Sehnsucht erwartete er in dem Zug, der eine überraschendere Schönheit nach der anderen zeigte, seinen unvergleichlichen Guedon zu finden. Seine unbeschreibliche Sehnsucht steigerte sich zu einem ganz unerklärlichen Gefühl, als er die süß verhallenden, näher und ferner schwebenden Fanfaren von Jagdhörnern vernahm. Schließlich wurde das Gefühl dieser beklemmenden Süße zu solcher Macht, dass er für Momente das Bewusstsein jeder Realität verlor und sich in einem finsteren, duftenden Laubgang auf eine Marmorbank warf. So mochte er geraume Zeit gelegen sein, als er durch ein sanftes Rascheln geweckt wurde. Eine schlanke Gestalt stand im tiefen Dämmer vor ihm. Ein kleiner Page in rosa Chiton mit koketten Lippen, einem frechen Näschen und schön geschnittenen Mandelaugen. Das seiner reizvollen Erscheinung arrogant bewusste Wesen, das Cyriak zu seiner Beruhigung als Jungen diagnostizieren konnte, nestelte aus reizvollem Dekolleté ein Billett.

Cyriak erbrach das Kuvert, ein Streichhölzchen war rasch zur Hand, und der hagere Herr in Evening Dress, daneben der Liebesbote, ein Gemisch aus monogrammierter Lilie und Frechheit, waren einige Sekunden in Aprikosentöne der bescheidenen Leuchte getaucht. Ein durch schweres Atmen knisterndes Frackhemd war dann alles, was man hörte.

„Du, Amorettel, ich lass dem Fräulein sagen, dass ich sofort komme. Wie soll ich mich bei dir revanchieren?"

„Aber bitte, man tut das gern … In dem Alter sind das Fräulein und ich ja Kolleginnen, aber wenn Sie mir die smaragdgrüne Kap – den Schilling – schenken wollen, soll ich zu Ihnen kommen? Oder schicken Sie ihn mir … haben Sie einen Blei… warten S', schreiben Sie sich meinen Namen auf die Manschette!" Und er nannte in graziös akzentuiertem Sopran einen Namen, der schon Sultan Saladin stutzen gemacht hatte und Cyriak nicht minder.

„War das ein kleines Veilchen, Luzifer oder Elfe", sagte sich Cyriak. „Gut, dass ich so fest in den Banden meines anbetungswürdigen Guedon bin … na, so was! Den smaragdenen Schilling soll er haben … ein hiesiger Mehlwurmgewerke soll auch mit Marken handeln. Aber jetzt auf zur siebenten steinernen Rose, links von der goldenen Pagode!" Nach wenigen Schritten überquerte er eine der Riesenterrassen, deren breite Treppen zu einem menschenübersäten Parterre führten. Herolde verkündeten eben dort unten den Beginn einer Szene aus dem „Sommernachtstraum", der vor den glitzernden, ruhig strömenden Kaskaden des Nereïdenbrunnens aufgeführt wurde.

Das interessierte den Verliebten nicht, und er setzte seinen Weg fort. Überall sah er elegante, huschende Schatten. Hinter jedem der schwerduftenden Rosenbosketts und hinter allen Vasen und Marmorungeheuern, die sich in dunklen Silhouetten vom Silbernebel des Nachthimmels abhoben, kicherte es verliebt. Es wimmelte von falschen Löwen in Wollmosaik, man sah Zwillinge und selbst ein nachgemachtes Dromedar mit einem Bart aus Kokosfasern. Und doch war der Weg nicht ungefährlich, denn überall schweiften die buntfarbigen Maskenfiguren der altvenezianischen Rüpelkomödie herum, die Skaramuzz und Mezzettin, die Trivellin und Truffaldin, der Harlekin und Brighella in grüner Zaddeltracht, der unverschämte Balanzoni, der dummdreiste Pulcinell und von allen der Fürchterlichste, Don Pasquale, der ratternde Schwätzer aus dem Advokatenstand mit seinem nicht endenden, unentwirrbar verknoteten Darm bleicher Anspielungen und totgedroschener fader Unmöglichkeiten aus fünf Jahrtausenden. Dieses Gesindel trieb sich zu Hunderten im Park herum, nur zum Zweck, um mit Pritschen, Holzschwertern und mit den gefürchteten vergoldeten Klistierspritzen Jagd auf Liebespärchen zu machen. Früher, da die Kavaliere zu dem Zweck Degen trugen – man begreift jetzt warum –, war das was anderes, aber heute … Was will selbst ein Preisringer gegen eine Klistierspritze, besonders wenn sie mit dem billigsten Parfum gefüllt ist?

Beflügelt, aber vorsichtig, schritt unser Held dahin, der kleinen marmornen Minneburg zu, die ihm der galante Page gewiesen. In mattem Gold funkelte die figurenüberladene Pagode vor ihm, der Mittelpunkt eines indianisierenden Tempelbezirkes, dessen Marmorboden herrliche Arabesken aufwies. Verschnörkelte Bäumchen mit vergoldeten Früchten erhoben sich aus Porzellanschalen, zwischen ihnen spitze Alabastergebilde, den Gehäusen seltener Muschelschnecken nachgeformt, oder aus bunten Glasblöcken geschnittene Tänzerfiguren, strotzend von Schmuck und Metallinkrustationen. Rechts und links der kirchturmhohen Pagode sah Cyriak je sieben große Rosengebilde aus schimmernden Marmorblöcken herausgehauen, zuckerweißem Tiroler, mit Skyros oder Travertin gemischt.

Das Gefährlichste war, das Meer grünen Mondlichtes zu durchqueren, über das eben einige hochquäkende Coviellos oder Gelsomini mit Sonnenschirmen stolzierten. Aber es gelang, und mit einem kühnen Aufschwung verschwand er im oberen Formengewirre der kleinen Rosenpagode.

Ein schlanker, heißer Körper umfing ihn dort. Er trank den Duft dunkelgoldener Locken, sah den Bronzehauch eines Gesichtes, dessen knappes Formenspiel unbegreiflich schöner Kurven er trunken folgte. Aufs Neue verfiel er voll dem Juwelenzauber prachtvoller Augen und dem milchweißen Opal mandelförmiger Zähne, deren Schönheit mit der Purpurpracht der Lippen,

146

Aphroditens Liebesthron, immer aufs Neue wetteiferte. Der mit heraldischen Goldlilien durchwirkte Seidenschal ließ da die schmale, braune Schulter sehen, dort den Amorettenball eines marmorhaften, halbkindlichen Busens, dort die Kniekehle mit einer Haut, zart wie das Blatt einer Marechal-Niel-Rose, und dort eine formvollendete Wade in griechischem Banderolschuh aus schneeweißem Leder mit hohen glanzgoldspiegelnden Stöckeln.

Und da geschah etwas Seltsames. Automatisch öffneten sich Cyriaks Lippen, und mit einer Stimme, die er nicht kannte und der er selbst staunend zuhörte, tönten von ihm gesprochen die Worte „Archipaidion … Archipaidion aglaiozomenon … archipaidion psyches basilissa … archipaidion kalliastragalon … kallitrix, kallipareon, archipaidion kallimeron". Das waren einige Worte seines langvergessenen Schulgriechisch und noch manche dazu, die er nie gehört zu haben sich erinnerte. „Archipaidion … Fürstin der Jugendpracht … o Herrin meiner Seele", und das Schwarz seiner Abendkleidung vergrub sich unter der Schönheit heraldischer Lilien, und seine Liebe löste sich auf in der Bewunderung einer logischen Reihe von Berührungen und des Gefühles wechselnder Kurven, die ihm blitzartig die Schönheit des mystischen Gesetzes der Zahl im großen Götterschauspiel des Aufbaues durchgeistigten Stoffes zu Formen der Engelwelt auf einer Sinnenbahn klarlegten, die sich über die Fünfzahl erhob.

Die steinerne Rose ward einem Sterblichen zum Weihekelch auf dem mystischen Pfad, den alle Staubgeborenen wandeln müssen, um ins leidlose Strahlenreich der befreiten Materie zu gelangen, so sie der Mund des Herrn nicht lau empfand und der ewigen Verdammnis überantwortete.

13

In anderen Teilen des Zaubergartens, den eine gekrönte Hetäre geschaffen, sie, die der niedersten Stufe des Priestertums der ewigen Liebe angehört und dennoch durch den Dunst von Schmutz hindurch die Strahlen einer Gnadensonne empfand, ging es entsprechend anders her.

Der Sommernachtstraum des großen Luftschlossarchitekten Shakespeare war im vollen Gang. Die gefährlichste Stelle im Gespräch zwischen Titania und Oberon, die Stelle, wo ein spinnenwebdünnes Diaphragma nur die Pforte zu höchsten Geheimnissen verbirgt, und die natürlich der tückischen Dummheit der Inquisition verborgen bleiben musste, war glücklich vorüber.

Der süffisante, ewig unruhige Exzellenz Sanstranquil de Culepin gab dem englischen Gesandten Sir Jonathan Percy Hobdiquax gegenüber seiner Befriedigung Ausdruck, dass das Hoffest bis jetzt so relativ anständig verlaufen sei. Es sei bewunderungswürdig, wie das Freimädel, die Königin, an alles denke, und wie geschickt sie heute den Gemahl wegretuschiert habe.

„Wo nur das gekrönte Vieh steckt, am End in der Waschküche eingesperrt? Fichtre! Geschmack hat die Frau … Geschmack! Die bildschönen Mädeln, die sie da serviert, das ist eben was anderes als die Schichistinnen an den anderen, den gut bürgerlichen Höfen. Und die gute Musik, ich bitt Sie, Rameau, Grazioli, Couperin, Scarlatti! Nur schad, dass sie dieses von einem sentimentalen Literaturempfinden so verhätschelte Gesindel von Mezzettinen, Tartaglias, Pulcinellen, Zerbinettas, Sottogonellas und dergleichen nicht mit dem Szepter verscheucht hat. Nichts auf Erden ist eben vollkommen."

Dann nahm er den steifen Engländer unter dem Arm und fuhr vertraulich fort: „Ich bitt Sie, es geht wirklich über die Hutschnur, wenn man andachtversunken während einer Nocturne von Chopin unvermutet klistiert wird, oder gar während der ‚Oiseaux tristes' von Ravel. Auch zum ‚Loin du bal' passt es nicht. Na, bei Debussys ‚Jardins sous la pluie' oder bei der ‚Cathédrale engloutie' drückt man ja ein Aug zu, auch bei Smetanas ‚Moldau' lässt sich darüber reden. Diese Lausbüberei ist selbst einmal einem unserer illustresten Festgäste passiert, dem Hofrat Hanslick gottselig. Den hätten Sie sehen sollen! Der ist wie ein beleidigter Geißbock herumgesprungen, … und just während dem Einzug der Götter in Walhall musste ihm das passieren, ja, daher seine bekannte Feindschaft gegen Wagner, … aber zum Teufel, was ist denn das, um alles im Himmel?" Und Culepin deutete mit der Hand auf die kristallwogende Fontäne, über die ein strampelnder, förmlich radschlagender Herr heruntergeschwemmt wurde. Die Musik brach jäh ab. Titania und Zettel fuhren auseinander, ein wirrer Menschenknäuel stürzte über die improvisierte Bühne zur Nereïdenfontäne und starrte auf den offenbar Verunglückten, der zuerst unter Wasser gekommen, jetzt triefend im seichten Becken stand, mit einem Riesenplatsch hinstürzte, wieder aufstand und in offenbarer Betäubung abermals hinstürzte und damit gar nicht aufhören wollte. Viele Festteilnehmer waren in das angenehm laue Wasser gestiegen, vor allem natürlich die Elfen aus Oberons Gefolge.

Der Eselskopf Zettels ragte über alle heraus, und seine Kommandorufe – er war außerhalb seiner Maske ein hoher Staatswürdenträger – brachten Ordnung in das summende Wirrwarr.

Die flinken Elfen packten den irr herumstrampelnden Festbesucher an den Extremitäten und schleiften ihn aufs Trockene. Allmählich kam der nasse Herr, an dem ein grämliches Römerprofil auffiel, wieder zu sich. Er wurde reichlich gelabt und vor die Königin gebracht, die das etwas altmodisch gekleidete Beutestück des gelungenen Fischfanges belorgnettierte.

Nachdem der Verunglückte seine in den fünfziger Jahren modisch gewesene Nase etwas entwässert hatte, konnte man seiner unzusammenhängenden und lückenhaften Darstellung entnehmen, dass er nicht etwa – wie schon einige der Umstehenden meinten – als gelungene Figur des Pyramus-und-Thisbe-Intermezzos erschienen sei, nein, dass er ein Opfer des Liebesgrames wäre.

Ein gutes Stück oberhalb der Kaskade, in einem einsamen Teil des Parkes, habe er sich in ein kleines Marmorbecken gestürzt. Sein Zylinder und einige Abschiedsbriefe sowie ein Regenschirm müssten noch dort liegen. Unter Wasser gekommen, sei er von einer starken Bodenströmung erfasst und durch ein langes Kanalrohr geschwemmt worden, wobei er das Bewusstsein verlor.

Streng sagte die Königin, er möge vor allem seinen Namen nennen, Beruf und Heimat. Doch der aufgefischte Herr schwieg. Einige Mädchen der Königsgarde stürzten vor und schwangen drohend die Yatagane. Der bleiche Lebensmüde glotzte gierig auf die nassen Seidenfähnchen der reizenden Mädeln und beugte sich ihrem Willen. Philipp Boguslav Edler von Hahn sei er.

Man hörte jetzt Stimmen: „Der Teufelszwirnfabrikant … der Mann mit der Wiesenlederhose … der Mehlwurmhahn … der bekannte Ameiseneiergrossist … gewiss ist die Ware gestürzt … reißen am Ende noch die Juli-Süd-Prioritäten mit sich …"

„Nein", kam es dumpf von Hahns verraunzten Lippen, „nein, ich wiederhole, ich bin das Opfer einer unglücklichen Leidenschaft. Ich bin bitter enttäuscht worden … bin an ein herzloses Geschöpf geraten!" Und der nasse Hahn erzählte, durch einige Cognacs gestärkt, dass seinem Unternehmen gegenüber sich eine Theaterschule aufgemacht habe und er, verwirrt von den Koketteriekünsten der bildschönen Fratzen, sich beim Portier durch einige Hände voll Mehlwürmer für dessen Zeisig Liebkind gemacht habe, um zu erfahren, welche die Reichste wäre. Zum Unglück sei es auch noch die Schönste gewesen. Er habe das Mädchen bepirscht und habe bemerken müssen, dass seine noch immer vorhandene Männerschönheit nicht ohne Eindruck auf das Kind geblieben sei. Er sei ihr öfter gefolgt, habe eines Tages vor ihr den Hut gezogen und sich – nicht gleich mit seinem vollen Namen, nun nein, aber mit dem Prädikat von Hennensieg – vorgestellt.

Gerade der Hut habe dem Mädchen Gesprächsstoff gegeben … kurz, man sei wieder zusammengekommen … endlich habe sie in ein Rendezvous im Mondschein des Gärtchens ihrer Pension eingewilligt.

Die gefällige Pensionsinhaberin, die er auch mit einem Stanitzel ganz delikater Ameiseneier gekirrt habe, sei ihm behilflich gewesen. Das schöne Mädchen habe ihn erwartet … und da … da habe er sich … nun, zu etwas hinreißen lassen, das er jetzt bitter bereue.

Die jungen Mädchen der Königseskorte rückten enger aneinander und sahen den traurig tropfenden Hahn mit glitzernden Augen und leicht geöffnetem Mund an. Jetzt wurde die Sache pikant. Auch die Königin machte eine Bewegung mit der Lorgnette und sagte gnädig: „Fahren Sie fort!"

Trotz der verlockenden Nähe, der schwülen Situation, habe ihm plötzlich die innere Stimme zugerufen: „Philipp, zuerst die Pflicht, das Geschäft, dann das Vergniegen!" Und da habe bei ihm der ernste Geschäftsmann über den Herzensbrecher gesiegt, und er habe der vom Feenlicht des Mondes Beleuchteten … schließlich sei sie doch Studentin und müsse als solche für Ulke lebhaftes Interesse haben … Dösemanns gefälschte Urinflecke, eine „neiartige Attrappe für Hausbesitzer", angeboten. Übrigens könne er, fuhr er mit einer Halbrechtsdrehung zu seinen Zuhörern fort, dringend wegen bevorstehender Preiserhöhung zum Ankauf raten.

Enttäuscht wichen die Mädchen zurück und hörten nur mehr mit geringem Interesse seinem Bericht über eine nun logisch folgende Ohrfeigengeschichte zu, einem Bericht über tief demütigende Schläge und selbst Stöße mit dem Absatz, die ihn ins Wasser getrieben. Die Sache sei für ihn furchtbar bitter. Er habe sich schon im Geist mit dem Gelde des Mädels als ein kleiner amerikanischer Ameiseneierkönig gesehen, was ihm zwei Matadore auf diesem Gebiet, zwei gewisse Herren Sims und Nussbiegel, in glühenden Farben ausgemalt hätten. Zu ihrer Entschuldigung wolle er gelten lassen, dass seine Angebetete gerade die Ophelia gelernt habe und dadurch recht überspannt sei.

„Das glaube ich", hörte man die ernste Stimme der Königin, „dass sie da Ihr voreiliges Offert aus allen Träumen gerissen hat. Backfische, die gerade die bei ihnen so beliebte Ophelia durchnehmen, erwarten in dieser Geistesverfassung bei einem Rendezvous selbstverständlich etwas ganz anderes, nämlich die Unart, der Shakespeare anlässlich dieser Rolle klassische Sanktionierung gegeben hat … Na … was wünscht sich denn Hamlet?"

Hahn glotzte dumm.

Alle die schönen Mädchen in den strahlenden Panzern formten stumme Worte mit den Lippen.

„Nun, meine Damen, sagen Sie es ihm!" Ein Gewirr entstand, und die Jüngste ging schwebenden Schrittes zum Durchnässten, warf leise klirrend und etwas verächtlich die eine Schulter gegen ihn empor, schüttelte die Locken, maß Hahn von oben bis unten und skandierte förmlich beleidigt: „Hamlet, Prinz von Dänemark, III. Akt, 2. Szene. Ein Saal im Schloss zu Helsingör. Hamlet, Ophelia.

Hamlet: ‚Fräulein, soll ich in Eurem Schoße liegen?‘, setzt sich zu Füßen Ophelias.

Ophelia: ‚Nein, mein Prinz.‘

Hamlet: ‚Ich meine, den Kopf auf Euren Schoß gelehnt!‘

Ophelia: ‚Ja, mein Prinz.‘

Hamlet: ‚Denkt Ihr, ich hätte erbauliche Dinge im Sinne?‘

Ophelia: ‚Ich denke nichts.‘

Hamlet: ‚Ein schöner Gedanke, zwischen den Beinen eines schönen Mädchens zu liegen …‘ “

Die Königin stand auf: „Schämen Sie sich! Die Kleine da weiß es, und Sie nicht. Es ist das erste, was schon ein Taferlfratz, der einmal eine gesellschaftliche Rolle spielen will und auf Manieren hält, von den Klassikern weiß.“

„Für mich käme so was nie in Betracht“, meinte der Herr mit der grämlichen Barttracht, „da ich ein bissel schwerhörig bin und man bei Rendezvous ohnedies aufpassen muss wie ein Haftelmacher, dass man nicht erwischt wird.“

„Nein, für Schwerhörige ist es allerdings nichts“, sagte ernst die Königin und kehrte Hahn den Rücken, mit ihr die ganze Hofgesellschaft, manche der Amazonen mit etwas zu plastischer Bewegung des Endes holder Schenkel.

Auf einen Wink des Zeremonienmeisters wurde der nasse Hahn weggebracht, um, in Kotzen verpackt, in seine Wohnung überstellt zu werden. Ein geschniegelter Hofmann rief ihm noch nach: „Manierloser Flegel!"

Doch sollte Hahn noch immer nicht Ruhe haben. Wurde doch der Abtransport nach einigen Schritten noch für einen Moment aufgehalten. Ein ganz in Schwarz gehaltener Würdenträger, diesmal der Policinellenchef, hob „Halt" gebietend die übergroße, finstere Rechte und überreichte dem grämlich Verpackten das Büchlein Schoisinger: „Über die Wehmut", gedruckt in diesem Jahre.

14

Die Musik begann wieder zu spielen. Wie immer was Feines, Massenets „Scènes pittoresques", die Maestro Trillertritschler, der erste Hofkapellmeister, in Anlehnung an das gerade vorher stattgefundene Hahnsche Intermezzo zu bringen für gut befand. Die gedachte Pièce fing ernst und düster an, wies einige Sonnenflecke in fröhlichem Blech und jubelnden Violinen auf, um im Ganzen ernst und etwas gedrückt zu enden.

Da eilten zwei Huissiers daher, in Seladongrün und Silber, reich mit weißen Straußfedern geschmückt, und verbeugten sich tief vor der Königin Esmeralda.

Sie winkte ihnen zu sprechen. Die beiden Männer sahen sich ernst an. Einer wollte dem anderen den Vorrang lassen, schließlich begann keiner, im Gegenteil, sie schluckten ein paarmal schwer. Dann machten sie kehrt und verschwanden.

Esmeralda stutzte. Das war ihr noch nie vorgekommen. Es war aber noch nicht alles. Denn jetzt schwebten vier dunkellockige Amazonen heran, mit Trauerfloren um die Degen, verbeugten sich einige Male nach gewähltestem Hüftenspiel tief, erhoben sich wieder und vollführten die köstlichsten lichtplastischen Arabesken mit den nur ganz zart angedeuteten Bauchmuskulaturen ihrer Frührenaissancepanzer. Dann trat die Anführerin vor, hob grüßend die schlanken, leuchtenden Arme, blitzte die Königin an und bewegte die wie durstig etwas geöffneten Purpurlippen, dass alles die blendende Pracht ihrer Zähne ein wenig bewundern konnte.

Eine Locke, die allzu kunstvoll sich über ihre Pfirsichwangen ringelte, verwies sie mit unendlich graziöser Handbewegung an einen richtigeren Platz und schien endlich mit der Anrede beginnen zu wollen. Doch auch sie kam aus irgendeinem geheimnisvollen Grund nicht dazu, Worte zu bilden, und beugte endlich nur traurig ein Knie, welchem Beispiel, zierlich zurücktrippelnd, die anderen drei folgten. Dann zogen auch diese Elfen in Waffen sich zurück. Esmeralda nagte sprachlos an ihrem Batisttüchlein und sah sich ratlos um.

Und jetzt, welch düstres Bild! Ein Skaramuzz du jour tauchte auf, in voller Amtstracht, schwarzer Höcker, schwarze Larve mit krummer Nase, an der ein nachtfarbenes Spitzenjabot hing. Er blickte die Majestät verschränkten Armes durch geraume Zeit traurig an. Dann machte er eine große Geste zum Zeichen, sprechen zu wollen. Fuhr sich zwei-, dreimal in die Halskrause, wackelte unter traurig-wegwerfendem Mienenspiel einige Male mit dem Mund und starrte düster seitwärts zu Boden in eine eingebildete Ecke, hob nochmals die Hand gegen die Königin, trat zwei entschiedene Schritte vor, blieb wieder stehen, schüttelte traurig das Haupt und machte kehrt.

Die Majestät und der ganze von ihrer Gnade bestrahlte Kreis sah sich hilflos um. Da, horch, drei Trompetensignale!

Unerwartete Pioniere liefen mit einer Kabelspule durch die Menge und erklommen eine der riesigen Zedern im Hintergrund. Neue Trompetensignale, eine Rakete leuchtete auf. Mit klingendem Summen schwirrte die Stahltrosse des Kabels in die Höhe, pendelte einige Male auf und ab und blieb schließlich als gespannter Draht in doppelter Manneshöhe schweben.

Alle sahen gespannt diesem unerklärlichen Manöver zu.

Wie sollten sie aber erstaunen, als unvermutet und pfeilschnell ein nackter Putto mit farbenschimmernden

Flügeln längs des Drahtes herangeschwirrt kam und genau in Kopfhöhe der Königin Halt machte. Das holde, zarte Geschöpfchen flüsterte der hohen Frau etwas ins Ohr, das eine fürchterliche Wirkung haben musste. Esmeralda schwankte einige Augenblicke. Höflinge, Minister, Garden stürzten auf sie zu und stützten sie, die in wenigen Sekunden ihre gewohnte Ruhe wieder gewann. Flüsternd wurden verschiedene Stimmen laut. Culepin neigte seinen Mund zum Lord-Hobdiquax-Ohr, aus dem rote Borsten wuchsen.

„Mylord, ich möchte wetten, dass das königliche Vieh hin ist, tausend Guinees, wollen Sie?" Doch Hobdiquax sah ihn nur eisig an. Dem Französling wurde es klar, dass der steife Lord es unter seiner Würde fand, den Metzger in den Bereich einer Wette einzubeziehen.

Jetzt schritt Esmeralda elastisch dahin, doch gezwungen, sich von einem ganz gewöhnlichen Bürgerlichen auf einer Art höherem Weg, jedem Hofzeremoniell entgegen, Vorschriften machen zu lassen. Die nur in diesem Land bekannten sonderbaren Cavalle flankierten sie auf Steckenpferden. Dazu wurde die zweite Suite der „Scènes pittoresques" geblasen. Staccatos hemmten ihren Weg und zwangen die hohe Frau, fast tragisch zu hüpfen. Die dumpfen, gleich darauf folgenden Töne der Basspistons und Kontrafagotte schienen dunkle Lachen zu bilden. Beim melancholischen Largo der Streicher und den gedämpften Triolen der Bläser kam sie wie hypnotisiert kaum vom Fleck.

Aber dann ermannte sie sich, einen Ausdruck von unerbittlicher Strenge im schönen Antlitz. Triangel und Flöte konnten die Majestät nicht mehr aufhalten, wie viele verführerische Signale sie auch gaben. Neckische Schnörkel der Piccolos und einzelne Staccatos der Violinen trauerten ob ihrer Machtlosigkeit.

Die zürnende Königin war am Ziel. Eunuchen verbeugten sich tief und zogen die Vorhänge auseinander. Vier Kammerherren, die schon gewartet hatten, gingen maskierten Antlitzes, um ob des sonst unerlaubten Weges nicht erröten zu müssen, mit brennenden Kandelabern voran, das diskrete Halbdämmer, das zweckmäßig den nun betretenen Raum erfüllt hatte, zu verscheuchen. Schreckversteinert blieben ein, zwei Damen stehen, die sich gerade dort aufgehalten hatten, und erstarben im tiefen Hofknicks.

Doch Esmeralda beachtete die Erschrockenen nicht und trat, zischend vor Wut, zu einer einfach gekleideten Frau, die, ihr den Rücken gewendet, sich bei einem mit kleiner Münze bedeckten Teller zu schaffen machte. Erschreckt fuhr die Alte herum und ließ starr aufgerissenen Auges einen kleinen runden Besen fallen, desgleichen den klirrenden Teller, von dem nur eine größere Banknote, die sogenannte Lockspeise, herunterflatterte.

„Also muss ich Sie doch hier erwischen, … welche Schande für den ganzen Stand, für alle Berufsgenossen! Wenn das unsere verewigte Seniorchefin, die selige Viktoria erfahren hätte … ich werde es wohl dem Gremium der Herrscher schreiben müssen, … damit man Sie unschädlich macht … in eine Besserungsanstalt für verwahrloste ‚Große dieser Erde‘ gibt … oh, die Schmach, die Schmach … wenn das die Kaiserin Eugenie erlebt hätte … gut, dass sie tot ist …“

Da stürzte die entehrte Monarchin nieder und umfasste schluchzend die Knie der Zürnenden. „Nur das net, nur das net … lieber wirf i die Kron hin, … der Stritzko überlebt's net, wo er doch schon Vertrauensmann war, … haben S' a Erbarmen mit mir, … wie oft san S' mir früher 's Geld schuldig blieben … und i hab a Aug zudruckt …“

Aus allen Türen guckten jetzt neugierige Köpfe heraus, denn das Fest war gut besucht. Da verhüllte die Königin Esmeralda ihr Haupt mit dem Schleier und stürzte gleich einer Medea von hinnen. Die vier Kammerherren verlöschten mit zischenden Fingern diskret die Wachskerzen, übergaben die Kandelaber den Eunuchen und folgten händeringend der hohen Frau.

Es war ein Skandal sondergleichen, ein Skandal, der sich über ganz Europa verbreitete und den an und für sich bemakelten Namen „Versailles" für immer in Misskredit brachte.

15

Doch war es noch nicht aller Tage Abend. Das dicke Ende sollte noch nachkommen, denn das Unheil ist paarig wie die Würstel und die Ohrfeigen.

Als treuer Historiker müssen wir berichten, dass Esmeralda, die, wie schon erwähnt, nicht so leicht aus der Fassung zu bringen war, sich sofort rougierte und zum Festgetümmel zurückkehrte, das durch die beiden Intermezzi und durch die eigenartigen Schauer, die dem Ende der Nacht vorausgegangen, für Momente etwas abgeflaut war.

Das Fest fing aufs Neue an zu toben, aber trotz der forcierten Lustigkeit war ein Reif über die parfümierte Frühlingspracht des Mädchenblumenbeetes gekommen. Das Gespenst des Tratsches lagerte wie ein leichter Gestank über den Herrlichkeiten der Crème de la Crème des hier versammelten „Ganz Europa". Man war unruhig geworden, und die Tendenz zur Gruppenbildung war merkbar vorhanden.

Da schwoll die erregende Musik Griegs zur „Halle des Bergkönigs" empor. Das unterirdische Grollen endete in einem Donnerschlag, der hier zum ersten Mal ganz im Sinne des Meisters mit elementarer Gewalt aus zahllosen Pauken empordröhnte. Und als das Echo dieses Donners verrollt war, wurde die Hofgesellschaft durch ein schrilles, irres Schreien beunruhigt, das aus der Ferne immer näher und greller tönend kam. Man sah sich an, war ratlos, wollte lachen.

Aber da stob es heran durch den grünen Mondschein. Einzelne verwirrt laufende Figuren zuerst, dann immer dichtere Knäuel bunter, bizarrer Figuren in der unwahren Tracht eines geträumten Italien in seiner wahren

Gestalt barocker Narrheit und eigenartiger Borniert-
heit der Figuren der Commedia dell'Arte. Da kamen
sie heran, lechzend vor Erregung, in Schweiß gebadet,
gackernd wie irre Hühner, die Truffaldin, Scaramuccia,
Girolami und Gelsomini, die Dottores, Pantalone, Ped-
rolinos, Trivellinos, Giandujas, Scapini, Brighellas und
alle die Schwestern dieser lateinischen Männerblüte;
die töricht hirnlosen Colombinen, Zerlinas, Cioppas,
Zurlanas und Zerbinetten, und wie sie alle heißen, und
schrien nach der Königin. Einen Herrn in zerrissenem
Abendanzug schleppten sie mit und schrien „Mord!
Mord! und abermals Mord!", warfen die flatterhem-
digen Arme hoch und schwangen hölzerne Schwerter,
deren Griffe Entenköpfe oder Eselshäupter zierten, oder
fuchtelten mit deplatzierten Spritzen, die sonst nur bei
Biedermeierhebammen gebräuchlich, aber ohne die nun
einmal eine heitere Feststimmung im Süden undenkbar
ist.

Dann hinkte ein funebraler Zug heran. Acht klagende
Hanswürste schleppten unter Trauergesängen eine im-
provisierte Bahre, auf der starr und steif ein Mann mit
Hakennase und Ziegenbart lag, eine rote, klaffende
Wunde an der Stirn. Sie stellten den Kadaver dieses
traurigen Festgastes vor die Königin.

Ein besonders unsympathisch aussehender junger
Mann, wohl ein Schauspieler eines üblen Ensembles,
trat vor, streckte die Hand aus und gebot Schweigen.
Dann fuhr er sich ins Haar, stürzte vor Esmeralda in die
Knie, rang die Hände, schäumte etwas, riss sich das Gewand beim Hals auf und wies mit beiden Armen seitwärts auf den Toten. Diese Geste begleitete er mit einem
sonderbar hohlen Ton, in dem sich gequetschter Gram,
absolute Unwahrheit und hohles Lachen eines gezierten
Idioten grausig die Hand reichten.

Dies sei Ermete Zaccheroni, Er-me-te Zaccheroni, blühend einst, die Augenweide seiner Mutter … was für einer Mutter, die solchen Sohn gebar, der Stolz der ganzen Nachbarschaft, die Hoffnung mehrerer Städte … jetzt tot. „Ha", fuhr er fort und presste die Hand auf die Stirne, „gemetzelt, gemordet, ausgeweidet, zertrampelt, zertrümmert, zerquetscht, zerpulvert, ohne Blut, den Harpyien zum Fraße, oimé!"

„Oimé", antwortete der Chorus.

Esmeralda, an Übertreibungen gewöhnt, glaubte einerseits der Sache nicht ganz, andererseits war sie so absolut kalt und gefühllos, dass sie das Ende eines der Unzähligen, recht Überflüssigen wie eine gleichgültige Zeitungsnotiz abtat. Sie gebot dem Gesudel und Gewinsel, den blut- und inhaltlosen Phrasenskeletten, wie sie die romanische Rhetorik so liebt, Halt und befahl zwei anwesende Hofärzte zur angeblichen Leiche, noch immer an einen Trunkenheitsexzess glaubend oder an einen Massenirrwahn, wie er die Südländer auszeichnet. Es waren das Dr. Türkel del la Piz Popena, den die Skaramuzze hinaufgebracht hatten, und der ernste Sanitätsrat Todsbein, den noch nie jemand lachen gehört hatte. Die Redakteure des „Zwicker", Wabermaier und Schürenstunk, kritzelten bereits eifrig. Türkel, ein jovialer Dickwanst, trat zum Verunglückten. „Maustot, bedauernswert wie ein Triton im Vogelnischerl. Aus is mit 'n schönen Leben! Der greift dem schönen Bäschen nimmer ins volle Lockenhaar. Uff – aus, gehn mer!"

Todsbein setzte nach und nach drei Brillen auf und sah immer mehr aus wie ein melancholischer, überaus verschlossener Pinsch, der an einem Eckstein einen seltenen Fall studiert, so umständlich war seine Untersuchung.

Die Königin fragte ihn. Todsbein zuckte nur die Achseln und erwiderte: „Nach drei Tagen, in der Morgue, kann ich mich vielleicht äußern. Für jetzt wäre ich dafür, auch noch Kollega Dr. Schattenfrosch beizuziehen." Dann setzte er umständlich eine Brille nach der andren ab und verschwand auf geheimnisvolle Art. Manche wollen gesehen haben, dass er vor einem Gebüsche vernebelte.

16

Etwas Wirreres als das folgende Verhör konnte man sich nicht denken. Der Polizeiminister, ganz schwach bucklig und mit einem Fuchskopf, leitete das Verfahren selbst, und das wird wohl mit beigetragen haben, dass lange nichts Klares herauskam. Exzellenz hatte sich irgendwie in die Meinung verbohrt, einen Erschossenen vor sich zu haben. Piz Popena bewies haarscharf einen Säbelhieb. Todsbein war unauffindbar. Nach Einvernahme der Zeugen kam es heraus, dass man ein junges Liebespaar in seinem Nest, einer gigantischen Marmorrose, auf unartige Weise gestört habe. Zaccheroni, ein besonders zudringlicher, fliegenhafter Schäker, sei, der langen Belagerung überdrüssig, schließlich in das Nestchen gestiegen und habe triumphierend gerufen, dass es besonders der Mühe wert sei. Dutzende der lustigen Masken hätten gestürmt. Man habe auf Quakophonen und Trichtern Signale geblasen, dann sei man oben gewesen. Ein junger Herr habe sich verzweifelt gewehrt, um einem schönen Fräulein, einer schlanken schwertgegürteten Amazone, den Rückzug zu ermöglichen. Die sei leichtfüßig davongestoben, die Meute ihr nach. In die Enge getrieben, habe sie sich gestellt und den ersten, der ihr an der Ferse war, mit dem funkelnden Kurzschwert erschlagen. Dann sei sie im Gewirr der Blumenvasen und Girlanden verschwunden. Der panische Schreck habe sich der Überlebenden bemächtigt. An eine Verfolgung sei ja auch unter solchen Umständen nicht zu denken gewesen.

Cyriak, über den Namen des Mädchens befragt, gab an, den Namen der jungen Schönheit nicht zu kennen. Auch ihren Rang habe er im Finstren nicht zu unterscheiden vermocht. Die Behörde stand vor einem Rätsel, das immer mehr anschwoll, aber in Kürze im Sand verlief, da dem Polizeiminister die Akten durch einen unglücklichen Zufall verlorengingen.

Der Ordenslüsterne hatte in seinem bekannten Amtseifer den bereits enormen Akt nach Hause genommen, um der Aufhellung dieser dunklen Affäre auch seine Nächte opfern zu können. Die mürrische Magd aber, an Holzmangel leidend, hatte Seiner Exzellenz trotz heftigstem Widerstand das in ihren Augen begehrenswerte Brennmaterial entrissen und in ihrer Art verwendet. Autorität ihr gegenüber besaß der hohe Staatswürdenträger nicht, wusste sie doch zuviel über ihn, der brummend im Zimmer auf und ab schritt und wütend mit der Klatsche nach Fliegen schlug, bis sie dem hohen Herrn auch dieses dröhnende Vergnügen einstellte. Zu ärgerlich … zu ärgerlich … Wie würde er sich der Königin gegenüber ausreden, die der Lösung des kriminellen Rätsels mit Spannung entgegensah? Dass seine Sorgfalt so zuschanden werden musste!

Auch wir müssen seinem Eifer Gerechtigkeit widerfahren lassen und können den pflichttreuen Beamten nur loben, der den wichtigen Akt in persönliche Obhut genommen hatte. Denn das mit den Akten in der Tarockei, das war so eine eigene Sache. Jeden Samstag – das war offenes Geheimnis – drängten sich die Altpapierhändler mit ihren klingelnden Mauleselwägelchen vor die Minister- und Gerichtskanzleien. Na ja, die Amtsdiener und kleineren Beamten wollten doch auch leben. Meist zahlreiche Familie! Da gab man denn unter schnatterndem Feilschen und gegenseitigen Beteuerungen manch schönes Stück Arbeit der Woche oft viel zu billig hin … Andrerseits wurden die Beamten entlastet, die Schreibtische sauber entleert und – das war das ethische Moment: Das Reich genoss im Ausland ob seiner unerhört niedren Verbrechensstatistik ein vorbildliches Ansehen.

17

Was da mit den Akten des Polizeiministers geschehen war, hatte für Cyriak das Gute, dass man ihn vollkommen unbehelligt ließ. Das Geschick war ihm gnädig, und wer weiß, was für eine Fee die derben Pratzen der exzellenzischen Köchin gelenkt hatte. Ohne es zu ahnen, machte er wieder einmal die Erfahrung, dass alle, denen die Begnadung zuteil wird, auf der Traumbühne dieser Welt die Partner besonders schöner Mädchen zu werden, dass alle die – der Ausdruck ist schlecht gewählt, aber doch annähernd das Richtige treffend – unter einer Art von Polizeiaufsicht der höheren Mächte stehen.

Pizzicollis Seelenzustand können wir uns denken. Kein Wunder, dass ihn wohlmeinende Freunde zu zerstreuen suchten. Unter ihnen war es der treffliche Hasenpfodt, der sich seiner am tatkräftigsten annahm, in der Form, dass er Pizzicolli zu Spaziergängen und längeren Ausflügen im nahen Gebirgsland animierte. Gelegentlich eines solchen Ausfluges sollten die Herren das erlesene Vergnügen haben, einen der anerkanntesten Geistesriesen, Professor Bettkäs, auf etwas ungewöhnliche Art kennenzulernen, und sie hatten die Genugtuung, ihm dabei einen kleinen Liebesdienst zu leisten, der durch ein reizendes Abenteuer reichlich belohnt wurde.

Professor Dr. Bettkäs, ein weltfremder Gelehrter, war von den Frauen wenig verwöhnt. Der ernste, ja pompöse Name Antonius passte nicht auf ihn, denn kein Weib dachte je daran, ihn zu versuchen. Mehr, er würde bei ihnen bloß ein Gegenstand alberner Neckerei, ja des unwürdigsten Schabernackes gewesen sein, den sie mit dem Heiligsten getrieben hätten. Und das Schlimmste: der Gelehrte, ja, er war direkt unschön, war ein wenig räudig, oder sah wenigstens so aus, was für äußerlich Veranlagte, auf Mägde der Sinnenlust, auf dasselbe hinauskommt. Und hier sah man so recht, wie unwahr das Wort ist, dass ein gut in Betrieb befindlicher Geist ein hässliches Antlitz verschönen könne.

Der Gelehrte, der auf einer Forschungsreise nach dem Osten begriffen war, hatte sich beim Schmetterlingsfangen verirrt und war schließlich im sonnenwarmen Hochwald, zwischen dessen Stämmen im Blaulicht die Felstürme der Alpen hindurchleuchteten, bis an ein goldenes Gitter gekommen. Antonius stutzte. Dann begann er zu grübeln und im Barte zu zausen. Der Falter, nach dem Schlagschatten, den er warf, aller Wahrscheinlichkeit nach ein Apoplectcrus umbricornus Gummihosii, gaukelte jenseits des vergoldeten Obstaculums, wie der Gelehrte endlich mit apodiktischer Sicherheit feststellte. Was nun? Und der ernste Wissenschaftler stellte seine Haare zu einer Art von Kamm auf – so runzelte er Stirne und Kopfhaut. Abwechselnd hob und senkte sich dieser Kamm, ein deutliches Zeichen seiner erregten Denktätigkeit. Eine Zeitlang griff er, abgerissene Worte murmelnd, an seinem Anzug herum: verschossener Gehrock und knöchelfreie Lodenhosen. Dann notierte er auf ein großes Stück Papier: „Den Falter nicht aus dem Auge lassen!" und begann in etwa zwanzig verschwitzten Notizbüchern, die er seinem Gehrock entnommen, eifrig zu blättern.

Darüber war es Nachmittag geworden. Endlich traf ein Strahl der Sonne, die sich schon bedenklich neigte, voll sein Antlitz und hinderte den Gelehrten an der Lektüre. Da seufzte der Gestörte. Mühsam, mit saurer Miene, begann er das goldene Gitter zu besteigen. Fast am Kamme angelangt, verfilzte er sich in den reichen Barockschnörkeln und wurde zu einer Art begehrockter

Spinne im Eisennetz. Mit den großen, bleichen Knochenfingern brachte er alsbald das Erz zum Tönen. Auch die strampelnden Füße schlugen mächtige Akkorde.

Zur nämlichen Stunde saß Pyperitz unweit des Schauplatzes dieser Begebenheit in einem herrlichen Park. Wie er dorthin gekommen war, und wieso er der Gast einer ganz exquisiten Familie wurde, darüber ist nie rechte Klarheit geworden. Wahrscheinlich war er auch hier irgendwie hineingestolpert, sei es, dass er plötzlich während eines Tennismatches längs des Netzes dahergetorkelt kam und dabei einen Ball so scharf hinaufserviert bekommen hatte, dass er geschwollenen Auges die Gastfreundschaft eines ihm unbekannten Hauses für einige Stunden in Anspruch nehmen musste und dann – wie so manch anderer Gast – einfach übersehen dablieb. Oder, weiß der Teufel, welch anderem Fauxpas er diese angenehme Bekanntschaft verdankte. Jedesfalls merkte man bald, dass er harmlos war, und schließlich hatte sein Name unbestritten einen gewissen Klang. Kurz, er war da und saß momentan in Gesellschaft einiger ganz allerliebster Edelfräuleins im Grünen.

Auronza hieß das eine dieser Mädchen und brachte gerade einen Teetisch in Ordnung. Seitab badete Fianona in einem marmornen Schwan. Ein vergoldetes Segelschiff hatte sie dabei.

„Wenn ich jetzt eine Nixe wäre … und der Dreimaster da aus Schokolade …", und ihre feinen Nasenflügelchen bebten begehrlich. Doch man gebot ihr Schweigen. Denn horch: „Wie reizvoll … eine Äolsharfe, hör mal, welch fein pointiertes Spiel", so flötete die himmelblaue Auronza. Auch das entzückende Fräulein Schwaandel, eine Freundin der jungen Damen, deren Nabel geradezu der stadtbekannte Leckerbissen der Ballettkenner war, lauschte einen Moment mit den kleinen rosa Ohren in die Ferne, schlug die übergroßen Vergissmeinnicht-augen einmal voll auf und stickte dann an ihrer Arbeit weiter. Es war auch ein zu amüsantes Sujet, von Professor Moirenschrecker entworfen: Die Parzen und die Großtante der Thetis wollen dem jungen Achill, der als Mädchen verkleidet am Hofe des Königs Lykomedes auf Skyros weilt, eine Monatsbinde aufdrängen. Im Hintergrund ringt der greise Seher Kalchas die Hände, während der Kentaur Chiron wie toll am Halfter zerrt und mit hervorgequollenen Augen fast zu ersticken droht. Dabei hat er den Jausenkaffee umgeworfen.

Und der Professor im goldenen Gitter hörte nicht auf, diesen verschiedenen Zuhörern einen sich immer mehr steigernden Ohrenschmaus zu bereiten.

„Ob es schon wieder die verklärten Bewohner der Fröschnitz nebenan sind, die so schön musizieren?"

„Ach nein", meinte Auronza, „die blasen doch bloß auf Schalmeien … und das ist eine ganz andere, viel mächtigere Musik."

Aber der Professor war schon fast lahm vor Anstrengung. Er hatte beim grausen Saitenspiel nach und nach die Schuhe verloren und wurde von Fliegenschwärmen, die wohl auf seinen sicheren Tod warteten, arg belästigt.

Um diese Zeit wanderten gerade Cyriak und Hasenpfodt durch den Wald.

„Horch, das klingt wie Strawinsky!"

„Nein, da spielt jemand die ‚Achte' von Schönberg."

„Nein, doch Strawinskys unvollendetes ‚Lied an den Mond'."

„Ach, was streiten wir uns – wir wollen sehn, was da los ist und den einsamen Musikfreund selbst urteilen lassen, wer recht hat." Dabei brachen sie durch das Jungholz und sahen zu ihrer Enttäuschung bloß den verstrickten Professor als missfarbene Erscheinung auf dem im Abendgold leuchtenden Gitter strampeln. Sie klaubten den ihrer Meinung nach in das Spiel Versunkenen nicht ohne Mühe herab, reichten ihm die Fußbekleidungen und labten den von seiner Kunstübung schon recht Entkräfteten nach Samariterart. Dann hoben sie den Trefflichen über das Hindernis, übersetzten es selbst und befanden sich in einem wahrhaft fürstlichen Blumengarten.

Über Moos und durch Gruppen chinesischer Zwergbäume plätscherte ein kristallenes Wässerlein. Dem folgten die Wanderer und sahen zu ihrem freudigen Erstaunen ein dem Park entsprechendes Landhaus vor sich. Marmor, wohin man blickte, vielscheibige Fenster bis zum Boden. Davor ein marmorgepflasterter Perron mit edlen Balustraden und der etwas verzerrten Statue eines allongeperückten Römerhelden, das kurze Schwert in der ebenfalls etwas zu kurzen Rechten. Wohl eine Figur aus einer Tragödie Racines, wo nicht der Dichter selber gar artig in das edle Gestein von Paros gehauen.

Zu Füßen dieses Monumentes waren schöne Rokokofauteuils durch geschmackvollen Zufall anmutig gruppiert. Zwei vornehme Damen saßen darin, ihnen gegenüber ein hochmütiger Herr in Rokoko, ein alter Abbé mit schwarzer Nase und noch ein dritter Herr, der halb abgewendet hinter einer Zeitung saß. Es waren, wie sich bald herausstellen sollte, die gerade früher erwähnten Herrschaften, die, wie wir wissen, auch schon dem fernen Spiel genießerisch gelauscht.

Die Gruppe fixierte die Ankömmlinge. Der Rokoko und der Abbé eisig, die Damen mit koketterieüberzuckertem Hochmut.

Cyriak und Hasenpfodt fixierten auch einen Moment die ganz leicht feindselig wirkende Gruppe. Dann ließen sie die Monokel fallen und stellten sich vor. Einen

Verirrten – hier wiesen sie den wackren Bettkäs vor –, aus misslicher Lage befreit hätten sie diesen, um ihn zu laben, in eine nahe vermutete menschliche Wohnung … „Aber was, zum Teufel! … Sie sind gewiss ganz wer andrer, meine Damen, sicher Feen … hier in der Gegend stimmt ja alles nicht!" Nie hätten sie früher geahnt, dass es an der Freisingischen Policinellgrenze so toll herginge. „Nein, wie schön Sie beide sind! Milch und Aprikosenzuckerln …" Die Kavaliere der Damen waren sprachlos.

„A was, wenn man so schwarze Nasenlöcher hat wie Sie, Hochwürden, und so maskiert ist wie Sie, Don Rokoko, dann muss man böse Miene zum heitren Spiel machen. Na, nehmen Sie's nicht übel … ja, Donnerwetter Pyperitz! Mensch, warum haben Sie sich denn nicht sofort zu erkennen gegeben … Namen so undeutlich hinter vorgehaltener Zeitung gemurmelt … und was für 'nen ulkigen Bart Sie sich da anlegen … sehen ja aus wie ein verschimmelter bedeutender Mann!" Hasenpfodt schlug dem Ärgerlichen auf die Schulter, dass es dröhnte. Dann fuhr er fort: „Wem gehört denn dieser Pavillon da? Am Ende gar diesem Tadin da, diesem Bettelmönch?" Der Mann mit der finstren Nase keuchte vor Wut.

„Elele, dass mich nicht ein Gelasmus packt! Den Tamias da, den Almosenschatzmeister halten Sie für den Hausherrn? Machen Sie kein pasticcio, mein Herr, quelle plaisanterie!" Es war der pagodenhafte Herr in Türkis und gelber Plumage, der diese Worte sprach. Achmäus von Lammsbahandel, stellte er sich vor, der verwöhnte Gast auf vielen Schlössern, Ästhet mit etwas fürstlichem Anstrich, der auf seinem Dogkart durch die ganze vornehme Welt fuhr, verschränkten Armes hinter sich einen stulpstiefligen Groom.

Schief hinter dem Pompösen ornamentierte der dritte Herr das Gruppenbild, Lohengrin Nipperdey, eine überaus fade Erscheinung, an der nur eine hohe Lammfellmütze auffiel. Er hatte sie auf weiten Reisen einem persischen Kamelkanonier, einem sogenannten Tschimburak, nicht ohne große Mühe und mit bei ihm ungeahnter Beredsamkeit abgehandelt und war nun unsinnig stolz auf diesen sonderbaren Besitz. Doch verschaffte die hohe martialische Mütze Lohengrin nicht überall die gewünschte scheue Achtung. Aber die Tat des Erwerbes an und für sich war dem sonst Schweigsamen nicht hoch genug anzurechnen. Weiß doch jeder Gebildete, wie zäh Tschimburaks sind, zäh wie ihre Kamele, und dabei grob und verbohrt wie ihr eisernes Handwerkzeug, die Kanonenrohre.

Der Umgang färbt eben ab. Das sieht man schon beim gewöhnlichen Kavalleristen. Er ist genau wie sein Pferd ein eitler Tänzer, feurig, aufbrausend und leider meist nicht sehr klug. Aber, es sei entschuldigt, verlangt man doch gerade vom richtigen Sportsmann, dass er mit seinem Pferde direkt verwachsen sei. Warum soll denn diese Forderung just vor dem bisschen Gehirn Halt machen? Von was hat der Sterbliche mehr, vom Sitzfleisch oder Gehirn? Na also, die Natur wird schon wissen, warum sie es so verteilt hat! Höchstens bei sehr alten, stubenhockerischen und schon verhutzelten Geistesriesen kann das Verhältnis sich ausnahmsweise umkehren, sonst nirgends.

„Im Grund, welch ein Bamboche", flüsterte näselnd Lammsbahandel unsren beiden Freunden zu, deren originelle Art des Auftretens seine Sympathie erweckt hatte. „Sieht aus wie der Baladin eines Marionettentheaters, der an Splancheraphraxis – dieser ärgsten Art von Eingeweideverstopfung – leidet. Kannten das Wort nicht? Hm, liebe nur quibbles ... quotidiana vilescunt ... Alltäglichkeiten sind wertlos wie das Sodbrennen eines Besuchers der Volksküche, hmmm, pf!"

Inzwischen ereignete sich etwas so Ungewöhnliches, dass sowohl die Ankömmlinge als auch Achmäus und Lohengrin in eine leichte Bestürzung gerieten. Nur der Professor stierte in ein Notizbuch und stocherte in einem der gelehrten Ohren. Ein halbwüchsiges, bis auf Seidenstrümpfe, Ballettschuhe und ein Rosenbukett an goldenem Gürtelband nacktes Mädchen war, ein blutiges Messer in der Hand, zu den Damen getreten und flüsterte ihnen etwas ins Ohr.

Sie habe vorhin Filidor geschlachtet ... Filidor mit den träumerischen Augen, der sie immer so angeschmachtet habe ... und Iridione, die kleine, ziehe dem Leichnam eben die Haut ab. Dabei spielte sie grausig lächelnd mit dem antik geformten Messer. Fräulein Schwaandel legte die Stickerei in den Schoß und flüsterte: „Ist er leicht gestorben?"

„Um des Himmels willen, mir scheint, wir sind da in das Cottage von Lustmörderinnen geraten ... das goldene Netz ... schaun wir, dass wir weiter kommen ... aus dieser offenbaren Falle, und lassen wir den Professor als leichte Beute zurück ... ist ohnedies nur Spodium", so Cyriak.

Doch Lammsbahandel hob beruhigend eine opalgezierte Hand. „Ganz ungefährlich!" Filidor sei ein Lamm gewesen, ein Lamm mit königsblauem Seidenbande und wohl für das heutige Abendbrot bestimmt. Wird scheußlich schmecken. Die Kleine – ein wenig Sadistin – habe sich nur ausgebeten, dem Tierchen einen schönen Tod zu bereiten.

Da kämen schon die Sofradschis, die Tafel zu decken, jawohl Sofradschis, genau wie beim Sultan, Sofradschis, Tafeldecker aus Türkenland!

„Sehen Sie die goldenen Kannen, die der mit dem Diebsgesicht trägt? Was für Weine! Alles aus Roussillon, Grenache von Mazan, Banyuls, Rodez! Was für ein herrlicher weißer Maccabeo aus Perpignan! Der Schwammige mit dem Sopran trägt ihn!", und Lammsbahandel schnalzte. Dann fuhr er listig zwinkernd fort: „Haben Sie Glück gehabt, gerade hierher zu kommen, zu diesen reizenden Madelonetten, diesen Magelonen, Orfanellen der Mutter der Grazien! Von Rechts wegen müssten Sie dem alten Bettkäs ein Busserl geben!", und den sich beutelnden Cyriak näher belehrend, fuhr er fort: „Diese Gegend heißt die Falcomay, warum, weiß ich nicht. Aber der Name ist irgendwie graziös und lässt wittern, dass da vielleicht irgendein Valkyriengeheimnis dahinter ist, irgendein Mysterium. Der Sage nach soll hier der selige Hesiod seine Sommerfrische gehabt haben. Staunen Sie nicht, vergessen Sie nie, dass Österreich eben sein gehupftes Maß voll vom magischen Erbe Griechenlands, sein gehupftes Maß antiker mystischer Umstände voll hat. So zum Beispiel dürfte Ihnen sicher auch unbekannt sein, dass der Tartaros im harmlosen Krain – also gar nicht weit von hier – liegt, wie aus den Landkarten Strabos ohne weiteres zu ersehen ist. Dass demnach der Charon ein Zwiefelkrowott war, meinen Sie, mag sein, kleine Münze hat er jedesfalls gerne genommen … bezeichnen wir ihn also meinetwegen als ‚Schestakdämon*'!

Aber wir sind vom eigentlichen Thema abgekommen. Die Eignerin dieses reizenden Landsitzes ist eine Contessa Calessari, veneto-griechischen Blutes, graziös, etwas burschikos wie alle jungen Damen heutzutage. Ja,

---

* *Anmerkung:* Schestak ist eine volkstümliche Bezeichnung für das alte Zehn-Kreuzer-Stück.

der Eintritt der Sonne in den Wassermann, der bringt das mit sich, ist der magische, kosmische Türhüter dieses uns so nahe berührenden Mysteriums. Mon cher, das mollige Weibchen von früher war auch schön … schön. Die Winterabende … rosa Sonnen im Novembernebel … aber schweigen wir. Die üppige Form ist verklungen … der Popocésarisme, wenn der Ausdruck erlaubt sei, dieses Überwiegen und in alles sich Hineinmischen des Sitzfleisches hat die Weltdominante abgegeben. Na, man ist eben nicht mehr so, wie soll ich sagen, so – um den Klang von früher beizubehalten – popolâtre wie einstmals. Ja, wir Männer sind heruntergerutscht! Jetzt werden die Beine verehrt, welche Wonne, ein schlankes Mädchen auf dem Nacken zu tragen, den Marstall der Venus zu zieren! Sehen Sie, früher, da waren die Weiber das Vorbild der Adelopoden, das will heißen, Lebewesen ohne sichtbare Beine, mein Herr! Und die Kleider, das Bocage d'amour, dem man sich nur so pussilatim – id est verzagt – nahte … Du lieber Himmel, was war da alles drunter! Höschen aus Bombasin, aus Garzonette, aus venezianischer Sandaline! Daneben ganze Warenlager in Seide, Tüll, Kanevas und weiß der Teufel, was der noch alles sehen konnte, der so eine bauschige Bouffante gehoben hatte! Als schüchterner Jüngling habe ich sogar einmal – bei meinem ersten Liebesabenteuer – ein in Glasperlen gesticktes Gondolierliedchen gefunden … Na, wer dachte da an Beine! Schon bei unsren Vorfahren muss sich diese fixe Idee eingefressen haben. Das gibt beim Kapitel Mode zu denken und beweist so recht, dass alle Moden der griechischen Nachantike vom Satan sind, um den Geschmack zu verwirren und die Leute in Geldkalamitäten zu stürzen. Und denken Sie, da man minnesang und kreuzzugte, verharschten sich große Theologen – aber Knechte eines Beelzebubs an gottlosem Ungeschmack – in die Idee, dass die Engel, das Vorbild der Schönheit und Vollendung … keine Beine, geschweige denn Schenkel hätten. Darob musste manch ein Ketzer das Leben lassen. Ja, ob sie Seidenstrümpfe tragen, so zart wie aus den Augenwimpern von Kolibris oder so zart wie der Schleier, der sich über den empörten Blick eines Geohrfeigten legt … ja, die Frage lasse ich gelten. Auch ob sie Handschuhe aus Mückenleder tragen oder solche weich wie die Ohrläppchen neugeborener Dackel, aber … da kommt ja mein Biberon!"

Ein reizendes Figürchen flog Lammsbahandel um den Hals.

„,Biberon', welch seltsamer Name!", kam es von Hasenpfodts Lippen.

„,Biberon' heißt, wenn wir dem Ohnesorg trauen dürfen, ,Nutschkännchen'", mischte sich der bisher schweigsame Professor mit blecherner Bassstimme ins Gespräch. Einen kurzen Augenblick sah das also bezeichnete Kind den gelehrten Pedanten vorwurfsvoll an, dann wandte sie ihm verächtlich den Rücken, der schmal und braun aus dem Atlaskleidchen hervorlugte, und spielte kokett und schmollend mit den Berloques an Lammsbahandels Uhrkette.

„Mein altes Lammsbeuschel, wie lang hab ich dich nicht mehr gesehen!" Doch der sagte ernst: „Sag mir nicht immer ,Beuschel', ich kann das nicht leiden!"

„Aber du bist doch mein altes Lammsbeuschel, Herz am Spieß ist ja feiner, aber wenn ein Beuschel so alt ist wie du, is's weich wie grenouille en coquille. Nimm doch nicht alles so übel! Dr. Basswimmer, der Schönschreiblehrer, hat gesagt, ich sei ein frecher Spaltpilz … also, ich hab mich gar nicht dabei geärgert und bin doch eine beginnende Dame, nicht?"

Der Würdige sah geärgert um sich. Ein Lakai, schief

gewachsen, warf sich in eine hahnähnliche Positur. Man sah förmlich, wie er geistig ein prächtiges Gesteck entfaltete, hob hinten sogar etwas den Frack und rief mit quäkender Trompetenstimme: „Die Bidets sind gesattelt!", dann zuckte er wieder zusammen. Cyriak und Hasenpfodt waren konsterniert und sahen sich fragend und leicht empört an. Der Professor ward zum Zerrbild absolutesten Unverständnisses. Lammsbahandel, Kavalier der alten Schule, zertrat kühn den aufkeimenden Giftpilz beginnenden ägrierten Missverständnisses. „Bidets nennt man im französischen Provinzial kleine Pferdchen, Klepper, Ponys, wie Sie wollen, bidet de poste, ganz allgemein. Na, so werden Sie doch nicht rot, meine Herren! Pousser son bidet heißt ,eifrig seine Unternehmungen verfolgen'. Ein hohes Lob für den ernsten Mann! Beim schönen Geschlecht allerdings könnte das mit einem Kladderadatsch enden … hähä, im übrigen", dabei nahm er eine Prise aus goldener Dose, „verwechsle man bidet ja nicht mit bidou, was eine Feldflasche bedeutet, die dem müden, erhitzten Wanderer einen labenden Trunk bietet."

Die Reisenden waren zufriedengestellt, dass keine Verletzung der guten Sitten vorgefallen war. Die etwas tückisch blickenden Bidets schnaubten und tänzelten zierlich an goldbrokatenen Halftern. Nur Biberon störte das harmonische Dolce tiefsten Götterfriedens mit dem schmeichelnden Wunsch, die goldene Tabatiere ihres großen Freundes zu sehen. Der Fürstliche verneinte.

„Bitten Sie ihn doch auch", wandte sich das Mädchen zum ersten Male an Cyriak und raunte ihm augenzwinkernd zu, „es sind so reizende Paphonalien darauf gemalt."

Eine dumpfe Welle aus anderer Welt rollte da über Cyriak. Sein Antlitz bekam etwas von einer Plastik der

Verfallszeit. Denn seine Seele entflog eben. Biberon lachte, und ihre reizenden Augen schimmerten. Lammsbahandel knibbste pikiert mit den Fingern, und der Professor verlor wie aus heiterem Himmel eine Gummimanschette, das augenblickliche Ziel wissbegieriger Fliegen. Cyriak stierte auf das rollende, an den Rändern leicht geschwärzte Ding. Dann atmete er auf, denn er war wieder zum Bewusstsein der realen Umgebung gekommen. Beim melodischen Lachen der kleinen lernäischen Schlange – sie war nichts anderes – hatte sich um sein inneres Schauen magischer Perlenflimmer von Jahrtausenden gelegt. Das fremdartige, nie gehörte Wort hatte uraltes Erinnern geweckt, ein süßer Hauch … verschobene Kulissen des Denkens … marmorne Götter … Taxus … blaue Glut apollinischen Himmels … Duft von Seetang und Narzissen. Tief aufatmend straffte er sich empor, zwinkerte mit den Augen, und in den Bereich seiner zwinkernden Augen trat eine neue Erscheinung, in jeder Hinsicht erfreulich und wert, voll angeblickt zu werden. Contessa Alcyone Calessari war erschienen, huldvoll lächelnd. Die Sitzenden erhoben sich. Von Pyperitz, der übrigens unbeachtet hinter den zwei über den Stickrahmen gebeugten Damen gestanden war und sachlich sprechend mit der gebogenen Rechten entsprechend malende Gebärden machte, knibbste ein Stäubchen vom Ärmel und knickste kurz und stramm. Zerstreut fügte er hinzu, „von Pyp…", weiter kam er nicht. Gräfin Calessari bog sich vor Lachen. „Teuerster, wieder einmal so zerstreut? Seit Wochen mein lieber Gast … wo waren Sie wieder einmal in Gedanken, sicher auf Ihrer Orientreise und auf Kythera!"

Pyperitz murmelte etwas Unverständliches. Nipperdey blickte beim Wort „Orient" verklärt gen Himmel und streichelte die Mütze, die auf einem puttengetragenen Marmorsockel vor ihm lag. Biberon hatte die Hand ihres großen Freundes umklammert und flüsterte ihm zu, während sie mit dem einen schlanken Fuß im Sand zeichnete. „Du, erzähl was vom Harem!"

„Was, du noch da … pack dich! Mach dich zurecht zum Ausreiten!", so die Contessina, die das Kind jetzt erst bemerkte. „Wie wär's mit einem kleinen Ausritt nach dem Tee, zu dem ich Sie jetzt bitte? Müssen bald zurück sein, zum Souper kommen Gäste", und fragend blickte sie zum neu eingedrungenen Kleeblatt hinüber. Lammsbahandel stellte vor. Die Chatelaine hieß die Herren aufs Liebenswürdigste willkommen, auch den verwilderten Gelehrten. Sie müssten mit, der Professor könne ja im Garten allein Käfer haschen, Forschungen betreiben oder im Sand spielen, ganz nach Belieben, oder vielleicht sich mit Dr. Basswimmer unterhalten.

In der nun folgenden Stunde konnte Cyriak bemerken, dass die Gräfin ihm auf das Huldvollste entgegenkam. Sie ritten immer nebeneinander, bald in die interessantesten Gespräche verwickelt. Man hatte das Thema Kythera berührt, und Pizzicolli war angenehm überrascht, eine Menge Neues über sein Reiseziel zu erfahren. Selbst an intimen Details über das dortige Hofleben und über alles, was zur Gesellschaft gehörte, fehlte es nicht.

Die Hofhaltung des Hauses Centopalanche wurde ihm als die mustergültigste des ganzen Südens gerühmt. Dort herrsche noch der Abglanz der byzantinischen Tradition, ein Zeremoniell, basierend auf den Vorschriften des Kaisers Konstantin Porphyrogenetus, der im Mittelalter vorbildlichen Einrichtungen des Fürstenhofes von Klarenza, einer heute noch in Ruinen imponierenden Fürstenburg nahe von Zante, und das alles verklärt vom Hauche der sagenumwobenen Minnehöfe der Troubadours. Sie freue sich, im nächsten Jahre Biberon in

Pagendiensten dort zu wissen. Biberon schlage hier über die Stränge und mache ihr Sorgen. Das Kind lebe zu einsam ohne Altersgenossinnen. „Ich weiß nicht, wie ich es Ihnen sagen soll", fuhr die Besorgte fort, „ich bin recht unzufrieden mit dem Fratzen! Sie hat – ich glaube es so am besten zu sagen –, sie hat sich zur Dubarry ihrer selbst gemacht … Na, Sie verstehen mich doch!"

Cyriaks artiges „Hümhüm", mehr der Courtoisie als der wahren Teilnahme entsprossen, wurde ihm jäh in der Kehle abgeschnitten. Denn gleich ihm stutzte alles, bestaunte das ungewöhnliche Bild, das vor ihnen vorüberzog. Zwei Kapuziner hoch zu Ross, wohl auf einer Parforcejagd begriffen, und das Sonderbarste: zwei atemlose Jagdhunde an der Tête, beide mit Augengläsern und mit im Wind wehenden Kapuzinerbärten maskiert.

„Archibouffons der Kirche!", näselte Lammsbahandel, der sich als erster gefasst hatte. „Wenn ein Meister des Pinsels diese korkfarbenen Burschen da gleich festgehalten hätte, bei meiner Ehre, man müsste ihm den Vorwurf machen, ein Ryparograph, ein Maler abstruser und schmutziger Sujets zu sein, oder sollten sich die Hanswürste, die man hierzulande zurückzudämmen so viel Mühe hat, sich diesen unziemlichen Spass erlaubt haben?" Konsterniert ritt die anfangs so fröhliche Gesellschaft weiter.

„Haben Sie eine Ahnung, was das bedeutet haben kann?", wandte sich Cyriak an Hasenpfodt, dem er als Diplomaten von Fach Wissen um außergewöhnliche Lebenserscheinungen auf dem Gebiete der überbürgerlichen Ebene zutraute. „Im Salzburg der Barocke … ja … Figuren aus einem Jagdzug eines Paris Lodron … finde ich es verständlich, aber hier und heute?"

„Ja, sehen Sie, das ist wohl was aus dem Freisingischen drüben! Um Ihnen die volle Wahrheit zu sagen, auch Sie, Gräfin, dürfen es hören, es waren wohl junge Diplomaten der Kirche. Ja, mir ist nicht fremd, dass man sich mit der Idee trägt, eine Neugründung des Kirchenstaates vorzunehmen, was nur zu billigen ist, irgendwo im Orient, ja, mir am plausibelsten. Sicher sind es junge Kavaliere mit glänzendem Namen, wie so oft bei den Kapuzinern. Schon Eugen von Savoyen war ein entsprungener Bruder des Ordens, oder so gut wie ein solcher. Nun, Attachés müssen in allen ritterlichen Künsten erfahren sein: Tennis, Bridge, Ping-Pong, sogar Crocket wird bei den strengen Prüfungen im Auswärtigen Amt verlangt. Na, schließlich, warum sollen sie nicht jagen? Aber was ist denn das für eine ungewöhnliche Anlage?", entfuhr es Hasenpfodt aufs Neue, der sein schnaubendes Bidet, einen diskreten Apfelschimmel voll blauer Maschen, stirnrunzelnd angehalten hatte. Mit der Reitgerte wies er auf eine Steinintarsie, die um einen Pavillon im orientalischen Geschmack am Erdboden angelegt war. Da waren marmorne Pferdeschädel, Bündel von Stearinkerzen, Kompasse und dergleichen, alles aus demselben edlen Material geformt, unverkennbar einen Zauberkreis in teuerster, solidester Ausführung darstellend.

„Das nenne ich Ordnung", fuhr er anerkennend fort, „und da – sogar eine veritable, praktikable Türe. Aha, nach Osten gerichtet, die aus dem magischen Kreis hinausführt. Allerhand, Hochachtung, welche Akkuratesse! Der Magier, der hier seine Beschwörungen vornimmt, muss ein Mann höchster Ordnungsliebe sein, etwa ein quieszierter Notar oder Staatsbeamter in Ruhe, und offenbar über Geld verfügen."

Inzwischen war die Tür des besagten Pavillons aufgegangen, ein kränklich aussehender Herr trat heraus und machte es sich inmitten des Kreises bequem.

Hasenpfodt pfiff leise durch die Zähne. „Ich habe recht gehabt, sehen Sie, der Herr, was da sitzt, war früher Magier beziehungsweise auf dem besten Weg, ein solcher zu werden. Ich habe seinerzeit in spiritistischen Kreisen seine Bekanntschaft gemacht. Der Unglückliche – Sie werden gleich hören warum – schreibt sich Wibiral und hat seinerzeit eine angesehene Stelle bekleidet. Er war im Eisenbahnministerium und hat das Referat über die Ringelspiele gehabt. Jetzt ist er leider vertrottelt, was bekanntlich sehr oft als unerwünschtes Endresultat beim Streben, die Meisterschaft zu erlangen, respektive ein vollendetes Mitglied der Magiergilde zu werden, eintritt, eine der größten Gefahren des Okkultismus. Schauen S', was er da macht!"

Der Bedauernswerte – sicher ehemals ein schöner Herr in den besten Jahren, doch hager mit flackerndem Blick der tiefliegenden Augen – war aufgestanden, einige Schritte unsicher vorwärts getappt mit einem Gang, der wie ein wirkliches Fallen von einem Fuß auf den andern sich darstellte. Vor einem faustgroßen Stein machte er Halt, keuchend vor Anstrengung, um endlich in mächtigem Satz über das vermeintliche Hindernis wie über eine überhohe Hürde zu springen. Pardautz, lag er da, dass der Staub hoch aufkrachte.

„Schrecklich, der benimmt sich ja wie ein vom Lathyrismus befallener Ochse! Zu großer Genuss von Kichererbsen soll die Ursache dieser schauerlichen Erscheinung sein, oder zu eifriges Genießen der Narrenunkräuter wie etwa des Astragalus molissimus, des Astragalus Hornii und ähnlicher."

„Hm, hm, der Vegetarismus", mischte sich Lammsbahandel ins Gespräch, „welche unter Umständen nicht ungefährliche Bedingung, Magier zu werden, und wie behaglich diese Kerle ihr Salmigondis – ihren Salat von allerhand Kichererbsen, Pfirsichhäuten, Akelei und dergleichen Teufeleien – schmausen!"

„Ob da nicht der wackere Hahn seine Hand im Spiel hat", erweiterte Hasenpfodt den Gedankengang, „bei seiner Sucht, immer Neues auf den Markt zu werfen … der Mann scheint eine unheilvolle Wirkung zu entfalten. Denken Sie, der Sküs zum Beispiel hat sich unlängst – kaum ein paar Wochen her – als allwissend erklären lassen! In die Ämter ist das Zirkular schon gekommen … weiß Gott, was der früher z'sammgfressen hat."

Inzwischen waren zwei Pflegerinnen aufgetaucht und hatten den armen Kranken, der knapp nach dem Sturz eine Serie schauerlicher Bocksprünge produziert hatte und sich vergeblich bemühte, auf dem Kopf zu stehen, sorgsam unter die Arme gefasst und in seine Klause zurückgeführt. Sie schlossen die freistehende Türe zum Zauberkreis sorgfältig zu und legten sogar ein Vorhangschloss vor.

Lammsbahandel trat auf einen Gegenstand zu, der am Boden liegen geblieben war, und hob ihn auf. Es war ein pergamentüberzogener Holzreif, den er der neugierigen Kavalkade vorwies. „Ein sogenanntes Quobda", sprach er ernst, „eine Zaubertrommel, wie sie die Schamanen bei den Ostjaken und Burjäten gebrauchen, dachte mir's doch! Bei den Beschwörungen müssen sie allerdings auch noch einen Kaschbo, den Baschkirentschako, aufhaben", Nipperdey nickte ernst, „und ein paar Tschinellen gehören auch dazu – wird er wohl beim Springen irgendwie verloren haben. He", rief er dann gegen den Pavillon gewendet, „he, der Herr hat seine Zaubertrommel verloren, wahrscheinlich auch ein Paar Tschinellen!", aber alles blieb still. „Ja", Lammsbahandel schwang sich wieder auf seinen Renner, „der Herr, der da wohnt, ist speziell an der orientalischen Mystik verblödet. Die wirkt bei uns eben schneller. Sehen Sie, meine Herrschaften, die Quobdas da wird wohl die gute Annie Besant in den Handel bringen. Ihr steht's ja gut, – ich habe sie seinerzeit in Madras damit tanzen sehen, daneben den alten Leadbeater, diesen wackeren Petauristen auf der Devachanebene mit einer Physharmonika im Contredance."

Selbst der sonst so schweigsame Lohengrin Nipperdey fiel da ein: "Quelle brimborie nirvanienne!"

"Ja, Mrs. Besant hat ein recht gutes Exportgeschäft im Okkultismus. Sieht ihr ähnlich, der wackeren alten Dame, alle paar Jahre ein Parakletchen …"

"Pst", Gräfin Calessari hob warnend die Hand und wies auf Biberon, "take care, shingles on the roof – Sie verstehen doch Wienerisch?"

"Allerdings, in dem Alter ist die Seele glatt wie ein Gummihandschuh", mischte sich Cyriak ins Gespräch. "Sie haben recht, kommen Sie, Demoiselle Biberon …"

Das schlanke, kleine Mädchen, in diesem Kreis die einzige Repräsentantin der ewigen Effloreszenz der Gotik, nötigte ihr Pony sanft an Cyriaks Seite. Und der große, schlanke Herr wandte sich in einem plötzlich ausbrechenden Übermut, den er im Innersten irgendwie als unberechtigt empfand, zur kleinen graziösen Begleiterin. Dabei sang er ihr zu:

"En avant Biberon,
en avant Biberonne!
Leicht wie der Duft von Houbigant
ist deiner Kinderschönheit Wonne.
Schau im Garten den Dindon …
Dinderata, Dinderon!
Macht eine Queue – du läufst davon!
En avant Houbigant!

mit dem Spray
tu ihm weh
bis der Dindon parfümiert
ist blamiert und ennuyiert.
Schaut sich scheu um
dinderum.
Und mit dem großen Federschwanz
macht er dir einen Fächerkranz …

Ist das nicht schön?"

Das Mädchen sah ihn mit den goldfarbenen, klaren
Augen groß an, dann hob sie das zierliche Näschen, zart
wie Rosenquarz, in die Höhe. Ernst klangen ihre Worte:
„Was für einen Blödsinn deklamieren Sie mir da vor!
Weil ich noch klein bin, glauben Sie, mich wie ein Spiel-
zeug behandeln zu können … vergessen Sie nicht, dass
ich gerade deshalb den Göttlichen noch näher stehe!"

Cyriak stutzte.

„Oh, ich seh noch im Traum die Schlankheit der Cherubim … ihr helles Auge leuchtet klar wie Gold … vor
ihrem Lächeln zittert die Materie … wird Staub der Fels.
In Liebe flammt empor, der ihnen naht … in Schmerz
und Wonne." Dann sah sie Cyriak plötzlich verlegen
an. „Oh, bitte entschuldigen Sie … ach … Sie sind ekel-
haft … Ihre Dummheit hat mich angesteckt. Was geht
Sie das an, machen Sie lieber Fräulein Schwaandel den
Hof. Schauen Sie, wie sie sich langweilt!"

Ein brennender Schmerz durchzuckte Cyriak. Was
hatte dieser zarte Page der Verkündigung für Worte gesprochen … mit zarter Hand den Teppich der bunten
Bilder der Täuschungen des realen Lebens für einen
Augenblick zerrissen, ihm irgendetwas tief im Grunde
des Seins der Seele gezeigt, etwas Brennendes der Sehnsucht, gemischt aus Trauer und Glück … vielleicht die

tragische Qual des Panta rhei. Blitzartig kam ihm die Erkenntnis, wie verunglückt das Weltbild ist, wie alles anders laufen sollte, welch perlenzartes Paradies unter einer Flut trauriger Schmutzes versunken war.

Schmutzige Wogen trauriger Hässlichkeit, eine Sintflut, die Gerümpel auf sich trägt, hässliche, verdummte Spielarten unter dem Namen Menschen, Kleidung, Geräte unbrauchbar, wenn neu: von verräterischer Eleganz, nach kurzer Zeit unsagbar traurig und verbraucht. Die Leitung des nicht leben und sterben könnenden Kadavers der Allgemeinheiten, von sich ernst nehmenden Hauswürsten besorgt. Ganz niedergeschlagen ritt er dahin und atmete auf, als das üppige Landhaus der gastlichen Calessaris in Sicht kam und sich das goldene Gitter hinter den Reitern schloss. Der krähende Bediente meldete die Ankunft der Herrschaften. Als Erster stürzte der würdige Professor vor. Er hatte zusammen mit dem Schönschreiblehrer, den er auch dazu angestiftet hatte, eifrig Sandflöhe gejagt, die der üppige Süden wie allerhand andere unnütze Lebensformen so reichlich hervorbringt.

Cyriak war vom Pferd gesprungen und stand abseits der anderen auf dem Perron des Schlosses, ein havannafarbener Fleck im lila Abenddämmer. Goldenes Licht blitzte hinter den kleinscheibigen Bogenfenstern des Parterres auf und modellierte die Gruppe der Angekommenen zu gefälliger Buntheit.

Es schien irgendetwas Neues vorzugehen. Da kam schon die Dame des Hauses auf ihn zu. Eine angenehme Botschaft! Die erwarteten Gäste seien eben angekommen, darunter ein Mädchen, so schön, dass neben ihr alle verblassten, das müsse sie neidlos zugestehen.

Lakaien kamen gerannt, sie schleppten Silbergeschirr, chinesisches und Meißner Porzellan in den Garten und immer neue Mengen von vielkerzigen Girandolen. Mädchen in der Landestracht trugen Blumenkörbe heran, und auch ein würdiger Butler erschien, geschmückt mit der Kette des Kellermeisters, die watschelnden Sofradschis zu dirigieren, die wie gedunsene Kanaris Batterien von Weinflaschen auffuhren. Cyriak verschwand in dem Schlösschen und bat einen Kammerdiener, ihm ein Zimmer anzuweisen, wo er letzte Hand an seine Toilette legen könne. Man willfahrte seinem Wunsch und führte den so abenteuerlich mitten in ein Nachtfest geratenen Natur- und Sittenforscher in ein komfortables Badezimmer, aus dem er bald repräsentabel und erfrischt hervorging.

Pizzicolli kam mitten in die volle Bewegung. Eine vergnügte lärmende Gesellschaft, elegant und degagiert, mitten darin der steife Pyperitz, der sich unendlich wohl fühlte. Auch Lammsbahandel stolzierte umher und wurde bald genötigt, auf einem Brokatpolster mitten auf dem Rasen Platz zu nehmen. Die reizendsten Backfische waren es, die ihn so verwöhnten.

Hinter ihm stand stolz, ein zierliches goldenes Ruder in der Hand, das Biberon und erklärte sich für Thetis und den alten Herrn als Poseidon, da er eben in die Marmormuschel gepatscht sei.

„Mein alter Neptun, erzähl etwas von deinen Seereisen, oder noch besser: Wart, der Onkel Lohengrin soll den Dudelsack blasen. Ja, wo ist er? Schleift den Marquis Nipperdey herbei!", und die reizende Biberon hatte Glück. Heute geschah das überaus Seltene, dass man den reservierten Nipperdey dazu vermochte, die Hummel zu meistern. Zwei Lakaien brachten den Rosenholzkoffer, der das Instrument enthielt. Es war der kostbarste Dudelsack, den man sich denken konnte. Der Schlauch mit altem Lyoner Brokat überzogen, reich mit Perlen und Edelsteinen gestickt. Das Kästchen, das statt der Bordunpfeifen die Zungen der Brummtöne aufnahm, war mit Elfenbein und Nashorngeäder inkrustiert – ein Instrument, würdig der größten Meister seiner Glanzzeit, eines Philidor, Hotteterre oder Descouteaux, der die Ballette des Belleyoyeux zu begleiten pflegte. Das Instrument hatte dem berühmten Finanzpächter Thoynard gehört, einem der reichsten Männer im Paris Ludwigs XV., den ein grausiges Schicksal ereilt hatte. Man fand ihn in seiner unterirdischen Schatzkammer, deren Türe hinter ihm ins Schloss fiel, inmitten seiner Schätze verhungert vor, die Arme in seiner Verzweiflung angenagt.

Nipperdey stand da an die Marmorbalustrade gelehnt. Der Mond beschien ihn voll. Das Instrument unterm Arm begann er, sich artig verbeugend, zu spielen. Eine einfache Melodie auf der Schalmei gefingert, dazu brummten ohne Unterlass die Hummeln und Drohnen seiner Schaperpfeife. Die ganze makabre Pracht der versunkenen Königshöfe des Rokoko beschwor dies klirrende Summen herauf, fremdartig, voll trauriger Lieblichkeit der Epoche voll des parfümierten Jammers und einer Hilflosigkeit gegen die finstern Gewalten des Schicksals, die imstande war, unheilbare Geschwüre zu vergolden oder von einem Watteau zierlich bemalen zu lassen.

Nach einem kleinen Vorspiel setzte der sonst so Schweigsame das Instrument von den Lippen, verbeugte sich voll Politesse für den rauschenden Beifall, räusperte sich einige Male und sang dann ein Lied – nur eines –, das aber allen unvergesslich bleiben sollte. Es war das schwermütigste aller russischen Lieder, das es gibt, aller Slawenlieder überhaupt, das vom „Gestohlenen Kakoschnik".

Was solch ein Kakoschnik sei? Nun, der bekannte Kopfputz der russischen Frauen von etwas barbarischer

Schwere, der Kakoschnik, den die geisteslahme Pariser Modetorheitenindustrie alle paar Jahre dem westlichen Europa aufzuschwätzen sucht – allerdings mit Chapeaumelon-artigen Gebilden verzwittert –, aber immer umsonst. Nicht einmal die reichsten Scheusälinnen der großen Welt beißen an.

So ist der Kakoschnik als solcher schon melancholieumwoben. Aber gar der jetzt besungene Kakoschnik, der Kakoschnik einer Braut.

Der Sohn des Popen, der leichtsinnige Popovitsch, raubte ihn während der heiligen Handlung, um ihn seinem Liebchen zu schenken. So weit wäre das ganz gut. Die Sache geht aber furchtbar aus, da Popovitschens Liebchen den Häschern des Zaren in die Hände fällt, die auf ihrem Haupt den Kakoschnik der Zarewna erblicken, der ihr erst unlängst gestohlen wurde, vom ersten Günstling oder vom polnischen Gesandten, wer kann da klar sehen? Das Ganze endet unterm Galgen, und wer nie Slavjanski oder Schaljapin das Lied singen gehört hat, der hat überhaupt nichts gehört.

Das unverfälscht östliche Bild hatte tiefen Eindruck gemacht. Der Beifall wollte kein Ende nehmen. Die Stimmung animierte, Fräulein Schwaandel brillierte in ihrem berühmten Nabelreigen, und die schlanke Thamyris, die am Nachmittag Filidor geschlachtet, brillierte in einem Schwerttanz.

Jetzt erst bemerkte Cyriak, wie schön das Mädchen war, was für eine herbe Grazie sie umwehte in Einklang zu den bunten Reflexen, die von ihren glitzernden Waffen ausgingen, in der sich die bunten Beleuchtungskörper des Parkes funkelnd spiegelten. Eine alte Wunde in seinem Herzen wurde wach. Voll Wehmut stützte er das Antlitz in die Hände. So saß er geraume Zeit. Eine zarte Hand, die seine Schulter berührte, weckte ihn aus seiner

Träumerei. Er blickte auf und trank mit seinen Augen ein reizendes Bild. Biberon in einem kurzen Goldhemdchen, mit Bogen und Pfeil, Flügelchen an den schmalen Schultern.

„Hoffentlich hast du erraten, wer ich bin, und wenn nicht, so bin ich Cupido und werde dir etwas zeigen … komm, lass dich führen!"

Der große Pizzicolli folgte seiner kleinen Freundin, folgte gehorsam der graziösen göttlichen Maske, die zu mimen sie für gut befand. Die kleine anmutige Charitin führte ihn zu der Grillage eines Rundtempels, mit Rosen und schweren kardinalvioletten Blütendolden bewachsen. Drin saß, umringt von wunderschönen Mädchen, ein Teil der Gesellschaft, den Cyriak bis jetzt nicht gesehen, Lohengrin und erzählte seinem exquisiten Kreis ein persisches Märchen, gewiss von verzauberten Tschimburaks handelnd, die nur Schnupftabak für ihre Kanonen hatten. Aber Cyriak hatte für all das kein Ohr, kein Auge für diese Juwelen des Paradieses, die wohl die Hand der Feen in die adriatische Nacht dieses Landes gestreut, die in berückender Bläue sich dunkel und lorbeerdurchduftet über dem festlichen Treiben wölbte.

Wie ein Blitz hatte ihn etwas geblendet, ein Schreck hatte ihn gelähmt, ein Schreck der Wonne … der Freude … denn dort, ja, dort, fast verdeckt von den andren … dort stand ein Mädchen … den Lockenkopf gesenkt … Und als sie einen Moment aufblickte, war's ihm Gewissheit, das Idol seines Lebens … seine Psychagogin zum Reich der Engel zu erblicken.

„Cyparis!", rang es sich ihm wild von den Lippen.

Drauf brach er durch das Blumengewirr, rannte den erschrockenen Lohengrin über den Haufen, um die Ersehnte zu umfangen. Cyparis aber wich vor ihm zurück, bog mit dem juwelengeschmückten bräunlichen Arm ein Rosengewinde zur Seite … Seide knisterte, Blüten-zweige rauschten. Sein Auge verlor sich noch einen Augenblick an der Schönheit dieser gewölbten Lippen in Purpur über dem sanften Mondglanz des Opals ihrer Zähne, deren Kuss er gekostet, sein Auge blendete noch einmal der Glanz der Feenanmut, der unvergleichlichen Schönheit dieses Pagen des Eros. Dann war das Mädchen verschwunden, als hätten Blumenwogen sie verschlungen.

Cyriak stürmte ihr nach, von einem Wahnwitz besessen, der ihn alles vergessen ließ, den ganzen Irrsinn der vergangenen Sekunden.

Jetzt noch Rufe hinter ihm, in bunter Melodik, letzte Lichtgarben zwischen Zweigen, die sich mit harzigem Duft über ihn legten. Ein Duft wie von Erdbeeren, nach Myrten und Jasmin umfing ihn, der immer weiter durch das waldige Strauchwerk brach. Dort glaubte er die Fliehende vor sich zu erblicken, … doch hatte ihn nur ein Mondlicht über Blumengarben genarrt.

Ein aufgescheuchter Vogel umklirrte den Verwirrten in gellender Tirade. Cyriak keuchte weiter. Das Mädchen musste vor ihm sein!

Kein Wunder, dass sie ihn floh, sie, die sich nicht zeigen durfte, die trotz ihrer Elfenschönheit blutbefleckte Cyparis …

„Cyparis!", schrie er in den Wald. „Cyparis! … verzeih mir … was habe ich verbrochen …", denn der Wahnsinn dessen, was er getan, kam ihm jäh zum Bewusstsein. In welch furchtbare Gefahr hatte seine unbeherrschte Leidenschaft das Mädchen gebracht … sie, die sich natürlich unter andrem Namen unerkannt in der Gesellschaft befunden hatte. In welcher Lage war sie jetzt, allein im Wald, inmitten der Nacht … schutzlos allen Gefahren preisgegeben …

„Cyparis!", rang es sich schluchzend von seinen Lippen. „Cyparis, ich schütze dich ... hörst du ... Cyparis ... mit meinem Leben!" Aber nur das Echo gab ihm Antwort.

Wieder kam er an Statuen vorüber, in diesem sonderbaren Land war das nicht weiter zu verwundern, an Statuen mitten im mächtigen Hochwald. An dionysischen Gruppen hastete er vorbei, an einem Adonis am Quell gelagert, einem Hyakinthos mit Bogen und Pfeil ... Und dort wieder thronte ein Jupiter, den Donnerkeil in der Rechten, den Blick der Marmoraugen in die Ferne gerichtet. Zu seinen Füßen kauerte ein schlanker Ganymed, die Hände zum Vater der Götter gehoben.

Und Cyriak raste, furiengepeitscht, weiter und weiter, die Nacht hindurch mit keuchendem Atem, versagenden Füßen.

18

Das Rosenlicht des anbrechenden Tages sah ihn vor einem Hindernis. Er war in einen Hofraum geraten, vor eine Villa, deren Giebel in gusseisernen Buchstaben das Wort „Puweinslust" schmückte. Zwei ungeheure Köter, das Rückenhaar gesträubt, bellten ihn blutigen Blickes an. Er war rettungslos blockiert. Verzweifelt suchte er in seinen Taschen, ob er nicht etwa – allerdings undenkbar – ein Sandwich eingesteckt hätte, es den Bestien als Schweigegeld zu bieten … und fand nichts. Oh, gäbe es doch Wunder, die in höchster Not ein einsames Würstchen – meinetwegen in eine Brieftasche – zaubern könnten! Aber die höheren Mächte hatten für Witze wohl nichts mehr übrig.

Welche Blamage, wie ihn, den Herrn der Schöpfung, solche untergeordnete Figuranten beschimpften, elende, stinkende Statisten des Welttheaters, Würmer, die er für wenige silberne Pfifferlinge zertreten lassen konnte … den Katzen, selbst Kanaris zum Fraße! Ja, Schnecken!

Fußtritte hätten natürlich bitter geendet und ihn sicher die Hosen bis auf die notdürftigsten Rudimente und schwere Einbuße am bürgerlichen Ansehen gekostet.

Die stinkenden Wüteriche, heiser vor Wut, rückten immer näher, die Nasen zu chinoisierenden Arabesken verzerrt.

„Themistokles, Burlebauz – kusch!" Ein dicker Herr in mittleren Jahren war auf der Bildfläche erschienen. Er trug einen grauen Schlafrock mit roten Aufschlägen, ein speckiges Hausherrnkäppchen und drohte mit einem Tschibuk den Hunden, die sofort ihr bis zur Nausea gesteigertes Gekeif einstellten und knurrend, mit eingezogenem Schweif in ihre Hütten schlichen, giftige Blicke auf unsren Helden werfend und sogar in der Luft nach ihm schnappend.

Der Hausherr drohte noch ein paarmal wild mit der Pfeife auf die Hunde und kam dann dem so bedroht gewesenen Eindringling aufs Freundlichste entgegen. Jovial schüttelte er ihm die Hand und polterte ein heiseres „Puwein" hervor. „Namen noch nie gehört? Wundert mich." Dann räusperte er sich, zog einen verschwitzten Zettel aus der Brusttasche seines Schlafrocks, legte den dicken, speckartig glänzenden Zeigefinger an die Nase und begann: „Mein seliger Herr Vatter bekleidete bei Lebzeiten eine hohe Stellung. Er wirkte durch viele Jahre am kaiserlichen Hofe zu Petersburg, und zwar hatte er den Titel und Charakter eines kaiserlichen Obersthofgaloscheneintreters, welch hohes Amt er für die Prinzen von Geblüt ausübte. Es war dies eine überaus heikle Aufgabe, die ungemein viel Delikatesse erforderte, ging doch die Weite der Galoschen nicht etwa nach der Fußnummer, nein, sie passte sich vielmehr dem Range des betreffenden Prinzen an. Man darf nie vergessen", fuhr er sehr ernst fort, „dass diese Institution eigentlich von Lao-Tse begründet ist und wie so vieles in Russland von China übernommen wurde. Nur einem ordnungsliebenden Deutschen wird so ein vertrauenerforderndes Amt übergeben. Wir Puweins sind Steirer, müssen Sie wissen! Man munkelt, sogar Kinder der Liebe beziehungsweise der Jagdlust eines hohen Herrn seinerzeit. Da soll nämlich einmal ein angeschossener Auerhahn – Themistokles kusch! – in den Schoß einer Sennerin geflüchtet sein. Wir haben darüber so was im Wappen! Im Speiszimmer hängt's! – Kusch, Burlebauz! Ja, was wollte ich sagen … ja, in Petersburg, ganz richtig, hatte er noch beim Galoscheneintreten Gelegenheit, den unbeschreiblichen Triumph mitanzusehen, den der verewigte Tschaikowsky mit seinem Tongemälde ‚1812' erntete. Das gab dem Mann, der bei seinem schweigsamen Geschäft in den verschneiten Hofgärten viel Zeit zum Sinnieren hatte, keine Ruhe, und beschloss derselbe, der Nachwelt auch etwas Unsterbliches zu schenken. Er hatte das Cholerajahr 1854 mitangesehen, und das brachte ihn auf den Gedanken, ein lyrisches Gegenstück zu ‚1812' zu schaffen. Er nannte es ‚1854'. Hören Sie", der dicke Herr suchte einen Kneifer hervor, spuckte auf die Gläser, putzte sie, hielt sie gegen den Himmel und begann vorzulesen:

„Tot ist dieser Jüngling da,
seht, so wirkt die Cholera.
Rosen auf den Wangen
war er ausgegangen.
Aß ein Frühstück mit Genuss
und empfing den Todeskuss.

Suppe, Würstchen, Strauben
taten ihn uns rauben,
und ein Tässchen Zwiebelsoß
gab ihm dann den Gnadenstoß.
Schwarz war's ihm vor den Augen.
Man labte ihn mit Laugen,
man labte ihn mit Essigkren,
dann legt' man ihn auf Hobelspän.
Schon am nächsten Morgen
hatt' er keine Sorgen …

Dies das Lebenswerk meines hochseligen Herrn Vatters, das Tschaikowsky in Musik zu setzen versprach. Leider starb er aber selbst darüber an der Cholera." Er steckte den Zwicker wieder ein und fuhr fort: „Von ihm habe ich das Interesse für die Tonkunst geerbt. Sehen Sie, ich bin ein großer Musikfreund und interessiere mich sehr für vernachlässigte, ja vergessene Instrumente. Da zum Beispiel", er öffnete einen mit geschnitzten Trompeten reich verzierten Kasten, „sehen Sie ein Bathyphon, ein tiefes Holzblasinstrument, das aber ausnahmsweise auch wie das ihm nahestehende Bassanello nicht nur für ganz tiefe Lagen, sondern auch für Tenor gebaut wurde, speziell für die unsterblichen Bläser der Markuskirche.

Das große da mit dem tassenähnlichen Mundstück ist speziell für den berühmten Cesare de Zaccarini gebaut worden. Er hatte – leider – einen so bizarr verbauten Mund, dass er außerdienstlich nur mit einem Pechpflaster bekleidet ausgehen durfte … Er war ja leider eine, wenn auch hochmusikalische Missgeburt. Ich selbst baue jetzt eine Xänorphika, eine Tastengeige, wozu schon Rölling, an dem Beethoven einen ihm vom Fürsten Lubomirski verehrten Stock zerschlagen hat, in Wien um 1801 die Vorarbeiten leistete, aber im Narrenturm endete. Sie ist eine Cousine – sozusagen – der wenig bekannten Bogenklaviere, glückliche Schöpfungen, die Klaviatur und Streichmechanismus in sich vereinigen. Dabei besitzt sie einen Tonumfang vom c bis zum dreigestrichenen f.

Hier hätte ich auch eine Gigellyra, für Totentänze geradezu unentbehrlich, gibt die denkbar hölzernsten Effekte. Und hier ein anderes Kind meiner Muse, eine Nonnengeige, oder Tromba marina, als Männerstimme beliebt für Kastratenquartette.

Ich kenne einige charmante … Herren … n, ja … dieser Branche … zum Beispiel den berühmten Momoletto von der Scala … nie von ihm gehört? Und den Filibinello Quinquinelli. War mal ein großer Lebemann … anlässlich welchen Kladderadatsches er zum Künstler wurde, weiß ich auch nicht … na, lassen wir das.

Früher versuchte ich mich auch in Handbasseln … hält so die Mitte zwischen Violoncello und Bassgeige. Wie hat doch der selige Baryphonus Piepegrob darauf brilliert, … der ist auch schon verschollen. Wer liest noch heute seine Isagogia musicae oder gar seine Ars canendi?"

Nach einigem Brüten fuhr er fort: "So zwei, drei Handbasserln können schon einen tüchtigen Lärm machen. Aber da kommt das Frühstück!

Kommen Sie herein, mein Herr, es ist mir eine besondere Freude, habe so selten Besuch hier in der Einöde, so weit von jeder menschlichen Behausung entfernt. Wundere mich ohnedies, Sie so früh hier zu sehen! Gewiss ein verirrter Tourist, kommt so oft vor. Die Policinellpolizisten sind angewiesen, falsche Wege zu zeigen, oder wenn sie schon das nicht tun, so gibt Ihnen jeder von den vieren – sie tauchen ja immer zu viert auf –, eine andere Auskunft. Ja, ja, diese Tetratrottolosis! Sie dürfen nicht glauben, dass es ein großes Vergnügen ist, in diesem Lande zu leben. Aber wir Puweine lieben die Einsamkeit. Wir fühlen uns nie allein. In unsrer Brust herinnen jodelt's immer! Das haben wir von unserer Stammmutter. Denken S', wie sie 's hohe Andenken unterm Herzen tragen hat, hat s' immer an Zylinder aufghabt, um's zu ehren. Ja, hier ist's einsam, daher kommt nicht so bald jemand. Schauen S', der Metternich, die Idee mit den vier Königen – zugegeben – brillant. Welche Regierungsform auf Erden ist denn überhaupt nicht saublöd? Wenn da so irgendein dahergelaufener Tropf mir nichts, dir nichts die höchste Stelle auf Erden erklimmt, das ist bös, wenn's nicht auf einen gefestigten Charakter trifft. Sozusagen auf einen ,Topf aus Lehm gebrannt', wie Schiller so herrlich sagt. Da weiß so ein Neuling des Salböls oft nicht, was er aus lauter Übermut tun soll.

Bei die gelernten Könige ist das was anderes. Denen liegt das gewisse unbeschreibliche Je ne sais quoi schon im Blut … der Untalentierteste regiert Ihnen nur so aus dem Westentaschl heraus … die wissen sozusagen, was sie mit ihren hohen gekrönten Füßen anzufangen haben. Aber diese vom Gnadenstrahl eines unbegabten Lithographen getroffenen Kinder des Zufalls, das ist fast so schlimm wie bei den Präsidenten mancher Republik!

Was für ein Malheur, was für ein Schandfleck war schon der sogenannte Napoleon III. und sein hundselendiger Hof, ein vereinzelter Fall! Aber was sich hier schon alles abgespielt hat, Herr, da könnt ich Ihnen Geschichten erzählen und mich ins Kriminal bringen! Der Sküs hat sogar als Baumstämme, ja selbst als übergroße Haufen von Pferdefäkalien verkleidete Spitzel, und allen Monumenten in den Wäldern dürfen Sie auch nicht trauen! Da sind viele zu Marmor gepuderte Polizeispione und Nixen der Kriminalistik darunter. Ja, unsere Monumente! Ganz vorsichtige Leute weichen sogar äsenden Rehen aus, mein Lieber, haben Sie eine Idee!"

Der dicke Herr, der sich in Schweiß geredet hatte, seufzte tief auf. „Wenn's nur die Könige allein wären! Aber denen ihre Familien! Schauen Sie, heuer im Fasching war ich wie immer in Wien, … und in was komm ich hinein? In den Familientag der Ghaisghagerln. Also, seitdem die zu den königlichen Häusern gehören, sind sie außer Rand und Band, und kein Mensch kann mehr mit einem Ghaisghagerl reden. Was war früher ein Ghaisghagerl? Das Sinnbild der Bescheidenheit, die Garniemande, aber heute?!" Er fasste Cyriak unter dem Arm und setzte seine Betrachtung fort: „Sehen Sie, ich habe eine Menge Ghaisghagerln gekannt, alles einfache Landjunker, das, was man ‚steirische Hendelbarone‘ nennt. Nur ein einziger, der Onkel vom jetzigen König, war ein wenig hoppertatschig. Ja, der Onkel Bogislaus war eben unendlich eitel. Er hielt sich für den schönsten Mann der Markgrafschaft Mähren – er war Chef der mährischen Linie –, weil seine Mutter eine geborene Polin und als solche sehr schön war. Dieses Volk, sozusagen ein Schimmelfleck der Schöpfung ... ja, ich weiß, was ich rede! Hören Sie mir mit diesen verwanzten Sentimentalitäten auf! Dieses Volk steht nämlich in dem irrigen Geruch, ausschließlich schöne Frauen zu besitzen. Der Hauptzweig der Ghaisghagerln – an dem Namen ist viel herumgebastelt worden – stammt aus Kärnten. Der Seniorchef der Familie war der ‚Vetter Leichenbegleiter‘, wie man ihn einer Marotte wegen nannte. Früh verwaist und als reicher Mann von der Langweile gefoltert, kam er auf die barocke Idee, dieses melancholische und dabei leicht infame Gewerbe als Outsider auszuüben, und sah so ein hübsches Stück dieser Welt. Ein Nervenschock – als eine Scheintote einmal mit ihm kotzgrob wurde und den Champagner mitsaufen wollte, der ihm die Nachtwache verkürzte – ließ ihn seinen Sport unerwartet aufgeben. Dafür wandte er sich dem freiwilligen Feuerwehrwesen zu und schmetterte Tag und Nacht Trompetensignale. Wegen der großen Schäden, die er auf dem Felde dieser seiner neuen sportlichen Betätigung anrichtete, überwarf sich seine Familie mit ihm und wies jahrelang seine Besuche ab. Aber heuer, beim Wiener Familientag, fehlte er nicht. Was für ein Familientag! Da konnte jeder, den es interessierte, alle Ghaisghagerln schön auf einem Haufen beieinander sehen.

Es begann damit, dass man sich um Punkt elf Uhr im hinteren Salon der Zuckerbäckerei Dehmel versammelte, wo ihnen von weiß gekleideten Ehrenjungfrauen serviert wurde. Der Adelsbrief wurde vorgelesen, und alle Anwesenden überzeugten sich, wie jedes Jahr, dass die Unterschrift Kaiser Karls V. noch darunter stand. Dann begab man sich zum Déjeuner ins Sacher. Am Schluss gab es dann dort eine eigene ‚Ghaisghagerltorte‘, welche die dicke Frau Sacher selbst hereinbrachte. Dann sagte man ihr einige Komplimente, bewunderte eine neue Speckfalte, die die allgemein beliebte Matadorin im Delikatessenwesen angesetzt hatte, worauf die Ghaisghagerln in mehreren Fiakern zur Südbahn fuhren, um auf ihre diversen Schlösser heimzukehren. Jetzt ist man etwas faché mit ihr, weil sie den Titel ‚Ghaisghagerlische Hoflieferantin‘ zurückgewiesen hat.“

Jetzt kam Cyriak zum ersten Mal zum Wort. „Verehrter Herr von Puwein, ich bin ja nur ein Fremder, mich geht im Grund nichts an, was hierzulande vorgeht, aber von der Unzulänglichkeit aller bestehenden Regierungsformen bin ich genauso überzeugt wie Sie. Sehen Sie, da hab ich mir so meine eigenen Gedanken gemacht und bin auf die Idee gekommen, ob es nicht am besten wäre, die Regierungsgewalt eines jeden Staates dem jeweils schönsten Mädchen des Landes zu übertragen. Die Männerwelt kennt dann keine Parteien mehr, die Modeindustrie, ohnehin das einzige, was überall Absatz findet, gedeiht in allen Ländern gleichmäßig und schafft Geld und Güter. Ein wirklich schönes Mädchen ist eo ipso befriedigt und daher lieb, nett und, ihrer Potenz adäquat, alles im Land in frühlingshafter Blüte.

Es dreht sich ja sowieso überall alles um ein paar hübsche Mädchen, … und denken Sie, was im Gegensatz die Welt allein durch die Hämorrhoiden eines Philipp II. von Spanien geblutet hat! Verstopfte Despoten sind die Crève cœurs des Satans.“

Puwein hatte die Hand erhoben und sah Cyriak entsetzt an: „Herr von Pizzicolli, um des Himmels willen äußern Sie hierzulande nie etwas Ähnliches! Ohne es zu wissen, haben Sie ja den wundesten Punkt berührt, den man hier überhaupt berühren kann! Hoffentlich haben Sie nie früher jemandem andren gegenüber so gesprochen? Nein, also gut, sonst wären Sie vielleicht schon auf die Seite gebracht worden. Herr von Pizzicolli, was Sie berührten, das ist ja die große, latente Gefahr hier, das droht gerade diesem Lande! Es ist das größte Geheimnis, das hier von Amts wegen gehütet wird, dass es diese Gefahr gibt, die jeden Sküs, jeden König, was, die ganze Trull immer aufs Neue zittern lässt! Denn dass dieser zierliche, lippenstifthandhabende Moloch mit den kleinen Brüstchen, den schmalen Hüften und was weiß ich mit was noch für Reizen bedenklich näher kommt, das ist keine Frage, und wenn das geschieht … dann adieu, Männerwelt, dann bist du gewesen, Herr der Schöpfung! Das Militär haben sie ja schon, das heißt den ernstzunehmenden Teil, dann kommt die Kirche dran … und die können das Kostüm anders tragen, sag ich Ihnen … Natürlich wehrt sich die Regierung mit aller Macht dagegen, kann aber nicht gut direkt auftreten, damit die drohende Gefahr nicht der großen Öffentlichkeit bekannt wird und so neue Nahrung findet. Wird Ihnen jetzt die auffallende finstere Nervosität des Sküses, das unsichere Hin- und Hertappen des Mondes, die manchmal direkte Hilflosigkeit des Pagates klar? Man munkelt schon von Weinkrämpfen, die ihn befallen haben sollen. Sehen Sie, da hat man die wissenschaftlichen Arbeiten, den tiefen Geist wahrer, ernster Gelehrter, die erprobte männliche Logik von Jahrhunderten ins Treffen gestellt. Ich will Sie noch heute in die Sitzung einer der tiefernsten Akademien führen, damit Sie die geharnischten Vorkämpfer der Männerwürde kennenlernen, am Werk sehen sollen. Eine Schar wenn auch schon gealterter heiliger George, im Kampf mit den zierlichen, juvenilen Drachen zärtlicher Wollust, diesen Milchnern des Dämons der Finsternis, diesen graziösen Lindwürmern ohne Schuppen, ohne Flügel, ja selbst ohne Schwänze, mit denen sie drohen können, und ohne die übrigen grausigen Embleme des Märchens – aber die umso furchtbarer sind in der glatten Rosenpracht duftender Leiber. Mischko soll anspannen", wandte er sich an das Stubenmädchen, das den Herren soeben eine reiche Frühstücksplatte zum Steintisch im Hofe gebracht hatte.

Ein halbes Stündchen später saßen die beiden Herren im bequemen Landauer, der sie in flottem Trab in die Residenz brachte. Dort angekommen, führte Puwein seinen Schützling in einen alten weitläufigen Palast, der verschiedene Vereinigungen und gelehrte Gesellschaften beherbergte. Jeden Tag war hier etwas anderes los. Heute hatten sie besonders Glück: die „Akademie der Fische" hielt ihre Wochensitzung ab. Diese hochangesehene Gelehrtenvereinigung wurde bereits 1503 in Florenz von einem gewissen Grazzini unter dem Namen der „Umidi" gegründet. Grazzini, der mit seinem wahren Namen Barbi, nach anderen Versionen Barboni hieß, übersiedelte bald mit den vielen alten, schleimigen Herren nach Venedig, wo sie – wohl ein Kompliment gegen die seebeherrschende Republik – sich als die „Akademie der Fische" bezeichneten. Es muss jedermann direkt mystisch berühren, wie schön der Name „Grazzini", der etwas angenehm Knuspriges, eben etwas Gratiniertes an sich hat, zum Familiennamen Barboni passt, und sonderbar, diese angesehene Vereinigung hat speziell den Kampf gegen die Backfische auf ihre Fahnen geschrieben.

„Die Backfische, dieses Ragout der Unzucht, dieser Fischerlsalat des Teufels, sein pikantester Leckerbissen …", so begann gerade, als unsere beiden Freunde eintrafen, ein kiemenbebender alter Herr mit bartlosem Karpfengesicht und seitwärtsstehenden Glotzaugen seine Rede. Es waren, wie Cyriak mit Entsetzen bemerkte, fast nur Fische anwesend, allerdings alle in tadellosem Frack mit schwarzer Binde. Die meisten saßen ruhig auf ihren Plätzen und atmeten leise und bescheiden, was man an Fischen immer gerne sieht. Nur einige dicke Herren schwammen mondfischartig zwischen den Reihen umher, richtiger: sie gingen gemessenen Schrittes, um nicht zu lügen.

Sgombro, der Vorsitzende, ermunterte den moralisierenden Karpfen durch Kopfnicken zu immer ärgeren Ausfällen gegen das „Gegeile des Neutrums", „diese Ungeheuer der Impubertät" – Ausfälle, in denen er sich immer mehr steigerte und immer maßloser wurde. Endlich gab er Ruhe, zog ein grünes Sacktuch hervor und schwitzte schlammartig, wohl aus unterdrückter Wut.

Nach ihm meldete sich ein hagerer Hüstler, ein Bursche, der den unbestimmten Eindruck eines lädierten Salzherings machte. Er sprach zwar nicht im Sinne seines Vorgängers, sondern ließ sich über die „Homerocentones" aus, eine aus den Versen der Ilias zusammengeflickte biblische Geschichte, ein Werk, das er seiner kalmierend trockenen Weise wegen dringend als Schullektüre für die Sprossen der älteren Fische empfahl und das einem sichren Chrysobombolo in die Schuhe geschoben wurde.[*]

Dann stand ein bleicher Jüngling auf, diesmal kein Fisch, nein, ein Gast aus dem Auslande. Er warf seine

---

[*] *Anmerkung:* Johann Gottlob Hosenbalk, der zu Putbus anno 1846 lebte und wirkte, fand goldene Worte des Lobes für diese heute leider viel zu wenig beachteten „De centonibus virgilianis et homericis", eine Dichtungsform, bei der mancher Lockerstilige nur lernen könnte.

farblose Mähne zurück und blätterte sein Manuskript auf: „Die Windlichter im Unschuldskleide".

„Phalusche, Phalusche!", ächzte halblaut ein würdiger Herr neben Cyriak. „Lassen S' mich nur mit die sogenannten Osterkerzen schön aus …", was ihm einige „Pst, pst!" und fahle Blicke aus Fischaugen eintrug.

Cyriak interessierte sich nicht weiter für die Sitzung, die übrigens plötzlich von einem verklärt blickenden Individuum unterbrochen wurde, das hereinstürzte, die Hand beschwörend ausstreckte und verkündete, der Sküs habe soeben eine Rede voll Ewigkeitswert gehalten.

Die beiden Herren sahen sich an. „Gehn mer?", und sie gingen, beide gedankenversunken. „Na", unterbrach Puwein die Stille, „ich sehe die Zukunft schwarz wie einen Rabenbürzel", ein düsteres Bild voll seltener Plastik, an dem Cyriak immer wieder zu kauen hatte. Und eine struppige Feder mitten in dieser Gedankenschöpfung bereitete ihm immer neue Nervosität im Gaumen.

19

Im „Schlittenfahrenden Elefanten", dem Eldorado aller
Kenner, nahmen die neuen Freunde ein schweigsames
und spätes Mahl ein. Was sie in der Akademie der Fische
gehört, hatte sie wahrlich nicht heiter gestimmt und
ihnen ein unter der Schwelle des eigenen Zugeständ-
nisses quälendes Empfinden von Minderwertigkeit geboren, das sich in einem leicht quälenden Gefühl – am
besten vielleicht so auszudrücken – eines entfernt drohenden psychischen Formierens äußerte, als ob die Seele
sich an der Mutterbrust der Erkenntnis den Magen verdorben hätte. Man war irgendwo doch Mann und als solcher Mitglied einer der angesehensten kosmischen Vereinigungen, über der das Verhängnis brütete, als ganze
Einrichtung irgendwie auf die Rutsche zu kommen.

Cyriak, der keineswegs dumm war, war es nicht entgangen, wohin sich die Sache entwickelte, und das zu
einer Zeit, in der die anerkanntesten öffentlichen Be-
rufsdenker in der Frauenfrage bloß zwischen der mat-
ronalen Epoche – der Vormacht der mütterlich schaf-
fenden Frau – und dem Patriarchate des Mannes zu
unterscheiden wussten. In dieser ersten Epoche hatten
die Frauen – man lebte damals vernünftigerweise bloß
in den warmen, schwere Arbeit entbehrlich machenden
Gegenden – die praktische Führung des Welttreibens in
die Hand genommen und zogen den Mann nur bisweilen zwar zu einer ganz untergeordneten, aber immerhin anders schwer zu ersetzenden Handlung bei. Kurze
Gastspiele, dann schickten sie ihn sofort wieder ins
Kaffeehaus, beziehungsweise, da das damals noch nicht
existierte, ganz einfach in den Urwald, wo er meinetwegen mit den Affen Tarock spielen konnte.

Topfgucker konnten sie nicht brauchen. Da es damals auch weder Philatelie noch Zigaretten gab, mussten die Männer notgedrungen auf das Dümmste verfallen, was es gab: Sie erfanden das ernste Streben nach Kultur und Fortschritt und entwickelten die Wissenschaften, Politik, Jus und den ganzen Unfug, der daraus erwuchs, vor allem den Krieg, der durch die Entdeckung der Metalle zu hoher Blüte gefördert wurde. Man nannte diese Idioten einer falsch geförderten Erkenntnis die „Erzväter", was sich aber nicht auf die biblischen bezieht. Ja, die hatten sich glänzend blamiert.

Na, jetzt stand man glücklich vor der dritten Welle in der Entwicklung des Kampfes der Geschlechter. Im Geiste Roms hatte sich das funkelnde Kristall der Weltendummheit gekrönt, und es war die „Manneswürde" bis ins Hahnhafte gesteigert worden.

Um die ernste Stimmung zu zerstreuen, schlug Cyriak vor, das Quaccheronische Kaffeehaus zu besuchen. Man finde dort immer liebe Bekannte, in deren Kreis er seinen neuen Freund Puwein einführen möchte. Der also Apostrophierte stimmte eifrig zu.

Nach wenigen Minuten betraten die beiden Herren das behagliche Lokal. Elegant geschnörkelte Wolken blauen Tabakrauches schwebten anmutig vor den altväterischen Vergoldungen der Wände, und der diensteifrige Zahlkellner Kotzian lief herbei, Hüte und Stöcke abzunehmen. Heute hatte man Glück, waren doch dort die interessantesten Herren unserer Erzählung zusammengekommen, darunter Philipp Edler von Hahn, der heute ausnahmsweise schon sehr früh ins Café gekommen. Er war animiert wie noch fast niemals und tänzelte mit elastischen Schritten durchs Lokal. Die Schösseln seines Röckels mit der sonderbar tief sitzenden Taille klatschten vergnügt im Takt auf und nieder, kurz, ein

Mann, dem was sehr Angenehmes widerfahren sein musste.

Hasenpfodt und Hofrat Hunzwimmer, in deren Gesellschaft sich noch ein neuer Gast, Major Spornitschek Edler von Spornenburg befand, ehemaliger Militärreitlehrer mit großem gewichsten Schnurrbart, riefen den aufgepulverten Hahn zu ihrem Tisch und animierten ihn zum Sprechen.

„Heut hab ich mir", begann der Teufelszwirnhändler unter Händereiben, „einen Obex kaufen müssen, ja, einen Obex. So eine spitzzulaufende Kopfbedeckung ohne Krempe, sehr was Feierliches. Der Sküs hat sie für die Federation der Kaufleute vorgeschrieben – bei festlichen Anlässen", fügte er mit wichtiger Miene hinzu. „Diese Obex fédérals sind nach dem Rang verschieden ausgestattet. Der meine darf sogar an Staatsfeiertagen ausnahmsweise mit kleinen Glöcklein besetzt getragen werden, was mir ein bissel Freide macht. Man ist dann doch wer! Hab ich nicht recht?" Sein Blick wurde stechend.

„Ich weiß nicht", warf der Major ein, „ich finde die Form doch ein wenig antiquiert."

„T-t-t!", machte Hahn.

„Die römischen Priester, was noch Heiden waren und an keinen Gott glaubten, trugen selbe, und in einem falsch gesehenen Mittelalter sogar die Zauberer … aber für heute …"

„Sagen Sie das nicht", fuhr Hahn eifrig dazwischen, „ich bin verpflich…"

„Erlauben, dass ich ein Wort einflechte", ließ sich ein Herr am Nebentisch hören. „Übrigens, Professor Düstermeier mein Name. Die besagten Obexe waren deshalb so spitz, um durch die Elmsfeuer vor drohenden Gewittern der Menge zu imponieren. So was wirkte fabelhaft und machte den teuersten Obex in Kürze bezahlt. Aber in der Aufklärungsepoche hätte sich einer mit so einem Obex am Kopf auf die Gasse wagen sollen, er wäre gesteinigt worden!"

„No ja, Aufklärungsepoche", murrte Hahn, „heute leben wir nicht mehr in derselben, und so kann man ein bissel mit so einem Obex paradieren … denen Mädeln gefällt das, noch dazu, wenn man an und für sich eine gute Figur hat. Und – na ich meine, den Ernst eines römischen Profils kann ein Obex nur heben. Der meinige", fuhr er wichtig fort, „ist aus feinstem Hasenkrepp – ja, Hasenkrepp, das gibt's! Und vielleicht bekomme ich auch noch die Berechtigung, eine Seidenquaste – selbstverständlich schwarz wie die Großhändler – zu tragen. Ein Upupa wär' halt auch was Schönes … aber …"

„Ein Upupa … um Himmels willen, was ist denn das wieder?"

„No, das wissen Sie nicht, ein Mann von solcher Allgemeinbildung wie Sie, Hofrat Hunzwimmer? Also, der Knopf, wo die Enteriche als Manneszier am Kopf tragen, angwaxn, selbstverständlich, das ist ein Upupa. Der Sküs trägt sich, hör ich, mit der Idee, besonders verdienten Staatsmännern oder so, solche Upupas – in verschiednen Farben, hab ich mir sagen lassen – zu verleihen. Ja, ja, so ein Upupatscherl wär' was Schönes … je, je. Besonders wann der Sküs den eigenen Upupa vom Kopf nestelt und einem Verdienstvollen anheftet … je, muss das ein Gefiehl sein!" Eine ganze Weile blickte er blöd nach oben.

Inzwischen war ein neuer Gast an den Tisch getreten. Es war Rat Naskrükl, der, auf einer Orientreise begriffen, seit einigen Tagen auch in Gradiska weilte. Auch er war im Hotel „Zum Fürsten Metternich" abgestiegen und war durch Hofrat Hunzwimmer, zu dem er eine Empfehlung hatte, mit den übrigen Herren bekannt gemacht worden. In seiner jovialen Weise vertraute er seinen Zuhörern an, dass er nach Persien zu reisen gedenke, idealer, jungfräulicher Boden für das Sammelwesen, und dass er sich auf der Hinfahrt unbedingt Kythera anschauen wolle. Der alte Bonvivant schmunzelte schon bei der Nennung dieser Insel über das ganze Gesicht.

Es sei, wie gesagt, eine Erholungsreise. Sein Hausarzt habe ihm eigentlich Karlsbad verordnet, Aufregungen halber. „Schaun S', meine Herren, i bin nämlich unter andrem Verwaltungsrat in der Kleinmünchner Makkaroninudelfabrik, und da hat's heuer was geben … was gebn … ja, was auch dem Herkules die Nerven gekostet hätte!"

Alles rückte näher. Naskrükl fuhr mit dumpfer Stimme fort: „Eine Geistererscheinung, ja, meine Herren." Er nahm einen großen Schluck Kaffee und sah tropfenden Schnurrbartes die Herren in der Runde an.

„Ja, wie ich sag, angfangen hat das so, wie's bei Linz, in Kleinmünchen, die Makkaronifabrik gebaut haben, da hat lang keine richtige Ware herauskommen wollen. Mit die Nudeln hat's ihnen alleweil gehapert. Entweder waren s' verschwollen, rissig, oder haben ausgschaut wie aus Hühneraugenmassa."

Hahn: „Pfui Teufl!"

Naskrükl nickte. „Herentgegen bei denen Nockerln hat man keine Klag nicht gehabt. Schließlich sind die Inschiniere draufkommen: ‚Es muss da was nicht stimmen.' Das ist amol so bei die Inschiniere. Jetzt haben s' eine wissenschaftliche Kommission hinkommen lassen, da waren dabei", Naskrükl zählte an den Fingern auf, „der Obmann der Bäckerinnung, der Rektor magnificus und neun Herren vom Flatulesceum, der erst kürzlich ins Leben gerufenen Germerzeugungshochschule und von Blähstoffen. Dann die acht dicksten Männer von Österreich, hat jeder einen bekränzten Ehrenwaggon ghabt. Der Gesangsverein ‚Masaniello‘ hat die Versammlung mit einem Neapolitaner Liedchen eröffnet. Es ist ernst und heiter zugegangen. Manches Schöpplein wurde getrunken, zahlreiche Leute hinausgeworfen, und wie’s halt so bei festlichen Veranstaltungen ist, zahlreiche tiefe Räusche, Watschen, Katzenjammer, Paternitätsklagen. Aber genutzt hat’s nichts. Die Makkaroni haben Ihnen ausgschaut … wie die Fadenwürmer. ‚Jetzt, dös geht nimmer‘, hat ’s Direktorium gsagt und aufn grünen Tisch ghaut, dass d’ Akten und die Präsidentenglocke nur so gflogen sind, nochmals: ‚Inschiniere vor!‘ Und die Inschiniere, lauter erstklassige Denker, habn gsucht und gsucht, grechnet und grechnet. Dann haben s’ die Köpf z’sammgesteckt und gwispert, und schließlich ist der Oberinschinier, eine Kapazität auf dem Gebiet der Makkaronikunde, vorgetreten und hat mit ernster Stimm nur die zwei Worte gsagt: ‚Deiflische Einflisse! Ja, man kennt das am Gang vom Exzenter, von der großen Teigspritzen, und beim linken Mehlwurmsieb ist’s auch a bissel enterisch. Mir hat dafür a gwisses Gfühl …‘ Der Verwaltungsrat sprang von den Sitzen. ‚An Ennemoser telegraphiern nach München‘, schrien die einen, ‚d’ Eminenz von Linz herbitten‘, die anderen.

‚Was für an Ennemoser?‘, riefen einige. ‚Der was es Ammeninstitut in Passau hat?‘

‚Naa, nöt der‘, antwortete der Wortführer der ersten Stimmen, ‚naa, ’n Müstiker in München in der Blütenstraßn 11 … ’n Spiritisten.‘

‚Alsdann telegraphieren Sie ihn rasch her‘, flog es hin und her.

‚Meine Herren‘, sag i und steig auf ’n Tisch, ‚da muss man ’n Hollaz kommen lassen, der was ’s epochale Werk von Koldewey und Hunnius über Satanisches Wirken vollendet hat. Der Mann kann Eahna Deifeln austreiben, dass's kilometerweit stinkt. I kenn eahm gut. In der Bethlehemgassn 31 wohnt er, zwoaten Stock links. Vier Gulden sechzig kriegt er gwöhnlich und zwanzig Kreuzer für die Tramway. An Ehrenkaffee hat er auch gern. I hob'n zwoamal gegen die Wanzn ghabt, wo koan Kammerjäger nimmer gholfen hat. Er hat Ihna bloß was aus an Büchl vorglesen … und mir is vorkommen, dass sich d' Wanzen angschaut und mitanander tuschelt habn. Dann sein s' gangen und lang nit wiederkommen.' Sie, die Herren habn gschaut, wie ich so gsprochen hab, und mi bitt', dass i an Hollaz holen möcht. Alsdann, a guater Kerl, was i bin, hab i mi auf d' Strümpf gmacht und bin in d' Bethlehemgassn 31 gangen. Schon auf der Stiegen kommt mir der Abt Weihenbuchtel entgegen, gmütli wie immer – wissen S', der dicke, der was die Dienstfisch unter sich hat und den Krautzins – und hat a Flascherl unterm Arm. ‚Gehn S' nur eini', sagt er freindli, ‚treffn 'n z' Haus.' I klopf an. ‚Herein!' Er, der Hollaz, steht grad am Herd. Oberm Herd hängt a ausgstopfts Krokodil und dreht sich durch 'n Luftzug ganz grauslich nach mir um. ‚Ich koch grad a Hämorrhoidalsalbn', sagt der Hollaz, ‚die ghört fürs erzbischöfliche Konsistorium nach Bamberg … Was mechten S' denn gern, dass Eahner auch wieder amol anschauen lassen?'

‚Ich brauch Eahna, Herr von Hollaz.'

‚So, so, wo brennt's denn? Ja, ja, da is halt der alte Hollaz gut gnua dafür … da könnts halt den Weg herfindn zu mir.'

‚Naa', sag i, ‚brennen tut's grad nit … eher 's Gegenteil … 's spukt …'

‚So, so, was san's denn für welche?'

‚Jo, grad wann mir's wüsst!'

‚No, und wo hat denn der höllische Feind seine Gegenwart kundgetan, he?'

‚In der privilegirten Kleinmünchner Makkaroninudelfabrik, beim großen Mehlwurmwender schaut's ein wenig gspaßig her.'

‚So, so, der Mehlwurmwender, ja, dös san Ludern, i kenn s'. Und gor die altn Tretkran, und die Haubn von die Bräuereien. Sein alle entrisch. Die habn mir schon viel z'schaffn gmacht.'

Alsdann, dass i Ihna sag, wie's is, der Hollaz kommt, macht a Packl auf. Geweihtes Fliegenpapier war drin, gegen die Geister, die was um Mitternacht erscheinen. Am Tag drauf schauen wir 's Gespensterpapier durch – nix. ‚A so', brummt der Hollaz, ‚jetzt gehn wir d' Maschinen durch, schaun mer, wo's fehlt.' Er klopft s' ab. Richtig, bei der dreizehnten sagt er: ‚Holla, da sitzt's.' Er stellt sich in Positur und macht ‚wawrawawrawawrawawra'. Alles hat ehrfurchtsvoll zugehört, denn der Hollaz war neben dem alten Hardy der Lieblingsschüler vom seligen Cockerill gewesen, dem Direktor der Luxemburger Maschinenfabrik, der die ersten Lokomotiven mit Hilfe des Satans erbaut hat. Habn aber auch gstunken, die Ludern mit die viereckigen Rauchfäng! Aber, was soll ich da weitschweifig werdn, beim siebenundsiebzigsten ‚Wawra' hat's an Tuscher gebn, dass alle am Boden gflogen san, und zwoa sponnlonge eiserne Mandln sein aus'm Exzenter vom großen Mehlwurmwender davontschuckt – wischiwuschi – waren s' fort. Was war's? Der Geist vom Romulus und Remus, die warn halt dagegen, dass Makkaroni woanders gmacht werdn, und sind bekanntlich Oberteufeln von Rom mit 'n Geburtstag am 22. April, jo.

Kurz, da hat sich der Hollaz wieder einmal bewährt, und dabei ist er gar kein gelernter Exorzist. Nein, er ist früher Dienstmann gwesn, aber noch ein echter Dienstmann, von der echten Sorte, die was heut aussterbn."

„Was für echte?", fragte eine Stimme.

„No, die echten halt! Sehgn S', nur in Rottal und bei
Schärding herum werdn echte Dienstmänner gezeugt. A
uralter Brauch … dös haben S' nit gwusst?"

Alles sah bewundernd drein, nur der alte Major Spornitschek strich sich den mächtigen Schnurrbart und
brummte: „Der Hollaz bedeutend? Finden Sie ihn gar
so bedeutend? No ja, aber sein Bruder hätten Sie kennen sollen! Der was bei uns gedient hat! Der hat Ihnen
beschworen, trotzdem hat er's bloß bis zum k. k. Militärgeisterbeschwörer II. Klasse gebracht. Das sagt aber gar
nichts. Bitt Sie, wie oft, dass ein Korporal 'm Feldzeugmeister was ins Ohr sagt und auf 'n Feind deutet.

‚Dort, Herr Feldzeugmeister, … do … den do … 'n
Langen … ja … den mit 'm Federbusch … der was so am
Ross umerrudern tut … ja, den! Net den kloan Foasten
mit der Trummel und die großen Trittling … naa, sag
i … dem mit 'm Federbusch lassen S' aufischiaßn, dös is
denen ihr Anführer! Himmifixdeifi, net 'n Foastn … 'n
andern.' Und die Schlacht bekommt ein andres Gesicht.
Und was ist der Dank? Meistens: ‚Mann, tretten Sie wieder ins Glied.' Oft nutzt's freilich nit viel, dass der feindliche Anführer fällt. Bsonders unterm Napulium nicht.
In jeder Schlacht waren nämlich gleich a paar falsche
Napulium tätig. Oft haben s' ein, zwei abgschossn und
der echte hat glacht … das war sein Geheimnis. Bei Loiben 1805 hat mein Urgroßvater selig selbst drei Stück erschossen. Lauter Blattschuss, dass jeder mit an blutroten
Spiegel vom Ross gsunken is. Derweil war gor kan echter
nit dabei, der ist in Krems beim Heurigen gsessen, ja."

Während der Major sprach, hatte Naskrükl sichtlich
zerstreut zugehört. Seine Aufmerksamkeit galt vielmehr

einem dürftigen Männchen an einem Nebentisch, das, grau in grau gehalten, einem kränkelnden, etwa vom Holzwurm befallenen Nussknacker nicht unähnlich sah. Jetzt stand der Rat auf und ging festen Schrittes auf das Objekt seiner Beobachtung los.

„Jo, Käfermacher, jo, bist du auch hier? I hob allweil denkt, dass d' gstorben bist … na, dass d' nur lebst … na so was … schaust übrigens miserabel aus … wia d' Henn unterm Schwanz … gwiss is's wahr … na ja, wie gsagt … hab denkt, dass d' gstorbn bist … schon a ganze Weil. Wos hat denn dir damals gfehlt, he?"

Und Naskrükl sah sein Vis-à-vis interessiert an. Doch Käfermacher brummte verdrießlich etwas Unverständliches, kramte nach seinem Hut und ging grußlos davon.

„I woaß net, er is doch tot", murmelte Naskrükl, der dem Davongehenden gedankenvoll nachblickte. „Gwiss, i irr mi net, naa. Jo … natürlich! Natürlich stimmt's, der is gstorbn. Der Moderknecht, der was die Leichenbestattung hat, der hat mir doch sein Partezettel für meine Sammlung gegeben, fürs Mortuarium. Warten S', i hob eh 's Verzeichnis mit … da … sehgen S', da: Gallus Jeremias Käfermacher, Privater, etcetera, etcetera, nach längerem schmerzlichen Leiden … am soundsovielten … ja und er ist's! I kenn ihm gwiss, wo er 's linke Ohrwaschl um d' Halbscheit größer hat als es rechte. Jetzt, da bleibt mir der Verstand stehn!"

„Ich kann da Auskunft geben", mischte sich der jetzt grämlich gewordene Hahn ins Gespräch. „Obgleich ich Ihnen wegen der Unterhose zirnen sollte. Ich habe Herrn von Käfermacher, mit dem eine geschäftliche Verbindung anzuknipfn mir leider nicht gelang, trotzdem kennen und schätzen gelernt und zu meiner Freide in ihm eine zwischenstaatlich beschriebene Person, mehr, eine Art juridisches Denkmal gefunden. Zur Erheiterung hatte ich ihm meine ‚Urinflecke‘ angeboten. Besagter Käfermacher ist ein Unglücklicher, der ein bissel Jux sehr nötig hätte, da er gleich einer Kettenkugel ein schreckliches Geheimnis mit herumschleppt. Für ihn nur sehr unangenehm, dass Sie ihn wiedererkannt habn, Herr Naskrükl!"

„Bitte erzähln!" Die Herren drängten sich näher um den Ameiseneiergrossisten, der noch selten eine derartige Popularität genossen hatte. Eine dampfende Punschterrine war bald zur Hand, und der Grämliche begann ernst. „Wie gesagt, ich war schon, bevor ich seine Bekanntschaft machte, in seinen Fall eingeweiht, denn damals, als ich noch im Amte war, kam aus … Dingsda … einem befreindeten, mehr noch, einem verbindeten Nachbarstaat, dessen Landeskind Käfermacher ist, beziehungsweise war, das heißt ist, oder weiß der Teifel was … also, kam ein Geheimzirkular an alle verbindeten Ämter, bei ähnlichen Fällen wie der folgende greeßtmeegliche Vorsicht walten zu lassen.

Jeremias Käfermacher, ein überaus achtbarer Mann, die Zierde einer mittleren Residenz, wurde plötzlich durch den wohl voreiligen Spruch des dortigen Amtsgerichtes für tot erklärt. Wieso es dazu kam, das würde hier zu weit führen. Familie hatte er keine, da Käfermacher aus Furcht vor den Bakterien nie ein Kind in die Welt gesetzt haben würde. Der Partezettel wurde von seinem ehemaligen Kegelklub herausgegeben, wie das üblich ist." Naskrükl nickte ernst.

„Und Käfermacher, der einige Zeit später von der besagten längeren Reise wieder heimkehrte, befand sich in einer überaus unangenehmen Lage, zu leben, aber bloß widerrechtlich zu leben, da er für das Gesetz tot war. Dessenungeachtet lebte er ja, was er ja durch seine Steuerquittungen beweisen konnte. Doch ist es ihm trotz jahrzehntelangem Kampf nicht möglich gewesen, den Gerichtsspruch nichtig erklären zu lassen. Ein befreundeter Parlamentarier nahm sich der lebenden Leiche an und machte an das zuständige Gericht eine Eingabe, die eine endliche Berichtigung des verhängnisvollen Fehlurteiles verlangte.

Die Landesjustizverwaltung aber antwortete, dass es richtig sei, dass Herr Käfermacher am soundsovielten für tot erklärt wurde, und dass dies in einem ordnungsgemäßen Aufgebotsverfahren geschehen wäre. Es liege also ein gerichtliches Urteil vor, das im Verwaltungswege nicht angefochten werden könne; nach § 957 der dortigen Zivilprozessordnung", setzte er wichtig blickend hinzu. „Herr Käfermacher hätte das Urteil auf gerichtlichem Wege innerhalb eines Monats anfechten müssen, ohne Rücksicht darauf, wann er selbst von ihm Kenntnis erlangt habe. Nach diesem Bescheid blieb Käfermacher nichts anderes übrig, als weiter tot zu bleiben. Denn da er nicht protestiert hatte, war es nötig, für Käfermacher ein neues Gesetz im Reichstag einzubringen. So was dauere natürlich Jahrzehnte, da eines Käfermachers wegen die Staatsmaschine ihren Gang nicht gerne verändern wird. Unser lieber Toter stellte nun als strenger Logiker die Steuerzahlung ein. Da kam er aber übel davon und wurde gepfändet, erbarmungslos gepfändet und immer wieder gepfändet. Rekurse waren nicht angänglich … schweigen wir … jeder Rechtsanwalt ist beim Durchdenken des Käfermacherischen Falles halb irrsinnig geworden, und schließlich hat selbst die Advokatenkammer versucht, die Wände hinaufzukraxeln.

Schließlich legte man dem weinenden Toten nahe, sich um ein neues Vaterland umzusehen. Aber keine Regierung hat den lebenden Leichnam aufnehmen wolln … Hier, wo so viel Malheur mit den Pässen geschieht, hier hat man ihn einschmuggeln können, doch ist er nur mit befristetem Aufenthalt da, bis sich der Pass gefunden hat. Er hat die Absicht, vor den Königen einen Fußfall zu machen, kommt aber wegen Überlastung der Majestäten nicht vor. Was mit ihm geschehen wird ... weiß der Himmel!"

Der Grämliche schwieg mit tiefer Kummerfalte.

„Sie, eine Glanzidee!", rief Naskrükl. „Ich nehme den Käfermacher nach Kythera mit, da lebt der alte Bursch gewiss wieder auf! I schwindl ihn schon durch. Vielleicht zieh ich ihn als Affen an ... er geht sowieso krumm daher, und 'n Hosenboden streichn mer ihm rot und blau an wiar an französischen General. Ja, ich glaub, da hab i das Richtige troffn, na, wird der Käfermacher eine Freud habn!"

Allen war ein Stein vom Herzen gefallen, und man trank Naskrükl begeistert zu. Nur von Hahn war aufgestanden und sprach eisig: „Da tu ich nicht mit. Ein Mitmensch, ein Homo sapiens L. als Affe, nein und tausendmal nein!"

„No, no, regen S' Ihnen nit auf, is doch a Säugetier, a Gschwisterkind, a gemeinschaftlicher Cousin! Was anders wär's, wenn i ihm als Fisch an an Schnürl hinten mitschwimmen ließ, mit an langen Strohhalm im Maul, und was weiß ich, in einem Kostüm aus buntem Stanniol, mit falsche Flossen ... aber da möcht er sich erkälten!"

„Ja, das glaub ich auch, Herr von Käfermacher wird in so was nie einwilligen. Je, je, wenn ich mir das so vorstell, wenn dem seine echten Kollegen merken, dass er aus Stanniol ist ... nicht auszudenken ... die beißeten ihm ja. Schade, davon zu sprechen, iberhaupt ... einem Hypochonder so was zu sagen. Nein, nein, wie gesagt, ich will nichts dabei zu tun haben. Ibrigens adieu, bin

um fünf beim Hutmacher bestellt." Und der Teufels-
zwirnverschleißer tänzelte geziert davon.

„Ein eitler Patron", murmelte der Major hinter ihm
drein. „Was für ein Glück, dass die Menschen unge-
schwänzt sind! Was möcht der hinten tragen: einen falschen Pinschschweif, ohne Zweifel, wegen der palmen-
artigen Entfaltungsmöglichkeit. Ah, was kümmert uns
das übrigens, ich geh jetzt meine Maikur machn!"

Für die abgegangenen drei Herren sollte sich bald
Ersatz finden. Die Tür ging auf, und eine lärmende Gesellschaft, einige Herren und eine Schar auffallend hübscher Mädchen, stürmte förmlich das Lokal. Sie umringten einen langlockigen älteren Herrn in feierlichem
Gehrock und Zylinder mit den Rudimenten eines Lorbeerkranzes am pompösen Haupte.

Cyriak erkannte sofort in ihm den Tragöden Hahinsky und unter den Herren – wohl Nebenmimen – den
sommersprossigen Pyperitz, heiterer als sonst, zwei
Theaterfratzen in ihn eingehängt. Der torkelte leicht angeheitert zu Cyriaks Tisch und grölte: „Da setz ma sich
her! Erlaube bekannt zu machen ..." Etcetera, etcetera,
dann, das Monokel aufgesetzt, streng und arrogant zu
Pizzicolli: „Sagen Se mal ... Ihr Ausreißen ... unerhört
benommen ... Calessari ägriert ... 'n allerliebstes Tru-
delchen hopste ja vor Ihnen durch de Grillage ... Erklärung wäre anjenehm ...", doch wurde er durch das sonore Organ Hahinskys unterbrochen, der mit dem Ausruf „Bruderherz!" Rat Naskrükl umarmte.

„Ja, was haben S' denn?", wehrte der ab und richtete
sich die Krawatte.

„Ja, kennst du mich nicht mehr, entsinnst dich nicht
mehr der Zeiten, der goldenen, da wir beide im Chore
wirkten, mit dem Tichatschek und der Malten sangen,
und im Drama statierten? An den Bogumil Dawison ...

bei dem ich den Mephisto studierte? Ich kreierte ja die Rolle mit einem Horn und zwei Hufen … natürlich, du sagtest ja bald der Bühne valet, ja. Entsinne mich noch, wie sich wegen dir die Wolter zum Fenster, ja, zum Fenster hinahausstahürzan wo-hollte, ha, ha!"

„Bitt dich", wehrte Naskrükl bescheiden ab, „bitt dich … vor die Madeln …"

„Oh, nicht doch, meine Schülerinnen … lauter künftige Sterne … sind mit allen psychologischen Vorgängen vertraut … nil admirarinnen … welch rosige Niladmiralität, haha! Wir hatten heute unsere Matinee im Stadttheater. Glänzender Erfolg … ‚Hinko, der Freiknecht' ging über die Bretter … mindestens sechs Oxhoft Tränen … wenn das der selige Grillparzer erlebt hätte …", und er rieb sich schmunzelnd die Hände mit den vielen falschen Brillantringen. „Und hier mein Stolz!", mit unnachahmlicher Geste des Père noble nötigte er ein bildschönes Mädchen vor: „Marchesina Diana Navigajosi!" Dann fuhr er mit dem Handrücken zum Mund, trat einen Schritt zurück und blickte fremd und ernst im Halbkreis herum.

„Blutdurchströmt … welch weiche Kniebeuge in der Kehle … Organ wie goldenes Fensterglas … im Affekt Erz! Glocken wie ein Campanile … und doch … Rosenöl mit Mondlicht zu wahrer Romantik verseift, das ist meine Schule! Kellner, Käll – nar! … Schampagnia!"

„Nein, das ist meine Sache", drängte ihn Naskrükl zurück, „wegen der Freud nach so vielen Jahren … ja, zwölf Flaschen fürs Erste! … Ja, Veuve … dry … ja, extradry … das wolln doch die Fräuln, gelt?"

„Ja, ja", jubelte der reizende Chor, der sich um Naskrükl scharte, der bald aussah wie die Gartenfigur eines Vertumnus, an dem Nymphen emporklettern wollen. Ein lustiges Gelage begann. Kein Zweifel, Naskrükl hatte die Herzen im Sturm erobert. Nur eine, die Schönste,

begann schwer mit Cyriak zu kokettieren, Diana Navigajosi. Seine Kälte reizte sie, das Spiel wurde ihm – den
Furien der Reue sei es geklagt – nicht schwer. Und doch,
je länger er den influenzierenden Strömen dieser apar-
ten Schönheit ausgesetzt war, dieser Schönheit, um die
auch der Firnenzauber der Jahrhunderte irgendwie
wehte, musste er sich eingestehen, dass sie ihm ein töd-
liches Gift hätte werden können, wenn er nicht schon
ein ähnliches, noch weit sublimeres Gift einer anderen
Paradiesblüte, einer Zauberblume des Parnass, geatmet
hätte. Ja, diese Donzella Diana atmete auch den unaus-
sprechlichen Zauber des unerforschten Orientes fürst-
licher Abenteuer, einer Zeit von Minnesängern und
Falken, voll goldenem Trompetengeschmetter und seltsamer Paniere. Und blitzartig durchzuckten sein Hirn
abgerissene Bilderfetzen, als ob er einmal, einstmals,
irgendein weihrauchdurchflutetes Drama voll unerklär-
licher Pracht gesehn, ein Aphroditenmysterium, in dem
Engel in kurzem Goldbrokat, Elfenbeinmandolinen in
schlanken Lilienhänden, Azur über den götterschlan-
ken, goldgelockten Figuren, wie kristallene Glöckchen
Melodien gesungen hätten, Melodien, vor deren Wonne
er zu Stein erstarrt war. Auch er hätte auf dieser Bühne
gestanden … dann hatten Rauchwolken alles verhüllt …
der Rauch des Hexenbrandes … und Staub und Moder
wären ober ihm gelagert, ihm, dem Gestorbenen.

Jetzt ließ auch dieses Mädchen ihn ihre Macht mehr
und mehr spüren, diese Mächtige, immer machtvoller
werdende … die hochmütige Prinzessin, die aus irgendeinem unerklärlichen Grund hier Theater spielte. Was
für eine Marotte.

Naskrükls Stimme ließ ihn wieder zur Wirklichkeit
zurückkommen. Der hatte sich Pyperitzens angenommen, ihn in den Plan seiner Orientreise eingeweiht, und

zählte dem Aufhorchenden auf: „Alsdann ... z'erscht Kythera und Kleinasien, dann über Armenien, wo noch viel, viel zu holen is, ins Persische hinein. So weit kannst, fahrst mit der Bahn. Dann aber musst a Kamel besteigen oder gar a Dromedar, ja", er sah bedeutend herum, „auf so an Vehikel siehst allerhand ... mir grüßt ab und zu ein entgegenkommendes Kamel oder gar an dicht besetzten Postelefanten. No, und so geht's, heidi, dahin, der Wiege der Menschheit entgegen. Aber nit vergessen, ein bisserl beim Ararat zuwi zu schmecken, wird meist außer Acht gelassen, dann geht's in die Provinz Mazenderan, den Garten Irans, über dem der schneebedeckte Demawend leuchtet.

Wissen S', Schah Abbas der Große legte hier viele, jetzt leider verfallene Lustschlösser und Prunkgärten an – Barferusch, Aschreff, Suffiabat, Ferahabat. Denken Sie sich ein tropisches Salzburg, Mirabell und Hellbrunn, voll Tiger und Löwen, die in kleinen Einsiedeleien wohnen, und blau, rot oder grün gfärbte Kamele, die a kleine Eisenbahn bis nach dem dortigen Berchtesgaden ziehen. Aber nun wird's geheimnisvoll. Im unzugänglichen Teil vom Land stehen die Schlösser Ixil, Aquateca, Kakchiquel, Quiché, Urpanteca, Tzotzoel, Tzental und das prächtige Mopxan – groß wie Versailles, aber nur aus Skulpturen bestehend. Ähnliche Namen find ma auch in Guatemala, hier wie dort noch alles von die Atlantier baut, ja, ja. Wir, die wir besser unterrichtet san – wann man vierzig Jahr bei die Tandler umaschnofelt, kommt man auf manches sonderbare Geheimnis, sag i Eahna – ja, mir kennen eben die atlantischen Zusammenhäng des von die Feen, wia s' noch die Herrscherinnen der Welt warn, gegründeten Perireiches Parsistan und der Länder überm Wasser, dös was gwisse Träumer ‚Avalun' nennen. Alles Kinder einer Gründung. Iran und Eirin – Irland ...

alles dasselbe. Ja, in Urpanteca traf i 'n letzten Nachkommen des Maximus von Tyrus, sehr a lieber, gfälliger Herr. Nie von eahm g'hört? Der hat a seltens Büachl gschriem, nämlich, dass die Dinge der Welt eine Stufenleiter bilden, begründet dadrauf, dass es Dämonen gäbe, honetter Art natürlich, die genauso zwischen den Menschen und der Gottheit eingeschoben seien wie zwischen den Pflanzen, Menschen und Tieren. Sakra", sprach er weiter, „jetzt ist der Kerl richtig eingeschlafen. Aber warten S', mir wern ihn glei mit an Liederl in d' Höh bringen."

Und Naskrükl stürzte ein Glas Sekt herunter, ergriff eine Laute, die irgendwer von der bunten Schar mitgebracht hatte, stimmte das Instrument und begann nach leisem Summen:

„Auf dem Schloss zu Aquateca, Aquateca
gibt es 20 000 Mäuse.
Pfeifen irr durch das Gehäuse.
Jedoch sind selbe nicht allein!
O nein, o nahahahein!
Denn rasselt in der Früh der Wecka,
gähnt ein gewesner Apotheka, Apotheka,
jetzt Dämonenakzessist,
der ganz nah am Zaubrer ist!
Denn auch in dem Zaubrerorden
muss man etwas sein geworden
und nicht gleich geworden sein!"

Dann stürzte er wieder ein Glas herunter und sang weiter:

„Nebenan, in Urpanteca, Urpanteca,
keine zehn Minuten weit,
da sitzt auch ein Apotheka, Apotheka,

mit Doktorhut und weitem Kleid.
Der wirft nur herum so
mit Dekas und Grammen,
mit Drachmen und Quinteln,
Skrupeln und Unzchen
und andren kleinwunzgen
nichtgen Gewichtgen!
Theriak im Mörser
emsig zerkrachend,
dabei den Giftschrank
mit Eifer bewachend …"

„Alle guten Geister, mein neuer Obex!" Philipp von Hahn war es, der diesen Jammerruf ausstieß. Der Eitle war vom Hutmacher gekommen, sich zu zeigen, und war auf den Fußspitzen an den Naskrüklischen Tisch herangetreten, wohl um, plötzlich aufgetaucht, ein allgemeines „Ah!" der Überraschung zu ernten. Doch eine der jungen Damen hatte ihm – wohl über den Ernst des neuen Staatskostümes nicht informiert – den Obex von hinten vom Kopf gerissen und wirbelte den auf die Spitze gestellten sonderbaren Hut als Kreisel auf der Tischplatte herum. Hahn schnappte nach dem summenden Obex. Doch eine flinkere Hand schnappte ihm die Beute weg, und die lachende Schar der Mädchen begann Sekt in diese tiefernste Manneszierde zu gießen.

Eine Gruppe zeitunglesender Skaramuzze, die eben aus dem Amt gekommen waren, und zwei Policinelle du jour beobachteten missbilligend die reizenden Schänderinnen. Hahinsky schaffte Ordnung, verwies seinen Schülerinnen die unstatthafte Handlung und gab dem empörten Hahn, der von ihm als verantwortlichem Leiter den geschändeten Obex heischte, den nach dem frivolsten aller Getränke duftenden Zierhut zurück.

„Ja, wann ma allweil gstört wird, kann ma freili nit singen", murrte Naskrükl und legte das Instrument weg. Aber die graziöse Meute ging dem alten Burschen um den Schnurrbart. Geschmeichelt begann er von neuem:

„In der Landschaft Finemile
tummeln Rosse sich im Kreis.
Hunde hetzen diese Rosse,
rotbefranst das Lechzemaul.
Geifer stiebt in alle Winde
von dem brummenden Gesinde.
Und die Hunde hetzt ein Herr.
Sein Zylinder schimmert grünlich,
dazu trägt er rote Brillen,
die Welt mit Scheußlichkeit zu füllen.
Recht ungemütlich ist sein Bild!
Hinter ihm mit einer Peitschen,
ihre Meinung zu verdeutschen,
steht die Frau von diesem Herrn.
Nun saget frei: Wer sieht das gern?
Und hinter diesem Weibe steht,
der, der nichts als Unkraut sät."

Naskrükl klimperte einen prächtigen Schnörkel, dann fuhr er ernst fort:

„Sommerfrische von die Teufel
ist die Landschaft ohne Zweifel,
etwas links vom Kaukasus …"

„Kotzian … zahln!", rief ein Herr im Hintergrund mit gereizter Stimme. „Da kann ja kein Mensch Zeitung lesen … wirklich unerhört …"

Indigniert blickte der ganze Naskrüklische Kreis auf

den Missmutigen. Aber hinter dem flinken Kotzian, der nach uralter, nie zu ergründender Kellnertradition natürlich zu einem ganz andren Tisch eilte und dort von einem flüsternden Liebespaar Geld heischte, tauchte ein ganz und gar gespensterhafter Herr auf und näherte sich langsam dem Hahinskytische.

Der Ankömmling war schlottrig, mit flackerndem, irrem Blick tiefliegender Augen, schlanker Mimengehrock, wirres Haar.

Etwa zehn Schritte vom Tisch blieb er stehen, beschattete mit der Hand die Augen, lachte hohl, wippte mit einem dünnen Spazierstöckchen und trat ganz nahe heran.

Hahinsky stellte vor: „Rudi Lallmayr, mein männlicher Lieblingsschüler … geborener Hamlet!", setzte er leise hinzu. „Hat heute einen ‚Hinko' hingestellt … hinreißend! Seit Lewinsky nicht mehr dagewesen. Moissi dagegen in selber Rolle ein unartikulierter Waisenknabe."

Der hohle Rudi nahm aus dem Zylinder einen Totenschädel und stellte ihn auf den Tisch. „Mein … Bi… Zeug … wie heißt's denn weiter? … mein … Bibi!" Dann starrte er eine Weile auf dieses scheußliche Zelluloidgebilde und verschränkte die Arme. „Das … wern wir wern", begann er, „drum lasst uns heut das Lebzeltn … herstellt, das Leben genießnen … nen, nen …", fuhr er mit nach innen gekehrtem Blick fort.

„Was hat er denn?", fragte Naskrükl Hahinsky mit erschrockenen Augen und machte den Schnurrbart vor Entsetzen buschig.

„Beruhige dich, nur kleine Mahnungen von einer früheren schlechten Schule. Ist auch mit total verarmtem Zungen-R zu mir gekommen, aber jetzt kann er schon rollen wie ein Harzer Kanari."

„Wo ham S' denn vorher glernt?", erkundigte sich der Rat bei Rudi, der noch immer leise „enn, enn" machte.

„Whär, whas, ich? … in … Dingsda … in, na … beim … wo ich sein Lieblingsschüler war! R, R! … no ja … da draußen wohnt er … womanmitder … Stadtbahn hinausfähret umm zehen Kreuzer … Kr, Kr, Kr, Kr, Kr, Krrr … wo … zum Toifel, wie heißt denn der Käs, was so stinkt, na, helfts mir …", und der Konfuse sah sich wirr im Kreis um. Naskrükl rückte näher, setzte einen Zwicker auf und sah den sonderbaren Sprecher misstrauisch an.

„Quargel", sagte er endlich eindringlich.

„Nein, kein Quargahal … nein, ein Römerkäse, den schon ein … Himmel! Wie hat denn der Hund von meiner Tante Amalie geheißen … sie war eine geborene … na, macht nix … der immer Flöh geknaupelt und sie ihr dann in den Schoß gelegt hat … ha, Caesar, den ein Caesar über alles geliebt hat … dann ist er beim Äußerln durchgegangen."

„Stracchino", flötete eine zarte Stimme, und ein übermäßig zierlich modellierter Mund schloss sich wieder. Ein langwimpriges Mädchen mit violetten Glitzeraugen hatte dem konfusen Kollegen geholfen.

Der sprang auf und schmetterte: „Ja, Meister Strakosch hat mich … die Wallfahrt nach … Herr des Himmels, wie heißt der Ort, der was ganz ähnlich klingt und gar nicht weit weg liegt, wo die vielen Pensionisten leben und über die Kanalisierung klagen? … Dings … wo man mit der Dingsbahn hinfährt, wo die Würstel aufspringen … no ja, richtig, Sieden, mit der Südbahn …" Erschöpft sank er nieder. „Graz-Köflach", brüllte er dann unvermutet. „Lach … lache Bajazzo! … nein, ghört weg. Köf… da steckt's … werds sehen … aha! … Wallfahrt nach Kaviar … Kevlaar … Mir geht's von die Rollen so im Kopf herum. Er glüht mir so, er …"

Weiter kam er nicht. Diana Navigajosi nahm, während sie Cyriak lächelnd in die Augen blickte, eine Sektflasche aus einem Eiskübel, erhob sich geschmeidig wie eine Katze, reckte, immer zu Cyriak verführerisch lächelnd, den Eiskübel hoch in die Höhe, wandte sich dann blitzschnell zu Lallmayr und stülpte ihm die eisige Bescherung auf den Kopf. Dann wendete sie sich wieder zu Cyriak, als ob nichts geschehen wäre, und nahm mit spitzen Fingern eine Zigarette aus dem goldenen Etui.

Der konfuse Rudi war aufgesprungen, hatte einen Tisch umgeworfen und tanzte, noch immer den tropfenden Kübel am Kopf, wütend im Lokal herum.

Es war ein Csárdás des Todes. Dann schüttelte er den Silberhelm orgiastischer Faschingswonne vom Kopf und sah sich einem Policinell gegenüber, der rügend dem ausgelassenen Treiben nähergetreten war. Lallmayr stürzte sich auf den in halbamtlicher Würde geblähten Jüngling, schüttelte ihn an der zu weiten Bluse und brüllte ihn unter vereinzelten Ohrfeigen an: „Sie … bumm … müssen mir … bumm … vor die Pis… bumm! …tole … bumm! bumm!"

Alles war aufgesprungen und stürzte sich auf die am Boden herumstrampelnden Herren. Die Skaramuzze – in vorgerückten Jahren und als hohe Magistratspersonen nicht gern in schmutzige Affären verwickelt – hatten sich unter den Tisch geflüchtet. Der zweite Policinell hatte mit einem altjungferlichen Damenlorgnon die Situation betrachtet und einen Spucknapf über Rudi ausgeleert. Dies getan, tänzelte er zum Buffet und schickte sich an, mit der Kassierin Süßholz zu raspeln, ab und zu einen Griff auf der Tamburizza zirpend.

Das thronende Fräulein war aber gar nicht bei der Sache und stiftete Kotzian an, die Herren mit einem Siphon auseinanderzuspritzen.

Der Hahinskytisch war bis auf die schlimme Diana

und Cyriak leer. Auch er hatte aufspringen wollen. Seine schöne Partnerin hatte ihn aber niedergedrückt und ihn dabei mit weitgeöffneten Augen angeblickt wie die Schlange das zu bannende Karnickel. Dann lehnte sie sich lächelnd zurück, griff frivol lächelnd unter ihr kurzes Kleidchen und zog blitzschnell und unerwartet einen Browning heraus, den sie auf den erschrockenen Partner richtete.

„Geben Sie sofort das Bild heraus … sofort … bei ‚drei' schieße ich … die Folgen sind mir ganz gleich … Alles wird ja davonlaufen … auch wenn Sie schreien, schieße ich … ich … Artemis … eins, zwei …"

Cyriak fühlte sich gelähmt, war außerstande zu irgendeiner Handlung und hörte, als ob es ihn nichts anginge, das „drei".

Das schöne Mädchen mit den prachtvollen Seidenstrümpfen und der derangierten Toilette drückte ab … ein Blitz … ein Knall, und der Unglückliche war von oben bis unten mit einer Art parfümierten Seifenschaums bedeckt.

Die vier Skaramuzze stürmten zur Tür hinaus. Auch Hahn, der die ganze Zeit über der dubios gewordenen Diana den Rücken gekehrt hatte, ging steif und indigniert aus dem Lokal, den feuchten Obex in Römerwürde auf dem mikrozephalen Haupte.

Das war Pizzicollis letztes Debut in Gradiska. Ins Hotel zurückgekehrt, hatte er gepackt und angeordnet, seinen Koffer zum nächsten Dampfer bringen zu lassen, der nach Kythera in See ging. Diese Diana Navigajosi – wenn man dem Namen trauen durfte – machte ihn verwirrt. Noch am selben Abend benachrichtigte er Hasenpfodt, der vis-à-vis im „Feuerspeienden Drachen" wohnte, von seiner Abreise und erhielt zu seiner Freude ein Billett, dass er sich anschließe.

Die Fahrt ging glatt vonstatten, führte aber nicht direkt nach Kythera, sondern nach Cerigotto, einer etwa fünfundzwanzig Seemeilen entfernten kleinen Insel, wo eine Art von Quarantäne, besser: eine Durchsiebung der Ankömmlinge vor sich ging. Man darf sich über diese Maßregel nicht wundern. Der Andrang nach Kythera war begreiflicherweise ein ganz gewaltiger. Es genügte nicht, nur eine bloße Einreisebewilligung zu haben, sondern man überzeugte sich durch Autopsie, ob die Ankömmlinge den etwas märchenhaften Staat nicht durch groteskes oder geschmackloses Wesen allzusehr belasten würden. Diese Einrichtung war durchaus am Platz, da Kythera, wie bekannt, im Ausland keine Konsulate unterhält.

Pizzicollis Einreise war hindernislos verlaufen. Fast schien es ihm, als ob eine mächtige Hand ihm alle Hindernisse aus dem Weg geräumt hätte. Nur mit der Unterkunft hatte es seine Schwierigkeiten gehabt, was bei dem erwähnten starken Andrang nach der Insel nicht unbegreiflich war.

So kam es, dass Pizzicolli im Hause einer überaus feinen ältlichen Dame, der Marquise Geneviève Charpillon Cavamacchie, als Zimmerherr unterkam. Ob sie vollberechtigt war, diesen tönenden Namen zu tragen, darüber war sich Pizzicolli nicht ganz klar. Jedesfalls erschien es ihm bald gewiss, eine emeritierte Kurtisane der großen Welt vor sich zu haben, die soignierte Ruine eines vormals pittoresken und vielbesuchten Vulkanes, die heute Unterricht in Anstand und altmodischen Liebesbräuchen gab.

Als er zum erstenmal ihren Salon betrat, knickste gerade eine Anzahl junger Mädchen in langen Unterhosen zierlich vor einem Spiegel, die Bauschröcke in zierlich-verlogener Attitüde bis zu den Wangen der schmachtend gesenkten Köpfchen erhoben. Kopfschüttelnd betrachtete Cyriak diese merkwürdige Exhibitionistengruppe, als er der Marquise galant die Hand küsste.

Im Übrigen hatte er sich über nichts zu beklagen. Kost und Quartier waren ausgezeichnet. Er dachte, auch den lieben Naskrükl bei der Marquise unterzubringen, und freute sich, als ihm derselbe seine bevorstehende Ankunft in Cerigotto drahtete.

20

An einem sonnengleißenden Morgen, an dem Lämmer-
wölkchen wie weiße und goldene Damastblumen das
Flaggentuch des Himmels verzierten, fuhr Pizzicolli hinüber nach Cerigotto über das purpurblaue, donnernde
Meer, das gleich reich geädertem Marmor in ewiger
Bewegung vor ihm lebte. Delphine tauchten da und
dort auf mit silbernen Leibern, ihrer plumpen Anmut
spielerisch bewusst, dralle Bauerndirnen aus dem Garten Poseidons. Bei ihrem Anblick mochte man fast an
Sirenen mit Wadelstutzen denken, wie sie zur Zeit des
bayrischen Vorstoßes nach dem hellenischen Orient von
einem leicht gipsern gewordenen Olymp dem König
Otto zu Ehren – mystisch vielleicht – geschaffen worden
wären.

Das Boot war herrlich. Man wurde sich nicht ganz
klar, es als chinesisch, biedermeierisch oder als Kind der
maritimen Venezianer Barocke eines verschnörkelten
spätgeborenen Bucintoro anzusprechen. Sheraton hatte
wohl auch die Hand im Spiel gehabt, kein Zweifel. Und
die Maschine: spiegelblankes Kupfer, verstärkt durch
spangrün gestrichenes Eisen in Formen der missver-
standenen Gotik. Wie sie stampfte und behaglich jupfte.
Dabei roch sie gut nach Makkaroni in heißem Öl. An
manchen Stellen auch wie ein Wurstkessel mit hüpfen-
den Frankfurtern. Pizzicolli konnte sich nicht trennen,
und sein Herz wurde von süß-melancholischen Kind-
heitserinnerungen fast gesprengt. Er roch Graz heraus
und Wien, ja sogar ein salziges Brünn, alles das mit
dieser Levante irgendwie eng verbunden, Fleisch von
einem Fleisch, ganz klar, das ist ja von Natur aus alles
bestimmt, österreichisch zu sein, dem großen Reich der

Waage von Aphroditens Gnade anzugehören, und ist nur aus Phlegma nie von den rechtmäßigen Herren besetzt worden.

Das erste Mal im dritten Kreuzzug war es Richard Löwenherz von England gewesen, der die Babenberger verhinderte, bis Indien vorzustoßen und leichte Heurigenstimmung über das Brahminentum auszubreiten. Wie schade, dass nichts draus wurde, wie graziös wären die Bajaderen geworden!

Das nächste Mal konterkarierte Frankreich den V. Karl, Afrika und den Orient zu nehmen. Das nächste Mal war's die Hand eines Butler, der den Friedländer ermordete und so den Weg, den der große Staatsmann bahnen wollte, mit dem Gerümpel der Dummheit eines von den bösen Mächten im Bann gehaltenen Kaisers verlegte. Dann war es wieder Ludwig XIV., der nach dem Türkensieg bei Wien dem Kaiser den Weg knapp vor Byzanz abschnitt, und während des ganzen Rokoko arbeitete England, dass via Ostende Persien und Indien von den lackierten Tschakos der weißröckigen Habsburger Grenadiere frei bleiben sollten. Und doch wird eines Tages die azuräugige Göttin ihrem doppelköpfigen Wappenaar, dem Bild ihres Spiegels, den Weg der Waage bahnen, da alles geschieht, was ein schönes Mädchen will. Was bedeuten tausend Jahre in der Entwicklung der Welt, und wie kann menschliche Intrige gegen die Macht einer Göttin ankämpfen, die lächelnd dem Treiben bezopfter, beblechter, perückener oder waterproofener Wichte zuschaut, denen sie sogar ohneweiters gestattet, sie zu verleugnen, sie völlig zu vergessen oder sie zu übersehen.

Cyriak gefiel es über alle Maßen gut an Bord des „Amphitryon". Noch dazu servierte man ihm auf Delfter Fayence Salzsardellen in Olivenöl, marinierte Scampi und spanische Oliven, dazu schwarzen Wein von Zante. Musikanten spielten zu diesem Frühstück auf, und mit Vergnügen hörte Pizzicolli, wie etwas altweiberische Holzbläserfiguren und das silbersüße Bimmeln eines Triangels sich zu dem pathetischen Blech gesellten. So glitt dies ausgefallene Schiff nach den Klängen einer sanften Gavotte dahin, zu der noch das Meer bisweilen Töne anschaffte wie welke Rosen und verblichene Bänder.

Einen Ausruf des Bedauerns entlockte ihm die Tatsache, dass das Fahrzeug in den kleinen Hafen von Cerigotto einlief und sich neben schaukelnden Tartanen mit knarrendem Takelwerk am Molo vertäute.

Zur selben Stunde dampfte auch der „Florian Pojatzi" in den Hafen, ein stolzer Steamer mit vier roten Rauchfängen, der der tarockanischen Flagge alle Ehre machte. Cyriak erkannte sofort Rat Naskrükl, der ihm vom Salondeck aus zuwinkte, und nach wenigen Minuten lagen sich die beiden Freunde in den Armen. „Aber, musst mi entschuldigen, i muss nach 'm Affen schaun … weißt. Eigentlich is's gar ka Aff, es ist der Herr von Käfermacher … weißt schon. Hat sowieso genug ausgstanden! Er hat, dass man 'n weniger kennt, an roten Wollschal um an Kopf … ich hab gsagt, dass er Zähndweh hat … 's einzige, was auffallt, is, dass er so a kleines altmodisches Reisetascherl fürs Geld und fürs Gebiss umhängen hat. Na, i sag halt immer, der Aff spielt damit. Vorsicht, auf 'n Affen achtgeben!", brüllte er jetzt den Matrosen zu, die einen großen Käfig herunterkranten. Drinnen hockte Käfermacher und dankte nicht, als Cyriak grüßend den Hut abnahm. Pizzicolli bewunderte noch das große Schiff und drückte Naskrükl sein Erstaunen aus, dass es vier Riesenrauchfänge führe.

„Weißt", lautete Naskrükls Erklärung, „bloß zwoa sein echt, die beiden anderen sein falsch. In einem is a russische Kegelbahn, und im anderen a Blumenkiosk und eine Bedürfnisanstalt." Dann setzte sich die ganze Karawane in Bewegung. Man überquerte den menschenleeren Hafenkai. Sogleich nahm ein halb finsteres Gässchen mit verlassenen Häusern in venezianischer Gotik die Ankömmlinge in seine Kühle voll seltsamer, altertümlicher Gerüche auf.

Überall Wappen und Markuslöwen an den Mauern. Eine Schenke tat sich auf. Um einen Kamin, in dem kein Feuer brannte, kauerten und saßen verschiedene Männer: Fischer, Matrosen und zwei Greise in kummetgeschmückten Fräcken, wie solche gelegentlich der ersten griechischen Nationalversammlung in Nauplia von frankophilen Stutzern getragen worden waren. Auch ein hagerer Mann war da, nein, schon eher ein Herr, an dem ein grämliches Römerprofil frappierte. Er starrte vor sich hin und bewachte ungewöhnlich hässlich verschnürtes Gepäck, das wie die übelberüchtigten „grausigen Funde" aussah, von denen man leider immer wieder in den Zeitungen liest. Pizzicolli stutzte einen Moment. An wen erinnerte nur der schwermütige Fremdling, der sozusagen durch eine billige Imitation von Würde – Schundwürde wäre zu viel gesagt – aus dem großen Haufen herausragte? Ja, richtig, das war ja der griesgrämige Unkrautsamenhändler vis-à-vis der tragischen Schule Hahinskys! Und Cyriak machte einige elastische Schritte gegen den finstren Hocker, beide Hände zum Gruß ausgestreckt. „Herr von Hahn, wie mich das freut! Sie hier im Vorhof Kytheres, etwa auf dem Weg zum heiligen Grab?"

„Nein, das nicht, für mich gibt's kein heiliges Grab mehr."

Dann düstres Schweigen.

„Ah, ergänzen gewiss Ihre Vorräte an Teufelszwirn? Ist wohl eine orientalische Droge?"

Hahn schüttelte den Kopf.

„Ei, dann warten Sie wohl auf die Barke, die Sie unter Zymbelklängen mit efeugeschmückten Rudern hinüber nach Kythera bringen soll? Sie hochaufgerichtet am Bug, das Haupt eppichgeschmückt, das träumende Auge verklärt gegen das Eiland gerichtet und geweitet, den allfallsigen Regenschirm – man sieht ihn hierzulande nicht gerne – mit Geranien oder Rosen umwunden. Ei, dort glättet sich von Sorgenfalten Ihre Stirne, dort werden Sie wieder zum Kind. Eine Springschnur ist bald zur Hand. Mit krachendem Schuh hüpfen Sie alsdann einher zur Freude der elfengleichen Mädchen, die Sie händeklatschend begleiten. Verklärte, würdige Greise empfangen Sie, man zieht Ihnen das Schuhwerk vom Fuß, löst die Gattjenbänder, streift ab den Socken und wäscht Euch, Fremdling, den Fuß. Eine murmelnde Beschwörung, ein Pülverchen, das blitzend ein Wölklein entsendet, in den lodernden Dreifuß geworfen, und die Hühneraugen sind weg … ja, mein Lieber, staunen Sie nur! ‚Quod non ferrum sanat, ignis sanat‘, wie Hippokrates, der Gründer der dogmatischen Schule, so schön sagt.“

„No, ich schwöre nur auf die Humoralpathologie, an der ich so hänge, und die auf den Brechmitteln fußt, um die bösen Säfte aus dem Unterleib zu verjagen“, murmelte der Mürrische.

„Und weiter“, sprach der schwärmerische Cyriak, „ein schwellendes Lager ist bald zur Stelle. Für Sie als Anfänger vielleicht bloß ein rotes Seidenkanapee aus der Zeit der 1873er Weltausstellung. Auf einem türkischen Stockerl mit falschem Perlmutter eingelegt, stehen Leckerbissen erlesener Art, etwa eine halbe Büchse Sardinen, einige dürre Zwetschken, ein bissel Kaviar und weiß Gott, was noch Gutes.“

Hahn lepperte und machte Ziegenlippen.

„Sie schmausen, eine lydische Flötenspielerin pfeift, damit es Ihnen besser mundet, den Radetzkymarsch dazu. Tänzerinnen, die die Beine hochschmeißen, kommen diesmal noch keine, damit Sie sich allmählich eingewöhnen. Man reibt Ihren hexenverschossenen Rücken mit Opodéltok. Dann schlummern Sie sanft ein. Aufgewacht, ein laues Bad, eine antike Tunika – vorerst diesmal aus Jute – liegt bereit, einer Ihrer Papierhüte, soferne Sie noch nicht alle in Kaffeehäusern oder bei festlichen Anlässen verschossen haben, wird Ihnen auf den Kopf gestülpt oder – nach Wahl – wieder ein Eppichkranz, und Sie werden im festlichen Zug wieder unter bombastischer Tschinellenbegleitung in den Narthex geleitet."

Hahn glotzte dumm.

„Ja, Narthex. Hier ist alles äußerst ungewöhnlich. Sie werden Augen machen, wenn Sie die Landesfürstin sehen werden, das wird was für Sie sein."

Hahn fuhr empor und schlenkerte den Finger. „Je, je, machen S' mir nicht den Mund wässrig … ist mir ja leider alles verschlossen … ich derf gar nicht nach Kythera wegen Staatsvertrag mit Tarockistan und der erzbischöflich Freisingischen Policinellgrenze. Denn ich hab ja aus Gradiska bei Nacht und Nebel flichten missen … flichten, flichten … verstehn Sie mich?"

Das Bild drehte sich um. Jetzt glotzte Cyriak.

„Also heeren Sie", begann Hahn, „es ist eine entsetzliche Geschichte, in der ich ganz unschuldig zum Handkuss gekommen bin, wie der Pontius ins Credo. Ich sag Ihnen, da ist nur der verfluchte Sküs dran schuld, aber der Reihe nach."

Angefangen habe die Geschichte so: Einige Schmalzerln der Regierung haben Konzessionen auf den Teufelszwirnhandel bekommen. „Es sind ja, wie Sie wissen, eigentlich geheime Trafiken." Dazu sei ein schlechtes

Ameisenjahr gekommen, bissel Verpflichtungen habe man auch, die Mama habe nach Karlsbad müssen, na, so musste etwas geschehen, um seine traurige Finanzlage aufzubessern. Er habe schon daran gedacht, nebenbei die gefährliche Stelle eines Witwenkassiers zu übernehmen. Allein, bei seinem leicht entzündlichen Herzen, und – ohne eitel zu sein – auch bei seiner Erscheinung, wäre die Arbeit wohl zu viel für ihn geworden. Auch die Lebensversicherung habe Manderln gemacht, denn die Witwenkassiere, durch die Bank schon nach wenigen Monaten bloß noch Skelettgigerln, werden nie alt. Und die Institute haben recht.

Zuerst mag ja diese Art von Beschäftigung recht lustig sein. Zugestanden, aber dann! Wer hat noch nie einen recht abgehetzten, traurig geschniegelten, schönen Mann mit weinerlichem Schnurrbart halbschlafend in einer Kaffeehausecke hockend vorgefunden, vereinzelte Bettfedern am entweder geckenhaften Sakkoanzug oder vertrauenerweckenden Gehrock, die Augen glanzlos, die Wangen fahl, hinter den Ohren grässliche Hungergruben, dazu das Sterbeglöckchen durch den Großstadtnebel wimmern gehört? Dann fährt wohl so ein schläfriger Kaffeezecher jäh auf, zahlt und wankt, bisweilen statt der Aktenmappe einen Stiefelknecht unterm Arm, das ist das letzte Stadium, mit geknickten Knien auf die Gasse … in den nächsten Alkoven … Ja, das war ein Angehöriger dieser Gilde, der, vom funkelnden Mammon angelockt, das sichere Opfer des lüsternsten Teiles unserer Mitbürgerschaft werden muss, muss, ohne Rettung. Also, das war nichts gewesen.

Aber eines Tages seien einige vermummte Herren in etwas hohen Zylindern – „hibsch was Feines" – zu ihm ins Geschäft gekommen, was ihn weiter nicht stutzig gemacht habe, da meistens nur Vermummte bei ihm kaufen. Sie hätten gehört, so fingen die Vermummten nach einigem Räuspern an, dass er, Philipp Edler von Hahn, seinerzeit als Hofrat am Bombenetikettierkontrollinstitut im Kriegsministerium zu Wien tätig gewesen sei, ja, die rechte Hand vom Minister gewesen wäre. Darauf er, Hahn, nun, es stimme nicht ganz, das erste nämlich, das zweite wohl.

Welches dann sein Ressort gewesen sei?

Er bedaure, darüber tiefstes Schweigen beobachten zu müssen.

Ob er diesen Schleier nicht doch ein wenig lüften könne? Es wäre in seinem Interesse, ungemein wichtig zu wissen, da man willens sei, ihm einen äußerst lukrativen Posten anzutragen, falls seine Vorkenntnisse in das Fach, um das es sich handle, einschlügen.

Nach einigem Zögern erwiderte Hahn, dass er, ohne das Amtsgeheimnis zu verletzen, nur soviel andeuten könne, dass es sich in seinem Fall um die Vorreiter der damals noch bestandenen Dampftramway beziehungsweise um deren besondere Verwendung im Kriegsfalle gehandelt habe.

„Das genügt", sagten die Vermummten, nachdem sie bedeutsame Blicke miteinander gewechselt hatten, „wir sehen, dass man Ihrer schätzenswerten Umsicht schon in Ihrem früheren Vaterland einen bedeutenden Posten anvertraut hat. Wir sind", und sie öffneten ein weitläufiges Papier, „beauftragt, einen entschlossenen Mann zu finden, der die nötige moralische Eignung, die nötige Kraft und den nötigen Scharfblick hat, einer im geheimen betriebenen Knallerbsenfabrik als kommerzieller und technischer Leiter vorzustehen."

„Ja, mein Lieber, ich habe damals genauso geschaut wie Sie, aber glauben Sie vielleicht, Knallerbsen wachsen auf den Bäumen, oder alte Jungfern können sie neben dem Kanaribauer in Blumentöpfen ziehen? Nein und tausendmal nein!" Er war aufgesprungen und fuchtelte drohend mit dem Zeigefinger. Grämlich fuhr er dann fort: „Ich schweige ganz von der furchtbar gefährlichen Arbeit, das Knallquecksilber auszuwägen. Nein, was allein schon die Verantwortung bedeutet, über die Moral der Seidenpapierwutzlerinnen eines solchen Werkes zu wachen! Ich will ja gar nicht einmal von der Miehe reden, die Petentinnen auf ihre körperliche Tauglichkeit zu untersuchen. Man unterzieht sich ja gern jeder Arbeit. Aber insbesondere fällt da eine minuziöse, mit wissenschaftlichen Operationen aufregendster Art verbundene Messung der Bauchmuskulatur ins Gewicht, da diese Gattung von Mädchen naturgemäß gekrimmt sitzen … beziehungsweise in hipfender Stellung davonrollenden Tonkiegelchen … Tonkiegelchen …" Hahn hatte auf Grund seines in langjährigem Staatsdienst immerhin abgenutzten Gehirnes und der Länge der Periode den Faden verloren und sah sich hilflos um. „Das ginge ja noch alles, aber nach Verlassen der Fabrik muss jedes Mädchen einer genauen Leibesvisitation unterzogen werden, was natürlich alles auf mir gelegen ist."

„Verzeihen Sie", warf Cyriak ein, „warum ist denn ein so harmloser Betrieb, ich muss zu meiner Schande gestehen, dass ich mir noch nie über die Genesis dieses artilleristischen Artikels Gedanken gemacht habe", – Hahn machte missbilligend „T-t-t" – „warum ist denn über ein so harmloses Unternehmen ein solcher Schleier des Geheimnisses gebreitet?"

„Weil sich der Sküs so vor dem Schießen fürchtet, verstehen Sie? Haben Sie dortzulande zum Glockengeläute Kanonendonner oder selbst nur Pöller gehört? Na also, es darf eben prinzipiell nicht geschossen werden. Höchstens mit Papierstanitzeln. Punktum! Gefällt mir eigentlich. Also, es hat im Anfang sehr hibsch getragen. Da will's eines Tages das Unglück, dass der junge Dösemann, der Raffael, aus Rom, wo er die Kunstakademie frequentiert hat, heraufkommt und mich besucht. Na, Sie wissen ja, die Firma seines Vaters hat bekanntlich ein Auge auf alle Juxartikel – falsche Mäuse, Stinkbomben, künstliches Kindergeschrei, Taschenfontänen, deren Plätschern bei Konzerten so stört – ein Auge geworfen, und was weiß ich noch alles. Was tut also der junge Raffael in Sammetrock und Lavallière? Kauft bei mir ein Paket Erbsen und knallt, nachdem er ein Gläschen über den Durst getrunken hat, die ganze Nacht herum. Die Stadtguardia hat ihn lange nicht verhaften wollen, weil sie eben auch nicht sicher war, ob die Sache ungefährlich ist, denn es handelt sich bei mir um besonders große – Knallwalnüsse – könnte man sagen. Sie sind ihm nach, bis er wo in einem Rinnstein eingeschlafen ist. Da haben s' ihn überwältigt und mit allen Schikanen inquiriert, bis er meinen Namen angab. Der Polizeiamtsdiener hat mich rechtzeitig gewarnt. Jetzt bin ich dagestanden! Wer die Vermummten waren, hätt ich nicht einmal sagen können. Also ich bin mit knapper Not bei Nacht und Nebel geflüchtet. Mein Geschäft hat man konfisziert, jetzt betreibt irgendein Neffe einer angesehenen Persönlichkeit, die mir vielleicht den Fallstrick erst gelegt hat, dasselbe, und ich sitze als Auswanderer hier. Aber mir ist nicht bange, mein Vermögen hab ich sowieso im Ausland gehabt, und jetzt gehe ich nach Konstantinopel und heirate eine levantinische Millionärin, die bekanntlich nur so auf schöne Abendländer, sogenannte Franken, warten. In Wien hat man sie früher bloß die Cholerabräute genannt."

„Die Cholerabräute, ja pfui Teufel, was für unappetitliche Choristinnen des Liebestheaters!"

„Sagen S' das nicht, im Gegenteil, alles reiche, begehrenswerte Mädchen. Direkt musprig, sag ich Ihnen. Nun, ad vocem Cholerabräute, das war so: Wann im Orient die Cholera ausgebrochen ist, das war förmlich eine Saisonangelegenheit. Wie die ersten Nachtigallen begonnen haben, schwermietig zu fleeten, war Ihnen auch schon die Cholera da. Und da sind die reichen Familien gefliechtet. Die erste Station war immer Wien. Junge Kavaliere mit Schulden haben von jeher die Hotelportiere beauftragt, ihnen die Ankunft solcher vor dem nassen Tod davongetschuckten Goldfischerln zu melden. Wie viele meiner Kollegen haben sich auf diese Weise versorgt! Auch sonst bestehen – heer ich – gewisse Zusammenhänge zwischen Byzanz, was ja die Levante war, und Österreich, und soll beispielsweise Bisenz in Mähren …"

Ein Mann, der eingetreten war, ließ das Gespräch verstummen, so ungewöhnlich sah er aus: wallende Mähne, majestätische Figur, Knebelbart, licht-zwetschkenfarbene Nase. Sonst war der Ungewöhnliche eine Symphonie in Gelb und fahler Sandfarbe. Mit heiser donnernder Stimme bestellte er ein Glas Wein. Mit blutunterlaufenem Blick musterte er das gleichfalls blutrote Getränk und zerknackte dabei heiser murrend ein Schinkenbein, das ihm sein Begleiter, ein zitternder, flohbrauner Diener, mit rasch zurückgezogener Hand gereicht hatte.

Es sei der berühmte Naturforscher Professor Flavian Nekdennobel, flüsterte eine Stimme hinter einer Zeitung. Ein goldener Löwe, der eine Gazellenherde verfolgt, baumelte an seiner Uhrkette, was man mit allseitiger Achtung feststellte. Jetzt ging nochmals die Tür auf, und ein gar seltsamer Geselle stolperte herein, ein noch junger Mann, ganz und gar farblos, ohne Augenbrauen und Wimpern, ein Plaid über die Schulter, einen Feldstecher umgehängt. Obwohl noch mehrere Tische frei

waren, steuerte er auf Nekdennobels Tisch los. „Ent-
schuldig… is … ist hier … noch frei?"

Der löwenartige Herr blickte grimmig von einer Rie-
senzeitung – offenbar einem Kolonialblatt – auf, sah den
Eindringling wütend an und murrte etwas überaus Un-
freundliches.

„Bi… bi…", weiter kam der neue Gast nicht. Ein aber-
maliger furchtbarer Blick über der zwetschkenfarbenen
Nase ließ ihn ganz in sich zusammenfallen. Nach einiger
Zeit ließ er sich aber wieder hören. „Pfeyffdemkalb, mein
Name, Adolar Pfeyffdemkalb … ich reise zu meinem
Vergnügen …", und dann zu einem Kellner: „Ja, geben
Sie mir Klops … na ja, bichische Kriftstecks … Hlopps …
na ja … is doch dasselbe … und dann bitte … eine Zei-
tung." Man brachte ihm das gewünschte Journal. Alles
war schon aufmerksam geworden. Die Stille war lautlos.

Plötzlich senkte Herr Pfeyffdemkalb das Blatt, tippte
auf das Journal des sandfarbenen Gegenübers und begann, unbeirrt durch den geradezu furchtbaren Blick des
Gewaltigen: „Eben lese ich, dass eine Dame in Salzburg
irrtümlicherweise einen Flötenwisch … nein, Fleder-
busch … ach, Lederfisch … Federlzisch … nein … Me-
derlpisch … in den Kaffee", hilflos sah er sich um, total
irritiert und fassungslos geworden durch den Furchtbaren, mit dem er so unvorsichtig angebandelt hatte. Hahn
schlenkerte die Finger.

Und jetzt geschah das Entsetzliche. Nekdennobel
ballte die Zeitung zusammen, hieb drohend mit der
Faust auf den Tisch und wollte sich, vom jammernden,
flohbraunen Diener mühsam zurückgehalten, auf Pfeyffdemkalb stürzen.

Allein, der Wimpernlose sprang flink auf, rannte den
Kellner, der die dampfenden Klopse hoch erhobenen
Armes hereinbrachte, über den Haufen und war ver-

schwunden. Nekdennobel warf den Tisch um und setzte dem Feigling zornsprühend nach.

„Oh, das ist schrecklich … ich heiße Kratochwil, werde aber Philibert gerufen. Der gnädige Herr ist nämlich ein wenig gestört, überarbeitet. Oh, es wird ein Unglück geben, wenn er ihn erwischt! Einen gewissen Herrn Zdenko Kaskeller, den wir unlängst kennengelernt haben, hat er auf den bloßen Namen hin fast erschlagen, war auch ein recht unsympathischer Herr!"

„Um Himmels willen, der Aff!", schrie plötzlich Naskrükl auf, der durch das Fenster gestarrt hatte. „Der bringt 'n Affen um, da schauts her … da schauts her", und Naskrükl sank stöhnend in den Sessel zurück.

Alles sprang auf, der Flohbraune rang die Hände und jammerte laut, der Herr sei ja ein Jahr im Irrenhaus gesessen wegen dem, dass er sich für einen Löwen gehalten habe. „Und a Aff bringt 'n außer Rand und Band … gschwind d' Feuerwehr holn, d' Feuerwehr … der gnä Herr hält sich ja für einen Löwen!"

Vor der Osteria hatte sich eine grässliche Szene abgespielt. Nekdennobel war Herrn Pfeyffdemkalb eine Zeitlang nachgelaufen. Dann kehrte er keuchend und wutverzerrt wieder um und entdeckte den Affenkäfig, den Naskrükl unglücklicherweise nicht unter Dach und Fach hatte bringen lassen. Herr Käfermacher hatte gerade ein Nickerchen gemacht und erschrak wahnsinnig, als er den grässlichen Herrn mit dem Löwenbart entdeckte, der Miene machte, den Käfig zu zertrümmern. Ehe ihm das gelang, hatte aber Käfermacher die Tür geöffnet und begann in langen Sätzen davonzulaufen, zu laufen, wie es ihm niemand zugetraut hätte. Nekdennobel hinterdrein, und bald waren beide in einer Staubwolke verschwunden. Naskrükl musste zum ersten Mal im Leben gelabt werden.

„Naa, das Unglück … das Unglück! Dös hat ma davon, wann man an Mitmenschen Wohltat erweisen will. Der grausliche Ding bringt 'n um … an Toten um … werds 's sehn, wann er 'n umbringt." Naskrükl starrte vor sich hin. „Da geht er wegen Leichenschändung und Mord in einem … 's erschte Mal, dass es so was gibt! Dees wird in die Gesetzbiecheln als Fußnote stehen … und … mein Nam … danebn, mein guater Nam, mein guater Nam … Dös wann mei seliger Vatter wüsst … und mei guats Mutterl … mei guats Muatterl …"

„Alsdann, das war gar kein Aff", sprach mit stechendem Blick der gewesene Mehlwurmhändler zum gebrochenen Naskrükl, der – ein rotes Taschentuch schlapp herunterhängen lassend – als Bild des Jammers dasaß. „So so, ich glaube Ihnen gegenüber bemerken zu missen … no ja, meine Pflicht als loyaler Untertan Ihrer vier Majestäten verlangt das … dass Sie da in einer beesen Patsche sitzen! Auch wenn, was ja kaum vorauszusehen ist, Herr von Nekdennobel dem … Herrn … Käfermacher … – Sie sehen, dass ich im Bilde bin – nichts tut beziehungsweise denselben verschont. Erinnern Sie sich, wie ich Sie damals im Kaffeehaus gewarnt habe? Dass gerade ich es war, der Ihnen den teiflischen Plan auszureden versuchte, was meine Pflicht als Mensch, als Jurist und als mehrfacher Staatsbirger mir gebieterisch vorschrieb! Aber es gibt noch andere Pflichten dem beleidigten Gesetz, der Religion gegenieber. Und wer weiß, ob ich sie nicht ausieben werde missen!" Seine Nase wurde noch grämlicher als sonst.

„Ja, was soll i denn nachher tun?", seufzte Naskrükl und wand den Angstschweiß aus dem roten Schnupftuch mit dem Bild der unvergesslichen Königin Therese von Bayern, die ihn als unschuldiges Knäblein aus der Taufe geholt hatte.

„No", erwiderte der dämonische Mann, dem er jetzt zum ersten Male die Beziehungen zum Teufelszwirn deutlich ansah, „es wäre denn, dass eine Hand die andere wäscht … beziehungsweise zum Schweigen bringt.

Also, ich will den Schleier der Vergessenheit über den Affen und Sie breiten. Aber, was Sie dem Pseido-Affen tun, kennen S' mir auch tun. Bringen S' mich nach Kythera. Wie S' das machen, ist Ihre Sache!"

„Ja, wie soll i denn dös machen? Soll i Sie als Mehlwurm kostümieren mit an Sträußerl Deifelszwirn im Knopfloch? I bin ja nicht der Hagenbeck!"

Und jetzt geschah das Unerwartete, das niemand glauben würde, wenn es in einem Roman vorkäme. Wer trat herein? Herr Kommerzienrat Hagenbeck in Person! Alles stand auf, als der illustre Gast eintrat. War es das Zwingende in seiner Erscheinung, die Sympathie, aber auch bezwingende Macht ausatmete, oder war es das in jedes Menschen Unterbewusstsein schlummernde Tiersubstrat seiner Maske? Wohin du blickst und etwas mit dem Auge der Seele zwinkerst, siehst du die Mitmenschen als ihre eigene mystische Cousinage herumlaufen: Ochsen, Esel, Kaninchen, Katzen, Ziegen, Wildschweine, und was weiß ich noch alles.

Herr Hagenbeck, der etwas nach Löwe roch, aber sich als ungemein liebenswürdiger Gesellschafter entpuppte, schritt elastisch auf Naskrükl zu und schüttelte ihm beide Hände. „Ich hörte zu meinem größten Bedauern, dass Ihnen, Herr Rat, von dem ich schon so viel gehört habe, ja … Ihr epochales Werk über die Verzeichnungen in den Ridingerischen Tiergestalten kenne ich, liegt auf meinem Nachttischchen … ja … ja. Und Ihre Forschungen, ob auch die Lindwürmer am Pips gelitten hätten … an Skelettfunden nachgewiesen … nun, nun, Sie können stolz drauf sein! Wer so viel weiß, hat ein Anrecht, geehrt zu werden. Uns vom Fach hat die Sache tief bewegt, tja. Also ich habe gehört, dass Ihnen durch einen lieben, allerdings ein wenig sonderbaren Freund recht Unangenehmes geschehen ist. Nekdennobel ist ein überarbeiteter Gelehrter. Die Welt dankt seinen Forschungen über die Löwenlosung und deren Lage zur Windrose unendlich viel, und er ist es auch, der in der Vorrede zum neuen Baedeker über Zentralafrika so sehr warnt, im Dschungel ‚miez, miez‘ zu rufen. Wie viele Menschen hat er gerettet! Man munkelt, dass er der heurige Nobelpreisträger sei. Ja, ein kleiner Dauerlauf wird ihm nicht schaden, und Affen sind ja überaus flink, er holt ihn nicht ein! Ich kenne das."

Naskrükl drehte verlegen den Zylinder in den Händen und öffnete Hagenbeck sein Herz. Er beschönigte keineswegs seine verbotene Tat, die ihm nur das Mitleid eingegeben, und schilderte ihm seine Seelennot in so überzeugenden Farben, dass Hagenbeck ihm beruhigend auf die Schultern klopfte und seine Hilfe versprach. Er gelte etwas in Kythera, dabei strich er seinen schönen Bart, er wolle die Sache ordnen. Hahn könne er ohne weiteres als Tierwärter – „ja, lassen Sie mal sehn, natürlich, mit dem Profil geht's!" – und zwar als Beduinenscheich einschmuggeln.

Ein Kopftuch war bald zur Stelle, weite Hosen, ein malerisch drapierter Mantel, eine lange Flinte wurde aus einem Stiefelknecht und einem verrosteten Gasrohr improvisiert und die Bewaffnung durch ein Wurstmesser ergänzt, der Griff mit Stanniol umwickelt, eine in Tinte getauchte lange Salzgurke als Pistole in den Gürtel gesteckt – der Mann sah famos aus! Und so erfolgte wenige Stunden später der Einzug der uns lieb gewordenen Gruppe in Kythera.

Voran wurde der Käfig mit dem grämlich blickenden

Affen von Dienstmännern dahingerollt. Dahinter schritt ernst und würdig der als Wüstensohn kostümierte Hahn, das träumerische Auge falkenhaft in die Ferne gerichtet, sei es, um dort die Wonnen einer Fata Morgana zu schlürfen oder die Anzeichen eines drohenden Chamsin rechtzeitig zu erkennen. Hagenbeck und Naskrükl, Arm in Arm, folgten durch ein Spalier salutierender Zollbeamter. Nur Käfermacher hatte ein bisschen zu leiden, denn ein ernster Mann mit einer ungeheuren Spritze bestaubte den als Affen vermummten Globetrotter mit einer dichten Wolke von Insektenpulver. Ob der überraschte Käfermacher in seinem Gehäuse tobte, konnte man nicht sehen. Noch geraume Zeit dampfte sein Fahrzeug, aus dem bittrer Husten kam, wie eine Waschküche, und der majestätische Scheich verhüllte das Haupt mit dem Burnus.

Und doch war das Bild des Hafens von Kythera so entzückend! Im unverschämt blauen Wasser wiegten sich bloß wenige Fahrzeuge, aber eines barocker und prunkhafter als das andere. Ganz toll geformte, buntbemalte Bauten mit reich vergoldeten Balkons, spangrün, rosenrot, levkojenartig gesprenkelt. Schwere Seidenzelte, breit gestreift, dienten zum Sonnenschutz oder barockgeschweifte Parasols mit Quasten und Glocken. Marmorblöcke formten den Kai, überall mit phantastisch dekorierten uralten Bronzekanonenrohren gespickt, die zum Halten der Taue dienten. Ringsum erhoben sich antike Tempelchen in reizendem Verfall, Verkaufsbuden, Konfiserien.

Eine Statue Watteaus unter üppigem Baumschlag, Liebespaare lagerten dort, goldbrokatene Damen und flötenblasende Herren. Ein junges Mädchen zog sich gerade aus, von zwei Damen sachlich belorgnettiert. Hahn verhüllte das Haupt. Naskrükl stieß verwundert Cyriak an, der ihm nur ein Zeichen machte, dass er sich hierzulande noch auf ganz anderes gefasst machen müsse.

Der Affe machte Sensation. Man nötigte die schwitzenden Dienstmänner, Halt zu machen, umringte den Käfig und begann das vermeintliche Tier mit Bonbons und Näschereien zu kirren. Als man aber so weit ging, dem bedauernswerten Zirkusschaustück ein Tässchen Mokka – reines Gift – zu reichen, riss dem gequälten Hypochonder die Geduld, und er begann ganz grässlich zu quäken und in wütendem Diskant so zu schimpfen, dass er das Gebiss verlor. Ein King-Charles-Hündchen apportierte es sofort und schaute mit neckischem Triumphblick herum. Die verklärten Bewohner Kytherens waren starr. Ein Liebespaar, das einige Meter entfernt auf einem Blumenbeet, das als winziges Inselchen künstlich angelegt war, geflirtet hatte, kam eiligst in einem so winzigen Boot herangerudert, dass der Herr die Dame rittlings auf den Schultern halten musste.

Alles umdrängte den Käfig, hinter dem Rat Naskrükl stand und sich den Angstschweiß von der Stirne wischte. Den Zylinder hatte er auf den Boden gestellt. Auch Kommerzienrat Hagenbeck machte ein sehr ernstes Gesicht, knipste unruhig mit den Fingern oder hauchte auf den Zwicker, den er dann nervös nirgends unterbringen konnte. Den Dienstmännern war alles wurst. Sie schienen an die merkwürdigsten Transporte gewöhnt. Der Beduine hatte sich umgedreht und spielte gedankenvoll mit dem Griff der Salzgurke oder machte so, als ob er den nicht vorhandenen Hahn des Stiefelknechtes spannen wollte. Oh, hätte man denselben doch durch eine Schnellheftklammer vorgetäuscht, mit einem Stückchen Käse statt des Feuersteines im ehernen Mäulchen.

„Meine Herrschaften", brach endlich Naskrükl das Schweigen, „ich bitte um Diskretion … der Affe da ist

ein meiniger Freund … nebenbei ein lieber Toter …
das heißt, nein, ein lebender Leichnam … kurz: Dostojewski." Eine sichtbare Bewegung ging durch die
Anwesenden.

„Ah", ließ sich ein geziertes, überaus geschniegeltes
Herrchen vernehmen, „plaisir de faire votre connaissance, Monsieur Dostojewski. J'ai l'honneur de me presenter, Marquis Seladon troisième Vicomte de Gyf-Gyf-Bourriquant, Paris, rue Femme sans Tête." Käfermacher
wappte tonlos mit dem missgeformten Mund. Naskrükl
rang die Hände, dass es knackte.

Hagenbeck tippte ihm auf die Schulter. „Lassen Sie
die Herrschaften dabei, ist das Beste … werden später
schon einen Ausweg finden, uns aus der Affäre zu wickeln."

„Ach, wie interessant", flötete das nackte Mädchen,
das natürlich auch zum Käfig getreten war, „ich
schwärme für die russischen Dichter … alle so originell
aussehend … Natürlich, selbst mit Tolstoi hat der Herr
Ähnlichkeiten. Möchten Sie mir nicht ein Autogramm
auf den Fächer schreiben?"

Käfermacher, wie wir wissen, ein grämlicher Podagrist durch und durch, begann vor Entrüstung über die
rosige Nacktheit vor seinen Augen wie toll im Käfig herumzuturnen. Er hatte, wie es später herauskam, noch
nie ein unbekleidetes Mädchen gesehen und verlor
einen der Zugstiefel, an dem ausgestopfte Handschuhfinger angenäht waren.

Da trat Cyriak vor. „Meine Herrschaften, der Herr ist
überarbeitet, schwer nervös, und um allen Interviews
auszuweichen, wählte man diese Maskierung. Bitte, bitte
Sie alle um äußerste Diskretion, es ist natürlich nicht
Dostojewski. Wollen Sie mir als Damen und Kavaliere
das versprechen?"

„Natürlich, natürlich", tönte es im Chor. Das legere Fräulein sandte dem Affen noch einen aus tiefer Seele kommenden Blick zu, die kleine Kolonne setzte sich wieder in Bewegung, und Cyriak sah zu seinem Missvergnügen, wie einige Kavaliere sich auf schnaubende Renner schwangen, die im Hintergrunde gegrast hatten.

Auf seinen Rat übernachtete man heute in der „Goldenen Muschel", um erst morgen die Fahrt in die Residenz fortzusetzen. Kaum in der „Muschel" in Ordnung gekommen, wendete sich Cyriak an Naskrükl. „Sie haben da einen netten Pallawatsch angerichtet! Welcher Teufel hat Sie denn geritten, den unglücklichen Käfermacher als Dostojewski auszugeben, Herr, wie können Sie! Jetzt wird natürlich ganz Kythera auf sein, obschon man hier wenig denkt. Das Amusement ist hier oberstes Gesetz, genau wie im französischen Rokoko, aber diesen Dichternamen kennt man, es gehört zum guten Ton, in den kostbaren Bibliotheken seine Werke in Goldmaroquin zu haben, natürlich die Einbände bloß. Fast alle Bücher hierzulande sind Attrappen, kein Mensch wird Ihnen glauben, dass er tot ist."

„Joi, joi, joi", stöhnte Naskrükl, „die Leut da haben mi ja nit ausreden lassen, mir wär ja gar nie eingfalln, den Käfermacher für an Dostojewski auszugeben, von dem ich in der Sammlung an verschwitzten Hosenträger hab. Naa, so wahr i Xaver heiß, i hab ja bloß sagen wolln, ein dostojewskischer Fall, a lebender Leichnam. Gwiss is's wahr, und hab sagen wollen, wie's auch seine Richtigkeit hat, dass der Aff an Fußfall machen möcht vor den Stufen des allerhöchsten Thrones. Und am Schluss hab i ja eh gsagt, dass es gar nicht der Dostojewski ist."

„Das war das Schlimmste", murmelte Pizzicolli, „jetzt ist es diesen Weltlingen Gewissheit geworden, dass es der unsterbliche Dichter war, der auf so seltsame Weise, wie es ja Phantasten lieben, in Kythera einziehen wollte."

„Scheußlich, scheußlich", weinte Naskrükl fast, „aber das kommt davon, wann ma redt, wie oft hat mein seliges Mutterl gsagt ‚Xaver, Xaver, 's größte Unglück auf der Welt kommt von an ganz kloan Stickerl Fleisch, is blaurot und alleweil feicht … die Zunge!' Sie hat's in einer Predigt von Zacharias Werner aufgschnappt. Ja, ja, die Zunge", brüllte er jetzt, dass alle Fliegen davonstoben, „drauftreten sollt ma sich, unter die Tramway sollt ma s' legen oder vom Schnellzug wegführen lassen … I bin a brochener Mann … a brochener Mann … a brochener …"

Jetzt kam Hahn herunter, wieder in fränkischer Tracht, bloß den stechenden Blick eines Orientalenscheichs hatte er bis auf weiteres beibehalten. Die Obexsteige trug er in der Hand. „Also, ich trenn mich von eich, skandalös habts eich aufgeführt. Ich kann als angesehener, anständiger Mensch meine Hände zu solchen Fälschungen nicht weiter hergeben. Z'erscht einen, noch dazu Leidenden, zum Affen umgestalten und dann noch als Parnassien auszurufen, das geht zu weit. Nein, da tu ich nicht mit, wo ich noch dazu mit einem Ehrenobex geziert bin, ja, mein Obexerl", fuhr er fort und streichelte zärtlich das eigenartig borniert wirkende Zierstück, „ja, mein Obexerl, brauchst dich nicht fürs Herrl schämen! Also, wie gesagt, wir kennen uns nicht mehr! Das wär noch schöner mit einer Art Mädchenhändler wie Sie …"

„Was erlauben Sie sich", brauste Naskrükl auf, „i a Mädchenhandler … das nehmen S' zruck … des Wort!"

„Nein", kam es kalt von des Teufelszwirners Lippen, „jeder, der mit vermummten Menschen umeinand zieht, kommt amtlich in obigen Geruch, und wer weiß, ob die

Öffentlichkeit nicht anfangen wird zu munkeln, dass der Aff am End …"

Naskrükl griff, bleich vor Entsetzen, irr in die Luft und stürzte krachend vom Sessel. Pizzicolli sprang dem Erkrankten zu Hilfe.

„Das war die Hand des Schicksals. Ich habe mit Gezeichneten nichts gemein." Mit diesen kalten Worten verschwand der eisige Sekretär mit dem wippenden Spitzhut.

Nach längerem Bemühen kam der gestürzte Rat wieder zu sich. „Wo bin i?", war seine erste Frage. „Ja, ganz richtig, in der ‚Goldenen Muschel'." Dann richtete er sich auf, putzte sich das Beinkleid ab und murmelte: „Der eiskalte Zipf, der eiskalte, jetzt, wo i im Unglick bin bis zum Hosenschlupf – weil's a wahr is –, jetzt möcht er mi nimmer kennen, und früher ist's immer gangen ‚Naskrükerl hin und Naskrükerl her', ob i eahm net a an goldenen Vogelbauer wüsst oder gar a diamantenbesetzte Hühnersteigen. Und wenn dees net, 's Hauskapperl von Dante oder an Keuschheitsgürtel von der Philippine Welser. Er hätt nur an einzigen, den von der Aspasia mit ihrem Monogramm und der Krone. Aber der sei ihm im Museum als zweifelhaft verekelt worden. No ja, die neubachenen Dozenterln wollen ja alles besser wissen, die Tröpf! Wie gsagt, im Unglück lernt man seine Freunde kennen", fuhr er freundlich blickend fort: „Ja, Pizzicolli, des vergess i Eahna net, und wann S' amol was brauchen, nacher erinnern S' Eahna, dass S' an mir an Freund, an Onkel haben. Sag ma einander ‚du', magst Cyriakerl?"

Die beiden Freunde begossen das neue „Du" mit feurigem Malvasier, der gar nicht weit von hier, in Monembasia – auch Napoli di Romagna genannt – die Glut des Himmels erblickte. Aber auch Ernstes, Naheliegendes kam zur Diskussion. Nach längerem Hin und Her kamen sie überein, dass es nach dem Vorausgegangenen am besten wäre, Käfermacher als solchen wieder erscheinen zu lassen. Einmal im Lande, würden Pässe nicht mehr gefordert, und speziell er sei so unscheinbar, dass niemand ihn beachten würde.

„Alsdann, ziag ma 'n Affen aus! Sein Koffer mit seinen Zivilanzügen is ohnedies mit. Gehn mer aufi! Er wird a Freud habn, dass er endlich aus der Affenglufft aussa derf ..."

Was war das? Rauschende Blechmusik ertönte, hellklingende Kommandorufe in prachtvollem Mezzosopran und Altstimmen. Ein Donnerschlag ließ das Hotel erzittern. Die Herren sahen sich sprachlos an und eilten ins Freie. Um Himmels willen, ein festlicher Aufzug! Notable als Kalchasse gekleidet, doch mit Zylindern, blumenstreuende Mädchen, das Niedlichste, was man sich denken konnte, eine Ehrenkompanie. Auch hier erlesen schöne Mädchen mit silbernen Musketen voll Liebesemblemen.

Evoë- und Jobakchoi-Rufe. Naskrükl schwante Schreckliches, und wie recht er haben sollte, bewiesen die nächsten Minuten. Wer wurde von lachenden Mädchen, von backfischenen Megären, von impuberen Erinnyen im Triumph eingeholt, besser: herausgeschleift? Der unselige Käfermacher, noch immer als Affe kostümiert, bloß im Gesicht – gewiss mit einem Benzinlappen – von zarter Hand rau abgeschminkt.

Der irrsinnig gackernde, wutschnatternde Vierhänder wurde schließlich nach einigen Püffen aufgestellt und vor dem Zusammenknicken durch kräftige Kniestöße in der Wirbelgegend bewahrt und durch Stöße zum Gradstehn gebracht, in die Gegend, wo er kümmerliche und asymmetrische Gesäßrudimente sein Eigen nannte.

Greise traten vor, entfalteten Rollen und hielten sie ganz knapp vor die Augen oder sehr weit weg, deklamierten mit bewegten Bärten. Und all das, was Pizzicolli dem schwermütigen Hahn auf Cerigotto so lecker ausgemalt hatte, geschah vor ihren Augen.

„Kumm, kumm, gehn mer", sagte endlich resigniert Naskrükl zum neuen Neffen, „gehn mer, lassen mir 'm Schicksal seinen Lauf. Da kannst nix machen. Servus, hast den ‚Knödl' gsehn, den ihm die hübsche Blonde mit dem gschnappigen Gfriesl geben hat, weil er nicht rechtzeitig ‚evoë' gerufen hat! Der Mann muss von besseren Eltern sein. Wiar a Bock is er in die Höh ghupft, ja, so ein gesprungenes Häfen halt oft mehr aus, als man glaubt. Na, lassen mer ihn halt berühmt werden. Der wird ohne Erbarmen in die Akademie eingereiht … da kannst nix machen, ja, die Randstaaten."

21

Hahns Fahrt nach der Hauptstadt war richtig ganz anders vonstatten gegangen, als er es sich vorgestellt. Folgen wir dem steifen, langbeinigen Herrn zur Bahnhofskassa. Ein süßes Kokotterl, Kassierin.

Hahn will eine Karte lösen: „Eine Zweite nach der Residenz!"

Sie: „Wollen der Herr nicht noch ein bissel weiter fahren?", denn sie ist ja eigentlich Animiermädchen der Bahn.

„No, nein, aber es soll, heer ich, billige Retourkarten geben ..."

„Die billigsten sind", die Augen des schönen Mädchens glitzerten dämonisch, „die Retourkarten ins Nichts ..."

Hahn sah momentan irr auf. Eine düstre Gestalt in der verschossenen Uniform der Heilsarmee klammerte sich an des Teufelszwirners Arme.

„Oh, lassen sich bitte nicht betören, beschwatzen ... oh, lassen mich warnen, es geht in den Orkus!"

Ein Paar schwarzer, kerzenbetropfter Zwirnhandschuhe flackerte vor seinen Augen. Ein dumpfer, lederner Donner erhob sich grollend zu diesen Worten. Hahn drehte sich erschrocken um. Ein Hund beschnüffelte den spitzen Hutkoffer, der seinen Obex barg. Eine schauerliche Megäre mit einer türkischen Trommel, zugleich Chorklosettdame der Heilsarmee, stand hinter ihm und fletschte gelbe Zähne. Dabei roch es nach Chlorkalk.

„Oh, gertenschlanke Valeska", ein bunter Greis voll Jugendemblemen war, Hahn beiseite schiebend, an den Schalter getreten, „oh, gertenschlanke Valeska ... mir,

mir, das Kärtgen, wenn's auch in den Orkus geht! Ei, wenn Satane in Betriebsbeamtenuniformen das Pflaster mit Hornzangen markieren, meinetwegen glühend, und das Pflaster unter meinen Füßen wegzögen … was sagen S', schauen S' Ihnen die neuen Schucherln an!" Der Geck fiel um beim Bestreben, die Lackschuhe bis zum Zahlbrett zu heben. Der Express – fleischfarben emaillierte Lokomotive wie aus Weiberschenkeln gebildet, opalisierende Muschelgebäude als Waggons – brauste in die Halle. Halbnackte, glanzlederumgürtete Mädchen als Schaffner, sonst nix … der Diensthabende mit einem silbernen Schellenbäumchen, das alles verwirrte befremdend unsern guten Hahn dermaßen, dass er anfing, wirr um den spitzen Obexkoffer herumzulaufen, angefeuert von den Trommelrhythmen, vom kartenheischenden Portier verfolgt und verwirrt durch das Sanitätskorps, das sich um den vor der Kassa Gestürzten, einen gewissen Herrn von Schebesta, bemühte.

Die Fenster rasselten klirrend herunter und zeigten schöne Damen, die herauswinkten oder sich rougierten, daneben smarte Jünglinge oder alte Lebemänner. Hahn irrte jetzt am Bahnsteig herum, von einem Gepäckträger begleitet, der eine rote Nase als Dienstabzeichen an einem Gummischnürl umhatte. Er konnte sich nirgends einzusteigen bequemen, da er bemüht war, ins Abteil mit den schönsten Damen zu kommen. Dabei begann der Zug sich eben in Bewegung zu setzen. In diesem letzten Moment wurde Hahn in das Hundecoupé gestopft.

„Das ist infam, das ist infam, eines hohen Staatsbeamten unwürdig!", hörte man noch, während das letzte hosenbesteckte Bein Hahns in den Kotter gestopft wurde. Dann fiel die eiserne Türe knallend zu, und

Hahn kauerte hinter einem durchbrochenen Blech. Außer ihm waren noch drei Hunde im winzigen Abteil, wie er im Halbdunkel feststellte. Bei der nächsten Bewegung schrie Hahn wild auf. Ein Hund hatte ihm ins Bein gebissen.

„Bitte, beruhigen Sie sich!", flötete eine süße Stimme.

„Um Gottes willen, ich bin irrsinnig!", war das einzige, was man von unserem Freund hörte.

„Aber nicht doch", klang dieselbe Stimme, „wir sind gar keine Hunde, nur drei Ballettelevinnen, die das Hundefach studieren. Um das gründlich zu lernen, gehört auch eine solche Fahrt dazu." Dabei nestelte die Sprecherin ihre Maske ab – die eines zuckersüßen Bullys – und brachte ein ganz entzückendes Gesichtchen mit großen Augen und frecher Nase zum Vorschein.

„Hier sind Likörbonbons, aber hören Sie zum Raunzen auf ... ja, wo ist denn meine Tasche?"

„Bitt dich, lass den alten Trottel", knurrte die zweite Freundin, die Hahn keines Blickes würdigte. Dabei zog sie den Schweif an sich, den der Galante eben neckisch knipste. Die dritte schrieb gerade eine Ansichtskarte und reichte sie der demaskierten Freundin. „Bitt dich, unterschreib, an die Tilly Losch, hübsch, nicht? Die sieben pfiffigsten Männer Griechenlands!"

„Blamier dich nicht, die sieben ‚Weisen' soll es heißen ... du bist schrecklich, Assassanissa!"

„Ach, was kümmert mich das! Ich kann jetzt schon ausm Spagat den Salto Mortale machen ... das könnts ihr alle nicht."

„Oh, bitte", fuhr die Bissige fort und stemmte, um mehr Platz zu haben, Hahn mit beiden Beinen gegen die Blechwand des Coupés. „Zwanzig Drachmen gegen einen Obol, dass der Handlungsreisende da nicht mehr vom Fleck kann."

Hahn stöhnte erbärmlich, klebte aber an dem rhythmisch klopfenden Blech fest.

„Stöhnen Sie nicht, haben Sie lieber Manieren und stellen Sie sich vor! Sie haben ein Benehmen … zuerst in ein Dienstcoupé eindringen! Haben Sie überhaupt eine Bewilligung? In der nächsten Station kommt der Klavierspieler mit dem stummen Klavier herein – möchte wissen, wo der Platz haben wird!"

„Was, der Marcel kommt?", jubelte die dritte. „Der bringt gewiss Zigaretten mit, wir haben keine mehr –"

Hahn stellte sich vor und betonte seine gewesene hohe Stellung.

„Faseln Sie nicht", brummte seine Peinigerin, die ihn immer noch an die Wand gepresst hielt, „ich glaub, der alte Bursch lügt! Lies ihm doch mal in der Hand, Astaroth!"

Die Demaskierte beugte sich vor, zündete ein Streichhölzchen an und nahm Hahns Hand. Nach wenigen Sekunden pfiff sie leise. „Ein zukünftiger Königssprosss! Bitte gib die Füße weg, Lyonessa, einen Monarchen tritt man nicht an die Wand fest!"

„Also meinetwegen lass ich den Trottel aus."

Hahn war überglücklich. Welche Standeserhöhungsaussicht, wenngleich in hockender Hundestellung vernommen.

„Freilein scherzen gewiss nur?"

„Oh, nein", glitt es ernst von rosigen Lippen, „ich habe mich noch nie getäuscht!"

Eine Station machte dem interessanten Gespräch ein Ende. Hahn wurde trotz seines Widerspruches ausquartiert und musste einem jubelnd bewillkommneten Jüngling von schwermütiger Schönheit Platz machen, der ein zymbalartiges stummes Klavier an grünem Moiréband um den Hals trug.

Der enttäuschte Hahn aber donnerte in einem Coupé zweiter Klasse, in langweiligster Gesellschaft alter Engländerinnen, nach kurzer Zeit in die Halle der Residenz.

In unnahbarer Grandezza, den glänzenden Obex am zu kleinen Haupte, betrat er den Asphalt dieser Stadt, in der sein Schicksal einen der unglaublichsten Bocksprünge machen sollte.

Aus dem Zwitschern aller Spatzen glaubte er zu vernehmen „Philipp der Zukünftige".

22

Über Kythera ist bekanntlich viel geschrieben worden. Die Zahl der gelehrten Werke ist Legion und ihr Inhalt ohne Ausnahme von A bis Z sittliche Entrüstung. „Die Liebesinsel", „Venus", „das Paradies der Liebe", „das Ländchen des Sinnentaumels" und so fort, das Gequängel geiferbärtiger Gelehrter, von denen gewiss nicht ein einziger mit seinem hühneraugegeschmückten Fuß dieses Eiland betreten hat. Man kann über dieses Land denken, wie man will. Aber eines steht fest: In ganz Europa, was: auf der ganzen Welt gibt es keinen Staat, der eine so exklusive und uralte Aristokratie sein Eigen nennen kann. Wir müssen da weit ausholen.

Die Levante war zur Zeit der Kreuzzüge bis ins XV. Jahrhundert das, was nachher durch Amerika ersetzt wurde: das Dorado der Abenteurer, Ehre und Reichtum suchenden Ritter, von denen ja ein guter Teil über das Heilige Grab hinaus den Weg ins gold- und juwelenstrotzende Märchenland Indien gesucht hatte. Damals entstanden viele kleine unabhängige Staaten, von Epirus angefangen über ganz Griechenland, Kreta, Zypern und Kleinasien. Jede der Kykladen und Sporaden gehörte einem anderen Dynasten. Dort war es, wo die glanzvollen Familien der Dandolo, Cornaro, Grimani, Barbarigo, Venier und wie sie alle heißen, sich Glanz und Reichtum herholten.

Prachtvolle Hofhaltungen gab es in Athen, in Theben, Korinth und Thessaloniki, und die Residenz der Fürsten von Achaia, die prachtvolle Burg Klarenza unweit von Zante, war im ganzen Mittelalter geradezu die hohe Schule der Troubadours und der ritterlichen Sitte. Der große Türkensturm um 1470 machte der märchenhaften Herrlichkeit ein Ende, und den letzten Rest, die unabhängigen Inselstaaten in der blauen Ionischen See, vernichtete zur Zeit, als Tizian seine schönsten Bilder malte, ein Töpferssohn aus Lesbos, der gefürchtete Barbareskenadmiral Chaireddin Barbarossa.

Eines der anmutigsten Märchenreiche der Geschichte war zu Ende. Wie gesagt, in Kythera war man äußerst exklusiv. Dort war der glanzvollste Adel Europas versammelt. Alle diese Familien lebten in der Hoffnung, dass doch noch einmal ein glückliches Geschick ihnen ihre geraubten, aber vom gütigen Weltenbaumeister entzückend ziselierten Miniaturreiche zurückgeben werde. Eine Hoffnung, die durch die Astrologie stark genährt wurde. Diese Wissenschaft lehrt, dass die siebenhundertjährige Mondperiode zu Ende ist, die Zeit der Herrschaft der Masse, der Pöbelkulturen, und dass die Welt wieder am Beginn einer neuen, priesterlich-aristokratisch orientierten Epoche steht. Hinauf und hinunter, das ist das große Weltengeheimnis und dessen Symbol die Waage, heilig der Aphrodite, der Fürstin der ewigen Erneuerung, der Königin der Feen des strahlenden Lichtes der Jugend.

Kythera, der Aphrodite heiliges Land, hatte in den Glanztagen der Kreuzzüge in der Familie Venier ihr eigenes Fürstenhaus besessen, das in der ausgehenden Gotik den Intrigen Venedigs zum Opfer gefallen war. Heute regiert dort eine im Grund höchst ordinäre Familie, das Haus Centopalanche, obskuren genuesischen Ursprunges, aber, wie schon der Name andeutet, mit unermesslichem Geld behaftet. Von den wirklich guten Familien des Uradels hatte ja keine der anderen die Krone gegönnt, ganz wie in England.

Ja, ja, die Centopalanches! Pier Zosimo I. war als Lehrbub – wenn dieser Ausdruck für das hohe Metier gestattet ist – in Monaco gewesen und hatte dort die Duodezfürstnerei gründlich erlernt. Allerdings hatte er sich etwas Wagentürlaufmacherisches angewöhnt. Die allzu smarte Mischung von Hotelportier, Zigeunerprimas, Fremdenführer und Croupier hatte er natürlich etwas abdämpfen müssen. Besonders die eigentümliche, ewig kartenmischende Bewegung der Hände wurde ihm auf einer Fürstentagung ehrerbietig, aber dezidiert untersagt, ebenso die Gewohnheit, alle Geldstücke missbilligend zu betrachten und in die Westentasche zu stecken.

Übrigens war Zosimo I. nicht etwa auf dem Weg der Königswahl – wie früher im ehemaligen Polen – in den Besitz der Krone gekommen, nein: durch Kauf! Denn die Levantiner, und seien sie auch noch so vornehm, sind nun einmal praktisch und lassen sich womöglich alles bezahlen. Ich bin sogar überzeugt, dass sie selbst aus dem Jüngsten Tag noch irgendein kleines Profitchen herausschlagen werden. Aber schweifen wir nicht ab. Wie gesagt, der alte Centopalanche war aufgrund seines Befähigungsnachweises als gelernter, ja diplomierter Monarch an den Bewerb um die Krone dieser südlichen Insel herangetreten und hatte nach kurzem Kampf mit der Konkurrenz die ganze Geschichte mit Putz und Stingel gekauft, weniger um sich in einer von Tanzlehrern gestellten Zeremonienmaskerade zu bewegen, wie etwa sein vergangener Landsmann Napoleon – nein, um seiner vergötterten Tochter Fiordelisa dort einen Liebeshof als Venus zu halten.

Wie strahlte sein froschartiges Gesicht unter der goldenen Chapeau-claque-Krone vor Affenliebe, die jedem echten Südländer so charakteristisch zu eigen ist.

Der Hofstaat war aus zwei heterogenen Gruppen zusammengesetzt: den Vertretern der glanzvollen Familien des Landes und einer Gruppe von früheren Bekannten, die er mitgebracht hatte. Allerhand Don Quixotes fanden sich da ein: General Spulego, der sich alsbald des Kriegsministeriums bemächtigte; der geschwätzige Tintinabolo, der sich in alle Staatsaffären mischte; Ticchio, der die Herrschaften bei den Hoffesten fast zur Raserei brachte; der Dichter Durante Runcinelli, ein schon idiotisch gewordener Kahlkopf, der genauso wie Don Squasilio, der eitle Hofmann, um die Prinzessin Fiordelisa herumscharwenzelte und wütend auf seine Konkurrenten war, den übersüßen Squaccherato und Herrn Veneranz Zyrpenfloit, einen schüchternen, goldlockigen Amanten. Da gab es manchen Misston, der auf Rechnung des hohlen Schwätzers, aber für manche Dienste des inneren Hoflebens unentbehrlichen Marchese Piditerra zu setzen war; Misstöne, die Don Squasilio, der in alles seine Nase steckte, noch nach Kräften schürte. Die Unerträglichsten am Hofe aber waren Mangiacavalli, der gefürchtete Aufschneider, der langweilige Strimonella und – als schlimmster – Don Perogrullo, der furchtbare Besserwisser und größte Denker des Südens überhaupt. Dem Oberstzeremonienmeister Melchior van Quorkius, einem langwierigen, umständlichen alten Holländer, lag es ob, zwischen den Centopalanchianern und dem eingebornen Adel Klüfte zu überbrücken, und Quorkius tat dies, ohne von irgendeiner Seite Dank dafür zu ernten. Aber das war ihm wurst. Er hielt sich des herrlichen Klimas wegen dort auf und machte viel in Kaffee. Sein Sekretär, Pieter Cornelisz van den Snacken, von dem niemand wusste, ob er nicht taubstumm wäre, stand ihm treulich zur Seite.

Die Mehrzahl der Hofchargen stellte die andere Partei bei. Da waren ein Marquis Seladon, Florizel, Philemon, dann die Barone Damon und Phintias, auf deren dekadenten, parfümierten Schultern die Staatsgeschäfte ruhten. Die Minister führten Muschelhüte und Schäferstäbe und waren überall voller Seidenbänder in zarten Farben. Die reizenden Hofdamen Rosaura, Coralina, Isaura, Phyllis, Phasiphaia standen ihnen zur Seite und auch die pikante Gildonetta, die Choreagetin der Backfische bei Hof.

Natürlich war auch dieses Arkadien vom Auftreten Mezzetins, Pulcinellas und Arlecchinos nicht ganz verschont.

Etwa acht Tage später, inzwischen waren noch mehrere Gradiskaner angekommen, wurden unsere Freunde den höchsten Herrschaften vorgestellt. Der König hielt gerade im Freien Hof. Verfallene Säulen bildeten die Staffage, der froschgesichtige Zosimo thronte auf herrlichen Architravtrümmern, über die brokatene Polster eine golddurchwirkte Blütenpracht heraldischer Blumen entfalteten. Sein Hofstaat umstand ihn. Marquis Seladon blies eine sanfte Hirtenflöte, der idyllische Strimonella rührte ab und zu eine Schellentrommel und gab einem automatischen Schaf künstliche Blumen zu fressen, Runcinelli deklamierte, aber bloß mit den Händen, ein Gedicht. Mehrere Palasthündchen machten ballettartige Posen, und der Hofvirtuose Dulzedoni begleitete Runcinelli auf einem stummen Klavier, ab und zu in das Manuskript des Poeten blickend.

Vom üblen Teil der Palanchischen Hofclique war sonst niemand anwesend, weil die Aristokratie Kytheras heute Cercle hielt. Man war in alter Hoftracht des Quattrocento erschienen. Ein herrliches Bild, des Pinsels eines Cosimo Tura oder Paolo Uccello würdig.

Da sah man die gertenschlanken Visionen einer Violanta Contarini oder einer Iris Venier, gleich Nymphen eines gotischen Parnasses, dort wieder Valenza von Antiparos, begleitet vom goldgepanzerten Dragone

Zeno. Dort Ruggiero Premarini von Zia, der während der Saison seinen Palazzo am Cannaregio bewohnte, jetzt aber auf Kythera mit Marzella Dandolo und der dunkeläugigen Alix Ghisi flirtete.

Leone Venier und Nicoletto di Santa Maria Zobenigo wiederum bemühten sich zu zweit um die reizvolle Polixena Barbaro mit dem vielen Geld und der Yacht aus Rosenholz, die ihr der Onkel Cornaro aus Candia geschenkt hatte, man munkelte allerlei.

Andere Paare waren Ottaviano von Namphio und Elisabetta Pesaro mit dem goldenen Haar und den Augen von der Farbe von Alpenblumen, Isabetta Bragadin und Fantino von Seriphos; Simonetta Michieli, die, von Albano von Tinos geführt, eifersüchtig auf Andrea II. von Santorin blickte, den Admiral von Kythera und der Romagna, der, wie das bei Marineuren so Sitte ist, gleich mehreren Damen die Köpfe verdrehte. Sein lachendes Gefolge waren die bildschöne Jacobina von Brienne, deren Vorfahren einst Kaiser von Byzanz waren, und die den Teint einer Teerose ihr Eigen nannte.

Auch Danae Grioni sah man, in der Hand den gemmenfunkelnden Fahnenfächer, Petronilla Bembo und Lucrezia Malipiero, die, noch in Pagendiensten, heute ausnahmsweise Mädchenkleider tragen durfte.

Auf diese Gruppe blickte missbilligend Zulian Pisani di San Moisé, ein uralter Herr und Herzog von Therasia, der mit altväterischer Galanterie eine ebenso alte Dame führte: Auremplasa Quirini. Sein Vetter Soffredo il calvo nickte ihm beifällig zu. Er war ein Crispi von Naxos und als solcher etwas sehr Feines. Man sah ihn immer mit dem Domherrn Spiridion Ghalawadschi und seinem Bruder Nicolò, dem Herrn von Syra. Der wieder war der Gemahl der höchstrangierenden Dame der Insel, der kaiserlichen Prinzessin Valenza Komnenos von Trapezunt, und sein Sohn Giovanjacopo Graf von Kimolos und Milos, der das Recht hatte, stets mit einem zahmen Löwen zu erscheinen, war vermählt mit Eleonore von Lusignan, der Prinzessin von Zypern, Tochter des Grafen Febus von Sidon.

Gegen die traten sogar die kätzchenhaft anmutigen Schwestern Ginevra und Dorina Gattilusio zurück, die auf das Herzogtum Lesbos prätendierten und eine leidenschaftliche Anhängerschar hatten, die alle auf den Doppeladler mit dem Efeubrustschild schworen. Ja, Kythera war der Hort des Legitimismus.

Im bronzenen Dreifuß lohte mit schönwogigem Rauch ein Opferfeuer. Drommeten, Dudelsäcke, mit galanten Hirtenszenen bestickt, und sanft geschlagene Pauken mit Wappenmänteln verkündeten das Herannahen der Gäste, die um die Gnade gebeten hatten, mit dem allerhöchsten Hof Fühlung nehmen zu dürfen.

Als der Würdigste eröffnete Naskrükl den Reigen. Er hatte sich besonders schön gemacht. Gehrock, lange weiße Krawatte, Samtweste und eine Venezianergoldkette um den Hals. Der pöllerartige Zylinder war zu Hochglanz gebürstet und trug, für die Tropen berechnet, einen weißen Schleier. Nur seine Lackschuhe waren nicht ganz gleich. Sie gebaren ein Zischeln.

Jede seiner drei tiefen Verbeugungen wurde durch eine silbrig klingende Fanfare verziert. Dann gebot er mit einer Handbewegung dem Trommelwirbel und dem Gesurr der galant bestickten Hummeln Schweigen. Er habe etwas zu sagen. Auf der Reise nach den Gestaden des Indus begriffen – etwa so begann der gewandte Redner –, fühle er es als Herzensbedürfnis, der Insel der gnädigen Aphrodite seinen Salam zu machen. Er sei Münchner und empfinde Kythera als ein östliches München, ein entlegeneres Schwabing. Sein Herz schlage nur für zwei Dinge: 's schöne Geschlecht und feine Stückeln bei die Tandler. Wie gesagt, er sei glücklich, hier zu stehen, wenn er auch nicht mit allem einverstanden sei –„Hört, hört!" –, was heutzutage sich zu der himmelblauen Fahne der Göttin bekenne, kurz, er schwärme mehr für das Mollige.

Töne der Entrüstung wurden laut. Allein Naskrükl gebot Schweigen, holte mit einigen Verrenkungen ein Paket Fotografien aus der Brusttasche und war bald umdrängt.

„Alles meinige Freindinnen … Blitzlichtaufnahmen … 's Datum, der Nam, 's Lebendgewicht sowie der Wadelumfang steht immer hint drauf … und wann i amol nimmer bin, kommt alles ins Germanische Museum. Jo, jo."

Die jungen Mädchen drängten sich um das Paket und hatten es bald auseinandergerissen. Nur einige Herren waren ägriert und murmelten „unmöglicher Käärl". Die hauptsächlichsten Murmler waren die schon immer als Nörgler bekannten Jacopo von Lampsakos, Nicolò il Zoppo von Negroponte, Servodio, der Kastellan von Modon und Kroton und der Hofzahnarzt Brahmante, der den uralten, aber galanten Dr. Ramoneur, den letzten Zahnarzt der Kaiserin Eugenie, in den Schatten gestellt hatte.

Eine Donzella mit Augen wie dunkle Saphire trat zu Naskrükl und deutete mit dem Lorgnon auf eine Fotografie. „Sagen Sie, können Sie mir dieses Mädchen da schicken lassen? Meine Zofe ist vor ein paar Tagen von einem Haifisch gefressen worden und ich …"

„Manjosef!", machte der entsetzte Naskrükl. „Jo, gern, aber mit wem hab i 's Vergnügen? Wann S' 's Porto riskieren wolln, können S' bei dera anfragn. Wie schreibn S' Ihna denn?"

„Ja", kam es sehr hochmütig von einem schön geschwungenen Purpurmund, und der goldene Schuh des eleganten Fräuleins spielte mit den Veilchengruppen des Rasens, „ja … wenden Sie sich an meine Palastdame!"

„Awa Freiln, wie kann i denn wissen, wer dös is?"

„Ach so, fragen Sie nach dem Palais der Fürstin von Ikaria und Draghonisi!", damit ließ sie Naskrükl stehen, der schwer zu atmen begann.

„Horchen S', Frei… Freiln … wo is s' denn hintschuckt … muss s' sprechen … d' Drachenmizl oder wia … muss … Himmi saxn! Wo ist denn der Pizzicolli? He, Cyriakerl, da kumm her!"

Und Cyriak, der inzwischen eine Menge interessanter Leute kennengelernt und liebenswürdige Aufnahme gefunden hatte, war bald an Naskrükls Seite.

„Cyriak, wanns d' mi a bissel gern hast, bring mir heraus, wia dass sich d' Prinzessin von Ikaria – merk dir den Nam! – mit dem Familiennamen schreibt und lern s' intim kennen, i bitt di! Is a saubres Ding, dir wird s' gfallen … hint nix und vorn nix … musst mir dann sagen, was d' gfunden hast. Und du wirst ihr a gfolln … für mi hat s' ja kan Blick nicht ghabt, wo ich doch d' schöne Uhrkettn umhab und d' Westen vom Gottfried Keller, die i bei der Thanbauerkatl in Salzburg gfunden hab, waßt, in der Trödlerei rechts unterm Schwibbogen, net links! Links, dös is a neucher Jud aus Hallein, der net, der war früher neben der Rossschwemm und is Spezialist in d' brochene Skier."

„Fürstin von Ikaria, das is ja wo in Asien, was bist du denn so aufgeregt?"

„Sag i dir später, bitt di, lern s' nur kennen und schau, dass d' womögli noch heut abend mit ihr intim wirst, der ihre Purpurpappen und die schönen Zähn deuten nicht auf Abstinenz. Dös is kaane Vegetarianerin der Liebe, naa, gwiss net!"

Cyriak schüttelte traurig den Kopf. „Schau, Onkel Xaver, mein Herz gehört nur einer einzigen, ich hab dir nie davon gesprochen, einer Grazie des Olymps, einer Göttin – du verlangst Unmögliches!"

Naskrükl seufzte schwer. „Na, dann zwick s' wenigstens, das wird's dir hoffentlich noch tragen, 's feinste Madel, wann ma's zwickt, wird zutraulich. Und wann amal 's erschte ‚Pardon! was erlauben Sie sich?' verklungen ist, ist eh schon alles in der Ordnung, und die Sach geht ihren Lauf. Also gelt, du tuast ma den Gfalln?"

„Also gut, ich werde jedenfalls schauen, bei der Prinzessin eingeführt zu werden. Aber sag mir, was du für ein so großes Interesse an ihr hast?"

Naskrükl drehte verlegen den Zylinder in der Hand herum und glättete den unerhört komisch wirkenden Gazeschleier an diesem Kleidungsstück, ein traumhaftes Requisit, das man manchmal an unerfahrenen Kleinstädtern findet, die Forschungsreisen in den Orient unternehmen und sich wundern, in Orte zu kommen, die genau so öd und fad sind wie Humpoletz oder Jüterbog, nur um einige Nuancen uninteressanter und schmutziger.

„Gelt, der Hut gfallt dir", meinte Naskrükl, „dös is a moirierter Voile. Der Oberpollinger hat mir die Sach selber z'sammgstellt in der Hoffnung, dass i für ihn damit a bissel Reklam mach in Hindien oder wohin dass i gehe. Jo, jo, is a schöns Stückl, bin schon viel drum beneidet worden."

„Mach keine Ausflüchte", kam es ernst von Cyriaks Lippen, „was interessiert dich so an dieser Fürstin?"

„Ja, siehgst", kam es endlich heraus, „i hab so viel Interesse für Ruinen, weißt, für Ritterburgen und so, no, und weißt, du musst 's Freiln fragn, ob sie noch die alte Burg haben ganz im Westen von der Insel Ikaria. Man soll dort gar so an schönen Blick nach Patmos haben, wo unser lieber heiliger Johannes die Apokalypse geschrieben hat. Ein meiniger Freind, der Domherr in Augsburg is, hätt gar so gern a Ansichtskarten von dort."

Cyriak war es klar, dass Naskrükl nicht aufrichtig war und irgendetwas im Schilde führen müsse. Nun, das war seine Sache. Alte Sammler haben schon einmal ihre Marotten. Jedenfalls tat er ihm den Gefallen und ließ sich durch Streyeshand einigen Herren aus dem diplomatischen Korps und durch einen derselben, Zane Gozzadini, den Gesandten Kytheras und der Staaten in partibus infidelium beim Kaiser von Japan, der Prinzessin von Ikaria vorstellen.

Cyriak war von der Schönheit überrascht. Als sich ihr Blick aus großen, berückend schön geschwungenen Mandelaugen mit dem seinen vereinte, erhielt er etwas wie einen elektrischen Schlag und war im selben Moment beklommen, dass das Gefühl, das er jetzt empfand, mit seiner tiefen Leidenschaft für Cyparis irgendwie im Zusammenhang stehen müsse.

Dejanira Bayazanti, das war der Name, den er Naskrükl melden konnte.

Sie war die Besitzerin der beiden Inseln Ikaria und Draghonisi, die in den Kreuzzügen ihr Ahnherr Sicardo Bayazanti, der Herr von Montdesert und Nachkomme der alten Grafen von Giapidis, von Kaiser Isaak Angelos 1191 zum Lehen bekommen hatte. Außer auf einem Schloss bei Capo d'Istria und in Kythera hielt sie sich meist auf ihren Schlössern in Ikaria auf, welche Insel daher ihren Namen hatte, dass Ikaros, des Daedalos Sohn, auf seinem Fluge ertrank. Herakles fand den Leichnam des Knaben und begrub ihn auf einer Insel, die er ihm zu Ehren Ikaria benannte. Als dies Daedalos erfuhr, errichtete er voll Dank zu Pisa in Elis ein Bildnis des Helden, das aber infolge eines beklagenswerten Missgeschicks nicht auf uns gekommen ist. Denn einst kam Herakles zur Nachtzeit an demselben vorbei und hielt es in der Dunkelheit für einen drohenden Feind. Ergrimmt warf er mit Steinen danach und zerschmetterte das schöne Werk. Es ist dies eine sehr traurige Geschichte, ein dunkler Punkt in der Zahl der sonst durchaus lobenswerten Taten des Halbgottes, die meist in den Lehrbüchern übergangen wird. Der Bericht wird selbst in den philologischen Seminaren in einer Art von Giftschrank aufbewahrt. Erst erprobten Philosophen wird diese Stelle der Schriften von schweigenden Professoren vorgelegt und schweigend wieder fortgenommen.

Als Cyriak seinem Freund die Mitteilung gemacht hatte, dass Despina Bayazanti ihn huldvollst eingeladen hatte, mit dem ausdrücklichen Bemerken, dass er, nach orientalischer Sitte, auch sein ganzes Gefolge mitbringen könne, da hatte Naskrükl trotz seiner Hühneraugen, über die er im Süden oft klagte, einen Luftsprung gemacht und wusste den ganzen Tag vor Freude nicht wo aus und wo ein.

„I geh also mit! Du sagst ihr, i bin dein Almosenier, a hoher geistlicher Herr in Zivil, wegen der Reise, weißt, dass i net von die Ungläubigen erschlagen oder gar gemartert werd."

„Aber", unterbrach ihn Cyriak, „was redest du denn da zusammen? Hast du denn vergessen, was für Bilder du ihr gezeigt hast?"

„Ja, ja, hast recht, was red i denn da, weiß selber nicht, weißt, i freu mich so über die Einladung. Du, den heutigen Abend feiern wir ... heut ist Oper ... der Hahinsky Jaromir wird sicher auch dabei sein. Es ist nämlich ‚das Theater der Seltsamen‘, da werden Stuck aufgeführt, die man sonst nie auf der Welt hört. Gleich heut abend", er blätterte mit befeuchteten Fingern eine Zeitung auseinander, „ist der ‚Fliegende Holländer‘, den hast gwiss noch nie gsehn!"

„Erlaub du mir, ich den ‚Fliegenden Holländer‘ noch nie gehört, ja, für was hältst du mich denn?"

„Wetten? Zehn Pipidor – die neue Münzsorte von Kythera, nach dem Buchstaben ‚P‘ der Centopalanchen so genannt –, dass i recht hab?", sprach Naskrükl lächelnd. Und Cyriak verlor elend.

„Es gibt nämlich drei ‚Fliegende Holländer‘", belehrte ihn der schmunzelnde Gewinner, „einen von Wagner, einen von Pierre Louis Philippe Dietsch – wird selten aufgeführt – und einen von Ernst Leberecht Tschirch. I hab ’n noch als Bub gsehn, der geht heut über die Bretter. Es wird ein erlesener Genuss werden, da die beiden Kammersänger Klöhn und Zwiller ihr Auftreten zugesagt haben. Der Klöhn singt den lungenkranken Bekannten vom Holländer, der zu seiner Ausheilung sieben Jahr lang mitfährt – das versöhnliche Element im Drama. Und dann die Jaulemann als Senta, ich hab sie zwar noch von der unvergesslichen Winkelbiest gehört, die hat die Rolle kreiert, hat zwar zwei riesige Füß ghabt, aber die Stimm! Also, das wird’s nicht sein, aber immerhin, die Jaulemann! Und morgen der ‚Tannhäuser‘, auch ein anderer, von an gewissen Gottlob Amadeus Mangold, mit ’n Text von Dutter, den musst auch hören. Na, und wenn wir ’n Hahinsky schön bitten, führt er uns am End auch amol – man muss die kleineren Talente doch fördern – die ‚Fausttrilogie‘ von Pustkuchen auf!"

„Von Pustkuchen, was ist denn das für eine Teufelei?"

„Du kennst ’n Pustkuchen nicht?", tadelte Naskrükl mit hochgezogenen Brauen und einer strafend geblähten Nüster, „’n Friedrich Wilhelm Pustkuchen, den Feind Goethes, a do schaust her! Derselbe", fuhr er fort, „wirkte als belletristischer und pädagogischer Schriftsteller in Wiebelskirchen und erregte unangenehmes Aufsehen durch eine Fortsetzung von Goethes ‚Wilhelm Meisters Lehrjahre‘. Gleichzeitig mit dem gleichnamigen Werk Goethes erschienen dann auch aus Pustkuchens Feder ‚Wilhelm Meisters Wanderjahre‘. Goethe wurde rasend, was ihm aber nichts nützte, denn Pustkuchen schrieb weiter und weiter, obschon sich seine Zeitgenossen mit Abscheu von ihm wendeten und besonders Immermann ihn abfälligst beurteilte. Alles atmete auf, als Pustkuchen anno 1834 das Zeitliche segnete."

Während dem Zwischenakt im Foyer tippte jemand Cyriak auf die Schulter. Als er sich umwandte, sah er den Ameisenhahn vor sich, der ihm mit ernster Miene erklärte, er wolle den Schleier des Vergessens über die Affäre mit dem Affen ziehen. Schließlich könne er – Cyriak – nichts dafür, und er möchte morgen um Punkt zehn ins Hotel kommen, „Au commerce et Pyramus & Thisbe", da er ihm eine wichtige Eröffnung zu machen habe. Cyriak schlug dieses Ansinnen glatt ab. Hahn habe in der „Goldenen Muschel" alle Verbindungen mit Naskrükl und ihm abgebrochen, er bedaure daher und sehe keine Veranlassung.

„Aber sind wir wieder gut … in der ersten Empörung über die Behandlung eines lieben Bekannten … der Affe hat schon gebrochene Augen gehabt … das heißt Herr von Käfermacher, um keinen Irrtum aufkommen zu lassen. Überhaupt tut er mir so leid … nahezu ein hilfloser Greis, dabei kinderlos, so nehm ich mich seiner ein bissel an. Also, Sie kommen, sein S’ nicht nachtragerisch!"

Als Cyriak am nächsten Vormittag bei Hahn erschien, eröffnete ihm dieser die Absicht, sich bei Hof vorstellen zu lassen. Ob ihm Cyriak behilflich sein wolle, es ginge das Gerede, dass er vor sehr schönen Augen Gnade gefunden … „No, no, Herr von Bitschigolli, fahrn S' nicht gleich auf, wir Kavaliere unter uns! Hier in Kythera hat alles Ohrwascheln! Ich habe von einer Flohkräutelfrau – Sie wissen, dass ich immer ans Geschäft denke … neue Artikel interessieren mich – no, und gerade die Flohkräutelfrauen kommen in die feinsten Häuser. Wanzensammlerinnen dagegen nur zu die einfachen Leut oder gar zum Proletariat. Das muss unsereiner alles genau wissen. Woher, glauben Sie, haben die großen Auskunfteien ihr Material, no – und die Diplomatie? Fragen S' den Streyeshand!" Dann sah er Cyriak streng und grämlich an.

„Iebrigens, wenn S' mich bei Hof einfiehrn, sag ich Ihnen auch etwas iebern Streyeshand, ich weiß was auf ihn!"

„Herr von Hahn", replizierte Cyriak aufgebracht, „ich bin auf Tratsch nicht, nicht neugierig. Begreife überhaupt nicht …"

„Aber počkai … lieber Bitschigolli … Sie sind heute voller Missverständnisse, es ist gar nichts Ehrenrühriges, im Gegenteil, Kollega Hasenpfodt ist in halbgeheimer Mission im Orient! Er gedenkt nämlich – habe ich mir sagen lassen – die dämonischen Orte des klassischen Altertums zu bereisen, selbe zu untersuchen und Messungen mit dem neu erfundenen k. k. Diabolometer zu machen."

Cyriak sah ihn jetzt streng an und murmelte: „Blödsinn!"

„Sagen S' nicht Blödsinn, es steckt da ein austrofreisingisches Staatsgeheimnis dahinter … Dinge, die mit den seinerzeit abgebrochenen Kreuzzügen innig zusammenhängen … ich kann da nicht mehr sagen, da ich nicht viel davon weiß. Aber vielleicht bringen Sie was aus Hasenpfodt heraus, ihr seids ja dicke Freunde!"

Cyriak hielt sein Versprechen. In den nächsten Tagen wurde der eitle Hahn bei Hof vorgestellt und hatte das Vergnügen, die schöne Kronprinzessin Fiordelisa zu erblicken, die das letzte Mal wegen der vielen andren schönen jungen Damen der alten Aristokratie nicht erschienen war. Der unzweifelhaft schöne Mann, den der Obex an dem Tag besonders famos kleidete, wurde auch – seines geachteten Namens wegen – der engeren Hofkoterie einverleibt und strahlte vor geschmeicheltem Selbstbewusstsein. Seine frühere geschäftliche Tätigkeit erwähnte er gar nicht mehr. Insbesondere gab er sich immer wieder eine auf den Mund, wenn ihm der smarte Verdiener ins Genick zu schlagen anfing und er versucht war, den gewissen, verhängnisvollen Artikel Dösemanns doch wieder einmal anzupreisen. Die grausige Affäre mit der kleinen Navigajosi war ein schrecklich umflort brennendes Fanal auf seinem Lebensweg gewesen, und ihn schauderte, wenn er an den eiskalten Tod dachte, der ihn damals so grausig gestreift. Mannhaft sagte er sich immer wieder mit zusammengebissenen Zähnen: „Weg mit den Urinflecken." Nur einmal hatte er ein böses Rencontre, noch dazu auf einem Hofball, das ihm fast das Ansehen bei Centopalanches gekostet hätte. Damals rannte Pyperitz Hahn an und apostrophierte ihn, der gerade eine Quadrille zierlich vortanzte: „Na, wat machen Se denn in Kythera? Sicher in kommerzieller Anjelechenheit hier? Wat hatten Se doch gleich in Dingsda for'n Artikel, Krebsenpostjeschäft … nich?"

Wir müssen bei dieser Gelegenheit leider bemerken, dass Pyperitz voll jäher Unvorhergesehenheiten auch hier in Kythera geradezu ein Unglück war. Er war in Gesellschaft, oder besser, im Gefolge der Gräfin Calessari hergekommen, die Pyperitz mit der Geste der großen Dame duldete oder eigentlich absolut über ihn hinwegsah. Biberon behandelte den steifen Burschen schändlich, was wiederum den Vorteil hatte, dass die andren Herren und Damen des Hauses nur den Rest ihrer Temperamentsausbrüche zu spüren bekamen.

Lammsbahandel war selig, wieder auf der Venusinsel zu sein, auch Lohengrin Nipperdey schwieg sich befriedigt aus.

23

Goldene Abendsonne konturierte mit ihrem Äthergriffel den blumigen Rasen und die mannigfachen Formen des südländischen Parkes. Der ganze große Plan war besät von Figuren der elegantesten Staffage. Vor dem Marmorpalast waren Tafeln gedeckt, schimmernd von Silber und Kristall, und überall am Boden waren getriebene und ziselierte Bronzewannen verteilt, eisgefüllt, um die Getränke kühl zu erhalten.

Naskrükl Effendi, ausnahmslos so von den orientalischen Dienern mit Turbanen und mit gekreuzten Händen tituliert, war aufgeräumt wie noch nie. Jeden Moment wurde ihm ein frischgestopfter Tschibuk gereicht, und bald war er auch hier der Mittelpunkt einer Mädchenschar, die ihn, der mit untergeschlagenen Beinen auf einem Samtkissen saß, umringte. Schon etwas angeheitert patschte er in die Hände, sang launige Vierzeiler oder erzählte von seiner Strumpfbandsammlung oder von Tabaksbeuteln, mit zweideutigen Versen bedruckt, von denen er etliche Hundert sein Eigen nannte. Immer wieder schenkte irgendeine grünhosige, nabelfreie Maid, mit Gesichtsschleier und klirrenden Zechinen behangen, aus hoher Spitzkanne Sorbets oder gar Raki in den opalisierenden Becher, den er unter „Jup-Evoë"-Rufen verklärt emporhob. Eine große Schar schneeweißer Reiher strebte am Azur gen Afrika dahin.

„Sehgt's es, Madeln", welch ein Fripon für die Trägerinnen klirrender Ahnenschilde, „sehgt's es Madeln, die … jup, jup … Vogerln! Da muss i enk a schönes Liaderl singen … das vom Bärenhäuter:

Vögel tun's im gschwinden Marsch,
nach dem Süden ziehn,
hätten s' meinen …"

Doch da legte sich ihm Cyriaks Hand auf den Mund.
„Bist du irrsinnig? das ist ja schrecklich; nächstens singst
du die ‚Spittelberger Elegien‘ oder die Glockenparodie
von Castelli!"

„Nit amol a bissel singen derf ma", murrte Naskrükl
und schaute bös auf den Zylinder, auf dem sich spie-
lende Eidechsen jagten. „Is von Egon Ebert, das Liedl,
wor eh a halber Klassiker, soll i denen Fratzen vielleicht
an Hölderlin vordeklamieren … jup."

„'s Maul halten sollst", Cyriak wurde zum ersten Male
grob. „Schau, da wird eins von den Mädeln singen!"

Und plötzlich roch es stark nach Parfum. Es war
Lucretia Malipiero, die an der Marmorbalustrade lehnte,
die zu den Rosenparterren führte. Ein Kleid aus schwerer drachengelber Seide ließ die Schönheit aller ihrer
Linien hervortreten. Von allen Seiten kamen Bewunde-
rer herbei und streuten ihr weihrauchklingende Worte,
vor allen Lammsbahandel, der ein „süperb" nach dem
anderen ausstieß und sie golden belorgnettierte.

Lucretia hob ihren dunklen Pagenkopf, prüfte die
elfenbeininkrustierte Laute mit graziösen Fingern, prä-
ludierte in verhaltenen Akkorden und ließ ihre lang-
bewimperten Augen bewundern. Dann begann sie in
fremdartigem Altvenezianisch der Kreuzfahrerzeit das
Lied ihrer Heimat:

„+ Rhodos + Gloriosa + Yxola +
gloria a la dona sei parthenos
tibi gloria, ma dona Maria
Aei parthenos kore panagia.

Rhodos
In questa son le belle roxe estive,
che col suo degno odor conforta i sensi,
per cui tal nome a questa insula tiensi,
da roxe Rhodi in greco se derive.

In questa v' è monte Filerno e 'l suo castello
quivi Nostra Dona a molti de gratie appare.
Appresso de Rhodi chè un zoiello
l'ospitale de san Zuane dà alozare,

che à dal gran maistro ogni sovegno,
e la belezza de' giardini chi potria narare?"

Ein fernes „Hussa" und Rüdengeläute unterbrach ihr
Spiel. Unter immer deutlicherem „Hu … hussa … äh"-
Rufen sprengte ein hochgewachsener Aristokrat im
roten Frack der Parforcereiter über den Rasen und die
Blumenparterre, dass Rosen und Tulpen nur so stoben.
Eine lechzende Meute zahlloser Bullys folgte ihm. Vor
der Sängerin angekommen, wandte er sich im Sattel halb
um und schmetterte auf seinem vergoldeten Jagdhorn
eine Fanfare in den perlenfarbenen Himmel. Dabei verlor er seine schwarzsamtene Jockeykappe. Dann stieg er
ab, beugte vor der reizenden Malipiero, die ihren entzü-
ckenden Pagenkopf empört zu ihm emporgehoben hatte
und ihn unter zolllangen Wimpern vernichtend an-
blickte, ein Knie und begann, den Kopf ein wenig schief
geneigt: „Bin vom ‚Steirischen Paphos' entsendet, hier
die Ehrenbonbons, äh, Frühlingsnichti … lauter Frühlingsnichtis … äh … Herbstonkel!"

„Ja, Puntigam, Hugidio Puntigam, du bist da, das ist ja
charmant", rief Lammsbahandel und umarmte den alten
Freund. „Vermutete dich in Graz oder auf Schloss Pichl."

„Nein, nein, Achmätscherl, bin auf mystischer Orientreise, wollte ursprünglich nach Ogygia … ja, n … ja, Ogygia, brauchst nicht so zu schaun … Insel der Kalypso. Ja, die Kalypso, pikante Person gewesen … m … Grotte, weißt, Insel nicht gefunden. Aber hier ist's auch charmant. Da sind endlich amol Leut … Leut … äh, Pizzicolli, habe Papa gekannt … Münzdirektor … ja, schrecklich überbürdet gewesen … schad, dass er ertrunken is … Frau Mama auch? Wer ist denn der liebe alte Herr dort, der wie die Mumie von Ramses III. in Zivil ausschaut? Ah, der Zulian Pisani di San Moisè … hat viel Bridge bei mir gespielt in Venedig … und der Kupferdrache neben ihm … o pfui Teufel, noch immer die Nobildonna Auremplasa … und da der Soffredo … scheint ja ganz Negroponte sich Rendezvous gegeben zu haben. Charmante Überraschung … m … laid pour laide … übrigens pardon, Sie anbetungswürdiges Malipiertscherl … ich habe mich noch nicht zu Ende entschuldigt … Sie zum grazioneutralen Mitglied der Mäderl-Gentry gewordene Rose von Rhodos! Wäre das schön, wenn die Malipieris wieder dort ihren Herzogsthron hätten! Würde mich sofort um Stelle als Obersthofmeister bewerben, und Lammsbahandel müsste Chef der Eunuchen werden, oder wenigstens Ehreneunuch. Deswegen kein Acharnement, keine Todfeindschaft, nicht wahr, Lammsbahandel?"

Dröhnende Fanfaren lenkten seine Aufmerksamkeit ab. Eine alles elektrisierende Musik voll gewaltiger Pracht und Leidenschaft ertönte. Unter Tubenklängen und rauschenden Harfenakkorden schritt in Weihrauchwolken gehüllt Dejanira Bayazanti mit ihrem Gefolge die Marmortreppen hinab, die vom Schloss zum Meer führten, das sich gerade in nächtliche Farben zu hüllen begann. Eine altertümliche Prunkbarke nahm die

Fürstin und einige Mädchen ihres Gefolges auf. Dann verschwand das Boot hinter grottenbildenden Klippen.

Bald waren alle Gäste auf den ins Meer ragenden Felsplatten versammelt. Der Opal der Dämmerung war der Nacht gewichen. Da flammte unerwartet das dunkle Meer vor ihnen smaragdgrün auf. Eine von schwimmenden Eroten begleitete rosige Muschel schwamm ums Eck, von Delphinen gezogen, die wiederum kleine eifrig schwimmende Elfenfiguren an goldenem Zaumzeug führten.

Die Muschel tat sich auf, ein schönes nacktes Mädchen lag halb aufgestützt und sternendiademgekrönt auf seidenem Pfühl. Salpinxbläser schmetterten ihre Signale in die Nacht hinaus. Die Tuben sekundierten und die antiken Messinghörner, die in schreiend verzerrten Tierfratzen endeten. Bucinen gellten ihre fremdartigen, altertümlichen Rufe. Dudelsäcke, Zymbeln, Flöten und süß tönende Glockenspiele begrüßten die Göttin, die jetzt ans Land stieg.

Aphroditens Geburt – das Fest wurde heute gefeiert. Alles war hingerissen von der Schönheit des Bildes. Die Banner von Zypern und Ikaria, die goldenen Doppeladler von Lesbos und Trapezunt hatten sich entfaltet, die Farben von Rhodos und Paros, die der Cornaro von Skarpanto und Candia, Santorin und Namfio, der Barozzi von Therasia, der Grimani von Amorgos, der Navigajosi von Lemnos und der Contarini von Antiparos und Tinos schimmerten im Scheine der Fackeln.

Dragone Zeno, wieder in der goldenen Rüstung eines Meisters der Gotik, führte die rosenüberschüttete Göttin ans Land. Jubelrufe und neue Fanfaren umtobten die Anadyomene, die leichtfüßig mit goldbebändertem Schuh auf veilchenbestreutem Blumenpfad einherschritt. Ihr folgten Mädchen und Pagen, die Blumen, vergoldete Früchte und Katzen trugen, ihr, Dejanira Bayazanti, auf die heuer das Los gefallen war, das Sinnbild der Unsterblichen darzustellen. Und dazu war vielleicht sie ganz allein berechtigt.

Das war auch der Grund des Fernbleibens der Centopalanches. Fiordelisa gönnte der Konkurrentin den Triumph nicht.

Zu Ehren der Göttin ging ein heroisches Ballett in Szene, Kephalos und Prokris, mit Dekorationen, wie sie der Park bot, oder solchen aus getriebenem Silberblech, Versatzstücken aus Papageienfedern, Ebenholzgitterwerk oder Goldstickereien.

Alles umdrängte den Thron der Göttlichen, die sich gegen die leichte Abkühlung der Nacht mit einem Silbernetz geschützt hatte, in das gesprenkelte Katzenschweife eingewebt waren. Tubenförmige Fackeln brannten neben ihrem Thronsitz. Der Blumenflor der Pagerie in kurzen Federntunikas, mit Pfeil und Bogen bewaffnet, kauerte zu ihren Füßen.

Das Ballett war spannend. Dafne Dondedeo, die Prinzessin von Seriphos, trat heute zum ersten Male auf, sie, die später zu solcher Berühmtheit werden sollte.

Lammsbahandel und Puntigam wussten nicht, wohin sie zuerst schauen sollten. Der Herr im roten Frack stöhnte immer wieder: „Preisschwimmer … da geht man ja unter in einem Meer von Schönheit … Traum eines Morphinisten von Paphos … äh … nicht geahnt, dass es so was gibt! Apropos, Achmäus, wer ist denn der komische Herr dort mit dem Obex am Kopf, dem Zauberhütl? Schaut aus wie ein Krakusenobrist … fabelhafter Kopf … S.P.Q.R. … endlich einmal ein wirklicher nachgeborener Römer, wie Statue des Papirius Cursor in Sommerfrische."

„Kenn ihn auch nicht, man munkelte was wie ‚politischer Flüchtling'. Andere sagen, er sei Entrepreneur oder Regisseur eines Affentheaters … Aber, was ist denn da los?"

Sie sahen, wie unweit von ihnen ein heftiger Streit entbrannt war, dessen Lärm allerdings von der Musik so übertönt wurde, dass nur die nächste Umgebung dieses gesellschaftlichen Entzündungsherdes zu einer Ablenkung kam. Puntigam rief Cyriak an, der dem unruhigen Punkt mit rudernden Armen zusteuerte. Es war eine unglückselige Geschichte. Xaver Naskrükl, der in seligem Schläfchen auf seinem Sammetpolster eingenickt war, wurde bei Beginn des Götterzeremoniells durch das Dröhnen der Tuben aufgescheucht und rieb sich verdutzt die Augen. Er taumelte ein paarmal hin und her und war auch schon mitten drin im Festzug. Zum Unglück kam Dragone Zeno daher, der gerade die Maske der Aphrodite zu ihrem Thronsitz geleitet hatte. Gleich war Naskrükl an seiner Seite und beklopfte bewundernd die Rüstung. Zeno suchte auszuweichen. Das ging nicht, denn Naskrükl hatte seinen Arm in den seinen geschoben und wandelte, den Zylinder mit dem wehenden Moiréschleier am Haupt, neben dem Goldgepanzerten einher. Ob er nicht die Rüstung verkaufen möchte. Net? Aber dann vertauschen? A nöt? Er gebet ihm die feinsten Stückeln dafür, a komplette Käfersammlung von Mitteleuropa, net? Den Originalsechter vom heiligen Florian, und den authentischen Bart vom heiligen Petrus als Zuwaag drauf. Der Papst handle schon lang mit ihm deswegen, aber …

Zeno wich seitwärts aus. Naskrükl wäre fast hingefallen, aber er ließ nicht locker. Er hab 'n erst selber vor kurzem unter schweren Opfern beim Kunsthändler Lämmle in München erworben – 'n Bart – und hüte ihn wie seinen Augapfel. „'s Gegenstück wüsst i auch", sprach er eindringlich weiter, „den vom heiligen Paulus, ghört eim meinigen Freund, an gwissen Rosshäubl Kilian, so viel a eigensinniger Patron! Hat 'n unter Glas, m ja, is a alter Herr mit Hämorrhoiden … alles hab i probiert … bin sogar als falscher Hauslehrer fürn Sohn zuwigstandn … vielleicht hätt i ihn bei der Gelegenheit kriegt … mir probiert halt alles! Aber war das a Viech, der Bua, Kaspar hat ma 'n gheißn. Hab 'n Bart aufgeben müssn wegen eahm … hätt 'n sonst derschlagen … 'n Buam, so blöd, wos der is … na, und so is mir der vom heiligen Paulus halt auskommen. Aber dafür is ma der vom heiligen Ignatius von Loyola förmli zuawigwheht worden. Is wohl bloß a ‚Fliagn'. I hab 'n bei an alten Weiberl gfunden … hat d' Lampen damit putzt … auf a Stöckerl mit Draht bundn … Hat 'n net hergeben wolln … nit hergebn … und hat nit gwusst, was für a Zimelie sie hat … akkrat net … Ja, heilige Bärt werden jetzt stark gsammelt … werden gern kauft … und net nur von die katholischen Kunstfreund, obwohl schon in denen ihre Händ 's Beste is, und da hat wieder der Heilige Vater Barterln … Barterln sag i Ihnen …"

Zeno ließ Naskrükl hart an, und der blieb ihm die Antwort nicht schuldig. Auf den beginnenden Skandal aufmerksam geworden, hatte Dejanira Bayazanti Cyriak, den sie sich als Ehrenkavalier attachiert hatte, gebeten, der Szene ein Ende zu machen.

Ein kleiner, störender Zwischenfall bei der Landung der Göttin war nahezu unbemerkt geblieben. Es hatte sich da – wir wollen es nicht verschweigen – ein früher nicht bemerktes buckliges Männchen in verschossener, spinatgrüner Uniform, dunklen Augengläsern, eine österreichische Amtsdienerkappe am Kopf, vorgedrängt und hatte geholfen, die heranschwimmende Muschel mittels eines schwarzgelb gestrichenen Enterhakens ans Land zu ziehen.

Streyeshand hatte Cyriak diesen sonderbaren Umstand restlos erklärt. Es sei tatsächlich ein österreichischer Finanzer gewesen. Diese Behörde funktioniert bekanntlich außerordentlich gerne ganz autonom, und ihr heißester Wunsch sei es, wenn möglich, auch in ganz fremden Ländern Zollfunktionen auszuüben. Dass das hierzulande statthaft sei, hatte Cobenzl damals durchgesetzt, wenn er auch auf die Österreich rechtmäßig zustehende Annexion Kytheras seinerzeit aus heute klar gewordenen Gründen verzichtet hatte.

„Übrigens, liebster Cyriak, ich habe Sie nun schon geraume Zeit als wahren Ehrenmann befunden … auch als Mann von richtigem patriotischem Empfinden. Ich möchte Sie in ein Geheimnis einweihen. Ich bin speziell hier nicht als bloßer Vergnügungsreisender anwesend." Und er ließ den staunenden Cyriak in ein Gewebe der merkwürdigsten diplomatischen Verknotungen Einblick nehmen. Mit Staunen hörte Pizzicolli, dass Österreich der gefürchtetste Feind Englands sei, sein größter Konkurrent um die Weltmacht. Seit vielen Jahrhunderten woge dieser im Subtilsten geführte Kampf im Orient hin und her. Am auffälligsten war er zur lodernden Flamme ausgebrochen, als vor Akkon Richard Löwenherz die österreichischen Banner in den Kot treten ließ. Was ihn besonders reizte, waren die traditionellen weißen Wappenröcke der Österreicher, die sich bis in die jüngste Zeit in der Armee erhalten hatten. Zitterte man doch in England vor der sogenannten merlinischen Prophezeiung, dass Britanniens Ende einst durch die Farbe Weiß herbeigeführt würde. Damals, vor Akkon, handelte es sich um den Besitz von Zypern, den Schlüssel Vorderasiens und von Indien, um das der Kampf seit jeher gehe.

„Dass dieses Land, auf dem wir stehen – Kythera –, nicht österreichisch ist, das ist Englands Werk. Denn die

Intrige, die Cobenzl beeinflusste, hat England von hinten herum arrangiert, genau so wie es, wenn es ihm passte, auch im Verein mit Frankreich hinter allen Türkenkriegen gegen Österreich steckte. Es ist aber alles umsonst. Denn Österreich, das Land der Waage, ist unter Aphroditens Schutz. Hinter diesen Dingen ist mehr, als Sie glauben, und wenn auch manche, die ein Interesse daran hatten, den Namen dieser Göttin in Bezug zu leichtsinnigen Dingen zu bringen, um ihn zu entehren … glauben Sie mir, Cyriak! … Sie vermögen so viel wie der Hund, der den Mond anbetet. Ich kann Ihnen noch nicht alles sagen. Sie würden das Mysterium nicht ertragen. Aber vergessen Sie nicht, mit Österreich arbeitet das apokryphe Freising zusammen, und wenn die meisten dieser Kräfte auch nur Unteroffiziere des göttlichen Prinzipes sind, das Pulver halten sie trocken. Das schiebt sich in- und auseinander, diese Macht, die an den Pforten zum Osten rüttelt. Einmal ist es der österreichische Adler, der nach Aufgang und Untergang blickt, dann sind es die Ritter von Rhodos, vom Tempel oder die deutschen Herren, die schon mehr als einmal in Griechenland festen Fuß gefasst haben. Und ihnen allen lächelt Aphrodite in Gnaden, die Antipodin des Todes.

Ja, vor Österreich hat man in Europa mehr Angst, als Sie glauben. Und das geht sogar so weit, dass besonders Findige, besser gesagt, bis zur Überfindigkeit verblödete Diplomaten Dinge herausschnofeln, Dinge, na, Sie werden lachen! Gleich in unserer näheren Umgebung hat sich etwas Ähnliches abgespielt, das der Mühe wert ist, aufgezeichnet zu werden.

Es betrifft unseren Freund dort mit dem prächtigen Obex, der da grade Gefrorenes nascht und mit dem Zeigefinger der freien Hand auf einige Sylphiden einsticht. Ob er denen auch wie mir unlängst erzählt, dass er einen Liter Ohrwürmer für die Vogerln zu Hause stehen hat und befürchtet, dass sie sauer werden. Also passen Sie auf, das von den Knallerbsen, glauben Sie daran, zum Lachen, Herr, der Hahn lügt wie gedruckt, nur kommt man immer gleich drauf. Nein, so dumm ist der Sküs nicht, dass er sich vor Knallerbsen fürchtet, nein, er ist weitaus dümmer. Die wirre Psychologie dieses Intriganten – er war früher erster Spenadelsucher im großen Pariser Modenhaus ‚Diablon & Bélphégore Success' – ließ den düsteren Mann politische Verschwörungen riechen, die mit der linken großen Zehe ums rechte Ohr herum arrangiert worden sein könnten. Ich hoffe, das Bild sagt Ihnen anschaulich, was ich eigentlich meine. So hat Seine Exzellenz wieder einmal eine Verschwörung gesehen, wo nie eine sein konnte, und Hahn hatte das Pech, im Zentrum dieses Verdachtes zu stehen. Das ganze Unglück, das den Staat übrigens Millionen an Spitzelgeldern kostete, fing so an: An einem verschlafenen, heißen Augustnachmittag hatte Hahn – gegen ein Trinkgeld allein in den hallenden Thronsaal hineingelassen –, mit geübter Hand und respektvoll verbeugt, an die Thronesstufen einige ganz besonders schöne Flecken hingeknibbst. Er tat dies, ohne das Geringste hiefür zu berechnen, rein nur zur Reklame. Doch waren sie zu Hahns Leidwesen unbeachtet geblieben, waren natürlich nur dem Walten der Natur zugeschrieben worden. Selbstredend beachtete auch der Sküs, wie alle des Landes an derlei gewöhnt, die famosen Präparate Dösemanns nicht im Geringsten. Aber da kam eines Tages ein scharfsinniger Herr des Auswärtigen Amtes darauf, dass das Bild der Flecken sich einige Male ganz genau wiederholte.

Der romanische Geist ist zwar äußerst unbildbar, was fremde Geographie betrifft, nur wo es sich um die Möglichkeit handelt, Substrate für Annexionen deutschen Gebietes zu machen, ist er erfinderisch. Denken Sie an das Treiben Ludwigs XIV. mit dem Elsass! Dass auch bei Nachbarn ähnliche Psychosen bestehen könnten, lassen sich Leute solchen Charakters nicht ausreden, und so kam der Erwähnte auf die fixe Idee, dass es sich da um eine abgekartete diplomatische Sprache handeln müsse, mit der man Verschwörern auf geradezu geniale Art die kompliziertesten Mitteilungen machen könne. Wie alle Intriganten immer voll pfiffigen Schwachsinns, legte er Quadratnetze über die bedenklichen angeblichen Natur-spiele, konstruierte auch glücklich ein Alphabet für diese mysteriösen politischen Dokumente und gab dem diplomatischen Depeschenbüro die Akten zum Enträt-seln. Was da stand, waren furchterregende Verschwö-rungen, Todesurteile der prominentesten Personen des Reiches, Angriffe auf die edelsten Güter der Nation. Nur eines fehlte. Wer steckt dahinter?

Jahre vergingen so. Hahn vertrieb immer mehr dieser Schanddokumente. Das Auswärtige Amt wurde fast toll. Einmal entzifferte man sogar den Vertrag der Patriar-chen von Aquileia mit dem Satan, den Badestrand von Ostende in Kirschenkompott zu verwandeln. Man war an maßgebender Stelle ratlos. Endlich beschloss der be-sagte Diplomat, Cavaliere Sapertutto, nach den Vorbesit-zern der Grenzlande der Tarockei zu forschen. Da wurde ihm plötzlich furchtbare Klarheit. Dem Bistum Freising, früher ein unabhängiger Staat im Verband des Römisch-Deutschen Reiches, gehörte das Nachbarland von Rechts wegen. Und die Geschichte Freisings wurde unter die Lupe genommen, und jetzt zeigte sich's, dass man am rechten Wege war. In ganz alter Zeit war Freising eine Freyaburg der Feen gewesen, schöner Mädchen, die als Hagadisen den Willen der wahren Fürstin der Welt –

nenne man sie wie immer, Aphrodite oder Freya oder Yr – zu walten hatten, des Gesetzes der göttlichen Mutter der Welt, des Gesetzes artreiner Zeugung. Sorgfältig wählte man die Paare aus, die Kinder in die Welt setzen durften, und züchtete ein schönes und lichtes Menschengeschlecht heran, das systematisch die Welt durchdrang, die damals nur von spärlichen Tiermenschen bewohnt war. Tausende von Jahren flossen so dahin, man vergaß der uralten Gesetze des Goldenen Zeitalters, man züchtete wirr durcheinander, auch der bessere Affe schrie nach Freiheit, Gleichheit und Brüderlichkeit mit dem Vorbild der antiken Götterfiguren. Kurz, das Weltbild von heute setzte ein. Die reizenden jungen Damen, Elektorals und Majestas, und wie alle ihre Titel lauteten, wurden verjagt oder endeten auf dem Scheiterhaufen. Und später walteten liebe, dickliche, ältere Herren fortan des alten Kultsitzes. Sie hatten reichen, weit ausgedehnten Besitz bis in die Gegend von Wien, und da stießen sie mit den Interessen einer allmächtigen Familie des Mittelalters zusammen, einer Familie von solcher Macht, dass die Babenberger in steter Furcht lebten, ihr einmal weichen zu müssen. Es waren dies die Kuenringer, und ihr Traum war der deutsche Kaiserthron. Und stolz nannten sie sich nie anders als ‚Die Hunde von Kuenring'. Sapertutto fand zu allem Unglück noch ein Dokument in der Münchener Staatsbibliothek, das ihm der rotnäsige Diener zuerst nicht geben wollte. Sei es, weil's schon ‚elfi' läutete, oder weil er Sapertutto mit dem abgewendeten Blick der tiefliegenden Augen für irgendeinen schlawinischen Maronibrater hielt, der zu billigem Papier kommen wolle. Und in dem Dokument stand klar und deutlich … der kuenringische Anspruch auf … Gradiska … Sapertutto wusste alles. Die Beweiskette war geschlossen. Hinter den Flecken stand das Gespenst der

Hunde von Kuenring, von denen sicher einer noch lebte, der unbekannte Prätendent, der die Tarockei zu vernichten drohte. Welch ein Sieg des Diplomatengeistes war da errungen worden! Aber Hahn musste natürlich bei Nacht und Nebel fliehen."

24

Eines der wenigen schändlichen Dinge auf Kythera war das Genesungsheim für kranke Hanswürste, eine ausgedehnte, unbeschreiblich scheußliche Anlage. Wie sich das eigentlich auf solch klassischem Boden eingenistet hatte, ist nie recht klar geworden. Es mag sein, dass einmal eine Gruppe recht fadenscheiniger, hüstelnder Gestalten, alle bleich und mit viel zu großen Nasenlöchern, erschienen war, Jammerfiguren, die gewiss einst bessere Tage gesehen hatten; Verwimmerte, an denen höchstens der abgewendete Blick bedenklich erscheinen konnte, oder ab und zu eine policinelleske, grelle Handbewegung, die man aber nach dem ersten Befremden einem nervösen Tic zuzuschreiben geneigt war. Unter hohlem Husten baten sie um ein Stücklein Grund, um sich einige armselige Hütten zu bauen: Schilf, alte Zeitungen mit Leim bestrichen, an mehr dachten sie nicht, höchstens ein paar altmodische Kleiderständer, die ohnedies niemand mehr möge, als stützende Pfeiler.

Auch ließen sie durchblicken, dass sie eine Art Sekte seien – neuerlich hohles Husten –, Märtyrer ihrer Überzeugung. Und so kam es, dass man ihnen Zuflucht gewährte, ja der Meinung war, damit ein gutes Werk zu tun, Verfolgten ein Asyl zu gewähren, etwa erkälteten Adamiten, die man sonst überall grausam an der Ausübung ihrer vermeintlichen Gewissenspflicht verhindert. Keine der pseudoreligiösen Gemeinschaften ist so verschleimt und von Frostballen verunziert wie gerade diese Märtyrer der unbegrenzten Geschmacklosigkeit. Sie kamen dann mit Kind und Kegel: eine grausige Schar. Hatten geisteskranke Hunde mit, die ohne Unterlass nach eingebildeten Fliegen schnappten, sich Passanten vis-à-vis miserabel benahmen oder sich geschwind unter den aufgestapelten Waren in den Schaufenstern wälzten.

Unter wirrem Geschrei errichteten die Ankömmlinge denkbar provisorische Baracken für ihre Unterkunft, ein Budenwirrsal, über dem immer Getöse und Gestank lastete. Kurz, es war eine Art chinesisches Dörfchen, das da entstand. Und seine Bewohner waren sicher der Auswurf der europäischen Menschheit. Diese Policinellkaste rekrutierte sich sozusagen nur aus der Psoriasis des Europäerideals, war eine schlimme Degenerationserscheinung des Homo sapiens, war kein Stand, sondern am ehesten das verknorpelte Endprodukt der spätrömischen Kultur, ein Gichtknoten am Lebensbaum der Menschheit. Solche Existenzen hatten früher hauptsächlich in Politik gemacht, speziell große Freude an Revolutionen gehabt, diesem Darmkatarrh der Historie, oder auch lebhaft in okkulten Bewegungen und Reformen gewirkt und hatten die Menschheit mit manchem Staatsmann aus ihren Reihen beglückt, nicht minder als bildende Künstler und Musiker große Anerkennung gefunden. So war es vielleicht kein Zufall, dass die Büsten einiger großer Staatsmänner ihre verstunkenen Gässchen schmückten.

Gleich in den ersten Tagen seines Hierseins hatte Baron Puntigam einen unangenehmen Auftritt mit diesen Leuten. Er war auf einem seiner Parforceritte auch in das besagte Städtchen gesprengt und hatte dabei das Unglück gehabt, eine Reihe von Häusern, darunter auch öffentliche Gebäude, zu demolieren. Als er auch noch über eines ihrer Nationaldenkmale gespottet hatte, etwa die Büste eines gewesenen Finanzministers Klotz, der, obschon im Profil dargestellt, beide Augen en face zeigte, wäre er fast gesteinigt worden. Doch seine Meute rettete ihn und verjagte seine Widersacher über die ganze Insel.

Als der liebenswürdige Kavalier dann am Abend im Palais der Fürstin Dejanira, wo ihn Pizzicolli eingeführt hatte, sein Abenteuer zum Besten gab, zeigte er gar keine Spur von Entrüstung über das unliebsame Erlebnis, ja war sogar geneigt, selbst diesem verkommenen Policinellauswurf eine Lanze zu brechen. „Äh … haben … Sie … charmante … von des Dionysos Gnadenstrahl gekrönte Despina Dejanira … nicht … sich … Idee durch das Kopfi gehn lassen … äh pardon … Idee antichambrieren lassen: ‚Der Hanswurst als tragische Figur‘? Müssen teilen a) Hans, Giovanni, Zane, Schani, Jean, meist Name für gesellschaftlich untergeordnete Mannsbilder. Tragik aus Stellung. b) Was ist eine Wurst? Bitte, bereiten allerhuldvollst Batisttuchi vor … Jubelndes Leben, von grausamen Messern zerfleischt, in einen – pardon d'expression – Darm gedrängt, in beizendem Rauch zur Mumie geworden, mit ätzendem Gewürz balsamiert, der Knoblauch, den unverständige Selcher dazutun – charcutiers pompe funèbres, gedunsene schurkische Dickwänste, denen die elementarsten Grundsätze der Metaphysik ewig fremd bleiben werden –, verurteilt sie zu ewigem Tod. Denn diese Beifügung von Knoblauch, bekanntes Volksmittel gegen Vampire, bringt sie um. Wie sinnlos ist das Ganze, da es ohnedies niemals einem Vampir einfallen wird, an Würsten zu saugen!

Weiter: Aus Baldrian und Pimpinellen ist der Todeskranz geflochten, all den Namenlosen, die das Massengrab ‚Wurst‘ füllen: rohe Menschen, gemütlose Brut! Ist es schon einmal einem von euch – und sei es auch der Zartfühlendste – eingefallen, einer Wurst zu Allerseelen ein Totenlichtlein anzuzünden, der Ungewissheit Rechnung tragend, ob nicht etwa auch ein verschollener Bruder sein teilweises Grab, seine zweizipflige Ruhestätte … äh … in dieser Delikatesse hat? Ja, im Gegenteil, verurteilen würdet ihr den zarten, doch eisernen Logiker, ihr Tempelschänder der Wahrheit! Nicht wahr, das sitzt! Oder in Verfolgung dieses Gedankens weiter: Welch grauenhaftes Bild steigt einem da auf, wenn wir uns zum Beispiel denken ‚der verdaute Shakespeare'! Nehmet an, der Titan wäre von Menschenfressern verspeist worden, was dann? … Auch Veilchenkränze, Männerchöre, Lichterglanz und Zähren am offenen Grabe?"

Dejanira wandte sich ab.

„M … scheußlicher Fauxpas … man soll nicht konsequent denken, wird immer Fauxpas … alles mündet in Fauxpas … Kloake der Logik … äh … äh … na, après nous le déluge … l'aspic du déluge … zittrige Geschichte!"

„Folgen wir lieber dem Beispiel unserer schönen Despina und schauen wir uns die Gegend an!", so Pizzicolli, der mit Baron Puntigam und Naskrükl Effendi zu einem der vielsäuligen Rundbogenfenster des Frührenaissancepalastes getreten war, an dessen Brüstung die schlanke Dejanira schon lehnte.

Der gewaltige Golf von Lakonien, überall vom Hochgebirge eingerahmt, weitete sich in berauschender Pracht vor ihren Augen, von den Flammen des Abends bunt emailliert. Die Prinzessin erklärte das erhabene Bild vom wogenumbrandeten Kap Matapan, von weißen Seglern umkämpft, bis zum zackigen Taygetos, der in rosigem Veilchenlicht dalag, die Spitzen sonnenvergoldet. Den Marmorgipfel des Pyrrhichos zeigte sie und die Trümmer Gytheions, in weiterer Ferne die goldene Muschel des Eurotastales, das sich breit öffnet, blaue Alpen, im Hintergrund geziert mit der Riesenpyramide des heiligen Elias, einstmals dem Helios heilig, das spitze Kap Xyli hinter dem Felseneiland von Elaphonisi, reich an Hirschen im Haine der Artemis, und dort, das Tal von Leukai, felswandumrahmt mit den Ruinen von Kyparissia. Pizzicolli zuckte beim Klang dieses Wortes zusammen.

Dejanira sah ihn seltsam an.

„Habe alles mit meinen Bullys durchjagt, alle fabelhaft trainierte Viecher", brach Baron Puntigam die Stille.

„Dort am Fuße des Hagios Elias, dort liegt Sparta, heute ein Nest; aber oberhalb: Ruinen der Gotik, eine große Stadt, ohne eine lebende Seele, steil die Felsen hinauf: Mistra, die Faustburg Goethes. Und der große Seher hat recht: Als in ganz Hellas Ritterburgen standen und der Klang des Hifthorns durch die heiligen Haine der Götter tönte, da war dort eine Hofhaltung der byzantinischen Kaiser, ganz wie ein italienischer Fürstenhof der Frührenaissance, wie das Urbino der Montefeltre oder der Hof der Gonzaga in Mantua."

Er schilderte weiter, wie in diesem Mistra noch einmal die verglühende Pracht des hellenischen Heidentums aufflammte. Dort lebte ein nachgeborener Neuplatoniker, Gemistos Plethon, ein schwärmerischer Verehrer der alten Götter. Er dachte, ein Jahrtausend nach Julius Apostata, den Kultus der Götter und Genien in einem von ihm ersonnenen allegorischen Mysteriendienst wieder neu zu beleben. Er hat eine bis heute noch nicht erloschene Sekte gestiftet, und zu den Adepten seiner mystischen Religionsschwärmerei haben große Männer gehört: ein Manuel Chrysolaras und der Kardinal Bessarion, der Vater der italienischen Humanisten.

Und seltsam: Ein anderer Schüler, Hieronymus Charitonymus, flüchtete vor den Türken, die die letzten Reste griechischer Herrlichkeit dort mit Blut und Flammen bedeckten, nach Rom und Paris und wurde der Lehrer des Erasmus von Rotterdam und Reuchlins, über dem sich die eleusinischen Mysterien mit dem Geheimnis der heiligen Feme zusammenschlossen. Von den

Zinnen dieser falkenumschwebten Stadt, die bis in die Wolken reichte, blickte man über die schönen Gefilde Lakedämons, reich an verfallenen Resten antiker Pracht und bedeckt mit den Bruchstücken von Statuen der Heroen und Götter. Auf diesem Blumengefilde erklang die Flöte der Hirten neben dem Rieseln marmorner Brunnen, und spartanische Jünglinge nahmen in noch ungebrochener Kraft auch damals manchen Eurotaseber lebend gefangen, während nicht weit davon im Städtchen Sparta emsige Mönche antike Manuskripte kopierten und sie mit Miniaturen in Farben und Gold verzierten.

„Ja, ja", seufzte Naskrükl, „dös wann ma olls wüsst, in die Burgen gebet's viel noch zu finden! Sehen S', grad in den Ruinen von Mistra hab ich auf meiner vorigen Orientreise a seltene Handschrift kauft, von an alten Mutterl, die damit 's Eingesottene hat zubinden wollen … a Arbeit, dieselbe, von der der alte Nostradamus an Teil ghabt hat, Bücher magischen Inhaltes, aus denen er seine Weisheit schöpfte, und die er von seinem Großvater mütterlicherseits geerbt hat, dem Leibarzt des Königs Renatus von Jerusalem, der sie wohl aus dem Morgenland mitgebracht hatte."

„Würden Sie das Land näher kennen", bemerkte Dejanira kühl, „kämen Sie aus dem Verwundern nicht so bald heraus. Dieser Hohlspiegel der Venus ist voll der brennendsten und funkelndsten Bilder. Hier wurden die Götter geboren. Wissen Sie übrigens, gelehrter Effendi, was ein Spiegel ist, ein Handspiegel? Es ist der Gleichmacher, es ist das Planetenwappen der Venus und die figurale Ausgestaltung des Zeichens ihres Planeten. Es verrät dies den esoterischen Sinn dieser Glyphe, welche das + und den Kreis zu einer Glyphe vereinigt und das positiv-adeptisch-männliche Prinzip mit dem passiv-mediumistisch-weiblichen Prinzip zu einer androgynen, selbstzeugenden und gebärenden Einheit, und somit beide einander gleich macht. Das ist das esoterische Mysterium der Spiegel! All das Schöne und all das Schreckliche, das in diesem Lande geschehen ist, es wiegt einander auf in den Schalen der Waage der Venus, der Prinzessin des Kosmos, die Leben gibt; Leben, das Licht der Polarität zwischen Plus und Minus, zwischen Auf und Nieder der Waage. Die ungeheuren Kontraste hier haben ein magisches Weben geschaffen, das über allem lastet. Man spürt es überall … vom Boden untrennbar. Auf den Inseln gegen Asien hinüber, da ist es am stärksten. Nun, Sie werden ja meine Gäste sein und in Kürze, so hoffe ich, Ikaria besuchen. Für heute entschuldigen Sie mich!"

Die Herren waren entlassen.

25

Zur selben Stunde landete eine buntbemalte Barke voll fröhlich zwitschernder Ghaisghagerln ihre heitere Last auf Kythera. Hier drückte die Krone des Oheims nicht auf die Häupter der Nepoten, hier durfte man sich, womöglich unter Saxophonbegleitung, in bukolischen Sorglosigkeiten ergehen, am Busen der Natur schwelgen, sich die Freuden eines hellenischen Trianon, eines Sanssouci an Ionischer See vortäuschen. Hier wollte man – daheim oder vor allem in Wien undenkbar – Lämmer haschen oder gar als Korybanten die Wälder durchstreifen, etwa mit Moosbärten unkenntlich gemacht, wie dies so in gewissen, allerdings inoffiziellen Prospekten der Insel unter dem Kapitel „Unterhaltung & gesellschaftliche Spiele" geschildert war. Na, man wollte eben recht ausgelassen sein und sich mit den gleichfalls im Prospekt angeführten Hirtinnen und Nymphen aufs Beste unterhalten. Das Erste war, dass die übermütige Schar, die nach Schwämmen schlug oder nach Eichhörnchen Tannenzapfen warf, auf den verstörten Käfermacher stieß. Käfermacher hatte das Gesetzbuch, in dem er meistens seine spitze Nase zu verbergen pflegte und das ihm auch an feuchten Stellen im Freien als Sitzgelegenheit diente, zugeklappt und wankte, irre Worte murmelnd, einher, das Bild eines verkalkten Hamlet in Jägerwäsche. Sie trieben unter süß-anmutigem Saxophongedudel ihr Schindluder mit dem grämlichen Alten, sie nötigten ihn, über einen Stock zu springen, obwohl er mit vor Wut überschlagender Stimme protestierte, leimten ihm mit Syndetikon einen mächtigen Hahnenkamm auf den Kopf und steckten ihm in die hinten ein wenig aufgeschnittene Hose Pfauenfedern – so übermütig waren die jungen Gents! Schließlich verscheuchten sie Käfermacher in den Wald, wo sie ihn auch noch durch falsches Hundegebell, das er über alle Maßen fürchtete, kreuz und quer herumtrieben.

Dort lief er Baron Puntigam und seinen Begleitern in die Arme, die ihm den entwürdigenden Hahnenkamm aus rotem Plakatpapier vom Kopf klaubten und ihn vor weiteren Misshandlungen zu schützen versprachen.

Käfermacher war ganz außer sich. Dabei hatte ihn schon am Vormittag ein schweres Unheil betroffen, war er doch von himmelblauen Sbirren, mit vorschriftsmäßigen Liebesknoten als Dienstabzeichen, vor eine Akademie im Sinne eines Platon oder Aristoteles geschleppt worden, wobei es auch dabei nicht ohne Püffe abgegangen war. Einige blinde Greise, die würdigsten Gelehrten des Eilands, hatten ihm dort mit feierlich in der Luft herumtappenden Händen eröffnet, dass er nicht Dostojewski sein könne, hätten ihnen doch die bedeutendsten der mit ihnen korrespondierenden gelehrten Gesellschaften Europas eröffnet, dass dieser Dichter schon seit längerem verstorben sei. Bloß zwei amerikanische Universitäten, wenn auch die namhaftesten, hätten widersprochen, seien aber in der Minderzahl geblieben. Da die Greise durchwegs erstklassige, ja zum Teil jubilierte Seher waren, hatte ihr Schiedsspruch eine geradezu vernichtende Wirkung. Man riss ihm den voreilig verliehenen Lorbeerkranz vom Haupt, und der überdies auch der Leier beraubte Hypochonder wurde unter Schimpf und Schande hinausgejagt.

Dann war Hahn auf den weinenden Käfermacher gestoßen. Er hatte ihn tiefernst angeblickt und wie folgt zu dem Gebrochenen gesprochen: „Schaun S', Herr von Käfermacher, Sie sind nervees, das kommt, weil S' immer griebeln, an Ihre Krankheiten, an Ihren verflossenen

Tod denken. Sind S' froh, dass S' 'n so leicht ieberstanden habn. Na ja, wann's auch bloß ein juridischer Tod war – immerhin schlimm genug und mit gewisse Störungen verbunden. Sie sollten in der Arbeit Ablenkung suchen! Schaun S', treten Sie meinem Institut bei, das wird Sie zerstrein … Da gibt's immer was zu sortiern … heit Ohrwirmer, die immer rasch aufgearbeitet sein wolln, weil s' leicht sauer werden, morgen – was weiß ich – Tausendfieße für die lieben Henderln … Die fressen s' leidenschaftlich gern und legen dann dankerfillt die prächtigsten Eier, die was Ihnen gut tun und Ihnen Gesundheit und Jugend wiedergeben werden. Apropos, ich hätt da einen Posten chinesischer Kalkeier, die missten S' aber mit einer Partie verschimmelter Hienerfedern zusammen iebernehmen. Ich kann's nicht anders abgeben. Ja, wie gesagt, das Sortieren von die Tausendfieße und so, das ist alles gar nicht so einfach, wie's am ersten Blick ausschaut. Schaun S', da hab ich anfangs eine Hilfskraft gehabt, einen gewissen Droschkowitsch. Wie oft hab ich ihm gesagt: ‚Droschkowitsch, Droschkowitsch, Sie machen mir wirklich nichts als Kummer und Plage! Immer bringen S' die Ohrwirmer und die Tausendfieße durcheinander, wo sich die Viecher nicht vertragen!' Und einmal hat er mir gar ein ganzes Paket Springschwänze verhungern lassen, wo sie so selten sind. Für einen gewissen Dr. Januar Moheritsch, den bekannten feinsinnigen Springschwanzsammler, haben sie geheert. Da hab ich mit unendlichen Miehen ein volles Dutzend ansehnliche Exemplare des Gletscherflohs gehabt, weiters drei bis vier sibirische Schneeflöhe, lauter lebenslustige Männchen, fesche Kerln! Und dann die größte Seltenheit, gar eine komplette Familie vom zottigen Springschwanz, dem Pulex ballerinus, wissen S', er ist gelbrot und hat die charakteristische schwarze Binde. Bloß der bleigraue, der Podura plumbea, hat mir gefehlt. Lebt nur unter abgefallenem Laub. Was hab ich da schon gewiehlt und sogar schon einmal wegen den Ludern sechs Wochen im Spätherbst in Sanssouci zugebracht … alles umsonst!" Hahn seufzte und ließ noch im Gedanken daran traurig die Mundwinkel hängen. „No, um wieder vom Geschäft zu sprechen: Was am meisten trägt, die Dösemannischen … so werdn S' doch nicht gleich blau … Herr von Käfermacher, so hören Sie doch …"

Aber Käfermacher war unwillig davongegangen und ließ den kopfschüttelnden Geschäftsmann allein. Als der ewig Kränkelnde das alles, so gut er konnte, erzählt hatte, wutzelte der welterfahrene Puntigam einige Zeit lang die Zigarrenspitze mit beiden Händen, hielt das Haupt ein wenig nachdenkend geneigt und sagte schließlich mezza voce zu seinen Begleitern: „M … äh … wusste gar nicht, dass Hahn auch hier seinen merkantilen Leidenschaften frönen muss, ein Merkur im Gehrock. Kann's ohne Geschäft nicht aushalten. Wird Käfermacher am End noch durch Übertragung der Firma auf ihn kirren … wer ist nicht eitel? Auch Tote sind eitel … und wie! M … wette, dass wir in Kurzem dann am Hahnischen Ladenschild lesen werden ‚Gallus Käfermacher selig Erbe & Cie'. Das mit der Akademie ist aber peinlich. Die gewissen blinden Greise haben Ansehen, werden durch Annoncen in ganz Europa zusammgesucht. Vor fünfunddreißig Dienstjahren wird hier niemand Seher … m … peinlich … Vor allem müssen wir dem armen Kerl passende Zerstreuung suchen … Kerl muss zerstreut werden! Wenn man ihn nur auf die Weiber bringen könnte … Er ist aber zu degoutant! An junge Mädeln zu denken, ausgeschlossen … Matronen zu übersättigt hier von früher. Ja, ja … zu degoutant … verhieferter Geselle, nicht einmal Material für eine Lustmörderin … sonst doch das Bescheidenste: nehmen alles! Das ist arg … arg … m … m. Que faire?"

„No", meinte Cyriak nachdenklich, „Lustmörderin? Vielleicht beißt doch eine an. Ich kenne da einen gewissen Herrn Schebesta. Das ist ein großer Damenfreund. Der kennt riesig viel Mädeln … Ihm fehlt ein halbes Ohr, und auch sonst zeigt er vernarbte Zahnspuren. Also, der scheint mit allen Fakultäten intim zu sein. Vielleicht ist eine Anfängerin der vorhin erwähnten Richtung unter seiner Bekanntschaft? So wie man Kindern auch zum Beispiel zuerst zwei, drei beschädigte Briefmarken schenkt … Schund …"

Naskrükl, der schon bei der ersten Erwähnung des Wortes Lustmörderin eine abwehrende Geste gemacht hatte, blieb schweratmend stehn. „Jetzt dös is z' arg … was ihr da sprechts. Habts denn gar ka Herz? Mir ist doch auch a Lebemann und schaut gern durch die Finger. Was aber z'viel is, is z'viel. Aber dös kommt alles von die neuchen Moden und hauptsächlich von der Wäsch!" Sein Schnurrbart wölbte sich vor Entrüstung so merkwürdig, dass Puntigam das Lorgnon spielen ließ. „Wann oane rosa Unterhosen hat", sprach Naskrükl mit zitternder Stimme weiter, „mit der geh i! Da is ma sicher, koane Lustmörderin am Busen zu nähren, ja, denn solang als die Madeln rosa Barchentunterhosn tragn haben – bsonders die mit Kräuserln –, warn s' auch honett und habn auch a Herz ghabt. Ja, dös is Hand in Hand gangen, a warme Unterhosn und a warms Herz … Und a honetts Madl hat a an Mieder tragn … und an honetten Busen ghabt … will sagen zwoa! Dös hat alles 's Herz warm ghalten … aber heut! Ka Hosen, ka Mieder, ka Busen, ka Garnix! … Musst z' Tod froh sein, dass das, was d' mit die ungeübten Finger ausgeschält hast, auch a Madl is … d' Andeutung von an Madl … wo dass d' a no guate

303

Augn habn därfst … oder gar in die Bücher nachschaun musst … dass a alls stimmt … naa, naa", sein erhobener Zeigefinger zitterte, „bin froh, dass i nimmer lang leb … nimmer lang leb … jo, dass wahr is!" Mit vor Schmerz einseitig gesträubtem Schnurrbart war Naskrükl stehen geblieben und kramte mit zitternden Händen einige Aktaufnahmen aus dem Gehrock. „San dees a Mädeln?, frag i, oder san's antike Hirtenknaben mit Bubikopf? He? Oder frech z'sammgschminkte Untergymnasiasten, … die … wie soll i mi nur ausdrücken … die nit ganz firti gwordn san … weil's wahr is!"

„Lassen wir das Thema", meinte Puntigam, „und schaun wir lieber, wo wir uns heute unterhalten können." Er nahm den noch immer vor sittlicher Entrüstung mit dem Finger zitternden Naskrükl und zog ihn zu einer Riesenpalme, an deren Stamm Plakate der verschiedenen Vergnügungsetablissements klebten.

Der überlange Freiherr im karmoisinroten Frack nestelte seine Lorgnette hervor und begann zu lesen. „,Phädra', Drama von Friedrich Rutschel, begleitende Musik von Alois Schottenpempel … keine Namen, schon wieder so was Ausgefallenes, na ja! ,Theater der Seltsamen', Regie: Hahinsky Jaromir … kommt nicht in Betracht! Was ist denn hier: ,Dr. Salatschnickels Liebesabenteuer', Singspiel von Ashby de la Zouch … auch nichts. Aber hier, aha, ,Le Chinois en Egypte', großes Ballett mit Dafne Dondedeo als Cynthia … der weibliche Prinz von Thalakonisi … die drei Kabiren Axieros, Axiokersa, Axiokersos: Fräulein Astaroth, Fräulein Assassanissa, Fräulein Lyonessa. Galathea: Fräulein Schwaandel als Gast … Ah, das schauen wir uns an! Ihre Nabelabgüsse werden ja in Graz als Jetons verkauft … bringen enormes Glück … charmant, charmant! Müssen dann mit den Damen soupieren …"

Käfermacher, der für rauschende und öffentliche Vergnügungen nicht passte und besonders beim Souper deplatziert wirken würde, wurde schlafen geschickt, und die drei Herren betraten zeitig genug, um das Publikum anzuschauen, das Teatro Venier. Naskrükl trennte sich von der Gesellschaft, da er seiner Gewohnheit nach vor den Vorstellungen und während der Zwischenakte die Buffets aufsuchte, wo er erfahrungsgemäß gefräßige und daher korpulente Damen zu finden wusste, mit denen er nach einem bestimmten Schema auf ungemein geschickte Weise bekannt zu werden verstand. Bald trat er einer der Gierigen leicht auf den Fuß. Das darauf folgende „Pardon!" war dann in der Regel das erste Wort eines spannenden Romanes. Oder er derangierte beim Vordrängen ans Buffet die Toilette der aufs Korn Genommenen. Wenn aber alles das nichts nützte – bei besonders Gefräßigen –, genügte in der Regel ein leichter Spritzer von Eiscreme ins Dekolleté der Angeschwärmten, der dann artig mit dem Mouchoir weggetupft wurde. Der schöne lyrische Tenorkopf des neckisch um Verzeihung bittenden Sünders tat dann schon ein Übriges.

Wie ganz anders war Baron Puntigam beschäftigt! Er, ein geübter Falter der ersten Gesellschaft, schwebte von Loge zu Loge, überall Bekannte treffend. In einer Proszeniumsloge fand er die Gräfin Calessari mit ihrem Hofstaat. Mit Lammsbahandel und Nipperdey wechselte er freundliche Worte und lernte den steifen Pyperitz kennen. In der benachbarten Loge waren die jungen Damen untergebracht: Fianona, Auronza und Iridione. Nur das Biberon fehlte, es hatte heute Hofdienst. Obschon er sich nur schwer von der reizenden Jugend trennen konnte, musste er doch hinüber in eine Vis-à-vis-Loge, wo er den alten Freund Livius von Winselburg entdeckte, den bekannten passionierten Rüdenzüchter. Er fand ihn in sichtlich gedrückter Stimmung vor, und Winselburg klagte ihm, dass sein Lieblingshund ‚Videas von der Côte d'Azur' wipfeldürr werde, ein herzzerreißender Anblick, wenn er wedle … Er trennte sich daher bald nach ein paar leicht dahingeworfenen Worten der Teilnahme von dem Melancholiker. Dann machte er noch rasch einen Sprung zu einem andren, nach vielen Jahren wiederentdeckten Freund, dem Lord Wystaha, dem weltberühmten und hochgeschätzten Hippologen, ehemaligen Herrenreiter und Rennstallbesitzer, mit dem er seinerzeit manchen Parforceritt mitgemacht. Lord Basil Wystaha war aber in letzter Zeit von einem schlimmen Rosstäuscher, einem gewissen Flötenhengst, so ausgebeutet worden, dass er seinen Stall aufgegeben hatte und Kunstsammler – feinster alter Graphik – geworden war. Der geschmackvolle Sonderling, das war er, warf sich stilgemäß auf ein Gebiet von abseitiger Delikatesse. Er sammelte die sogenannten „Culbuteurs", als da waren die herrlichen Blätter von Goltzius, die Stürze des Tantalus, des Phaeton, des Ikarus, und als Spezialität der seitliche Absturz Ixions vom sausenden Rade, als er sich die Fesseln durchgerieben hatte. Und solcher amüsanter Blätter hatte er viele, worunter wieder die Ikarusdarstellung eines Meisters der frühen Barocke, der den bedauernswerten Erstflieger mitten in einen steifen Hofball im Freien hineinsausen lässt.

Übrigens durfte man sich über diese Geschmacksrichtung des ehrenwerten Wystaha nicht wundern. War doch der vornehme Mäzen als Säugling zweimal aus dem Steckkissen, in Eton dreimal vom Topf, als Jüngling viermal über unbeleuchtete Stiegen und im blühenden Mannesalter ungezählte Male vom Pferd gefallen. So war er, nach und nach selbst für die bescheidenste Kopfarbeit untauglich, ins Oberhaus berufen worden, wo er wenigstens seinem Vaterland dienen konnte. Und als auch das nimmer ging, heiratete er eine Lady Porzelius, die sich ganz der Wiederaufrichtung gefallener Mädchen widmete.

Man munkelte, dass Lord Basil eine Kopfprothese habe, was natürlich auf Übertreibung und der nicht genug zu verdammenden Oberflächlichkeit kleiner Reporter beruhte, die ihn interviewt hatten. Jedesfalls war sein Kopf aufs Bizarrste deformiert und mit Porzellan und Silberteilen ausgeflickt. Auch hatte er statt der Ohren Detektoren. Das machte die Unterhaltung mit ihm schwierig, und der etwas enttäuschte Puntigam verließ bald den Lord und schenkte seine Aufmerksamkeit einer auffallenden Persönlichkeit, die mit einem turbangeschmückten Gefolge fünf Plätze der ersten Reihe besetzte.

Es war ein würdevoller Herr in weißen Gewändern, mit vergoldeten Messingsymbolen aufs Reichste behängt. Wo er geschritten, begann es nach einem Gemisch von Weihrauch, Kampfer und Bezoar zu riechen. Überall flüsterte man, es sei dies ein sicherer Rhadamenes Tschingelbock, der letzte Zimmerherr der seligen Blavatzky. Aber nun plane er, eine unbekannte Religion zu stiften. Reiche, aber gealterte Verehrerinnen hätten die Absicht, ihm zu Ehren sogar ein „Tschingelbockianum" zu erbauen.

Die einsetzende Musik machte Puntigams Betrachtungen ein Ende. Der Vorhang ging in die Höhe und zeigte ein blendendes Bühnenbild. In einem Hain von üppigem, herbstfarbenem Laub und zartfahnigen Zedern, wie ein Tiepolo sie zu malen liebte, erhob sich gegen das Kupfergrün eines zarten Himmels ein Prunkzelt in Gold und Farben, auf beiden Seiten von Steinvasen auf hohen Sockeln flankiert. Im Zelt lag auf einem Tigerfell ein wunderschönes Mädchen, nur mit reichen, seidenen Strumpfbändern, einem mächtigen Turban und einer Atlasschärpe kostümiert. Sie rauchte braceletfunkelnd einen langen Tschibuk und beachtete gar nicht einen in tiefem Bückling versunkenen braunen Eunuchen, der duftenden Mokka in chinesischem Porzellan servierte. Ebensowenig beachtete sie zwei spärlich bekleidete Mädchen, die vor ihrem Prunklager knieten, die eine mit einer gekräuselten goldenen Perücke, die andere mit schwarzem Lockenkopf. Diese holden Figürchen hielten einen leuchtenden Silberkorb mit Früchten empor, während in einem kleinen Marmorteich vor ihnen ein beturbantes Knäblein in einer venezianischen Gondel aus lackiertem Holz auf einem Waldhorn blies. Das schöne, auf verfeinerte Sultangebärden eingestellte Mädchen fuhr fort zu rauchen und gab ihre schlanken Glieder dem berückendsten Spiel goldenen Lichtes hin, das das Szenenbild überflutete.

Sie beachtete auch nicht übergroße, seidenglänzende Schmetterlinge, die um ihren Pavillon schwebten, und auch eine Gruppe von Herren nicht, die der Stätte ihrer Schönheit in den kompliziertesten Schritten und mit ornamentalen Handbewegungen nahten. Von rechts waren es zwei in weißen Pludergewändern steckende Pierrotgestalten, mannshohe Blumen in der Hand; von links ein schwarz und grün karierter Skaramuzz, schwarz maskiert, das krumme, gleichfalls schwarze Schwert an der Seite. In der Linken trug er einen schwarzen Fächer, in der hoch erhobenen Rechten ein dampfendes Räuchergefäß. Die Herrn stießen in der Achse der silbernen Fruchtkorbträgerinnen aufeinander und sahen sich verschränkten Armes drohend an, nicht ohne dass der Skaramuzz früher sein Räuchergefäß einer Figur übergeben hätte, die sich als eine Mischung von Satyr und Goldkäfer darstellte und die aus einer Versenkung auftauchte. Die Musik nahm einen drohenden Charakter an. Der nachtfarbene Geselle lockerte sein Schwert, die weißen Burschen fuhren zum allgemeinen Entsetzen mit Ladstöcken in ihre Blumen und ließen an diesen tückischen Kindern einer bedenklichen Flora Hähne knacken. Dann haschten sie eine heranwatschelnde Schildkröte und gossen aus ihr Pulver auf die Zündpfannen ihrer Blumen.

Der rauchenden Sybaritin wurde von einem phantomartigen Wesen mit blutroten Handschuhen ein goldenes Lorgnon überreicht, was sie mit hochmütiger Geste quittierte. Jetzt trippelten mit schwebender Handbewegung aus beiden Kulissen je zwei Ärzte in ungeheuer überladenen orientalischen Kostümen heran, mit roten Brillen unter viel ellenhohen Kopfbedeckungszierbauten und klirrenden Instrumenten reichlich versehen. Das Duell sollte offenbar beginnen.

Ein wilder, schriller Triller stieg aus dem Orchester auf. Schon sah man die Pauker in die Hände spucken, schon holte der Kapellmeister mit zusammengebissenen Zähnen zu einem gewaltigen Fortissimo aus, als ein greller Aufschrei von der Bühne gellte. Ein wackliger, noch zager Wasserstrahl begoss die pompösen Ärzte, die beiden Sklavinnen und die über sie gebietende nackte Schönheit, die mit einem wilden Satz vom Tigerfell sprang und sensationelle Reize darbot. Dann begoss er, schon stärker geworden, die drei Feinde, die verwirrt hin und her liefen. Der Strahl ließ es sich aber damit noch keineswegs genügen, sondern schwemmte, inzwischen gewaltig angewachsen, nun auch den ehrwürdigen Tschingelbock im Parkett unter den Sitz, nachdem er den Dirigenten beiseite gespült hatte. Jetzt sah das entsetzte

Publikum, wer den Schaden angerichtet hatte. Es war ein zitterbeiniges Männchen in viel zu großem Feuerwehrhelm, das irr herumspritzte und dessen man sich aus der Kulisse heraus zu bemächtigen suchte. Während die andren Feuerwehrleute dem wackligen Übeltäter den Schlauch zu entwinden trachteten, fuchtelte er noch recht herum und ließ einen regenbogenglitzernden Wassersturz von der Höhe des eleganten Hauses niederbrausen. Als einer der ersten flüchtete Naskrükl und schleppte eine korpulente Dame durch den Mittelgang. Das Publikum kreischte in wilder Panik irr durcheinander, und Lord Wystaha gab in höchster Erregung ganze Serien von Lichtsignalen ab, wofür er für den Fall von etwa plötzlich auftretenden Sprachstörungen eingerichtet war. Es war ein höchst eigenartiger Anblick, wie seine Glatze in wechselnden Farben aufleuchtete und dabei gellend zu tuten begann. Ein Regisseur trat an die Rampe, ließ durch einen Logendiener Lord Basil abstellen und konnte nun zu sprechen beginnen. Er bändigte die anwachsende Panik mit der Erklärung, dass nichts geschehen sei, sondern nur ein begeisterter Kunstfreund, Herr Amandus Schebesta, als freiwilliger Statist zurückgewiesen, sich durch Bestechung in die Gruppe der Pompiers eingeschmuggelt habe. Vor Begeisterung zitternd, hätte er losgedrückt und recht viel Unheil angerichtet. Der Schaden sei so groß, dass die Vorstellung leider abgebrochen werden müsse. Der Übeltäter werde streng bestraft werden.

Cyriak und Puntigam trafen in der Garderobe auf den opfermutigen Naskrükl, der ihnen eine busenwogende Dame vorwies, die er gerettet und auf ein rotes Plüschsofa gebettet hatte. Es sei eine Witfrau und schreibe sich Aurora Hauptfleisch, dabei eine Landsmännin. Er habe den verewigten Gatten derselben, den würdigen Hauptfleisch, sogar flüchtig gekannt.

Sie habe ihn übrigens ein hübsches Stück Arbeit gekostet. Dabei rollte er ein Scheibband zusammen, wie
solche die Klaviertransporteure zu verwenden pflegen,
und verstaute das Gewinde hinterm Gehrock.

Seinen beiden Freunden, die bei diesem Vorgang mit
ihrem Befremden nicht hinterm Berg hielten, bedeutete
der welterfahrene Damenfreund, dass er nie ohne diese
Vorrichtung ausgehe. „Wenn man a bissel a schöner
Mann is", dabei plusterte er animiert den Schnurrbart,
„so erlebt man sich was mit Ohnmachten und wird ge-
witzigt. Wann s' anem, wie gesagt, ohnmächtig in die
Arme sinken. Der Anlass is ja bekanntlich meist ein
ganz nichtssagender, a plötzlicher Hund, a künstliche
Maus oder a Kanari, der in Kaffee einiflattert, braucht
man sich viel weniger zu strapazieren und schont die
Kleidung. Anfänger kennt man gleich an die ausgerissе-
nen Ärmel. Wo käm man da hin!" Er wolle die nass
gewordene Dame nur nach Hause bringen und komme
dann nach … wohin?

„In den ‚Silbernen Rost des Crassus'."

„Ausgezeichnet!"

Der „Silberne Rost" war bald überfüllt. Zu Puntigams
aufrichtigem Bedauern hatte Dafne Dondedeo abge-
sagt und war in ihrem Auto davongerast. Bloß Madelon
Schwaandel und die drei Perkopen, Axiokersa und Kon-
sortinnen, hatte man zum Souper animieren können
und war bemüht, ihnen die schlechte Laune über die ins
Wasser gefallene Premiere zu vertreiben. Nach den ersten serviettenumwickelten Flaschen war ihre Stimmung
schon eine bessere geworden, und die Kabiren verlang-
ten, am Schoß sitzend, gefüttert zu werden. Da Fräulein Schwaandel auch nicht nachstehen wollte, war man
froh, dass Naskrükl den geschwind irgendwo aufgega-
belten Streyeshand mitgebracht hatte. Auf diese ana-

kreontische Gruppe – Puntigam krähte fröhlich, dass er sich nie hätte träumen lassen, dass einmal Kabiren auf ihm „Hoppereiter" machen würden – stieß ein Stündchen später der leicht wetterleuchtende Tragöde Hahinsky. Auf das: „Nanu, wieso so früh, bei euch schon aus?", sagte er nur mit Grabesstimme: „Durchfall. Phädra ausgepfiffen worden. Kann nichts dafür. Kerntruppen ins Feuer gestellt. Rutschel ist schuld!"

Ein kleines Männchen mit Dichterbart und Sammetrock wollte widersprechen. Da fuhr aber rollenden Auges und verwirrten Haares der bis dahin bloß schweratmende Rudi Lallmayr dazwischen: „Ha, wie bin ich dengs … dangs … dongs … dungs … ha, Dings heißt das dumme Wort … da gestanden als … Hipo… na, was ist so gut in den Wässern bei Blasenkatarrh? … Na … helfts mir … Lithion, ja, lites … als Hippolytos … scheußlich, wann man so an Dings leidet … na … das wo man nicht von der Blässe davon angekränkelt ist … Gedankenflucht, haha …", er sah sich augenrollend um. „Ja … von was hammer grad … gredt … aha, die Beschtie, die was ma gern hinterm Ohr hat, oder was einem, wann man's verkehrt hinein steckt, den ganzen Anzug voll macht, die Füll … Phädra!" Dabei spuckte er wild in einen Winkel. „Bedauernswerter Theseus … seus, seus, jawohl! Ach, lass ma sie pfeifen! Ich mach mir nix draus … nixdraus … hoho, nein, neeein, pf! Jetzt hat die Zigarr auch ka Luft … Pechtag heute. Ich tröst mich mit die … Teufel … die heißen die … wo der auch einer davon ist … der … na! Wenn er elektrisch wird, ist er immer gleich hinten voller Papierschnitzel? … Henry Bernstein! … mit die Philosophen …"

Puntigam wiegte missbilligend den Kopf. „Meinen sicher Henri Bergson, der Altes, Ausgespucktes vom Schopenhauer aufwärmt …"

Aber Lallmayr hörte ihn nicht, denn er starrte gerade

eine Weile irr vor sich hin. Dann sprang er jäh auf und sagte vorwurfsvoll zum Dichter: „Das hätten Sie nicht schreiben dürfen, die Stelle:

Hast du zur Nacht geblasen, Theseus?
Auf Höh' des Turms gebäumt
von Springern hart bedrängt,
die Läufer anzulocken …
quer durch das Feld …

Nein, Herr Rutschel, alles was recht ist!" Hahinsky nickte grimmig.

„Erloben Se giedigst", fuhr Rutschel auf, und seine Sommersprossen traten vor unterdrückter Wut grell hervor, „ich werde doch wissen, was ich zu schreiben habe und was nich … wo doch de meisten Gebildeten Schach schbielen … 's war a Kombliment vorn Buwligum … sollte wie ne Bombe einschlagen … so warsch berechnet … chja. Kann ich was dafier, dass se fiffen? … Der Fußball iberwuchert ähm alles. Wo hat denn äner heute noch gebildetes Sitzfleisch? Nchja … Ibrichens, ich hab'n ‚Gastor und Bollux' im Schreibtisch …"

Ein Lasso schwirrte durch die Luft. Naskrükl griff sich hinter den Gehrock. „Mandjosef … 's Scheibbandl …" Zu spät, es hatte sein Opfer erreicht. Rutschel war umgarnt worden, zu Boden gestürzt und schwebte schon über dem Tisch in die Höhe. Die drei Kabiren, die ihn emporhissten, standen am Tisch zwischen den umgeworfenen Champagnerflaschen und heulten vor Vergnügen, Rutschel strampelte wild herum, verlor die Röllchen und das Gummivorhemd, mit dem dann noch lange Fußball gespielt wurde.

Drei Fagottisten von der Jazz waren hinzugelaufen und begleiteten die Untat mit grellen Melodien.

„Was wird denn geschehn … de tun eahm was. Schaun S', wie denen die Augen funkeln … z'meiner Zeit hat's so was net geben", meinte mit besorgtem Schnurrbart Naskrükl Effendi zu Baron Puntigam, der sich übersprudelnd vor Lachen den Bauch hielt.

„Hinrichten, hinrichten!", brüllte das ganze Publikum. „Hoch Rutschel, hoch Rutschel, an den Luster!"

26

Während man sich im „Silbernen Rost" so glänzend unterhielt, sah der nächtliche Strand von Kythera eine andere Szene. Ein sich scheu umblickendes Männlein, den Rockkragen aufgestellt, den grauen gradkrempigen Zylinder in die Stirn gedrückt, brach er aus dem Gehölz und torkelte knieknackend in höchster Eile zur silbernen See, die im Mondlicht blitzend wogte. Einer, dem die Sbirren auf der Ferse sind, ein Mörder? Nein, ein Opfer der Venus: Schebesta. Er hatte einen Fergen erblickt, ein edles Haupt, ein Greis in wallendem Mantel, der wehenden Bartes dastand, die Arme über die Brust gekreuzt, und auf die im Mondnebel magisch leuchtenden Berge Lakedämons hinüberblickte. Eine Barke schwankte vor ihm in der nächtlichen See.

Schebesta fasste Vertrauen zu dem einfachen Alten, pflückte einen Ölzweig und näherte sich dem Greis mit dem Worte: „Schebesta."

Der Alte nahm einen Zwicker von einem Nickelhaken, der an seiner Weste angewachsen war, und betrachtete ganz nahe den Ölzweig. Dann machte der Würdige „Mmm, 'n Eelzweich, aber ich verstehe nicht Griechisch und weiß nicht, was ‚Schebesta' heißt."

„Oh, wie angenehm", meckerte Schebesta, „kein Grieche", und stellte sich vor. „Zitterbein", klang es von des Greises Lippen. Es war niemand anderer als der rechtschaffene Zitterbein, der eben sinnend dastand, in die See zu stechen, um nach Konstantinopel zu schiffen und da „den dortigen Hundchen Bluderheeschen anzumessen, um den Brofeden zu ehren, der se so gerne druch".

Er hätte von der Vernachlässigung dieser im Grund herzensguten Tierchen so viel gehört, dass er sich vorgenommen hatte, da mit starker Hand einzugreifen. Früh auf eigene Beine gestellt und so zum Mann der Tat geworden, war er entschlossen, selbst das Steuer seiner Barke zu führen, und fand sich bereit, ausnahmsweise den „Gahron" zu machen und den fröstelnden Lüstling, mit einem Dutzend Hundehosen wattiert, vis-à-vis am Gestade des Pelops abzugeben.

Die Gestirne kündeten die Mitternacht. Der Wind war günstig. Schnell ward der Koffer Zitterbeins geöffnet und aus aneinandergereihten Gummivorhemden und Hundehosen ein Segel improvisiert, das sich bald im blumenduftbeschwerten Nachtwind Kytherens barock blähte.

Schebesta sah sich noch einmal ängstlich um, betrübt, das schöne Land seiner Träume lassen zu müssen. Eine traurige Stunde. „Vielleicht gibt's aber", so tröstete der Gradbezylinderte sich, „in Lakonien noch Nymphen … Nympherln …" Er machte starre Fischaugen. Wer weiß … wer weiß …

Und der bartwallende Fährmann stach in See.

Am hohen Vormittag darauf trugen unsere drei Freunde ihre brummenden Köpfe ein wenig spazieren durch schattige Wälder, durch Lorbeerhaine und Rhododendrengebüsch, an rauschenden Quellen vorbei, und rasteten bald an einer Säulenruine, bald an einer kleinen Einsiedlerzelle aus Malachit mit geschweiftem Steildach aus schimmerndem Bronzeblech, oder auch zu Füßen einer zerschlagenen Marmorgruppe, palmenbeschattet.

Ab und zu trafen sie auf einen äsenden Hirsch mit vergoldetem Geweih, was sich gegen den dunkelblauen Himmel famos ausnahm. Oder sie sahen einen einsamen Hirtenknaben, gleich der bronzenen Statue eines Amors, der, die Pansflöte am Mund, bei der Ankunft der Herren mit der anderen Hand den herabgeglittenen Seidenstoff der hohen Sandalen höher und die stilgerechte Wildschnur um die Hüften etwas herab zog. Hier war alles von vollendeter Eleganz und von leichtem Pathos umhaucht.

Dort wieder hielt ein ehrfurchtgebietender Greis mit sauber gehaltenem Fächerbart Akademie und trug etlichen Jüngern, die auf einem antiken Mosaikboden mitten in steiniger Öde lagerten, die Batrachomyomachia von Homer vor, ab und zu eine Tafel aus Feigenholz vorweisend, die, eng beschrieben, sonst in einem ehernen Bücherzylinder schlummerte.

An einer anderen Stelle wieder sahen sie, wie der einsame Strimonella in libellenfarbenem Gehrock spitzen Fußes vor Mangiacavalli, dem gefürchteten Aufschneider, flüchtete und gegen den Zudringlichen, der ihm krummnasig mit schnappenden Schaufelzähnen näher kam, mit weggewendetem Haupte die Arme abwehrend ausstreckte. Ja, dies war Strimonella, dem es oblag, die automatischen Schafe zu weiden, eines der melancholischesten Hofämter.

Auch Käfermacher sahen sie, an den Sockel einer Urne gelehnt, das Gesetzbuch als Diaphragma zwischen sich und dem Marmor. Er beroch seinen eigenen Atem und warf unzufriedene Lichter mit der Brille.

Dann wieder schwebte mit hellem Lachen eine Schar von Nymphen über den dunkelgrünen, kurzen Rasen, Mädchen von der Zartheit chinesischen Lackes, manche einen rosenknospigen Busen entblößt, anmutig schimmernden Mundes und leuchtenden Auges. Ihnen folgte entweder ein zahmer Affe auf altmodischem Hochrad und schwenkte einen verbeulten Zylinder mit langer Pfauenfeder, oder es war ihnen ein Herkules auf den Fersen, ein Herkules mit gewaltiger Keule, aus der er dann wohl feinste Bonbons oder gar süßen Likör servierte. Satyre lauschten aus dem dunklen Gebüsch und sprangen dann vor, glührote Paprikas als falsche Nasen in den verzerrten, mit Pudelfellresten beklebten Visagen. Sie tätschelten mit ausgestopften Glacéhandschuhen an Stöcken die gilfenden Nymphen und lachten in dröhnendem Bass, mit magyarischem Anklang, Bankiers, die, überaus wohlerzogen, sich nie eine andere Annäherung erlaubt hätten.

Aus einer hohen Eiche tönten wispernde Stimmen – vielleicht eine Bridgepartie? –, und am Gupf einer sanften Anhöhe klagte auf einer leicht verschleimten Trompete Philipp von Hahn gegen den Himmel. Sein Auge war starr und ernst. Die Koteletten seines kurz gehaltenen Backenbartes gingen taktmäßig auf und nieder. Mit einem erhobenen Finger gab er sich manchmal den Takt bei schwierigen Passagen.

„Der Bursche scheint schwer verliebt. Ein vom Pfeil der Amoretten Getroffener!“, so paraphrasierte Puntigam das Bild. „M, Papirius Cursor, der klagende Signale gibt, dass er ein Nesterl bauen will; m, neugierig, wen er beglückt. Hat recht. Könnte schon Großpapa sein … will aber immer noch nicht seine architektonischen Ideen aufgeben. Wenn das nur nicht am Ende ein Nest für Kuckucke wird.“

Puntigam und seine Begleiter wurden aber durch einen jämmerlich hinkenden, ganz verschwollenen Herrn abgelenkt.

„Kennst mi nimmer?“, wandte er sich an Naskrükl, der heute des Kopfwehs halber einen grünen Schirm unterm weiß beflaggten Pöller trug. „Kennst mi nimmer, ’n Schottenpempel?“

„Jo, jo, Schottenpempel, hätt di net erkannt! Bist du verschwollen! Wos is denn gschehn? Bist sicher wieder amol gstürzt?“

„Naa, gschlagen haben s' mi, bis tief in d' Nacht hab i Prügel kriegt, dass alles gscheppert hat … dees is der Dank, dass i an Rutschel d' Musik zu seiner saublöden ‚Phädra' gschrieben hab. Er ist sich freilich amisieren gangen und wird bacchantisch getobt haben, wie ich eahm kenn, und mi habn s' derwischt … beim Bühnentürl! Ja, i werd a Menschenfeind … weil's wahr is!"

Grußlos hinkte der schwerbeleidigte Künstler davon, und die Herren konstatierten mit Bedauern, dass er das Gesäß in einer Schlinge trug, über die sich die verzerrten Frackschöße grausig bauschten.

Sie sahen noch, wie er in der Ferne im blumenumwucherten Marmorbecken einer Quellennymphe vollkommen angezogen ein Sitzbad nahm und tonlos zur marmornen Egeria oder Sibylle hinaufjammerte, die großäugig und teilnahmslos neben ihrer tauspendenden Urne lagerte.

Kopfschüttelnd und mit dem Schnurrbart traurig wackelnd sah Naskrükl dem jämmerlichen Schauspiel zu und machte noch die im Weggehen begriffenen Herren darauf aufmerksam, wie der erfrischte Komponist auf Käfermacher zuging und ihm die tropfenden Frackschöße zeigte.

Allein Käfermacher, egoistisch wie alle Hypochonder, schien keinen Anteil an fremdem Schmerz zu nehmen, was Schottenpempel zu immer markanteren Gebärden veranlasste. Zwei kleine Amoretten mit großen Strohhüten waren aufgetaucht und begleiteten diese Urzelle eines Dramas, deren Dialog der Entfernung wegen unhörbar war, mit dem Klang einer einfachen Schilfflöte und einer Handpauke, aus der pergamentüberzogenen Schale einer Schildkröte gefertigt.

„Gehn mir lieber weg", meinte Naskrükl, „werds sehn, der wird an Käfermacher haun, i kenn das. Auf so bukolischer Basis is bekanntlich schon das antike Drama entstanden. Ich hab genug Vorträge drüber gehört. Z'erscht Rede und Gegenrede, dann der Streit der Männer, dann krachen die Schilde aneinander – in unserer unpoetischen Epoche die erste Watsche –, dann mischt sich ein Genius, a Nymphe, schließlich noch eine höhere überirdische Erscheinung hinein … Was hab i gsagt, der Käfermacher hat schon eine! Gehn mer essen, is gscheiter, als vielleicht an Zeugen abgebn. Na, i bedank mi schön. Merkwürdig, wie sich die Schlange in den Schweif beißt! Jetzt bekommt noch ein Toter Prügel wegen der Untat der Phädra. Vielleicht wissen die Erinnyen, welch schlechte Lektüre als Backfisch die so verdorben hat … gebrannte Tonscherben vielleicht … lasziven Inhaltes … o, über die lüsternen Ziegel!"

Die gesunde Kost in einer ländlichen Osteria, ein Gläschen Masticha als Aperitiv und Resinat, von thessalischen Ziegenböcken gekeltert, stellten die Herren von den Strapazen im „Silbernen Rost" bald wieder her.

Ein Rebabspieler, der bisweilen grell näselnd aufsang und mit dem Bogen in der Luft zitterte, sowie ein Tütünci, ein türkischer Tabakkrämer, sorgten für die anderen Genüsse. So kam es, dass man Baron Puntigam wenige Stunden später wieder hoch zu Ross durch das Goldorange des Nachmittags toben sah, mit seiner fern verklingenden Meute. Der Herr im roten Frack wurde kleiner und kleiner und war bald bloß noch wie ein herbstliches Blatt, das in der Ferne dahinschwebte. Lang sahen ihm die drei Herren unter ihren grauen Schattenspendern nach. Plötzlich wandten alle drei die Köpfe. Eine Staubwolke kam näher und näher. Wildes Kreischen, Fetzengestalten strampelten heran, hinter ihnen ein Rudel Polospieler zu Pferd, die Horde der

Ghaisghagerln, die offenbar mit einem Policinellausflug zusammengeprallt waren und irgendeinen Unfug anrichteten.

Wieder war es Naskrükl Effendi, der bedenklich das Haupt schüttelte und darin von einem heranwatschelnden dicken Türken in Turban und Pluderhosen unterstützt wurde. Dieser Effendi, der auf den Namen Adschiman hörte, und den Naskrükl mittags beim Pokulieren kennengelernt hatte, war gar kein Muslim, sondern ein Sohn der orthodoxen Kirche, die es mit den Fastengeboten sehr streng nimmt. Adschiman war jedoch der beneidenswerte Inhaber eines Butterbriefes, der ihm das Recht gab, selbst während der Karwoche zu schlemmen, und den er sich, weiß der Himmel wie, beim Patriarchen erschlichen hatte. Auch Adschiman war der Ansicht, dass die Übergriffe der außer Rand und Band gekommenen Ghaisghagerln angetan seien, die Beziehungen zwischen Kythera und der Tarockei schwer zu schädigen. Das flatterfetzige Pojazzogesindel unterstünde nun einmal leider dem hiesigen Schutz.

Adschiman deutete mit dem Tschibuk, an dem ein kindskopfgroßes Mundstück aus Bernstein auffiel, gegen das ferne Kreta, das bloß wie ein blaues Kristallwölkchen im Äther zitterte, und erklärte plastisch, wie leicht Konflikte wegen Verfolgungen entstünden. Als Jüngling sei er mitten in den dortigen Aufstand gekommen und habe manche blaue Bohne pfeifen gehört. Er habe damals den Türken Patronen geliefert, die mit Streusand gefüllt waren, auch viel in Vogelfutter gemacht, das die Truppen anstelle der Konserven zu fassen bekamen. Der Türke sei unendlich genügsam. Sie waren auch damit zufrieden. Nur gesungen hätten sie nicht. Was habe aber auch ein Soldat zu singen? Ein Beamter habe zu singen, und zwar laut zu singen, damit man wisse, dass er nicht schlafe. Dies sei ein Postulat der orientalischen Logik, die Franken nie verstünden.

„Jo, jo", meinte Naskrükl bekümmert, „wann denen Ghaisghagerln nur nit am End einfallt, dass s' da bei die Pojazzen gar den ‚Raub der Sabinerinnen' aufführen, rein nur, um was Antikisches zu mimen, dös geb a Gfrött, a Gfrött … kann gar nicht dran denken." Bekümmert legte er ein großes Akanthusblatt in seinen Zylinder gegen das nervöse Schwitzen bei diesen ängstlichen Vorstellungen. „Meine Herren", fuhr er fort, „'s is nur a Glück, dass mir bald abfahrn. Mir scheint, d' Freiln Dejanira hat was von morgen gsprochen … is's net so? Bin froh, dass i weg kumm … hab mir's anderscht vorgstellt in Kythera … anderscht vorgstellt … ja. Bloß d' Frau Hauptfleisch war a Lichtblick! Mir habn uns schon fürn nexten Fasching ins Mathäserbräu verabredt. Sie kommt als a Portion Schunkenfleckeln maskiert … da bin i wieder zruck ausm Orient … i frei mi schon damisch!"

Adschiman, der das vom Bereisen des inneren Orients aufgeschnappt hatte, gab Naskrükl noch den dringenden Rat, in einem Derwischkostüm zu reisen. Sein würdiger Ernst würde ihm dabei zustatten kommen. Überdies habe er eine äußerst glückliche Gruppierung von Wimmerln im Antlitz, die nach einer geheimen Überlieferung des Sufismus die Träger als im Zusammenhang mit besonders guten Dschinns stempeln und ihm manchen Weg ebnen würden. Er würde als heiliger Mann gelten und selbst Ermäßigung auf den Kameltrambahnen im Inneren Persiens genießen.

Und dann kam die letzte Nacht auf Kythera. Der Mond war groß aufgegangen. Da sahen unsere Freunde etwas Monumentales durch den Lorbeer schimmern. Es war Hahn, der bleich und unbeweglich, wohl von Liebesgram befangen, im Mondlicht stand und fast so

aussah wie ein gegen Hasenfraß durch Kalkanstrich ge-
schützter Phallus, wie man solche als Flurheiligtümer in
der Antike an Wegkreuzungen aufzustellen liebte. Plötzlich kam Bewegung in das Idol. Es spannte zerstreut
gegen das grelle Mondlicht einen Schattenspender auf
und wandelte schön ordentlich weiter.

27

Die Insel Dragonieras, Kythera vorgelagert, schützte die waldumrahmte Bucht von Aulemona, dem Poseidon heilig in alter Zeit. Heute ist sein Kult auf den heiligen Nikolaus übergegangen, den holden Schützer der ewigen Erneuerung und ihrer Symbole, der See und der Kinder. Die drei goldenen Äpfel der Hesperiden trägt der göttliche Ase des Werdens in seiner Rechten, sehnlich erwartet zu Land, auf jedem Schiffe verehrt.

Er ist Undinen gut Freund. Sein Kult kommt die Donau herunter, an Byzanz vorbei. Der Hellespont ist ihm heilig, und das Ägäische Meer – Undinens Palast – Aphroditen vertraut.

Trotz der bewegten See hatte heute Fiordelisa Centopalanche den allerhöchsten Hof und die beigezogenen Gäste zum Bade befohlen. Man war auf den Marmorstufen des maritimen Forums vollzählig versammelt. Die allongeperückenen Bläser gaben auf Posaunen das letzte Signal, und die wenigen Säumigen, die noch in den Kabinen geweilt, stürzten hervor, unter den letzten der stelzbeinige Hahn, dem die Parzen für heute einen wichtigen Knoten in den Lebensspagat geschürzt hatten.

Im Grund war er gar kein Anhänger des Badewesens. Ein bequemer Schreibtisch war ihm lieber, und dann fand er die dürftige Kleidung, die von der launischen Modegöttin für diesen Sportzweig vorgeschrieben worden war, der Würde seiner Erscheinung nicht angepasst. Ja, wenn man dabei wenigstens Tanzsporen tragen könnte, meinetwegen aus Gummi, aber hübsch vergoldet, und aus demselben Material einen Chapeau claque, der jetzt durch Papa Centopalanche wieder hoffähig zu werden begann.

„Papa Centopalanche", ja, wer das Wort sagen dürfte! Die reizende Fiordelisa hatte es ihm angetan. Zugegeben, dass sie nicht so feine Fesseln hatte wie eine Violanta Contarini, Lucretia Malipiero oder eine Isaura Botaniades, eine Prinzessin aus Kleinasien drüben, die erst vor wenigen Tagen zu Hof gekommen war. Zugegeben, dass Centopalanches etwa in einer Reihe mit den Monacos oder gar den Georgewitschen rangierten, zugegeben. Aber sie waren einmal arrivierte Fürsten und alle die anderen noch Prätendenten. Ihre Töchter, morgen vielleicht glänzende Partien; er aber war kein Mann der Träume, sondern einer, der auf festem Grunde herumzustolzieren liebte. Und die Idee, zu Centopalanche „Papatscherl" sagen zu dürfen, wäre doch allzu schön …

Dreimaliger Paukenwirbel verkündete das Nahen der Königstochter. Rotröckige Lakaien, ganz in Gummilivreen gehüllt, schritten mit brennenden Kandelabern voraus ins Meer – eine deplatzierte, unverstandene Hofsitte – und schoben die kautschuknen Spielzeuge in die Wogen.

Der Hofstaat – unter ihnen auch der mit den falschen Zähnen klappernde Hahn, der immerhin dem Schwimmkostüm leichten Gehrockcharakter hatte geben lassen – folgte der leicht molligen Hoheit in die Fluten. Bald schwamm alles prustend, auf und ab wogend um das nassglitzernde Königskind herum, das ein Einhorn aus schneeweißem Gummi ritt. Küchenoffiziere in kleinen Kajaks servierten Sherry und Sandwiches, denn das Wasser war heute empfindlich kalt. Der starke Wein war anregend gewesen. Fiordelisa gab das Signal, das Hoffest weiter hinaus zu verlegen. Sie verließ ihr schlingerndes Einhorn und bestieg, die Rechte erhoben, eine goldene Muschel.

„Amathusia", gurgelten ihr einige Höflinge zu. Bald sah man, dass man sich weiter als tunlich vorgewagt hatte, denn die See wurde recht ungemütlich, bewegter, als es angenehm war. Fräulein Amathusia schwankte auf ihrer Muschel auf und nieder. Die Gummidelphine und ähnliche Bestien schlingerten, dass die nervös gewordenen Nixen ihrer Begleitung kleine Angstschreie ausstießen. Die Herren mit den Gummileiern – alle waren als Arione gekommen – schluckten Wasser, und der ernste Hahn, der doch noch seinen Obex aufgesetzt hatte, war bereits zweimal unter den Wogen begraben worden. Dabei verlor er seinen Delphin, konnte nur mit Mühe und Not gerettet werden und verlangte energisch auf die Muschel der falschen Venus hinauf. Doch Squaccherato und General Spulego wollten dies unter keinen Umständen zulassen. Auch Don Squasilio tadelte die Absicht. Er ritt auch ein Einhorn aus weißem Gummi mit himmelblauem Zaumzeug und einem falschen Federbusch in den Farben Italiens, was ihm zustand, war doch der feingebildete Squasilio ein Florentiner.

Zu Hahns Leidwesen war inzwischen der durchgegangene Delphin von einem Kammerdiener mit dem Dreizack wieder eingefangen worden. Trotzdem bestand der schon recht schwach Rudernde, der die Königslilien auf der Prinzessin zierlichem Gesäß starren und hingegebenen Auges nicht einen Moment außer Acht gelassen hatte, darauf, zu Amathusien hinzuschwimmen und ihr als Herrin des ganzen Gummikonvois die Meldung von seiner glücklichen Rettung zu erstatten. Squasilio und die anderen Herren beratschlagten schnaufend und gischtumspült, ob dies angänglich wäre, wurden aber alle drei in ein Wogental hinabgeschwemmt, während es dem Schicksal gefiel, Hahn, den wachstaftüberzogenen Obex am Römerhaupte, einen grünlich leuchtenden Wellenberg hinaufzuschwemmen, und mehr als das. Ehe der tapfer das Würgen kommenden Unheils Bekämpfende es ahnte, klammerte er sich bereits am Muschelgefährte der Angebeteten fest. Die sah ihn nauseafarben an.

„Freilein … počkei! … Hoheit … pschi! … hibsches Wetter heite … was? pschi! … ham … wir heite … die See … ist zwar … pschi! … nicht wie Ehl … Schaun S'… aufgewiehlt … nichtsdestoweniger aber … beziehungsweise … nichtsdestotrotz … habe ich … nicht ermangelt … stets … gnädiges Freilein … als Minnesänger umstehend … počkei! … halt als Minnesänger … also pschi! … hochpreisend! … joi, joijoi, joi!"

Unter diesen Wehelauten hatte Hahn mit einem Sprung seines magren Gesäßes die königliche Muschel ergattert und schlenkerte den einen Fuß hoch in die Luft. Eine Meerspinne hatte sich dort festgezwackt und ließ nicht locker. Hahn schlug, einen Halt suchend, wirr herum, erwischte glücklich die von den Elementen beirrte Amathusia und verschwand mit der strampelnden Millionenerbin in der lasurblauen Flut. Eine donnernde Woge begrub das ungleiche Liebespaar und trieb das jammernde Gefolge der Göttin auseinander, das wenige Minuten später von einer daherstampfenden Brigg gerettet wurde. Hahn und Fiordelisa aber waren spurlos verschwunden, ein Opfer des tobenden Elementes.

28

Unsere Freunde aber sahen nicht die schwarzen Flaggen, die auf Kythera wehten, hörten nicht den Jammer des rasenden Centopalanche, der so grausig hohl heulte, wie eben nur ein Kofferfabrikant heulen kann – das war er ursprünglich –; sahen Spulego nicht, der mehrfach versicherte, sich ins Schwert stürzen zu wollen, sahen den Gram nicht des einsamen Strimonella, der seine Lämmer mit Tinte begoss, hörten den grimmen Mangiacavalli nicht, der das Meer auszusaufen drohte, und hörten auch nicht die schwarzbespannte Leier, die Runcinelli zerrauften Bartes schlug, in seinen Worten nur verkalkte Trümmer irrer Größe findend. Denn Naskrükl, Baron Puntigam und Cyriak befanden sich seit neun Uhr früh auf der prunkvollen Yacht der Fürstin von Ikaria, die schaumumweht durch die Ägäis eilte. Es war ein prachtvolles Schiff, aus Mahagoni und schneeweißem Lack gefügt, das Segelwerk rein wie die Blüten der Lilien. Das laufende Gut – so nennen die Seeleute alle Taue in der Takelage, die Segel, Rahen und obere Mastteile an ihren Platz bringen und im Manöver bewegen – aus silberblondem Manila, das stehende Gut – die Pardunen, Wanten und Stage – dagegen aus braunem Hanf, wie ihn Europa erzeugt.

Die Bolzen, das Metallwerk der Rollen und Blöcke der Wanten und die Taljenreeps – die Spannschrauben der Pardunen – waren aus silberversetzter Bronze, ein Luxus, den sich seit der Renaissance nur wenige Seefahrer erlaubten.

Voll Ehrfurcht nahm Naskrükl den südländischen Zylinder vom dionysischen Haupte, als er die schiefe Bronzetüre durchschritt, die mit fußhoher Schwelle an ionischen Säulen aus Teakholz vorbei in die Salons Dejaniras führte.

Es roch ganz leicht nach Teer und Rosen in dem niederen Gemach, in dem Despina Bayazanti die Gäste empfing. Auf einem Brazero, der in Kniehöhe dastand, wurde das Frühstück serviert.

Kurzgeschürzte Laren aus Bronze, die Haare vergoldet, die Ballettröckchen aus Silber, standen zu dritt um den Mast nach uralter hellenischer Sitte, der Triade alles Seins zum Symbol. Nymphen, Nereïden, Gorgonen und auch hie und da eine Baubo schmückten die Kassetten der Decke. Bei den Laren flammte eine Laterne auch am hellichten Tag und schwang leise klirrend im Ring.

Despina Bayazanti reichte die hochgereckte Hand zum Kuss und sah flüchtig in den Spiegel, auf dessen Rückseite der amulettkundige Naskrükl zu seinem Erstaunen das magische Quadrat der Venuszahlen erblickte. Dann winkte sie zwei jungen, sehr schlanken und maskenhaft geschminkten Mädchen. Sie trugen randlose Flachbarette wie Hofdamen der Kreuzzugszeit und waren in das schwarz-gold gestreifte, enganliegende Gewand von Pelusium gekleidet.

Diese Dioskuren im Flügelkleide kamen auf hochgestöckelten Schuhen von Purpurfarbe heran, die schlanken Waden seidenbebändert. Sie verneigten sich tief, die Hände auf der zarten Brust gekreuzt, kauerten sich auf den Teppich und sangen mit vielverheißender Lippenkoketterie ein fremdartiges Lied zu tiefklingenden Lauten.

„Meine Falken von Montdesert", flüsterte Dejanira, „lydische Sängerinnen. In den Bergen dieses geheimnisvollen Landes wohnt noch ein Volk in stolzer Schönheit, von den watschelnden Türken streng geschieden. Nie ganz unterworfen, von Byzanz nicht, nicht von den

Kavalieren von Rhodos und nicht von den Türken, ein Volk, das seinen Glauben sehr geheim hält."

Mit einem vollen Blick auf Cyriak fuhr sie fort: „Es sind atlantische Reste, die aus Norwegen hierher kamen, wie alle, die das Licht ihres Blutes und Geistes nach dem Orient brachten ... Helena nach Asien entführten!

,Ex Oriente Lux' ist nur eine gespiegelte Lüge, denn nur vom Norden kommt der Schönheit und des Geistes Licht. Das ist eines der Geheimnisse der Kreuzzüge ... ich weiß davon ... ich, eine Bayazanti, die wir den blauen Falken mit der goldenen Schelle an den Fängen führen."

In das Schweigen, das nun folgte, klirrten die Statuetten der Laren leise auf, so jäh war die Gaffel des Besanmastes herumgeschwungen worden. Die Yacht kreuzte jetzt gegen den Wind auf.

Dejanira hatte Cyriak aufs Deck geführt. Er sah, wie das Takelwerk von Matrosen wimmelte, die Oberbramsegel und Bramleesegel kürzten und die Leesegelspieren strichen. Ihm war das alles neu, ihm, der die See nur von Dampfern her kannte, die schon allzu sehr trostlosen Fabriken im Betrieb ähneln. Neugierig ging er zum kupfernen Kompasshäuschen am Hinterdeck. Da sah er die Windrichtungen eingezeichnet und las: Boreas, Notos, Apeliotes, Zephyros.

„Wie sonderbar das ist, statt Nord, Süd, Ost, West ... diese Namen! Hier an Bord ist alles so sonderbar ... das nervenerregende Lied der zwei Mädchen voll nie gehörten goldtönenden Windungen ... die silbernen Ballerinengötter am Mastfuß ... wie ganz anders als andere. Sie selbst ... Despina ... eine Maske der Aphrodite!"

„Es gibt hier im Orient noch viel sonderbarere Dinge", hörte er die sanfte Stimme der schönen Dejanira. „Sehen Sie die Insel dort mit dem hohen Gebirge, das da wie in stahlfarbenen Zacken auftaucht. Das ist

Milos. Ihr Boden, von unterirdischen Gluten gedörrt, ist von Höhlen erfüllt, reich an siedenden Quellen. In den Katakomben ihrer Ruinenstädte hat man antike Kleinodien in Menge gefunden: Statuen, Vasen; und aus dem vergoldeten Holze der Dafne wurden in den Zeiten der Gotik Schachfiguren geschnitzt, die besaßen die Tyrannen von Milos. Der sie erwarb, hieß Franz, Francesco Spezzabanda, und brachte sie als Morgengabe seiner hohen Gemahlin Cassandra von Tournay. Wissen Sie, was sich überhaupt in den Zeiten der Gotik auf diesen Inseln alles zugetragen hat, welch bunter Teppich war das Gewebe dieser Zeit!

Die letzten Drachen spien Feuer, Abenteuer für Pilger und Ritter, damals erst wichen langsam die Götter von Hellas. Noch heute glüht es geheimnisvoll hier von Engeln und Figuren der Mythe."

„Von Engeln und Figuren der Mythe?"

Dejanira Bayazanti sah ihn mit irisierenden Augen an. „Als Sie dieses Schiff betraten, Herr von Pizzicolli, haben Sie dem bürgerlichen, dem ganz realen Teil Ihres Lebens valet gesagt. Ich bin verpflichtet, Ihnen das zu sagen. Das Leben jedes Menschen ist ein Drama. Der irreale Teil Ihrer Lebenshandlung beginnt. Ja, einmal in einem der Leben jedes Menschen kommt die sonderbare Stunde, wo er das Schiff betritt, das ihn zum anderen Kontinent seines Seins führt …"

„Sprechen Sie weiter … ich flehe Sie an." Cyriaks Stimme war von Erregung gepresst.

„Sie haben den realen Teil der Lebensschule beendet … das Phantastikum beginnt … ein Schiff ist nie ein harmloses Ding … im innersten Tempel stand die Barke der Isis … weil das Bewegliche Raum und Zeit modifiziert … Karnaval – ‚das geheimnisvolle Schiff' bedeutet dieses Wort –, dem Venusmonat heilig. Die Menschen

sehen nur die Harlekinade davon … Karnaval – bunt-
lappiges Treiben, die Nase maskiert. Sie aber sollen die
Kehrseite kennenlernen, den Weg seines Spiegels be-
schreiten. Im Namen der Aphrodite, der Fürstin des
Kosmos, der blaugemantelten Archontin der Seraphim
und Valandinen …"

Eine ungeheure Woge brandete über das Deck. Dabei
kam es Cyriak vor, als atme er für einen Augenblick intensiven Rosenduft. Die Masten schwankten auf und
nieder, dass ihre weißen Spitzen Malbögen am dunklen
Himmel beschrieben. Die gestrafften Wanten heulten
im Wind als Harfen des Ariel. Prinzessin Dejanira war
leichten Schrittes dem ionischen Portal des Deckbaues
zugeeilt. Auch Cyriak ging über das salzige Mahagoni-
parkett der schlanken Yacht, das von immer erneuten
Wasserfällen bespült ward. Er war froh, Naskrükl und
den Baron in ihren Klubfauteuils anzutreffen – beide
leicht beklommen und der wackere Naskrükl kleinlauter
als sonst. Baron Puntigam erhob sich nach einigen Minuten zu schwankender Größe.

„Muss doch einmal nach meinen Bullys schauen, die
werden ja reihenweise speiben … akkurat wie s' amal
sind."

Bald kam er breitspurig zurück. „Wie ich gesagt
hab. Einer hat immer den Einsatz gegeben, die anderen
haben auf den Dirigenten, den Herrn Generalmusik-
direktor, gschaut und sind dann eingfalln, mit Präzision,
und wie s' mit den Schnurrbarthaarln gezittert habn!
Die Lumpen haben sich das bestimmt am Land schon
irgendwie ausgepackelt. Ja", fuhr er fort, „bös kann er
werden … der … äh … Narzissusteich da … das bissel
Wasser in Marmor gefasst … ein Inserl neben dem andern … die reinsten Schachfiguren der Schöpfung."

„Apropos Schachfiguren", nahm Cyriak den Gedanken auf und erklärte Naskrükl, was er vorhin vom Schachspiel der Tyrannen von Melos vernommen.

Naskrükl schlug die Hände über dem Kopf zusammen. „Die wann ma finden könnt … ma finden könnt … nur an Bauern, an einzigen … da hätt ma ausgsorgt bis ans Lebensend und wär a steinreicher Mann … Geh, frog 's Dejanirtscherl … dich mag s', auf dich hat s' a Aug gworfen … und was für Augen sie hat! Noch einmal möcht ich so jung sein wie du … nur a Stund … und i garantiert, dass i an Waggon Rüstungen, Statuen und Gobelins, burgundische womöglich, und was weiß i sunst … vielleicht gar in Schuchkoffer vom Julius Caesar hoambringet. Wann i so denk", fuhr er fort, „was einem alles da zu Füßen liegt … was da für Schiff untergegangen sein … da war ja alle Viertelstunden weit a bessere Seeschlacht neben der anderen, und dees alles könnt ma heben, wann ma 'n Pisps da hätt."

„Was, den Pips?", staunte Cyriak.

„Nein, net in Pips, den was die Hendln haben … 'n Lord Pisps, Fitzroy Somerset Pisps, Marques of Eywood und Dunrozel, Gentleman Usher des Königs. Hast nie von ihm ghört, vom Pisps? Vom mutigen Taucher, der sieben Millionen aus einer wurmzerfressenen spanischen Galeone heraufholte und dem Monarchen Karl II. zu Füßen legte. Seine Nachkommen gehören jetzt dem Hause der Lords an. Oder vom John Gann, der so viele unterseeische Schätze gehoben und der Stadt Whitstable eine Straße gepflastert hat … die ,Dollargassn'?" Naskrükl sah Cyriak streng an und wackelte tadelnd mit dem Schnurrbart. Der Gong, der in den Speisesaal rief, machte seinen nassen und makabren Betrachtungen ein Ende.

Nach einer unruhigen Nacht, in der Naskrükl einmal unter Mitnahme des Moskitonetzes bis auf die krachende Türe geschleudert wurde und sich nur mühsam aus dem Schleier wieder herausklauben konnte, kam in ruhigerem Wasser der wolkengekrönte Gebirgszug von Ikaria in Sicht. Wie eine Perlmuschel leuchtete das morgendliche Bild, dufteumhaucht aus den Amphoren der Genien der See und der Wälder dieses Stückes westlichen Asiens.

In einem kleinen Hafen ging die Yacht vor Anker. In langer, wohlgeordneter Reihe trippelten zuerst die Bulldoggen das Fallreep herunter, um dann am Molo unter Nasenstößen bei ihrem Chefhund ab und zu eine Information einzuholen.

Der hatte alle Hände voll zu tun und lief aufgeregt um das gelandete Rudel herum, das mit Kennermiene die Steine eines ihnen bis dahin unbekannten Kontinentes untersuchte. Als sein Brotherr gelandet war, sprang er, den kommandierenden Blick streng auf die Kollegen gerichtet, an Baron Puntigam empor, der bald bloß noch wie eine auf und ab zuckende Pyramide von quakenden Doggen aussah.

„Prinzessin müssen entschuldigen", sagte er, sich den roten Frack des Parforcereiters abklopfend, „wann ich ein wenig nach Hund rieche, nach chien … dürfen mich getrost ‚vieux chienois‘ nennen … so stolz überhaupt von schönem Mund … m … irgendwie tituliert zu werden. Wäre Adelsbrief von Ikaria, m … reizend … wunderbares Land … müssen ja tausendjährige Zedern sein. Park von Aosta Schnorrergärtchen dagegen. Parole d'honneur … m … Herzog von Kent würde weinen vor Freude. Oft bei mir in Pichl gewesen … mit Frühlingsnichtis … äh … Fauxpas!"

„Sie sind wohl ein wenig übernächtig", bemerkte gnädig Dejanira, „wie haben Sie denn geschlafen?"

„N … ja … hab ein bisserl von Momos geträumt, ja."

„Von Momos?"

„N, ja … überirdische Erscheinungen … dummes Wort gewählt … haben, bitte, Klabautermann an Bord?"

Dejanira lachte hell auf. „Nein, wie können Sie denken! Beim Bau der Yacht ist kein Holz von Zauberbäumen verwendet worden. Jedes Stück hat der Archimandrit Theofilaktos Ghalawadschi besonders geweiht. Ich bin in dieser Hinsicht sehr vorsichtig. Nur Bäume, in die Seelen kleiner Kinder gebannt sind, wirken sich so aus. Nein, Sie werden Traumgesichte gehabt haben, als wir bei Delos vorbei sind … die Artemis Kynthia herrscht dort und ihr Elfengefolge. Sogar bis zu Ihnen in die Steiermark erscheint sie gerne als wilde Jagd."

„Ja, wie zauberkundig, Prinzessin … die reinste Kirke!"

„Auf unseren Inseln kann man so etwas werden, da geht allerhand vor, da ist kein Fleck, der nicht mythengetränkt wäre."

„Also von Delos aus wird die wilde Jagd arrangiert", meinte Puntigam nachdenklich. „Oberon und die Elfenpikörs … hyperelegante Assemblee … Sehe förmlich, wie Orion von Kynthia besonders ausgezeichnet wurde, der beste Jäger; Adonis nicht zu vergessen … Aber Kynthia konnte auch bös sein … sehr empfindlich, wenn man sie nicht verehrte … gleich fachée. Erinnere an schreckliche Geschichten mit der kalydonischen Jagd."

„Ich bitt Sie", fiel Naskrükl ein, „wie war das eigentlich? Hab so a schöne Gemme davon amal in Landshut bei an kloan Judn kauft, drei Markln hat er wolln, um zwei hob i s' dann kriegt … der hat 's von an alten Muatterl im Armenhaus kauft und sicher kane fufzig Pfennig dafür geben, i kenn das!"

„Wissen S' das nicht?", staunte Puntigam. „Also, war so: Oeneus, König von Kalydon, hat einst bei Erntefest Opfer für Artemis vergessen. Sie schickte bösen Eber, der ganzes Land verwüstete. Meleager, Kronprinz von Kalydon, auf Mistviech wütend, veranlasste große Jagd. Erste Herrengesellschaft dazu geladen. War die kalydonische Jagd. Bis heute spricht man davon. Können sich denken. Kastor und Pollux dabei, Jason, Theseus, Nestor, Admet, Peleus, Crème de la crème! Äh … auch entzückende Sportlady geladen: Atalanta. Sie hat Eber als erste getroffen. Bei Ohr … m … Viech wütend, begreiflich … Tohuwabohu … Rüden wie Raketen oder alte Stiefel herumgeflogen, endlich Meleager Mistviech erschlagen und Haut Atalanta geschenkt. Ob sie sich drüber gefreut hat, weiß ich nit … aber ihre Oheime entrissen ihr das Siegeszeichen wieder. Bei Oheimen eigentlich selten. Darüber erzürnt, erschlug Meleager die Oheime. Furchtbarer Skandal. Sache war ja ein bissel zu radikal. Will Sie aber nicht langweilen mit Tratsch, Hoheit! – Resultat: eigene Mama Meleager umgebracht, Atalanta Selbstmord, Schwestern Meleagers aus lauter Jammer Perlhühner geworden. Finde ich scheußlich, immer zäh oder haut goût!" Er wutzelte nachdenklich seinen Zigarrenspitz, wackelte ein wenig mit dem Kopf und sagte, die Erzählung bekrönend: „Am meisten schad um Atalanta. Oheime Beruf absolut nicht erfasst! M … m … m. Ende vom Ganzen: Zu Tegea in Arkadien wurde im Athenetempel noch viele Jahrhunderte die schon wurmzernagte Haut des Ebers gezeigt."

Naskrükl machte, mit dem Schnurrbart aufgeregt zuckend, eine Notiz. „Ja, die Wirm", sagte er ernst, „bloß die wann net wärn! Aber, i woaß net, i hab immer glaubt, d' Atalanta ist in a Löwin verwandelt wordn?"

„M … nein, andere gewesen: Prinzessin von Skyros. Sadistin, hat Menge Freier gehabt, bildschön und Schotterpartie: Bei Wettlauf von hinten alle Herren erstochen. Scheußlich … schließlich so veranlagt …"

„Jo, da habn S' recht, Herr Baron, alles kann i leiden, nur das nit. Da ist mir amal – san scho hibsch a poor Jahr her – a ganz a ähnliche Gschicht passiert … hab dann um sechzehn Mark Opodeldok braucht. Alsdann dös war so: I geh anes schönen Tags – im Mai war's – ibern Promenadeplatz. Wier i zu dem Schuchgschäft komm … noch vorm Schwibbogen …"

„Darf ich die Herren bitten, mir zum Schloss zu folgen?", unterbrach Despina Bayazanti das interessante Gespräch. „Es ist ganz nah, Auto überflüssig, das Gepäck bringt die Dienerschaft nach. Bitte folgen Sie mir!"

Die Burg war wunderschön. Auf antiken Grundlagen und mit diesen und byzantinischen Bauresten vermischt, eine mittelalterliche Anlage der venezianischen Gotik, erhob sich der Palast, der die erhaltenen Wohngemächer barg, hoch über dem Meer, während eine gewaltige Turmruine, durch verfallene Ringmauern mit dem Hauptbau verbunden, direkt am Westkap der Insel stand. Es war dies der sagenumsponnene Turm des Ikarus, wie Naskrükl unter förmlichen Revolutionen des Schnurrbartes vernahm. Der sonst manchmal pensive Gelehrte war aufgeregt wie noch nie.

In dem großen, spitzbogig gewölbten Gemach trat ihnen eine Gestalt entgegen, die von so feierlicher Würde war, dass es selbst Puntigam den Atem benahm. Es war Lady MacGoughal of Groaghaun, genannt die Lilie von Avaghoe, welcher Beiname ihr vom König zum sechzigsten Geburtstag gnadenweise offiziell bestätigt worden war. Es war die in Ikaria diensthabende Palastdame der Fürstin. Prinzessin Bayazanti musste sich – außer an Bord ihrer Yacht, das war eine der Schattenseiten ihres Standes, in dieser Beziehung – dem strengen Zeremoniell der höchsten Häuser der Levante fügen, ein Erbe des byzantinischen Hofzeremoniells, das in kompendiösen Werken niedergelegt war. Dejanira besaß die Originalhandschrift des Kaisers Konstantin Porphyrogenetos über die Zeremonien, einen mit tausend Miniaturen geschmückten Pergamentkodex in elfenbeinernem Einband, von dem Kosmaten Damian gefertigt, ein herrliches Werk, welches sie nur Puntigam und Cyriak zeigte, um Naskrükl nicht dem Irrsinn anheimfallen zu lassen.

In Anlehnung an dieses in der Geschichte der höfischen Kultur einzig dastehende Werk waren sogar die Kinderspiele streng geregelt, von denen – allerdings mit türkischem Namen verschmutzt – das „Karamufti", ein lustiges Ohrfeigenspiel, und „Tulumbatschi", die Feuerwehr, noch heute in hohem Ansehen stehn und leidenschaftlich gerne gespielt werden, wie Dejanira versicherte. Ihre Augen glänzten in der Erinnerung, lang brauchte sie ja dabei nicht zurückzudenken.

„Wenn Hoheit mit mir m … Karamufti spielen würden … so zöge ich's der animiertesten Bridgepartie vor … m …", klang es galant von Puntigams Lippen, „oder … Tütünpascha … äh? … Feuerwehr …"

„Wo denken Sie hin, Baron", die reizende Despina errötete tief, „wenn das die Lady hört …"

„Gewiss reizendes Geheimnis dahinter, porphyrogenetisches Mysterium der griechischen Praejeunesse dorée?" Puntigam war wie elektrisiert. „Interessiert mich brennend, müssen mir reizende Mentorin sein im Weisheitsbuch knospenhaften Menschenfrühlings … m … Praeraffaelismus der Rosen … werde gelehriger Neophyt sein … will Taufe mit Blütentau empfangen!"

„Aber, aber, Baron, in Ihrer jetzigen Maske? Die Götter haben Ihnen diesmal den Frack und im Sommer den Gamsbart am Hut der österreichischen Gentry verliehen. Ich möchte Ihnen allerdings auf den Kopf zusa-

gen, dass Sie früher einmal ein Flötenspieler waren …
hier in Hellas … wie Sie Ihren Zigarettenspitz wutzeln,
das ist ein Erberinnern. Vor zwei Jahrtausenden strömte
der holde Genuss heraus, jetzt in Sie hinein, der Pendel-
schlag der Waage."

„Äh … Hoheit tippen bei mir auf ‚Auletes‘, auf Flötenspieler? … Charmant … aber dann nur im Triumphzug der Aphrodite!"

„Da hätten Sie allerdings das Vorteilhafteste gewählt!"

„Übrigens, weiß nicht, ob ich in den Freistunden
nicht auch wie Orpheus vor den Mänaden konzertiert
hätte."

„Allerdings, die Kunst des Orpheus vermag selbst die
Götter zu besänftigen."

„Die Götter, sind denn die nicht vollendet?"

„Nein, die holden Genien des Weltalls, die man Götter nannte, sind noch Schwächen unterworfen, zu eng
noch dem stofflichen Menschen verbunden. Vollkommen ist nur der Eine!"

29

Die Burg des Ikarus am Kap Melissena war angetan, Naskrükl wirbelsinnig zu machen. Mit vor Aufregung zitternden Händen schlurfte er von Gemach zu Gemach und wusste nicht, wohin er zuerst schauen sollte. Waffen und Rüstungen aller Epochen, Figuralteppiche und Gobelins, Möbel, die er nie geahnt hatte – sogar ein Zitrustisch, mit römischen Silberniellen eingelegt, sonderbare Kämpfe von Pygmäen darstellend –, vorgeahnte Arbeiten eines Barthel Beham und anderer Kleinmeister. Dort wieder das elfenbeinerne Modell der hunderttürmigen Stadt Sinope mit dem Triumphzug des Kaisers von Trapezunt in farbigem Jaspis geschnitten, und dort die Handorgel Gottfrieds von Bouillon. Schließlich ertrank der Wissbegierige fast im Badebecken aus schwarzem Porphyr, als er durch die hastig aufgerissene Türe in die Melusinenkemenate der Prinzessin hineinstolperte. Unheimlich erschien Naskrükln das Gemach, dieses Nymphäum, dessen Mitte ein rundes Becken bildete, die Öffnung des Schachtes einer heißen Quelle, in die ein silbernes Gitter eingehängt war. Jetzt panschte der so jäh in dieses plutonische Geheimnis Geratene hilflos mit angstgequollenen Augen im heißen Wasser herum und fuchtelte mit den Händen. Die zwei pagenhaft schlanken Mädchen von der Yacht, diesmal im kurzen Chiton, halfen dem erschrockenen Archäologen aus dem Wasser, fächelten ihm, melodisch lachend, die dampfenden Hosenbeine und drängten ihn bald mit sanfter Gewalt aus dem Allerheiligsten, in dem Naskrükl Effendi ihrem Ermessen nach nichts verloren hatte.

„Z' was die Freiln noch dös Trampel aus Wutzelhofen braucht, die wos i photographiert hab, wo s' eh schon so viel gschnappigs Madlwerk hat, möcht i wissen. Dös is ja a ganzer Harem, weil's wahr is. Am End is s' gar a Haifischjägerin, und dö san z' mocher fürn Köder … z' … mocher … für … an … Köder", wiederholte er mit entsetzensgesträubtem Schnurrbart, der lange so stehn blieb. Dabei blickte er in eine Ecke. Nach einer Pause fuhr er im Selbstgespräch fort: „Na, na, na … i sag ihr a falsche Adress … ungefällig will ma doch nöt dastehn, jo, jo … i bin ka Zutreiber nit für Fischfutter … na … dazu ist der Xaver Naskrükl z' gut. Soll halt große Wirm nehmen, oder ausgestopfte Daggeln mit Mechanik, dass s' unterm Wasser plödern können. Um drei Mark kriegt man s' in die Kaufhäuser gnua … jeden Augenblick stolpert man auf der Straßen über so an Papiermaché-luder, ja."

Die heiße Sonne Kleinasiens trocknete bald die Röhren seiner Beinkleider. Bloß die Schuhe quatschten noch beim Gehen, zwei geräumige Frösche aus Ebenholz, die nicht zum Schweigen zu bringen waren. Ärgerlich zog er sie aus und stopfte sie und die triefnassen Socken in die hinteren Taschen des Gehrockes. Bisher war er niemandem begegnet, schien doch am Vormittag das Schloss menschenleer zu sein. So sicher gemacht, stapfte er bloßfüßig, in immer neue Bewunderung versunken, weiter, viele, viele Gemächer weiter. Abermals riss er eine schwere Tür auf … sieh da, ein angenehm verdunkelter Speisesaal.

Endlich sei er da, der Langersehnte, rief ihm eine Versammlung entgegen, die, Naskrükls Antlitz im Blickfeld, den Defekt seiner unteren Partien nicht bemerkte. Voll Geistesgegenwart stürzte der Toilettemangelbehaftete zum Tisch und nahm eilfertig Platz. Die ganze Freude am Lunch war ihm durch das drohende Unheil verdorben, das seine lieben, guten alten Füße für ihn brüteten, sonst so bescheidene, treue Diener voll Hühneraugen und Demut, wackere Knechte, die ihm so viele Jahre unentbehrliche Dienste geleistet hatten, ohne viel von den Schönheiten dieser Welt gesehen zu haben. Zugegeben, dass sie ab und zu ein Plauscherl mit ihresgleichen geführt hatten – welch ärmliche Konversation –, gleich der von stummen Hunden oder mindestens von stockheiseren, die sich flüchtig begegnen. Wer versteht ihre wortkarge Sprache?

Aber schweifen wir nicht ab. Der Mosaikboden des Saales – unsympathische Harpyien und Drachen, die einander anzischten – war unbehaglich kalt. Dafür schwitzte er oben. Wie musste er achtgeben, unterm Tisch nicht zu klatschen … konnte es einem da schmecken, wenn man auch den unsinnigen Appetit des Seefahrers mitgebracht hatte?

Wie würde das Aufstehen von der Tafel werden? Naskrükl zerbrach sich den Kopf, einen Ausweg aus dieser schrecklichen Situation zu finden. Aber wie? Etwa das Gespräch auf Exzellenz von Menzel bringen, der weit unter Mittelmaß war? Schildern, wie begeistert der große Künstler und Kenner von den Schätzen der Burg gewesen wäre, und den alten Herrn dann quasi plastisch darstellen, ihn in seiner ganzen Kleinheit auftreten lassen? Hm, da wäre ihm der Ausweg gegeben, unter dem Schutze des so bis zum Boden reichenden Gehrocks in hüpfender Stellung den Saal zu verlassen … aber wie unbequem nach der reichlichen Mahlzeit … ein verzweifeltes, allerletztes Mittel. Naskrükl blickte, den Angstschweiß auf der Stirne, mit irren Augen verängstigt scheu um sich. Eine Schüssel voll Kaviar stand vor ihm.

Wie, wenn er sich ungesehen die Füße damit dick beschmierte und so eine Fußbekleidung vortäuschte?

Welch glückliche Idee! Baron Puntigam brillierte gerade in einem glänzenden Aperçu. Diesen Moment benützte der wirklich in allen Sätteln gerechte Naskrükl und führte – die herabgeglittene Serviette suchend – sein schlau ersonnenes, wenn auch lichtscheues Vorhaben aus. Hochbefriedigt tafelte er weiter und begann sich immer wohler zu fühlen. Der feurige Wein aus Bithynien – schon ein Crassus hatte ihn vor allen anderen bevorzugt – tat ein Übriges. Naskrükl wurde aufgeräumter und aufgeräumter. Er ließ sein vielfaches antiquarisches Wissen glänzen, ließ merken, dass er auch über Asien manche Dinge wusste, die nicht Krethi und Plethi bekannt seien. So etwa, dass es eine schon von Plinius erwähnte Riesenplatane in Lykien gegeben habe, so groß, dass in einer natürlichen Höhlung derselben der Legat Licinius Mucianus ein Gastmahl für achtzehn Tafelgenossen gegeben habe. Welch ein Gemälde! Das goldige Grün des Moosbodens, das herrliche, figurengetriebene Silbergeschirr der Zechenden in purpurner Tunika oder goldgehöhten Lederpanzern, dem Muskelspiel des Torsos folgend, alle mit faustgroßen Amethystgemmen geschmückt, die Träger vor Trunkenheit zu bewahren. Trompetensignale nach den verschiedenen Gängen hallen durch den Wald. Kappadozische Flötenbläserinnen, verteilt in den Ästen des Riesenbaumes, denen man Pasteten hinaufwirft, gebratene Fasane mit vergoldetem Kopfputz oder Rosen in Zuckerkristallen. Welch ein Rokoko der Antike! Oder wenn einer schon nicht malen konnte, welch ein Vorwurf für einen Kupferstecher der Renaissance, einen Mark Anton oder Dente da Ravenna!

Der Riesenbaum brachte notwendig das Gespräch auf das Klima. Ein Paradies sei dies Kleinasien. Baron Puntigam, der es auch kreuz und quer durchritten hatte, schilderte die Herrlichkeit des Irisdeltas, der üppigen

Ebene, wo ehemals Themiskyra, der schönheitsstrahlende Sitz der Amazonenrepublik, gestanden. Er habe jahrelang über das Amazonengeheimnis geforscht und monatelang an den Stätten ihres untergegangenen Reiches zugebracht, das Strabo als einen wahren Hesperidengarten geschildert habe, der eine Fülle aller Fruchtbäume enthielt. Jahrhunderte voller Barbarei ließen die volkreichen Städte veröden, aber die Pracht der Vegetation ist geblieben. Man glaubt in einem herrlichen Park zu reiten, in ununterbrochenem dichtem Gehölz, durch das das Meer dunkelblau oder rosig hindurchschimmert.

Ja, in Kleinasien, in Mysien und Lydien, standen die königlichen Wälder der Herrscher von Pergamon. Dort war der Hain des Prusias, eines der sieben Weltwunder, von dem man den immer in geheimnisvollem Feuer glimmenden Gipfel des gigantischen Argeusberges sieht.

Zur Zeit der Römer war auch Zypern ein dichter Urwald, ein heiliger Wundergarten der Aphrodite, den der proletarische Merkantilgeist des sinkenden Rom verschacherte. Nur das von den Göttern und Feen begnadete Rittertum aller Epochen schonte die Wälder als Schaubühnen und Schauplätze waidgerechter Jagd und Huldigung der Diana.

Cyriak fuhr plötzlich zusammen.

„Was haben Sie denn, Herr von Pizzicolli, hören Sie etwas?"

„Ich weiß nicht, Fürstin, der schwere Wein … ich bin heute nervös … was ich nie bin … zu lächerlich … ich muss eine Halluzination gehabt haben …"

„Wos?", unterbrach Naskrükl jäh. „Wos? Wer hat a guats Klima? Mir habn a guats Klima … a ganz a bsonders guats Klima", er war plötzlich streitsüchtig geworden. Er müsse bitten … Bayern und die Nachbarpro-

vinzen. Er habe jahrelang in Niederösterreich zugebracht … besonders die Stadt Langenlois sei ihm eine
zweite Heimat geworden … dort habe es ein Klima, genauso wie hier.

Um ihn nicht zu reizen und ihn abzulenken, lobten
die Herren seine schöne Stimme und baten den immer
zornroter Werdenden, etwas zu singen. Die Despina
würde gewiss gerne seinen Bariton hören. Durch dieses Ansinnen geschmeichelt, ließ er sich unschwer be-
reden, ein heiteres Liedchen zum Besten zu geben, und
verlangte eine Minnesängerharfe. Ein Page, den Goldreif
im Haar, brachte das kostbare Instrument, und Naskrükl
begann nach kurzem, fettem Räuspern.

„In Langenlois, in Langenlois,
da bricht der Feber schon das Ois.
In Langenlois, in Langenlois,
da grünt bereits im Monat März
an vielen Stellen gern der Sterz.
In Langenlois, in Langenlois,
da wächst der Wein, da grünt der Mois,
dort wachsen Zwetschgen riesengroiß,
und nicht nur wächst die Zwetschge bloß
als Dank für fetten Erdenschoß:
Es wüchs sogar die Ananas,
duldeten Langenloiser das.
Im städt'schen Park die Langenloiser
bewundern Palmen hoch wie Hoiser.
Auch Kaktusarten kann man finden,
die kein Linné tat je ergründen.
Jedoch des Städtchens größter Stolz
ist eine Lotosblum aus Holz.
Und ein Prinzesselein daneben,
die riecht daran: Die Nüstern beben.

Dabei ist alles dies aus Blech.
– Die Vorrichtung zum Beben nämlich. –
Dies schuf ein Meister, der sonst grämlich.
Diesmal hat er sich übertroffen.
War's Leidenschaft? War er besoffen?
Die Statue war zu natürlich!
Ja, Liebreiz ziemt der Brunnenmaid,
im käfergoldnen Bronzekleid.
Von Wasserstrahln ist sie umzoschen,
aus Rosenquarz ist ihre Goschen!"

Hier seufzte der Sänger.

„Sie kann auch mit den Augen zwinkern,
gelb, blau und grünlich dabei blinkern,
und auf den Wänglein rund und klein
schwebte verklärt ein Purpurschein …"

Naskrükl stockte einen Moment. Dann warf er die
kleine Harfe von sich und barg schluchzend das Haupt
in die Hände.

„Uo … eine Trans-u-est-ith … shocking!", hörte man
jetzt zum erstenmal Lady MacGoughal.

„Sie meinen Statuenfetischist", belehrte Puntigam die
lederfarbene Dame.

„Ich kenne nicht das. Jedesfalls eine sehr kranke
Mann. Sie hat eine verdorbene Fentesie und muss Lebertran nehmen, das wird ihr gut tun. Bei Anfechtungen
immer eine Leffel voll!"

Dejanira machte eine nervöse Handbewegung.

Jeder Mensch ist in zwei Teile gespalten. Am leichtes-
ten gehn die durch Alkohol auseinander, eine Wahrheit,
die auch bei Naskrükl zutraf. Er hatte also auch zwei
Seelen: Der zarte Naskrükl, der auf Blumenauen wan-

delte: der rechte; und der äußerliche, mehr verharschte Naskrükl, der gerne im rauen Leben stand und sich am Tandelmarkt wohlfühlte: der linke.

Gesungen hatte der blumige Naskrükl, der rechte. Unerwartet, jäh war wie mit einem Schlag sein Schluchzen abgeschnitten. Er schaute plötzlich auf wie ein intelligenter Säugling, der das erste Wort zu formen versucht …

Aber dann gab sein Antlitz das Bild eines so jähen Stimmungswechsels, dass alles erschrak. Jetzt begann er in krankhafter Lustigkeit zu lachen, wand sich förmlich und strampfte mit den Füßen. Dabei war seine Miene eigentlich gar nicht fröhlich. Vielleicht der jähe Kontinentwechsel? Oder war der Mann, aus heiterem Himmel sozusagen, plötzlich irrsinnig geworden? Was sollten denn, um aller Barmherzigkeit willen, diese sich rapid steigernden Tanzbewegungen bedeuten?

Alles war aufgesprungen und sah mit Entsetzen, wie Naskrükl sich unter wilden Lachsalven bog und krümmte, mit den Knien gegen den Tisch polterte, vor Lachen halb erstickt das Tischtuch fasste und rücklings, vom klirrenden Geschirr bedeckt, zu Boden stürzte, um sich dort konvulsivisch weiter zu winden. Dann sprang er jählings auf, um mit wilden Sätzen eine rasende Tarantella auf den Mosaikboden zu klatschen … Der würdevolle Herr im ordensbändchengeschmückten Gehrock und den großen roten Füßen, die in schamloser Blöße aus den schwarzen Hosenbeinen wuchsen. Zwei Katzen folgten ihm, bei allen Sprüngen nach den tanzenden Leckerbissen haschend, um weiter Kaviar zu lecken.

Lady MacGoughal war in Ohnmacht gesunken.

30

Bald danach saß die erschrocken gewesene Tischgesellschaft in einer gotischen Spitzbogenloggia, zu deren Füßen das Meer brandete. Naskrükl war beschämt in seine Gemächer gegangen, um ein wenig nach der Aufregung bei Tisch zu schlummern. Die übrigen Herrschaften suchten Beruhigung im schwarzen Kaffee. Baron Puntigam rollte, nachdenklich rauchend, die massige Bernsteinspitze in den Händen und bemerkte nach längerem Schweigen: „Naskrükltanz – vom Materialschaden gar nicht zu reden – eigentlich gar nicht lustig gewesen. Bisserl Totentanz, m … m … m … schließlich jubilierter Hofrat … in Fürstenschloss … bei Antrittsdiner der Schuhe beraubt durch plutonische Gewalten … Es ist nicht anders … Vulkan und Venus immer wie Hund und Katz gewesen … ich weiß nicht, ob nicht Vorzeichen für Ungewöhnliches, sozusagen Wetterglas drohender, dämonischer Gewitter … baromètre macabre. Was ist das für eine zierliche Insel da im Süden, Despina?"

„Patmos. Würden Sie es gerne sehen? Nicht groß, aber von Hunderten von Kapellen besät. Eine Höhle zeigt man dort, wo der Evangelist Johannes die Vision der heiligen Jungfrau hatte. Diese Inseln und Klippen zogen immer Visionäre und Einsiedler an."

„Und das im Westen?"

„Mykonos. Voll dürrer Felsen, reich an Wein, Feigen und Federwild. Die Wachteln in Essig von vorhin waren von dort. Ein schöner Menschenschlag wohnt auf der Insel, aber unendlich kleinliche und geizige Leute, das reinste Schottland. Die Sage lässt dort die Gigantenkämpfe spielen. Herakles hat sie erschlagen, und unter der Insel ruhen die begrabenen Riesen.

Was Sie dort weiter sehen, die Felsen wie blauer Rauch in der Sonne, ist Tinos: voll Marmor, Verde antico und Serpentin, schwarzgeädertem Marmor und Seide. Der letzte Besitz der Venezianer, noch bis zum goldgezackten Traum des Rokoko eines Tiepolo. Hat einst dem stolzen Haus der Ghisi gehört. Ihr märchenhafter Glanz ist verschollen wie ihre bleigedeckten Paläste und Terrassen voll Statuen des Phidias, des Poliklet oder des Thrasymedes aus Paros. Der Prunk ihrer Turniere ist verklungen, hier wie auf Zypern und Lesbos, Trapezunt und Sinope. Kein Jagdhorn klingt mehr in den Wäldern von Serifos oder Leros, in Skarpanto oder am Gebirge Kyllene, von Jägern mit Falken und silbergeketteten Leoparden am Sattel. Das Läuten der Rüden in wappengeschmückten Mänteln ist verstummt, zur Trauer der Artemis und ihres Gefolges, geschmeidig und hold.

Und dort gegen Norden in der herrlichen Bucht neben den Bergen von Chios das Alpengebirge des Mimas, ein waldiges Bergland, die Ruinen von Lebedos dort am Fuße, dahinter liegt Smyrna. All das haben einmal die Ritter von Rhodos besessen, der Orden der Johanniter: Mysterienbewahrer, vielleicht Brüder eleusinischen Wissens, Erwecker der Menschheit. Doch die Glocken von Rhodos sind nicht für immer verstummt."

„Diese Kenntnisse hat Ihnen Lady MacGoughal gewiss nicht vermittelt."

„Nein, Baron, sie hat mir bloß Lebertran gegeben. Ich glaube immer, sie muss schon bei der Eroberung von Jerusalem als Rote-Kreuz-Schwester dabeigewesen sein, oder hat es damals schon eine Heilsarmee gegeben? Was ich weiß, sagen wir, ich habe es von den Sibyllen. Denken Sie, gar nicht weit von hier war das Heiligtum einer dieser mystischen Damen, der Sibylle von Samos. Sie trägt einen Degen in der Rechten, so kenne ich sie von einem Florentiner Meister. ‚Occidentur parvuli' steht in der Banderole, die das Haupt umschwebt.“

„Wie merkwürdig“, unterbrach sie Baron Puntigam, „es muss aber noch viel mehr Sibyllen geben?“

„Ja, die Sibylla Persica, eine Laterne in der linken Hand. Die von Cumae trägt eine Wiege, die Tiburtinische eine Dornenkrone in der Hand, die Erithreische mit den Edelsteinen der Königin, die von Phrygien führt eine Geisel. Alle anderen wohnen in Hellas. Die Delphica einen Sporn in der Rechten, die vom Hellespont hält mit der Linken eine Menschenhand zum Himmel, das Zeichen magischer Heilkunst. Die von Epirus hält das Kreuz Christi und den Beutel mit den dreißig Silberlingen. Doch ist's wie ein Purpurmantel des Geheimnisses über dem Ganzen.“

„Sie verschweigen viel … viel … ich täusche mich nicht.“ Des Freiherrn Stimme umschleierte leiser Vorwurf. „Doch wird das wohl Ihre Pflicht sein. Was gab es hier alles: das Wissen der Templer und das von Eleusis …“ Schwärmerisch fuhr er fort: „Was für ein sonderbar Ding ist doch der Mund einer schönen Sibylle, ein anmutiger Herold des Eros, der Rosenpage der Isis, die Schweigen gebot. Holde Neckerei und Zärtlichkeit spiegelt der Schwung dieses purpurnen Wunders, wie der Bogen des Liebesgottes geschwungen, des Hortes tödlicher Pfeile.“

„Nach dem Flötenspieler der Minstrel!“, unterbrach Dejanira ihn lachend. „Die zweite Rolle Ihrer Seele im Mittelalter. Sie waren auch Jäger, wie alle Kavaliere. Für das viele Blut der Unschuld müssen Sie heute büßen, im roten Frack des Parforcereiters die Länder durchjagen, das arische Gegenstück des ewigen Juden, mit drolliger Meute, mit Bullys, die lächelnde Götter geschaffen, verwichtelter Bluthunde putzige Maske. Sehen Sie das

Meer. Jetzt ist's wie eine goldene Schale. Da, dort das gaukelnde Blütenblatt eines Segels, aber das da, der lila Farbenhauch im Zenit – in Phrygien und Smyrna glüht jetzt der Boden. Iris sendet heute Nacht den Sturmgöttern ihre Rollenverteilung. Es ist Vorabend des Laurentiustages, der 8. August, der Tag des heiligen Cyriak … und sein Patronat – seelische Leiden."

Selbst hier im waldumrauschten Ikaria ward nun die Schwüle unerträglich. Sehnsüchtig blickte der inzwischen wieder erschienene Naskrükl zu den vieltausendfußhohen Felsgipfeln Ikarias hinauf, auf denen er labende Kühle vermutete. Er zitterte nervös mit dem prächtig bequasteten Tschibuk, der ihm auch von einer Odaliske gereicht ward, und flüsterte ernsten Blickes Pizzicolli zu: „I woaß nit, i woaß nit, heit ist's mir so entrisch z'mut … wenn nur schon der heutige Tag vorbei wär … und d' Fieß tun ma weh … dö Ludern, dö ausgschamtn … was mi die krallt habn … gwiss habn sich die Kramperln früher an a Fensterscheibn gschliffen, dös tuan s' gern … und da gibt's no Deppn, dö sagn, dass d' Viecher ka Vernunft habn … I hab amol an Kanari ghabt, an gwissn Maxl, den hab i von an Dienstmann kauft, und der hat ihn wieder vom Knote ghabt, 'n Kammersänger. Bei dem hat er a was Urdentliches lernen können. Ja, so a Kammersängerkanari, der macht sein Weg, der hat ausgsorgt. Du, alsdann der Kanari, aber da muss ich dir a Gschicht erzähln! Die hab i vom Dienstmann, heut a steinalts, kleinwunzigs Manderl mit aner Brilln ohne Gläser. Im Bart picken ihm alleweil Fetzen von Trambahnkarten oder Koriandoli noch vom vorigen Fasching. Am Marienplatz hat er 'n Standplatz, traut sich aber nimmer hinüber, ja mei, wann ma halt alt wird! Also, der Dienstmann war 'n Knote sei rechte Hand, das heißt, wiara noch Kulissenschieber war im

Prinzregententheater. Der hat dorten auf 'n Kammersänger sein Gebiss obacht z'gebn ghabt. Und das war
ka kloane Arbeit. Den Knote haben nämli die Zähnd
wehtan – 's war a Protzengebiss – woaßt, ans zum Au-
genauswischen, mit lauter Schneidezähnd, oans, für die
Fernwirkung berechnet, a Galeriegebiss hoaßt man's im
Theaterschargon. Also, wie i sag: Dö mordstrum Zähnd
haben ihn scheniert, und wann er a Gsangspausn ghabt
hat, hat er's in der Garderobe in a Wasserglas glegt mit 'n
Bildnis vom unvergesslichen König Ludwig drauf.

Der Knote hat grad an Lohengrin gsungen und hat a
wenig verschnaufen dürfen und an kloan Nicker gmacht.
Kommt a Kolleg vom Dienstmann, der grad 's Brautlager
für d' Elsa aufgebettet hat, und bitt' eahm, er soll eahm a
Messer leichen zum Zigarrlabschneiden, weil er a bisserl
vorm Theater rauchen möcht. Der Dienstmann aber, nit
faul, nimmt 's Gebiss und zwickt eahm die Zigarr ab –
schnapp – und steckt die Zähnd aber in Gedanken ins
Westentaschl. Auf amol läut der Resischör, der Knote
fahrt wiara Raubvogel aufs Glas – d' Zähnd san weg!
Heilige Mutter Anna! Nur noch dreißig Takte Zeit, nur
noch zwanzig, noch zehn, der Knote bleich wiara Main-
zerkäs … wos bleibt eahm übrig, er wankt in die Kulisse.
Da, der Dienstmann, greift ins Westentaschl und stopft
'm Kammersänger d' Zähnd ins Maul, schief, aber doch
– der Abend war gerettet, und zum Dank schenkt ihm
der großherzige Künstler 's Liabste, was er ghabt hat: 'n
Maxl. Also, dass i dir endli vom Maxl erzähl: I sitz oanes
Tages im Sorgenstuhl und hab a bissel döst. Da reißt d'
Haushälterin d' Tür auf und ruft: ‚Xaver, steh auf, der
österreichische Gesandte steht in der Kuchl und bringt
dir d' Ernennung zum Ehrenmitglied der Akademie der
Wissenschaften!' I … aufspringen … Kruzitürken, fehlt
miar dar oane Schlapfen … i bin überhaupt auf die Füaß

Anfechtungen ausgsetzt. Alsdann i hör 'n Exlenz draußn umawetzen und pfnausn und schnofeln, weil's so nach ausglassenem Schmalz grochen hat, a feiner Herr mit aner verwöhnten Nasen … Wos haben S' denn?" Ein über und über mit Goldstickerei bedeckter Dragoman war erschienen, diese phantastische Kreuzung zwischen Hausoffizier und Kammerdiener auf den griechischen Inseln, und machte seinen Salam.

„Botschaft der Fürstin! Ob es den Herren genehm wäre, orientalische Gewänder zu wählen, um heute Nacht dem ‚Fest des Perseus' beizuwohnen? Im Turme Zonaras, dort, wo der hochselige König Janus von Zypern zu sterben geruhte, seien die Kostüme ausgebreitet."

Die drei Herren sagten zu und folgten dem flimmernden Burschen.

„Jetzt wird die Sache feierlich", brach Puntigam das Schweigen. „In dieser Despina Bayazanti steckt doch noch echtes Byzanz. Menschlich fast ein Pensionatsmädel am Sonntag, das man mit einer Portion Schlagsahne kirren kann, und plötzlich starre Maske, hieratisches Götterbild, weihrauchumleuchtet. Ich bin nicht einmal so ganz sicher, dass unsere Köpfe ganz fest am Hals sitzen. Bitt Sie, wer kräht nach uns? Dieses byzantinische Element ist unbedingt, unkonnivent und schonungslos, wenn's darauf ankommt. Möchte nicht das Linontüchlein von ihr zugeworfen bekommen … äh, leider, keine Gefahr, nicht, Herr Hofrat … einzig Pizzicolli gefährdet? M, hähähä, nein, fadenscheinige Laster und gewendete Tugenden, das gab's in Byzanz nicht. Man gab in allen Moden den Ton an. So war dies Hellas immer. Schön, aber heiß, sehr heiß! Doch wir dürfen nicht klagen, wenigstens die Verpflegung war bis jetzt brillant und – unberufen – harmlos. Unsere reizende

Dejanira ist keine Harpalyke, bekannt durch ihre grausigen Familiendiners. Nicht wissen? M, thrakische Heroine, wilde Jägerin und Räuberin, setzte ihrem Vater eigenes Brüderchen – allerdings sehr skandalös verästelten Stammbaumes! – wahrscheinlich in Ragoutform vor. Wenn das nicht grauslich, dann möcht ich wissen was. Aber solche Leut hat's immer gegeben. Ich will Sie nur auf den Marquis de Béchamel aufmerksam machen, Höfling Ludwigs XV., der die bekannte Sauce ersonnen hat, die seinen Namen trägt. Er war so vernarrt in seine Erfindung, dass er sich zu schwören vermaß, er würde sogar seinen leiblichen Vater aufessen, vorausgesetzt, dass man ihn in dieser Tunke zubereiten würde. Aber was zerbrechen wir uns den Kopf, ob die Menschen so oder so sein könnten, oder grübeln über Familiengeheimnissen, die uns nichts angehen, etwa, wie sah Psyche – der Schmetterling – als Raupe aus, oder wie hätte Alexander der Große sich aufgeführt, wenn ihn eine Zauberin Kirke in ein Gänseblümchen verwandelt hätte? Warum nicht? Bin ich ein Sorgenstuhldrechsler? Nein, dazu schau ich zu wenig finster aus, nicht? Ich bin aber auch nicht der Titurel Pudrlak, der Rektor magnificus des k. k. k. k. Abstrusianums in der Tarockei, wegen dem ich dort davongelaufen bin als Hospitant in der dritten Vorlesung. Der las ,De rebus absconditis seu testimonia labilia et fallabilia'. Ich bitte Sie, der las über merkwürdige und abstruse Dinge. Dämonisch blickend schnellte der magere Bursche wie ein Wurm am Katheder empor und begann etwa: ,Wie gut, dass es im Sagenzeitalter keine modernen Verkehrsmittel gegeben hat. Gigantencoupés hätte es geben müssen, vast und groß … Schlafwagen für Prokrustesse, grauenhaft! Speisewagen für Tantalusse wären von der Comp. Auxiliaire Diabolique des Waggons Tartarique pour les Chemins de fer de l'enfer beigestellt worden, eine Gesellschaft, deren Verwaltungsrat nur ein buen retiro für pensionierte Wüteriche und neroianische Charaktere gewesen wäre, wo das Porträt Gilles de Rais' über jedem Schreibtisch. Larenomnibusse, Penatentramways, von Hippogryphen gezogen, vielstöckige Gnomenwaggons wie die Transportbehälter für unser Kleinvieh!' Oder er gellte das Wort ,Drachensalami' über die zusammenschreckenden Zuhörer, ,die möcht ich', fuhr er maultriefend fort, ,als Rarität eines mystischen Praters. Schani, Brot! erklänge es dort – natürlich nur ein Symbol des geistigen Brotes einer Johannesloge … dass Sie's nur wissen: Johannes, sollte es da richtiger heißen, Johannes, bringe mir das Ambrosia des Lichtes. Aus dem Munde der Kolonialwarenhändler klingt es freilich anders, ihre Stimme ist eine Posaune der Darmverfettung, die sich aufs Gehirn schlägt.' Er ist auch der Verfasser des Büchleins ,Wie lege ich mir ein Chaos in der Westentasche an'.ʺ

Naskrükl hatte den struppig gewordenen Pöller abgenommen und wischte sich die Stirne. „Das ist ja schrecklich. Um so an Blödsinn anzuhören, dazu gehört schon eine eiserne Willenskraft.ʺ

„Eiserne Willenskraft?ʺ, sprach Puntigam höhnisch. „Wissen Sie, was Pudrlak drüber sagt? ,Selbst die eisernste Willenskraft kann in den Werkstätten des Schicksals nach und nach zu so dünnem Blech ausgewalzt werden, dass Satan daraus schmunzelnd Sardinenbüchsen formt, in die die guten Vorsätze und Hoffnungen in Öl, das die Zeit auf die brennenden Wunden unnötigen Liebesgrames träufelte, eingelegt werden, gewürzt mit dem Lorbeerblatt nicht erreichten Ruhmes und dem brennenden Pfeffer grausamer Enttäuschungen.'ʺ

Naskrükl war gebrochen.

„Glauben S'ʺ, fuhr er mit ängstlich geschweiften

Zylinderkrempen fort, „glauben S' ... dass ... was S' früher gsagt haben ... unter Umständen ... a Lebensgfahr besteht? Hoaßt, dass d' wo in an unterirdischen Gwölb verschmachten derfst? ... oder, sagen S' ... gibt's da Haifische?"

„Genug, genug, lieber Hofrat, genug."

Naskrükl schwieg und mümmelte besorgt mit dem Schnurrbart.

„Wer in Europa kennt denn überhaupt die Geschichte dieses sonderbaren Landes, voll geheimnisvoll anziehender Romantik", sprach Puntigam im Weiterschreiten. „Hier herrschte ununterbrochen wilder Krieg. Der Barbareske Chaireddin Barbarossa machte 1537 all diesen romantischen Kavalierstaaten ein Ende und schleppte manch reizende Mädchen des Adels, den wir in Kythera kennengelernt haben, in die afrikanischen Harems, aber ihre Brüder rächten sich und befehdeten als Korsaren auf eigene Faust die Türken, und andere folgten, bis in die Barocke. Ein Marquis Crevelien, der faktisch der Herr des Archipels war, ging leider 1678 in die Luft, als er daran war, Morea zu nehmen. Ähnlich wie er kämpfte der Ex-Johanniter Franz von Modène, der 1690 eines schönen Mädchens – Katharina Coronello – wegen Naxos eroberte. Sie führte die ersten Rokokotrachten in Hellas ein. Und Kardinal Alberoni plante, Griechenland den Türken wegzunehmen und aufzuteilen. Kreta und Smyrna für England, Rhodos und Aleppo dem neuen Hellas, für Venedig Morea und Epirus, für Preußen Negroponte, und der Herzog von Holstein-Gottorp hätte den Thron der Paläologen von Byzanz bekommen."

31

Schon beim Souper gefielen sich die drei Vertreter der abendländischen Männerwelt als Söhne eines prunkvollen Asiens. Bei ihrem Eintritt wären sie in jedem Theater Europas mit Applaussalven begrüßt worden.

Besonders schön war Naskrükl ausstaffiert. Ein enormer mandelgrüner Turban, um einen ananasförmigen Mittelbau kunstvoll gewunden, krönte, noch extra federbuschgeschmückt, das Haupt, das sich sonst im Kalabreser des Privatgelehrten gefiel. Ein brokatener Kaftan, Pistolen und Handschars im Gürtel, ein mit spazierengehenden Löwen geschmückter Krummsäbel an der Seite, geräumige Pluderhosen von grellgelber Farbe, die bis zu den Knöcheln wallten. Solid befestigte und mit Antimonfacetten gezierte Paputschen bewahrten den Eigner vor einer Wiederholung des Unglücks von Mittag, welcher Defekt ihn am Abend, wie er sich später leicht zusammenreimen konnte, vielleicht die Bekanntschaft seines Kopfes mit einem Krummsäbel hätte kosten können, dessen spannenbreite Klinge nachtblau und rotgelb im Fackelschein glitzerte.

Die Tafel war in einem von tausend Kerzen strahlenden Festsaal gedeckt und funkelte von Kristall, Goldgefäßen und Silber. Vier Taburetts und ein Thronsitz. Neben jedem Gedeck standen mindestens zwanzig Gläser und Kelche. Das Porzellan schmückten Liebesszenen, Kämpfe phantastischer Fabeltiere oder Bilder symbolischen Geschehens, nur lösbar anhand der geheimen Heraldik, deren Sprache die wenigen Siegelbewahrer der nordischen Kabbala verstehen.

Dienerschaft in orientalischer Tracht füllte den Saal, zahlreicher, als die Gäste Dejaniras dies je vermutet hätten.

Wieder wie damals auf Kythera schmetternde Fanfaren. Alles verneigte sich tief, ein mächtiger Figurenteppich – der Psyche Prunkzug ins Gebirge – rauschte auseinander, und von fackeltragenden und narzissenstreuenden Pagen begleitet, erschien die Fürstin Dejanira Bayazanti in einem mit Falken und Lilien bestickten Goldbrokatkleid. Auf dem kurzgelockten Haar trug sie ein Diadem von funkelnden Brillanten von märchenhafter Größe. Mit kaum merklichem Gruß nahm sie Platz. Ein Haushofmeister, der Einzige unter den Anwesenden in Frack und mit der goldenen Kette des diensthabenden Butlers, wies Baron Puntigam den rechten, Cyriak den linken Platz neben der Fürstin an. Dann folgte Naskrükl. Das vierte Taburett, wohl für Lady Mac Goughal bestimmt, blieb leer.

Kniende Türken in Grün empfingen die Befehle der Herrin. Das Mahl war buntfarbig, prachtvoll. An Naskrükl, der wieder regen Appetit gewonnen hatte, zogen, rasch und unwirklich wie ein Schattenbild, die seltsamsten, nie gekosteten Speisen vorüber und waren schon abserviert, kaum dass es ihm gelungen war, einige Bissen unterm wissbegierig wackelnden Schnurrbart unterzubringen. Besonders eine goldene Eiscreme interessierte ihn lebhaft. Vier Pagen, oder Mädchen in Pagentracht – es war schwer festzustellen –, standen vor jedem Gast und schenkten ohne Unterlass unter graziösen Gebärden die verschiedensten Weine in die Gläser. Eine leise, immerfort vibrierende Musik von Instrumenten, wie sie Lykaonien, Kilikien oder Persien eigen sind, erfüllte den spitzbogigen Saal. Die duftende Hitze der Wachskerzen, der leichte Rauch der mit Mastix versetzten Fackeln und immer heißere Parfumwolken lagerten leicht beklemmend über dem prunkvollen Bild eines für kurze Viertelstunden neu erwachten byzantinischen Traumes des mittelalterlichen Konstantinopel. Dieses Gefühles der Beklemmung konnte sich auch Cyriak, der in der Tracht eines reichen Kaufmannes von Bassora gekleidet war, nicht erwehren. Er suchte es sich als lächerliche Kinderei wegzusuggerieren, sobald er aber seinen Blick auf Dejanira richtete, überkam es ihn aufs Neue: Auch hier derselbe Hauch, wie er um das königliche Mädchen schwebte, die wie ein Falter von nie gesehener exotischer Herrlichkeit durch den Garten seiner Seele gaukelte.

Eine Fanfare verkündete das Ende des fürstlichen Mahles. Die zwei stahlschlanken lydischen Mädchen, den Mund nackt, das Gesicht verschleiert, eröffneten diesmal den Zug, kurzgeschürzt, schellenbesetzt, doch mit lang nachschleppenden Schärpen aus pfirsichfarbenem Silberbrokat, rosenrote tubenförmige Fackeln in der Rechten, in feierlich goldenen Schuhen mit stilisierten Merkursflügelchen geschmückt, die noch dazu am Verschluss Medaillons mit betenden armen Seelen um den Hals trugen.

Auf einer ununterbrochenen Reihe von Perserteppichen ging es dahin über das Marmorpflaster des Parkes, bis in einen dunklen Hain von Riesenzypressen und Zedern, rosenumschlungen. Unterwegs hatte Puntigam, das ganze Mahl über schweigsam, Cyriak flüchtig zugeflüstert: „Prachtvoll ungemütlich gewesen, wie vor Hinrichtung, exquisiter Liebestod in persischem Rosenöl, zum Beispiel unter Liedern eines Elfenchores. Bin neugierig, was beim Parkfest serviert wird. Vielleicht Pralinees aus Ambrosia, mit der Creme von Jugendtorheiten verliebter Olympier gefüllt, mich würde nichts mehr wundern! Fabelhaftes Mädchen, diese Dejanira, bekomme immer mehr Respekt … ganz ungewöhnlich! Wette, hat Nägelpolitur aus den versteinerten Tränendrüsen von Ichtyosauriern. Mondäne Weiber der gewöhnlichen großen Welt werden schon über verharztem Nilpferdspeichel verrückt! M … äh, was sagen Sie? Ich sei ein Süßholzraspler? M … wenn schon, dann möchte ich es so real können, dass Sie aus den abgeraspelten Spänen träumerische Gerberlohe machen könnten, mit der Sie Pegasusleder oder Rosenkäferchagrin für Ballettschuchern der Rosenelfen gerben könnten … möchte Dejanira zu Füßen legen …"

Sein ellenhoher Saffiantarbusch mit dem kostbaren Entenfedergesteck Kaiser Schemseddins, des letzten Seldschuken, wackelte vor innerer Erregung des Trägers. Auf Teppichen und Fellen lagerte sich der graziöse Hofstaat der Bayazanti. Die Fürstin selbst und ihre Gäste nahmen auf Thronsesseln Platz. Ein Herold trat vor und verkündete ein Elfenspiel im Walde: „Das Fest des Perseus".

Wieder das dumpfe Tosen der Posaunen und das Dröhnen der Tuben. Der Wappenstarrende hob den goldenen Stab. Ein Sprecher trat vor, auf hohem Kothurn, die Maske der antiken Tragödie vor dem Antlitz. Er kündete das Götterspiel des Perseusfestes am Himmel: der Tanz der Meteore im silbernen Reigen, der Plejadengebornen aus Ätherwelten, aus des Perseus Gebiet der Danae Sohn und des goldenen Regens.

Rotverschleierte Mädchen mit goldenen Locken und maskenverhüllte Edelknaben in weißer Seide und goldenen Schellen, zierliche Fackeln in der Hand, beugten ein Knie vor der Fürstin und entzündeten Räucherwerk in ehernen Dreifüßen. Wolken von Weihrauch und Ambra qualmten dicht durch das dunkle Gezweig, das langsam im smaragdgrünen Licht erglühte, das wie eine kühlende Erfrischung in der märchenhaften Hitze dieser Sommernacht wirkte.

Ein Madrigal von erlesener Schönheit füllte die Pracht

dieses asiatischen Waldes. Aus dem sanften Gewoge des Liedes erhob sich wie eine gleißende Ranke der Jubel eines Sopranes in neckischem Spiel mit einem Tamburin in seinem kurzen Dröhnen und Rasseln.

Wie silberne Blitze zischten graziöse Gestalten durch die Zweige der Zedern – zehn, zwanzig. Am weichen Moose dieses Feengartens angekommen, schwebten sie in holdem Tanz hin und her, ein Suchen und Haschen von silbergleißenden Elfen, die im buntfarbigen Licht der Scheinwerfer in allen Regenbogenfarben erglühten. Jetzt kamen zehn Mädchen in starrem Gold, wie Puppen eines Cäsarentraumes des Ostens um einen schlanken Perseus geschart, mit glitzerndem Sichelschwert und spiegelndem Schild, doch in kurzen Röckchen des frühitalienischen Ballettes. Eine Medusa floh vor ihm her. Die Musik wurde wilder, bis zum Toben bacchantisch. Dann wieder flaute sie ab, und nur noch süße Flöten und Posaunen verzierten die Nacht. Aus dem Chor um die Fürstin lösten sich holde Gesandte der Sterblichen zu denen vom Himmel und aus dem Reich der Panisken Gekommenen. Man lud sie ein, vom zyprischen Wein zu kosten und dem Naschwerk in den Silberkörbchen zuzusprechen. Nur die goldenen Mädchen bildeten eine Gruppe der Abwehr gegen das Schweben und Kosen der sternfarbenen Kinder des Äthers.

Ein ferner Donner ertönte von weither, von Smyrna herüber. Einen Moment lang war der Himmel dortherum und über dem Gebirge des Mimas in heißes Glutrot getaucht. Wie gebannt starrte Cyriak auf die schöne Dejanira, die, voll getroffen von dem dämonischen Leuchten, unwirklich wie ein Götterbild aussah. Das Elfenbein ihres lächelnd geöffneten Mundes schimmerte in diesem Licht wie zart umhauchter Blütenschnee syrischer Rosen. Die Musik verschlang ein neues Donnergrollen.

Die Tänzerinnen waren näher geflirrt, drehten sich in bacchantischem Rasen, glänzenden Auges mit üppig geöffneten, kussdurstigen Lippen. Die Locken flogen. Neuer Donner auch von Chios herüber, das sich jäh vom flammenden Firmament abhob. Der silberumstreute, leicht benebelte Mond über Patmos war in jagenden Wolken verschwunden. Ein neues, wildes Aufflammen der Musik. Die goldenen Puppen im kaiserlichen Kopfschmucke von Byzanz warfen die Gewänder ab. Die Silberelfen folgten, und mit einem Schlag tobte eine Orgie schmaler nackter Mädchen heran, rosig, ambrabraun oder elfenbeinfarben, sich unter silbernem, girrendem Lachen mit den Chören um die Fürstin mischend. Wein von Chios und Sekt floss in Strömen. Ein wildes Fest des Dionysos, von blauen Blitzen beleuchtet, flammte auf im Zauberspuk einer befremdenden Musik, von immer gewaltigerem Donnerrollen begleitet. Die Ephebenherrlichkeit eines schlanken Mädchenkörpers spürte Cyriak quer über dem Nacken. Sein Antlitz begrub sich unter duftenden Locken, ein Mund, an den seinen gepresst, flößte ihm lau und prickelnd Wein ein, Lesbier oder Malvasier von Monembasia. Halb erstickt befreite sich der Überrumpelte von dieser rosen- und ambrafarbenen Liebkosung und sah Puntigam, einen überschäumenden Silberbecher schwingend, zu Füßen der Prinzessin Bayazanti.

„Preis Ihrer Schönheit! Im Garten der Erkenntnis hütet heute der eisgraue Adam, in eine tabakfarbene Uniform aus dürren Feigenblättern gehüllt, den staubigen, bröckelnden Leib. Der Apfelbaum ist abgestorben, auch die Schlange ist krepiert. Ihre Haut ist längst zu einem Handtäschchen verarbeitet, das die Urgroßmutter der Lais trug. Und mit dem, was übrigblieb, hat man wohl den Schleier der Maja neu passepoiliert."

Er nahm einen Schluck und fuhr phantasierend fort: „Aus den Resteln des Nessushemdes bekam Ahasver Fußfetzen. Hm, sein Hutkofferl ist aus Pythonleder, seine Uhrkette aus Gnomenbärten geflochten. Den abgelegten Purpurzylinder des Pontius Pilatus trägt der Alte ab, und aus dem vertrockneten Ohrwaschel des Malchus schnupft der ewige Wanderer. Das ist seine Dose. Ich aber lebe. Dank dem Gesetz des wahren Sohar lebe ich voll und ganz, lebe ich im geistigen Palast der Liebe, dem Pleroma des rosigen Lichtes. So nennen es die Gnostiker, herrliche pantheräugige Prinzessin der Schönheit.“

Dejanira schlug ihn lachend mit dem juwelenstarrenden Fächer. „Mysticien! Haben Sie aus dem silberduftenden Narzissenbecher der Herzoge von Skarpanto getrunken, in dem ein Streiflicht des Eros sich einstmals lächelnd gespiegelt, eines der sieben Wunder der Gotik in Griechenland? In Gibitroli war er bewahrt, der marmornen Burg der Cornaro.“

Von herannahenden purpurbeschuhten Mänaden ließ Puntigam den Becher sich neuerdings füllen. „Gnade Dionysos mir … ich bin verloren an dich, herrliche Maske von Paphos. Oh, weiser Mann, wie glücklich du, der du immer deinen Nabelzirkus bei dir trägst, nur auf den Mittelpunkt starrend, das Telos deines Seins. Der du immer in der Hofloge deiner Persönlichkeit sitzest, unnahbar. Wenn du astrale Nabelkrämpfe bekommst, tritt ein kleiner, ganz kleiner Ritter von Wymetal, der Regisseur des Kaisers in Wien, vor den Vorhang deines Selbst und sagt die Vorstellung ab.

Machen auch Sie, Despina, diese Übung. Was soll Ihnen, der Schönheitverklärten, die Tollheit dieser Umwelt, ein Venusberg auf griechischer Insel? Sie sind sich doch selbst genug. Oh, dann möchte ich Souffleur sein Ihres omphalesken Theaters oder Garderobier Ihrer

Seele … mit zitternden Händen die Schminke der Psyche bereitend."

Dumpfer Donner ließ ihn verstummen. Das Firmament war für Sekunden in Flammen gebadet.

Da tippte Naskrükl Cyriak auf die Schulter. Sein Schnurrbart buschte sich im heißen Winde. „Kumm, auf a Wort … net da, im Wald … sehr was Wichtigs, sehr was Wichtigs."

„Ist dir schlecht?"

„Aber na, was glaubst denn!"

Und sie gingen an küssenden und kichernden Paaren vorüber; durch purpurne Lachen von Wein watschelte der safranhosige Hofrat in dem duftigen Zedernhain und packte Cyriak an der Hand. „Musst mit mir kommen, i bitt di … musst mir helfen, lass 's Fest … i heb heut den Schatz!"

„Was, einen Schatz? Bist du verrückt?"

„Nein, klar wie noch nie. Der Vorabend ist heut vom Laurentiustag. Seine Tränen, wie er am Rost elend verbrannt ist, sind d' Sternschnuppen. Da vermählt sich das Silber des Himmels und 's Gold der Danae mit der Erde. Am Perseustag, da blühen die Schätz'!"

Ein furchtbarer Donnerschlag zerriss den Himmel.

Naskrükl nickte und fuhr fort. „Heut heb ich den Schatz des Dädalus, die goldenen Automaten, im Turm des Ikarus liegt er."

„Bist du wahnsinnig? Bist du besoffen?", fuhr ihn Cyriak an.

„Na, i hab's in a uralten Schrift gfunden, einmal wo auf an Tandelmarkt. Im Dreißigjährigen Krieg haben's drei Asiaten versucht … San irrsinnig gworden … I sag dir's, wie's geht, horch zu …"

Schon wollte Cyriak dem offenbar Irrsinnigen folgen und ihn von irgendeinem wahnsinnigen Beginnen abhalten. Da tönte es geheimnisvoll und süß aus dem Wald, so dass Cyriak gebannt stehenblieb.

„Aktaion, du, aus Kadmos'
königlichem Blute,
du nahst in Mondlichts Milch
der Zauberlichtumflossnen!

Ihr, der formenholde Nymphen
Göttergliederpracht gebaren,
der süßverwirrenden Herrin der Sinnennacht!

In Mondlichts Silberflut nahst du,
ein zagender Freier …

Du, der verfallen dem Zauberspiel göttlichen Webens,
das aus Nardendüften Glieder von gleißendem
     Marmor
dir zaubert
zu süßer Betörung.

Aus Aphroditens Augen ein Gnadenstrahl
zeugte die Holde …

Was nützt des Hephaistos Zauberschild dir?
Was des Briareus Panzerkleid dir
gegen des Eros goldene Pfeile …"

Ein blauer Blitz zerriss blendend den Himmel. Donnerschlag auf Donnerschlag folgte. Das Fest stob auseinander. Heißer Wind brach aus dem Wald. Gegen Mykonos und Andros flammte der Himmel, ein furchtbares Wetter tobte heran. Cyriak lief Naskrükl nach, der zum verfallenen Riesenturm des Ikarus eilte, den Turban

haltend, vom Krummschwert im Licht der Blitze um-
hüpft. Durch eine enge gotische Pforte zwängten sie sich
ins Innere des uralten Bauwerks, das als vollkommene
Ruine dalag. Durch leere Spitzbogen sah Cyriak auf das
tobende Meer, das gischtgekrönt wütete.

Naskrükl bat ihn: „Wart hier, bis i ruf. Gib mir a noch
deine Streifhölzeln, wo hab i d' Kirzen … für 'n Zauberkreis … aha, da … und da, in der Westentaschn, d'
Hand, d' skelettierte Säuglingshand … ja, wo hab i denn
'n Ratzenschädl und d' schwarzen Kerzen von Altöt-
ting … braucht ma alles … und da, in der Brieftaschn,
's St.-Christophs-Gebet … man muss's von hinten aufsagen … und d' Neidfeigen von Ettal … ja, jetzen fehlt
nix mehr für 'n Zauberkreis. Und da", er griff in die Ho-
sentasche, „der Maurerhammer." Damit war er hinter
Trümmern in die klaffende Leere eines Kellergewölbes
hinabgestiegen.

Das war zu toll.

„Naskrükl, Naskrükl!", brüllte Cyriak. „Nimm doch
Vernunft an, du wirst ja …"

Ein ohrenbetäubender Krach erstickte sein Rufen.
Eine Garbe von Licht ließ Cyriak geblendet zurücktau-
meln. Steine krachten neben ihm nieder. Es hatte ein-
geschlagen. Wie eine Feder wurde er in eine Mauerecke
gewirbelt. Und um aller Heiligen willen! Cyriak streckte
entsetzensstarr die Arme aus … ein grauenhaftes Phan-
tom … eine Art gespenstischer Sonne nahte … ein
Kugelblitz.

Diese schreckliche kosmische Erscheinung zerbarst.
Ein Chaos von Tönen schien über Cyriak zu fluten. Ein
Meer von Licht wogte um ihn und nahm … was war
das … Formen an, menschliche Formen … Eine aus
Licht gezauberte hohe, schlanke Jungfrau glaubte er zu
sehen, die Mondsichel am lockigen Haupte. Götteraugen

geweitet … ein Gewirr anderer, ihr ähnlicher Erscheinungen folgte in wogendem Zug, ihr, der Speergewaltigen, ins Nebelgewoge.

„Artemis! … Artemis! … Artemis!", brauste es lieblich, doch menschlichem Ohr unerträglich.

Und da … als Letzte … Ein Schrei entrang sich Cyriaks Brust. „Cyparis!" Er stürzte auf die lichtglitzernde Gestalt zu. Doch wie er sie berührte, stürzte er, von einem furchtbaren Schlag getroffen, betäubt nieder und merkte nicht, dass eine schlanke Gestalt über ihn gebeugt war. Er glaubte nur noch zu vernehmen, dass Gold von Armreifen klirrte …

32

Als er aufwachte, sah er ein gelbglänzendes Gitter vor sich. Oder nein, das war kein Gitter, das war ja ein Gewebe, natürlich. Er war doch ein Knopf ... und an das Gewebe angenäht. Warte, was stand doch rund an seinem Rand eingepresst, richtig: „ne coupant pas les fils". Ein ernster Herr in weißem Mantel mit einer Brille stand vor ihm, der Schneidermeister natürlich.

„Verzeihen", Cyriaks erstes Wort klang sehr artig, „verzeihn, ich bin doch ein Knopf, ein Hosenknopf, Herr, Herr Schneidermeister?"

Der ernste Herr schüttelte den Kopf. „Nein, das sind Sie nicht. Ich bin der Dr. medicinae Fürchtegott Hippenroiter und bin verpflichtet, dieser Ihrer irrigen Ansicht entgegenzutreten. Sie heißen Cyriakus von Pizzicolli, gebürtig aus Stixenstein in Österreich, ohne Beruf, und befinden sich im deutschen Krankenhaus zu Smyrna. Sie sind außer jeder Gefahr, bitte ganz ruhig liegenzubleiben ... und haben recht, recht sonderbare Dinge in den Tagen Ihrer Bewusstlosigkeit erzählt. Na, hierzulande gewöhnt man sich das Staunen ab ... was man da bei Narkosen hört ... Die Geschichte der Menschheit könnte man umkrempeln. Schwester Schwanhildis, messen Sie! Auch Herrn Rat ... äh, dingsda, na dem anderen Patienten nebenan, merke mir seinen Namen nie ... Rat ... Nasgringl, Nasgrüchel ... nicht?"

Cyriak staunte. Also auch Naskrükl hier? Was mochte denn geschehen sein? Allmählich gelang es Cyriak, die Bilder seiner Erinnerung zu ordnen. Einige Tage nach diesem ersten Erwachen durfte er, von Schwester Schwanhildis unterstützt, einige Schritte gehen. Dabei begegnete er auf der gegen die Sonnenglut geschützten

Nordterrasse dem ebenso sorgfältig geführten Naskrükl mit tappenden Füßen und unförmig verbundenem Kopf, einem Taucher nicht unähnlich. Naskrükl nickte traurig.

„Ja, ja, gut schaun mir aus, alle beide. Was bist aber a nit kommen, wiar i di gruft hab … grad wär er erschienen, der Schatz … mir kennt's, wann's so ‚wuschi wuschi' tut. Daran bist du schuld … oben hast d' bloß an Blitz anglockt … und mi habn d' Stoaner schön zuagricht … und gstreift hat er mich auch. Genau am Kopf hat mir d' Naturgewalt naufgschossen … nur guat, dass a kalter Schlag war, bloß 's Christopherusgebet hat's ma versengt … hat's ma versengt … a Glück, dass i a seidens Gwand anghabt hab und in Säbel ins Eck gstellt … jo, jo."

Das war die erste Begegnung. Am selben Abend ließ sich Professor Hippenroiter zum ersten Mal mit den Patienten in ein längeres Gespräch ein. Cyriak bekam auch heute zum erstenmal Auskunft, wie er hergekommen war. Früher war er immer mit kalmierenden Gesten abgespeist worden.

Ihre Hoheit, die Fürstin von Ikaria, habe ihn mit einem Motorboot her transportieren lassen, nun schon vierzehn Tage her. Auch sei er ihr Gast hier im Sanatorium. Die hohe Dame, am Telefon stets nur als Gräfin von Montdesert, habe sich bis vor vier Tagen täglich erkundigt, sei auch einmal selbst dagewesen.

„Ein Engel an Schönheit und ganz jung", fiel Schwester Schwanhildis schwärmerisch ein, „man war ganz beklommen, wenn man sie sah. Richtig, hat Ihnen auch eine Rose dagelassen, wo ist sie denn? Wohl verwelkt … zum Andenken an … was hat sie nur für einen komischen Namen gesagt? Na, ein Name, den ich noch nie gehört habe …"

„Dejanira", fiel Cyriak lächelnd ein.

„Ach nee, ging nich auf ‚ira‘ … ‚a‘ … aus … ganz, ganz anders … so wie … ’s ist auch 'n Parfum, warten Sie … Iris!"

Cyriak fuhr in den Kissen auf. „Cyparis!"

„Ja, ja, endlich! Sonderbar, nicht? Wie 'n Jungenname, Cyparis, Gräfin von Montdesert, Herzogin von Ikaria."

Die Krankenwärterin war entsetzt von der Wirkung dieser Worte. Cyriak wurde totenbleich und sprang aus dem Bett. „Zum Telefon, rasch, lassen Sie mich zum Telefon!"

„Sie holen sich den Tod", kreischte Schwester Schwanhildis erschrocken, „so nehmen Sie doch Vernunft an … Sie sind ja toll!" Dabei läutete sie um Hilfe. Professor Hippenroiter erschien und begütigte den tobsüchtigen Patienten. Sein schwer erschüttertes Nervensystem dürfe unter keinen Umständen irritiert werden. Zum Telefonieren sei es auch heute viel zu spät. Er versprach ihm aber, morgen zur ersten passenden Stunde jede gewünschte Auskunft aus Ikaria einzuholen. Fiebernd vor Ungeduld erwartete Cyriak am Vormittag den Professor. Der teilte ihm kopfschüttelnd mit, er habe persönlich angefragt und nach langer Mühe Verbindung mit einem sehr kurz angebundenen, einsilbigen Kastellan bekommen. Die Fürstin sei mit dem ganzen Gefolge und der ganzen Dienerschaft vor vier Tagen an Bord ihrer Yacht gegangen – unbekannten Zieles. Er sei mit wenigen neuaufgenommenen Gartenarbeitern und Putzfrauen, alle aus Chios, allein zurückgeblieben. Dann grußloses Abschnappen, ein zweiter Anruf blieb erfolglos.

Eine Woche später war Cyriak so weit, die Anstalt verlassen zu können. Auch Naskrükl war wieder halb und halb in Ordnung gekommen. Zum erstenmal saßen sie wieder in einem großen Hafenkaffeehaus. Der noch immer bleiche Hofrat sprach davon, nun endlich nach Persien aufzubrechen. Schad, schad um die verlorene Zeit in Ikaria mit seinem schrecklichen Enderlebnis.

„Mi sieht dös Schloss nimmer … Abgeben tun s' nix, brachliegende Millionenwerte … der verfluchte Turm wird in meiner Erinnerung mit Ink-Eraser ausradiert … mei Ehrenwort … Und die Fürstin ist mir z'mocher … z'mocher … i woaß nit … no gar nit recht entwickelt … und beim Fest hab i a ihre Wäsch gsehn … bis ganz oben, da ist ja a Glaspapier a rupfener Hadern dagegen … na, na", er wehrte mit den immer noch zitternden Händen irgendeine spukhafte Vision ab. Bös dreinschauend schüttelte der verschreckte Archäologe noch lange den Kopf und nagte am Schnurrbart.

„Gehst mit mir? Für übermorgen hab i im Cäsarea-Express a Dritte gnommen. Ma kann da mit die Bauern reden und hört immer was, wo a Pfarrer is … oder a Imam … oder a Scheich mit Schulden, der was hergibt an alte Stückeln. Musst di nur überall mit die geistlichen Herrn gut stelln, sei's, dass d' ihnen an Muezzin machst, wann er heisrig is, oder eahm a bissel aushilfst, wann er ins Beschneiden geht. I hab da, wart, wo is er denn, aha, an echten Biedermeierschnepper. Den hab i am Tandelmarkt in Regensburg um a Spottgeld erstandn. Das bringt mir alles die Dritte. In der Zwoaten is nix, da hat a Sammler no nie was hoambracht, außer Flöh, ja, ja. Und in der Ersten findest bloß Hochstapler oder Trottln. Jo, und dann wird die Derwischkluft auspackt, 's Kamel röhrt wiara Auktionator, oben bist, 's Handköfferl hint, 'n Rucksack hat 's Kamel vorn am Hals wiara Glockn, an Marktschirm hast aufgspannt, und dahin geht's, heidi, wiara Postauto auf aner dreckigen Straßn. Auf der letzten Reise hab i gar a so a lammfromms Kamel ghabt – Erdschasian hat ma's grufn –, dass i ihm oberm Schweifriemen a Petroleumöferl aufgstellt hab. Da hab i unterwegs abkochen können, ideal. Hab mei gewohnte Kost ghabt, Pichlsteinerfleisch um elfi, i sag dir …" Er wackelte gourmandhaft mit dem Schnurrbart. „Aber jetzt gehn mer a bisserl spazieren, denen Füaß werd ich zeigen, dass's mit dem Lotterleben aus is."

Sie schlenderten den Hafenkai entlang. Plötzlich blieb Naskrükl stehn, beschattete die Augen mit der Hand und rief fröhlich: „Ja, Herr von Streyeshand, Sie auch do? Ja was tun S' denn da? Sie auch in Smyrna!"

Der so unerwartet Aufgetauchte erzählte den Herren, dass er in Kleinasien zu tun gehabt hatte und jetzt auf dem Heimweg über Athen nach Wien sei. Ob sich Herr von Pizzicolli ihm nicht anschließen möchte, da er ihm doch seinerzeit erwähnt habe, wie gerne er die Kunstschätze Athens kennenlernen wolle.

Das war ein nettes Zusammentreffen. Und Streyeshand war es, der Cyriak zum zweitenmal aus der Patsche half, ein vom Schicksal Gesandter, ihn auf dem rechten Weg zu führen. War Pizzicolli doch schon wankend geworden und halb und halb bereit gewesen, Naskrükl in den tiefen Orient zu folgen, um dort endlich Ruhe vor der Unrast seines Lebens zu suchen. Wie leicht wäre es gewesen, dass sich der Heimatlose, Zwecklose, Ruhe als frommer Einsiedler in einer Strohhütte irgendwo im blaustrahlenden Gebirge Persiens gesucht hätte, auf blumiger Wiese, neben einer rauschenden Quelle von Kristall. Einige weiße Pfauen wären seine Gefährten geworden, ein kleines, rotgoldenes Feuerlein, ein üppiges Gemüsebeet hätte ihn genährt, das er, den großen Basthut des Anachoreten am Haupt, bearbeitet hätte, frühmorgens, wenn noch weiße Wolkenfetzen im Tal gehangen wären, brauend an den himmelhohen Wänden der Felsen. Vielleicht hätte er die wirre und seltsame Geschichte seines Lebens in ein großes Buch aus Pergament eingetragen, fein säuberlich mit der Rohrfeder geschrieben, ein Blatt um das andere, mit einer großen subtilen Miniatur geschmückt, die Ränder verschlungen bemalt in nicht endendem Spiel der Arabesken von Blumen und Tieren und Genien am Brunnen und Engeln der Schönheit und Amoretten mit Bogen und Pfeil und da … da … ein schmales Mädchen in goldenem Panzerhemd … mit amethystenen Gemmen besetzt … die purpurnen Schuhe … bis hoch an die Knie … ein funkelnder Degen … steininkrustiert … violblau die Augen mit goldenen Lichtern – Cyparis!

Es war entschieden. Er fuhr sich über die Stirne. Sein Weg war ihm nun gewiesen. Er hatte zu suchen, zu suchen, bis er gefunden zu ihr, der Rätselhaften, diesem Enygma von Byzanz, dieser royal princesse Eros.

33

Zwei Tage später, der Dampfwagen war inzwischen mit Naskrükl Effendi nach Cäsarea davongeschnaubt, bestiegen Cyriak und Streyeshand ein griechisches Fahrzeug, das keuchend und mit einer fettrußigen Rauchfahne in See stach. „Kirphis" hieß das übelriechende, blecherne Untier und führte tausende von seekranken Hühnern, Lumpensäcke, fromme Derwische und andere schmierige Dinge an Bord. Welch ein Unterschied mit der Fahrt nach Ikaria. Cyriak brachte das Gespräch auf Kythera, die Insel, die sein neuer Reisegefährte vor wenigen Tagen verlassen hatte. Mancherlei schien sich in der kurzen Zeit ereignet zu haben. Gleich ihren gemeinsamen Bekannten, den ewig kränkelnden Käfermacher, hatte das traurige Schicksal getroffen, dass ihm Marquis Seladon, der Außenminister, die Mitteilung zukommen ließ, dass Käfermacher nicht in den Rahmen Kytheras passe und er sich als ausgewiesen zu betrachten habe. Ein versuchter Fußfall beim noch immer schmerztobenden Monarchen hatte keinen Erfolg. Käfermacher wurde von den Hellebardieren zurückgedrängt. Ein zweiter Versuch am Nachmittag desselben Tages bestand darin, dem König bei der Ausfahrt ein mit einem Stein beschwertes Bittgesuch zuzuwerfen, wobei er die mit einem Trauerflor versehene Chapeau-claque-Krone des vor sich hinstierenden und ab und zu tief aufschnupfenden Duodezfürsten beschädigte. Das besiegelte das Schicksal des unglückseligen Pseudototen. Er wurde verhaftet und in irgendein Verlies geworfen, eine Oubliette, wie man zu der Zeit sagte, da ganz Europa sich in Schäferspielen und den zarten Farben des Rokoko gefiel. Dort sei wohl das Schicksal des armen Hypochonders besiegelt. Die baumstarken Wanzen des Südens würden ihn fressen. Traurig hörte Cyriak zu und notierte sich das Schicksal des Unglücklichen.

Auch Friedrich Rutschel sei ausgewiesen worden. Es habe einen zweiten Skandal gegeben. Rudi Lallmayr habe ein vielleicht ursprünglich gar nicht einmal schändlich gemeintes Lied dieses Dichters zur Laute gesungen, das so anfing:

„Hab Mitleid mit den blassen Nutten,
sie leiden oft an Nasenbluten."

Schon bei diesen ersten Zeilen wurde das Publikum unruhig. Der ohnedies mesquine Text sei durch Lallmayrs unfreiwillige Interpretation zu einem wahrhaft unerträglichen Monstrum von Abscheulichkeit geworden. Sogar die auf den teuersten Logensitzen bemerkbare Prostitution habe mit schweren Bonbonnieren und Parfumflakons geworfen, und das am ersten Tag der Wiedereröffnung der ernsten Kunststätten nach der Welle von Landestrauer. Das einzig Erfreuliche bei all den unliebsamen Vorkommnissen sei nur, dass die Ghaisghagerln, durch die Landestrauer ennuiert, Kythera verlassen hätten. Es seien zwar gemeinsame Landsleute, aber beschämend genug, es zu berichten; alles habe aufgeatmet.

Zum Schlusse noch eine Neuigkeit: Nekdennobel sei endlich in recht verwahrlostem Zustand auf Cerigotto wieder aufgegriffen worden. Herr Kommerzialrat Hagenbeck habe sich seiner aufs Liebevollste angenommen und hoffe man, den Bedauernswerten bis zur Verteilung des Nobelpreises wieder in dekorativem Zustand zu haben.

Am Nachmittag landete der Dampfer die zwei Herren auf Delos. Ein Ruderboot holte sie ab, der Hühnerdampfer drehte bloß bei. Wenige Ruderschläge, und Cyriak betrat mit ehrfürchtigem Schauer das heilige Land, die Stätte, wo die Wiege des Phöbus Apollo, die Wiege Dianens gestanden. Da ragte der Kynthos, der heilige Berg, in den Äther. Er barg die Höhle, wo das Unerhörte geschah, dieser Götter Geburt. Würzige Kräuter bedeckten den Boden, mit Marmortrümmern besät. In Veilchenschimmer hob sich das Meer, ein Himmel darüber, seidig, in dunkler Bläue, die Wolken wie Meerschaum, kristalldurchglitzert. Zikaden sangen ihr ewiges Lied. Weit weg am Marmorblock eines Bergsturzes lehnte ein Hirte mit Krummstab und blies die Schalmei.

Die beiden Reisegenossen hatten sich zwischen Thymian und Akanthus niedergelassen, ein dünnes Lorbeerbäumchen vor ihnen. Sein edles heraldisches Blätterwerk zitterte leise im Wind. Eine träumerische Stimmung hatte sich Cyriaks bemächtigt. Der Zauber des klassischen Bodens hatte ihn befangen, der noch weit stärker ist als der bis zum Überdruss bekannte Zauber des Südens, der, ähnlich einer leichten Hundswut, schon die Mehrzahl der vom Norden kommenden Reisenden an der jeweiligen italienischen Grenze befällt. Alles ist anders. Schon die Lokomotive pfeift anders: ein Caruso auf Rädern mit glühendem Ofenloch. Das irre Geschrei der Kellnerjungen, die zahllosen Bewaffneten in Spitzhüten längs des Zuges verteilt. Die Taubenscharen, die den Speisewagen umflattern. Über jeder Türe weht eine Trikolore. Die wimmelnden Kommissionen, die alles bis zum weggeworfenen Stöpsel untersuchen, die Klosettfrau mit den ehernen Zügen der antiken Matrone, die in jeder neuen Attitüde bald das Vorbild einer Poppäa Sabina, bald das einer trauernden Niobe gibt. Noch ein kleines Tröpfchen mehr in den Becher dieser Lust, und jeder der mitgekommenen Studienräte mit den Funkelbrillen würde den Baedeker weglegen, aus seinem Gepäck das gewiss heimlich verstaute Tamburin hervorziehen und mit Knöchelgekrach zu toben beginnen, dann mit erhobener Trommel und ratternden Kastagnetten unter bedeutenden Blicken die aus dem gleichen Train ausgestiegenen dicken Bankiersmänaden umschwirren, die Linke dabei malerisch in die Hüfte des flatternden Gehrocks gestützt.

Ähnlich, doch stilvoller erging es Pizzicolli. Er fühlte sich als das sattsam bekannte Gemälde „Goethe auf Trümmern in der Campagna ruhend". Er wies aber das immer wieder auftauchende Bild als für seine unbedeutende Person unziemlich zurück und war mit diesem inneren Vorgang so beschäftigt, dass er nur halb dem Gespräch seines Partners zu folgen vermochte. Ein kleines, aber unerwartetes Ereignis machte Pizzicollis visionärem Zustand ein Ende. Der ferne, schon leicht blau umhaucht gewesene Hirte war näher gekommen. Er hatte die Schalmei vom Mund genommen und abgewischt, trat bis knapp an die Herren heran und legte schweigend ein amtsmäßig gefaltetes Aktenpapier auf den Stein, an welchem die Herren ruhten. Ohne weitere Notiz zu nehmen, machte er kehrt – und dann eine Bewegung, die so aussah, als ob er eine neue Patrone in einen Lauf der Schalmei schiebe. Streyeshand öffnete das Schriftstück, runzelte die Stirne und las es mit leichter Amtsmiene durch. Dann rief er den Hirten: „Mysliwetz, kommen S' her!"

Der so Angesprochene trat wieder heran und öffnete den malerisch drapierten Lammfellmantel, in dessen Futter man einen k. k. Adler feststellen konnte.

„Ist das alles?", hörte Cyriak den plötzlich ganz Amtsperson gewordenen Orientreisenden flüstern. „Da am Kynthos oben nichts bemerkt? Alsdann gut! Abtreten!"

Der Hirte salutierte stramm mit dem blumenbekrönten Stab, dass die Bänder knallten, machte kehrt und verschwand hinter Lorbeergebüsch und abendlichen Rosen. Die Zikaden zirpten doppelt so stark.

Niemand wird sich verwundern, dass Cyriak eine Frage auf den Lippen schwebte, doch zerbiss er sie als wohlerzogener junger Mann sofort wieder. Er betrachtete vielmehr mit dem auch nachdenklich gewordenen Hasenpfodt zusammen den Sonnenuntergang. Die kühle Brise des Abends mahnte die Herren zum Aufbruch. Bei malerisch zerlumpten Hirten, die in die Marmorruine eines Tempels hinein ihre Hütte gebaut, ward ihnen Nachtquartier. Mit den ernsten, schweigsamen Männern saßen sie am lodernden, lorbeergenährten Feuer, über dem an drei Stangen ein Kessel brodelte. Tiefe Nacht kam herab. Die Romantik des rosig umflackerten Marmors edler Trümmer, das Spiel des Mondlichts auf den zackigen Bergen löste Cyriak die Zunge. Er begann eine lange Beichte, weihte den Freund ein in sein absonderliches Erlebnis, in Dinge, auf die er keinen Reim wusste. Er, der Welterfahrene, würde vielleicht auch diesmal Rat wissen, ihm einen Weg zeigen, aus all dem Wirrsal herauszukommen und das große Abenteuer seines Lebens einem glücklichen Ende entgegenzuführen. Was war das für ein Geheimnis um die Fürstin Bayazanti? Wer war dies Mädchen, diese Königin seines Herzens, die von konkretester Realität nachgerade ins Irreale, Unfassbare hinüberspielte?

Streyeshand war sehr nachdenklich geworden. In Athen hoffte er ihm Anhaltspunkte zu geben, und dann würde es das Beste sein, von der Despina Dejanira Aufklärungen zu verlangen. Ihre Reise würde kaum von langer Dauer sein, sicher nur Laune eines schönen, verwöhnten, jungen Geschöpfs, dessen Mittel alles erlaubten. Am besten habe es Baron Puntigam getroffen, dieser beneidenswerte Landsmann Tannhäusers, selbst nun ein Tannhäuser im schimmernden Venusberg.

Cyriak erzählte ihm von der Pracht dieses Palastes, vom Luxus seiner Säle und Bäder, von der Größe und dem Komfort seiner Appartements.

Hasenpfodt bedauerte jetzt doppelt, dass er damals der Einladung der Prinzessin nicht Folge leisten konnte. Leider war er zur selben Zeit, wenn auch nur für wenige Tage, in Kleinasien beschäftigt gewesen. Er habe in Burnabad zu tun gehabt, nördlich von Smyrna, übrigens einem romantischen Felsengebirge, wo das Grab des Tantalus gezeigt würde, auch der See, in dem dieser mythische Monarch die Qualen der unerreichbaren Verlockungen zu bestehen hatte.

Dann ein Tag heißer Arbeit in Dinair, ganz nahe von Laodikea, dem Ort des geheimnisvollen Mysteriums der siebenten Kirche der Apokalypse des heiligen Johannes. Dort, in Dinair, stehe der antike Marktbrunnen, aus dem der wichtigste Nebenfluss des Mäander entspringt, an der Stelle, wo Marsyas im Wettkampf mit Apoll unterlag und geschunden wurde. Dort habe er ein schönes Stück Arbeit hinter sich gebracht.

Cyriak sah Hasenpfodt groß an und fragte ihn, was er eigentlich hier im Orient zu tun habe. Die Antwort war ausweichend; übrigens würde er ja sehen. Dann begaben sich beide zur Ruhe.

Am nächsten Tag führte der Dampfer irgendeiner obskuren Fanariotenreederei die Herren weiter. Wie ein phantastisches Wunder stieg Seriphos vor ihnen auf. Die Inselmauern, gleichsam aus Grottengerüsten aufgebaut, deren jede ein Anachoretentraum war; da steile Pinien, dort korallenfarbene Blöcke und eine dünne Säule hellen Rauches. Hasenpfodt sprach einige

Worte mit dem Kapitän Pantaleimon Sgarabumphi, einem schmutz- und wettergehärteten alten Burschen, der nach kurzem Salutieren dem Rauchfang zueilte und eigenhändig einige Male pfiff, dass ein leichter Regen auf das Deck niederging. Das Schiff machte viel Schaum und blieb schaukelnd liegen. Ein weißes Boot löste sich von den Inselfelsen, die goldgelb aus der dunkelblauen Flut starrten, und kam ruckweise heran. Zwei wie allerdings übernatürlich große Wichtelmänner gekleidete Montanistenfiguren klommen an Bord und erstatteten Streyeshand irgendeine, gewiss die großen Eisenminen der Insel betreffende Meldung. Dann machten die beiden staubigen Figuren kehrt, beide mit dem im weiten Bogen herumgeworfenen rechten Fuß stramm an das Standbein klatschend. Im Stechschritt ging's darauf zur Reelingslücke und ins Boot. Heulen der Sirene, die Maschine jupfte seufzend los, roch nach fanariotischer Garküche. Seriphos sagte schwankend lebewohl.

„Welch ein Königspalast des Poseidon, von purpurdunkeln Höhlen durchzogen", glossierte Hasenpfodt die entschwindende Kulisse.

Hier wurde Danae mit dem neugeborenen Perseus aufgefischt, von Akrisios mit einer großen Kiste aus Zedernholz dem Meere übergeben. Die Nereïden aber trieben die Todgeweihten nach Seriphos, wo Polydektes, der König, sie freundlich aufnahm und Perseus erzog. Der tapfere Heros erschlug die Medusa und schnitt ihr mit diamantener Sichel das todbringende Haupt vom Rumpf und verwandelte dann später mit dem Medusenhaupt die Bewohner der Insel in Steine.

Jedesfalls wurden ihre Fürsten im Mittelalter, die Michieli, steinreich. Da gegenüber das üppige Sifanto, eine Schatzkammer an Baumwolle, Seide, Südfrüchten, Rosenholz und Malvasier. Dazu Gold- und Silberbergwerke, alles heute verfallen. Sie gaben den Grimanis die Füllhörner voll Zechinen, Paläste zu bauen wie in Tausendundeine Nacht aus Porphyr und grünem Marmor. Der in Venedig, den man heute nur kennt, war der ärmste. Auch hier gab es Deckengemälde von Giorgione und Tizian, silberne Brunnen, unzählige Antiken und Fabelgärten, einen Poseidon aus Bergkristall und alle Üppigkeiten des venezianischen Orients. Auch Tintorettos „Susanna im Bade" soll dort entstanden sein. Marco Grimani, der Doge, wurde hier im marmornen Luxus Sifantos geboren, und sein Vater Antonio besaß die Kameenkassette Alexanders des Großen mit der Handschrift Homers. In welcher Tiefe der blauen See mag alles dies ruhen …

In Nauplia oder Napoli di Romania gingen sie angesichts der steilen Hafenburg, dem Palamidi, an Land. Diese uralte und uneinnehmbare Burg des Palamedes, der Hauptsitz der Venezianer im Mittelalter, hat nicht nur von Blut und Kampf zu erzählen, sondern war auch, wie der treue Mentor Hasenpfodt zu erzählen wusste, der Geburtsort einer der ersten Kurtisanen der Renaissance, die in Italien eine große Rolle gespielt hat. Angela Zaffetta hieß das Mädchen, das sich rühmte, eine Tochter des Prokurators Grimani zu sein. Schon ihre Windeln waren mit galanten Szenen bestickt gewesen, was jeder ernst Gesinnte unbedingt tadelnswert finden wird. So konnte es nicht fehlen, dass sie ein libidinöses Mägdlein wurde, eine frühreife, luxuriöse Novizin der Wollust, eines der Crève cœurs Satans im Cinquecento. Das war Angela Zaffetta, die der sonst so beißende Spötter Aretino als die schönste, süßeste und geistreichste Frau an Cupidos Hofe lobte, voll der göttlichsten Jugend. Doch sei ihr Hochmut noch höher als der Glockenturm des heiligen Markus, fügte er bei, noch höher als die Berge Tirols! Ging sie doch so weit, den Palazzo Loredan erwerben zu wollen: die erste Kurtisane Venedigs, neben der eine Imperia und Helena Ballerina verblassten, die Freundin Lorenzo Venieros, des prunkvollsten Lumpen des damaligen Jahrhunderts. Sie alle hatten hohe Marke. Galten doch im Mittelalter und in der Renaissance die Kurtisanen, die Hellas und Zypern entsandten, als besonders liebenswürdig. Wie zum Beispiel die schöne Calandra Sirena, deren Palast auf dem fernen Milos sich voreinst erhob und die Seefahrer verlockte. Ein alter Meister, Pasquino, schildert die süße Harmonie ihres Gesanges im „Triumph der Üppigkeit", nennt auch einen Meister der Laute, ihren Partner Calmos, und dass aus Liebe zu ihr ein Xenokrates, ja sogar die Unliebe verschmachtet wäre, was wohl übertrieben ist. Calandras Palast war reich wie ein Königsschloss. Ihre Kredenzen waren beladen mit Silber und Majoliken aus Faenza, Caffagioli und Urbino. Türkische Teppiche schmückten ihre Gemächer, mit Goldbrokat, Ledertapeten und Gobelins aufs Reichste verziert. Auch diese Herrlichkeit ist vergangen wie all die Herrlichkeit aller Orte, an denen Hasenpfodt Cyriak vorüberführte.

Über das Partheniongebirge, den Schauplatz vieler Feensagen, ging am nächsten Tag ihre Fahrt. Dort und am gewaltigen Parnon Burg an Burg der fränkischen Barone, alle in Trümmern. Lerna zeigte ihm Hasenpfodt, die Stätte der Hydra, wo die sagenumwobene Quelle Amymone sprudelte und ihr Wasser dem Meere vermählt. Dann ging es weiter durch Arkadien und Elis. An der Biegung eines bewaldeten Tales staunte Cyriak über die Trümmer einer gewaltigen Burg, die sich kühn und zackig im Felsengebirge erhob.

Dies sei Montagrifon, belehrte ihn Hasenpfodt, Sitz einer der mächtigsten Baronien in Morea. „Was für ein

Traumreich", fuhr der antiquarisch gut beschlagene Diplomat fort, „haben diese Argonauten des 12. Jahrhunderts hier errichtet! Welche Zeit, wo ein Villehardouin seine Burg in die Trümmer des Tempels der Göttermutter Hera bei Mykene hineinbaute! Welche Schicksalsmacht, dass solche Ritter der Gotik mit Topfhelm und Kreuzschwert zu Nachfolgern eines Danaos, des Atreus, des Agamemnon wurden! Welche Gestalten voll Kraft und Abenteuerlust! Um den Herzogsthron von Athen ging es ihnen, der Zauberstadt, deren wunderbare Kunde bis weit nach Island und Norwegen die Gemüter beschäftigte.

Die Palme war Otto de la Roche zuteil, den der Troubadour Raïmbaut de Vaqueiras als den Achill des Ostens pries. Mit mächtiger Hand richtete er in dem Land vergangener Götterpracht einen Feudalstaat auf und machte dies Hellas zum Lande der Ritterlehen nach dem Muster von Syrien und Zypern, wo wenige Jahre vorher Guy de Lusignan ein halbes Tausend Baronien für die Ritter mit dem Goldenen Sporn ins Leben gerufen. So war es auch in Morea, wo der Großkonnetabel Asan Zaccaria das zauberhaft schöne Listrena erbaute, so war es in Theben, wo die Burg Kadmea neu erstrahlte, und in Attika. Dort prunkten die Burgen Kalavryta, Karitena, Veligosti, Geraki, Chalandrissa. Und reiche Klöster der Zisterzienser, dieser Nachfolger der Templer: Clazazundas, Chandebride, Literne, Perseconar und vor allem Daphinet, die Abtei von Athen, die Isambert von Plaisance mit Gold überhäufte, dieses alte Heiligtum Apollos mit seinem Pythiatempel.

„Sieh dort in der Ferne die Trümmerburg, Karitena! Ottos Tochter Isabel thronte dort; Gottfried, ihr Gemahl, war Seneschall des Reiches und von Sizilien. Alix, die Schwester, die von den Troubadours gefeierte Blume von Athen, führte sogar ein Königsspross heim: Jean d'Ibelin, der Fürst von Beirut, aus dem Geschlecht der Balians von Chartres, die seit dem 12. Jahrhundert das Schloss Iblin in Palästina hatten. Diese Burg gab diesem Geschlecht, das in Syrien und Zypern, in Ascalon und Jaffa so mächtig war, den Namen. Was war dieses zweite Burgund in der Levante für ein Wunder an Pracht und Herrlichkeit! Die Erinnerung daran ist versunken wie sanftverwehte Prunkmusik und Hörnerklang eines Jagdzugs in goldener Königspracht, wie ein tausendfiguriger Teppich, von Motten zerfressen, einem aussätzigen Bettler zum Lager. Diese Stufen hier im steilen Burgpfad, welch sonderbaren Namen sie führen: Escalier des grenouilles. Wissen S', wegen der Sage mit der Latona, die ihr ungastlich begegnende Bauern in Frösche verwandelte. Damals im Mittelalter lebte das alles noch ganz unvergessen nach, auch in den überaus christlichen Rittern war noch ziemlich viel vom noch nicht allzu lang abgelegten Heidentum lebendig, und hie und da mag mancher der stolzen Barone der Diana ein Rehböcklein geopfert haben; oder manches Liebespärchen in verschwiegener fichtenumrauschter Grotte den Nymphen des Waldes ein Herz aus vergoldetem Wachs oder zu Liebesknoten verschlungene Bänder aus der Seide von Theben. Hier ist sicher ein Bildstöckl der Latona gestanden, das ein Steinmetz geschaffen hat, der vielleicht vom Kathedralbau von Amiens oder Rouen davongelaufen war, dem lockenden Osten entgegen. Wir haben Verschiedenes der Art gefunden."

Cyriak war nachdenklich geworden. Wie Merkwürdiges er da sah … Aber er sollte noch Merkwürdigeres zu Gesicht bekommen. Nicht weit vom stymphalischen See geschah es. Vor ihm schnitten die schneebedeckten Zacken des Chelmos und des Kyllene in den tiefblauen

Himmel. In gewaltigem Bogen schloss der Erymantos, nicht minder mächtig, das Bild gegen Westen ab. Ihr Weg führte sie dieser gigantischen Bergmasse näher, der Schlucht zu, die den Pass zwischen Kyllene und Chelmos bildet und hinabführt zum Golf von Korinth. Der Weg war beschwerlich, die Hitze sengend. Wie atmeten die Wanderer auf, als sie eine kühle Waldschlucht betraten – und was wurde ihnen dort für ein Bild! Hasenpfodt, der vorausging, stutzte, winkte nach hinten dem Freund, lautlos stehen zu bleiben, und nestelte die schwere Repetierpistole aus dem Gürtel.

„Wegelagerer?", flüsterte Cyriak, und Streyeshand bejahte durch ein stummes Zeichen.

Nun schlich auch Cyriak heran, die Waffe schussbereit, und sah, als er vorsichtig den Kopf hob, eine Anzahl bedenklicher Gestalten, die sich vor einem funkelnden Schwert verneigten, das an einer riesigen feinnadeligen Fichte hing und unheimlich funkelte. Drei maskierte Hunde schnüffelten am Stamm herum, einander misstrauisch betrachtend. Ein falsches Feuer aus buntem Stanniol flackerte lustig im kühlen Lufthauch der Schlucht.

„Zuluander von Unzwarz", erläuterte Cyriak lachend die harmlose Geschichte, „Verschwörer in der Sommerfrische, in Arkadien … Gehen wir weiter!"

Was sie dann sahen, war auch nicht schöner. Aus einem Buschwerk kroch ein ordinär aussehender Herr mit offenem Kragen und baumelndem Silberpferd, struppig und furchtbar verschmutzt. Er schnappte wild nach einem wurstähnlichen Tannenzapfen, betrachtete ihn dann lange blutigen Blickes und beschnüffelte schließlich missbilligend dieses trügerische Spiel der Natur.

„Um Himmels willen, der Orebespichler!" Cyriak

sah noch einmal scheu zurück und erzählte Hasenpfodt auch diese Geschichte.

Gegen Abend, rosenfarben und golden waren die Wölkchen, die im Äther schwammen, lag der anmutig geweitete Golf von Korinth zu ihren Füßen und auf der anderen Seite drüben mächtige Gebirge wie leuchtende Wolkenmassen in allen Farben der Palette. An einer gewaltigen Felswand wogte ein schmales Silberband herab, manchmal für Augenblicke zerreißend: der Styx. In Ehrfurcht versunken blieb Cyriak stehn. Da hörte er Steinchen rascheln. Wohl eine Eidechse! Er drehte sich um und sah einen würdigen Greis mit silberweißem Bart, blumenbekränzt, der heiteren Auges näher tappte. Vor Hasenpfodt angekommen, löste der würdige Alte mit zitternder Hand die Schnur seines Gürtels und schlug das Obergewand zurück und sofort wieder zu. Cyriak, der auf die ungewöhnliche Erscheinung dieser arkadischen Figur wie gebannt blickte, sah zu seinem Erstaunen, zwar einen Moment nur, aber doch ganz deutlich, einen k. k. Adler im Futter des härenen Mantels aufblitzen. Der verklärt blickende Alte, mit „No, was gibt's Neues, Gruchanek?" begrüßt, flüsterte eindringlich mit Hasenpfodt und überreichte ihm, den Finger befeuchtend, ein gefaltetes Aktenpapier mit dem Bindfaden in den Farben des Kaiserhauses. Dann verschwand er heiter tappelnd im Grün edler Gesträuche. Noch einmal drehte sich der heiter Lächelnde um und wies mit dem Stab gegen die felsigen Gipfel. Cyriak war sprachlos.

„Liebster Hasenpfodt", dann haschte er mit dem Wanderstock nach dem schnell vorausschreitenden, in die Lektüre des Aktenstückes versunkenen Begleiter, „liebster Hasenpfodt, verzeihen Sie, wenn ich vielleicht zudringlich erscheine, vielleicht eine Taktlosigkeit begehe, wenn ich Sie etwas frage … glaube ich doch zu bemerken, dass

Sie auch hier von einer Art halbamtlicher Tätigkeit in Anspruch genommen sind, einer Tätigkeit, wenn auch peripatetisch ausgeübt: statt des Schreibtisches ein zertrümmertes Kapitell, statt des amtlichen Spucknapfes eine Akanthusstaude, statt des ärarischen Kleiderständers ein Lorbeergeäst … Aber was sind das für seltsame offiziale Faunusse da, die Ihnen aus den heiligen Hainen von Hellas heraus Akten überreichen? Seien Sie mir nicht böse!"

Eine Zeitlang schwieg Streyeshand, noch immer das vom Zephir bewegte Aktenstück in den Händen.

„Andeutungen habe ich Ihnen ja schon gemacht, damals auf Kythera", kam es ernst von seinen Lippen. „Nun ja, ich bin auch heute kein bloßer Tourist, ja, Sie irren sich nicht. Ich inspiziere dislozierte Posten des Auswärtigen Amtes." Er hüstelte etwas geziert. „Nochmals, Ihre Ehrenhaftigkeit, Ihre Vertrauenswürdigkeit, nicht zum kleinen Teil auch der gute Name Ihres durch treue Pflichterfüllung ausgezeichneten Herrn Vaters, der auf so überaus heiklem Posten – dem Heiligen Stuhl gegenüber – sich so außerordentliche Verdienste um die politischen Beziehungen unseres Vaterlandes mit – wenn momentan auch irrealen – Souveränitäten, so doch in die Waage fallen werden seienden, beziehungsweise einmal sein könnenden, hm, erworben hat, lässt es mir angänglich erscheinen, Ihnen da Klarheit zu verschaffen, wo zum Beispiel jeder journalistische Interviewer abgeblitzt würde. Ja, wir haben die Aufsicht über das magische Weben in Hellas. Wir haben die letzten verglühenden Regungen der Antike zu kontrollieren, um im Nullpunkt einzuschreiten, den Hyperbelast des Weges zu Gott wieder hinauf zu lenken. Nur Österreich kann es. Nur bei uns ist der letzte Hort des magischen Erbes Griechenlands, seit Byzanz, unser rechter Flügel, von unseren Feinden vernichtet wurde. Nur wenn

Sie Deutsch oder Griechisch verstehen, finden Sie zum Thron des Allerhöchsten! Die Völker, deren Sprache das ist, sie sind die Gekreuzigten, nur sie, die im Feuer Geprüften … die anderen der Verdammnis geweiht … oh, welch ein Weg der Leiden … Cyriak, oh, welch eine Folterquelle ist doch die Materie!"

„Was für ein Amt hatte der Hirte in Delos, und hier der gute Alte?"

„Ja, schwer zu sagen, vielleicht gibt Ihnen das etwas, wenn ich Ihnen sage, er bedient hier das Dryadometer."

„Das Dryadometer, was ist das?"

„Nun, eine mechanische Vorrichtung, die mehr oder minder starke ,Benixung' eines Baumes zu messen, die heiligen Bäume herauszufinden, ihr Stellungsnetz festzulegen, denn diese Punkte bilden magische Glyphen – aber das interessiert Sie nicht! Wir haben auch Nixographen, wenn Sie wollen, Sylphometer und haben, um einer unauffälligen Verständigungsmöglichkeit willen, ganz Hellas mit einem Netz von Schalmeiposten durchsetzt …"

Tamburingerassel und der Klang zweier Gitarren zerriss ihr Gespräch. Ums Eck bogen zwei breithütige Reiter in bunten Lumpen auf abgetriebenen, rotbequasteten Maultieren, eifrig die Saitenspiele meisternd. Dann wankte ein Plachenwagen heran, zechinenklirrendes Weibsvolk, braungebrannt, auf dem Sattelpferd ein schlanker Bube mit wildem Lockenhaar und funkelnden Steinen in den Ohren. Der glitt jubelnd von der schäbigen Mähre und sprang an Pizzicolli empor, bis er ihm rittlings vor der Brust saß.

„Cyriak", jubelte er und schwenkte dem Wagen seine rote Mütze zu.

„Biberon! Was ist das für ein Irrsinn! Bist du geraubt worden? Pistolen heraus!", brüllte der Angesprungene.

Brausendes Lachen war die Antwort. Aus dem Wagen lief alles herzu, und Cyriak und Hasenpfodt erkannten in dem wüsten Weibergesindel in löchrigen Hemden und Kitteln die Contessa Calessari und ihre Damen. Auch die zwei berittenen Vagabunden waren von den elenden, noch nicht zu Salami gewordenen Gestellen geklettert und entpuppten sich als Lammsbahandel und Lohengrin Nipperdey. Jeder nahm sein schwarzes Pflaster vom Auge und grüßte freundlich. Das Wiedersehen war rührend.

„Achtung, aufgepasst, was noch nachkommt!", klang Biberons süße Stimme. Und richtig, noch ein Reiter kam auf erbärmlichem Klepper heran, mit den Füßen den Boden streifend, die Nase hoch mit ärgerlicher Miene: Florestan von Pyperitz, der auch hier auf der Fahrt durch Arkadien nicht fehlte. Cyriak konnte sich nicht halten und feuerte vor Übermut einen Pistolenschuss ab. Die Wirkung tat ihm leid. Die Mähre bäumte, warf den steifen Gesellen in den Staub, dass es krachte, und stob davon, auf Nimmerwiedersehen, den Wölfen und Bären des Chelmos zum Fraß. Da lag nun der nordische Baron, und die silbernen Lichter am Himmel begannen zu funkeln. Fluchend erhob sich der Gestürzte und humpelte elend herum. Die Gitarren und das Tamburin intonierten den Triumphmarsch aus der „Aida". Hasenpfodt und Cyriak schossen im Rhythmus, um auch etwas beizutragen, ihre schweren Repetierpistolen ab, das Echo antwortete aus den Hainen der Nymphen und von den Höhen, die einst die Geburt des Hermes gesehen. Ein wirkliches Lagerfeuer aus Lorbeer und Myrten wurde entzündet. Unter bacchantischem Jubel kreiste der Becher. Die schönen Mädchen, schon mit dem rougierten Nabel lächelnd, reckten sich zum Tanz. Die Gräfin erzählte von der heißen Pracht schöner, in Arkadien verbrachter Sommertage an Quellen und in lauschigen Hainen, die die Mädchen als Nymphen durchstreift, und wie sie alte Schäfer schreckten, dass sie davonliefen und sich bekreuzigten.

An der Quelle des Alpheios hätten sie gebadet, in verfallenen Tempeln habe ihr Feuer geloht und vor Höhlen spukhafter Sagen. Biberon war zu Cyriak geglitten. Sie sang mit süßem Sopran einige Takte des Mignonliedes.

„Du, das ist meine Rolle bei der Truppe", und legte ihm die schmalen braunen Arme mit den vielen Goldringen um den Hals. „Nett hast du dich eingeführt … Jetzt muss ich dem Pyperitz mein Pferd abtreten … musst halt du mich tragen … bin ja ein Bub und hab Hosen an … schau, auch Taschen! Mit der Pagerie am Schnackerlhof in Kythera ist's aus. Wir ziehen für den Winter nach Athen, und weißt du, wenn du mein Pferdchen bist, dann musst du mir ein paar goldene Sporen schenken … morgen in Korinth bekommt man die ersten … ich weiß es sehr wohl … in Korinth … und in Zypern … Lohengrin, Onkel Lohengrin, sing doch das Lied vom König Phöbus von Sidon, dem sie Amymone, die Tochter geraubt!"

„Aber ich kenne das doch gar nicht!", brummte Nipperdey. „Ein bisschen den ‚Kakoschnik', das ist alles. Was das Mädchen oft Seltsames zusammenspricht", fuhr er kopfschüttelnd zu Hasenpfodt fort. „Das Kind gehört in ein Pensionat in der Schweiz oder in England. In Wales ist uns ein ganz exquisites empfohlen worden, in – warten Sie … ich muss bei dem Namen immer ein wenig nachdenken und, wenn ich im Bett bin, ihn an den Zehen abzählen – Llangfairfanggwillgogetich. Dort ist das Eton der High class girls. Möchte wissen, wie die Kondukteure diese Station ausrufen."

Bald war das Mahl beendet, alles begab sich zur

Ruhe, in seine Decken gehüllt, unter dem funkelnden Sternenhimmel, ein Genuss, wie ihn nur die Sommerpracht dieses Arkadien gewähren kann. Irgendein furchtbarer Traum quälte Cyriak, der sich stöhnend in seiner Decke wälzte. Was es war, konnte er nicht sagen, als eine zarte Hand ihn wachrüttelte. Cyriak schlug die Augen auf, ein furchtbarer Alb wich. Er sah mit Staunen die mondleuchtenden Felsen des Chelmos und neben sich das schöne, im Halblicht der Nacht wie eine Bronze dunkel leuchtende Gesicht Biberons. Ehe er sich von seinem Staunen erholen konnte, fiel das Mädchen über ihn her und küsste ihn wild und heiß, von Tränen überströmt.

„Biberon, was ist dir? Geh schlafen … wenn dich jemand sieht", flüsterte Cyriak. „Was hast du denn?"

„Cyriak", schluchzte das Mädchen heiser, „Cyriak, geh weg aus diesem Land … geh nach Amerika … nicht der Sonne entgegen … nach Westen geh, so weit du kannst … nach Westen … in das große Grab aus Blech und Gummi … da bist du sicher … sie wird dich töten, die andere … wird dich töten … und ich kann dich diesmal nicht schützen … nicht schützen … sie ist ja … sie ist ja …" Das Kind sah ihn starren, tränenschimmernden Auges groß an. Dann barg sie den noch immer zuckenden Lockenkopf in die Arme und schlich traurig, weiß leuchtend zu ihrem Lager. Die Stille der Nacht umgab Cyriak in bedrückender Majestät ihrer Ruhe. Nur fern an der Felswand, nicht mehr hörbar, flackerte silbern im Mondlicht das glitzernde, manchmal zerrissene Band des Styx.

34

In der romantischen Art, die allen Teilnehmern der Expedition so auf den Leib geschrieben war, wurde die Reise fortgesetzt. Dem Laufe des Styx folgend, erreichte diese außergewöhnliche Karawane den Saum des Golfes von Lepanto. Sie kamen bei Alkrata, einem Ruinenstädtchen, ans Meer, an dessen anderem Ufer der schneegekrönte Parnass schimmerte. Ein Trabakel wurde gemietet. Der Zigeunerwagen, die Gäule, die rollenden Auges Arkadien geschaut hatten, alles fand Platz auf dem gewölbten Deck des kleinen Zweimasters, der bald mit geschwellten rotbraunen Segeln in See ging.

Man amüsierte sich köstlich in ebenso ungewohnter als unnötiger Tätigkeit bloßfüßiger Matrosen, sei es, dass man Segel setzte oder Eimer voll Seewasser auf das heiße Deck leerte. Dann redete man wieder zur Abwechslung den Rossen begütigend zu, die wie sittlich empörte Rabbinatskandidaten schnaubten und irrblickend gestikulierten. Als diese Pflichten vorüber waren, saß Lohengrin Nipperdey am Bugspriet und quakte mit einer Ziehharmonika. Biberon lag im Wasser und ließ sich von einem Tau nachziehen, und Lammsbahandel hatte sich als Butler eines großen Traiteurs kostümiert und sagte ein Diner an, das er aus vorgefundenen Frugalitäten projektierte. Aus Lazur und Perlmutter war die See, Zephyros, Notos und ihr Geniengefolge trieben schneeweiße Lämmer vom Parnass, von Kithairon und Helikon herüber über das Meer zur ragenden Burg von Korinth, die Sisyphos, der sagenhafte König, gegründet.

Achmäus legte die Serviette weg und machte den Rhapsoden.

„Sisyphos, der Schutzpatron aller unnützen menschlichen Betriebsamkeit und eigentlicher Vater der Großindustrie, zog sich die Ungnade der Olympier zu, weil er dem Flussgott Asopos verriet, Zeus habe ihm seine Tochter Aigina entführt. Zum Danke ließ Asopos auf der Burg, ganz oben im staubtrockenen Kalkfelsen, die Quelle Peirene entspringen, die bekanntlich Pegasus, die Dichterlocken schüttelnd, schnaubend zu umtanzen liebte. Die neuere Forschung ist daher der nicht unbegründeten Ansicht, dass Sisyphos keineswegs in seniler Geschwätzigkeit oder gar aus zarter Moralität gehandelt habe, sondern sich dieses allen Gesetzen der Hydraulik hohnsprechende Wunder früher – wahrscheinlich sogar schriftlich – ausbedungen habe. Niemand wird es daher übertrieben ungerecht finden, dass ihm Zeus, gewiss auch mit Billigung Aiginens, den Thanatos sandte, den Sensenmann.

Der schlaue Sisyphos aber behandelte den grauslichen Gast schändlich. Er fesselte den klappernden Gesellen durch irgendwelche nicht mehr bekannte Praktiken, die er den Gesteinsplatten eines uralten Briefwechsels seiner Großmutter mit der Hekate entnommen. Pluto wurde überaus nervös, da keine Seele mehr in den Hades kam, beklagte sich bei Zeus, und der erlaubte ihm, Sisyphos mit seinem schwarzen Viergespann abzuholen. Das tat Pluto, und Sisyphos trat in der Unterwelt das abgedroschene Unglück seiner ebenso mühseligen wie zwecklosen Arbeit an. Auch der tölpelhafte Tod wird nichts zu lachen gehabt haben und wird gewiss ein paar mit dem Dreizack hinauf bekommen haben, dass er tagelang zu tun hatte, seine furchterregenden Knochen zusammenzuklauben."

Schaudernd wandte man sich vom Erzähler ab. Biberon, die inzwischen an Deck gekommen war und glitzernd dastand, schüttelte die nassen Locken und bat Lammsbahandel, etwas von Pegasus zu erzählen. Mit Staunen hörte sie, dass Pegasus einen Bruder hatte, Chrysaor, das Goldschwert, aus dem Blute der Medusa. Der heiratete die schöne Kallirhoe und wurde Herrscher in Spanien, daher dessen Könige noch heute ein Pferdegebiss ihr Eigen nennen. Die Ehe war gesegnet wie selten eine. Zum Stammhalter ward der dreileibige Riese Geryon, der ein Schwesterchen Echidna hatte: oben eine bezaubernde Nymphe, unten eine grausliche Schlange. Kernige Marineure waren ihre Lieblingsspeise. Auch die damaligen Uniformen spuckte das ordentliche Mädchen mit zierlichem Mäulchen aus, und heutzutage besonders die Epauletten. Aber die Enkel: da waren Kerberos und die lernäische Schlange; dann die Urenkel: der Sphinx, der nemäische Löwe, der kolchische Drache.

„Was für eine Bagage!", jubelte Biberon, klatschte in die Hände und belohnte den Onkel Achmäus mit einem bezaubernden Küsschen der kühlen, schön geschwungenen Lippen. Achmäus lächelte geschmeichelt und dankte den Göttern, noch der mythologisch gebildeten Generation anzugehören, und versprach Biberon, es überall auf die Klassizität des Bodens aufmerksam zu machen, wenn ihm solcher süßer Lohn blühe.

Bei Punta Alikoes stiegen sie ans Land, den Helikon vor sich, den Giganten im blauen Gewande des Abends.

Ein Kamel voller schnatternder Sofradschis erwartete dort die Herrschaft. Ungeduldig, mit geblähten Nüstern war es schon lange herumgegangen, von dem uns schon bekannten Kammerdiener sorglich am Halfter geführt. Dieser rothaarige Bursche stand schon wieder schief da und begrüßte krähend die Herrschaften. Mit gespenstig gelb beleuchtetem Handschuh wies dieser gallonierte Hahn in den blauen Abend.

Ein Xenodocheion stand unweit, kaktusumkrochen, hartweiße Mauern bloß, ein rotes Pfannenziegeldach flach darüber. Riesige Aloen säumten den steinklirrenden Weg bis zu dieser zweifelhaften Gaststätte und schnitten harte Konturen in den Abendhimmel.

Noch ein, zwei solche schlechte Nachtlager, ein qualmendes, ginstergenährtes Feuer gegen die Moskitos vor den Fensterhöhlen, dann war man in Athen, dem menschenwimmelnden, wo die Gräfin Calessari einen Marmorpalast gekauft hatte. Vom Kerberos träumte das schlanke Biberon, das seleneumschimmert im verschobenen Hemdchen dalag, die kleinen Fäuste geballt. Sie träumte von den spannenlangen Daktylen, den erzkundigen Wichteln von Hellas, die unheimlich über die Felsplatten huschen. Sie träumte von der Prinzessin Arachne von Kolophon, die der Athene zum Trotz die herrlichsten Zärtlichkeiten der Götter in Farben gewebt hatte und als Strafe zur Spinne ward, und von seltsamen Gestalten, halb Einhorn und Hund, von befußten Köpfen, die auf der Nase watschelten und kühn erhobene Fischschwänze hatten, Bukettkörbe am Scheitel über den tückischen Augen. Helles Trompetengeschmetter in befremdenden Disharmonien durchschnitt ihren Traum. Wolken von Staub türmten sich auf. Ein Schuppenpanzer klirrte schlank bis zu ihren halben Schenkeln. Bunte Pfeile zischten durch die Luft, und einer wie Cyriak in zerrissenem Wappenrock tauchte an ihrer Seite auf.

35

Und da nicht nur Biberon, die in ihrem Alter eine Nacht leicht verschmerzen konnte, so schlecht geruht hatte, beschloss man, mit der arkadischen Fahrt Schluss zu machen. Die Gruppe Calessari bezog ihr Palais auf dem Ausläufer des Hymettos, einen schönen Bau im Stile der Frührenaissance des Fra Giocondo, mitten in einem Park voll tropischer Blumenpracht gelegen. Cyriak und Hasenpfodt nahmen ein Quartier in der Nähe der Ministerien.

Unverzüglich begann Cyriak mit seinen Nachforschungen über den Verbleib der Yacht der Despina Bayazanti. Hasenpfodt hatte in Erfahrung gebracht, dass die Fürstin einen Geschäftsträger in Athen hatte, einen gewissen Zacharion Effendi. Cyriak eilte hin. Zacharion war auf Urlaub, seine Wohnung verödet. Kabelrufe in Ikaria verhallten ungehört. Ein Telegramm nach Schloss Pichl, wo Baron Puntigam stecke, brachte als verstümmelte Antwort eine Menge sinnloser Buchstaben. Aus Kythera dieselbe Ratlosigkeit, Ihre Hoheit geruhe auf unbestimmt lang auszubleiben.

Cyriak raste ruhelos in der sommerlich heißen Millionenstadt herum. Dann kam der Herbst. Die Saison brachte zahlreiche Fremde und nicht immer angenehme. So traf jetzt Pizzicolli öfter Lammsbahandel und Nipperdey nervös einhertrabend, mit empörten Gesichtern ab und zu auf einen Herrn in ihrer Mitte blickend, der immer wieder versuchte, sich in sie einzuhängen. Es war dies ein sicher Doktor Kummerrutscher, ganz in Mausgrau, der sich den Herren wie eine Klette angeschlossen hatte, unendlich wissbegierig, ein unermüdlicher Redner. Er hatte Lammsbahandel einst in einem Kaffeehaus um Feuer gebeten und war seitdem nicht mehr abzuschütteln. Bei welchem Parktor immer des calessarischen Besitzes sie auch ihre Ausgänge antraten, ob zu Fuß oder zu Auto, immer winkte ihnen der Mausgraue eifrig entgegen oder war auch schon aufs Trittbrett des Wagens gesprungen. Er wollte die Herren immer wieder mit seinem bisherigen ständigen Kaffeehausgenossen bekannt machen, dem Doktor Sorgenstuhl, einem alten Advokaten, der, schwer lungenkrank, jetzt dauernd im Süden weilte. Der Bedauernswerte hatte die Kanzlei seinem früheren Konzipienten, einem gewissen Doktor Schmetterling übergeben – Nathan Schmetterling! –; nicht dem bekannten Doktor Jaroslav Schmetterling in Olmütz, der den großen, seinerzeit die ganze Welt in Atem gehaltenen Prozess wegen der falschen Quargeln durchgeführt hatte, eine der hässlichsten Betrugsaffären der letzten zwanzig Jahre. Die Herren hätten ihn doch auch mit atemloser Spannung verfolgt? Jetzt habe sich Doktor Sorgenstuhl, an das Arbeiten gewöhnt, ein wenig in die Getreidebranche eingemengt. Und wirklich hatten die soignierten Lammsbahandel und Nipperdey schon damals im Kaffeehaus mit Missbehagen bemerkt, wie einem höckerigen Alten, als er sich eine Zeitung holen ging, Körner aus allen Taschen rieselten.

Von den Quargeln kam der gewandte Kummerrutscher auf die Käsebereitung im Allgemeinen, von da begreiflicherweise auf die Schweiz, deren Bundesverfassung nebst dem Irrenhauswesen den augenringenden Begleitern er haargenau schilderte, von da aufs Schulwesen im Allgemeinen, von da auf die Mädchenpensionate der Südschweiz im Speziellen, und bei dieser Gelegenheit erklärte er sich bereit, dem Töchterchen der Herren, beziehungsweise – pardon! – welchem der Herren denn … sei ja gleich … gerne gratis Privatunterricht in Latein zu geben, seinem klassischen Steckenpferd. Wer denn die schöne Dame sei, die er unlängst mit dem Mädchen gesehen: Mutter, ältere Schwester, Tante oder Cousine?

Lammsbahandel und Nipperdey blieben schweratmend stehen.

„Moment, ich bin gleich wieder da!" Bei diesen Worten stach er beide neckisch mit dem Zeigefinger in den Bauch, musterte neugierig Cyriak, der inzwischen zur Gruppe herangetreten war, und hüpfte auf einen älteren Herrn zu, der sich mit einem großen roten Sacktuch die Glatze wischte, einen Regen von Getreidekörnern verstreuend. Den Augenblick benutzten die Herren, abzupaschen, gaben Cyriak ein Zeichen, um des Himmels willen nicht stehen zu bleiben, und stürzten sich ins Auto.

Kummerrutscher merkte das sofort, wollte sich vom alten Sorgenstuhl losreißen, denn der Neuangekommene interessierte ihn sehr. Zum Unglück hatte er sich aber in des Greises Uhrkette, mit der er beim Reden gespielt hatte, verhängt. Beim jähen Wegsprung riss er Sorgenstuhl um, stürzte selber, und beide wälzten sich am Boden. Lammsbahandel blickte befriedigt auf die immer größer werdende Staubwolke zurück und die Scharen von Sperlingen, die von allen Seiten zugeflogen kamen. Man fuhr aufs Geratewohl zu, nur um die Nerven zu beruhigen. Cyriak erzählte seinerseits von einer unerfreulichen Bekanntschaft, die er gemacht hatte. Um sich zu zerstreuen, besuche er das Seminar für ältere Philosophie und habe dort in der sommerlichen Leere nur einen einzigen Hospitanten getroffen, einen wortkargen, krummnasigen, saturnartigen alten Burschen in einem dürftigen Gehrock, der durch das Alter eine unendlich traurige, am ehesten noch als eine Art von widerwärtigem Grün anzusprechende Farbe gewonnen hatte. Zwei Stahlbrillen mit winzigen Gläsern bedeckten entzündete Augenrudimente, die vertrockneten Hühnerbürzeln erschreckend ähnlich sahen. Was blieb so einem Erdenbürger auch anderes übrig als die trostlose Doktrin der Philosophie? Er schrieb sich Dr. Amarus Aasklepper und murmelte den ganzen Tag düster vor sich hin: „Quis? quid? ubi? quibus auxiliis? cur? quomodo? quando?", damit die philosophischen Grundbegriffe oder Kategorien erschöpfend. Bloß am Sonntag leierte er zur Abwechslung die zehn „Praedicamenta" derselben hoffnungslosen Wissenschaft mit erstorbener Stimme herunter. „Substantia, quantitas, qualitas, relatio, actio, passio, ubi, quando, situs, habitus!"

Am Fuße der Akropolis, die im letzten Sonnengold des Abends glühend dalag, machte das geflohene Kleeblatt halt und stieg ins Theater des Dionysos, das im kühlen blauen Schatten dalag. Eine einsame schwarze Gestalt fesselte ihre Aufmerksamkeit. Die Arme verschränkt, das Haar zerwühlt, stand ein ausgemergelter Jüngling im schlotternden Salonrock vor ihnen.

„Umkehren, umkehren!", flüsterte Nipperdey, allein es war schon zu spät. Mit gequetschtem Lachen musterte sie kopfnickend der Mime Lallmayr.

„Ha, ha, da … und da … dadadadadadada", er wies im Kreis um sich, „da … na … was is 's Gegenteil von der goldenen Freiheit? Gsessen! … da sind's gsessen, die alten Griechen, und haben dem Drama eines Erisipel etcetera gelauscht … gelauscht … Sie!", fuhr er plötzlich flammenden Auges gegen die Herrn gewendet auf, „Sie! … ich … gebe … auf … seitdem mich die Souffleuse so hat aufsitzen lassen … die Wisperknecht … 's letzte Mal … wie ich die düstere Gedichtfolge ‚Kettenhunde im Nebel' … hab aufsagen müssen. Soll von

Maeterlinck sein", setzte er mit hohler Stimme hinzu, aber die drei Herren waren schon fort, zum zweiten Mal geflohen an diesem einen Tag.

„Ein Sinkender", nickte traurig Cyriak mit dem Kopf. „Lallmayr verkommt recht. Er soll sich mit Hahinsky überworfen haben. In Kythera damals hat es angefangen. Jetzt treibt er sich mit argen Bohemiens herum … ein sichrer Südkümmel ist sein Umgang, ein versoffenes Individuum, dann ein gewisser Harzwisch, ein oberflächlicher Geselle, und ähnliches Gelichter. Ich sehe den Lumpen immer in einem Universitätsbuffet. Das ist kein Umgang für einen Schüler Hahinskys. Schad um das große Talent!"

36

Die langen Abende des Herbstes schraubten Cyriaks Stimmung ganz herunter. Sein liebster Umgang war Hasenpfodt, dessen tiefes Wissen über die abseitigen Dinge halb verlorengegangener mythologischer Vorstellungen und Begriffe er immer mehr bewunderte. Cyriak begann allmählich zu ahnen, dass an diesen Dingen viel mehr sei, als die auf einem Fehlgeleise materialistischen Denkens begriffene Wissenschaft seines Bildungskreises es ahnte, und er begann dort anzuknüpfen, wo die antike griechische Philosophie im christlichen Mittelalter versiegt war, seitdem Justinian die antike Hochschule in Athen vernichtet hatte. Streyeshand machte ihm seltsame Andeutungen, dass diese Philosophenschulen damals, um die Mitte des sechsten Jahrhunderts, in den weiteren Orient, speziell nach Persien, geflüchtet seien, wo die von ihr befruchtete Kultur wieder den Mongolenstürmen erlag. Teils aber hätten sie sich in einem sehr mysteriösen Orden verborgen, von dessen Hochgradsgeheimnissen man heute so gut wie nichts wisse: den Troubadours.

So warf er sich denn auf das Studium der nicht ganz leicht zugänglichen Werke des Gemistos Plethon und fing an, sich in ein Netz sehr geheimnisvoller Andeutungen zu verstricken. Für Momente schien es ihm, als ob der ganze gegenwärtige Existenzzustand der Welt nichts weiter als ein bleierner Hexenschlaf sei, durch dessen Hülle die Menschheit von einer durch und durch vergöttlichten Umwelt getrennt sei, und dass Scharen jubelnder Engel und Genien nur darauf warteten, den blöd lallenden, sich unruhig wälzenden Unhold „Menschheit" aus dem Traum seiner Qualen zu erwecken. Nur langsam, nach und nach, würde er die blendende Helle des Götterlichtes ertragen lernen, der in Schmerzen strampelnde Ungeschlacht.

Wie blöd, wie namenlos blöd war doch alles in dieser sogenannten realen Welt aufgebaut … Was für hirnlose Rosse durften sich erlauben, als Führer der Menschheit voranzutorkeln, was für Rosse mit Ministerportefeuilles und Brillen …

Dann kamen Momente, wo er diesen Gedankengängen nicht weiter folgen konnte und er wieder gesellschaftlichen Umgang suchen musste.

An einem solchen Tag geschah es, dass er den jungen Pfeyffdemkalb wieder einmal traf, einen schon halb Vergessenen. An der Stätte des antiken Areopag stand Pfeyffdemkalb, eine Hand hochmütig in den Frackausschnitt gesteckt. Er war, trotzdem es am helllichten Tag war, ordenbehangen, sehr zugeknöpft und von oben herab. Mehrere honorable Herren scharwenzelten um den Hochmütigen herum. Zufälligerweise bemerkte Cyriak in einer umstehenden Gruppe Herrn Gianaklis, einen alten Bekannten noch aus der Gurkfelder Zeit, von dem ersten Abend, an dem es ihm vergönnt war, in diese neue Welt einzutreten.

Gianaklis spuckte verklärt, als er Pizzicolli wiedererkannte, und machte ihn mit seinem Begleiter bekannt, Herrn Galerius Siemzigtschigg, den Reformator des Tabakwesens, wie er respektvoll und mit einer gewissen Feierlichkeit schleimtrommelnd hinzusetzte. Pfeyffdemkalb, dabei wies er mit dem Bernsteinspitz auf den Hochnäsigen, sei jetzt eine international hochangesehene Persönlichkeit. Er danke es dem Gelde seines reichen Vaters, dass er Ehrenmitglied des Institutes für Kehrichtforschung geworden sei. Seitdem habe er eine überaus angesehene Lebensstellung, werde von allen

Behörden, besonders im Orient, feierlich empfangen, in Klubs gefeiert, alle Türen stünden ihm offen. Sogar ein Sitz in der Pariser Akademie sei ihm so gut wie sicher. Ja, er habe ihn, dabei spuckte er weit aus, schon in der Tasche.

Eine Ansprache an den Gefeierten war eben zu Ende. Weißgekleidete glutäugige Jungfrauen reichten ihm ein Füllhorn mit Kehricht, das er durch einen Wink seiner behandschuhten Rechten einem Kammerdiener zuwies, ohne dessen gewiss erlesenen und von erstklassigen Fachmännern zusammengestellten Inhalt auch nur eines Blickes zu würdigen. Cyriak trat belustigt näher und gratulierte dem Gefeierten. Der sah ihn eisig an, könne sich nicht erinnern, habe auch keine Zeit, sei zu einem indischen „Napfbob … nein … Bobnapf … Nachtbopf" geladen, Seine Hoheit erwarte ihn, er bedaure, damit kehrten sich die Herren den Rücken.

Da war ihm schon Doktor Hosenspatz lieber, ein überaus bescheidener Privatgelehrter, der Epigraphik, aber nur der unscheinbarsten Art, studierte. Mit leuchtenden Augen machte er Kopien von Inschriften antiker Kinderhand, wie etwa: „Wer dies liest, ist ein Esel." Welch tiefe Wahrheit schon unsere Kleinen vor dreitausend Jahren in allen Sprachen niedergelegt haben! Errötend und mit kurzen Schreien der Verlegenheit notierte er auch die vielen auf uns gekommenen ersten Schreibversuche, meist der weiblichen Jugend, die so mit einem einzigen Worte ihre erste Dokumentation gegen den Genius des Todes in monumentaler Geste verdenkmalen.

Er besorgte Cyriak gerne kleine Gefälligkeiten und bewunderte dessen Studium, an das zu denken er nicht einmal gewagt hätte. Wie klein kam er sich auch gegen einen anderen gemeinsamen Bekannten vor, den Dr. Sextus Quintilius Siebener, der im Begriffe war, die

Welt mit einem zwölfbändigen Werk über das Verrechnungswesen der antiken Zahlkellner zu beglücken. Er war ein dicker, jovialer Herr, der aussah wie ein Doktor der Brontologie – der Donnerlehre –, wie Lammsbahandel sich bei seinem ersten Anblick ausgedrückt hatte. Auch Wladimir Stinkow war ihm sympathisch, auch ein Hospitant, ein gutmütiger Russe, der sich durch sein zweimaliges wöchentliches Auftreten als Pudelmensch die Mittel zum Studium sauer genug verdiente.

So war der Winter vergangen. Das Frühjahr kam mit der erregenden Herrlichkeit, wie sie nur Griechenland kennt, und verwandelte das Land in einen leuchtenden Blumenteppich. Der Himmel erstrahlte von Schwarzblau bis zu Vergissmeinnicht. Das Meer duftete und glitzerte betörend, die Wolken waren schimmernde Marmorpaläste seiner Götter, die Cyriak immer fanatischer ahnte, liebte und suchte. Und jetzt, jetzt musste ihm ja Botschaft werden, Botschaft, seine brennendste, tiefste Liebessehnsucht zu stillen. Das Telefon musste doch endlich Auskunft geben, musste … Die Despina Bayazanti musste doch schon längst zurück sein. So wagte Cyriak an einem sonnenstrahlenden Tag, an dem die Hitze mit der eisfrischen Brise der See kämpfte, den Anruf. Entgeistert ließ er den Hörer sinken. Ihre Hoheit war allerdings schon dagewesen … längere Zeit, habe aber geruht, wieder in See zu gehen, wie immer unbekannten Zieles.

37

Zum Osterfest bekam er eine Einladung ins gastliche Haus der Gräfin Calessari, die er recht lange vernachlässigt hatte. Es war großer Empfang, die Säle wimmelten von Gästen. Gleich beim Eintritt tippte ihm jemand auf die Schulter. Cyriak fuhr herum. Ein schönes Mädchen lächelte ihn freundlich an, Fräulein Schwaandel am Arm eines geradezu entsetzlichen Begleiters, des Professors Moirenschrecker, der seinen Namen mit Recht verdiente. Unweit von ihm stand, an eine Säule gelehnt, von Pyperitz und rümpfte die Nase. Cyriak entsann sich nicht, jemals einem dermaßen unsympathischen Gesellen gegenüber gestanden zu sein. Er verbeugte sich demnach nur kurz und gab Professor Moirenschrecker nicht einmal die Hand, so dass ihn dieser giftig durch die rote Brille betrachtete.

Gleich darauf schrak er vor einem anderen Bild zurück. Dort ging das reizend erblühte Biberon, galant von einem Neger in goldstrotzender Uniform, doch mit einem Nasenring, geführt.

Biberon lief ihm jubelnd entgegen, nahm das grinsende Breitmaul am Nasenring und machte Cyriak mit Seiner Exzellenz Irving Leoncavallo Sastapschil bekannt, dem amerikanischen Botschafter am Hofe zu Athen.

„Übrigens darfst du mir nicht mehr Biberon sagen, ich bin schon zu groß, sondern bloß noch Iphimedia, wie ich ja eigentlich heiße. … Wir sprechen uns später!" Mit diesen Worten schwebte sie an Exzellenz Sastapschils Seite davon.

Kopfschüttelnd trat Cyriak zu Hasenpfodt, der eben auftauchte.

„Sagen Sie mir, ist das ein Scherz … der ist gewiss aus einem Zirkus, nicht?"

„Wo denken Sie hin!", klärte ihn der gewiegte Diplomat auf. „Mensch, wo leben Sie denn? In den Vereinigten Staaten ist doch schon längst die Rassengleichheit durchgedrungen, viel mehr: Nach den großen Yankeepogroms gibt es fast nur noch Schwarze, ja, der Freisinn rächt sich!"

Von dem üppigen Fest unterm granatroten Abendhimmel war ihm noch in Erinnerung, dass ganz unerwartet, gleich einem Schemen, ein seltsamer Mann mit Milchglasbrille empörten Schrittes den Garten durchquerte, sich rechts und links umschaute und mit dem lückenhaften Vollbart vorwurfsvoll zuckte. Es war dies der sonderbare Mann, der Sittenschnüffler, den er beim Eintritt in das Reich der Tarocke im Postwagen kennengelernt hatte. Wie hieß er doch gleich … richtig: Nebelwischer, Janus Nebelwischer … wie kam denn der hierher?

Dann sah er noch einen ungewöhnlichen Gast. Ein gelbgesichtiges, leicht verzwergtes Männchen mit wütendem Ausdruck und dem riesigen Federhute eines exotischen Ministers ging wütend ab, Zorn in den starren, auf niemanden gerichteten Augen, verkniffen den Mund. Cyriak blickte ihm erstaunt nach. Wer war denn das? Wenige Minuten später zog ihn die Gräfin Calessari, ein Spitzentüchlein zerknüllend, zu einer lorbeerumstandenen Bank, über der ein flötenspielender Marsyas zu Marmor erstarrt war. Die sonst schwer aus der Fassung zu bringende Mondäne atmete aufgeregt. „Denken Sie, Pizzicolli, was Biberon soeben angerichtet hat!"

„Ach, Sie meinen, dass sie das schwarze Vieh da von den United States am Nasenring herumgeführt hat?"

„So, das hat sie auch getan?", klagten die schönen Lippen der Herrin dieses Parkes. „Was bin ich mit dem

Kind gestraft! Ach denken Sie, der französische Botschafter hat rasend vor Zorn vor wenigen Minuten ohne
Abschied das Fest verlassen. Das schreckliche Biberon
ist schuld, hat ein ganzes Volk zu Tod getroffen." Sie
senkte verzweifelt das reizende Haupt.

„Nun, was hat sie denn getan?"

„Ach, er hat mit ihr geschäkert, und sie … sie sagte
ihm: ‚Ach richtig, Sie sind ja der Reisende von der nation tailleur', und zeigte auf das Band vom Großkreuz
der Ehrenlegion. ‚Da haben Sie gewiss die Stecknadeln
drin … da … in der Masche!' Alles vertragen die Fran-
zosen, nur das nicht: ‚nation tailleur'! Aber jetzt gibt es
keine Gnade mehr, sie kommt nach Llangfairfanggwillgogetich zu Mrs. Pinkerton ins Pensionat … ja, zur Bess
Pinkerton!"

Aber das Biberon kümmerte sich nur wenig um den
begangenen Fauxpas, der so schlimm war, dass die beiden Fürsten Ypsilanti, zwei Kavaliere von träumerischer
Schönheit und Brecher aller Herzen, die Zeugen des
Rencontres gewesen waren, die Hände rangen. Biberon
war es gleich, mochte ganz Griechenland in Misskredit
kommen.

Das Biberon, Iphimedia, hatte nur wenig Zeit für
ihn gehabt. Um sie und die anderen jungen Damen des
Hauses ging es heiß her.

Aber an einem der nächsten Nachmittage wurde er
mit dem ganzen Duft dieser holden Mädchenblüte voll
entschädigt. Biberon stürzte sich wie ein Windstoß in
sein Studierzimmer, warf die Bücher auf den Boden und
zog ihn ins Auto. Hinaus ging's aus der heißen Stadt.
In reizender Gegend bei Ruinen unter Mandelbäumen
wurde Halt gemacht und ein eleganter Korb mit Leckerbissen ausgepackt. Cyriak griff nur zerstreut zu. Biberon
stand neckisch vor ihm.

„Sag, Onkel Lammsbahandel, warum isst er nicht? Marons glacées könnt er schon essen … ja, er träumt nur von Ambrosia … aber hier, wie heißt das Nest?"

„Aphidna", kam es ernst von Cyriaks Lippen.

„Aphidna, von dem Ort hab ich nichts gelernt; hier spukt's nicht nach Homer!"

„Da irrst du, Biberon!" Cyriak zog ein Buch aus der Tasche und las: „Nach dem Tode der Antiope vermählte sich Theseus mit der jüngeren Schwester seiner ersten Braut Ariadne, mit der reizenden Phädra, doch verlor er sie wieder auf schreckliche Weise. Auch Peirithoos, sein unzertrennlicher Freund, verlor seine Gemahlin Hippodameia, und beide zogen aus, Frauen zu erobern. Sie raubten zuerst in Sparta die schöne Helena, damals zehn Jahre alt, welche sie im Tempel der Artemis hatten tanzen sehen. Sie losten um dieselbe, und Theseus gewann die jugendliche Braut und gab sie seiner Mutter Aithra zur Erziehung. Nach dieser Tat stiegen die beiden übermütig gewordenen Freunde in die Unterwelt, um Persephone, Plutos Gemahlin, für Peirithoos zu holen. Den beiden ging es schlecht. Sie wurden gefangen. Herakles befreite Theseus zwar wieder, inzwischen hatten aber Kastor und Pollux ihre Schwester Helena aus dem Flecken Aphidna befreit und führten sie mit Aithra hinweg, welche erst nach dem Trojanischen Krieg wieder nach Athen gebracht wurde."

„Finde ich skandalös! Wie kann man dem Kind so was erzählen", hörte man Nipperdey, doch Lammsbahandel widersprach dem Empörten.

„Vielleicht sind unsere ganzen römischen Rechtsbegriffe ein … na, ein Dreck! Chi lo sa? Das Natürliche ist anders … Um Himmels willen – eine Schlange!"

Der Würdige machte einen Satz, den ihm niemand zugetraut hätte, und zog zitternd sein Lorgnon, ein

Buschwerk von Granatäpfeln aufs Korn zu nehmen. Wahrhaftig, da drin war's nicht geheuer. Alles stürzte mit Steinen bewaffnet zu dem Gesträuch, das sich zu teilen begann, ein beklemmender Moment, dann wurden funkelnde Augen sichtbar, ein dürftiger Spitzbart, ein Gummiplastron …

„Hosenspatz, Sie hier?", staunte Cyriak. „Noch dazu im Frack! Mensch, was treiben Sie denn? Übrigens, gestatten, dass ich den Herrn näher bekannt mache: Privatdozent Achilleus Hosenspatz, unser hervorragendster Epigraphiker!"

„Ach nein", wehrte der Gefeierte bescheiden ab, „nur Doctorandus! Stehe im fünfzigsten Semester, denke aber in ein bis zwei Jahren mein Doktorat zu machen, habe so viel Pech. Der Anfang meiner Dissertation ist bereits dem Wurmfraß zum Opfer gefallen … ach ja, ganz zernagt. Muss neues Material sammeln, deswegen bin ich auch hier. Seit vier Stunden verfolge ich eine Spur zertretener Topfscherben … jawohl …"

„Warum sind Sie denn im Frack? Sie sehen ja schrecklich aus!"

„I, du lieber Himmel, bin ja eingeladen, zu einer Denkmalsenthüllung, hier wo in der Nähe … wo ist denn meine Uhr …"

Biberon hatte sich malerisch gelagert und eine Zigarette angezündet.

„Theseus, der du nicht bist … staub deinen Peirithoos ab … schau, er ist jetzt grad im Begriff, wieder in der Unterwelt zu verschwinden … Ihr seids schöne Heroen … nur wir Backfische bleiben ewig … Helena."

Cyriak zog den suchenden Gelehrten, der schon mit dem Oberkörper in dem Granatäpfeldickicht verschwunden war, an den Füßen zurück.

„Das Kind hat recht, lassen Sie sich doch die Erde At-

tikas von Ihrem Frack entfernen, von dieser Togacula –
so hätten die Lateiner das feierliche Kleidungsstück sicher genannt. Die Uhr finden Sie doch nicht. Wer weiß,
ob Sie sie gehabt haben; und sagen Sie uns lieber, wo
diese Denkmalsenthüllung stattgefunden hat?"

„Ach, wo hab ich denn die Einladungskarte … ei,
wohl auch verloren … so lassen Sie mich doch suchen!
Ich verstehe Sie nicht …"

Und schon war er in den Büschen verschwunden.
Iphimedia drückte seufzend ihre Zigarette aus und
machte einige Tanzbewegungen. Sie bog sich mit dem
reizenden Lockenkopf rücklings zur Erde, erhob sich
wieder und sprach schief über die schmale, elegante
Schulter zu Cyriak: „Also das ist Aphidna. Sehr interessant, was du vorgelesen hast. Das war also Aithra.
Wir Kinder werden ja ohnedies nur mit solchem Zeug
gequält, wie mit dem Dante. Hab ich jetzt. So was von
Ausdehnung, das ist ja wie ein geheimnisvoller, dunkler
Hosenträger. Wird immer länger. Mir ist das Stück Erde
hier unsympathisch. Geh, bring den Chauffeur wieder
ins Visuelle, der säuft wohl wo."

„Iphimedia, Iphimedia!", tadelte Cyriak. „Solche Sachen sagt man nicht, wenn man schon auch königlicher
Page in Kythera war!"

Aber er tat doch, wie ihm geheißen wurde, und wenige Minuten später war das Auto in voller Fahrt auf
den Pentelikon begriffen.

Schweigsam saß Cyriak im Wagen. Verärgert dachte
er an das unerhört törichte Benehmen seines Kollegen da von vorhin, dieses weltvergessene, nie anders
als unerfahren handelnde Gelehrtentreiben, das neben
der olympischen Selbstverständlichkeit eines schönen
Mädchens so bitter krass absticht. Wie apolar wirkte
dieser neben ihm sitzende, leise atmende Backfisch mit

dem guten Mäderlgeruch, das schöne Kind im dekolletierten Kleidchen, mit den zarten braunen Fingern an den Bändern des Florentinerhutes spielend, der ihr im Schoße lag. Wie sonderbar, ewig werden sie wiedergeboren, diese Adoleszentinnen des venusischen Gefolges auf Erden, die Backfische. Wir sind die Motten und sie das Licht, immer ist es dasselbe: Helena, die rosa mystica, schon als Knospe geraubt, Helena, wegen der Schiffe gebaut werden und Kriegsmaschinen, der zu gefallen in mühseliger Arbeit des Tages und der Nächte der Webstuhl klappert, der Dichter kritzelt, der Kaufmann betrügt – immer dieselben Menelause und Parise um Helena, Helena, unbelehrbar und weise, mit anderen Organen denkend als mit einem Spatzenhirn, das sich manchmal oberhalb eines bedeutenden Vollbartes verbirgt. Dieses heranwachsende und schon recht ernstzunehmende Mädchen war schön, war anmutig, untadelig in allen Details.

Wie reizend sich das Köpfchen in ruhigem, etwas bubenhaftem Ernst ausnahm auf dem bedeutenden Hintergrund, den ihm die Landschaft darbot. Wie eine Levkoje auf einem ehernen Panzer. Wie hold dunkelten die Locken und das bräunliche, rosendurchhauchte Oval gegen die silberne Scheibe der See, die am Horizont immer höher emporschwebte. Bald lag das schimmernde Paros wie eine süße Näscherei neben ihren kussholden Lippen, bald war es das ferne Juwel des Olympos, bald das Wundergebilde des Parnass oder Kyllene, bald wie ein Hauch neben ihrem Näschen der Berg Ida, dünn wie ein zitterndes Silberplättchen, ganz, ganz fern auf der Insel Kreta, wo Zeus als Baby von den Nymphen beschützt ward.

In dichtem Pinienwald hielt der Wagen. Die Straße hatte ein Ende. Man begab sich noch ein gutes Stück bergauf, bis man zu einer Lichtung kam, die eine überraschende Aussicht gewährte. In Veilchenbläue das abenddunkelnde Meer, Insel an Insel, Negroponte: ein kleiner Kontinent mit Gebirgen und Ebenen; dahinter das ferne Skyros, wo Thetis am Hof der Prinzessin Deïdameia den Achill aus Angst vor dem drohenden Schicksal Trojas in Mädchenkleidern erzog.

Zu ihren Füßen die Ebene von Marathon, alles buntglänzende Miniaturen im großen Buche des Schicksals. Und sie selbst, die Beschauer, sie standen da im Licht der sinkenden Sonne wie Schnitzereien aus korallenrotem Lack gegen den kupfergrünen, von purpurnem Wolkenstaub gesprenkelten Himmel.

„Sieh dort, das Schloss von Plaisance, das dort … die weißen Säulenbauten in Blaugrün …" Das Wort erstarb Cyriak auf den Lippen über das wunderliche Geschehen, das sich jetzt vor ihnen mit tückischer Feierlichkeit entwickelte, zu einer Stunde, da es anständig ist, überall die Kamine für das Abendsüppchen rauchen zu sehen.

Vier rotbequastete Kamele in verschossener Pracht hatschten eigensinnig und indigniert, wie in dummem Hochmut blickend, aus dem Wald, jedes mit wehenden Fahnen an vergoldeten Stangen geschmückt. Ein krummnasiger Scheich stellte sie anhand eines großen fahlgefärbten Kompasses nach den vier Windrichtungen auf und winkte gegen das Dunkel des Waldes. Zwei geräumige Glockenklaviere auf podestartig behangenen Eseln folgten, und noch mehr Kamele mit Musikanten, die mit einem Ruck ihre Posaunen, Riesentrommeln, Xylophone und Tschinellen brausend ertönen ließen. Ein bärtiger Musikfeldwebel in hohem Tschako, weißem Waffenrock und ungarischen Hosen leitete das Konzert mit funkelknaufigem Stock. Die zwei Glockenklaviere, von vier eifrigen Spielern bedient, durchwogten mit süßer Aufdringlichkeit das nervenaufpeitschendste Spiel, das Cyriak jemals vernommen. Alles stand wie gebannt da. Der Musikfeldwebel hob zweimal den Stock, grüßte freundlich nickend in alle vier Winde. Das Spiel verstummte, und das ganze musikalische Bild verschwand hinkend wie ein Spuk wieder im Walde. Gerade als man sich besonders starr ansah, geschah es, dass ein weißgekleideter Greis, einen Palmenzweig in der Hand, auf einem bescheidenen Eselein daherkam. Er las in einem Brevierchen und sagte im Vorbeiziehen bloß ein „Betet!" Dann verschwand er eseltrabend im dunkelnden Tannicht.

„Teufel noch mal, den hab ich wo gesehen", brach Pizzicolli die lähmende Stille mit harzklarer Stimme von deplatzierter Deutlichkeit. „Teufel, das ist doch der Mann mit dem Wasserstrahl, der … neue Religionsstifter, der Tschingelbock, Rhadamenes Tschingelbock, Hanswurst oder Prophet irgendeines falschen Messias!"

Nachdenklich brach man auf und ging durch den rasch finster werdenden Wald des Brilettos, dessen Schwüle man jetzt erst voll verspürte.

Iphimedia blieb etwas zurück. Das Kreuzband ihrer sandalenartigen Halbschuhe war gerissen. Sie ließ sich auf ein Knie nieder, in ihren Bewegungen eine Kette von preziösen Kunstwerken, und begann den kleinen Schaden zu beheben. Galant stürzte Cyriak hinzu. Doch das katzenschlanke Fräulein, diese graziöse Ordonnanz der Aphrodite, wehrte ab im pagenhaften Stolz ihrer Jahre. Allein Cyriak war schneller, schon lag er zu ihren Füßen und genoss die reizende Aussicht praxiteleischer Lieblichkeiten charitischer Formenbildung.

Ein kurzer Kampf entspann sich ob seiner Dienstbarkeit. Das Lächeln ihrer geschürzten Lippen war voll der eigensinnigen Sieghaftigkeit, seine Galanterie abzuwehren. Da plötzlich überkam es diesen Servienten des unbewusst begonnenen Minnedienstes mit einer unlogischen, unberechneten Gewalt. Er fasste das junge, schöne Geschöpf voll in die Arme und bedeckte ihr Mund und Antlitz mit glühenden Küssen. Schweratmend und erstaunt fuhr Iphimedia zurück und schüttelte die Locken. Langsam lockerte sich der Ernst ihres rosenerglühten Gesichtes. Mund und Augen lächelten voll, graziös klatschte sie leicht gebückt mit beiden Händen auf die Knie.

„Also doch Theseus!"

Lachend lief sie vor ihm davon durch den einsamen Wald über die klingenden Marmorstückchen des Brilettos.

Es war das letztemal in diesem seinem Leben, dass Cyriak eines Mädchens Purpurlippen geküsst hatte.

38

Cyriak erging es wie so manchen, die sein nicht unge-
fährliches Studium begonnen hatten. Je mehr er es verschlang, desto mehr verschlang es ihn, und staunend
wurde er gewahr, wie sich auf diesem selten begangenen
Weg Schleier auf Schleier vor den größten kosmischen
Geheimnissen zu lüften begann. Bücher bekamen auf
einmal für ihn Inhalt, an denen er wie Hunderttausende
von anderen Jüngern der Weisheit achtlos vorübergegan-
gen, Jüngern der Athene, die deren Eule eben nur für
eine Eule und Aphrodite für ein scherzhaft nacktes Mädchen zu halten geneigt sind. Im Seminar hatte er wenig
Hilfe. Was er suchte, verstand niemand. Der Einzige, der
viel darum wusste, viel, viel mehr, als er zu sagen geneigt
war, Streyeshand, befand sich zur Zeit nicht mehr in
Athen, da man ihn dienstlich nach Wien beordert hatte.
Hosenspatz wusste außer von den Schreibversuchen der
untersten Volksschulklassen vor siebentausend Semes-
tern nichts, rein gar nichts. Dr. Aasklepper stand höchstens auf der Stufe eines Supplenten der Logik für Pro-
vinzgymnasien, der Russe roch nur schlecht, und da war
es einmal der fröhliche Harzwisch, der ihm etwas Merkwürdiges sagte. Zuerst hatte er Harzwischen gar nicht
für einen Studenten, nein nur für ein Mauvais sujet gehalten, einen lockren Bummler, der dem unglücklichen,
mit sich selbst zerfallenen Lallmayr in seiner leichtsinnigen Weise den ohnehin genug abschüssigen Weg zum
Verhängnis mit der Seife schäumenden Leichtsinns aufs
Reichste beschmierte. Man sah Lallmayr nur noch in
hohen Stulpstiefeln und verschnürter Jacke mit einer
betroddelten Pfeife und einer ausgeborgten Dogge herumstolzieren. Meist soffen sie zusammen und heulten

Studentenlieder, rempelten Philister an, und Harzwisch hatte es glücklich dahin gebracht, den vom falschen Ehrgefühl befangenen Lallmayr in ein unangenehmes Rencontre mit dem strohdummen Pfeyffdemkalb zu verwickeln. Es war anlässlich eines Empfanges beim König gerade während der Thronrede zu einer bösen Ohrfeigengeschichte gekommen. Ein Duell unter den schwersten Bedingungen war die Folge, ein Ehrenhandel, der aber nie zum Austrag kam. Denn Lallmayr, der Beleidiger, hatte in der Früh des Schicksalstages die Affäre total vergessen und stritt sich mit seinen Sekundanten, die ihn abholen gekommen waren, erregt herum und warf sie schließlich die Stiege hinunter. Pfeyffdemkalb hingegen war noch in tiefer Nacht vor der projektierten Schießerei spurlos verduftet.

Da hatte sich der lockere Harzwisch, eine schwarze Brille auf der widerwärtigen Nase, eines Tages ganz unvermutet mitten unter den Bücherstapel auf Cyriaks Tisch gesetzt und fing an, in dessen Notizen herumzublättern. Cyriak bekam ob der Unverschämtheit einen roten Kopf und war gerade daran, seiner Entrüstung rückhaltlos Luft zu machen, als Harzwisch mit leisem Pfeifen ihm die Hand auf die Schulter legte und ihm gönnerhaft sagte: „Also solche Sachen studieren Sie … interessant, interessant! Junger Mann, Sie sind auf dem rechten Weg, Ihre Nase in Dinge einzugraben, für die Ihre Vorinteressenten im Mittelalter gerne verbrannt worden sind. Hahahaha … die Knisterfritzen … zuerst flammten immer die durchgesessenen Hosen dieser Denker auf … schad war's um die geflickten Gewänder dieser Idealisten nie … Na, und Sie hätte man ja panieren müssen, so mager … so mager … verliebt, nicht wahr? … Wissen Sie was, ich weiß, dass Sie mich sehr geringachten, aber sehen Sie: Ich, ja ich kann Sie einen gewaltigen Schritt Ihrem Ziel näher bringen; ich, hören Sie, ich werde Sie mit dem Orakel von Delphi in Berührung bringen."

Pizzicolli sah den Unverschämten verblüfft an.

„Jawohl, kommen Sie nur mit mir … warten Sie … heute Nachmittag", er blätterte in einem schmutzigen Notizbuch, „ja … ist es vielleicht zu Hause."

„Was heißt das, vielleicht zu Hause?", fuhr Cyriak auf. „Ich meine, für ein Orakel … das von Delphi … ist das ein etwas sonderbares Wort!"

„Aber wissen Sie", fuhr Harzwisch wichtig fort, „das ist doch nicht so einfach, wie Sie glauben. Man muss zuerst fragen, ob's zu Hause ist. Es ist, müssen Sie wissen, nicht mehr in Delphi, nein, schon lange vor dem Christentum geflohen! Es ist bloß Zimmerherr auf einem Kabinett … bei einem pensionierten Studienrat, und auch nicht immer guter Laune, besonders wann es kalte Füß hat oder so."

„Zum Teufel, Herr, wollen Sie mich utzen?", brauste Pizzicolli auf. „Jetzt ist's genug mit Ihrem dummen Gewäsch … Ziehen Sie gefälligst Ihren wirren Kumpan auf, den Lallmayr!"

Jetzt erhob sich Harzwisch mit sehr ernster Miene. „Mein Herr", kam es sehr förmlich von seinen Lippen, „mein Herr, lassen Sie sich nicht durch die lustige Maske täuschen, die ich meist zu tragen beliebe. Gerade Leute, die nicht Alltägliches suchen und betreiben, haben die Umwelt irrezuführen, die Verfolger irrezuführen … Herr, es gibt gefährliche Logen, die alle diejenigen mit Vernichtung bedrohen, die den Sumpf ihres bequemen Fischens enttrüben wollen … vielleicht bin so einer ich!"

Cyriak sah sein libertinistisches Gegenüber zweifelnd an. Vielleicht sprach der Mann die Wahrheit. Er fragte endlich stockend: „Orakel … als Aftermieter?"

„Ja, schaun S'", Harzwisch drehte eine Zigarette, „wegen der Steuer! Und dann braucht's nicht gemeldet zu sein. Wie glauben Sie, kann sich denn ein Orakel melden? Das hat eine gewisse geheime, sehr geheime Gesellschaft", er sah Cyriak bedeutend an, „auf die Art geschickt umgangen. Aber kommen Sie, gehen wir gleich hin, vielleicht haben wir Glück. Doch eines: Ich nehme ein Auto. Sie müssen sich die Augen verbinden lassen und den Kopf in die Hände stützen, so tun, als ob Sie schreckliche Kopfschmerzen hätten und ich Sie in ein Spital oder zu einem Arzt führe. Sie werden einsehen, dass ich so handeln muss."

Cyriak willigte in die etwas romanhafte Bedingung ein, ließ sich mit einem Handtuch des Seminars die gewünschte Bandage machen und bestieg von einem unbelebten Seitenausgang der Universität aus ein Auto. Sie fuhren geraume Zeit herum. Dann stieg man aus, und Cyriak wurde sorgsam in einen kühlen hallenden Hausflur eines sehr ruhigen Gebäudes geleitet. Auf der Stiege nahm ihm sein Begleiter die Binde ab. Man stieg drei, vier öde Treppen hinauf, auf deren Flure anscheinend unbehauste Wohnungen mündeten. Man läutete irgendwo an. Finsteres Vorzimmer, Kompott auf den Kästen, ein Blick in eine düstere, unbenützte Küche.

„Es riecht nach kleinen Leuten", flüsterte Cyriak etwas zu laut, denn: „Sagen Sie wenigstens nach Kabiren!", tönte mit ernstem Bass ein Vollbart, der eben im Vorzimmer erschien. „Bemühen Sie sich weiter … übrigens, Professor Dr. Demonax … mit wem hab ich das Vergnügen? Cyriakus von Pizzicolli, aha, der erste Weltreisende aus der Vorrenaissance? Natürlich nicht, vielleicht der Herr Großpapa gewesen … kann mir's denken!"

Cyriak sah den weltfremden Herrn erstaunt an.

„Und … mit was kann ich dienen?"

„Na, sagen Sie's", drängte Harzwisch. „Dem Neophyten ziemt es zu fragen, an dem Tempel der Weisheit anzuklopfen."

„Ich … möchte … das Orakel von Delphi sprechen … das … bei Ihnen wohnt." Cyriaks Stimme klang ein wenig unsicher. Dr. Demonax trat einen Schritt zurück und richtete die Brille, sein Gegenüber genauer zu betrachten.

„Das Orakel von Delphi bei mir? Herr, Sie sind wohl nicht bei Sinnen!"

„Aber, Herr Harzwisch … hat mir doch gesagt … dass es bei Ihnen als Aftermieter …"

Der Professor stutzte. Und da brüllte Harzwisch los, dass das Zimmer wackelte, schlug sich vor den Kopf und stürzte kreischend vor Lachen zur Tür hinaus. Cyriak wollte, rasend vor Wut, dem Unverschämten nachstürzen. Doch Dr. Demonax fiel ihm mit sanfter Gewalt in den Arm.

„Lassen Sie das, kommen Sie zu mir ins Zimmer und klären Sie mir den ganzen Unfug auf. Ich denke mir, da muss was anderes dahinter stecken."

Cyriak bereute die Stunde merkwürdigen Gespräches mit dem sonst weltfremden Alten nicht. Der hatte ihn geschickt zu einer Beichte, zumindest wissenschaftlicher Art, genötigt, und Cyriak die ihm sonderbar erscheinende Eröffnung gemacht, dass dies, nun ja, bei Licht besehen ein wenig beschämende Vorkommnis bewusst oder unbewusst arrangiert worden sei, von irgendeiner Macht, um ihn vom richtigen Weg abzubringen, in dem Streben nach seinem mystischen Ziel wankend zu machen. Solche Vorkommnisse gebe es häufig … auch eine Art von Prüfungen … geeignet, das Selbstvertrauen schwer zu erschüttern. „Meiden Sie jedenfalls diesen

Harzwisch. Ich kaufe ihm ab und zu Bruchstücke von Palimpsesten ab und kenne ihn nicht näher. Bewusst oder unbewusst ist der ein Agent einer üblen Macht … einer realen oder irrealen."

Cyriak empfahl sich tief beschämt, kaufte sich noch an demselben Abend einen derben Stock und beschloss, den miserablen Harzwisch gebührend zu züchtigen. Doch der war fortan nie mehr zu sehen, und auch die Polizei erinnerte sich nicht, den fremd klingenden Namen je in ihren Listen geführt zu haben.

Trotz Demonaxens Trost und interessanter Erklärung fraß dieses infame Intermezzo stark an Cyriaks Selbstvertrauen. Also solch ein lächerlicher Dummkopf war er, ein unnützer Mensch, der Phantomen nachlief, von klein auf, zweideutigen und gefährlichen Schattenbildern nachjagte, nicht als Jäger, nein, als Beute. Andere, die ehrlich Kämpfenden, ehrlich Strebenden in Tages Mühe und Plage, hatten dafür auch ihre als honett anerkannten Genüsse und Sicherheiten, bewegten sich in einem – wenn auch bis zur Verstunkenheit – präzisierten Staatswesen und nicht unter Policinellen und parfümierten Masken, fanden ihre Zuflucht in hochangesehenen religiösen Gemeinschaften, liebten trivial nach schablonenhafter, gut bewährter und wohlwollend anerkannter Methode und preschten nicht wie er dahin an der gefährlichen Spitze der Jagd nach einem glitzernden Glück höchster, nicht mehr ganz greifbarer Liebeswonnen mit der Elite gefährlichster Wesensheiten, deren Liebkosungen schon sehr leicht in ihren Gegenpol, in die Vernichtung umschlagen konnten.

Sein guter Vater, in gewissen Momenten hellsichtig wie alle Väter, musste das vorausgeahnt haben. Wie oft hatte er ihm, besonders wenn er alle vierzehn Tage nervös aus dem unheimlich leeren Amte in der Raubergasse heimkam, prophezeit: „Cyriak, Cyriak, du wirst noch als Schankbursche in der Puntigamer Brauerei enden. Baron Hugidio hat mich so traurig gegrüßt …" Eherne Worte, die er nicht mehr los wurde, ein Menetekel in seiner hohlen Hirnschale, eine Drohung, die sich zu einer Wolke voll mit diesen Worten bedruckter Ansichtskarten verdichtete, die die Erinnyen sturmkreischend vor ihm verflattern ließen …

Er schämte sich so, dass er sich immer mehr in seine Arbeit vergrub, in ein immer geheimnisvoller werdendes Traumland zurückzog, das ihm immer neue Provinzen bis in eine tiefdunkle Vergangenheit hinein zeigte, in Lande, die von ganz anderen, feenhaften Wesen bevölkert waren und deren jetzt verglühendes Werk oben die sichtbare Welt war, an der sie gearbeitet hatten, im Dienste eines, des Unnennbaren, Unerforschlichen, vor dem jede auf Wahrnehmbarkeit gerichtete Phantasie Halt machen muss.

So kam es, dass er immer mehr zum Einsiedler wurde und jede Geselligkeit mied, auch die paar wohlwollenden Freunde, die ihm hier noch geblieben waren. Nur einmal noch sah er Lammsbahandel und Nipperdey, aber nur als fernes Schauspiel, ihrer dezenten Eigenfarbe wegen, von an und für sich fast farblosen Figurinen, die durch die bunte Sonne Attikas zu einem erlesen lasurenen Kunstwerk wachgeküsst wurden, etwa zu einem Gold-and-purpur-Whistler, dem noch die Meisterhand eines Daffinger oder Füger ein tiefes Blau, Goldbraun, ja selbst smaragdene und nelkenrote Spritzer beigefügt hatte. Kein Zweifel, es waren die beiden distinguierten Freunde des calessarischen Hauses, die beide immer in derselben Pose, in fast sakral-archaisch wirkender Eurythmik eine hämisch gebückte, bald von rechts, bald von links heranflatternde Gestalt mit erregten Nüstern und niedrem spinnewebfarbenem Chapeau melon abwehrten, eine zweifelhafte Figur, die nahezu das Valeur eines krummen, gespenstischen Hundes hatte.

Trotz dieser schon erwähnten starren Eurythmik in den Gesten seiner Hauptfiguren war das ganze Kunstwerk in flotter und doch gemessener Bewegung. Das zwar unerklärliche, aber gütige Gesetz der Perspektive verlieh dem Geschauten das bequeme Format spannenlanger Figürchen, in dem sich auch so gerne gewisse, wenn auch unerfreuliche, dämonische Wesen niedrigen Ranges in alten Häusern zeigen, für die der Abbruch höchst angezeigt ist.

Welch ein Zentrum für eine Ballettsuite war doch diese Gruppe! So ging es dabei selbst Cyriak durch den Kopf, der gar nichts von dieser durch die Unbeholfenheit der maßgebenden Faktoren dem Aussterben geweihten Kunst verstand.

Jetzt müssten rechts und links schlanke Bacchantinnen heranschweben, Solistinnen an der Spitze, goldene Becher und giftgrün umwundene Thyrsoi in den grazilen Händen, und im Hintergrund müssten etwa die drei Grazien in kanariengelben, aber das rosalila wirkende Fleisch nur wenig verhüllenden Gewändern irgendeinen zärtlichen Gegenstand emporhalten, etwa einen antikischen Korb voll rieselnder Rosen, ein Füllhorn oder eine Büste von strenger Schönheit. Unwillkürlich fiel ihm da das Bildnis Hahns ein, einen leichten Lorbeerkranz auf der Stirne über der etwas grämlichen Römernase, die mit viel Glück die ganze leicht bornierte Pappendeckelhaftigkeit dieser Väter alles falschen Pathos der Weltendummheit atmete.

Aus dem Haustore rechts, neben der chemischen Feinputzerei nach Berliner Art, könnte einige Takte lang Niobe heraustreten, zwei nackte, aber wenigstens mit

Papiersäcken gegen eine den Geschmack verletzende Schamlosigkeit geschützte Theaterkinder in Reismehl beschirmend und gegen den Himmel lautlos ächzend. Von links aber müsste Herakles für einen kurzen Augenblick unter reich schallenden Paukenklängen auftreten, gleich da neben der Feinkosthandlung von Mikrotomitzes & Comp. heraus, den nemäischen Löwen, den Antaios oder dergleichen bändigend.

Ja, die mythologischen Symbole, über die geht halt einmal nichts beim Theater, die sind leicht verständlich, und selbst das ungebildetste Publikum heuchelt ihnen gähnend Interesse entgegen, ohne die geringste Ahnung zu haben, dass es sich beispielsweise bei der herakleischen Arbeit mit dem Augiasstall lediglich um eine kultische Festlegung der Maikuren handelte. Was für Tiefen waren ihm doch schon bei seinen Studien und Forschungen in der Antike aufgegangen!

Also das waren die Herren Lammsbahandel und Nipperdey, die sich verzweifelt gegen den zudringlichen … wie hieß er doch nur gleich: Fliegratz … nein, Dr. Kummerrutscher wehrten. Und der schäbige Dickwanst dort in der Nähe, über dem ein Wölkchen von Spatzen flatterte, war sicher der ehemalige Advokat mit den agrarischen Interessen.

Es war einfach herrlich! Cyriak konnte sich nicht von dem, wie gesagt, spannenlangen Schauspiel trennen und blickte sich mit etwas töricht geöffnetem Mund um, als ihm unvermutet ein Herr im bequemen Reisekostüm auf die Schulter klopfte. Rat Hagenbeck.

„Ja, ja, junger Freund, in Person, gehe aber schon morgen in See … tja. An Bord des ‚Noumolites‘. Bisschen ’n alter Kasten, gehört der Reederei ‚Klefto hysteron frères‘, wacklig … wacklig … ganz am Zerfall … sogar ’n Feuerchen ist unlängst drauf ausgebrochen, knabberte schon des Kapitäns Hosenbeine an. Na, schad' nichts, fahre nur kurze Strecke, andere Linie gibt's nich, muss mal nach Kroton sehen, ob's da noch Löwen gibt, wie ich mir sagen ließ. Wissen doch: Milon von Kroton!" Dabei rieb er sich vergnügt die Hände. Er hatte ein halbes Stündchen vorher ein Pöstchen Hyänen recht günstig erworben und lud unsern Freund zum Souper ein. Schade, dass Cyriak mit diesem geistvollen und im praktischen Leben stehenden Mann nicht länger zusammensein konnte. Wie klar der gleich gelegentlich der Affengeschichte das Schiefe aller dieser Situationen übersehen und sich vollständig von den Beteiligten zurückgezogen hatte.

Leider rief ihn noch vor Mitternacht das kränkliche Heulen einer total verbogenen Sirene an Bord der rostzernagten schwimmenden Spelunke, der er im Dienste der Wissenschaft sein Leben anvertraute.

Das widerwärtige Geschehnis mit dem Orakel hatte sich doch tiefer in Cyriaks Gemüt hineingefressen, als er anfangs geglaubt. Er wurde förmlich menschenscheu, mied das Seminar und fühlte sich unter dem inneren Zwang, seine bisherigen äußeren Umstände möglichst zu verändern. Er bezog eine sonnig gelegene Villa, deren Zimmer weit gegen einen stillen Garten geöffnet waren, mit blumenleuchtenden Parterren neben dem tiefen lauschigen Schatten schwarzgrüner Riesenkoniferen des Südens. Ein wenn auch mangelhaft deutsch sprechender Kammerdiener war ihm zugestanden. „Bembor̆" schrieb sich der mit ungelenker Hand und nannte außer einer malvenfarbenen Livree und einer Bassgeige nichts sein Eigen. Besagter Bembor̆ besorgte auch das weitere Personal: zwei entzückende Inselgriechinnen, die Cyriak leise schmachtend bedienten, graziös und geschmackvoll nach der neuesten Mode gekleidet, aber immer und bei jedem Anlass bloßfüßig, was den Mitteleuropäer anfangs hinreichend befremdet. So verwöhnt hätte er sich recht wohl fühlen können in seinem stillen distinguierten Heim, dessen erlesenen Geschmack er immer aufs Neue bewunderte. Auf Umwegen erfuhr er eines Tages, dass dieses Haus für ein junges Paar eingerichtet worden war, dessen männlicher Teil seine vergötterte Herzallerliebste mit allem erdenklichen Komfort umgeben hatte.

Nur ein halbes Jahr hatte das Glück gedauert. Dann war das Unheil gekommen und hatte alles zerstört: ein jäher Tod, über dessen nähere Umstände der stille Rechtsanwalt, der den Besitz verwaltete, Schweigen bewahrte. Manchmal hatte die perlende Stille etwas Drückendes für Cyriak, diese perlende Stille, nur ab und zu durch ein leises Knistern in den kostbaren Täfelungen oder durch die leichten Tritte seiner kleinen Orientalinnen unterbrochen. In Mondnächten spielte Bemboř die Bassgeige in der verödeten Garage. Einige Nachtigallen setzten sich vor ihn und schluchzten zu seinem absonderlichen Spiel. Wie freute sich Pizzicolli, als eines Tages sein Freund Hasenpfodt durch den verträumten, schwer parfümierten Garten daherkam, die schottische Reisemütze am Kopf, diesmal auch mit dem kurzen Röckchen des Hochländers bekleidet und eine Shagpfeife voll Kitfoot schmauchend, da er gerade vorher in geheimer diplomatischer Mission in Malta nicht auffallen durfte.

Noch ganz von der dienstlich vorgeschriebenen englischen Pose im Verkehr mit Continental men befangen, legte er denn auch, von Cyriak aufs Liebenswürdigste begrüßt, seine Füße auf das Palisandertischchen, dem Klubfauteuil gegenüber, und klopfte die unangenehm duftende Pfeife auf dem Perserteppich aus. Pizzicolli stutzte.

„Marandanna", stöhnte Hasenpfodt und nahm die Füße vom Tisch. „Bitte tausendmal um Entschuldigung, ich war ganz in Gedanken noch in meiner Mission, wissen Sie, wir müssen uns, so schwer es auch am Anfang ist, ganz als Engländer mit Tradition benehmen. Als Amerikaner haben wir noch dazu alle fünf Minuten reichlich auszuspucken, was uns Angehörigen des alten Kulturkreises nur durch einen Zusatz von Seifenwurzeln zum Chewinggum ermöglicht wird. Der abscheuliche Geschmack dieser Droge verleiht einem auch den gewissen grantig-ägrierten Ausdruck, der den Diplomaten angelsächsischer Rasse so gut kleidet. Unsere Diplomatie hat seit dem Weltkrieg eben gelernt, und daher auch unsere großen Erfolge. Weiß wirklich nicht, wie ich mich da früher so hab gehen lassen können … bei mir im Kopf scheint es zu herbsteln, trotz des herrlichen Sommers da draußen … Aber nicht nur in meinem Kopf, nein, auch anderswo herbstelt es recht. Ja, ja, auf der Reise habe ich auch wieder unser liebes Gradiska berührt. Da habe ich manch Trauriges gehört. Bezüglich Hahn habe ich damals, Sie erinnern sich vielleicht noch, recht gehabt. Der ist nicht wegen den Knallerbsen fort, nein, aber sein ehemaliges Geschäft ist pleite gegangen. Daran ist die Tragödie im Hause Dösemann schuld."

„Dösemann?", replizierte Pizzicolli. „Dösemann? Ach, das ist ja dieser abscheuliche Sudler!"

„Ja, ich billige Ihre Abscheu vollkommen, bei der Sie sich wohl mit allen ehrlich und ästhetisch Empfindenden solidarisch fühlen dürfen. Dösemann hat ein vielleicht frevles Spiel getrieben, obwohl er persönlich höchst ehrenwert war, und die Erinnyen waren bestimmt seit jeher hinter seinen abscheulichen Industrieschöpfungen her. Man schlägt eben nicht ungestraft dem guten Geschmack ins Antlitz, man tut eben ungestraft nichts, von dem die Musen sich geekelt abwenden. Und dabei hat der Unselige zugleich noch den halben Kunsthandel ruiniert. Jawohl, aber de mortuis nil nisi bene! Ich werde Ihnen den Glanz und den Abstieg eines blühenden Hauses erzählen. Wenn einem dabei der Name Buddenbrook nicht unwillkürlich auf die Zunge kommt, dann weiß ich nicht mehr, was ich sagen soll. Also hören Sie, das fing so an – ich fuße streng auf der Darstellung unseres zeitgenössischen Historikers Hunzwimmer, der dem Fall in allen seinen Phasen nachgegangen ist:

Eines Tages war Dösemann, Salonrock und Zylinder, den wohlgepflegten Bart sorgfältig gesalbt, bei Professor Lübke erschienen. Der über den Besuch des völlig Unbekannten erstaunte Gelehrte forderte Dösemann, dessen Erscheinung durchaus sittlichen Ernst atmete, auf, Platz zu nehmen, was räuspernd erfolgte. Lübke verwies auf Rom als den seiner Meinung nach idealsten Studienort, als ihn der sorgende Vater um seine Meinung über den Bildungsweg seines Sohnes Raffael bat. Der habe Interesse und Talent für, na, das ins Fresko Schlagende. Als Lübke von Freskomalerei hörte, nickte er erfreut Beifall. Dabei blickte der große Idealist begeistert zum Himmel und pries die Kunstwerke der ewigen Stadt, Lichtbilder und Stahlstiche hervorkramend.

Das machte Dösemann senior Mut. Er öffnete seinerseits die mitgebrachte Aktenmappe und legte, von Schaffensfreude gebläht, dem großen Ästheten die neuesten Muster vor, die seine Reisenden gerade in London und Paris, den Metropolen des guten Geschmacks, vertrieben.

Der Gelehrte rückte die Brille auf die Stirne und sprach interessiert schmunzelnd: ,Ei, ei, wohl Hodogramme? Wie die Stationsbeamten damit das Gewirr der ineinandergeschachtelten Züge darzustellen lieben.

Höchst lehrreich … höchst lehrreich …‘ Dösemann schüttelte lächelnd das Haupt. ‚Oder … bedeutet das am Ende die Parteienzusammensetzung der europäischen Parlamente?‘ Abermaliges amüsiertes Verneinen. ‚Oder am Ende gar … die Winkelzüge der Weltdiplomatie?‘

‚Nö‘, sagte der goldbärtige Riese mit dröhnendem Lachen, ‚nö, Sie kommen nich drauf … solche Sachen machen unsere Hundchen, um sich gegenseitig Mitteilung zukommen zu lassen. Schreiben können sie ja nich, höhöhöhö!‘

Was der alte Kunstgeschichtler darauf erwidert hat, darüber ist nichts bekannt geworden. Tatsache ist aber, dass man den jungen Dösemann bald darauf in der herrlichen Metropole des Südens herumstolzieren sehen konnte. Denn der Rat mit Rom war richtig gewesen, wenn auch Raffael speziell bei den alten Meistern weniger Anregung empfing. Doch was die tote Kunst nicht gab, gab ihm das Leben. Überreichlich fand er in der ewigen Stadt die denkbar schönsten Motive. So konnte man den sommersprossigen Jüngling mit Schlapphut und Lavallièrekrawatte bald emsig in sein Skizzenbuch kritzeln sehen oder gar, wie er sein Studienobjekt mit seitwärts geneigtem Haupt durch die hohle Hand, bisweilen sogar mit dem Kopf zwischen den Füßen hindurch, betrachtete.

Aber bald ließ sein Eifer nach. Man sah den fleißigen Jüngling seltener auf der Straße oder bei den Sockeln schöner Statuen. Es ging ein Gemunkel, dass er zu wenig auf seine malerischen Vorwürfe, dafür aber zu tief in schöne Glutaugen geblickt habe. Er lieferte seinem Vater nicht mehr das wöchentliche Pensum, sondern verschleuderte vielmehr ganze Pakete seiner Arbeiten an gierige, gewissenlose Agenten, wie solche gerne talentierte junge Künstler umlauern, um ihnen das Produkt saurer Wochen oft um einen Pappenstiel abzujagen. Raffaels Arbeiten kamen hinter seinem Rücken in den Handel, und ein bedeutendes graphisches Kabinett einer mitteleuropäischen Großstadt hatte sich irrtümlich eine Mappe Dösemanns als Produkte modernen französischen Esprits aufschwatzen lassen und sie in eine Ausstellung eingereiht. Die Kritik griff ein. Ähnlichkeiten wurden festgestellt, und das Furchtbare geschah. Der ganz unschuldige Vater Dösemanns wurde des jahrelang betriebenen Plagiatschwindels bezichtigt. Seine Gesundheit wurde durch den langwierigen Prozess – kein Sachverständiger kam zu einem klaren Urteil – untergraben, einem Prozess, in dem es sich um angebliche Plagiate an prominenten hypermodernen Graphikern handelte, eine geradezu lächerliche Behauptung.

Der in seiner Ehre tief gekränkte Dösemann legte eines Tages in einem Anfall von Trübsinn Hand an sich. Er konnte und wollte den Makel der Plagiatbeschuldigung nicht auf sich sitzen lassen. So starb er, ein aufrechter Mann der alten Schule und Tradition des künstlerisch belebten Handwerks. Von seinem Sohn können wir leider nichts Gutes berichten. Mit leichtsinnigen Weibern, Modellen, verprasste er das ererbte Vermögen. Er vernachlässigte das Geschäft, eine Esse nach der anderen hörte zu rauchen auf. Die Kundschaft verlief sich. Da wurde er, dessen verwüstetem Hirn nichts mehr einfiel, wirklich zum Plagiator … Bald hatte das Auge des Gesetzes ihn ereilt, und eines Tages schlossen sich die Mauern des Zuchthauses hinter ihm für immer. Weg mit dem düsteren Bild!

Sein geistiges Erbe war schlimm. Immer wieder kam es nach der und der ‚Vente‘ zu Prozessen, da die von den Gläubigern verramschte Ware der Dösemannischen Offizin sich geradezu teuflisch in den verwöhntesten

Kunstbesitz eingeschlichen hatte. Die Fachleute kannten sich nicht mehr aus. Selbst Männer wie Müller-Schwefler versagten, und schließlich kam die ganze Graphik in den Misskredit, der die traurige Lage von heute verschuldete. Das war das Ende der futuristischen Richtung. Ihr Banner mit den goldenen Worten ‚Cacatum est pictum' musste eingerollt werden."

Andere Hiobsposten trugen auch nicht bei, Cyriaks melancholische Stimmung zu bessern. So entnahm er eines Tages dem makabren Gesumm auf der falschen Fahrkartenbörse in Phaleron, dass der Okeanos sämtliche Ghaisghagerln verschlungen habe, als sie im Begriffe waren, auf heiter bewimpelter Barke nach Amathunt zu schiffen. Und Ödipus, der finstere plattfüßige Zahlkellner seines Athener Cafés, flüsterte ihm in diesen Tagen zu, geheimnisvoll mit der Serviette auf den Marmortisch schlagend, dass ein Landsmann Cyriaks – man habe die Staatsangehörigkeit sofort an den Fetzen der Pepitahosen erkannt, mit denen der kümmerliche Kadaver bekleidet war – von den Mänaden des Taygetos zerrissen worden sei. Das tragische Ende müsse aber Cyriak streng bei sich behalten. Nichtgriechen erführen sonst nie, dass es so etwas noch gebe. Und Ödipus sah ihn bedeutend an, die Trinkgeld heischende Rechte erwartungsvoll gekrümmt. Ein großes Geldstück fiel in Ödipussens Hand mit den funebralen Nägeln.

39

Jetzt vereinsamte Cyriak vollkommen. Calessaris hatten sich nach St. Moritz begeben. Er vertiefte sich so in seine Findungen, dass er gelegentlich sogar bis zu Halluzinationen eines feinen Daimonions geriet. Er glaubte, an besonders geweihten Stätten ein Tönen der Elfen und Genien zu vernehmen, er spürte die Schauer heiliger Haine, und schließlich wuchs sein Sehnen nach der Berührung mit den überirdischen Erscheinungen so, dass er beschloss, zu den Göttern, deren Existenz ihm Gewissheit geworden war, vorzudringen, zu den Göttern Griechenlands, deren heiligste Stätte immer der Parnass gewesen war.

In einer heißen Nacht, bei rot scheinendem Vollmond, machte er sich auf den Weg, durcheilte fluchtartig, nur mit dem Nötigsten versehen, die in toter Schwüle daliegenden Straßen mit ihren nächtlichen Staubwirbeln und begann einen seltsamen Gewaltmarsch. Im Laufe des Morgens rief er ein Lastauto an, das die kaktusumsäumte Landstraße im Perlmutterlicht der Frühdämmerung daherbrauste. Das brachte ihn seinem Ziel rasch näher: nach Delphi, wo ihm Standquartier und Nachtlager ward. Am nächsten Morgen schon brach er auf. In heißem Sehnen dem Thron der Götter entgegen strebte sein Sinn. An der Korykischen Grotte, dem Pan und den Nymphen geweiht, führte ihn sein Weg vorbei durch geheimnisvollen Tannenwald zum Fuße des gigantischen Götterthrones, dessen Haupt im Schnee schimmerte.

Der Wald war zu Ende. Jetzt stieg Cyriak in die Kalkfelsen des Parnass ein, erreichte eine sonnenschimmernde Schutthalde und erklomm in heißer Mittagsglut die Wände des Gipfelkammes.

Der Blick war gewaltig. Wie ein plastisches Gemälde lag Griechenland vor ihm. Gegen Norden der veilchenumhauchte Spiegel des Golfs von Zeitun und Atalanta, im Süden leuchtete in ambraumhauchtem Azur der Golf von Korinth, umrahmt von Bergen mit Ruinen und weißschimmernden Städten. Gleich die Trümmer der Titanenburg dort unten: Lepanto, heute ein fast menschenverlassenes ärmliches Städtchen, und doch konnten 150 000 Türken, geführt vom Sultan Bajesid mit dem säbelnasigen Gesichte eines balkanischen Pferdediebes, nur mit Mühe diese venezianische Veste bezwingen, zur bunten Zeit, da sich das Quattrocento dem Ende entgegenneigte.

Und wie war hundert Jahre später dieses edelsteinfarbene Meer vom Blute gerötet worden, das aus den hochgetürmten und feuerspeienden Galionen strömte, diesen vielstöckigen schwimmenden Kastellen voll bedenklicher Schönheit, und von den menniggestrichenen Galeeren der Seeschlacht des Johann von Österreich, die gleich einem Vulkanausbruch den dichtgeballten schneeigen Pulverdampf bis über den Parnass trieb und den Kyllene, der zimmetfarben über Arkadien leuchtete, zimmetfarben und goldtauschiert. Feiner blauer Rauch durchwebte ihn wie Adern aus Lapislazuli.

Dort der Chelmos, der Erymanthos, dort wieder der Parnass und der Hymettos, dieser Garten des Adonis, wie ihn der Dichter Zygomalas nannte, ein Spätbyzantiner zur Zeit der brünstigen Pracht eines reichen Europas, als das Füllhorn der Muse zur barockverschnörkelten Goldkanne sich üppig wandelte. Zarten Rosenblättern gleich in feenhaften Tönen leuchteten die einen dieser titanischen Marmorwunder; die anderen funkelten in brennendem Gold, durchschnitten von dunkelblauen Schluchten, in denen Oleander, rosa und schneeweiß, duftete zwischen den klingenden Trümmern edelsten Marmors. Sie alle waren Schauplätze der heiligen Sagen, Paradiesesgärten der göttlichen Wesen, der Cherubim und Seraphim, gewesen, der Feen und Elfen, von deren Gnade noch heute die Kunst in Sehnsucht zehrt und zehren wird, bis wieder in einem Jahrtausend das Goldene Zeitalter sich vollenden wird – oder das des Iridiums, Platins oder Palladiums.

Und dass dem so ist, das hat ein großer Seher in den Sternen gelesen, der Michel Nostradamus zu ebender Zeit, da dieser Johann von Österreich fast wieder Byzanz erobert hätte, den Schlüssel des Himmelreiches auf Erden, wenn nicht die Brüder des Schattens beim Admiralsrat ihm in die Arme gefallen wären. Denn so wollte es England, das wenige Jahre später dieselbe glänzende Armada vernichtete und statt des Goldtraumes eines Zauberreichs unnennbarer Herrlichkeit die Welt mit Konserven, Gummistoffen für Betteinlagen, Whisky, Sicherheitsrasierapparaten und mit Broschüren über falsche Horoskope beglückte.

Cyriak stieg rastlos weiter, obwohl die Hitze selbst hier oben drückend geworden war. Durch eine Schlucht getrennt lag zur Rechten der Helikon, Apoll und den Musen heilig, mit seinen murmelnden Wässern, blauenden Wäldern und Matten, voll Duft und bunten Farben.

Bewegt, von Eindrücken bestürmt, sank er nieder auf den Schutt des Parnass. Er träumte mit offenen Augen. Da, rund um ihn, da unten, da überall hatte das lichte Volk von Hellas gehaust, blond und schlank, aus dem Norden gekommen, dem Lande des Helios. Dann folgte Rom, dumm und gewalttätig, und dann das Mittelalter. Da überall in den Bergen leuchteten damals die Ritterburgen der Franken, überall hatte das Hifthorn ihrer Jagd geklungen. Da waren die adeligen Damen auf ihren Zeltern geritten, von Falknern und Pagen begleitet. Dann lohten dort überall die Burgen zum Himmel, lohten die Städte, Athen, Korinth, das kunstreiche Theben … Die Horden Asiens waren in den Garten der Herrlichkeit gebrochen, und alles versank in Tod und Elend. Grausiges sah er im Traum, der ihn nun wirklich befangen. Da wurden die Edelleute zwischen Brettern zersägt, und Mädchen zart wie Rosen stürzten sich von den Zinnen der Türme, dem betrunkenen Abschaum Asiens und Afrikas zu entgehen. Wo waren die Götter von Hellas, ihren heiligen Garten zu schirmen? Waren sie schwach und alt? Zeus, das Skelett des Adlers neben seinem geborstenen Thronsitz, Ares in rostiger Rüstung …

Von einem dumpfen Rollen wachte Pizzicolli auf. Das goldene Licht von vorhin war erloschen, Nebelfetzen trieben, Windstöße pfiffen, ein Wetter nahte, jäh, wie so oft in dieser Jahreszeit. Nun toste der Sturm. Fahl zuckte es in den Wolken. Nein, die Götter waren nicht tot, nein! Ihnen gehorchte der Atem des Kosmos, der heulend und jubelnd gewaltige Solfeggien bläst, aufheulend im Tann zu seinen Füßen. Es drückte ihn nieder, aber dann wirft er sich dem göttlichen Atem entgegen, jubelt laut in das Dröhnen um ihn: „Zeus! … Zeus! … erscheine!"

Da … da schreitet eine hohe Gestalt aus dem Wald. Ein goldschimmernder Frack … was ist das … einen Straußfederndreispitz unter den Arm geklemmt. Die Gestalt hebt einen Stab. Elmsfeuer blaut auf ihm.

Jetzt wendet die Erscheinung Cyriak das Antlitz zu. Es ist ein eleganter Herr, ganz leicht vernebelt. Etwas stechende Augen, ein nadelspitz gedrehter Schnurrbart. Viele Orden. Ganz, ganz schwach Mephistopheles.

„Das ist ja Wilhelm Ritter von Nepalek, der Zeremonienmeister des Kaisers Franz Joseph", ging es blitzschnell durch Cyriaks Hirn. Kein Zweifel. Ein alter Freund seines Vaters … das Bild stand am Schreibtisch in der Jakominigasse in Graz … träumte oder wachte er? Und da, zwei Wappenkönige des Toisonordens, das Kostüm mit Feuerstählen und flammensprühenden Feuersteinen vielfach geschmückt, gleichfalls die Szepter erhoben, folgten ihm nach. Cyriak sah sich irr um.

Eine geheimnisvolle, heisere Stimme wurde vernehmbar: „Sie haben begehrt, zu den Göttern vorzudringen. Da musste zuerst der Zeremonienmeister des letzten apostolischen Kaisers Ihren Weg kreuzen. Der Hof zu Wien, er ist der letzte Bewahrer des Mysterienzeremoniells, das von Wolkenhöhen über Byzanz dorthin kam … ein Schattenbild nur aus goldenem Rauch, aber heilig trotzdem. Ja, glauben Sie, dass die dort umsonst Jasons Goldenes Vlies sich erwählten als höchstes Abzeichen? He, und die Chargen des Kaisers? Wer oder was glauben S', dass beispielsweise die Primaballerina der kaiserlichen Oper in ganz geheimer Wirklichkeit ist oder darstellte? Symbolische Fürstin der Vanen, mein Lieber! Na ja, machen S' nicht so, als ob Sie nichts ahnten … Hier ist nicht der Ort, freidenkerische Faxen zu machen!"

„Wer sind Sie?", kam es gepresst von Cyriaks fahlen Lippen.

„Hähä", lachte schrill ein magerer ältlicher Herr, der jetzt sichtbar wurde. „Dr. Johann Nepomuk Hofzinser, mein Name. Haben ihn nie gehört? Zu jung, zu jung! Kann mir's denken, ja. War offiziell Kontrollor der Staatsschuldenkassa in der Singerstraße und eine Zeitlang der Tabakverteilungsstelle für die k. k. Tabaktrafiken zugeteilt. Bin neben dem Grillparzer gottselig am selben Schreibtisch gesessen. Haben mich aber nervös gemacht, die Türken, die immer darauf abgebildet

435

waren. Dass das aufgehört hat, dafür hab ich gesorgt. Werden Sie gewiss begreiflich finden bei meiner politischen Einstellung einer plusquamperfekten byzantinischen Gesinnung.

War aber – heute und an diesem Ort kann ich's sagen, denn am Parnass gibt's keine Lüge – der wahre Kanzler des byzantinischen Kaisers, der in diesem Land noch immer rechtmäßig herrscht!"

Bei diesen Worten stand das fast dürftige Männchen von eben zuvor plötzlich in einer purpurnen Toga vor ihm, einem Ornat, der von Halbedelsteinen strotzte. Die Erscheinung verschwand aber sofort wieder. Cyriak erschrak, dass er mit der Hand nach dem Herzen fuhr. Blitz auf Blitz zuckte nieder. Das Leuchten, die Erscheinung und der ungeheure, nicht endende Donner verwirrten Cyriak aufs Tiefste.

Hofzinser sagte mild: „Nicht erschrecken … was heißt denn das? Haben S' nie von meiner ‚Stunde der Täuschung‘ gehört? Entree ein Dukaten, in der Tuchlauben. Die höchsten Herrschaften sein haufenweis kommen. Die Kaiserin Maria Anna, gottselig, hat sogar an eigenen Thron mitgebracht. D' hohe Frau hat immer einen Zaun draußen ghabt und sich mit dem Lorgnon angschaut, wohin sie sich setzt. Und was hat sich der selige Kaiser Ferdinand z'sammgfreut! Nur dem Hofrat Persa, dem Polizeichef, sind die Assembleen ein Dorn im Aug gewesen, weil keine Loge dabei war, in der er, oberm Kaiser sitzend, hat wachen dürfen, der falsche Böhm der … bis 'n im Igeltheater die Nemesis erwischt hat, hähä.

Passen S' auf, wie das gegangen ist. In der Hofloge ist der Kaiser gsessen. Ein bissel an schweren Kopf hat er ja ghabt, no ja, vom Regieren oder so, is ihm halt ein wenig vorghangen, der Kopf. In der Loge drüber: der

Persa. Ist ein süßer Böhm gwesen, hat immer ein bissel gsungen beim Sprechen, halb durch die Nase, halb gsuzelt. Die Augen, ganz kleine wie von an Krokodil, recht gschwinde, hat er gern nach oben gerichtet. Ein Damenfreund war er auch. Haben halt auch Bonbons dabei sein müssen. Das waren damals riesengroße Plätschen. So ein Stück ist in einer Familie sicher eine gute Stunde von Mund zu Mund gegangen, eh es hin war. Was soll ich Ihnen sagen, der Persa blickte mit einem Auge auf die Bühne, wo grad der Nestroy agiert, mit 'm anderen wacht er über den Kaiser, dass 'n niemand davonträgt, eine merkwürdige, krankhafte Vorstellung, vor der man sich damals bei gewissen Hofstellen sehr gefürchtet hat. Das und der Sonnenstich, die Hundswut und die Ohrwürmer, die Schlafenden über Nacht in den Kopf kriechen, das waren die Popanze der vierziger Jahre. Wie gesagt, der Persa tut seine Pflicht und wacht und suzelt dabei an einem schwarzgelben Zuckerl, haben Kaiserbemmerln geheißen. Extemporiert da nicht das Mistviech von einem Nestroy! Der Persa öffnet missbilligend die dünnen Lippen, Zähnd hat er kane ghabt, da hupft 's Bonbon ihm aus dem Mund und fallt – bumm – auf dem Kaiser sein Kopf! Der wacht auf und schreit: ‚Zu Hilfe, mi haben s' gschossen … i bin dermurdet worden, schauts nach, ob i wo blüat, zu Hilfe, zu Hilfe!'

's Publikum, das schon über den dumpfen Krach erschrocken war, wurlt durcheinander, a paar Dutzend falln ins Orchester, andre wieder kraxeln auf den Vergoldungen umanand wie riesige Maikäfer mit Frackkummeten. D' Musi spielt die Volkshymne, der Kaiser wird hinausgeführt, und der Persa lauft ins Büro hinterm Peter und stürzt sich vom dritten Stock auf die Straße. Aus war's! Schaun S', wenn S' da erschrocken wärn, saget i nix, aber so … Übrigens, wann man zu die

Götter will … Sie … da hat man ja doch schon einiges erlebt gehabt, früher … da werden S' mir nix sagen … da hat's schon gewisse Prüfungen gegeben, nicht? Das sind meist Prüfungen der Mystik der Liebe, beichten Sie!"

Cyriak erzählte ihm die Geschichte seiner seltsamen Liebe. Der Mann im zu engen Frack, eine verrenkte Silhouette im tragischen Pathos, begann jetzt seinerseits: „Sie, merken S' … Sie scheinen eine stärkere magische Kraft der Beschwörung zu haben, als Ihnen von Rechts wegen zukommt. Mir scheint … Ihr Guedon ist das Inkognito … einer höheren … hm, Persönlichkeit. Cyriakerl, Cyriakerl, Sie sind mir ein labiler Herr … Sie tschundern im Mystischen umanand wiar a Stückel Butter auf an heißen Erdapfel. Wie heißt denn das Mäderl … eigentlich, wenn man so sagen darf?" Er sah sich scheu um.

„Cyparis."

„Cyparis?! Sie, das ist aber gschpassig." Und der Grillparzerähnliche pfiff durch die Zähne. Dann sagte er ruhig: „Cyparis. Gut, Ihr Glück, dass net Hirsch heißen … oder gar am End … a na … halt a Exhirsch … san … aber, lassen wir das."

Cyriak bestürmte den jetzt einsilbig Gewordenen um Erklärungen, um Gewissheiten, um Licht in seine Finsternis, um Licht, nach dem er sich sehne, lechze.

„Ja, schaun S', wir alten Hofbeamten … von … dort … ja, wir wissen eben allerhand von dem, um was sich's immer dreht … oh heiliger Paphnutius von Styxneusiedl … wann nur die Leut endlich amal ein Einsehn hätten und das Weltgeheimnis auseinanderklaubeten, dass endlich amal Klarheit und Entwicklungsmöglichkeit herrschen könnte … bei die anständigen Kreise nämlich … Die Lumpen wissen's eh und fischen im Trüben und machen die ‚Geschichte', um ihre Taschen zu füllen und ihre dreckige Brut ins goldene Nest zu setzen … die Hunde, die Hunde! Haben Sie eine Ahnung, was hinterm Weltgetriebe steckt, und warum es so unordentlich ist? Sie kennen ja nicht einmal die grundlegenden Schlüssel, die in den antiken Fabeln niedergelegt sind." Und der Schlotterfrackige rief: „Liebt der ein Mädel, die noch dazu Cyparis heißt, und weiß nicht einmal, was für eine magische Formel des Kosmos die mit ihrem Namen ist, obschon er sich's auf 'n Papier ausrechnen könnt …!"

Cyriak umklammerte die Knie des alten Herrn und schrie fast vor Sehnsucht. „Sagen Sie mir, Herr Doktor … wo ist sie … werde ich sie wiedersehen?"

„Aha, also entschwunden, dachte es mir, musste ja so kommen." Dann ließ er sich von Cyriak die Geschichte des Festes im Parke zu Medea erzählen.

„Ja, ja, das hätte ich Ihnen gleich sagen können. Das wissen wir, geschieht oft bei Leuten, die allzuweit ins Märchenhafte vorgeprescht sind. Denn ehe sie die Götter finden, müssen sie die Gesandte dieser Mächte wieder erreichen … Dieses Wesen ist Ihre Psychagogin, Ihr Page des Eros. Nur an seiner Hand kommen Sie vor den Thron der Unendlichkeit … nur durch die Liebe … und nur durch sie! Ob Sie sie wiedersehen werden? Natürlich. Doch die Vereinigung … Cyriak … ist Tod … oder Wahnsinn … wie Unkundige die Entrücktheit nennen, die Entrücktheit, die bei einem folgen muss, der an den Grenzen seiner Entwicklung in dieser Maske steht. Das ist halt ungemütlich. Freilich, jo, mein Kinderl, nicht weinen! Dafür hat man halt … die Backhenderln geschaffen. Aber hinter dem Wall dieser leckeren Phönixerln steht die Hekate, der terror antiquus … No ja, jeder kommt amal dran. Ich hab viel gesehen. In die vierziger Jahre, wo ich bekannt war wie 's falsche Geld, da hat man einen

Wall von Salami und, wie gesagt, von Backhendeln gegen 's Apokalyptische aufgebaut – 'n seligen Metternich sein Werk. Und die Leut, die Stearinkerzen und summende Gasflammen fürs Licht der Aufklärung gehalten haben, die haben halt gelacht über die ,Backhähndeln' und haben sich auf die Knie gepatscht, wo die Stearinflecken ihrer mystischen Sonnen waren. Und der Metternich hat recht gehabt. Hat gewusst, was er tut, gewusst, was er tut! Schaun S', andere tun's unbewusst, ihr Werkerl im Kosmos abspielen, im Wurstelprater des Kosmos … da … wo die Abteilung für die Zauberbuden is, im Mystischen drüben, im Kinderpark der vierten Dimension."

Beim Wort Zauberbude ging's wie ein Blitz der Erkenntnis durch Cyriaks Gehirn. Hofzinser! Richtig, das war ja der weltberühmte Prestidigitateur der vierziger Jahre, ehemaliger Staatsbeamter. Er hat bis heute unerklärte Kunststücke gemacht, und noch jetzt lebt die Gilde der Taschenspieler von seinen Brosamen. Ja richtig, was hatte er als Kind von seinem Großvater alles über ihn gehört. Was waren alle Großen seiner Zunft gegen ihn gewesen, die Döbler, Hermann, Buatin de Kolta, Kratky-Baschik!

„Sie, Herr Hofzinser, eine Frage: Wie haben S' das mit dem Kalb gemacht, das Sie einer Dame aus dem Dekoll…" Cyriak starrte ins Leere. Weg, pfutsch, als ob ihn der Boden verschluckt hätte. „Herr Doktor … Herr Doktor!" Seine Stimme verhallte im Geklüfte des Parnass.

Bloß noch die zwei Wappenkönige schritten in der Ferne einher und verneigten sich artig voreinander. Dann verschwand jeder hinter einem großen Stein, und Cyriak wankte talabwärts, regengepeitscht.

Todmüde kam Cyriak nach Athen und versank in bleischweren Schlaf. Am Morgen, richtiger: am hohen Vormittag weckte ihn Bemboř mit zager Hand.

„Was gibt's denn?", fuhr ihn Cyriak blinzelnd an.

„Gnä Herr … bitt scheen … abr der ganze Salon is sich voller Hunde … ich weiß nicht … wie s' hineinkommen sind … haben s' der gnä Herr mitgebracht, vielleicht in Gedanken … oder haben die Tür offengelassen?"

„Was, Hunde, ich?"

„No, es sind gut ihrer fünfzig!"

Kopfschüttelnd sprang Cyriak aus dem Bett. „Da muss ich doch schauen …" Dann eilte er in den Salon. Es war genauso, wie es der treue Diener gemeldet. Als er eintrat, sahen sich die Köter verlegen an. Einer öffnete die Türe mit der Pfote, und die ganzen Besuche gingen eingeklemmten Schweifes hinaus. Cyriak kam aus dem Kopfschütteln nicht heraus. Die rätselhafte Hundeaffäre gab ihm zu denken, dazu kam, dass ihn das merkwürdige Erlebnis am Parnass aufs Tiefste erschüttert hatte. War es Vision, war es spukhafte Realität? Je mehr er grübelte, desto verwirrter wurde es in seinem Innern, und schwer vermisste er jetzt seinen freundlichen Mentor Streyeshand. Die dumpfe Stadt litt ihn nicht in ihren Mauern. Von innerer Unruhe getrieben, irrte Cyriak in der sonnenverbrannten Landschaft Attikas umher. Am Spätnachmittag, heißer Wind hatte eingesetzt, musste er eine Felsnase passieren, zu deren Füßen die Ägäis donnerte und brandete. Ein einsamer Mann mit flatterndem Gewand saß oben, unbeweglich, ein Bild aus schwarzem Porphyr. Unser Wanderer kam näher, der Düstere in einsamer Landschaft wuchs und wuchs, und bald konnte Cyriak betroffen ein bald glühendes, bald matt verblödetes Auge feststellen, das ihm vertraut war, einen ins Tragische verkarpften Mund, alles vertraut schon aus fernem Kaffeehaus, weitab im Norden der Adria, aus dem „Lahmen Policinell", oder wie es sonst hieß, im schon halb vergessenen Gradiska. Rudi Lallmayr war es, so in Gedanken versunken, dass Cyriak für ihn ein Schemen, ein leerer Kristallhaufen nur war.

Was murmelte nur der Sinnende da auf dem marmornen Cäsarentorso mitten in der Einöde, den Blick aufs wogende Meer geweitet? Eine trockene Dornenranke war ihm im mimenhaften Gehrock verkrallt. Trotzdem Cyriak auf den Zehenspitzen ging, brachte er einen Stein ins Rollen. Jetzt sah ihn der einsame Mime mit trüben Augen an.

„Da sitz ich", sprach er hohl, „und was für Tri… dingsda …umphe habe ich doch in München gefeiert … wie ich damals ins Orchester gefallen bin … und damit ist der Galsworthy überhaupt erst populär geworden … das gworden, was er is. ‚Rudibuwi' hat damals die Elisabeth Bergner zu mir gsagt … ‚Rudibuwi' … und dann … und dann … dann hat s' noch was gsagt … noch was gsagt … wenn ich nur wüsst … was es war …"

Wieder starrte er trüb in die Ferne, ohne Cyriak weiter zu beachten. Auch der seinerseits ließ den versonnenen Grübler sitzen und ging vorsichtig auf den Zehenspitzen weiter. Kaum ein paar Schritte gegangen, kehrte er sich ob eines Radaus jählings um. Der wüste Lärm kam vom Rudibuwi, der mit seinem Stöckchen wütend auf den Cäsarentorso, die Steine und in die Luft schlug und nach Verlust des Stöckchens sich die Haare raufte, eine Art Medearich, wenn der abscheuliche Ausdruck erlaubt ist. Dabei flog eine große Zeitung von ihm fort, segelte ein wenig in der Luft herum, wie es ihresgleichen bisweilen lieben, machte einen jähen Haken und legte sich ganz unerwartet Cyriak quer über das Gesicht. Der griff wütend nach dem knatternden Fetzen und ballte ihn zusammen. Es war die „Anadyomene", das Amtsblatt von Kythera, und das, was er recht plastisch herausgeknittert hatte, waren die „Nachrichten aus Hof und Gesellschaft". Was stand denn da: „Ihre Hoheit, die Prinzessin von Ikaria und Gräfin von Montdesert, hat sich unter dem Inkognito eines Fräuleins von Atalanta zum mehrwöchigen Aufenthalt nach Kreta begeben, wo die hohe Dame mit ihrem Gefolge dem Jagdsport zu huldigen gedenkt", etc., etc.

Sein Plan war gefasst. Als er heimkam, war es schon tiefe Nacht. Tausend Gedanken ordnend, sank er in den Fauteuil vor dem Schreibtisch.

Zaghaft klopfte es an der Tür. Die zwei schönen Inselmädchen traten auf leisen Sohlen herein, die Lippen festtäglich rougiert, doch Schwermut in den Blicken. Sie bäten hiermit um ihre Entlassung.

Ja, warum, habe es an etwas gefehlt?

Nein, o nein, aber sie hätten sich bereits zu Mittag an die Panagia verlobt: zuerst der Panagia Chrysospeliotissa und dann der Panagia Athenaia, deren vom heiligen Lukas gemaltes Bild, nachdem er in Theben gestorben war, von Engeln nach Trapezunt getragen worden sei.

Seufzend willfahrte er den Mädchen. Als aber dann auch Bemboř hereinkam und gleichfalls kündigte, verlor er die Fassung. Was denn los sei?

„Gnä Herr", kam es stockend heraus, „ham's Ihnen die Mädeln nicht gesagt? Wo … das mit die Hunde … geschieht … no … halt … die Griechinnen wissen so Geschichten aus alter Zeit … na, wenn s' nix gsagt habn … no, nix für ungut, Gnö Hörr … i kann halt auch nicht bleiben!«

So löste sich Cyriaks letzte Heimat von selber auf.

40

In ganz alter Zeit genoss Kreta einen recht schlechten Ruf. Selbst Kallimachos und Epimenides, ihre ältesten Dichter, beschimpften die Bewohner, und auch der Apostel Paulus schloss sich ihnen an. Epimenides ließ sich sogar hinreißen, folgenden ungewöhnlich harten Hexameter zu dichten, den ich wie folgt fasse: „Kreta, Kreter, vormenschlich Gezücht, verlogene, verfressene Schläuche …"

In ganz alter Zeit mag das seine Berechtigung gehabt haben. Denn Zeus hatte einmal der reizenden Europa ein merkwürdiges Geschenk gemacht: den ehernen Wächter Talos, der das Land dreimal am Tage umkreiste. Landeten Fremde, so sprang der sonderbare Bursche ins Feuer, bis er glühte, und presste die Ankömmlinge an seine Brust, bis sie angeblich unter sardonischem Lachen starben. Als die Argonauten seinerzeit dort landeten, ließen sie diese wandelnde Kalorifere durch die geübte Giftmischerin Medea wegputzen, und seitdem war Ruhe. Aber bis heute ist das geradezu wunderbar schöne Land noch immer vom Fremdenverkehr absolut gemieden, man sieht, wie weit die Folgen einer Liebesaffäre, wie die der Europa, ihre Schatten werfen können.

Der treffliche Cyriak hatte sich nicht zu beklagen. Seine Landung ging flott vonstatten. An einem Abend, orangengelb und reich an schwülem Purpur, landete er in Candia, der von hohen Mauern umgebenen farbenbunten altvenezianischen Stadt. Welch ein Hafen, an welchem die Jahrhunderte spurlos vorbeigegangen waren! Da standen noch die düsteren magazinähnlichen Hallen, in denen die Galeeren der Republik zur Ausrüstung gelegen waren. Da waren noch die offenen Bogengänge unter den vergitterten Häusern längs der Kais. Da standen noch die großen Brunnen mit dem Markuslöwen, alles belebt von dichtgedrängtem buntem Volk des Orients. An Kirchen mit hohen Kuppeln, die im letzten Dämmerlicht ihre Maße undeutlich wiedergaben, führte ihn sein Dragoman vorbei zu seinem Quartier in einem prächtigen, mit reichen Skulpturen geschmückten venezianischen Palast, an einem engen Platze gelegen, auf dem gleichfalls ein bizarrer Brunnen mit dem Markuslöwen flüsterte.

Der aus der Hauptstadt kommende Reisende mochte sich in dem sehr altertümlichen Zimmer mit der gemalten und vergoldeten Decke, dem bunten Marmorboden und dem brokatenen Betthimmel etwas zu interessiert umgesehen haben. Denn man bedeutete ihm etwas pikiert, erst vor kurzem habe ein reicher griechischer Kaufherr unter täglich erneuten Lobsprüchen hier gewohnt, ein sehr feiner Herr, der Adschiman Effendi gerufen wurde und der beneidenswerte Inhaber eines Butterbriefes war. Die angesehensten Leute der Stadt wären unter zeremoniellen Grüßen gekommen, Einsicht in das stolz gehütete Dokument zu nehmen, und seien wässernden Mundes wieder gegangen. Auch Popen seien darunter gewesen und ein Archimandrit, der hier zur Sommerfrische weile. Selbst die hätten sich die Bärte gewischt. Aber einmal sei der Butterbrief zum Entsetzen der Anwesenden zum Fenster hinausgeflogen, ehe ihn noch der Effendi mit dem Tschibuk haschen konnte.

Ein kleines, braunes Mädchen habe den Flüchtling wiedergebracht, und der Effendi habe ihr goldene Strümpfe gekauft, eine perlendurchflochtene Schnur um den Nabel und einen Hut à la franca. Er habe sich nicht nehmen lassen, ihr all diese Prunkstücke eigenhändig anzulegen, und habe dann mit den fröhlich tanzenden Eltern zusammen in die Hände geklatscht. Die ganze

Stadt habe ihrer Genugtuung Ausdruck verliehen, der Archimandrit habe den wackren Adschiman gesegnet, und selbst die Türken in den Kaffeehäusern hätten den noblen Spender viele Tage lang gelobt. Aber jetzt sei er nach Malta gedampft und verkaufe den Briten Kanonenkugeln aus Gips, allerdings mit dem besten Stanniol beklebt. Dort habe sich auch vieles geändert, seitdem Viscount Figglestook erster Seelord wäre.

Nach dem griechischen Effendi habe ein Franke hier gehaust, ein langer Herr mit wimpernlosen Augen. So wie „Pipiris" habe der geheißen. Cyriak stutzte, ob dieser Effendi nicht auffallend dumm gewesen sei?

„Ja, ja", beeilte man sich leuchtenden Auges zuzustimmen. Selbst Chrysolakis, das Kätzchen, habe ihm oft lange staunend nachgeschaut.

„Also doch Pyperitz, dachte ihn in St. Moritz", sprach Cyriak kopfschüttelnd zu sich selber.

In diesem Gemach, in dem vielleicht der junge Greco schon einmal einem Gönner des Cinquecento seine Skizzenbücher vorgelegt hatte, dort entwarf er seinen Plan, das geheimnisvolle felsgetürmte Zauberreich zu durchstreifen, bis er das Ziel seiner Sehnsucht erreicht haben würde.

So einfach war das nicht. Von diesem mit wundervollem Hochgebirge erfüllten südlichen Paradies gab es nicht einmal genaue Karten, wie er sich bald zu seinem Leidwesen überzeugen sollte. Nichts stimmte. Diese im ewigen Schnee leuchtenden Alpengipfel waren viel höher, als lügenhafte Messungen vorgaben, die meisten Straßen nicht vorhanden, alles viel wilder und ungeheuerlicher, aber auch üppiger, strahlender, wundersamer, als er es sich geträumt.

Wie herrlich war die Ebene von Temenos, die er von Candia kommend durchschritt, voll friedlicher Dörfer, besät mit weit ausladenden Fruchtbäumen, im Hintergrunde die steilen Massen des saphirblauen Hochgebirges, an dessen Fuß wieder die sanfteren Vorberge mit den köstlichsten Trauben bedeckt waren, Trauben, deren Reben einst der portugiesische König Heinrich der Seefahrer nach Madeira verpflanzt hatte.

Ein hoher Zuckerhut, mit Schnee bedeckt, war sein leuchtendes Ziel, der Gipfel des Ida, in dessen Höhle Zeus das Licht der Welt erblickte. Ein rauschender Waldstrom führte dorthin, die Ufer von Oleander und Lorbeer beschattet. Allein blieb er, allein in diesen üppigen Wäldern, in denen die Stimmen der Ewigkeit unhörbar fast klangen, diese Stimmen, denen ein Wagner, ein Grieg ihre Zaubersänge abgelauscht in vergangenen Tagen. Und traf er einmal auf einen Hirten oder Jäger, einsam gleich ihm, da wusste der nichts zu erzählen von einem glänzenden Jagdzug, von schönen Damen und ihrem Gefolge.

Als er einmal so recht innig versunken in den duftigen Kräutern so einer Lichtung des Hochwaldes lag und gerade dem Engelstimmchen eines Waldvögleins das Siegfriedmotiv abzulauschen begann, störte ihn ein ganz anderer, unharmonischer Ton. Er hörte ein Rascheln, Wälzen und Stampfen im Gebüsch. Dann eine halb erstickte Stimme: „Jejejeje … hilft mir denn niemand … verfluchter Lorbeer …"

Cyriak sprang zu und fand eine menschliche Gestalt ganz und gar verstrickt in das wirre Geäst blühenden Gesträuches. Er half dem sich wild Wälzenden empor, und als er die Zweige ganz auseinandergebogen hatte, stand ein sonnenverbrannter älterer Herr in verwüstetem Jagdkostüm vor ihm mit stechendem Blick und nadelspitz gewichstem, aber jetzt verbogenem Schnurrbart.

„Proskowetz, mein Name, verfluchter Lorbeer … na also … was ist denn … man merkt, dass denen ihr Ackerbauministerium nicht klaglos funktioniert … Maulaffen, ja, das können s' feilhalten. So eine Remise … Schaun S' die Hosen an." Dann fuhr er fort: „Zuerscht hat sich der Klobouk verirrt …"

„Wer, bitte?", fiel Cyriak ein. „Na, der Klobouk, was der Hund is … sonst ein sehr ein braves Tier, a deutscher Vorstehhund, den was mir der Firscht Waldstein geschenkt hat, der Firscht Adam, wo in Dux-Leitomischl eigentlich z' Haus is … aber jetzt, wo der Kietaibl alles bei ihm gilt, is er weg von dort und hier … no, sind mer halt auch mitgfahrn. Ibrigens", fuhr er nachdenklich fort, „der Wopitz, was der Bruder war, vom Hund nämlich, der ist auch verschollen. Keine vierzehn Täg her … die Wälder hier sind nicht geheuer. – Drachental!", brüllte er dann in den Wald. „Firscht Aaad-am!" Dann lauerte er mit bösen Falten. „Chn, wo die alle stecken! Wir sind", erklärte er, „wie gesagt, mehrere böhmische Kavaliere, bis auf 'n Kietaibl, was aus Schlesien und ein ganz gemeiner Bürgerlicher ist, und leben des herrlichen Klimas wegen und so hier. Wir haben eine Burg, da unten wo, aber immer noch fünfhundert Meter oberm Meer, ausbauen lassen und leben hier wie jak sležiná vloji, gleich dem Nabel im Speck, so sagen die Tschechen, die uns natürlich mit ihren hysterischen Mucken gern haben können. Wenn einer frieher Böhmisch zu sprechen versucht hat, in besserer Gesellschaft nämlich, hat man ihn bloß angschaut … angschaut … Da hat er gwusst, dass er was angstellt hat, und dann ist er rot geworden … no ja. Alsdann, jetzt sind mir halt da."

Er seufzte und wischte sich mit einem roten Schnupftuch die Halbglatze. „Ich sag Ihnen, der Kietaibl", fuhr er nach einigem Sinnen bös fort, „also der baut noch 'n

Fürschten Adam seine Marotten aus! Dabei is er schuld am Tod vom Casanova, niemand andrer, ich betone es wieder!"

Stärker als Cyriak konnte wohl niemand stutzen. Sein Gestutz wurde aber durch sich näherndes Jodeln unterbrochen. Proskowetz jodelte zurück, mit den hinter den Rücken gelegten Händen vor Anstrengung eigenartig klavierspielende Gesten vollführend. Und dann tauchten die böhmischen Kavaliere, hübsch einer nach dem anderen, aus dem Wald auf. Zuerst kam Ulysses Graf Hustopetz, ein fescher Vierziger mit vornehm gelangweiltem Gesicht. Dann der grimmige Wladimir Pauxpertl von Drachental, ein rotgesichtiger Herr mit Raubvogelnase, kleinen lustigen Augen und ungeheurer Glatze. Sein grüner Jagdrock war trotz der Hitze mit dickem Fuchspelz verbrämt. Und dann kam Fürst Adam von Waldstein-Wartenberg in verwitterter Maltesertracht und neben ihm ein quäkendes Männchen mit drei Brillen, einem durch die Sonnenglut laubfahl gewordenen Zylinder und mit einer gewaltigen Blume in der Hand. Es war der getreue Kietaibl, der mit seinem gnädigen Gebieter schon seit Menschengedenken botanisierte. Cyriak entsann sich nicht, je einen so steinalten Herrn gesehen zu haben wie den Fürsten Waldstein, und starrte nach den gegenseitigen Begrüßungen etwas länger, als es artig war, die so vorzüglich konservierte Malteserruine an. Deshalb war es wohl, dass ihn Ritter Proskowetz beiseite nahm und ihm eine merkwürdige Eröffnung machte. Fürst Waldstein, der aufgeklärte Despot von Dux-Leitomischl, sei seine guten hundertneunzig Jahre alt.

„Pscht", fuhr er fort, „nur kein Aufsehen! Is ja auch einer der Gründe, warum wir hier sind! In Europa erlaubt man ja so was nicht. Wann die Wissenschaftler draufkämen, gäbe es schöne Skandale! Also hören Sie:

Beim ewigen Botanisieren hat nämlich der Kietaibl, der Kerl ist Ihnen ebenso alt, mindestens, ein Kräuterl gefunden, das so hohes Alter verleiht. Oder hat er in dem Waldstein seiner Bibliothek ein Rosenkreuzerisches Rezept aufgestöbert, wer weiß das? Uns hat der miserable Kerl nichts davon gesagt. Der Pauxpertl meint, dass man ihn einmal foltern sollte, aber wir sind halt alle so weichherzige Leutln.

In Böhmen, wo der Waldstein zu Hause ist, flüstern die Leute scheu, dass er noch gegen die Barbaresken gekämpft habe, als man noch seladongrüne Fräcke trug, voller Silberblumen, und die Damen mit Mouches bepickt waren, wohin man schaute. Fest steht, dass er als junger Mann in die Napoleonischen Kriege eingegriffen hat, an der Spitze des steirischen adeligen Kavalleriekorps. Er war es auch, der dem Casanova, diesem gealterten Kakadu der Venus, auf seinem Schloss in Dux den allabendlichen Gnadenliebestrank reichen ließ. Eine gewisse Božena Vistřopupek, taubstumm, aber mollig, war die letzte Amourette, die der Greis mit einer Flamme wie brennendes Wurmpulver umglühte. Einmal war Casanova, der sich nicht mehr allein aufrichten konnte, drei Tage in kniender Stellung in einem Boskett verblieben und war nur durch ihn verbellende Jagdhunde entdeckt worden. Fürst Adam ritt unter ‚Horrido' daher und befreite Casanova, auf dem der treue Kietaibl bereits seltene Pilze unter die Lupe nehmen konnte, aus seiner peinlichen Lage. Von da ab verfiel der ewig nach Weibern Leppernde rapid. Man machte noch einen Versuch auf dem Gebiet des Sunamitismus. Die böhmische Fassung dieses Verfahrens aber vertat mehr, als sie nutzte, und der plattgedrückte Casanova wurde eines Tages samt dem Leintuch irrtümlich als falscher Apfelstrudel zusammengerollt. Aber schweigen wir, zumal die Sache damals genug peinliches Aufsehen gemacht hat und noch heute die überaus eitle Lebewelt des Südens verstimmen könnte.

So war der Amorettenfittichumrauschte elend verblichen, und vielleicht war es besser so. Der Alternde hatte sich, jetzt kann man es ja ruhig sagen, nie recht mit Kietaibln vertragen, was dem engen Zusammenleben auf Schloss Dux zulasten geschrieben werden muss.

Kietaibl, ein Forscher und als solcher neugierig und zerstreut, durchschnüffelte selbstredend auch die Bündel mit den Liebesbriefen Casanovas, die der gealterte Schürzenjäger auf das hin den ganzen Tag brummend mit sich herumschleppte, da er Kietaibls Nachschlüssel zu seinem Schreibtisch beargwöhnte. Wie oft stürzte da dem zitternden Greis die Last krachend zu Boden, worauf häufig ein galanter Zephir die Blätter zerstreute. Ächzend kniete dann der Vielgeliebte zwischen den süßen Erinnerungen herum, von Kietaibln gleich einer Stechmücke umtanzt, da dieser nach den zahlreichen vertrockneten Rosen fahndete, um vielleicht darunter eine unbekannte Sorte zu bestimmen. Wie giftig konnte dann der sonst honigseimtriefende Alte blicken. Was für barocke Schimpfworte aus dem kanalduftenden Arsenal der ordinären Venezia flatterten bei diesen Anlässen gleich grausigen Aasvögeln dem Rosensuchenden um die Ohren, und wie oft wünschte Casanova ihm, dem Mitglied der meisten Gelehrtengesellschaften Europas, für den Rest seines Lebens ein Cessionello zu werden. Dann wackelte Kietaibl, der Italienisch verstand, vor Wut mit dem einzigen gelben Zahn und krächzte nach dem Fürsten, der den Venezianer im Zorn dann oft per ‚Naihaisl‘ oder ‚Novichalupicky‘ titulierte.

‚Alsdann, einen Cessionello hat er ihn geheißen‘, sprach nach solchen Anlässen der fürstliche Hausherr zum Schlosspfarrer Don Quadratus Quapil, ‚wissen S‘, was die sind? Erbleichen Sie, Quadrat! So nannte man auf den Galeer-Schiffen, was ohnehin genügend stinken, die unglücklichen Ruderschglawen, wo ganz am Ort direkt neben denen, beziehungsweise mit auf denen salvo venia Abtrittbrettern sitzen müssen. Na, hat sich was!'

Da blickte Don Quapil mit den kaum nennenswerten Äuglein zum Himmel hinauf und roch am Kelchglas voll perlenden Melnikers.

Endlich ersann das militärische Genie des guten Fürsten, um dem Skandal ein Ende zu setzen, ein Zwitterding aus Tornister und Kraxe, das der Alte fleißig benützte, sogar nachts auf verschwiegenen Gängen. Schließlich erlöste ihn, wie gesagt, der Tod von der Bürde dieses Daseins."

Die Herren marschierten den ganzen Tag durch die kretischen Wälder, in anregende Gespräche vertieft, und erreichten gegen Abend die Burg Castelfranco, die sich sonnenverklärt vom ätherblau leuchtenden Meer abhob. Gastliche Mauern umfingen Cyriak, der sich bei exquisiter böhmischer Küche für seine weiteren Nachforschungen stärken konnte. Mit ihm legten sich alle ein wenig auf die faule Haut, bis an einem schwülen Mittag der quecksilberne Kietaibl in die Umrahmung eines gotischen, spitzbogigen Fensters der Burg trat und sonderbar meckernd in die Richtung nach Afrika deutete.

Fürst Adam ließ den Greis eine Zeitlang gewähren. Dann aber brüllte er, auf seinen Kommandostab gestützt, in der Linken das Sprachrohr: „Kie-tai-bl! Ahoi! Hole die Brassen der Segel deines meckernden Geredes ein. Dreh bei und zeig deine Farben!" Und nach und nach brachte der Fürst aus Kietaibln heraus, dass südlich von Kreta ein unbewohntes Eiland liege, von den Seefahrern gemieden und Gaudopulon geheißen. Man müsse doch einmal sehen, was dort zu botanisieren sei.

Am nächsten Tag ging man in See. Auch Ritter Proskowetz tat mit, einen geradkrempigen Zylinder aus geteerter Leinwand am Kopf, die steifgewichsten Schnurrbartenden mit Kautschuk umwunden, wie dies die Blumenmädchen mit den Rosen der Kotillonbuketten in der Übung haben. Vier junge Proskowetze, Neffen des Ritters, bedienten die Segel des Kutters „Die Nereïde von Leitomischl".

Ein heißer klarer Tag. Der Wind wehte von Afrika her und wälzte donnernde Wogenberge aus blauem Kristall gegen den Bug der winzigen Nussschale. Hinter ihnen erhoben sich die Felstürme Kretas zu den Wolken, graue Riesenwände, schneegekrönt, belebt von hier und da aufkriechenden Wäldern und silberfädigen Gießbächen.

Ockergelb und rostfarben, ein wildzerklüfteter Block, lag endlich Gaudopulon vor ihnen. Man landete gischtumtobt. Als erster betrat der wasserdicht geteerte Ritter die Insel, die er sofort für den Czaslauer Kreis in Besitz nehmen wollte.

Waldstein sprach dagegen. „Nur keine politischen Verwicklungen, die doch eines Tages selbst bei den heillosen orientalischen Schlampereien an den Tag kommen müssten." Man solle lieber in das Innere des Eilandes zu dringen trachten und möge die Jausenkörbe nicht vergessen.

Gesagt, getan. Die Kolonne, von Kietaibl geführt, setzte sich in Bewegung und erklomm eine Anhöhe. Auf dem Kamm angelangt, machte Kietaibl „pst" und deutete aufgeregt in die Talmulde, die sich auftat. Vorsichtig krochen die anderen Herren nach. Fürst Adam murmelte etwas wie: „Aha, Korsaren! Hassane! Alis! Schädelspalten! Bei St. Johann von Akkon!", blieb aber ebenso starr stehen wie seine Begleiter. Denn im Tal vor ihnen stand ein nahezu nackter älterer Herr –

kein „Mann"! –, die bloßen Füße in grotesk zerfetzten Gummizugstiefeln, die kümmerlichen Reste eines sogenannten Obexes auf dem Kopf, jedoch eine vergilbte Vorhemdbrust umgeschnallt. Eine gläserlose Brille auf ovidischer Nase verlieh dem Seltsamen etwas von verfallener Würde.

Beide Parteien näherten sich zögernd. Wie würde man sich mit diesem Robinson, ein solcher stand ohne Zweifel vor ihnen, verständigen können? Da kam eine unerwartete Lösung.

Der immerhin irgendwie distinguierte Wilde trat unerwartet auf Baron Drachental zu und apostrophierte ihn: „Wladimir, du bist es! Also, lang haben wir uns nicht mehr gesehen. Was macht denn der Pfeyffdemkalb? Noch immer Rechtspraktikant in Troppau?"

Pauxpertl, tief erfreut, machte die Herren sofort bekannt.

„Gestatten mir, Polykarp Edlen von Hahn vorzustellen!"

„Nein, das ist mein anderer Bruder, Kommandant der Gewölbwache. Ich bin der Philipp."

„Wo haben Sie Ihren Schirm her?", eröffnete Fürst Adam das Gespräch und deutete auf das zerfallene, mit Seegrasbüscheln bedeckte Gestell in der Hand des Robinson.

„Hier vorgefunden! Daraus können Sie entnehmen, dass schon vor Ihnen Gelehrte da waren."

„Und wie kamen Sie her?", frug Fürst Adam weiter.

Hahn sah zuerst den Frager misstrauisch an, dann spielte er mit seiner großen Zehe im Sand und wollte lange nicht mit der Sprache heraus. „Wollen wir vorleifig ieber diesen Punkt noch schweigen", war alles, was man von dem aus Prinzip verschlossenen Herrn hören konnte.

„Aber bitte", fuhr er fort, „sich weiter zu bemühen. Ich

werde Sie mit meiner Gemahlin, das heißt, nun ja, also bekannt machen. Die Baronin wird sich sehr freuen."

Dann stapfte er mit den großen, ernsten Plattfüßen voraus, die Naturforschergruppe hinterdrein. Ritter Proskowetz schüttelte unausgesetzt das Haupt, dass die Fliegen, von den nadelscharfen Schnurrbartspitzen irritiert, nervös durcheinandersummten.

Man bog um einen Eckfelsen und sah eine Ruine, wohl byzantinischer Provenienz, vor sich. Die erste Türe rechts zeigte mit Kohle die befremdende Aufschrift: „Amtsstunden von 8 bis 3 und 5 bis 7", daneben „Aktendepot, Unbefugten ist der Eintritt verboten", eine dritte: „Philipp Edler von Hahn, Generalgouverneur. Eintritt nur nach vorheriger Anmeldung auf Zimmer No. 7 bzw. No. 33, falls No. 7 eingestürzt sein sollte".

„Wir leiden hier im Gebäude an heifigen Einstirzen", fühlte sich Hahn den staunenden Begleitern gegenüber zu erklären bemüßigt, „so zum Beispiel ist mir unlängst das Präsidialbüro über Nacht verschwunden." Er blickte starr und besorgt vor sich hin. „Das sind schon die dritten Amtsräume, die ich beziehe, na ja. Die Ruine ist uralt, steht aber – unberufen – zu meiner Freude doch noch zum größten Teil aufrecht. Aber da naht die Baronin!"

Und die Baronin nahte … Ariadne auf Naxos war ein Schmarrn dagegen. Eine verwilderte, struppige, sonnenverbrannte Dame, durchwegs in Streckfauteuilleinen gekleidet, das durch Spagatverschnürungen zu kleidartiger Form gebracht war.

„Von einem Schiffbruch! Das Meer speit überhaupt wöchentlich Streckfauteuils aus. Auch das bissel Kleidung, was Sie an uns sehen, hat dieselbe Provenienz. Mir ist ibrigens", fuhr er bedrückt fort, „wahrhaftig nicht an der Wiege gesungen worden, dass ich mich einmal in Ausgespucktes werde kleiden missen … und der Baronin auch nicht." Sein Mund wurde weinerlich. Die Zuhörer schwiegen betreten. „Wie gesagt, das und leere Zündholzschachteln speit die rasende See aus und eine Massa Stöpsel!"

„Aha, sozusagen die Ekzeme des Ozeans", fiel Wartenberg ein, „gelt Kietaibl! Und die vielen Tange!" Kietaibl meckerte sprudelnd und begann eine Menge Fucusarten aufzuzählen.

„No, no und Literatur, wie steht's damit?", fragte ihn interessiert Ritter Proskowetz, ein bekannt eifriger Leser, ja Präsident des Czaslauer Journalzirkels.

„Von Biechern außer zahllosen Schundromanen nur den J. M. Pardessus ‚Collection des lois maritimes' und Kleinigkeiten von Ludwig August Frankl. Aber beim Pardessus fehlen Seiten. Das Exemplar ist mit einem Spagatohr versehen und muss einmal wo aufgehängt gewesen sein. Ja, das einzige von Wert ist Tapperts ‚Lexikon der Unhöflichkeiten gegen Wagner', den ich sonst nie im Buchhandel bekommen habe. Das kann man aber auch nicht fort und fort lesen."

Nach diesen wichtigen statistischen Fragen begannen die Herren erst die Gemahlin des Robinson zu beachten, und dann begann Hahn seine traurige Geschichte, die ihn zwang, diametral gegen seine Prinzipien fern von jedem Komfort und in wilder Ehe zu leben. Das sei, klagte er, die ehemals so verwöhnte Fiordelisa Centopalanche, ja, die unter Weihrauch und beim Dröhnen goldener Zymbeln aufgewachsene Amathusia … Ein mitleidiger Delphin habe damals beide auf dieses Eiland getragen, von dem aus sie viermal wöchentlich den vorüberfahrenden Lloyddampfern Notsignale gegeben hätten. Sie seien zwar unzählige Male photographiert und freundlich mit Schnupftüchern bewedelt worden, aber weiter habe sich niemand um sie gekümmert, wohl der

Verspätungen halber. Sie hätten sich mühsam ernährt, wie es in jedem Robinsonroman geschrieben stehe. Um vor Langeweile nicht umzukommen, habe er wieder zu amtieren angefangen und regelmäßig Bürostunden gehalten, wobei er mit einem federhalterähnlichen Hölzchen täglich die übliche Anzahl von Stunden lang auf flachen Steinen, selbstverständlich ohne Tinte, Akten konzipiert beziehungsweise erledigt habe. No, die Herren brauchten keineswegs so zu schauen, die übergroße Anzahl aller Ämter arbeite ganz ähnlich, jedenfalls mit der gleichen Wirkung.

„Nun, der Begriff ‚Staat‘ wird mir zum erstenmal vollkommen sinnfällig", bemerkte Ritter Proskowetz mit vorgehaltener Hand zu Wartenberg, der ihn peinlich berührt anschaute.

„Ja", warf die umhanfte Gattin ein, „der Hahn hat sich oft vor Freude im Streusand gewälzt, was er im Ministerium nie hätte tun dürfen." Aber ihr Schicksal, das der verwöhnten Prinzessin, sei traurig, traurig, traurig. Es wäre ihr nie im Leben eingefallen, sagte sie, sich mit einer halb verwesten „Narodny listy" fächelnd, leise zu Fürst Adam, ausgerechnet Hahn, einem früheren Mehlwurmhändler, die Hand zum ewigen Bund zu reichen. Ein schändlicher Zufall, wohl auf die Beleidigung der Göttin Aphrodite zurückzuführen, habe sie in diese elende Situation gebracht. Sie habe bitter gebüßt. Hahn sei zwar alle halben Jahre avanciert, ganz toll, und stehe knapp vor der „Exzellenz", wozu er sich durch verdoppelten Fleiß würdig zu beweisen trachte. Aber was kaufe sie sich schon dafür? Er arbeite oft halbe Nächte im Mondschein und schlafe sogar bisweilen im Büro.

Hahn empfahl sich. Es sei drei Uhr, er müsse ins Amt, Rückstände aufarbeiten. Steif und würdig ging er ab, den dankflatternden Schattenspender aufgespannt.

Die sogenannte Baronin empfahl sich auch, nachdem sie die Herren zum Five o'Clock gebeten hatte; zwar nur aus Seetang gebraut und in leeren Konservenbüchsen serviert. Fürst Adam und Ritter Proskowetz sahen dem entschwindenden Paket gedankenvoll nach.

„Gehn mer!", lautete dann die Parole. Da Kietaibl auch nichts Gescheites fand, bestieg man alsbald das Segelboot und fuhr gegen die ungeheuren Felswände Kretas zurück. Als die Zinnen des Hochgebirges schon im Purpurlicht des Abends erglühten, brach Fürst Adam zum erstenmal das nachdenkliche Schweigen der kleinen Expedition.

„Sakra, jetzt haben wir glücklich vergessen, die Hahnischen mitzunehmen ... t-t ... Na, schad' auch nix, es ist so und so eine verpfuschte Existenz, was soll da noch Gescheites herauskommen. Bis ihn wieder jemand auffindet, ist er zwar schon Minister, aber das ist ja heute schon bald jeder Dreck. Über kurz oder lang jagen s' die Centopalanchischen sowieso auch weg, die Kleinbürgerwirtschaft, na und wenn s' auch schon gekrönt sind, genauso, wie 's Proletariat schon lang abgewirtschaftet hat. Die alte Ordnung ist ja bloß eine Frage von ein paar Jahren ... Der Mann geht in seiner eingebildeten Arbeit auf und ist glücklich ... zwar eine Selbstlüge ... Apropos, wenn mer schon von Lüge sprechen: Glauben Sie an die Geschichte vom Delphin? Möcht wirklich wissen, wie das wilde Ehepaar dorthin gekommen ist, wirklich wissen ... aber so ein Böhm wie der Hahn lügt ja wie gedruckt."

Das schwierige Landungsmanöver unterbrach seine interessanten Explorationen. Man war froh, ohne Knochenbrüche gelandet zu sein, und jubelte, als man das Horn des Burgwartes Navratil zum Abendessen schmettern hörte.

41

Auf Schloss Castelfranco grübelte man mehrere Tage an der befremdenden Delphingeschichte herum. Dann beurlaubte sich Pizzicolli, den es nicht länger bei den böhmischen Rittern litt. Beim Abschied drängte ihm Fürst Adam förmlich ein stämmiges Shetlandpony auf, das aber Cyriak dankend ablehnte. Dann brach er auf und zog geraume Zeit im wilden Gebirgsland umher, bis er eines Tages die herrliche Landschaft von Mirabella vor sich sah, eine marmorne Fruchtschale, überschäumend von Üppigkeit, gegen eine große Bucht geweitet, die blauenden Dionysiaden in der Ferne. Bei dem schmalen fjordartigen Einschnitt von Spinalonga stieg er zum Meer hinab. Ein himmelhoher Fels ragte dort aus den Fluten heraus. Ein Städtchen klebte wie eine Sammlung von Schwalbennestern an diesem riesigen Zacken, das Städtchen Spinalonga, über dem noch höher die Venezianerburg thronte, das ruinenhafte Bukefalo. Überrascht blieb Cyriak stehen und sah dies Wundergebäu an, in dem schon der Graf Bonifatius von Montferrat residiert hatte, der einzige unabhängige Fürst, den Kreta je besessen, und dem es im vierten Kreuzzug aus der Beute zuteil ward.

Da klopfte dem Versonnenen jemand auf die Schulter. Ein alter Herr stand vor ihm im verschossenen Samtwams, eine kurze Partisane in der Rechten. Zwei schlanke, schneeweiße Windspiele betrachteten unseren Helden ernst mit fahlblauen Augen.

„Hoho, ein Franke, hier im Marmorreich der Mirabella … Das nenne ich kühn, wer seid Ihr?"

Cyriak nannte seinen Namen und wurde noch zur selben Stunde Gast des alten Dynasten Lorenzo Schiavo, der ihn alsbald zu seiner Burg Bukefalo hinaufgeleitete. Der steile Anstieg durch sengende Sonnenglut führte bald in das Städtchen, das mit seinen krummen altvenezianischen Häusern, Toren, verfallenen Zinnen und Bastionen, rieselnden Brunnen, mit prachtvollen antiken und mittelalterlichen Reliefs Cyriak so fesselte, dass er kaum weiterzubringen war. Überall dräuten grünpatinierte Bronzegeschütze mit dem Markuslöwen neben den Delphinhenkeln auf das tiefblaue Meer. Ein verwittertes Tor, mit vielen Wappen geschmückt, führte endlich in den weitläufigen Schlosshof von Bukefalo. Ein verwitterter Palast erhob sich an einem Ende, und daneben stand eine sehr verfallene Kirche. Auch hier wieder Geschütze und rostige Kanonenkugeln. Schiavo nötigte Cyriak in einen dunklen ungeheuren Saal mit einer loggienartigen Anordnung hoher Spitzbogenfenster, die in schwindelnder Tiefe die blaue brandende See zeigten.

„Da wären wir, nehmt Platz! Willkommen in meinem Adlernest, nie von den Türken bezwungen, einer der letzten Sitze der alten candiotischen Ritterschaft. Wo sind sie alle hin, die Archontenfamilien", fuhr er traurig fort, „die Sonetti, Olimbo, Mazaron, Gradenigo ... die Gavala, die sogar einmal die Kaiserkrone von Nikäa trugen. Da unten sind sie gelegen, die Galeeren der Cornaro, der Tocco, der Gozzadini, in deren Märchenpalast auf Sifanto die Melusine ihre Kindheit zugebracht. Demonogiannis aus Andea und Lazarino von Zia, die blutrünstigsten Piraten des 13. Jahrhunderts, wollten das Feenmädchen entführen. Ihr Schiff aber fuhr bei Santorin ins siedende Wasser eines Vulkans, der sich dort jählings öffnete ... Was willst du, Zannachi?"

Cyriaks Herz blieb einen Moment stehen vor Schreck, als er des also angeredeten Wesens ansichtig wurde. Ein krüppelhafter Alter, der ein zweifaches Gesicht hatte! Bei allen Heiligen ... ein Troll!

Mit schwirrender Stimme richtete er an seinen Herrn irgendeine Frage in einer unverständlichen Sprache. Dann watschelte der Entsetzliche weg und verschwand in einer spitzbogigen niedren Türe.

Lorenzo Schiavo legte beruhigend seine siegelringgeschmückte Rechte auf Pizzicollis Arm. „Verzeihen Sie bitte meine Unachtsamkeit, hätte mir denken müssen, wie das Geschöpf da auf Sie wirken würde ... ein Wesen aus ganz verschollener Urzeit, ein Krüppel der Vorwelt. Das war ein Mamzer, wie der Prophet Zacharias diese Erscheinungen nennt, eine Figur aus einer Epoche, da die Welt wesentlich anders aussah als heutzutage. Oder nennen Sie ihn einen Lippus oder einen Dacharener, wie von solchen noch Stephanus Byzantinus berichtet. In der Bibel, die so wenige verstehen, gibt's eine Stelle, wo der Herr den jüdischen Königen befiehlt, alles, was mehrgesichtig ist, zu erschlagen. Die ganze Zeit damals war ein furchtbarer Krieg der Söhne Gottes mit den Formen einer Urzeit, die Hybris des Satans.

Ganz besonders Kreta war reich an solchen Erscheinungen, dieser Zucht der Echidna. Nun werden Sie auch verstehen, warum schon Ezechiel Jehova den Kretern droht und den ‚Urmenschen des Meerlandes‘. Und Paulus nennt die Kreter ‚hässliche Tiere und Bäuche‘ ... das Land, wo auch Hephaistos wohnte, der watschelnde Zwergenfürst, auf goldene Mägde gestützt, Geschöpfe sodomitischer Hybris, nichts andres. Ihr Franken nennt heute noch urmenschlich Missbildete ‚Kretins‘. Ihr werdet vielleicht hier sehr, sehr Merkwürdiges zu sehen bekommen, auf dieser Insel, die Venedig in dem halben Jahrtausend seines Besitzes unermesslichen Reichtum und viel Seltsames gegeben.“

Noch in derselben Nacht floh Cyriak aus dieser Burg, neue Dämonik befürchtend. Floh feig davon im grünlichen Mondlicht durch die verfallene Gotik des Städtchens, wo aus kleinem maßwerkverziertem Fensterchen eine Dirne ihn lockte, bizarres Bild im rötlichen Schwelen eines Öllichts. Dort regte sich's gespenstisch hinter einem Geschütz, dort grinste ein Markuslöwe, auch so ein Vetter der Harpyien. In einem Oleanderhain der Mirabella nächtigte Cyriak, heimatlos, vom Amor gehetzt, einer, der mit den realen Dingen dieser Erde gebrochen.

42

Und Sonderbares sollte er noch im sonderbaren Lande erleben, er, hart an der Schwelle zum Reich, das wohl existiert, aber seine Schleier dicht um sich hüllt gleich einer Maske der Gottheit. Wo war Cyparis, wo? Und Cyriak hastete weiter, unrastgetrieben.

Der Tag war still und sengend. Der Himmel war wie mit einem irisierenden Schleier überzogen, der das tiefe Blau mit grünlichen, kupfernen und purpurnen Flecken ganz leicht untermischte.

Nie gesehenes Gewürm kreuzte seinen Weg. Nie geschaute Pflanzen sandten ihre Düfte zu ihm. Leicht beklommen schritt Cyriak weiter durch die Landschaft der Mirabella, die durchaus einem Parke glich in warmer Schönheit. Er mochte Stunden gegangen sein, da bog sich der Lorbeer vor ihm auseinander. Ein nacktes Mädchen stand kichernd vor ihm, braun wie das Elfenbein an heiligen Schreinen der Kosmaten. Sie winkte ihn heran und wies auf zwei Jünglinge, die, ins Gras gelagert, eine Laute zur Hand nahmen. Es roch nach heißer feuchter Erde und pflanzlicher Üppigkeit.

Ein zweites Mädchen, ebenso unbekleidet wie das erste, schöpfte mit einem kristallenen Krug Wasser aus einem marmornen Sarkophag, der als Brunnen diente, und bot dem Dürstenden einen labenden Trunk. Doch Cyriak wies alle diese Versuchungen von sich und zog seinen Pfad weiter.

Die nächsten Tage sahen Cyriak wieder im Hochgebirge. Eine innere Stimme wies ihn dorthin, der Magnet seines Herzens, oder die Hand des Schicksals, und fortan wurde seine Reise bunter und bunter.

Die Sonne stand im Mittag, und den Wanderer hun-

gerte es. Da glaubte er ein Mittagsglöckchen zu vernehmen, ganz schwach und windverweht. Er ging dem Ton
nach, voll Hoffnung, einen Weiler zu finden, ein paar
Bauernhäuser, die hier oft ganz eng zusammengedrängt,
selbst nur zu vier oder fünf ein winziges Städtchen mit
vielstöckigen grauen Häusern zu bilden pflegen.

Dem war aber nicht so. Vielmehr hing das Glöckchen
an einem Baum. Ein Anachoret läutete es, dabei in einem
buntbemalten Buche blätternd. Ein zweiter härener Geselle saß unter einem Strohschirm und schien friedlich
zu schlafen. Und wenige Schritte davon bestaunte der
Mittagshungrige das Heim der frommen Greise, ein
Heim, das er nur kopfschüttelnd betrachten konnte, die
defekten Reste eines Bahnwagens dritter Klasse der ehemaligen Privilegirten Österreichischen Südbahn. Das
geheimnisvolle Wort „Nemdohanyzoknak" war noch
deutlich sichtbar. Die freundlichen Einsiedler teilten mit
Cyriak das Mahl der Armut: Brot, Zwiebel und Käse und
ein Rhodiser Töpfchen mit salzigen Oliven.

Als er gegessen, gab er seiner Verwunderung Ausdruck, wie denn das unbeholfene Wrack eines Bahnwagens auf diesen Steinbockpfaden dahergekommen sei.

Da zirpten die weltabgewandten Greise nur etwas
von einem Wunder, ja, von einem Wunder des heiligen
Hyazinth, zusammen mit St. Romuald … und läuteten
wieder das Glöckchen.

Kopfschüttelnd setzte Pizzicolli seinen Spürgang fort
und wurde sich nicht klar, was gerade der heilige Hyazinth mit unverwendbaren Bahnwagen für einen Zusammenhang habe.

Schon war er eine Stunde gegangen. Da hörte er
Schritte im dichten Tannicht, und ein etwas altmodisch
gekleideter Mann schritt leichtfüßig einen bergab kommenden Seitenweg daher. Der Fremde in kurzgehalte-

nem braunem Bart trug ein sonderbares Harfenklavier an die Schulter geschnallt. So schritt er rüstig dahin. Als er Cyriak sah, ging er klimpernd auf unseren Helden zu. Sie maßen sich wenige Sekunden.

Dann begann der Musikbehaftete: „Aha, ein Franke, ein Deutscher, der Tracht nach. Wie mich das freut! Diduhaz von Hasenduz, mein Name, aus Elendsgrün im Erzgebirge. Darf ich ein Stückchen mitgehn?"

Nach einiger Zeit fragte Cyriak aus reiner Artigkeit den verloren Klimpernden, woher er das dröhnende Unding habe.

„Ich? Aus einer Masse … einer Verlassenschaft. Es ist einer ermordet worden, müssen Sie wissen, weit weg von hier. Der Tote schrieb sich Bartolomäus Puwein und war ein Sonderling. Doch hören Sie die Ballade von ‚Antonius und Aquilina', mein Lieblingslied, es ist von Otway, müssen Sie wissen, aus der ‚Verschwörung gegen Venedig' und sehr, sehr alt. Ich singe es immer zu Ehren dieser alten venezianischen Insel."

Pizzicolli erkor einen Stein zum Ruheplatz und freute sich des buntbetresstesten Liedes, das ihm jemals ins Ohr geklungen, des Liedes der Liebe des Antonius zur hyazinthäugigen Griechin Aquilina, der Buhlerin aus Zypern, die ihn, den Piraten, zum Dogen machen wollte, das Lied seiner heißen, unauslöschlichen Liebe.

Dann schnupfte der Sänger aus großer beinerner Dose, rückte die Orphika höher auf die Schulter und empfahl sich. Er müsse noch heute nach Myrtos hinab, zum Kap des heiligen Theophil, wo er sich ein verlassenes Schilderhaus gekauft, am afrikanischen Meer unten, weit … weit. Da hieße sich's sputen.

Jetzt stand Cyriak wieder allein in golddurchfunkelter Waldeinsamkeit, weit und breit kein menschliches Wesen, nur Elfen vielleicht, doch wohl am Tage nicht sichtbar.

Da überkam es ihn, der niemals Verse gemacht, wie ein apollinischer Strahl. Und seinem Mund entströmte ein Minnesang, dessen er sich selbst früher wohl nie für fähig gehalten.

> „Als den schönsten Pagen der Grazien
> vom Hofe der Rosenfeen gesandt,
> so sah ich dich
> wie in flüchtigem Rausch,
> und der Duft deines Kusses
> verhauchte so sanft
> wie Abendrot über Lilien.
>
> Dein Abbild nahm ich mit in den Traum,
> in die Wiege der Sehnsucht,
> und versank im Meer deiner Herrlichkeit
> hilflos.
> Wie ein Mondstrahl erschienst du mir da,
> der über Seide gleitet,
> Seide von Keos,
> sanft, süß, und kosend und weich …
> Und als des Katzenreiches holder Seraph,
> des Katzenreiches der Venus …“

„Des Katzenreiches der Venus“, seufzte Pizzicolli. Die süßverschleierte Symphonie des Waldes, ihrer Herkunft nach nie ergründet, verstummte plötzlich. Unerwartet trat eine schlanke Gestalt graziösen Schrittes aus dem schwärzlichen Grün des bis zum Boden reichenden Zederngezweiges, verhüllt in ein Schleiergewand bis zum Kinn, eine Kapuze am Kopf, das Gesicht bis auf den sehr schönen Mund sorgsam maskiert. Anmutig hob sie eine Hand gegen den Überraschten und sang mit dunklem Alt.

466

„Der Aphrodite Reich durchschleichen sanft die
      Holden
mit ihrer Augenpracht, smaragdgeblaut und golden,
und wundersame Sprache ist der Rosen Hauch.
Wer Katzenschleich versteht, versteht ihn auch.
Der Aphrodite Reich erreicht man kaum
mit ernster Miene, würdevollem Amt,
am besten noch durch einen Purzelbaum,
dem huldvoll lächelt holder Lippen Samt.
Am Tor des Zauberreichs wird alles das zuschanden,
was Ansehn gibt und Ehr in andren Landen.
Der Venus heilig sind die Rosen und die Katzen …"

Mit grüßend erhobener Hand, einer Geste so schön, wie
er sie noch bei keiner Tänzerin gesehen, mit berückend
lächelndem Mund und einem bezaubernden Leuchten
herrlicher Augen aus dem Maskendunkel entschwand
die außergewöhnliche Erscheinung.

Pizzicolli fühlte sich von einer Art leichter Lähmung
befallen. Und jetzt geschah es, dass er, der schon genug
Außergewöhnliches erlebt hatte, sich zum ersten Male
im Leben fürchtete, sich fürchtete wie ein Kind im Finstern. Dieser Wald war ja verzaubert. Und er begann zu
laufen, ein beklemmendes Gefühl am Hinterkopf, als ob
sich ihm die Ohren legten.

Was war ihm schon alles geschehen! Was war das nur
für ein Schicksal über ihm, das ihn zu einer hilflosen
Puppe machte, des seltsamsten Geschehens, das sich mit
immer neuen Knoten um ihn verstrickte.

Nur heraus aus diesem Zauberwald! Nicht umsonst
haben die Griechen, so kam es ihm in den Sinn, diese
Gebirge der Göttersagen verdächtigt. Was für ein Wort!

„So bleiben Sie doch stehn!", hörte er plötzlich eine
Stimme hinter sich. „Man kommt Ihnen ja nicht nach!"

Cyriak sah sich jäh um und konstatierte mit leichtem Entsetzen einen gar nicht waldgerechten, sehr distinguiert gekleideten Herrn, an dem er auch eine schwarze Maske konstatieren musste.

„Was wollen Sie?", sprach Cyriak mit schreckveränderter Stimme und griff nach der Repetierpistole.

„Lassen Sie das", sagte rasch und beiläufig der andere. „Ihr Spiel ist bald zu Ende. Zu schnell abgelaufen, die Uhr … frühzeitiger Tod Ihrer Herren Eltern war Regiefehler! Bei Ihnen sind sieben Jahre vor die Hunde gekommen."

Cyriak sah ihn starr an.

„Ja, manchmal klaffen Lücken. Mutationen des transzendentalen Weltgetriebes. Besonders bei kleinen Kindern bemerkbar, die oft sonderbare Dinge aus ihrem letzten Leben balbeln … da hatten die Nornen den Schleier nicht ganz vorgezogen. Der Fehler wird dann durch den Stumpfsinn der Erwachsenen ausgebessert, die dem Kind dummes Zeug sagen. Ihrer Logik ist's hier nicht ganz wohl, nicht? Na, macht nichts, Sie werden nichts ausplaudern. Was schauen Sie mich so an? Glauben Sie, ich weiß nicht, was Sie denken? Nein, nein, Gespenster sind immer visuell miserabel beieinander … Vogelscheuchen aus den Gefilden der Seligen."

Cyriak machte eine artig abwehrende Gebärde. „Hätte mir nie erlaubt, so zu denken!"

Der Elegante fuhr fort: „Wozu grübeln Sie in der Einöde? Herr, Sie können nichts mehr dafür tun … Sie sind geführt … jetzt sind Sie dran. Haben Sie eine Ahnung vom wahren Logenwesen, dessen blöde, blasse Kopien die mystischen Systeme braver Spießbürger sind, oder schlimmer, in die sich Hochstapler eingewanzt haben und mit Hilfe des ‚Eiteradmirals' stinkende Geschäfte machen! Jeder ist registriert, auch Sie! Die untersten

Organe sind natürlich noch sterbliche Menschen, wie auch ich die Ehre habe, ein kleiner Unterbeamter zu sein. Und die Schlüssel zu den Mysterien sind jedem gegeben, hat jeder, jeder oft in der Hand. Haben Sie denn noch nie Karten gespielt? Tarock? Das ist einer von den Schlüsseln. Aber ich habe nicht viel Zeit. Möchte Ihnen doch sagen, Sie sind auf dem Weg zur Abbüßung, und da Sie noch sehr, sehr Dämmerer sind, sehr unbewusst … ein Stixensteiner! Mein Gott, so müssen Sie ein wenig in den Elementarklassen nachrepetieren … nachrepetieren …" Dann grüßte dieser ungewöhnliche Herr freundlich und verschwand festen Schrittes, ab und zu mit seinem Spazierstock nach Schwämmen hauend.

Cyriak zündete sich mit zitternder Hand eine Zigarette an. Was sollte das alles heißen? Da, dort konnte er nicht mehr heraus. Er war ja von dämonischen Mächten blockiert, dieser geheimnisvolle Gigerl, diese vermummte Sängerin oder Ballerina aus dem Olymp. Er sah sich scheu um. Welch ein Schachspiel war das alles. Überall begrenzt von der Acht, der hohen heimlichen Acht … der hohen heimlichen Acht … das Feld des mystischen Spieles.

Staunen malte sich auf seinen Zügen, und plötzlich ging ihm ein Licht auf über den geheimen Sinn der Spiele. Und ein Wort, das er einmal irgendwo vernommen und das für ihn lange verweht war, trat ihm klar und plastisch vor die Augen. Die Figuren der Karten sind die Spitzen eines gleichseitigen Dreieckes, in dem Dame und König die Bodenlinie begrenzen. So symbolisieren sie das männliche und weibliche Prinzip und bedeuten die Polarität der fassbaren Welt. An des Dreiecks Spitze steht der Bube als das Kind, in dem natürlich auch das Mädchen enthalten sein muss.

So wird diese Figur zum Bild der androgynen Wesensheiten, zum Symbol des apolaren Ausgleichs der beiden Kraftkomponenten und aller entgegengesetzten Polaritäten.

Auf welchem eingeengten Schachbrett spielte sich doch sein Lebensdrama ab, zum Teufel! Warum denn nicht die magische Konvenienz einfach durchbrechen? Dem Schicksal unversehens eine in den Magen geben … sozusagen … natürlich … und … und … ja, was? Das Mädel einfach heiraten? Merkwürdig, hm, mit ihr nach Graz ziehen?

„Was für ein Irrsal", ging es ihm dann durch den Kopf. „Mit was für Leuten, was für Wesensheiten verkehre ich denn eigentlich? Was für ein Irrsal … ja … wie man sich bettet, so schläft man! … was für ein Irrsal …"

43

In solche melancholische Betrachtungen verstrickt, von
der Beobachtung der Umgebung abgelenkt, ging Cyriak
mit bisweilen sogar tappenden Schritten weiter und erstaunte nicht wenig, als er, aus dem inneren Schauen
herausgerissen, des Landschaftsbildes gewahr wurde,
das sich dem um eine Felswand Biegenden mit einem
Schlage darbot. Auf dem Berghang, durch das farben-
zaubernde Spätnachmittagslicht üppig belebt, erhob
sich auf künstlich geebneter Terrasse ein hochgetürmter
Pavillon aus gelblichem, patiniertem Sandstein, einem
Material, das hier gar nicht vorkam. Ein edles Bauwerk
der französischen Renaissance, das Pizzicolli zu seinem
Erstaunen als nichts Geringeres als eine überaus gelungene Kopie eines der Eckpavillons der Tuilerien ansprechen musste. Staunend schritt er näher. Das Bauwerk
im beginnenden Verfall schien verlassen. Er ging ein
paarmal um den schönen Pavillon mit den mangelnden
Fensterscheiben herum und bemerkte endlich eine Türe.
Sie gab nicht nach, sosehr der neugierige Tourist auch
daran rüttelte.

Schon wollte er enttäuscht von seinem Beginnen ab-
lassen, sich wieder auf den Weg machen, um noch vor
Einbruch der Nacht irgendwo eine menschliche Behausung zu finden, als Schritte vernehmbar wurden und jemand von innen an der Tür zu hantieren begann. Bald
sprang sie auf, und ein älterer hagerer Mann stand vor
ihm, in eine Art von Mönchskutte gekleidet.

„Was begehrst du, Fremdling?", klang seine ernste
Stimme. „Warum störst du meine Ruhe?"

Beschämt und stockend entschuldigte sich Cyriak
damit, dass diese Kopie eines Tuilerienpavillons hier

mitten in dieser Einöde seine Neugier so erregt habe, dass er nicht anders konnte, als …

„Du irrst", klang ernst die Stimme des einsamen Mönches, „keine Kopie steht vor dir. Der Pavillon ist echt, ist von Katharina de Medici durch Philibert Delorme erbaut worden. Man hat einen Teil der Trümmer, die nach dem Brand der Kommisten von 1871 lang in Paris herumgelegen sind, hierher übertragen. Ein Fürst Pozzo di Borgo, ein Enkel des großen Gegners Napoleons, der ab 1809 in Wien den Widerstand gegen den Korsen inszenierte, hat die Trümmer nach Kreta übertragen, auf die Insel, die als Sperrblock die napoleonische Flotte von der Eroberung von Byzanz abhielt, die Flotte, die dann vor Abukir vernichtet wurde."

„Wie seltsam … Kreta spielte eine so wichtige Rolle?"

„Es gibt noch viel Seltsameres aus der Geschichte dieser geheimnisvollen Epoche, die so resultatlos endete, aber beinahe der Welt ein anderes Gepräge gegeben hätte. Das war das Bajazzohafte im Blute Napoleons. Die Pozzo di Borgo gehörten der anderen Partei in Korsika an. Auch ihre Pläne waren gewaltig und sonderbar. Aber die Welt ging einen anderen Weg, und auch hier ist Pozzos Werk im Keim gestorben … sein traumhafter Plan … in Korsika und hier begonnen. Nur verfallene Straßen, eine verfallene Seilbahn führte bis zum Meer … verfallene Substruktionen von Zaubergärten siehst du hier, verrostete Scheinwerfer dort im Alpenrosengestrüpp, verrostet wie ganz Frankreich. In diesen Wäldern konnte nichts werden. Jetzt wohne ich hier."

„Sind Sie Historiker?", fragte Cyriak, dessen Wissbegierde die halben Andeutungen des Einsamen nicht wenig angeregt hatten. „Und wie darf ich Sie nennen?"

„Nein, ich bin Angelolater, und wenn du mir einen

Namen geben willst, so nenne mich Fra Hugo von Payens."

„Angelolater, was ist das?"

„Angelolatrie ist die Verehrung der Engel. Die erste christliche Kirche war stärker darin und hat auch gewusst, warum, aber schon früh haben gewisse Kräfte versucht, die Macht des Christentums einzuengen. Schon am Konzil von Nikäa flaute man in der Engelverehrung ab, und das sehr zu Unrecht. Die Verehrung der Engel, voll Macht, Vollendung, Güte und Schönheit, ist uns Irdischen wichtig, ist eine Quelle unendlichen, mächtigen Heiles. Schau um dich, wie elend alles gestellt ist, wie sehr die Hilfe des guten Daimonions uns mangelt. Die erste Pflicht des Sterblichen sollte sein, mit den hohen Wesen um Gottes Thron sich einzuschwingen, sich zu begegnen. Tritt näher!"

Cyriak folgte dem weißkuttigen Mönch in einen hochgewölbten Saal voll reichem Stucco, durch dessen hohe, leere Fenster der Blick auf schneeige Alpengipfel fiel, im Rosen- und Goldrausch des Abendlichtes prangend. Ein dürftiges Lager, ein Wasserkrug, einige Bücher und ein offenflammiger Messingleuchter, sonst war nichts von Hausrat zu sehen.

Die geheimnisvollen Andeutungen über diesen Vorposten Europas, die ungewöhnliche Einstellung, zu der sich der Anachoret bekannt, gaben Cyriak Mut, auch von seinen außergewöhnlichen und abseitigen Forschungen und Bestrebungen zu sprechen. Er kam auf sein spukhaftes Erlebnis am Parnass zu sprechen und fragte seinen Gastgeber, ob er ihm Erklärungen über die geheimnisvollen Andeutungen des Doktor Hofzinser geben könne … besonders, was es mit dem Goldenen Vlies für eine Bewandtnis habe.

Der Alte nötigte ihn an seine Seite. „Ich muss weit

ausholen und sehe, dass dein ganzes Streben und Suchen bisher eine Wirrnis, ein Gestrüpp des Geistes ist. Vor allem, merke eines: Die ganze religiöse Geschichte der Menschheit hat einen Angelpunkt: das Erscheinen des Erlösers, des Christos Jesus. Alle antiken Mysterien und, merke wohl, die nicht in Verfall geratenen Kulte der Antike bereiteten auf diesen Moment vor, und alle anderen Dinge geistiger Art, die daran vorübergehen, sind nutzlos. Drum hüte dich vor jeder Art der Magie.

Auch besteht die traurige Tendenz, immer wieder diesen Kernpunkt außer Acht zu lassen und das Mysterium dieses Parakletes banal, erklärbar, bloß menschlich, ja sogar nur als fromme Formel aufzufassen.

Siehst du, hier in diesem weltvergessenen Stück Europas leben, sehr verborgen, die seltsamsten Bewahrer uralten mystischen Wissens der Templeisen, die Träger heiligster Traditionen, von Dingen, die am europäischen Kontinent längst abgeschliffen und vorläufig noch vergessen sind. Dort wogt und wogte der Kampf zwischen den Anhängern des Kapitäns aller Verwesung, wenn wir ihn so nennen wollen, und der nicht allzu großen Schar derer, die dem furchtbaren Tag, an dem der Weltenherr in den Wolken erscheinen wird, mit erhobenem Haupt entgegensehen können.

Hier wirken noch die Ritter der weißen und der roten Rose, deren Abglanz man im Mittelalter die Rosen von York und Tudor nannte, und das ist eine sehr wenig bekannte Sache. Die weiße Rose, schon im alten Persien heilig, sie ist der unberührte Lotus, das Symbol der Sonnengottheit, vom Schmutz der Erde unberührt, die sich dann als Christus für eine bestimmte Zeit inkarnierte und den Kampf gegen den Fürsten aller Finsternis aufnahm. Die rote Rose ist das Symbol des vollzogenen Opfers der Erlösung und schließt an das hohe Mysterium des heiligen Grales an, den Kelch des göttlichen Blutes. Aber mir ziemt es nicht, mehr davon zu sprechen.

Es spielt vieles davon in die Kreuzzüge hinein. Besonders wichtig war der letzte, der Eduards von England, dem sein Gönner, der Alchemist Raymundus Lullus, das hiefür in Afrika gesammelte Geld gegeben hatte. Doch die Söhne des Schattens gewannen durch Satan neue Kraft. Die Hüter des Grals, die Templer, wurden nahezu vernichtet. Ein Schicksal, das auch die Johanniter auf ein Haar geteilt hätten. Ihre unermesslichen Schätze wurden ihnen geraubt und nach Paris gebracht, fortan Hochburg der Mächte der Finsternis.

Und die Söhne des Lichtes wurden wieder aus Asien vertrieben, weiter und weiter zurückgedrängt, bis der Stoß ins Herz Europas – und das ist Deutschland – in bedrohlicher Nähe stand. In diesem gefährlichen Moment setzte wieder einmal das Mysterium des Goldenen Vlieses ein.

Das Goldene Vlies! Ein Eingeweihter der ‚königlichen Kunst‘, Philipp von Burgund, stiftete den Orden neu um das Jahr 1420 in einem doppelten Sinne. Einmal galt dieser Orden als Fanal zu einem Kreuzzug gegen die Türken, die das letzte Bollwerk des Christentums im Orient, Trapezunt, bedrohten. Der dortige Kaiser David, ein Komnene und als Mitglied dieser uralten eleusinischen Familie Bewahrer der Mysterien Jasons und Medeas, war es eigentlich, der diesen seinen Bundesgenossen Philipp zur Wiedererneuerung des Ordens im Abendlande aufforderte, nachdem er bei den Byzantinern immer bestanden.

So war denn auch das Land Kolchis am Phasisstrom das Ziel dieses Kreuzzuges im Zeichen des Goldenen Vlieses, eben das Reich von Trapezunt, dieser Schlüssel von Persien und Mesopotamien, der Pforte zum Indischen Ozean. So ward das Vlies das Geheimzeichen zu diesem neuen Argonautenzug nach Kolchis, bewusst das Werk des zweiten Davids, des Namensbruders des Lichthelden, der den Urweltriesen erschlägt.

Die Pläne Kaiser Davids waren weltbedeutend. Und wären sie nicht von den Mahatmas des Schattens durchkreuzt worden, die Welt wäre heute glanzvoller und vielleicht das Paradies des Friedens.

Die Schönheit seiner Tochter Despina Katon stellte er in den Dienst seiner Pläne, eine Schönheit, von der die Minnesänger aller Höfe Europas sangen. Durch sie ward ihm Usun Hassan, der Fürst der Turkmenen, die damals Persien und Mesopotamien beherrschten, zum Schwiegersohn. Despina Katon behielt ihre griechische Hofhaltung in Bagdad, und so kam es, dass damals diese Märchenstadt das Ziel der Abenteuer suchenden Ritter und Minnesänger wurde. Er und andere Könige des Ostens, von Armenien, Georgien und sogar noch Herzoge kleiner Reste des Gotenreiches setzten, unterstützt von der venezianischen Flotte, die in Cilicien operierte, den Türken furchtbar zu, auch noch nach der Vernichtung von Trapezunt und nach der Ermordung der ganzen kaiserlichen Familie der Komnenen. Bei Baibur am Euphrat wogte lange die entscheidende Schlacht, in deren Kanonendonner fast die Türkenmacht vernichtet worden wäre. Aber leider siegte das Element der Finsternis und warf zugleich Europa auf viele Jahrhunderte in seiner Entwicklung zurück.

Das, mein Sohn, ist in den Geschichtsbüchern sorgsam übergangen, und ebenso, wie Ludwig XIV., durch die Mysterien der schwarzen Messe dem Satansdienst geweiht, nach der großen Türkenschlacht vor Wien den deutschen Kaiser verhinderte, den Jasonszug des Goldenen Vlieses zum zweiten Male zu Ende zu führen, Byzanz zu befreien, um den Indienschlüssel, Trapezunt, sich zu nehmen. Das ist das exoterische Geheimnis des Ordens vom Goldenen Vlies. Das esoterische aber, darüber sagen die Schriften derer, die das Urwissen bewahren, dass im Goldenen Vlies keineswegs etwa eine dämonische Schutzhülle zu verstehen ist, sondern in ihr ist eine geheiligte Darstellung in gewisse Einweihungen der Weltmysterien gegeben.

In der Zeitspanne von etwa 747 vor Christus bis 1460 nach Christus bestand die Verehrung des Lammes, das auch die Templer auf der Fahne führten. Und das Lamm symbolisierte Christos Jesus, das Agnus Dei, dieses höchste Geisteswesen, von dessen Erkenntnis okkulte Bruderschaften die Welt mit allen Mitteln fernzuhalten versuchen, da es sonst mit der Macht der Finsternis zu Ende wäre und der im Evangelium von Patmos verkündete Christusgeist der allumfassenden Liebe zum Durchbruch käme und damit die universelle Bruderschaft der Menschheit in ihrem besten Sinne erreicht wäre, nämlich unter Führung der im Sinne dem Christusleibe höchstgezüchteten Menschheitsrasse.

Und nun höre, was die Meister sagen: Der Widder bedeutet astrologisch den Kopf. Das hellsehende Bewusstsein von den göttlichen Dingen und der göttlichen Offenbarung schwindet langsam dahin. Das Vlies, das ‚Buch der alten Einweihung‘, ist in verborgene Sicherheit gebracht worden. Die ‚Kopfarbeit‘ muss nun ‚rauben‘, was vorher das Herz ‚gewusst‘ … Jason raubt das Vlies, er sucht den aus dem ‚Spektrum verschwundenen Gott‘, der umso schwerer gefunden wird, als nur der Kopf ihn sucht und nicht die Liebe. Ich habe dir angedeutet, dass es wirklich eine weitverzweigte okkulte Bruderschaft gibt, die mit allen Mitteln das Heil von der Menschheit fernzuhalten sich bemüht, das Werk der Erlösung zu vernichten strebt, dadurch, dass sie ewig neuen Bruderzwist und Hass sät, um dann im Trüben zu fischen. Beobachte, wer stets die Kriege in bestimmten Intervallen anstiftet, und du wirst mich verstehen. Und alle Kriege gehen seit je auf die Vernichtung Deutschlands aus. Denn dort wittert Ahriman, der Führer der dunklen Scharen, sein Verhängnis."

Ermutigt durch das Gespräch über einen so ungewöhnlichen Gegenstand fand Cyriak das Vertrauen, dem alten Anachoreten sein Herz zu eröffnen, ihm Einblick in seine Ratlosigkeiten zu gewähren, ihm zu eröffnen, was für ein sonderbares Ziel er hier auf Kreta verfolge.

Manches in dem Gehaben dieses Waldbruders in härener Kutte schien ihm zu beweisen, dass er einen ehemaligen Mann von Welt vor sich habe, einen Mann, dem man auch, ohne sich gegenüber einem unverständigen Partner lächerlich zu machen, Dinge der subtilsten Minne anvertrauen könne. Und welcher Verliebte und dabei noch dazu in solch verstiegene Enge Getriebene hätte das nicht getan?

Fra Hugo hörte seine lange Erzählung an. Dann sagte er ihm in nachdenklichem Ton: „Die ungewöhnlich große Schönheit eines Mädchens hat dich, glaubst du, in ihre Gewalt bekommen, ganz in ihren Bann geschlagen? Nein, das war mehr. Du bist unter die Macht eines Mysteriums geraten, unter die Macht des Mysteriums der Androgynität, von wo es einen Einstieg in olympische Wolkenhöhen gibt. Du musst wissen, wunderbar schöne Jugendwesen können eine Zeitlang und für Momente der magische Spiegel der Gottheit sein, die eben androgyn und über das Geschlecht erhaben ist, wie Christus schon sagt: In den Himmelschören gibt es weder Mann noch Weib.

Am Traumgrenzzollamt in Bischoflack ist die Geheimnisvolle dir begegnet, unter der Maske eines Guedon? Und du hast über den Namen dieses Ortes gelacht? Es ist die uralte Stätte eines Lakbaumes des Bischofs von Freising, eine Stätte der Waltung, einer Grenzwaltung, das heißt Lak, im alten Deutschen, wie Lagu, das Gesetz heißt. Und das war Jahrtausende vor den Bischöfen, die Waltung von Freising, die Waltung des ‚Siebes‘ der Freya, wo die im Sinne der Aphrodite ausgesiebt wurden, die tauglich waren, Götterrasse zu zeugen.

Ein Guedon wieder führt die Standarte. In alter Zeit war darauf das Bild der Valkyrie, der Parthenos, der Pallas. Und später, in christlicher Maske, war es die heilige Jungfrau, in deren Händen für ewig das Geheimnis des Palladiums liegt … Und du, Cyriak, erleidest alle diese subtilen Qualen der wirklichen Minne, deren magisches Objekt rätselhaft schöne Jugendwesen sind, vom Sexus gelöst … Hier liegen die Einweihungsprüfungen der Mysterien vom Menschen ins Feenreich, die Prüfungen, von denen in den Ritterromanen immer symbolisch die Rede ist. Und hier, deine Beziehung zum Goldenen Vlies! Es ist kein Zufall, dass es aus Kolchis geholt ward, dem Land, das den Zugang zum Amazonenreich bildet. Missoskaldion hieß ihre Grenzburg … die ‚Schale‘, der ‚Gral‘ der ‚Misses‘, der himmelsgesandten Jungfrauen. In England, wo man konservativ ist, hat man noch so uralte Titel. Die Amazonen sind ‚Parthenoï‘, Mädchen noch ohne weibliche Vollentwicklung. Nur Esel glauben an das blöde Märchen der weggebrannten Brust. Androgyne Figurantinnen sind sie, hermaphroditische Symbole von Grazie und Kraft, vorgeahnte Erscheinungen der dritten Evolutionsepoche der Weiblichkeit, die jetzt anbrach … an der Schwelle eines neuen Reichs der Hekate … von Neptun, dem Stern der feinstofflichen Energien und Strahlungen. In deiner Maske wirst du diese Dinge nicht mehr ganz begreifen. Dein Schicksal wollte es wohl so. Du musst wohl einen schon früher begangenen Weg noch einmal gehen ... es ist wenigstens nicht der Weg der Verdammnis ... nur der Läuterung. Denn Satan hat keine Macht über die, die rein lieben."

44

Das Kristalllicht des nächsten Morgens sah Cyriak auf neuer Wanderschaft. Glänzend und klar standen die schwarzgrünen Pyramiden der turmhohen Zedern und Tannen vor ihm, das bis zum Boden reichende Geäst von bunten Vögeln belebt. Überall schimmerte das schneeverbrämte Hochgebirge in zartesten Pastelltönen durch den duftigen Schleier des Frühlichts. Der Blütenteppich alpiner Herrlichkeit leuchtete zu seinen Füßen. Überall rauschte und troff es nixenklar, blumenumstanden.

Berauscht von all dieser Schönheit schritt unser Held dahin, von innerem Jubel getragen, einer grundlosen Freude, einer Euphorie, vergleichbar der zweideutigen Wonne, die manche knapp vor dem Sterben befällt.

Heißer und heißer stieg Phöbus Apoll empor, und da geschah es, dass der junge Wanderer wieder eine Begegnung hatte, lieblich und hold, wie sie wohl vor dem Ende einem solchen zukommt, dessen Weg gut war, der Weg eines, der die Genien unserer Heimat gesucht hatte und auch von ihnen geführt worden war und nicht von abstrakten Popanzen der Vernichtung, denen die so leicht anheimfallen, die blutfremder Mystik nacheilen, dem Geheimnis gestorbener Dinge. Denn abgelegte Kinderschuhe des Geistes werden auch nicht besser, wenn sie etwa mit indischem Straßenkot des Wegs der Erkenntnis bekrustet sind. Und wenn wir schon von Kinderschuhen reden, da kauerte auf einem Felsblock ein liebliches Mädchen mit goldbraunen Locken, den schlanken Körper mit saturnroter Seide drapiert, das eine der graziösen Beine hoch aufgestützt, ärgerlich zerrend am vielösigen Schnürschuh aus weißem Wildleder.

Cyriak trat näher, so wohlig berührt als nur möglich, gar nicht mehr kritisch, nein, bloß angenehm resigniert, einer ungewöhnlichen Erscheinung nach der anderen hier in diesen offenbaren Zauberwäldern zu begegnen. Er hätte sich kaum noch gewundert, wenn eine Fee, talysisch geschmückt, auf einem Einhorn dahergeritten wäre. Nur nach Wichtelmännchen hätte er wohl mit dem Hute gescheucht.

Das Mädchen war ja ganz reizend mit dem im Sonnenlicht gleißenden pfirsichbraunen Nacken und dem anmutigen Bilde reizenden Wellenspieles der Muskeln zu den Achseln. Wie reizend sie das schmollende Gesichtchen zu ihm hob, den Mund trotzig aufgeworfen, mit bezaubernder Iris unter berückenden Wimpern, die Augen von prachtvoll geschwungenen Brauen gehöht. Ärgerlich wies sie Cyriak das fremdartige Schuhwerk mit abgerissener Sohle und bat ihn, er möchte sie tragen, verwöhnt, ein Kind. Wir dürfen nicht verhehlen, dass der solchen Vertrauens Beehrte ganz schmeichelhaft überrascht war, ätherisch beschwingt, wie er sich an diesem Morgen fühlte. Doch tat er etwas höchst Ungewöhnliches infolge eines tollen Gedankens, der ihm blitzartig durchs Hirn querte: Er sah verstohlen nach … ob das Fräulein nicht am Ende nur im Relief vorhanden wäre. Toll, aber aufgrund einer nordischen Sage, dass dämonische Wesen, wie Alben und Druden, einen hohlen Rücken hätten. Beschämt und erfreut konstatierte er, dass das holde Salvanel – sie nur als Fräulein zu betrachten, schien ihm doch nicht angängig – absolut fehlerlos gebaut war, und dass in ihrem jugendschlanken Körper Dynamik und Elfengewicht sicher glänzend ins Verhältnis gebracht wären. Na ja, wer geht auch gerne in sohlenlosem Schuh!

Galant kniete er nieder und fühlte sich alsbald wohlig umarmt und umklammert. So ging es dahin, wie auf alten Bildern Diana und Orion oder Angelika und Medoro in holder Verliebtheit es trieben. Nur war's in seinem Fall bloß die Pflicht eines jungen Kavaliers einem sylvanen Backfisch gegenüber, der zarte Füßchen rauem Waldboden nicht anvertrauen mochte.

Leicht wie eine Feder schien ihm das schlanke Mädchen. Eine reizende schmale Hand spielte ihm kosend im Haar. Unter zärtlichen Seufzern lenkte sie den gefälligen Träger bald nach links, bald nach rechts und schließlich mitten in den harzduftenden Wald hinein. Sonnenstreifen fielen in den bläulichen Duft zwischen Riesenstämmen, Spinnweben hatten zarte Silberschnüre gewebt, da und dort stand ein summendes Insekt am selben Platz in der Luft.

Über fußhohem Moosteppich ging es dahin, bis seine Reiterin mit einem plötzlichen Ruck Halt gebot. Was für ein unerwarteter Anlass!

Vor ihm stand auf kleiner, schon mittagsschwüler Lichtung ein prunkvolles Nachtkästchen in Boulle, eine Kristallkaraffe darauf, ein schön geschnitzter, vergoldeter Bogen und ein barocker Köcher voll mit Pfeilen, mit irisierenden Kolibrifedern beflitzt, daneben.

Felanix, so hieß seine preziöse Bekanntschaft, deutete schmachtend auf dieses indiskrete Bijou, dieses Rudiment irgendeiner galant verträumten Häuslichkeit. Dann glitt sie von ihrem chevaleresken Saumtier und nötigte Cyriak in das heiß duftende Moos. Ein perlengesticktes Netz wurde sanft um ihn geworfen, und der Überraschte sah sich noch anderen reizenden Mädchen gegenüber, einer Art Räuberbande zartester Leidenschaftlichkeit, die da den Einsamen überfiel.

Felanix und Balazin, Araxane, Dabaide, Dorizel und Chelonis klangen die Namen der schönen Waldfräulein. Eine sanft verschleierte Musik ertönte, als ob Faune auf süßen Flöten lockten. Gebrochene Harmonien, Akkorde, in schwüler Sinnlichkeit lockend, von goldenen Glockenspielen durchklungen, fremdartig, der heiße Atem einer fremden Ferne … das Locken der Atlantis. Der heiße Himmel war von einem dunklen Blau, das in Veilchenfarbe überging, mit Goldstaub geädert, die Verlockungen der Mädchen immer bezaubernder, unentrinnbarer.

Da mischte sich mitten in das bestrickende nervenzerrüttende Tönen im Walde Rüdengebell, der Ruf eines Jagdhornes, verhallend fast, der Ruf des vergoldeten Jagdhorns des Baron Puntigam, der gleich einer Vision, rotbefrackt und bulldoggumwogt, tief unter ihm in einer Felsschlucht dahinzog.

Cyriak zerriss das Perlnetz, spottete der sanften Gewalt der Oreaden und stürmte vorwärts, durch krachendes Unterholz, kollernd und fallend dem eben gesehenen Bild nach. Keuchend, in Schweiß gebadet taumelte er dahin. Wo … wo war Baron Puntigam verschwunden?

Plötzlich überzog ein Hoffnungsschimmer seine ermatteten Züge. Das sonore Läuten von Hatzhunden kam näher. Kein Zweifel, aber was ist das? Das sind ja Rüden in wappengeschmückten Schabracken, und da … das ist ja seltsam … das goldene Schimmern im Wald, ein Baldachin. Darunter ein schönes Mädchen in prunkvollem Gewand. Iphimedia war es. Kam wie eine Feenkönigin gezogen, auf ihren Locken die Krone von Jerusalem und Armenien. Schwebte an ihm vorbei. Grüßte ihn hochmütig über den Fächer. Cyriak will ihr nahen, doch zwei prachtvoll bebänderte Pagen richten goldene Pfeile auf ihn und bannen ihn so auf dem Fleck.

Furcht hatte ihn gebannt. Vor Empörung ward er sich dieser Schwäche inne … Just nicht! Drauf und dran! Man ist doch keine Memme … alles verschwunden.

So weit war's schon mit ihm gekommen: Spukbilder am hellen Tag?

Aber das war keine Vision gewesen, das mit Puntigam, sein Zug durch die Schlucht: ihm nach!

Und weiter verfolgte er seine Spur und kam um eine Biegung der Schlucht. Da lag eine mächtige Ruine vor ihm, die Trümmer einer fürstlichen Burg, und hinter ihr im goldenen Nebel das Meer. Cyriak, vom Anblick der gewaltigen Ruine betroffen, zog eine Karte zu Rate. Belapais musste das sein, ja Belapais, oder das „Castel del dio d'amore" genannt, die Burg des Liebesgottes. Bei frommen Griechen auch „St. Hilarion" geheißen, und bei den Türken das „Schloss der tausend Zimmer". Hugo von Lusignan hatte es im 13. Jahrhundert gebaut, und niemand wusste mehr, wann es in Trümmer gesunken.

Schnell kam die südliche Nacht herab, und der Mond ging groß auf, als Cyriak den öden Burghof betrat. In der verfallenen Halle suchte der Ermüdete Ruhe, Schlaf, nur Schlaf … Vergessen.

Und es kamen die Elfen mit ihren Taukrügen mit Lethe, seine Augen zu netzen. Mit zarter Hand schoben sie vom elfenbeinenen Tor der Träume den Riegel, aus dem Silber des Mondes geschmiedet, und der Schläfer ward unruhig. Denn ein schneeweißer Elefant war im Burghof erschienen, schneeweiß, mit silbernen Lilien bemalt. Auf der leuchtenden Kuppel seines Kopfes trug er ein hohes Räuchergefäß aus persischem Email wie ein spitzer brennender Turm, und Kissen von zyprischen Spitzen krönten seinen Rücken. In Wolken von Ambra und Weihrauch schritt der Rüsselschwingende einher, machte unweit von Pizzicolli halt und beugte ein Knie. Ein schönes, schlankes Geschöpf glitt von dem bemalten Riesen und schritt, einen weißen Falken auf der Faust, zum Schlafgefesselten. Der stöhnte auf. Eine Woge von

485

Rosenduft ergoss sich über den Gebannten, der plötzlich klar, bei vollem Bewusstsein, die Augen aufschlug, angstvoll und selig geweitet, um das Bild einzusaugen, das sich ihm darbot.

„Cyparis", formten tonlos seine Lippen das Wort.

Das holde Wesen schüttelte lächelnd die duftschweren Locken, und vom Rubin seines Mundes schwebte es in betörendem Klang. „Ewig musst du mich suchen … auch ich bin eine Spiegelung der Aphrodite, der Herzogin aller Herrlichkeiten zwischen Himmel und Erde. Ewig musst du mich suchen … in jeder holden Gestalt steht lächelnd der Bote des Gottes neben dir … der Führer zum Reiche der Engel. Des Palladiums Page bin ich, ich selbst Teil des Palladiums, des magischen Bildes der größten Imagination, dieses Bildes göttlichen Lebens … dem heiligen Grale verwandt."

„Wer bist du? Doch Cyparis, aber Falkenpage einer Gottheit?"

Der Mund der holden Erscheinung gebot Schweigen. „Dort … die Herzogin naht … meine Schwester … ich selbst. Da naht sie dem Palast des Liebesgottes. Des Mondes Silber und die Abendröte sind die Hofdamen der Venus hier in den Trümmern gotischer Herrlichkeit."

Eine Rose von nie gesehener Schönheit lag an der Stelle des Traumbildes, als Cyriak erwachte. Eine ungeheure Kraft erfüllte ihn. Klar wie nie war sein Denken. Heute, das stand bei ihm fest, würde er die Entscheidung suchen und finden und Klarheit in das Gewebe von Traumbildern bringen. Heute würde er die Vereinigung erzwingen. Er wusste es.

Puntigam hatte er gesehen, real gesehen. Dafür gab es für ihn keinen Zweifel. Das Feld, auf dem er zu suchen hatte, war begrenzt … sein Schachbrett … Er befand sich den Gegenspielern ganz nahe. Welch eine betörende, elektrisierende Aussicht!

Dann aber, als er dahinschritt, rauschten wieder die Fittiche des Wunderbaren um ihn. Aus dem Traumbild der Nacht waren ihm juwelenblitzende Trümmer einer unbeschreiblichen Pracht in der Erinnerung geblieben.

Aber weg mit den neuerlich gekommenen Phantomen, weg, vorwärts, ihr nach, der Lebenden, der Realen, der Herrin seines Lebens … Dort, horch … Klang eines Jagdzuges? Waldhörner, tobende Meute … Triumph!

Schon schimmerte es durch den Wald … das Spiel war gewonnen! Schlingpflanzen und Jungholz bog unser Held auseinander. Da … die Jagdgesellschaft, aber was für eine wunderliche!

Das waren ja Harlekine, Policinelle, die um eine sprudelnde Quelle lagerten und ein Männchen in gotischer Tracht umkomplimentierten. Man hatte nun auch unseren Helden bemerkt. Gar artig wurde er vom grünen Brighella und anderen Pikörs eingeholt und einer fürstlichen Erscheinung in kostbarster Policinelltracht vorgestellt. Bald erfuhr Pizzicolli, dass die Herren aus der ganzen Welt an dieser Stelle zusammengekommen seien, wo sich die Sage von Kephalos und Prokris zugetragen, zusammengekommen zu einer wichtigen Beratung … Man müsse doch auch etwas zum Ende der Tage dieser Welt beitragen. Man plane eine Durchwebung der antiken Mysterien mit den Figuren der Commedia dell'Arte … wie es geworden wäre, wenn Venedig wirklich den ganzen byzantinischen Orient für immer beherrscht hätte.

Immer erneuter Gesang der Waldhörner unterbrach die Worte der bunt- und weißlappigen Herren.

Gleichzeitig hätten aber auch ihr Chef Galawadschiri,

Fürst aller Harlekine, Yayadin, der Finanzminister, und Prinz Düdeljüdüdel, der Präsident des an die Ungläubigen verlorengegangenen Policinellreiches von Tyrus, vor dem Herzog Henry von Lusignan ihre Gratulationscour abgehalten.

Das war der zarte, alte Herr, neben dem ein mit goldenen Dornen umwundener Helm lag. Henry von Lusignan, der rechtmäßige König von Armenien, Zypern und Jerusalem, habe sich heute vermählt, doch seine hohe Gemahlin Königin Iphimedia habe den Gemahl sofort verlassen … Iphimedia, die neue Melusine. Und die Policinelle trösteten den weinerlichen, traurigen König und führten ihre Possen vor ihm auf.

Pizzicolli floh das Bild dieses Spukes am Mittag, um in immer neuen Spuk hineinzugeraten: denn, was war das? War das nicht Professor Bettkäs, der, förmlich in Verwesungsfarben gekleidet, einem überirdisch großen Schmetterling nachjagte?

Und dort, o Grauen, dort, an einen Baum genagelt, die Leiche Pyperitzens, das unendlich dumme Gesicht verbindlich verzerrt, der Körper mit einem buntgefiederten Pfeil an den Baum geheftet, einem Goldpfeil, an dem grausigerweise noch das Preiszettelchen im Winde baumelte. Entsetzengepeitscht raste er weiter, noch immer vom gebrochenen Blick hinter dem gesprungenen Monokel des törichten Toten verfolgt.

Aber hier … wieder ein Toter? Auf den Fußspitzen näherte sich Cyriak dem lang Hingelagerten. Es war der Kadaver Nekdennobels, die leicht zwetschgenfarbene Nase vom Todesgenius bleichgeküsst. Also auch der Starke!

Aber kaum ein paar Schritte gegangen, sah Cyriak abermals etwas Grässliches: Philipp Edler von Hahn, Teufelszwirn und Wiesenleder en gros, doch jetzt ausgestopft, ja ausgestopft wie ein grausiges übergroßes Kinderspielzeug auf grünem Sockel. Ein fahler Kamm, ein starres, ödes Auge, den dummen, seitwärts gewendeten Blick auf ihn gerichtet, große graue Schweiffedern, traurig im Winde nickend. Als er, die Hand auf das klopfende Herz gepresst, genauer hinsah, war es nicht Hahn. Es war bloß ein bizarr verwitterter Baum auf grünem Alpenrasenfleck.

„Nun, ich lasse mich nicht mehr täuschen! Das war das letzte Mal, bei meiner Ehre!" Cyriak schrie diese Worte hinaus in den Wald.

Da kam in höchster Eile, atemlos, ein Herr in Frack gelaufen, ein klirrendes Kommandeurkreuz um den Hals, den Großkordon eines hohen Ordens um die Brust.

„Baron Schwimmer im Staub", keuchte der Höfling atemlos. „Bitte bewahren Sie Würde in Ihren letzten Minuten … Herr … von Pizzicolli!"

Aber ehe sich der so Angesprochene von seinem Staunen erholen konnte, tönten überall Fanfaren einer Jagd, Fanfaren von einer Pracht, wie er sie noch niemals vernommen. Tausende von Vögeln ziehen wie Glocken rufend über ihn hin. Die Fanfaren kommen näher. Alle die Policinelle von früher rasen dahin. Werfen die Masken weg, die Augen von panischem Schreck, von Irrsinn geweitet.

Neue Tausende von nie gesehenen Vögeln kommen, glitzernde Bilder gegen glutblauen Himmel, Flamingos, Seidenschwänze. Jetzt blitzt es leuchtend durch die schwarzgrünen Zweige. Die goldenen Fanfaren klingen ganz nahe.

Von allen Felsen schwingen sich feenhafte Wesen, Nymphen mit Speeren. Ein Rudel Hunde, Molosser, um ihn her.

Er sieht zu seinem unfassbaren Staunen, dass er plötzlich in antiker Tracht dasteht, einen Speer in den Händen, Hut und Kleider von früher neben sich. Ehe er sich fassen kann, bricht unter Garben von Licht unter nie gehörten Tönen, der Symphonie des Sommers, ein Wunder an Schönheit aus dem Waldesdunkel. Hochwild mit goldenem Geweih rast unter neuen Fanfaren dahin, rüdenverfolgt.

Eine leuchtende Gestalt, aus Licht gezaubert, von Nymphen umgeben … Artemis! Und neben ihr, juwelenlichtumleuchtet, Cyparis mit dem Pfeilköcher der Göttin … sein Guedon.

Zitternd vor diesen Feuergarben an Schönheit stürzt Cyriak, von der Meute umläutet, unter Jubelrufen auf die Ersehnte zu.

Jetzt wird ihn Diana gewahr. Cyriak stutzt. Ist das nicht Diana Navigajosi?

Doch sie hebt die Arme und ruft: „Aktäon … Aktäon … Was wagst du, Sterblicher! Du hast das Amazonenmysterium belauscht, das Geheimnis der göttlichen Schönheit … der ewigen Jugend belauscht … belauscht in dieser deiner Maske. Du bist des Todes!"

Ehe Cyparis mit flehender Gebärde zu Füßen der Göttin für sein Leben bitten kann, sieht sich Cyriak verwandelt. Ein flüchtiger Hirsch rast er dahin … Seine Hunde zerreißen ihn, und alles versinkt. Bloß ein einzelner Köter steht noch da, verlegen, einen zerfetzten Panama im Maul.

Denn zur Zeit, da diese Geschichte spielte, trugen schon wieder vereinzelte Herrn der Gentry diese Art von Hüten.

490

Nachwort

Reich der Tarocke, Harlekine im Orient, Die Spiegelwelt des linken Weges, Das Götterspiel in Ostburgund, Der Göttinnen Maskenspiel, Die Feen des Gral, Magie der Elfen, Die Pagerie des Eros oder *Levantinisches Maskenspiel** nannte der Autor in den frühen Entwürfen Mitte der Zwanzigerjahre des 20. Jahrhunderts sein Opus Magnum – „eine Mythendichtung, der phantastische Roman einer ‚austriamorphen' Welt"**, den er in der Zukunft des Jahres 1966 angesiedelt hatte. Aber es wäre nicht ein Werk von Herzmanovsky-Orlando, führte die Utopie nicht auch in die Vergangenheit, bis in mythologische Tiefen. „Das Maskenspiel spielt in der neuerwachten Gotik der Levante. Ist elegant grotesk, durchaus mondän gehalten, doch erlebt der Held – der der wiedergeborene Entdecker Griechenlands in der Zeit der Gotik, Cyriak von Pizzicolli, ist – die ungeheure Tragik, dass er durch eine Dimensionalverschiebung in ein antikes Göttermysterium gerät und atomisiert wird […]."*** Konkret ist

---

*   Siehe Fritz von Herzmanovsky-Orlando, Das Maskenspiel der Genien. Roman, Sämtliche Werke in zehn Bänden (in der Folge abgekürzt S. W.), Bd. III, hrsg. und kommentiert von Susanna Goldberg, Salzburg-Wien 1989, S. 465 f.

** Brief an seinen Freund und Anwalt Dr. Valentin Rosenfeld vom 26. 1. 1934

*** Brief an Theodor Czepl vom 1. April 1947, zit. nach: S. W. III, S. 429 f.

es der Aktäon-Mythos, der sich an dem Helden Cyriak von Pizzicolli vollzieht, während sich die utopischen Momente in surrealen und bizarren Bildern abzeichnen, die das Traumreich, die Tarockei, illustrieren. Hier fließen jene Werke des Zeichners Herzmanovsky-Orlando in den Text ein, die 1919/20, während seiner produktivsten graphischen Phase, entstanden sind und in denen er auch Szenen des *Maskenspiels* antizipiert. *Der Einsiedler in der Palastruine* heißt etwa eine der Zeichnungen, *Die Geburt der Venus von der österreichischen Zollbehörde kontrolliert* eine andere (beide 1919), die rund ein Jahrzehnt nach ihrer Entstehung literarisiert Eingang in den Roman finden.* Erste graphische Belege für die Beschäftigung mit dem „Reich der Tarocke" finden sich bereits 1915, für jene mit der Commedia dell'Arte noch früher.

Das Maskenspiel der Genien entstand unmittelbar im Anschluss an *Scoglio Pomo oder Rout am Fliegenden Holländer* und dem *Gaulschreck im Rosennetz.* 1929 war die erste vollständig ausformulierte Niederschrift beendet, damit auch die Beschäftigung mit der großen epischen Form. Das Personeninventar der drei Romane weist gewisse Verknüpfungen und gemeinsame Muster auf, sie jedoch als *Österreichische Trilogie* zusammenzufassen, fiel dem Autor erst einige Jahre nach ihrer Entstehung ein. Nach der Veröffentlichung des *Gaulschreck* 1928 durch den Verleger Artur Wolf war bis zum Tod des Autors kein Verlag bereit, die Werke zu publizieren, galten sie doch als zu anspruchsvoll. Die folgenden Jahrzehnte standen überdies im Zeichen des „gesunden Volksempfindens", das keinen Boden bot für ihre unkonventionellen und surrealistischen Tendenzen.

Erst 1958 erschien *Das Maskenspiel der Genien* in einer von Friedrich Torberg auf die Hälfte reduzierten, stark ver-

---

* Siehe S. W. III, 445.

änderten Version als zweiter Band seiner vierbändigen Herzmanovsky-Orlando-Ausgabe. Heftige Kritik an Umfang und Qualität der Eingriffe zogen Auseinandersetzungen nach sich, die von Polemik geprägt waren und über den Tod des Bearbeiters hinweg andauerten. Nicht von der Hand zu weisen ist freilich, dass mit der Bearbeitung tatsächlich ein „Herzmanovsky für Touristen"* entstanden war. Im Sinne eines konservativen Gattungsbegriffs hatte Torberg zugunsten der Linearität der Handlung umfangreiche Passagen gestrichen und manche Eigenart des Werkes weitgehend eliminiert. Torberg zieh den Autor des Dilettantismus, warf ihm die „Vernachlässigung literarischer Gesetze" vor und schuf mit dem Hinweis auf die chaotische Manuskriptlage, die Unsittlichkeit mancher Passagen und mangelnde politische Korrektheit jene Ausgabe, die bis heute marktbeherrschend ist. Mit Nachdruck berief sich der Bearbeiter auf „allseits gültige Regeln der Kunst", die in der österreichischen Literatur allerdings schon einige Zeit deutliche Bruchlinien zeigten. Vieles von dem, was den Autor in die Tradition der österreichischen Avantgarde stellt, ging damit freilich verloren. Das Werk wurde zur Chiffre für ein nostalgisch-humoristisches Österreichbild nach dem Modell Alexander Roda Rodas oder Gregor von Rezzoris.

Zu den charakteristischen Merkmalen von Herzmanovsky-Orlandos literarischem Œuvre gehört der Fragmentcharakter, in dem sich die Geschlossenheit der Form auflöst. Jeder seiner Romane verfügt zwar über eine lineare Handlung, doch ist diese angereichert von einer Unzahl von Miniaturen, die wiederum Geschichten enthalten, deren Kausalität nicht unbedingt zwingend ist. Mitunter findet die Geschichte ein Ende, ohne dass der Leser die entscheidende Pointe er-

---

*   Barbara Grunert-Bronnen, Herzmanovsky für Touristen, in: Literatur und Kritik 5 (1966), 1-9.

fährt. Bereits 1928 stellte ein Kritiker nach dem Erscheinen des *Gaulschreck* klarsichtig fest, dass es dem Autor auf die „Brechung, Unterbrechung, Paraphrasierung der Linie"* ankäme – etwas, was nur von wenigen Kritikern nicht als Defizit begriffen wurde. Dazu kommen gattungsspezifische Inkohärenzen, die eher dem Spieltrieb des Autors als unterstellter Unfähigkeit zuzuschreiben sind. „Avantgardist malgré lui" nannte Wendelin Schmidt-Dengler ihn.

Herzmanovsky-Orlando spielte in vielen Gattungen, vom Roman bis zum Mikrodrama, vom Drama bis zur Pantomime, vom Hörspiel bis zum Ballett. „[…] eine Flucht pantomimischer und tänzerischer Handlungen" sah er im *Maskenspiel* unmittelbar nach dessen Fertigstellung 1929 in einem Brief an Karl Wolfskehl.** Gerd von Wolfenau schrieb er 1941, dass *Scoglio Pomo* und das *Maskenspiel* deswegen interessant seien, „weil die Handlungen dieser Romane fast schon Pantomimen sind – oder vielleicht große Ballette. [...] Pantomimisch wurden die erwähnten Romane logischerweise deshalb, da das Kristall einer Epoche dargestellt werden sollte, das traumhaft Irreale greifbar zu machen war." Das mag auf den ersten Blick verblüffen, mit Blick auf das graphische Werk scheint das aber durchaus schlüssig, ist doch das Bildhafte im literarischen Werk Herzmanovsky-Orlandos ein konstituierendes Element.

Die im Rahmen der Edition Sämtlicher Werke in zehn Bänden 1989 erschienene Ausgabe des Romans war zwar darauf angelegt, der Öffentlichkeit wie der Forschung den Blick auf die Vielschichtigkeit des Werkes freizugeben, doch das „Meer dämonischer Roßknödel", mit denen sich der Autor auf seinem Weg als Schriftsteller zu Lebzeiten konfrontiert

---

* Robert Neumann, Literaturblatt der Frankfurter Zeitung, 29. 7. 1928
** Ausgewählte Briefwechsel, S. W. VIII, 236.

sah, scheint sich auch der Nachwelt erhalten zu haben. Die Klischees erweisen sich als äußerst zählebig. Die 2008 begonnene Leseausgabe der Prosa Herzmanovsky-Orlandos ist ein weiterer Versuch, den Autor zu rehabilitieren, dessen Image des „wohlfeilen, verdaulichen und skurril-lustigen levantinischen Sonderlings" (Bronnen) in der literarischen Öffentlichkeit so schwer zu korrigieren ist.

Mit Sicherheit stellt das *Maskenspiel*, der komplexeste der drei Romane, besondere Herausforderungen an den Leser, die Leserin, wie an die Herausgeberin. Wieder sind es viele Schichten, in denen sich wie bei transparenten Geweben mehrere Themen überlagern: einerseits der Aktäon-Mythos, der sich vor der Kulisse einer freilich verfremdeten antiken Mythologie wiederholt, andererseits ein von Tarockfiguren regiertes Traumreich voll surrealistischer Bilder, das der tragische Held durch einen Kasten mit Fächern voller Kompottgläser betritt und wo er von der androgynen Figur eines Tambours in Empfang genommen wird. Diese Welt wieder ist von der realen Vergangenheit des mittelalterlichen Mittelmeerraums durchsetzt, die der Leser, die Leserin, für fantastisch zu halten geneigt ist, sofern er nicht über Kenntnisse von der Welt des untergehenden Byzanz und der Kreuzzüge verfügt. Dazu kommen wie stets bei Herzmanovsky-Orlando Anekdoten aus der österreichischen Geschichte, aber auch ideologisch befrachtete Passagen im Geist der vorfaschistischen Ära.

Karikiert der *Gaulschreck* die Mode des Alt-Wien, *Scoglio Pomo* schließlich die aufkeimende Nostalgie nach der dem Untergang geweihten Welt der mondänen Gesellschaft der Habsburger Monarchie, so gibt Herzmanovsky-Orlando im *Maskenspiel* jene Ideologien zu erkennen, von denen er sich das Heil erwartete. Er war es, der 1922 die Verbindung zu Jörg Lanz von Liebenfels anknüpfte, der den Autor recht rasch als Tempelbruder Fra Archibald in den *Ordo Novi Templi* aufnahm. Während Herzmanovsky-Orlandos Gattin Carmen Artikel für *Ostara*, die Zeitschrift des Neutempler-Ordens, schrieb, empfahlen die Herren einander Lektüren oder Geldanlagen, erstellten Horoskope und betrieben seltsame Ortsnamenforschungen. Als Hitler Lanz von Liebenfels, der sich als Bahnbrecher des Nationalsozialismus sah, mit Publikationsverbot belegte und den Neutempler-Orden auflösen ließ, kam der Briefwechsel mit Herzmanovsky-Orlando vorübergehend zum Erliegen; freilich wurde er nach 1949 fortgeführt, als hätte sich in der Zwischenzeit nichts ereignet. Zu den heute schwer erträglichen Äußerungen im *Maskenspiel* über „artreine Zeugung" für ein „schönes und lichtes Menschengeschlecht" (S. 290), denen die „Tiermenschen" gegenüber stünden, kamen noch andere Ideen der Zeit, deren Problematik uns heute stärker bewusst ist als dem Kreis um den Autor, wenngleich er dazu mitunter auch differenzierende Positionen einnahm. Was der Neutempler-Orden für Herzmanovsky-Orlando nach dem Identitätsverlust als österreichischer Aristokrat bedeutet haben mag, lässt sich nur erahnen. Für Lanz jedenfalls war der in Weltabgeschiedenheit lebende, vermögende Künstler wohl auch aus materiellen Erwägungen interessant: 1928 empfahl er dem Autor, in Zypern eine Templer-Ruine zu kaufen; 1934 hätte Herzmanovsky-Orlando um ein Haar die Ruine Boimunt bei Eppan erworben, um sie dem Orden zur Verfügung zu stellen.

Lanz von Liebenfels war jedoch keineswegs der Einzige, mit dem sich Herzmanovsky-Orlando weltanschaulich traf, ohne dass freilich von direktem Einfluss oder unmittelbarer Wirkung die Rede sein kann. Auch mit Bertha Eckstein-Diener, die sich ablehnend über die „Zahnstochermystik" (Runenforschung) von Lanz äußerte*, stand der Autor in

---

* Ausgewählte Briefwechsel, S. W. VIII, 259.

Briefkontakt. Beide einte das Interesse für Matriarchatsforschung und Byzanz. Erwähnenswert ist, dass sich Bertha Eckstein-Diener, alias Sir Galahad, die Autorin von *Mütter und Amazonen* (1932), im Juli 1932 das *Maskenspiel* zur Lektüre erbat, als sie gerade mit den Vorarbeiten zu *Byzanz. Von Kaisern, Engeln und Eunuchen* (1936) beschäftigt war.

Mit im ideologischen Bunde war auch Kristina Pfeiffer-Raimund, deren „epochale Arbeit über das Feentum" für den „durch Ihr hochpriesterliches Walten Beglückten" Anreiz war, im Frühjahr 1927 brieflich Kontakt aufzunehmen. Das gemeinsame Interesse konzentrierte sich darin auf das Thema Androgynität, wie sich im Antwortschreiben der Verfasserin von *Die Neugeburt des Abendlandes. Enträtselung des Weltgeheimnisses* wenige Wochen später zeigt: „Das Feminale der ‚allgeborenen' Tochternatur, dessen wesenhaftes Übergewicht die Kindheitsfrühe der Völker besonnte, hat zu deren Zerfallszeit nicht weniger zersetzenden Einseitigkeit erwiesen und zu wilden Gegenströmungen geführt, wie heute das Masculine der ‚eingeborenen' Sohnesnatur. Im nun begonnenen höheren, allgemeinen Ausgleich Beider werden künftig die göttlichen Früchte der Menschenbestimmungen reifen."* Als erklärte Frauenrechtlerin, die in den „politisch maskulinen Formen" der aufkommenden Ideologien „Unerträgliches für reifere Kulturseelen"** entdeckte, stand auch sie Lanz von Liebenfels reserviert gegenüber. „Ich war entsetzt vom unausrottbaren Sexualwahnsinn der Mönchsphantasie, der darin seine Orgien feiert", urteilte sie etwa nach der Lektüre von dessen *Bibliomystikon* in einem ihrer unpublizierten Briefe an Herzmanovsky-Orlando. Bemerkenswert ist ihre harsche Kritik an einer offenbar rassistischen Äußerung des Autors im Mai 1927: „Rassestolz ist schön, doch gerade in der Minder-

* Ebenda, 219.
** Ebenda, 226.

wertigkeit einer Volksgemeinschaft wird daraus der auf äussere Merkmale pochende üble Rassedünkel, dem jede Unflätigkeit gegen anders Gezeichnete als Heldentat gilt. Ich habe trübe Dinge dieser Art gerade unter der deutschen Jugend beobachtet, und Sie werden gewiss verstehen, wenn ich manche Ihrer temperamentvollen Äusserungen im Brief umso sorgenvoller betrachte [...]."*

Gemeinsamkeiten in rassistischen Ansichten ergaben sich dagegen mit dem Südtiroler Volkskundler Karl Felix Wolff sozusagen nebenbei. In erster Linie korrespondierten die beiden über mutterrechtlich ableitbare Ortsnamen, wobei der Herausgeber der *Dolomiten-Sagen* Herzmanovsky-Orlandos Faible für Salige, Feen und androgyne Engelsgestalten wachrief.

Zum engsten Freundeskreis des Autors zählte Karl Wolfskehl, den der Autor zu Beginn des 20. Jahrhunderts kennen gelernt hatte und der mit Alfred Kubins Schwager Oskar A. H. Schmitz in enger Verbindung stand, seit ihn dieser 1896 in den Kreis um Stefan George, die „Kosmiker", einführte. Von 1892 bis 1919 hatte Wolfskehl mit George die *Blätter für die Kunst* und 1901 bis 1903 die Sammlung *Deutsche Dichtung* herausgegeben. Zu Auseinandersetzungen mit den „Kosmikern" kam es, als Wolfskehl, selbst jüdischer Abstammung, von semitischer Blutleuchte zu schwärmen begann. Wolfskehls Briefwechsel mit dem Autor zeugt von einer herzlichen und humorvollen persönlichen Beziehung. Der bekennende Zionist wie überzeugte Deutsche schrieb an Verleger uneigennützig Empfehlungsbriefe für das *Maskenspiel*, in denen er dem Autor Nähe zu E. T. A. Hoffmann und Achim von Arnim attestiert, „dabei, fern von allem Antiquarischen oder Überlebten, ein durchaus moderner Mensch, der seine Stoffe unserer Zeit, all ihren Geheimnissen, Son-

---

* Ebenda, 219 f.

derbarkeiten, Wandlungen und Zuckungen, entnimmt und der seiner Art- und Fühlweise, seinem Sinn für geheimnisvolle Zusammenhänge nach fast schon einer kommenden Zeit angehört".* Die Freundschaft der beiden hielt bis zum Ende: Noch wenige Monate vor Wolfskehls Tod versuchte Herzmanovsky-Orlando die Schweizer Zeitung *Die Tat* dazu zu bewegen, den erblindeten Schriftsteller aus seinem neuseeländischen Exil zurückzuholen.**

Mit Alfred Kubins Schwager Oskar A.H. Schmitz, einem der Wegbereiter der fantastischen Literatur, verband den Autor gemeinsames Interesse für Okkultismus, Eros und Mystik. Dem Verfasser der Bestseller *Haschisch* (1902) und *Wenn Frauen erwachen …* (1912) setzte Herzmanovsky-Orlando mit der Erzählung *Wie O.A.H. Schmitz die dritte Schauung Buddhas erlebte* ein literarisches Denkmal. Dieser revanchierte sich mit einer Skizze des Autors in *Ergo sum* (1927). Eine persönliche Freundschaft verband Herzmanovsky-Orlando auch mit Gustav Meyrink, erfolgreicher Verfasser fantastischer Literatur, den der Autor durch Kubin seit dessen Münchner Zeit kannte. Mit den *Kleinen Geschichten um Gustav Meyrink* hatte er auch diesen Freund literarisch verewigt. Alfred Kubin war es schließlich auch, der neben den genannten Personen möglicherweise den entscheidenden Anstoß zur Entstehung des vorliegenden Werkes gab. *Die andere Seite*, 1909 erschienen, der einzige Roman des kongenialen Freundes, thematisiert wie das Maskenspiel die Spiegelung von Traum und Realität: Hier wie dort gerät der Held in ein Traumreich, in dem er sich in einen Albtraum verstrickt.

Jede dieser Personen aus seinem Umkreis wirkte mit unterschiedlichen Ideen auf das *Maskenspiel*. Den Autor zu den Vertretern der fantastischen Literatur zählen zu wollen, wäre

---

* Ebenda, 240.
** Die Tat, 26. 1. 1948

allerdings zu kurz gegriffen, so wie auch jeder ideologische Totalitarismus an einem der wichtigsten Charakterzüge seines Werkes zerschellte – der Komik. Mystischen Strömungen gegenüber behielt Herzmanovsky-Orlando stets einen letzten Rest Reserviertheit: „Mir glückt das Loslösen schwerer, obwohl ich den lächerlichen und grauslichen Erdenschwindel schon durchschaue. […] Dafür macht es die mir innewohnende Komik schwerer mich als wogenden Schmetterling der der Olympischen Sonne zustrebt, zu betrachten."* Der ausgeprägte Sinn für Komik schloss das Interesse für historisch belegbare Fakten mit ein. Der Autor wurde sich schon früh seines „gesundes Blicks für das Irreale" bewusst, und mit Begeisterung sammelte er in der Folge mehr oder minder bedeutungsvolle, historisch belegbare Abstrusitäten, mitunter Meldungen aus der Klatschpresse, die er ins Werk montierte. Der Fall einer irrtümlich ausgestellten, mangels Einspruch rechtswirksamen amtlichen Todeserklärung, die dem seinerzeit noch lebenden A. W. Wotke die Bürgerrechte verwehrte, wurde im *Maskenspiel* Jeremias Käfermacher zuteil, der sein Schicksal mit schäbiger Würde trägt. Auch andere reale Personen und deren Schicksale finden in Herzmanovsky-Orlandos Werk ihre Entsprechung: Naskrükl etwa, hinter dem sich der Linzer Volkskundler Anton Maria Pachinger, ein persönlicher Freund des Autors, verbirgt, oder Baron Puntigam, eine Maske des Hugo Baron von Reininghaus, der sich energisch verbat, unter seinem Namen im Roman aufzuscheinen. Selbst der Held des Romans, Cyriak von Pizzicolli, entspricht einer realen Person – einem wenig bekannten Antikenforscher und Weltenbummler des 15. Jahrhunderts.

Das Oszillieren zwischen Faktum und Fantasie ist es, was die Lektüre des Werkes besonders erschwert. Man ist

---

* Brief an Alfred Kubin, 9.9.1917, in: Der Briefwechsel mit Alfred Kubin, S. W. IX, 181.

als Leser, als Leserin, versucht, sich seiner Doppelbödigkeit zu entziehen, wenn man Dinge, die in Wirklichkeit in entfernte Wissensgebiete führen, als Erfindungen abtut, als Produkte der Fantasie. Ebenso ist das Spiel mit der Mythologie kein beliebiges, es erfordert allerdings umfassende Kenntnisse, die Verfremdungen, ihren Sinn und ihren Hintersinn zu erkennen. Bereits den zeitgenössischen Verlegern war klar, dass die Lektüre „ein Höchstmaß von Wissen" voraussetzt, ohne das die Feinheiten des Werkes gar nicht erkannt würden. Es besteht die Gefahr, dass der Leser, die Leserin, eine Textstelle entweder überliest oder sich auf der Suche nach Deutung im Kosmos des Wissens verstrickt, wie sich die Gelehrten in Gittern und Zäunen verheddern – ein beliebtes Bild des Autors, auch im *Maskenspiel* (S. 168 f.). Dass diese komplizierte Lektüre nicht auf das Interesse der Verleger stieß, ist nachvollziehbar. „Mit all den höchst amüsanten Einfällen, von denen es in Ihrem Manuskript geradezu wimmelt, würden andere Autoren zehn bis zwanzig Romane bestreiten können, und diese Überfülle wirkt als Ganzes doch nicht recht günstig und macht Ihren Roman in ganz ausgesprochenem Maße zu einer Kost für Feinschmecker. […] Die Mehrzahl der Leser würde den Roman überhaupt nicht verstehen", heißt es beispielhaft in einer Ablehnung des *Maskenspiels*.*

In den Stoffsammlungen zum Roman finden sich unter Fundstücken aus Gegenwart und Historie auch Zeitungsmeldungen über Untaten weiblicher Jugendlicher, Anregungen zum Thema Heldenvernichtung, „Dämon Backfisch" oder „Venus mit dem Messer". Ob im *Gaulschreck*, im *Maskenspiel* oder in der Erzählung *Cavaliere Huscher*, stets ist es eine dämonische Schönheit, die die männliche Hauptfigur der

---

* Korfiz Holm im Brief an Herzmanovsky-Orlando vom 29. 3. 1935, zit. Nach S. W. III, 454.

Vernichtung zuführt, ein weiterer Punkt, in dem sich Herzmanovsky-Orlando als Kind seiner Zeit ausweist. Androgyne
Genien, Engel, Valkyren oder Feen bestimmen sein literarisches wie sein graphisches Werk. Knabenhafte Mädchen
waren für den Autor neben der sexuellen Präferenz Symbol
für die Macht des Eros, Figurantinnen der Elementargewalt.
Im realen Leben entsprach dieses neue weibliche Mysterium
dem knabenhaft wirkenden, schlanken Bubikopf-Mäderl
der Zeit. Ein solches war Herzmanovsky-Orlandos Frau
Carmen, die sich auf überlieferten Fotos gerne in Reitklei-
dung (1910), in Hosen und Zigarette rauchend (1913), auf
einer Nilfahrt auch mit Gewehr (1914)* ablichten ließ – frü-
hes Beispiel einer Garçonne. Sie war dem Autor als Cyparis,
der Spiegelung Aphrodites, Modell gestanden. Ihr schrieb er
große Intuition zu, ein „Vordasein" als byzantinische Prinzessin, mystische Fähigkeiten. Diesem Frauentyp gelten im
Roman die hymnischen Passagen, die in Kontrast zu den
Sprachebenen stehen, in denen die Männerwelt kommuni-
ziert, bis hin zum „Wortsalat", zu dem die Sprache zerfällt –
ebenfalls ein literarisches Merkmal, das um Jahrzehnte über
seinen Zeithorizont hinausweist auf die Literatur der österreichischen Avantgarde der sechziger und siebziger Jahre.

Die vorliegende Edition basiert auf dem vollständigen Typo-
skript der zweiten Romanniederschrift von Hand des Autors, das sich in der Handschriftensammlung der Österreichischen Nationalbibliothek, Ser. nov. 13.678, befindet. Auf
Kompilationen mit späteren Ergänzungen aus weiteren Text-
abschriften wurde verzichtet. Diese Fassung unterscheidet

---

* Vgl. Verena Zankl, Fritz von Herzmanovsky-Orlando (1877–
1954). Ein Leben in Bildern, in: Bernhard Fetz, Klaralinda
Ma, Wendelin Schmidt-Dengler (Hg.), Phantastik auf Abwe-
gen. Fritz von Herzmanovsky-Orlando im Kontext. Essays,
Bilder, Hommagen, Bozen 2004, 34 f. und 38.

sich nur unwesentlich von der 1989 durch Susanne Goldberg im Band III der *Sämtlichen Werke* edierten Ausgabe, die sich ebenfalls auf diese Grundlage stützte. Aus dieser wurde die textgenetisch in späterer Folge durchgeführte Durchnummerierung der einzelnen Kapitel übernommen. Auf die Trennung in fünf „Bücher" samt den stichwortartigen Hinweisen zum Inhalt* wurde verzichtet, zumal diese rudimentär scheinen und mehr ornamentalen Charakter haben.

Es wurde auch in dieser Leseausgabe weder das Prinzip maximaler Textquantität berücksichtigt, noch auf eine Handschrift fremder Hand zurückgegriffen, auch wenn Einfügungen und Korrekturen formal für eine „Autorisierung" sprechen. Als sich Herzmanovsky-Orlando nach dem Ende des Zweiten Weltkriegs verstärkt um eine Vermarktung seiner Werke bemühte und viele Abschriften erstellen ließ, war er bereits körperlich geschwächt und nicht mehr in der Lage, diese konzentriert zu kontrollieren. Anders ist es nicht denkbar, dass viele seiner von seinem umfangreichen Wissen herrührenden Begriffe „verflacht" wurden. So wurde beispielsweise im vorliegenden Roman auf dem Weg von der Hand des Autors zur Abschrift fremder Hand aus einem „Voluptoir" (S. 102) eine simple Villa.

Die originale zeittypische (und inkonsequente) Schreibweise wurde durch eine zeitgemäße ersetzt, um den Eindruck von nostalgischer Rückwärtsgewandtheit zu vermeiden. Korrigiert wurde nur, was als lapsus plumae klar erkennbar war. Passagen direkter Rede, in denen Figuren durch ihre Sprechweise charakterisiert werden, wurden in ihrer eigenwilligen Schreibung belassen, mehrfache Interpunktionszeichen reduziert, Klammern um Sätze oder Satzteile, die den Charakter von Regieanweisungen haben, aufgelöst und graphische Hervorhebungen beseitigt. Wie schon

---

* S. W. III, 7, 139, 217, 269 und 333.

bei *Scoglio Pomo* und *Erzählungen und Skizzen* soll damit der Text, von orthographischen Antiquiertheiten und einem Wildwuchs an Interpunktion gereinigt, in den Vordergrund gestellt und der Blick auf den Inhalt werden.

Die Komplexität der Welt des Autors wird hier ungekürzt und, abgesehen von minimalen formalen Eingriffen, unbearbeitet vorgestellt. Freilich, wer mit einer Katalysatrix mystica oder der Welt der Tarocke, einem Voluptoir oder Seldschuken, einem Cyriak von Pizzicolli oder Baron Puntigam, Spittelberger Elegien oder Cholerabräuten, der Spiegelwelt des linken Weges oder der Gotik der Levante, den tausenden von Doppelbödigkeiten nichts zu tun haben will, der tut recht daran, das Buch nicht zu lesen. Denn die aufwendige Beschäftigung mit einer rationalen Welt, die sich in ebenso militantem wie schlussendlich ironisiertem Irrationalismus auflöst, führt zweifellos an die Grenzen der Deutung.

Auf einen kommentatorischen Apparat wird in dieser Ausgabe verzichtet. Dieser bliebe nur Stückwerk und würde vom unvoreingenommenen Blick auf den Text ablenken. Hier sei auf die Erläuterungen der Ausgabe des Bands III der *Sämtlichen Werke* von Susanne Goldberg verwiesen oder auf Suchmaschinen, die die Erschließung der Begriffswelt von Herzmanovsky-Orlando sehr erleichtern.

Ich danke den Menschen, die mich während der Arbeit an diesem Buch begleitet haben: Herrn Univ.-Prof. Mag. Dr. Johann Holzner vom Forschungsinstitut Brenner-Archiv, meinem Lektor Dr. Günther Eisenhuber und meiner Familie. Gewidmet sei das Buch dem Andenken Wendelin Schmidt-Denglers.

Klaralinda Ma-Kirchner

Herzmanovsky-Orlando kann man nicht
rezensieren. Herzmanovsky-Orlando muss
man lesen. Oder man liest ihn nicht.
Dann allerdings versäumt man einiges.
Der Standard

Fritz von Herzmanovsky-Orlando **Scoglio Pomo oder Rout am Fliegenden Holländer** Roman

Scoglio Pomo heißt die kleine Märcheninsel in der Adria,
die einer Gesellschaft liebenswerter Sonderlinge als
mondäner Kurort dient. Es geht bunt und wunderlich zu
in diesem Traumreich, bis der Zauber plötzlich schwindet und mit einem Felsen am Rande der Geschichte
gleich eine ganze Welt untergeht. Wunderbar sonderbar: Das unbekannte Meisterwerk eines Genies der
Groteske!

Fritz von Herzmanovsky-Orlando **Prosa** Erzählungen und Skizzen

Die Welt des Fritz von Herzmanovsky-Orlando ist
ein Kabinett von Kuriositäten, ein Sammelalbum des
Sonderbaren, ein Bilderbogen des Bizarren. Sie ist
bevölkert von Figuren, weniger von Menschen – von
Exemplaren, Gestalten und Ausgeburten. Was ihm
einfällt, ist unbedingt ausgefallen. Was er beschreibt,
ist Karikatur. Kurz und gut, seine Welt gleicht einem
wunderlichen Tiergarten. Treten Sie ein, schauen Sie
sich um: Dieses Buch ist der ideale Einstieg

autor**in**residenz

Thomas Bernhard ist wie eine Droge.
Claus Peymann

Thomas Bernhard Autobiographische Schriften Die Ursache / Der Keller / Der Atem / Die Kälte / Ein Kind 5 Bände in Kassette

In den autobiographischen Jugenderinnerungen Thomas Bernhards sind zentrale Motive seiner Romane verankert und die Ursprünge früher Verletzungen nachzulesen: die Kindheit, die Schulzeit im Salzburger Internat, Lehre und Studium und seine Isolation als Achtzehnjähriger in einer Lungenheilstätte. Wer die Welt von Thomas Bernhard verstehen will, findet hier den Schlüssel.

Erika Schmied / Wieland Schmied Thomas Bernhard Leben und Werk in Bildern und Texten

Erika und Wieland Schmied sind zwei von wenigen Menschen, denen es gegönnt war, Thomas Bernhard privat, als Nachbar und als Freund, zu erleben. Ihr Bild von Thomas Bernhard stützt sich auf die Erinnerung an unzählige Begegnungen und gemeinsame Erlebnisse und ist konkurrenzlos umfassend dokumentiert in Hunderten von Fotos. Aus ihnen ergibt sich eine Gesamtschau des Kosmos Thomas Bernhard, in dem sich Leben und Werk durchdringen.

autor**in**residenz

H. C. Artmann ist mit großem Abstand
der Allergrößte.
Sven Regener

H. C. Artmann Gesammelte Prosa 4 Bände im Schuber
Herausgegeben von Klaus Reichert

Der Zauber wirkt noch immer unvermindert und
nirgends stärker und überraschender und facetten-
reicher als in H. C. Artmanns Prosa. Das ganze Wunder
in 4 Bänden: 1600 Seiten, und in jeder Zeile der sprü-
hende Geist, der immense Reichtum an Formen und
Einfällen, die subtile Komik einer Ausnahmeerscheinung
der deutschsprachigen Literatur. Es gibt nur wenige
Wunder auf dieser Welt: H. C. Artmann ist eines davon.

Max Blaeulich ist ein Meister der grotesken
Tonlage.
Neue Zürcher Zeitung

Max Blaeulich Menschenfresser Eine Trilogie
3 Bände im Schuber

Österreich-Ungarn am Vorabend des Ersten Weltkriegs:
Vier Weiße machen sich auf, Uganda zu erkunden.
Ihr gemeinsames Interesse gilt dem Wilden, dem
Monströsen, dem Afrika der Menschenfresser. Stackler
zum Beispiel, der Physiologe, betreibt rassenkundliche
Forschungen (was ihm später – da ist Habsburg
längst unter- und seine Heimat im Deutschen Reich
aufgegangen – eine glänzende Karriere sichern
wird). Zu diesem Zweck verschleppt er seinen Träger
»Kilimandscharo«, zwei Meter acht groß, nach Wien,
wo für ihn und »Gatterbauerzwei«, ein weiteres Souvenir
der Uganda-Expedition, eine Odyssee beginnt: durch
das Europa der Menschenfresser und die Katastrophen
des 20. Jahrhunderts, bis in unsere Gegenwart.

Schwarz. Schwärzer. Blaeulich. Wie überlebt man
Europa, den wilden Kontinent, den permanenten
Krieg? Das gewaltige Panorama eines Jahrhunderts
des Schreckens. Eine Trilogie über den Wahnsinn der
Geschichte und ein Werk, das in der deutschsprachigen
Literatur keinen Vergleich kennt: schonungslos,
drastisch, kühn und radikal.

autor**in**residenz

Eine klassische Satire von verzweifelter und
verheerender Komik.
Franz Schuh

Kurt Palm **Bad Fucking** Roman

In Bad Fucking braut sich etwas zusammen: Zuerst liegt
Vitus Schallmoser (Sonderling) tot in seiner Wohnhöhle.
Dann bekommt Camilla Glyck (Bundeskriminalamt) den
Auftrag, nach Maria Sperr (Innenministerin) zu suchen,
die als Bauunternehmerin in Bad Fucking quasi neben-
beruflich ein Asylantenheim errichten lassen wollte.
Und während auf dem Sportplatz von Bad Fucking
eine Gruppe Cheerleader trainiert, beschließt Jagoda
Dragičević (Putzfrau), Dr. Ulrich (Zahnarzt) wegen eines
Nacktfotos zu erpressen. Unterdessen flüchtet in Wien
Ludmilla Jesenská (Einbrecherin) vor ihren Verfolgern:
Sie hat in Bad Fucking Fotos von geheimnisvollen
Höhlenmalereien gemacht … Das alles (und noch viel
mehr) geschieht, während eine Hitzewelle Europa bei-
nahe lahm legt und sich Tausende Aale und ein Mords-
unwetter auf Bad Fucking zubewegen. Eine Provinz-
Polit-Krimi-Groteske, ein Bad Fucking Alptraum!

autor**in**residenz